공자가어

孔子家語

曹魏 王　肅(왕숙) 注
陳起煥(진기환) 譯註

明文堂

〈顔回(안회)〉 子淵(자연)
國立故宮博物院 藏, 출처 위키백과

〈閔損(민손)〉 子騫(자건)
國立故宮博物院 藏, 출처 위키백과

〈冉耕(염경)〉 伯牛(백우)
國立故宮博物院 藏, 출처 위키백과

〈冉雍(염옹)〉 仲弓(중궁)
國立故宮博物院 藏, 출처 위키백과

〈冉求(염구)〉 子有(자유)
國立故宮博物院 藏, 출처 위키백과

〈仲由(중유)〉 子路(자로)
國立故宮博物院 藏, 출처 위키백과

〈宰予(재여)〉 子我(자아)
國立故宮博物院 藏, 출처 위키백과

〈端木賜(단목사)〉 子貢(자공)
國立故宮博物院 藏, 출처 위키백과

〈言偃(언언)〉 子游(자유)

國立故宮博物院 藏, 출처 위키백과

〈卜商(복상)〉 子夏(자하)

國立故宮博物院 藏, 출처 위키백과

〈曾參(증삼)〉 子輿(자여)

國立故宮博物院 藏, 출처 위키백과

孔子家語

공자가어

上

曹魏 王　肅(왕숙) 注

陳起煥(진기환) 譯註

明文堂

머리말

필자는 1973년에, 公州(공주) 麻谷寺(마곡사) 산골 마을의 재래식 書堂(서당)에서 《論語》를 공부했었다. 그때도 서당에서 공부하는 學童(학동)이 있었으니, 정말 특별한 경험이었다.

그때 서당의 훈장님은 필자에게 聖人(성인)의 학문을 공부하는 마음 자세를 자주 말씀해 주셨는데, 부지런해야 하고, 공경심이 있어야 참뜻이 마음에 들어오며 또 남는다고 하셨다. 그리고 성인의 가르침은 어느 시대이든 두루 다 통하며 그 가르침을 따르는 생활이 곧 바른 삶이라고 일러주셨다.

《論語》에서 시작하여 유가 경전, 그리고 중국의 文 · 史 · 哲(문 · 사 · 철)에 대한 필자의 공부는 그 이후에도 계속되었다. 가르침(敎)과 배움(學)을 함께하며〔相長(상장)〕 지내온 40년 가까운 세월에 《論語》의 가르침은 여전히 필자의 마음속에 살아있었다.

그 가르침의 실천이 어렵다는 것을 알았고, 깊은 뜻이 뒤늦게 마음속에 감동으로 남았다. 誠(성)과 敬(경)으로 읽는《論語》- 읽을 때마다 느끼는 새로운 뜻과 희열은 나이가 들수록 더욱 새로웠다. 教職(교직)으로 일관한 내 생활에서 학생과 또 젊은이를 위하여《논술로 읽는 論語》,《論語名言三百選》,《孔子聖蹟圖(공자성적도)》를 연이어 출간하였다.

孔子의 제자 중에서 子貢(자공)은 정말 유능하고 뛰어난 인물이었다. 그러한 자공이 이런 말을 했다.

"궁궐의 담에 비유하자면, 나의 담은 어깨 높이라서 다른 사람이 내 집안의 멋진 내부를 다 볼 수 있습니다. 그러나 夫子〔부자: 공자(孔子)〕 의담은 몇 길이나 되어 대문 안으로 들어가지 않으면 집안의 아름다운 건물이나 수많은 사람을 볼 수가 없습니다. 어쩌다가 몇 사람이 대문 안으로 들어올 뿐입니다."

어깨 높이라면 안을 들여다보고 또 짚고 넘어갈 수도 있다. 그러나 열 길이나 되는 담장이라면?

공자의 學德(학덕)을 접하지 않았다면 공자의 학문과 인격을 어찌 알 수 있겠는가?

《論語》만큼이나 孔子에 관하여 많은 자료를 담고 있는 책이 《孔子家語》이다. 《孔子家語》의 僞書(위서) 여부는 전문 학자들의 論題(논제)이다.

필자와 같은 學人은 그 참뜻을 좀 더 정확히 알고 싶을 뿐이다. 필자의 공부는 멈출 수 없고, 멈춰서도 안 된다.

책의 산에 길이 있으니 근면이 가장 빠른 길이고〔書山有路勤爲徑(서산유로근위경)〕, 학문의 바다는 가없으니 고생만이 건널 수 있는 배이다〔學海無崖苦是舟(학해무애고시주)〕.

필자와 독자는 공자를 스승으로 모시고 함께 배우는 학생일 뿐이다. 서로 격려하고 좋은 뜻을 권할 뿐이다.

2022. 5. 16.

{일러두기}

孔子는 살아 있을 때도 '하늘이 낸 성인〔天縱之聖(천종지성)〕'이며, '하늘의 목탁〔天之木鐸(천지목탁)〕'이라는 별칭을 들었으며, 제자들로부터 절대적인 신뢰와 존경을 받았다. 그리고 공자가 죽은 뒤에도 '최고의 聖人이며 옛 스승〔至聖先師(지성선사)〕', '영원한 스승의 표상〔萬世師表(만세사표)〕'으로 지금껏 만인의 존경을 받는 위인이다.

1. 본서는 공자의 일생과 학문, 사상을 공부하고 탐구하려는 사람을 위한 책이다. 필자 역시 공부한다는 마음을 버린 적이 없고 그런 마음으로 이 책을 국역했다. 이를 통하여 공자 사상의 참뜻을 더욱 쉽게 이해하고 새롭게 인식하여 우리의 마음을 가다듬을 수 있다면 이 또한 큰 공부가 아니겠는가?

2. 이 책은 《孔子家語》의 원문을 수록하고 국역하였으며, 주석을 달았다. 그러면서 당시의 시대적 배경을 설명하고, 그와 관련한 공자의 행적이나 언행 등을 《論語》, 《孟子》, 《史記 孔子世家》, 《史記 仲尼弟子列傳(사기 중니제자열전)》 등에서 다시 찾아 확인하면서 공자의 사상을 설명하였다.

3. 본서에는 필요한 漢字를 그대로 수록하였다. 국명, 인명, 지명, 관직명은 한자(한글)을 함께 적었다. 이 《孔子家語》를 읽는 독자의 수준을 고려한다면, 웬만한 한자는 그대로 써주는 것이 독서와 이해에 도

움이 될 것이다.

4. 본서의 기본 텍스트는《孔子家語》〔王肅 注(왕숙 주). 中國書店. 2018〕이다. 이는 欽定四庫全書 原文(흠정사고전서 원문)을 영인한 책이다. 동시에《孔子家語》〔孔鮒 撰(공부 찬). 王肅 注. 山東友誼書社〕도 함께 참고하였다.

5. 각 편 머리에【해설】을 실어 그 편의 요지를 설명하였다. 그리고 10권 44편의【原文】을 그대로 수록하였는데 내용에 따라 문단을 나눴다.【국역】하였으며, 국역의 문장 이해에 필요한【註釋】을 脚註(각주)로 처리하였다. 각주가 尾註(미주)보다 읽기에 편하다. 또 필요한【參考(참고)】사항을 첨부하였다.

6. 필자는 주석에 심혈을 기울이며 국내 이미 출간된 다른 서적과 차별화하였다. 인물과 역사적 내용에 대한 충분한 설명과 관련된 자료를 주석으로 달았으며 근거가 되는《論語》와《詩經》구절의 원문을 그대로 수록하였다. 또 어려운 한자의 음훈을 달아 난해한 문장을 바르게 이해하도록 도왔다.

7. 본서는 上, 下로 분권하였다. 상권에는《孔子家語》에 관한 기본 자료와 해설을, 그리고 하권에는 참고 자료를 부록으로 수록하였다.

8. 明 神宗 萬曆(명 신종 만력) 연간에 山東按擦副使(산동안찰부사) 張應登

(장응등, 1556－1615)이 편찬하고, 畵工(화공) 楊芝(양지)가 그림을 그렸으며, 章艸(장초)가 石刻(석각)한《孔子聖蹟圖》를 간행하였다. 이를 근거로 1934년 原北平民社에서 影印(영인)한《孔子聖蹟圖》를 1988년 曲阜市 文物管理委員會(곡부시 문물관리위원회)에서 소장하다가 다시 간행 보급시켰다. 이《孔子聖蹟圖》와 다른 자료의 공자 제자 초상을 轉載(전재)하였다.

9. 경전이나 書册(서책), 저서는《 》, 경전과 서책의 편명이나 제목을 붙일 수 있는 문장 등은〈 〉로 구분하였다. 경전의 인용구 같은 서책의 구절은「 」로 표시하였다. 儒家(유가) 경전의 인용문에는《論語 學而》라 하여 그 출처와 전후 문장을 수록하였다.

본서의 표시 년도는 西紀이고, 紀元 前의 경우 '前', 기원 後는 '서기' 로 표시하였다. 본서에 인용된 연도가 거의 '西紀 前' 이기에 '前' 을 꼭 기록하였다.

본서에 나오는 주요 제왕이나 제후의 재위 연도를 수록하였고, 지명에 대해서는 '今 ○○省 ○○市 관할 ○○市〔縣(현)〕' 이라고 표기하여 보통의 중국 지도로 그 위치를 파악할 수 있게 도왔다.

참고 도서

○《孔子家語》: 王肅 注, 中國書店, 2018, 四庫全書 原文 影印本.

○《孔叢子》,《孔子家語》: 孔鮒 撰, 王肅 注, 山東友誼書社.

○《孔子家語通解》: 楊朝明, 宋立林 主編, 齊魯書社, 2013.

○《史記》: 司馬遷 著, 附 三家註, 臺灣, 宏業書局, 1987.

○《孔子大傳》: 張宗舜, 李景明 共著, 山東友誼出版社, 2003.

○《孔子大辭典》: 張岱年 主編, 上海辭書出版社, 1997.

○《孔子辭典》: 傅佩榮 主編, 東方出版社, 2013.

○《孔子家語》: 王肅 整理, 劉艷萍, 万柏 譯註, 吉林人民出版社, 2007.

○ 域外漢籍珍本文庫: 第1輯, 子部, 1-5 域外漢籍珍本文庫編纂出版委員會 編, 西南師範大學出版社, 人民出版社, 2011.

○《三才圖會集成》: 王圻(왕기, 왕은) 著, 民俗苑.

○《中國子學名著集成》(21 / 100권): 韓國人文科學院, 2001.

○《孔子家語》: 이민수 옮김, 을유문화사, 2003.

○《孔子家語》: 全 3권. 王肅 撰, 林東錫 역주, 동서문화사, 2009.

○《孔子家語句解》(1, 2): 許敬震, 具智賢, 崔二浩, 전통문화연구회, 2018.

○《孔子家語通解》(上,下): 양조명, 주편, 이윤화 번역, 學古房, 2016.

○《孔子家語》(上,下): 왕숙 지음, 김영식 옮김, 지식을만드는지식, 2020.

○《논술로 읽는 論語》: 진기환 편역, 明文堂, 2012.

○《論語名言三百選》: 진기환 편역, 明文堂, 2018.

○《孔子聖蹟圖》: 진기환 편역, 明文堂. 2020.

○ 〈孔子世家의 年代記的 內容에 대한 硏究〉: 진기환, 韓國敎員大學校, 1998.

차례

《孔子家語》解題

1. 《孔子家語》는

《孔子家語》는 孔子(前 551-479년)의 일생과 그 사상을 기록한 後世(후세)의 기록이다.

이 《孔子家語》는 공자 死後(사후)에 《論語》가 편찬되었고 전승되면서 그 再傳(재전) 弟子(제자)들의 손에, 또는 그 가문의 후손에 의하여 부단히 여러 기록이 전술되었다고 생각할 수 있다. 그리하여 西,東漢(前,後漢)을 거쳐 三國 시대에 이르러 魏(위)나라 王肅(왕숙)이 주석을 달았고 내용도 정리하였다.

班固(반고)의 《漢書 藝文志 六藝略(한서 예문지 육예략)》〈論語家〉에 「《孔子家語》 27권」이라고 기록되었다. 여기에 왕숙이 주석을 달고 내용을 보태어, 지금은 10권 44편의 체제로 널리 알려졌다. 清代《四庫全書》에는 子部 儒家類(유가류)로 분류되었다.

書名인 《孔子家語》에서 家(가)는 儒家와 墨家(묵가), 道家 등 百

家에 해당하는 뜻이니 사상과 학문의 학파를 의미한다. 그리고 語(어)는 是非(시비)에 대한 변론이나 자신의 주장을 의미한다.

그런데 《顔氏家訓(안씨가훈)》을 저술한 顔之推(안지추, 531-591년)의 손자로 잘 알려진 唐의 顔師古(안사고, 581-645년)는 後漢 班固의 《漢書》를 주석하면서 《漢書 藝文志 六藝略》 論語家에 「《孔子家語》 27권은 지금 읽는 (王肅이 주석한) 《家語》가 아니다.」라고 언급하였다.

北宋의 王柏(왕백, 1197-1274년, 字는 會之)은 그의 《家語考》에서 '《孔子家語》는 僞書(위서)' 라고 주장하였고, 이후 淸代 고증학의 영향 하에 姚際恒(요제항, 《古今僞書考(고금위서고)》), 范家相(범가상, 《家語證僞(가어증위)》) 孫志祖(손지조, 《家語疏證(가어소증)》) 崔述(최술, 1740-1816년, 《洙泗考信錄(수사고신록)》) 등이 모두 僞書(위서)라고 주장하였다.

현대 중국의 유명한 역사 지리학자인 顧頡剛(고힐강, 1893-1980年, 字는 銘堅)도 《孔子硏究講義》라는 책에서 《孔子家語》는 왕숙의 僞作(위작)으로 '믿을만한 내용이 아무것도 없는 책(無任何取信之價値).' 이라 하였다.

그러나 위서라는 주장과 함께 《孔子家語》가 여러 사람의 손을 거친 저작이라는 주장도 있었다. 그래서 《四庫全書總目提要》에서는 「그 책의 流傳(유전)은 아주 오래되었으며 공자와 관련한 遺文(유문)이나 軼事(일사)가 그 안에 많이 들어 있다(往往多見於其中). 그래서 唐代 이후로 僞作(위작)인 줄 알면서도 없어지지(廢)

않았다.」고 하였다.

특히 1970년대 이후로 《孔子家語》와 연관된 유물이 발굴되어 연구에 새로운 도움을 주었다. 1973년 河北省 保定市 관할 定州市의 八角廊(팔각랑)의 漢代 분묘에서는 《孔子家語》와 相近(상근)한 내용의 竹簡(죽간)이 출토되었다. 또 1977년 安徽省(안휘성) 서북부 阜陽市(부양시) 雙墳(쌍분)에서도 《家語》와 유관한 木牘(목독)이 발굴되었다.

그리하여 지금은 《孔子家語》는 漢代 孔安國(공안국) 이후, 孔僖(공희), 孔季彦(공계언), 孔猛(공맹, 공자 22세손) 등 공씨 후손들의 손에 의하여 저술되었으며, 그 가치는 결코 《論語》보다 적지 않다고 인정받고 있다.

특히 孔安國(공안국, 생졸년 미상, 공자 11대손)은 前漢 魯國의 曲阜(곡부) 사람으로, 申培公(신배공)에게 《詩經》을, 伏生(복생)에게 《尙書》를 배웠으며, 經學(경학)에 밝아 董仲舒(동중서)와 나란한 명성을 누렸다. 司馬遷(사마천)도 《堯典(요전)》, 《禹貢(우공)》 등을 공안국에게 배웠다.

공안국은 漢 武帝에 의해 五經博士(오경박사)가 되었고 臨淮(임회) 太守 등을 역임하였다. 당시 魯 恭王(공왕)이 자신의 궁궐을 확장하려고 공자의 옛집을 헐었는데 벽에서 蝌蚪(과두, 올챙이 모양) 문자로 써진 古書가 대량 발견되었는데, 이는 秦始皇의 焚書坑儒(분서갱유) 시기에 공자 가족이 비장한 것이라 하였다. 만년에 《論語訓解》, 《古文孝經傳》, 《孔子家語》 등을 저술하였고 古文

尙書學派의 개조가 되었다.

《공자가어》는 공자와 그 제자들의 문답과 언행을 기록한 책이다. 이 저술은 《論語》보다 내용의 다양하고 풍부하며, 공자와 그 제자들의 사상의 실제를 알 수 있는 저술이다. 다만 그간 僞書(위서)로 간주하는 제약 때문에 중요하다고 생각되지 않았지만, 공자의 사상을 연구하는데 매우 중요한 자료이다.

그간 여러 학자의 연구를 종합할 때, 《공자가어》는 《論語》와 《孝經》이 成書(성서)되는 전국시대에, 당시의 公卿(공경)이나 士人, 제자들이 서로 문답 내용을 정리한 책이다.

이 《공자가어》의 전승이나 판본, 우리나라에서의 유포와 활용에 대해서는 전문으로 연구하는 학자의 몫이다.

그러나 공자의 일생이나 사상을 알고 싶어하는 독자들, 또는 공자를 숭배하는 사람들에게 우선 공자의 참모습과 學究(학구), 그리고 《孔子家語》의 내용에 정확한 소개가 필요하고, 또는 읽기 쉽게 풀이하여 제대로 이해할 수 있도록 도움을 주어야 한다.

2. 《孔子家語》의 편제

현행 《孔子家語》는 10권 44편으로 구성되었다. 각 권과 각 편의 내용을 다음과 같이 정리할 수 있다.

《孔子家語》卷一

〈相魯〉第一 : 공자가 魯의 政事(정사)를 돕다. 공자의 出仕(출사)에 관한 내용.

〈始誅〉第二 : 공자가 魯의 司寇(사구)로 少正卯(소정묘)를 주살한 내용.

〈王言解〉第三 : '以王言之(왕도에 관해 말하다)' 의 뜻. 曾子(증자)에게 한 말.

〈大婚解〉第四 : 魯 哀公의 질문에 제후의 혼례에 대하여 설명한 내용.

〈儒行解〉第五 : 魯 哀公에게 儒者의 언행을 설명한 내용.

〈問禮〉第六 : 魯 哀公에게 禮法에 대하여 설명한 내용.

〈五儀解〉第七 : 보통 사람〔庸人(용인)〕, 士人, 君子, 賢人, 聖人에 관한 설명.

《孔子家語》卷二

〈致思〉第八 : '깊이 思慮(사려)하다' 의 뜻. 공자와 제자 간의 여러 逸話(일화)를 기록.

〈三恕〉第九 : '3가지 용서' 용서할 수 없는 과오와 그런 사례를 설명.

〈好生〉第十 : 인생 안정을 위한 노력과 仁政(인정)에 관한 내용.

《孔子家語》卷三

〈觀周〉第十一：孔子가 본 周代의 文物을 설명.

〈孝子行〉第十二：공자의 제자인 顔回(안회), 子貢(자공), 冉雍(염옹). 子路(자로), 冉求(염구), 公西赤(공서적), 曾參(증삼), 卜商(복상), 澹臺滅明(담대멸명), 言偃(언언)의 일화.

〈賢君〉第十三：'賢君(현군)은 어떤 사람?' 魯 哀公(노 애공)의 물음에 대한 답변.

〈辯政〉第十四：政事에 관한 담론.

《孔子家語》卷四

〈六本〉第十五：君子의 6가지 행실과 立身 處世(입신 처세)에 관한 여러 가지 언급.

〈辯物〉第十六：사물의 분석이나 구별, 여러 사물에 관한 孔子의 識見(식견)을 설명.

〈問哀公政〉第十七：哀公의 爲政(위정)에 관한 질문, 宰我(재아)의 事鬼(사귀)에 관한 질문.

《孔子家語》卷五

〈顔回〉第十八：孔子의 首弟子 顔回(안회)의 행적을 모은 章.

〈子路初見〉第十九：공자와 子路(자로)의 첫 만남 이후 여러 행적과 대화를 기록.

〈在厄〉第二十：在厄(재액)은 '困厄(곤액)을 당하다.' 공자가

'陳(진)에서 겪은 곤궁' 을 기록.

〈入官〉 第二十一 : 관직을 시작하다. 子張(자장)의 질문과 공자의 답변을 수록.

〈困誓〉 第二十二 : 困窮(곤궁)에 대한 君子의 대처 방법과 공자의 가르침.

〈五帝德〉 第二十三 : 五帝〔黃帝(황제), 顓頊(전욱), 帝嚳(제곡), 堯(요), 舜(순)〕와 禹(우)의 사적에 대한 공자의 견해.

(이상 상권)

《孔子家語》卷六

〈五帝〉 第二十四 : 여기 五帝의 치적에 대한 공자의 견해를 기록.

〈執轡〉 第二十五 : 執轡(집비)는 '고삐를 잡다.' 閔子騫(민자건)의 治國에 관한 질문과 공자의 설명.

〈本命解〉 第二十六 : 魯 哀公의 命과 性에 관한 질문에 대한 공자의 대답.

〈論禮〉 第二十七 : 禮에 관한 공자와 제자들의 問答(문답).

《孔子家語》卷七

〈觀鄕射〉 第二十八 : 鄕射禮(향사례), 鄕飮禮(향음례) 참관 후, 예의 본질에 관한 대화.

〈郊問〉 第二十九 : 南郊(남교)에서의 祭天(제천) 의례에 관한

魯 定公의 질문과 응답.

〈五刑解〉 第三十 : 三皇五帝(삼황오제) 시기의 형벌에 관한 冉有(염유)의 질문과 공자의 대답.

〈刑政〉 第三十一 : 刑罰(형벌)과 政教에 관한 공자와 제자 仲弓(중궁)의 대화.

〈禮運〉 第三十二 : 魯의 臘祭(납제)에 관한 孔子와 言偃(언언)의 대화.

《孔子家語》 卷八

〈冠頌〉 第三十三 : 冠禮(관례)에 관한 공자와 孟懿子(맹의자)의 대화.

〈廟制〉 第三十四 : 公廟(공묘)를 私家에 설치하려는 衛 文子(위 문자)와의 대화.

〈辨樂解〉 第三十五 : 음악에 관련한 일화와 孔子의 생각.

〈問玉〉 第三十六 : 子貢(자공)의 玉에 대한 질문과 교화와 禮治(예치)에 관한 대화.

〈屈節解〉 第三十七 : 屈節(굴절, 지조를 바꿈)에 대한 공자의 경험과 생각.

《孔子家語》 卷九

〈七十二弟子解〉 第三十八 : 孔門弟子 76명을 간략히 소개한 자료.

〈本姓解〉第三十九：孔子 가문의 來歷(내력)과 齊 太史의 공자에 대한 평가.

〈終記解〉第四十：孔子의 臨終(임종)과 제자의 服喪(복상)에 관한 기록.

〈正論解〉第四十一：正名(바른 名分)에 대한 공자의 견해를 소개.

《孔子家語》卷十

〈曲禮子貢問〉第四十二：曲禮(곡례, 日常 예의)에 관한 子貢(자공)의 질문과 공자의 견해.

〈曲禮子夏問〉第四十三：子夏(자하)의 질문과 여러 禮行에 관한 공자의 설명.

〈曲禮公西赤問〉第四十四：公西赤(공서적)의 질문과 喪葬祭禮(상장제례)에 관한 공자의 견해.

3. 註釋者 王肅(왕숙)

陳壽(진수, 233-297년, 字는 承祚)의 正史《三國志》13권,〈鍾繇華歆王朗傳(종요화흠왕랑전)〉에 실린 王朗(왕랑)의 아들 王肅(왕숙)의 열전을 요약하면 다음과 같다.

「曹魏(조위)의 重臣 王朗(왕랑, ?-228년, 字는 景興)은 曹魏(조위, 220-265년 존속)에서 司徒(사도)를 역임하였다. 漢의 舊臣이었지만. 華歆(화흠)과 함께 曹操(조조)의 출세를 적극 도왔으며, 獻帝(헌제)에게 曹丕(조비)한테 禪讓(선양)할 것을 건의하였다.」

소설 《三國演義》에서는 諸葛亮(제갈량)의 北伐(북벌) 때, 王朗(왕랑)은 76세의 고령에도 불구하고 曹眞(조진) 등과 함께 祁山(기산)에서 제갈량과 맞서지만, 제갈량이 그의 不忠을 꾸짖자 분노로 말에서 떨어져 죽는다(武鄕侯罵死王朗).

그 왕랑의 아들 王肅〔왕숙, 195-256年, 字는 子雍(자옹)〕은 후한 東海郡 郯縣(담현) 사람인데, 三國시대에 經學者로 잘 알려졌고, 晉王인 司馬昭(사마소)의 장인이었다. 곧 왕숙의 딸이 司馬懿(사마의)의 아들 司馬昭(사마소, 211-265년)와 결혼하여(文明皇后) 司馬炎(사마염)을 출산했다.

이 사마염이 晉(진)을 건국하고(西晉 武帝, 재위 266-290년) 삼국의 孫吳를 병합하여(서기 280) 三國의 분열을 종식시켰다. 그런 대업을 이룬 사마염의 외조부가 왕숙이었다.

儒家《六經》에 대한 王肅의 주석은 三國에서 南北朝에 이르는 시기에 官學의 교재로 사용되었고, 唐代 孔穎達(공영달)에게도 큰 영향을 끼쳤다.

왕숙은 18세에 宋忠(송충, ?-219년, 字는 仲子. 劉表의 家臣)에게 揚雄(양웅)의 저술인 《太玄經(태현경)》을 배웠고 그 주석을 달았다. 魏 武帝 曹丕(조비) 黃初 연간에 散騎黃門侍郎(산기황문시랑)이 되었다. (魏 明帝) 太和 3年에 散騎常侍(산기상시)가 되었다.

「明帝 靑龍 연간에(서기 234년), 山陽公(漢 獻帝, 劉協, 재위 189-220년)이 죽었다. 이에 王肅(왕숙)은 漢의 황제로 장례해야 한다고 상소했다 이에 明帝는 漢孝獻皇帝라 追諡(추시)하였다. 뒷날 王肅(왕숙)은 常侍(상시)로 秘書監(비서감)을 겸임하였으며, 崇文館(숭문관) 祭酒(제주)도 겸임하였다.

어느 날 명제가 왕숙에게 물었다.

"司馬遷(사마천)은 宮刑(궁형)을 받았기에 내심으로 원한을 품고서 《史記》를 저술하여 孝武帝를 비난 폄하하였고, 그래서 후인으로 하여금 이를 갈게 하였는가?"

이에 왕숙이 답하였다.

"司馬遷의 사실 기록은 공허한 칭송도 없고 악행을 숨기지 않았습니다. 劉向(유향)과 揚雄(양웅)도 사마천의 사실적 기록을 칭찬하며 사마천에게 良史의 재능이 있다면서 《史記》를 실록이라고 하였습니다. 漢 武帝는 사마천이 《史記》를 저술한 사실을 알고 〈孝景帝紀〉와 〈今上本紀〉를 열람하고서 대노하며 삭제하고 없애버렸습니다. 그래서 지금 두 본기는 목록만 있지 내용은 없습니다. 뒷날 李陵(이릉)의 사건으로 사마천을 蠶室(잠실)에 보내 궁형에 처했습니다. 이렇듯 원한은 武帝에게 있었지 史遷(司馬遷)에 있지 않았습니다."

왕숙은 〔曹髦(조모)〕 甘露 元年(감로 원년: 서기 256)에 죽었는데,

상복을 입은 門生이 수백 명이었다. 왕숙에게 衛將軍(위장군)이 추증되었고, 시호는 景侯(경후)였다. 아들 王惲(왕운)이 계승했다. 왕운이 죽고 아들이 없어 단절되었다.」

「그전에, 王肅(왕숙)은 賈逵(가규, 서기 30-101년, 字는 景伯, 賈誼의 九世孫. 후한의 經學家이며 天文學者)와 馬融(마융, 서기 79-166, 字는 季長, 伏波將軍 馬援의 侄孫, 후한의 經學者)의 학설을 좋아했고 鄭玄(정현)의 학설을 좋아하지 않았다.

왕숙은 各 학설의 同異를 모아 《尙書》, 《詩》, 《論語》, 《三禮》, 《左氏傳》의 주해를 저술하였으며, 또 부친 王朗(왕랑)의 저술인 《易傳(역전)》을 새로 편찬하였는데 모두가 學官(학관)에서 채택되었다. 왕술은 조정의 典制(전제)와 郊祀(교사), 宗廟(종묘), 喪紀(상기), 輕重(경중)에 관하여 論駁(논박)하거나 저술한 문장 1백여 편을 남겼다.」

陳壽(진수)는 그 열전의 논평에서 말했다.

「王朗(왕랑)은 박학하였고 才華(재화)가 뛰어났으니 진정 일세의 준걸이었다. 王肅(왕숙)은 성실 정직하고 博學多聞(박학다문)하여 부친의 학문을 계승하였다.〔析薪(석신)〕」

4. 王肅의《孔子家語》序文

原文 鄭氏學行五十載矣. 自肅成童, 始志於學, 而學鄭氏學矣. 然尋文責實, 考其上下, 義理不安, 違錯者多, 是以奪而易之. 然世未明其款情, 而謂其苟駮前師, 以見異於人. 乃慨然而歎曰, '豈好難哉? 予不得已也.' 聖人之門, 方壅不通, 孔氏之路, 枳棘充焉. 豈得不開而辟之哉? 若無由之者, 亦非予之罪也. 是以撰《經禮》申明其義, 及朝論制度, 皆據所見而言.

국역 鄭氏〔정씨, 鄭玄(정현)〕의 학문이 알려진 지 50년이 되었다.[1] 나 王肅(왕숙)은 어렸을 때, 학문에 처음 뜻을 두었고, 정현의

---

1 원문 鄭氏學行五十載矣 – 鄭氏는 鄭玄(정현). 鄭玄(정현, 서기 127-200년, 字는 康成)은 후한, 北海郡 高密縣 사람이다. 정현은 젊어 鄉의 嗇夫(색부)였는데, 휴가일에는 늘 學官에 나갔고 색부의 일을 즐겨 하지 않았기에 부친이 여러 번 화를 내었지만 금할 수 없었다. 결국 太學에 가서 수업을 받았는데 京兆人(경조인) 第五元先(제오원선, 第五는 복성)을 사부로 모시고《京氏易》,《公羊春秋》,《三統曆》,《九章算術》 등을 배워 능통하였다. 또 東郡의 張恭祖(장공조)로부터《周官》,《禮記》,《左氏春秋》,《韓詩》,《古文尚書》 등을 배웠다. 정현은 山東에서 더 배울 사람이 없다 하여 涿郡(탁군)의 盧植(노식)과 함께 서쪽으로 關中(관중)에 들어가서 右扶風(우부풍)의 馬融(마융)을 스

학설을 배웠다. 그렇지만 그 글 중에서 실질을 추구하고(責實) 여러 주장을 詳考(상고)해보면(考其上下), 義理가 완전하지 않고(不安) 서로 어긋나는 바가 많았기에 이로 인해 상반되거나(奪) 주장을 바꾸기도 하였다(易之). 그러나 세상 사람들은 그 실정을(款情) 잘 알지 못하면서 先學인 스승을(前師) 내가 구차히 반박하여(苟駁) 다른 사람과 다른 일면을 보여주려 한다고 생각하였다. (나는) 이를 개탄하며 '내가 어찌 남을 힐난하기를 좋아하겠는가? 나도 不得已(부득이)한 것이다. 聖人을 찾아갈 門이 꽉 막혀 불통하고, 공자에게 나아갈 길이 가시로〔枳棘(지극)〕 막혔도다. 그러니 어찌 문을 열고 가시를 치우지 않을 수 있겠는가? 만약 聖人을 따르는 자가 없다 하여도 그것은 나의 허물은 아닐 것이다.' 라고 말했다.

이에 나는 《經禮》를 撰述(찬술)하여 대의를 밝혔고(申明其義) 조정의 의론과 제도에 대하여 나는 경전에서 본 바에 의거해서

승으로 섬겼다. 鄭玄(정현)은 文辭와 訓詁(훈고)에 치중하였기에 학식이 廣博(광박)한 사람은 설명이 너무 번잡하다고 비판하였다 그러나 經傳에 관한 넓고도 상세한 지식으로 純儒(순유)라는 칭송을 들었고, 齊와 魯 일대에서는 宗師가 되었다. 後漢 말기 난세에 오로지 학문의 등불을 밝히려 애를 썼던 사람이었다. 그의 명성은 그가 벼슬길을 기웃거리지 않았고 학문의 길만을 걸었기에 얻은 명성이니, 그의 경력 자체가 당시로서는 특이하고 또 어려운 일이었다. 《後漢書》 35권, 〈張曹鄭列傳〉에 立傳. 五十載矣의 載는 실을 재. 싣다. 해(年).

의견을 말했다. (下文 계속)

原文 孔子二十二世孫有孔猛者, 家有其先人之書, 昔相從學, 頃還家, 方取已來, 與予所論, 有若重規疊矩. 昔仲尼曰, 「文王旣歿, 文不在玆乎? 天之將喪斯文也! 後死者不得與於斯文也! 天之未喪斯文, 匡人其如予何.」 言天喪斯文, 故令已傳斯文於天下, 今或者天未欲亂斯文, 故令從予學, 而予從猛得斯論, 以明相與孔氏之無違也. 斯皆聖人實事之論, 而恐其將絶, 故特爲解, 以貽好事之君子. 《語》云, 「牢曰, 子云, '吾不試, 故藝.'」

국역 孔子 後孫의 22세손인 孔猛(공맹)[2]이란 사람이 집에 先人의 書册〔서책 : 孔子家語(공자가어)〕이 있다 하였는데, 그는 예전에 나를 따라 배운 적이 있었다. 그의 집에서 얻어본 책은 나의 주장과 많은 부분이 겹치고 일치하였다. 옛날에 仲尼〔중니 : 孔子(공자)〕가 말했었다.

---

2 孔猛(공맹)은 인명, 생졸년 미상. 참고로, 東漢末의 孔融(공융, 서기 153-208년, 字 文擧)이 20대손이다. 공융은 建安七子의 한 사람이었는데, 여러 번 得罪(득죄)하여 曹操(조조)에게 被殺되었다.

「文王이 죽은 뒤에(文王既歿) 그 文化가 나에게 있지 않은가?(文不在玆乎?) 하늘이 이 문화를 없앤다면(天之將喪斯文也), 후생들은 문왕의 문화를 이어받지 못할 것이다.(後死者不得與於斯文也!) 하늘은 결코 내가 가진 문왕의 문화를 없애지 않을 것이니(天之未喪斯文) 匡人(광인)들이 나를 어찌하겠는가?(匡人其如予何.)」라고 말했다.(《論語 子罕(자한)》)

이는 하늘이 斯文(사문, 儒學)을 없애려 하지 않기에 공자로 하여금 유학을 천하에 널리 전하게 하였다고 말한 것이다. 아니면 지금 하늘이 斯文을 없애려 하지 않기에 나로 하여금 이를 배우게 했으며, 내가 孔猛(공맹)에게서 이 글을 읽게 한 것이고 또 나와 공자가 생각이 다르지 않은 것을(無違也) 분명히 밝힌 것이리라. 이 모두가 聖人의 實事(실사) 논리이다. 혹시 앞으로 단절될까 두려운 바가 있어 (나는) 특별히 이를 주해하여 實事의 학문을 좋아하는 군자들에게(好事之君子) 남겨주려 한다(貽).

《論語》에 기록되었다.「琴牢(금뢰)가 말했다. '스승께서는 등용되지 않았기에 技藝(기예)에 밝았다.' 고 말씀하셨다.」[3]

3「牢曰, 子云, '吾不試, 故藝.'」이는《論語 子罕》의 구절이다. 牢는 공자의 제자인 琴牢(금뢰).《論語 子罕》에는 공자가 젊어 미천한 지위에 있어 鄙陋(비루)한 여러 일도 잘할 수 있었다고 말하였다.(大宰問於子貢曰, ~ 子聞之曰, ~ 吾少也賤 故多能鄙事.)

| 原文 | 談者不知爲誰, 多妄爲之說.《孔子家語》,「弟子有琴張, 一名牢, 字子開, 亦字張, 衛人也. 宗魯死, 將往弔, 孔子止焉.」

《春秋外傳》曰,「昔堯臨民以五.」說者曰, "堯五載一巡狩." 五載一巡狩, 不得稱臨民以五. 經曰「五載一巡狩.」此乃說舜之文, 非說堯. 孔子說論五帝, 各道其異事, 於舜

云「巡狩天下, 五載一始.」則堯之巡狩年數未明. 周十二歲一巡, 寧可言周臨民以十二乎?

孔子曰, "堯以土德王天下, 而色尙黃." 黃, 土德, 五, 土之數.

故曰 "臨民以五" 此其義也.

王肅 序.

| 국역 | 談論(담론)을 하는 자들은 〔牢(뢰)가〕 누구인가를 알지 못하기에 허망된 주장이 많았다(多妄爲之說). (그런데)《孔子家語》에 기록이 있다.

「(공자의) 弟子에 琴張(금장)이 있는데 다른 이름은 牢(뢰)이고, 字는 子開(자개)이며, 다른 字는 子張(자장)이고, 衛(위)나라 사람이다.[4] 宗魯(종로, 人名)가 죽었을 때, (牢가) 조문하려 하자 孔子

---

4 衛國(위국)은 周朝의 諸侯國으로 姬姓이고, 周 武王의 동생인 康叔

가 제지하였다.」[5]

《春秋外傳 / 國語》에 「예전에(昔) 堯(요)는 土德으로 백성을 이끌었다(臨民以五).」고 하였다. 이에 관하여 說者(설자)는 "堯가 5년에 한 번씩 巡狩(순수)하였다."고 말했다. 5년에 한 번 순수한 것을 五로 백성을 다스렸다고 말할 수는 없다.

經(《春秋》)에서도 「5년에 한 번 순수하였다.」고 하였는데, 이는 舜(순)에 관한 글이지 堯에 관한 일이 아니다.

孔子도 五帝의 특이한 사례를 언급하면서 舜(순)에 대하여 「천하를 순수하였는데, 5년에 한 번이었다.」고 하였다. 그러나 堯가 몇 년에 한 번 순수였는지는 명확하지 않다. 周 천자는 12년마다 순수하였는데, 그렇다면 周는 12로 백성을 다스렸다고 해야 하는가?

孔子가 말씀하였다.

"堯는 土德으로 天下의 王이 되었고, 색은 黃色을 숭상하였다."

을 봉한 나라이다. 朝歌(조가, 今 河南省 북부 鶴壁市 淇縣), 楚丘(초구), 帝丘(제구), 野王(야왕) 등지로 수도를 옮겨 다녔는데 그 영역은 대략, 今 河南省 북부와 河北省 남부 일대였다. 前 209년에 2세 황제에 의해 아예 없어져 버렸다. 野王은 지명이 특이하여 주목하게 된다. 野王縣(야왕현)은 今 河南省 북부, 河水 북안의 焦作市(초작시) 관할 沁陽市(심양시)이다.

5 第三十八 〈七十二弟子解〉 참고.

黃은 土德이며, 숫자 五는 土德의 數이다. 그래서 "5로(土德) 백성을 다스렸다." 하였으며, 바로 그런 뜻이다. 王肅(왕숙)이 짓다(序).

5. 孔子의 생애(요약)

중국과 우리나라에서 儒家 경전을 공부했던 실질적 목적은 과거 시험에 합격하고 관직에 나가는 것이기에 사대부들은 벼슬을 얻기 위해 공자의 가르침을 열심히 공부하였다.

그렇다면 공자는 그 생애에 어떠한 학문적 성취가 있었고, 어떤 벼슬을 했는가? 공자의 벼슬길은 성공적이었는가? 성공적이지 못했다면 그 원인은 무엇인가?

孔子가 죽고(기원전 479년), 약 330여 년 뒤에 출생한 司馬遷(사마천, 前 135?-86?)이 저술한《史記 孔子世家》는 공자에 관한 가장 상세한 기록으로 인정받고 있다. 사마천이 공자를 개인의 전기라 할 수 있는 列傳(열전)에 넣지 않고, 제후의 반열인 世家(세가)에 넣은 것은 매우 특별한 배려이며, 이에 관련하여 많은 논쟁이 있었다. 물론 사마천의 기록도 완전한 기록은 아니지만[6] 공자의 일

6 淸의 고증학자 崔述(최술, 1740-1816년)은《洙泗考信錄(수사고신록)》

생을 전하는 《孔子家語》보다는 神異(신이)한 내용이 없어 사실에 가까운 기록으로 인정받고 있다.[7]

孔子의[8] 본명은 공구〔孔丘, 字는 仲尼(중니)〕로, 당시 魯(노)나라의 郰邑〔추읍, 今 山東省(산동성) 중부 濟寧市(제령시) 관할 曲阜市(곡부시)〕에서 몰락한 하급 무사의 아들로 태어났다.[9] 출생연도에 여러 설

이란 저서에서 사마천의 〈공자세가〉 기록은 7~8할이 중상모략이라고 비판하였다. 공자의 일생에 관한 많은 저술이 있지만, 필자는 논문 〈공자세가의 연대기적 내용에 대한 연구〉(1998)에서 〈공자세가〉에 수록된 年代記的 내용의 오류를 분석하였다.

7 《孔子家語》는 孔子의 思想과 일생에 관한 기록으로, 漢 이전부터 漢代에 걸쳐 쓰인 책이나 지금 통용되는 것은 王肅(왕숙, 후한 말~魏)이 정리한 것이다. 그러나 顧頡剛(고힐강)은 《孔子研究講義》라는 책에서 《孔子家語》는 왕숙의 僞作(위작)으로 '믿을만한 내용이 아무것도 없는 책' 이라 하였다.

8 《論語》에는 제자들이 보통 스승 공자를 '子' 라고 통칭했다. 이때 子는 성인 남자에 대한 통칭이었지만 점차 스승이나 유덕한 사람을 지칭했다. 夫子(부자)는 大夫에 대한 경칭인데, 나중에는 공자의 제자들이 스승 공자에 대한 호칭이 되었다. 그리고 《論語》에는 '孔子曰' 로 지칭한 장도 있는데, 이는 《論語》가 어떤 원칙하에 일관되게 편찬되지 않았기 때문이다. 孔子를 영어로 Confucius라고 번역하는데, 이는 공부자(孔夫子)의 음역이다. 유가사상은 Confucianism이라 한다.

9 魯나라의 도성 曲阜(곡부)에서 20여 km 지점에 郰邑(추읍, 鄹, 陬로도 표기)이 있었다. 공자의 어머니 顔氏는 尼丘山(이구산)에 기도를 해

이 있지만 지금은 일반적으로 기원전 551년 출생으로 통용되며, 기원전 479년에 73세를 일기로 작고하였다.

공자는 3살에 부친을 여위었고, 젊은 미망인 어머니〔顔氏(안씨)〕의 손에 양육되었으니 그 가정의 경제적 상황이 어떠했겠는가는 쉽게 짐작할 수 있다.

당시 공자는 신분상 일반 평민이 아닌 관직에 나갈 수 있는 길이 열린 士(사)에 속했지만 경제적으로 힘든 窮士(궁사) 계층이었다.

士는 문화적 소양과 지식을 지닌 계층으로 중하급 관리 노릇을 할 수 있었으며, 경제적으로는 토지를 私有(사유)할 수 있어 국가적으로도 중요한 계층이었다. 사 계층의 위로는 귀족이라 할 수 있는 大夫가 있고, 아래로는 생산 활동에 종사하는 平民(小人)이 있었다. 士는 스스로의 노력과 관운에 의거 신분 상승을 할 수도 있지만 잘못하면 평민으로 떨어질 수도 있었기에, 이들은 태생적으로 현실 개혁 의지를 갖고 있었다고 볼 수 있다.

공자 역시 처음에는 창고지기〔委吏(위리)〕와 목장 관리인〔乘田(승전)〕 같은 낮은 직위에 있었다. 공자 자신도 이런 낮은 지위에 근무했었다는 사실을 숨기지 않았다.[10] 공자가 창고지기를 할 때

서 공자를 낳았으며, 공자의 부친 별세 후에는 魯 도성 내의 闕里(궐리)로 이사했고, 공자는 궐리에서 생활하였다. 이 근처에 洙水(수수)와 泗水(사수)가 있다. 그래서 尼丘(이구)와 洙泗(수사), 闕里(궐리)는 때로 공자의 代稱(대칭)으로도 쓰인다.

10《論語 子罕》大宰問於子貢曰, ~ 子聞之曰, ~ 吾少也賤 故多能鄙

는 회계가 정확했고, 목장 관리인을 할 때는 소나 양들이 잘 번식했다는 기록이 있다.[11]

그러나 농사를 지어도 굶주릴 수 있고, 학문을 하면 녹봉을 얻을 수도 있었기에[12] 공자나 그 제자들은 스스로 노력하며 관직을 구하려 애를 썼다. 이들 사 계층은 관직을 유지하고 잘 살아가려면 반드시 공경(公卿)이나 대부들에게 매달릴 수밖에 없었다.

공자는 15세에 배움에 뜻을 두었다고 했다.[13]

공자는 일정한 스승에게 배우기보다는 문자 습득 후 독학에 의한 학습을 했을 것이고 창고지기 같은 하급 관리로서의 실무도 익혔을 것이다. 젊은 날의 이런 경험은 하층민들에 대한 접촉과 함께 그에 대한 이해의 바탕을 넓힐 수 있었을 것이다.

공자는 모친이 죽은 뒤 服喪(복상)했을 것이고, 그 이후에도 관직에 있었는가는 상세히 알 수 없다. 다만 30세에 자립(三十而立)했다는 것은 인생과 학문, 처세에서 자신의 주관이 확립되었다는

事.~ / 牢曰, 子云, 吾不試 故芸.

11 《孟子 万章章句 下》 孔子嘗爲委吏矣 曰會計當而已矣. 嘗爲乘田矣 曰牛羊 茁壯長而已矣.

12 《論語 衛靈公》 子曰, ~ 耕也 餒在其中矣, 學也 祿在其中矣. 君子憂道不憂貧.

13 《論語 爲政》 子曰, 吾十有五而志於學, 三十而立, 四十而不惑, 五十而知天命, 六十而耳順, 七十而從心所欲 不踰矩.

것을 의미한다. 동시에 자신이 六藝(육예)에 관한 학문을 계속 연마하면서 찾아오는 제자들에게 禮와 학문에 관한 지식을 전수했을 것으로 생각할 수 있다.

공자는 51세에 魯나라 中都(중도)라는 곳의 지방관으로 관직생활을 시작하여 54세에 노나라의 법무장관격인 大司寇(대사구)가 되었으나 곧 관직에서 물러났다.

이어 기원전 497년 공자 55세에 공자는 魯나라를 떠나 각국을 여행한다. 공자가 노나라를 떠난 이유를 명확하게 설명한 사료도 없으며, 오랜 기간의 외유에 관하여 《論語》에도 극히 간단한 서술이 있을 뿐이다. 하여튼 공자는 당시 魯의 실권자 季桓子(계환자)와 갈등이 있었다고 추정할 수 있다.

공자는 68세 되는 해까지 14년간 자신의 道를 실현할 수 있는 나라를 찾아다녔다. 공자는 당시 魯나라 주변의 약소국인 衛(위), 宋(송), 陳(진), 蔡(채) 등에 주로 머물렀고 晉(진), 楚(초), 齊(제) 같은 큰 나라에는 가지도 않았다.

이러한 외유를 공자가 천하를 周遊(주유)했다고 표현하지만, 사실은 많은 역경과 난관만을 겪었을 뿐 끝내 뜻을 이루지 못했다. 공자가 각국을 돌아다니는 동안 鄭(정)나라 성문에서는 일행과 떨어져 '상갓집의 개(喪家之狗)' 처럼[14] 처량한 상황에 처하기

14 《史記 孔子世家》에 나오는 표현이다. 상갓집의 개는 주인이 경황이 없어 먹을 것을 챙겨줄 수 없다. 떠돌아다니는 공자의 생활을

도 했으며, 匡(광)이란 곳에서는 마을 사람들의 공격을 받아 목숨이 위태로웠던 때도 있었다. 뿐만 아니라 陳나라와 蔡(채) 사이에서는 식량이 떨어져 7일 동안 굶기도 했었다.

공자가 모국 魯를 떠나 천하를 주유한 것은 자신의 과거나 특정 대상으로부터 달아나기 위한 것이 아니었고, 자신의 정치 철학에 대한 변화를 시도한 것도 아니었다. 이는 공자가 자신의 이상을 실현해야 한다는 천하 만민들을 위한 인정을 베풀어야 한다는 신념을 관철하기 위한 공자의 熱情(열정, passion) 때문이었다고 볼 수 있다.

68세에 노나라로 돌아온 공자는 저술과 강학에 종사하다가 기원전 479년에 73세로 죽었는데, 당시로서는 아주 장수한 편이었다.[15] 공자는 사후에 후세인들의 존숭을 받으며 素王(소왕)으로도 불리었다. 素王은 실제로 통치자의 자리에 오르지는 못했지만, 통치자의 덕을 갖추고, 王者(왕자)로서의 일을 행한 사람을 일컫는 말이다.

이처럼 공자의 생애에는 별로 극적인 요소가 없었으며, 당시의

이렇게 표현한 것은 공자 같은 聖人일지라도 일상생활은 결코 쉽지 않았다는 점을 후세에 전해주기 위한 사마천의 의도였다고 생각한다.

15 중국에 '인생은 73이나 84'(人生七十三八十四)라는 속담이 있다. 공자는 73세, 맹자는 84세에 죽었다.

세속적 기준으로 본다면 성공한 삶은 아니었다. 공자의 포부가 실현된 것도 없었으며 그의 제자들이 각국에서 크게 등용된 경우도 많지 않았다.

이는 당시 여러 제후국의 정세가 공자의 仁義에 의한 정치를 시도할 만큼 안정적이지 못했으며, 공자의 주장이 현실적으로는 수용이 어려운 理想的(이상적) 주장이었다고 볼 수도 있다.

다만 그의 제자들에 의하여 공자의 사상은 단절되지 않고 계속 확산되었는데, 前漢(전한)의 武帝(재위 前 141-87)가 董仲舒(동중서)의 건의를 받아들여 유학을 국가 정치와 백성 교화, 곧 政教(정교)의 이념으로 채택하면서 크게 융성하기 시작했다. 그렇지만 이로 인해 유교는 전제정치의 정당화에 악용되기 시작했고, 공자에 대한 여러 가지 전설이 보태지거나 윤색되었다.

《孔子家語》
권1

〈相魯(상로)〉 제1

【해설】

〈相魯(상로)〉 - 본 《孔子家語》는 총 10권으로 짜였다. 각 권은 여러 篇의 글이 수록되었다. 각 편에는 그 내용을 짐작할 수 있는 2, 3자로 제목을 붙였다. 이는 《論語》 20편의 제목이 첫 문장의 머리글자 2, 3字로 篇名을 삼은 것과는 다르다.

〈相魯〉의 相은 宰相(재상)의 뜻이 아니고, 相은 돕다(輔助, 補助)의 뜻이다. 相에는 儀禮(의례)의 동작을 '옆에서 도와주다' 의 뜻도 있다.

1편 〈相魯〉는 孔子의 관직 생활 중 공자가 역임한 中都宰(중도재), 司空(사공), 大司寇(대사구)의 관직과 그 치적을 수록하였다.

중국과 우리나라에서 儒家 경전을 공부했던 실질적 목적은 과거 시험에 합격하고 관직에 나가는 것이었으니, 사대부들은 벼슬을 얻기 위해 공자의 가르침을 열심히 공부하였다.

그러나 공자는 관직을 위하여 공부하지 않았고, 또 관직에서 크게 성공을 거두지도 못했으며, 오래 재직하지도 않았다. 그렇지만 본 편의 기록에 의하면, 공자 관직 생활은 모범이고 최고의 성과였다.

공자가 살았던 春秋시대는 周 나라의 전통 질서와 제도가 붕괴되고 제후국들의 다툼 속에 크고 작은 분쟁과 함께 백성들의 생활이 위협을 받는 혼란의 시대였다. 주나라의 정치제도의 근간은 天子인 주왕이 제후들을 分封(분봉)하고 제후들이 자기 領地〔영지: 封地(봉지)〕 내의 백성을 다스리는 봉건제도였다.

그러나 주 왕실의 쇠약과 제후국의 강성은 필연적이었고, 혈연을 바탕으로 장자상속제를 근간으로 하는 宗法(종법) 제도 또한 실력 앞에서는 아무런 의미도 없는 제도였다. 주나라 왕실은 쇠약해져서 명분상의 권위만 남아 있고 제후국들은 번영과 안정을 목표로 여러 방책을 강구하는 상황이었다.

춘추시대는 청동기의 보편적 사용과 함께 농업생산도 증가하며 제후국 사이에 크고 작은 전쟁이 빈발하였다. 춘추시대 초기에 100여 개 이상의 크고 작은 제후국이(사실은 城邑國家) 존재했었지만, 철기가 완전하게 보급되는 戰國時代(전국시대)[16]에는

16 전국시대의 시작을 언제부터로 잡느냐에 대해서는 크게 두 가지 주장이 있다. 한(韓)·위(魏)·조(趙)가 진(晉)을 멸망시키고 영토를 나눠 독립한 기원전 453년을 전국시대의 시작으로 보는 주장과 이들 삼국을 주왕이 제후국으로 공식적으로 인정해 준 기원전 403년을 정식 연도로 보는 두 주장이 있다.

秦(진) 중심으로 戰國 七雄(전국 칠웅)과 몇 개의 약소국만이 존재하게 된다. 이를 본다면 춘추전국시대에 얼마나 많은 전쟁과 나라의 통폐합이 있었는가를 알 수 있다.

이 시대에 제후국의 통치자들은 백성들을 가혹하게 수탈했으며 강제 부역에 동원했고 그치지 않는 전란으로 백성들 모두가 참혹한 생활을 할 수밖에 없었다. 이러한 현실에서 공자는 백성들의 휴식과 안정을 위한 정치, 곧 힘에 의한 통치 대신에 德治(덕치)를 주장했다.

공자가 살았던 당시 주나라의 왕실은 아무런 권위나 실권도 없는 명목뿐인 왕실이었다. 주나라 왕실의 혈통에 가장 가까운 제후국인 魯(노)나라 역시 公室(공실)의 권력은 하나도 없고 소위 三桓(삼환)이라고 부르는 三家가 권력을 장악하고 있었는데, 특히 季孫氏(계손씨)가 국정을 주무르고 있었다.

노나라는 특히 인접국인 齊(제)나라가 강성해졌기에 영토도 좁고 國勢(국세)도 약한 약소국으로 전락할 수밖에 없었다. 여기에 삼환의 후손에 의해 장악된 노나라는 공실의 힘은 더욱 약해졌고 국정과 예악은 매우 문란하였다. 공자는 이러한 정치적 현실에 실망할 수밖에 없었다.

공자가 특히 실망한 것은 예악의 문란이었다. 당시 최대 세력가인 계씨가 자신의 집에서 八佾(팔일)의 舞(무)를 추게 한 것을 보고 "이런 짓을 할 수 있다면 그 무슨 짓인들 못하겠는가?" 라고

탄식했다.[17]

팔일은 한 줄에 8명씩 8열로 64명이 춤을 추는 天子(周 왕실)의 예악이었다. 그런데 제후국의 大夫가 이런 예악을 행한다는 것은 예악의 남용이며 붕괴라 할 수 있다. 예악의 문란은 국가정치와 사회질서의 문란이다. 이는 이미 周 문물의 붕괴라 할 수 있다.

이런 상황에서 周나라의 왕실의 권위 회복이나 주나라 초기의 정치로의 환원은 사실상 불가능했다. 공자가 주나라 초기의 정치나 문물을 칭송한 것은 주나라 초기의 예악에 의한 정치, 곧 문화적인 정치질서를 회복해야 한다는 신념의 표현이었지만 통치적 측면에서 실질적 복귀는 상상할 수도 없었다.

---

17 《論語 八佾(팔일)》 孔子謂季氏, 八佾舞於庭 是可忍也 孰不可忍也.

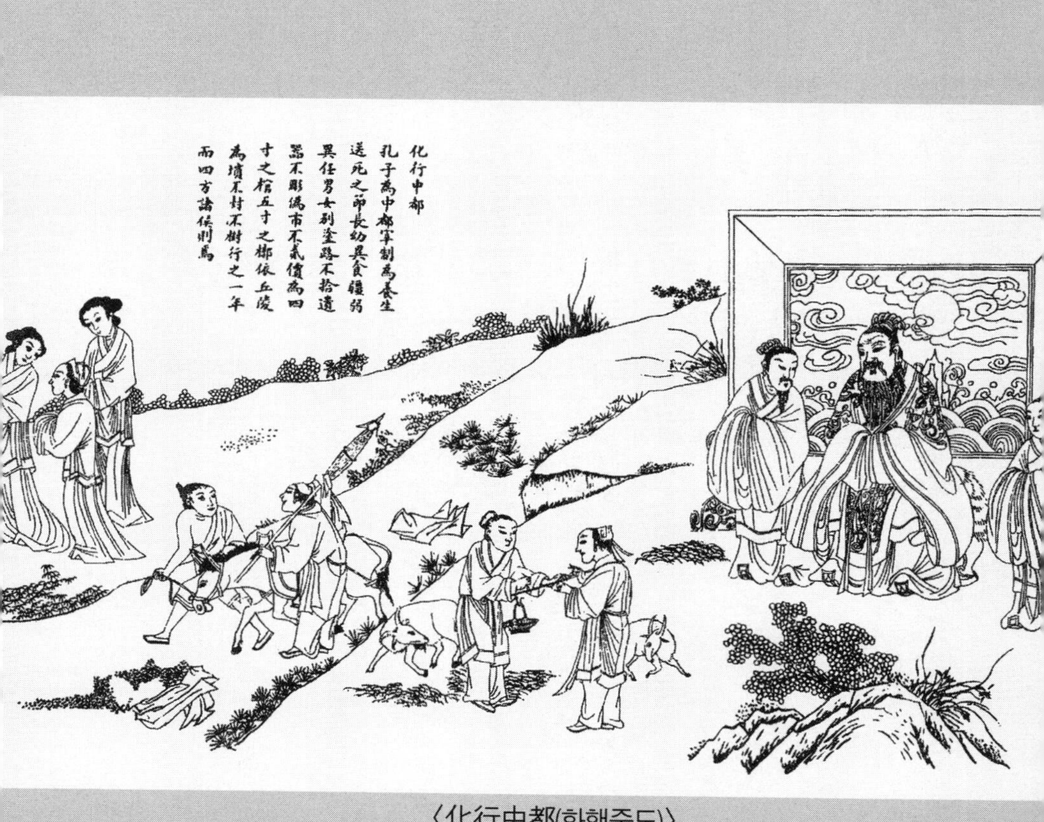
化行中都
孔子爲中都宰制爲養生
送死之節長幼異食彊弱
異任男女別塗路不拾遺
器不彫僞市不貳價爲四
寸之棺五寸之槨依丘陵
爲墳不封不樹行之一年
而四方諸侯則焉

〈化行中都(화행중도)〉

| 原文 | 孔子初仕爲中都宰, 制爲養生送死之節, 長幼異食, 强弱異任, 男女別塗, 路無拾遺, 器不雕僞, 爲四寸之棺, 五寸之槨, 因丘陵爲墳, 不封,不樹, 行之一年, 而西方之諸侯則焉.

定公謂孔子曰, "學子此法, 以治魯國何如?"

孔子對曰, "雖天下可乎, 何但魯國而已哉."

於是二年, 定公以爲司空. 乃別五土之性, 而物各得其所生之宜, 咸得厥所. 先時季氏葬昭公於墓道之南, 孔子溝而合諸墓焉.

謂季桓子曰, "貶君以彰己罪, 非禮也, 今合之, 所以揜夫子之不臣."

由司空爲魯大司寇. 設法而不用, 無奸民.

| 국역 | 孔子(공자)가[18] 처음 출사하여 中都宰(중도재)[19]가 되었

---

18 孔子가 죽고(기원전 479년), 약 330여 년 뒤에 출생한 司馬遷(사마천, 前 135?~86?)이 저술한 《史記 孔子世家》는 공자에 관한 가장 상세한 기록으로 인정받고 있다. 사마천이 공자를 개인의 전기라 할 수 있는 列傳에 넣지 않고, 제후의 반열인 世家에 넣은 것은 매우 특별한 배려이기에 이에 관련하여 많은 논쟁이 있었다. 물론 사마천의 기록도 완전한 기록은 아니지만 공자의 일생을 전하는《孔子家語》보다는 神異(신이)한 내용이 없어 사실에 가까운 기록으로

는데, 養生(양생)과 送死(송사, 장례)의 절차를 제정하였고, 어른과 아이는 식사를 달리하게 했으며[20] (체력의) 强弱(강약)에 따라 할

인정받고 있다.

孔子의 본명은 공구〔孔丘, 字는 仲尼(중니)〕로 당시 魯(노)나라의 郰邑(추읍, 今 山東省 중부 濟寧市 관할 曲阜市)에서 몰락한 하급 무사의 아들로 태어났다. 출생연도에 여러 설이 있지만, 지금은 일반적으로 기원전 551년 출생으로 통용되며, 前 479년에 73세를 일기로 작고하였다.

《論語》에는 제자들이 보통 스승 공자를 '子'라고 통칭했다. 이때 子는 성인 남자에 대한 통칭이었지만 점차 스승이나 유덕한 사람을 지칭했다. 夫子(부자)는 大夫에 대한 경칭인데, 나중에는 공자의 제자들이 스승 공자에 대한 호칭이 되었다. 孔子를 영어로 Confucius라고 번역하는데, 이는 공부자(孔夫子)의 음역이다. 유가사상은 Confucianism이라 한다.

魯의 도성 曲阜(곡부)에서 20여km 지점에 郰邑(추읍, 鄹, 陬로도 표기)이 있었다. 공자의 어머니 顔氏(안씨)는 尼丘山(이구산)에 기도를 해서 공자를 낳았으며, 공자의 부친 별세 후에는 魯 도성 내의 闕里(궐리)로 이사했고 공자는 궐리에서 생활하였다. 이 근처에 洙水(수수)와 泗水(사수)가 있다. 그래서 尼丘(이구)와 洙泗(수사), 闕里(궐리)는 때로 공자의 代稱(대칭)으로도 쓰인다.

19 中都宰(중도재) – 中都는 魯의 邑名. 今 山東省 중부 濟寧市 관할 汶上縣. 본래 나라의 宗廟가 있거나 先祖 神主를 모신 城을 都, 없으면 邑이라 칭했다. 宰는 관직, 관리. 〈孔子世家〉에 의하면, 공자가 中都宰가 된 것은 51세 때였고 (魯 定公 9년, 서기 前 501년), 1년 정도 재직했다.

20 원문 長幼異食 – 어른과 유아는 壯年(장년)과 식사를 달리하다. 禮

일을 다르게 부여하였고, 남녀가 길을 따로 다녔으며,[21] 길에 떨어진 물건을 주워 갖지 않았고, 기물을 장식하지 않았으며,[22] 4치 두께의 棺(관)과 5치의 槨(곽)을 사용케 하였고,[23] 丘陵(구릉)을 이용하여 묘를 쓰되 흙을 쌓아 올리거나 나무를 심지 않게 하였다.[24] 그렇게 1년을 시행하니 서방의 제후들이 이를 본받았다.[25]

定公(정공, 재위 前 509 - 495년, 昭公의 弟)이 孔子에게 말했다.

"선생의 그런 법도를 배워 魯國을 다스리면 어떻겠습니까?"

공자가 대답하였다.

"비록 천하를 다스려도 괜찮을 것이니 어찌 魯뿐이겠습니까?"

에 50세가 되면 좋은 음식을 먹게 하였으니, 이른 尊老(존로)의 뜻이었다.

21 원문 男女別塗 - 塗는 진흙 도. 길(도로). 남자는 도로의 우측, 여자는 좌측으로 통하게 했다.

22 원문 器不雕僞 - 器는 연모. 생활용구. 雕는 새길 조. 僞는 거짓 위. 기물에 그림이나 조각으로 장식하지 않다(文飾雕畫). 검소한 기풍을 장려하다.

23 棺槨(관곽) - 棺은 시신을 싸는 관. 널. 槨은 덧널 곽. 관을 싸는 외부의 木槨(목곽).

24 因丘陵爲墳 不封,不樹 - 丘陵(구릉)은 산비탈. 墳은 무덤 분. 표가 나도록 흙을 쌓아 올린 것이 封墳(봉분)이다. 우리나라에서는 그런 기록이 없지만 중국의 무덤은 흙을 쌓아 높인 뒤에 나무를(松柏) 심었다.

25 원문 而西方之諸侯則焉 - 魯國이 東方이기에 西方의 諸侯가 모두 이를 본받았다.

이에 그 다음 해 정공은 공자를 司空(사공)에 등용하였다.[26] 그러자 공자는 토지의 5가지 특성을 구분하여 활용하니,[27] 만물이 모두 제자리를 찾아 번성하였다.[28]

이에 앞서 季氏(계씨, 季平子)[29]는 (죽은) 昭公(소공)[30]을 墓道(묘

---

26 원문 定公以爲司空 – 司空은 나라의 토목과 치수 담당. 卿에 해당. 사공이 아닌 사공의 속관 소사공이라는 주석도 있다.

27 원문 別五土之性 – 五土는 山林. 川澤(천택), 丘陵(구릉), 墳衍(분연, 평야, 벌판), 原隰(원습, 저습지).

28 원문 咸得厥所 – 咸은 다 함. 모두. 厥은 그 궐. 그곳. 厥所(궐소)는 適宜한 곳.

29 季氏(계씨, 季平子) – 魯의 권력은 周의 國姓인 姬姓(희성)에 孟氏(맹씨), 叔氏(숙씨), 季氏가 나눠 장악했고, 이를 三家라고 칭했다. 魯 桓公(환공, 前 712 – 694년 재위) 이후 이들을 三桓(삼환)이라고 불렀다. 魯 환공 이후 莊公(장공, 재위 前 693 – 662년)이 계위하였지만, 국가 권력은 여전히 仲孫氏(뒷날 孟孫氏), 叔孫氏, 季孫氏에 이어졌는데, 이들은 魯國 卿(경)의 신분으로 司徒(사도), 司空(사공), 司馬(사마)의 관직을 거의 독점하였다. 삼환 중 계손씨의 권한이 가장 컸었다.

30 昭公(소공, 재위 前 541 – 510) – 공자가 20세에 아들을 낳자 소공이 공자에게 잉어를 보내 축하했기에 아들 이름을 鯉(잉어 리)라 하였다. 그 소공이 계씨의 전횡을 제거하려다가 오히려 패배하여 齊로 피신했다. 다시 晉에 머물다가 귀국하지 못하고, 晉에서 죽었다. 동생 정공이 즉위한 뒤 그 시신을 운구하였지만 계씨의 눈치를 보며, 先祖의 무덤이 있는 곳에 장례하지 못하고 묘지에 가는 길의 남쪽에 묻었다.

도)의 남쪽에 장례케 했었는데, 공자는 도랑을 파서 (소공의 무덤을) 다른 무덤과 같은 지역으로 만들었다.

그리고서는 季桓子(계환자, 季平子의 子)에게 말했다.

"主君을 貶下(폄하)하고 그 죄상을 드러내는 것은 禮가 아닙니다. 이제 묘역을 합쳐 夫子(季平子)의 不臣한 모양을 덮어준 것입니다."[31]

공자는 司空(사공)에서 魯의 大司寇(대사구)가 되었다. (형벌에 관한) 法은 있었지만 적용하지 않았고, 간악한 백성도 없었다.[32]

31 원문 揜夫子之不臣 - 揜은 가릴 엄. 덮어주다. 不臣은 臣下답지 않은 행위.

32 원문 設法而不用, 無奸民 - 大司寇(대사구)는 나라의 형벌을 주관하는 卿. 敎化가 잘 시행되어 형벌을 적용하는 경우가 없었다. 敎化의 성공을 칭송하는 말.

夾谷會齊
定公十年會齊侯於
夾谷孔子攝相事獻
酬禮畢齊有司請奏
四方之樂孔子進曰
吾兩君爲好夷狄之
樂何爲于此請却之
又請奏宮中之樂孔
子進曰匹夫熒惑諸
侯者誅請命有司加
法焉景公慚懼

〈夾谷會齊(협곡회제)〉

原文 定公與齊侯會於夾谷, 孔子攝相事, 曰, “臣聞有文事者, 必有武備. 有武事者, 必有文備, 古者諸侯並出疆, 必具官以從, 請具左右司馬.” 定公從之. 至會所, 爲壇位土階三等, 以遇禮相見, 揖讓而登, 獻酢旣畢, 齊使萊人以兵鼓譟劫定公.

孔子歷階而進, 以公退曰, “士以兵之, 吾兩君爲好, 裔夷之俘, 敢以兵亂之, 非齊君所以命諸侯也. 裔不謀夏, 夷不亂華. 俘不幹盟, 兵不偪好, 於神爲不祥, 於德爲愆義, 於人爲失禮, 君必不然.”

齊侯心怍, 麾而避之. 有頃, 齊奏宮中之樂, 俳優侏儒戱於前. 孔子趨進歷階而上, 不盡一等, 曰, “匹夫熒侮諸侯者, 罪應誅, 請右司馬速刑焉.” 於是斬侏儒, 手足異處.

齊侯懼, 有慚色. 將盟, 齊人加載書曰, 「齊師出境, 而不以兵車三百乘從我者, 有如此盟.」

孔子使茲無還對曰, “而不返我汶陽之田, 吾以供命者, 亦如之.”

齊侯將設享禮, 孔子謂梁丘據曰, “齊魯之故, 吾子何不聞焉? 事旣成矣, 而又享之, 是勤執事, 且犧象不出門, 嘉樂不野合, 享而旣具是棄禮, 若其不具, 是用秕粺, 用秕粺君辱, 棄禮名惡, 子盍圖之. 夫享, 所以昭德也, 不昭, 不如其已."

乃不果享. 齊侯歸, 責其群臣曰, "魯以君子道輔其君, 而子獨以夷狄道敎寡人, 使得罪."

於是乃歸所侵魯之四邑, 及汶陽之田.

▍국역▍ 魯 定公과 齊侯(제후, 齊 景公. 재위 前 548 - 490년)가 夾谷(협곡)에서 會盟(회맹)할 때,[33] 공자는 의례 진행을 담당하면서(攝相事),[34] 정공에게 말했다.

"臣이 알기로, 文事를 처리하더라도 반드시 武備(무비)가 있어야 합니다. 또 武事를 처리할 때도 반드시 文備(문비)가 있어야 합니다. 그래서 옛날에 제후가 국경을 나갈 때는(出疆) 반드시 屬官(속관)을 수행케 하였으니 左, 右 司馬를 데리고 가십시오."

정공은 공자의 말에 따랐다. 회맹 장소에서는 3단의 흙을 쌓아

---

33 원문 定公與齊侯會於夾谷 - 魯 定公과 齊 景公은 定公 10년(前 500년)에 夾谷〔협곡, 齊地, 今 山東省 중부 萊蕪市 夾谷峪(협곡욕)에 해당〕에서 會盟하였다. 이 夾谷之會는 《左傳》 정공 10년 條, 《穀梁傳》, 《史記 孔子世家》에 기록되었다. 《論語》에는 공자의 관직에 대한 기록이 없다.

34 원문 攝相事(섭상사) - 攝은 당길 섭. 잡다. 대신하다(攝行). 相의 儀禮나 행사를 보좌하다. '國相(宰相)의 직무' 라고 해석하면 무리이다. 공자가 司寇(사구)의 직책이니 卿(경)이었지 모든 경을 총괄하는 國相으로 확대 해석할 근거가 없다.

壇(단)을 만들었다. 壇(단)에 올라가 상견하는 禮에 따라 상면하였다.[35] 揖讓(읍양)하고 단상에서 서로 술잔을 헌상하는 예를 다 마치자,[36] 齊에서는 萊(래, 國名)의 사람을 시켜 병기와 북을 치며 정공을 劫迫(겁박)하였다.[37]

그러자 孔子는 계단을 밟고 올라가 정공을 (안전하게) 물러 서게 하며 말했다.

"군사가 무기를 들고(兵之), 두 주군의 우호적 행사에 변방 東夷(동이) 졸개들을 시켜 병기로 겁을 주려 하니,[38] 이는 齊君이 제후들을 상대하는 의례가 아닙니다. 변방 이민족이 中原을 도모할 수 없고, 東夷가 中華(중화)를 어지럽힐 수 없습니다.[39] 잡인이(俘, 萊人) 제후 회맹을 주관할 수 없고, 군사로 우호를 핍박할 수 없습니다(兵不偪好). 이는 마음에도 상서롭지 못한 일이고(於神

---

35 원문 以遇禮相見 – 遇禮는 會遇(회우)의 禮. 비교적 간략한 상견례.

36 원문 獻酢旣畢 – 獻은 바칠 헌. 드리다. 酢은 잔 돌릴 작. 신맛 초. 畢은 마칠 필.

37 원문 萊人以兵鼓譟劫定公 – 萊人은 齊 땅의 東夷族. 譟는 시끄러울 조. 雷鼓(뇌고)를 치며 시끄럽게 하다.

38 裔夷之俘 – 裔는 후손 예. 변방. 裔夷(예이)는 夷狄(이적), 곧 동이족을 의미함. 俘는 사로잡을 부. 포로(獲虜也). 변방 동이족을 시켜 우호적 행사를 난잡하게 한다는 뜻.

39 裔不謀夏, 夷不亂華 – 夏(하)는 왕조, 국명이나 中原을 의미. 華는 中華人. 곧 漢人. 華夏는 中國의 다른 이름.

爲不祥), 덕행에 대의가 없으며,[40] 인간으로서 禮를 잃은 행위이니 주군께서는 마음 쓰지 마십시오."

그러자 齊侯〔제후 : 경공(景公)〕는 마음속으로 부끄러워하며(心怍) (萊夷를) 뿌리쳐 물러나게 하였다. 잠시 뒤에(有頃), 齊에서는 궁중의 음악을 연주하며, 俳優(배우, 광대)와 난쟁이〔侏儒(주유)〕가 앞에 나와 장난질을 했다. 그러자 공자가 빠른 걸음으로 걸어와 계단을 올라 마지막 계단에서 말했다.[41]

"匹夫(필부)가 諸侯(제후)를 희롱한다면,[42] 그 죄는 응당 죽여야 하니 右司馬에게 서둘러 처형하게 명령하십시오."

그러자 난쟁이를 죽였고 그 손발이 잘려 나갔다. 齊侯(제후)는 두려웠고 부끄러웠다.[43]

맹약을 체결하려 하면서(將盟), 齊人이 글을 추가하였는데「齊의 군사가 국경을 지나 출전할 때, (魯가) 兵車 3백 乘(승)을 동원하여 우리를 따르지 않는다면 이 약조와 같이 적용할 것이다.」

그러자 공자가 (魯 大夫인) 茲無還(자무환)을 시켜 대답케 하였

---

40 원문 於德爲愆義 – 愆은 허물 건. 愆義(건의)는 대의에 어긋나다.

41 원문 不盡一等 – 계단을 다 올라오지 않다. 곧 단상까지 한 계단을 남겨두다.

42 원문 匹夫熒侮諸侯者 – 匹夫(필부)는 광대나 난쟁이. 熒은 등불 형. 헷갈리게 하다. 侮는 업신여길 모. 熒侮(형모)는 남을 속이려 하고 깔보다. 諸侯는 魯와 齊의 주군.

43 원문 有慚色 – 慚은 부끄러울 참.

다.

“(齊에서) 우리 汶陽(문양) 땅의 경작지(田)를 돌려주지 않고 命을 요구한다면 우리도 그렇게 할 것이다.”

齊侯가 잔치를 베풀려 하자, 孔子가 (齊의 大夫) 梁丘據(양구거)에게 말했다.

“齊와 魯의 옛일을 당신이(吾子) 어찌 모르겠습니까?[44] 회맹이 타결된 뒤에(事旣成矣) 이어 잔치를 한다면, 이는 담당자만(執事) 힘들 것이고, 또(且) 犧牲物(희생물) 소와 코끼리 모양(象) 술통(罇, 준)은 도성을 떠나지 않고, 궁정음악(嘉樂)은 야외에서 연주하지 않는데(不野合), 연회를 한다면 이는 모두가 禮를 따르지 않는 것이고(棄禮), 만약 (禮에 맞는 기물을) 갖추지 않았다면 (제물에) 쭉정이와 피를 제사에 올리는 것과 같으며,[45] 쭉정이와 피를 올린다면 주군을 욕되게 하며, 예를 따르지 않는다면(棄禮) 명성을 해치는 것이니(名惡) 그대가 어찌 할 수 있겠소?[46] 잔치는(享) 德을 밝히는 것이니(昭德), 덕을 빛내지 못한다면 그만두는

---

44 원문 何不聞焉? – 聞은 들어서 알고 있다. 양구거 당신이 지난 前例를 알고 있을 터인데, 왜 그러한가?

45 원문 是用秕粺 – 秕는 죽정이 비. 잘 여물지 않은 곡식. 粺는 피 패. 논의 벼와 아주 흡사한 모양이나 잡초이다(草之似穀者). 秕粺는 無用之物.

46 원문 子盍圖之 – 子는 당신. 상대방을 지칭. 盍은 덮을 합. 의문사. 어찌 ~ 하지.

것만 못합니다(不如其已)."

결국 (齊는) 잔치를 하지 않았다. 齊侯가 귀국하여 그 신하들을 책망하였다.

"魯에서는 君子의 道로 그 주군을 보좌하는데, 그대들은 夷狄(이적)의 도리로 寡人(과인)을 보좌하여 (魯君에게) 죄를 지었다."

그리고서는 이전에 침탈하였던 魯의 4개 마을과(四邑), 汶陽(문양)의 田地를 반환하였다.

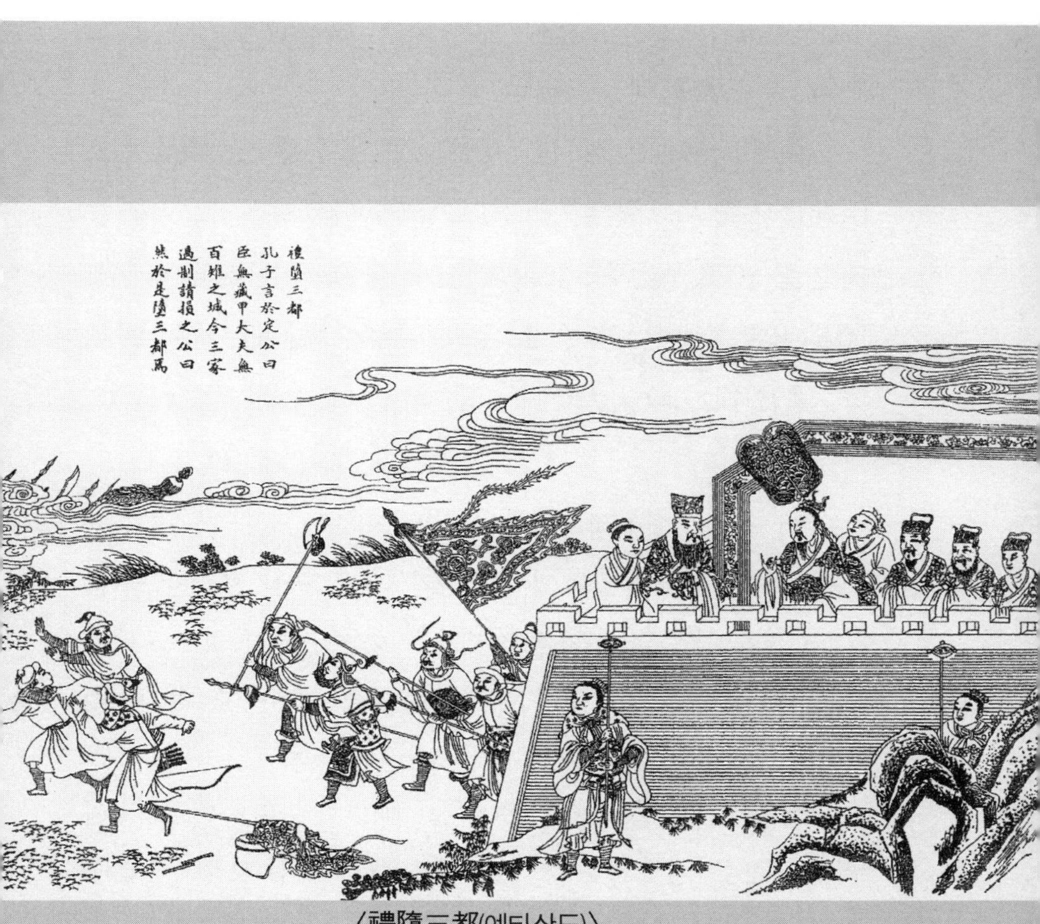

〈禮墮三都(예타삼도)〉

▎原文▎ 孔子言於定公曰, "家不藏甲, 邑無百雉之城, 古之制也. 今三家過制, 請皆損之."

乃使季氏宰仲由隳三都. 叔孫不得意於季氏, 因費宰公山弗擾率費人以襲魯. 孔子以公與季孫叔孫孟孫, 入於費氏之宮, 登武子之臺, 費人攻之. 及臺側, 孔子命申句須樂頎勒士衆下伐之, 費人北, 遂隳三都之城. 强公室, 弱私家. 尊君卑臣, 政化大行.

▎국역▎ 공자가 정공에게 말했다.

"(경이나 대부의) 私家에서는 병기(甲, 甲鎧)를 보관할 수 없고, 그 성읍에는 1백 雉(치)의 성벽을[47] 쌓을 수 없는 것이 고대의 禮制(예제)입니다. 지금 三家의 城邑은 모두 예제에 어긋나니 축소해야 합니다."[48]

그리고서는 계씨의 家臣〔宰(재)〕인 仲由(중유)로 하여금 3家의 도성을 헐어버리게 하였다.[49] 〔三桓(삼환) 중에서〕 叔孫氏(숙손씨)

---

47 원문 百之雉城 - 높이와 길이가 각 1丈(장)인 城을 堵(도, 담 도)라 말하고, 3堵를 1雉(치, 꿩 치, 성가퀴 치)라 한다.

48 이 기록은 《春秋 左氏傳》 定公 12년(서기 前 498)에 수록되었고, 공자는 54세였다.

49 원문 乃使季氏宰仲由隳三都 - 季氏는 魯公의 家臣이다. 계씨는 周王에 대하여 가신의 가신이다. 이를 陪臣(배신)이라 한다. 仲由

는 季氏(계씨 : 叔孫氏)와 사이가 안 좋았는데,[50] 費(비)의 邑宰(읍재)인 公山弗擾(공산불요)[51]와 함께 費人(비인)을 거느리고 魯의 도성을 공격하였다. 孔子는 定公과 계손씨, (그리고) 숙손씨, 맹손씨와 함께 숙손씨(費氏)의 궁궐에 진입하였고, 武子之臺(무자의 대, 누각)에 올라가 있었는데, 費人이 공격하여 누각 가까이 접근

(중유)는 계씨의 가신인 子路이다. 隳는 무너트릴 휴. 부수다. 墮(떨어질 타), 毁(헐 훼)와 같은 뜻. 三都는 三家(三桓)의 家廟(가묘)가 있는 城邑(성읍). 계씨의 費(비), 숙손씨의 郈(후), 맹손씨의 成邑(성읍)을 말한다. 공자의 삼도 철회는 결과적으로 실패했고, 공자는 관직에서 물러났고 이어 魯國을 떠나야 했다.

50 원문 叔孫氏不得意於季氏 – 叔孫氏(숙손씨)는 이름이 輒(첩)인데, 庶子(서자)라서 다른 숙손씨의 인정을 받지 못했다. 季氏는 《좌씨전》의 기록과 같이 叔孫이 되어야 한다.

51 公山弗擾(공산불요) – 公山弗擾(공산불요)는 公山이 성씨, 弗擾(불요)가 이름이다. 〈孔子世家〉에는 公山弗狃(공산불뉴)로 기록했다. 季氏의 家臣으로 費邑(비읍)을 근거로 배반하였고, 명망 있는 공자를 초빙한 것은 자기 반역의 정당화를 위한 명분이었을 것이다. 《論語 陽貨》 公山弗擾以費畔, 召, 子欲往. 子路不說, 曰, "末之也已, 何必公山氏之之也?" 子曰, "夫召我者, 而豈徒哉? 如有用我者, 吾其爲東周乎!"
결과적으로 공자는 공산씨에게 가지 않았다. 공산불요의 공자 초빙에 대해서는 論難(논란)이 많다. 《論語》나 《史記 孔子世家》의 내용을 고증하여 주목을 받는 책이 清나라 崔述(최술)의 《洙泗考信錄(수사고신록)》이다. 최술은 공산불요가 배반할 때 공자는 司寇로 재직하였기에 본 장의 기록에 대하여 의혹을 제시했다.

하였다. 孔子는 申句須(신구수)와 樂頎(악기)에게 명령하여 군사를(士衆) 데리고 내려가서 토벌케 하였다. 費人들은 패배하여 도주하였고(北) 마침내 三都의 성을 헐게 하였다. (이런 조치로) 魯의 公室을 강화하고, 私家를 약화시켰으며, 주군을 높이고(尊君) 가신을 낮추었으며〔卑臣(비신)〕, 정치와 교화가 크게 성공하였다(政化大行).

| 原文 | 初, 魯之販羊有沈猶氏者, 常朝飮其羊以詐. 市人有公愼氏者, 妻淫不制. 有愼潰氏, 奢侈踰法.

魯之鬻六畜者, 飾之以儲價. 及孔子之爲政也, 則沈猶氏不敢朝飮其羊. 公愼氏出其妻. 愼潰氏越境而徙.

三月, 則鬻牛馬者不儲價, 賣羊豚者不加飾. 男女行者, 別其塗, 道不拾遺. 男尙忠信, 女尙貞順. 四方客至於邑, 不求有司, 皆如歸焉.

| 국역 | 그전에, 魯(노)나라에서 羊(양)을 판매하는 沈猶氏(심유씨)란 자는 늘 아침에 양에게 물을 먹여 크기를 부풀려 (사람들을) 속였다. 시장의 상인(市人) 公愼氏(공신씨)란 자의 아내는 음란한 짓을 하였지만 (남편은) 제재하지 않았다. 또 愼潰氏(신궤씨)란 사람은 사치하며 법도를 지키지 않았다.[52]

노나라에서 가축을 판매하는 자들은[53] 가축에게 물을 먹이거나 값을 속였는데,[54] 공자가 정사를 담당하자, 심유씨는 아침에 양에게 감히 물을 먹이지 못했다. 공신씨는 음탕한 아내를 내쫓았다. 신궤씨는 국경을 벗어나 이사를 했다.

〔공자의 爲政(위정)〕 3개월에 牛馬(우마)를 판매하는 자는 가격을 속이지 않았고, 양이나 돼지를 판매하는 자는 크기를 부풀리지 않았다.

길을 가는 남녀는 다른 길로 걸었고, 길에 떨어진 물건을 주워 갖지 않았다. 남자는 성실과 신의를 숭상했고, 여인은 정절을 지키며 순종하였다.

魯의 성읍에 들어온 사방의 客人(객인:손님)은 관리에게 호소하는 일이 없었고,[55] 모두가 자기 집에 온 듯 편안하였다.

---

52 원문 奢侈踰法 – 奢는 사치할 사. 侈는 사치할 치. 踰는 넘을 유.

53 원문 魯之鬻六畜者 – 鬻은 팔 육(賣也). 음식 죽 죽. 六畜은 소, 말, 돼지, 양, 개, 닭.

54 원문 飾之以儲價 – 飾은 꾸밀 식. 羊에 물을 먹여 큰 것처럼 꾸미다. 儲價는 값을 속이다. 올려 부르다. 儲는 쌓을 저.

55 원문 不求有司 – 有司는 관리. 各有專司(각자 담당하는 일이 있다)의 줄임. 외국이나 타향에서 온 사람이 억울한 일을 당하고 관리를 찾아 호소하는 사례가 없었다는 뜻.

〈始誅(시주)〉 제2

【해설】

제2권은 공자가 大司寇(대사구)로 재직하며 少正卯(소정묘)를 誅殺(주살)한 일과 아버지와 아들의 爭訟(쟁송)에 관한 일을 기록하였다. 편명의 〈始誅(시주)〉는 '첫 번째 주살' 이란 뜻이다.

잘못에 대한 형벌은 백성의 교화에서 상당히 중요한 일이다. 《論語 爲政》에서 공자가 말했다. "道之以政(도지이정)하고, 齊之以刑(제지이형)하면, 民은 免而無恥(면이무치)한다. 道之以德(도지이덕)하고, 齊之以禮(제지이례)하면 부끄러움을 알아 善에 이를 수 있다〔有恥且格(유치저격)〕." 고 하였다.

禮는 제도와 형식 그리고 품위와 지조를 지키는 절차이다. 格(이를 격, 틀 격)은 이른다는 뜻이다. 백성에 솔선하여 바르게 이끌면 백성이 보고 느끼게 된다. 그리고 深淺厚薄(심천후박)의 차이가 있던 백성의 품성이 禮를 지키며 따라오게 된다. 그래서 무례한 행동에 부끄러움을 느끼고, 부끄러움을 알기에 不善(불선)을 저지르지 않으며, 다음에는 善에 이르게(格) 된다.

결국 政이란 백성을 이끄는 방법에 관한 문제이다. 형벌도 분명 그 방법 중 하나이다. 그러나 형벌은 어디까지나 보조이고 또 일시적 방편이다.

德은 禮를 행하는 근본이니 덕정과 禮讓(예양)으로 백성을 이끌면 백성이 악행을 마음에서 멀리하게 된다. 비록 한때의 잘못도 뉘우치면서 부끄러움을 알아 惡을 멀리하게 될 것이다. 물론 형벌로 이끌면 가시적 효과가 금방 나타난다. 그러나 백성의 속마음까지 형벌로 이끌 수 없다. 악을 행하려는 마음이 있다면 언제든 저지를 것이니, 사실 '民免而無恥(민면이무치)'가 더 큰 문제이다.

《論語 顔淵(안연)》에 공자가 말했다. "백성의 소송을 처리하는 것은 나도 다른 사람과 마찬가지이다.〔聽訟(청송), 吾猶人也(오유인야).〕 다만 나는 백성이 소송을 하지 않도록 만들겠다.〔必也使無訟乎(필야사무송호)!〕"고 말했다. 말하자면, 소송을 제기하고 재판으로 처리하는 것보다는 백성이 법을 지키고 禮를 따라 생활하며, 나라에서는 백성을 원만하게 교화하여, 소송을 제기하지 않고도 살게 하는 것이 더 중요하고, 그러한 정사를 펴야 한다는 공자의 희망사항이었다.

국가 권력에 의한 횡포를 없애는 것, 호전적 군주에 의한 전쟁의 살육에서 구하기, 그리고 백성이 소송하지 않고서도 화목하게 살 수 있도록 덕정을 펴는 이런 일들이 바로 爲政以德(위정이덕)이다.

본래 '訟事(송사) 한 번에 10년 원수〔一場官司十年仇(일장관사 십년구)〕' 라 하였다. 원만한 중재나 판결보다는 訴訟(소송)이 일어나지 않게 하는 것이 백 번 좋을 것이다.

誅少正卯
魯定公十一年孔子
由大司寇攝行相事
七日誅亂政大夫少
正卯於兩觀之下子
貢問其故孔子曰天
下有大惡五竊盜不
與焉心逆而險行僻
而堅言僞而辯記醜
而博順非而澤五者
有一不免君子之誅
少正卯兼有之故不
可赦也

〈誅小正卯(주소정묘)〉

原文 孔子爲魯司寇, 攝行相事, 有喜色.

仲由問曰, "由聞君子禍至不懼, 福至不喜, 今夫子得位而喜, 何也?"

孔子曰, "然, 有是言也. 不曰樂以貴下人乎?"

於是朝政, 七日而誅亂政大夫少正卯, 戮之於兩觀之下, 屍於朝. 三日, 子貢進曰, "夫少正卯, 魯之聞人也, 今夫子爲政, 而始誅之, 或者爲失乎?"

孔子曰, "居, 吾語汝以其故. 天下有大惡者五, 而竊盜不與焉. 一曰心逆而險, 二曰行僻而堅, 三曰言僞而辯, 四曰記醜而博, 五曰順非而澤, 此五者有一於人, 則不免君子之誅, 而少正卯皆兼有之. 其居處足以撮徒成黨, 其談說足以飾褒榮衆, 其强禦足以反是獨立, 此乃人之奸雄者也, 不可以不除. 夫殷湯誅尹諧, 文王誅潘正, 周公誅管蔡, 太公誅華士, 管仲誅付乙, 子產誅史何, 是此七子, 皆異世而同誅者, 以七子異世而同惡, 故不可赦也.《詩》云, 「憂心悄悄, 慍於群小, 小人成群, 斯足憂矣.」"

국역 孔子가 魯의 司寇(사구)가 되어 나라의 의례를 주관하며 기쁜 얼굴이었다.[56]

---

56 원문 孔子爲魯司寇, 攝行相事 – 司寇(사구, 寇는 도둑 구)는 관직명,

仲由(중유)[57]가 물었다.

"제가(由) 알기로, 君子는 禍(화)가 닥쳐도 두려워하지 않고, 福(복)을 받아도 기뻐하지 않는다 하였는데, 지금 夫子(부자)께서는 관직을 얻었다고 기뻐하시는데, 왜 그러하십니까?"[58]

孔子가 말했다.

"그렇다(然). 그런 말이 있다. 귀한 자리에 있으면서 남보다 낮

나라의 형벌을 주관한다. 공자를 司寇에 임용한 것은 당시 특별한 등용이었다. 그간, 이 職은 三桓(삼환)이 독점했었다.

57 중유(仲由, 前 542~480) – 공자 제자. 子路는 그의 字이다. 공자보다 9세 적었기에 공자를 가장 오랫동안 모신 셈이다. 孔門 十哲의 한 사람(政事), 공자를 따라 列國을 주유했다. 가정에서는 孝子로 〈二十四孝〉 중 '爲親負米(위친부미)'의 주인공이었다. 자로는 性情이 비루하였으나 용맹하고 힘이 세었으며, 그 뜻은 강직하였다. 자로가 정사에 관하여 질문하자, 공자는 "솔선하고 백성을 위해 애써야 한다."고 말했다. 자로가 가르침을 받으면 실천하기도 전에 또 다른 가르침이 있을까 걱정하였다. 공자께서 말했다. "한쪽 말만 듣고도 獄案(옥안)을 판결할 수 있는 사람은 아마 仲由(子路)이리라!" 자로는 魯 哀公 15년(前 480)에 죽었다. 소식을 듣고 공자께서 말했다. "내가 자로를 만난 이후로 (자로에 관한) 惡言을 들어보질 못했다." 자로의 죽음은 공자에게도 충격이었다. 공자는 다음 해, 애공 16년(前 479) 4월 己丑日에 죽었다.

58 夫子 – 《論語》에는 제자들이 보통 스승 공자를 '子'라고 통칭했다. 이때 子는 성인 남자에 대한 통칭이었지만 점차 스승이나 유덕한 사람을 지칭했다. 夫子(부자)는 大夫에 대한 경칭인데, 나중에는 공자의 제자들이 스승 공자에 대한 호칭이 되었다.

게 처신하는 것도 즐겁지 아니한가?"[59]

이에 나라의 정사를 맡은 지 7일에 정사를 어지럽히는 大夫 少正卯(소정묘)를 조정의 두 누각 중간에서 처형하여[60] 조정에 방치하였다.[61]

그러자 子貢(자공)[62]이 공자에게 말했다.

---

59 원문 不曰樂以貴下人乎? - 귀한 신분인데도(以貴) 남(人)보다 아래에 서는 것도(下) 즐겁다고(樂) 아니(不) 말할 수(曰) 있지 않은가(乎?) 反語라서 어순이 바뀌었다.

60 원문 戮之於兩觀之下 - 戮은 죽일 육(륙). 戮屍(육시). 觀은 누각. 크고 높은 건물.

61 원문 屍於朝 - 屍는 주검 시. 주검을 방치하다.

62 子貢 - 본명은 端木賜(단목사, 前 520 - 446년). 端木은 複姓. 端沐(단목)으로도 표기. 子貢(子贛)은 그의 자(字), 春秋 말년 衛國人. 孔門十哲 중 言語에 뛰어났다. 공자의 제자로서 다방면에 유능했는데, 특히 구변이 뛰어나 외교 분야에도 활약하였다. 공자는 顔回와 子貢을 자주 비교하였는데 안회는 내내 극도로 가난했다. 자공은 처음에 가난했지만 나중에는 큰 부자가 되었고, 공자의 재정적 후원자 역할을 다했다. 공자를 지성으로 섬기었고, 공자 사후에 6년간이나 복상했다. 자공의 스승에 대한 존경은 끝까지 변함이 없었다.

《論語 先進》德行, 顔淵, 閔子騫, 冉伯牛, 仲弓. 言語, 宰我子貢. 政事, 冉有, 季路. 文學, 子游, 子夏. 德行이 훌륭하기로는 顔淵(안연)과 閔子騫(민자건), 冉伯牛(염백우, 冉耕), 仲弓(중궁)이다. 政事에 유능한 자로는 冉有(염유)와 季路(계로)이다. 言語(應對)를 잘하는 사람은 宰我(재아)와 子貢(자공)이다. 文學(文獻)에는 子游(자유)와 子

"저 少正卯(소정묘)[63]는 魯의 유명한 사람입니다. 지금 스승께서 정사를 맡으신 이후 처음으로 그를 주살하셨는데, 혹시 잘못하신 것 아닙니까?"

공자가 말했다.

"앉아라!(居), 내가 너에게 그 까닭을 말해주겠다. 천하에 大惡(큰 죄악) 5가지가 있는데, 竊盜(절도)는 거기에 들어가지도 않는다. 첫째는(一曰) 마음씨가 삐뚫고(逆) 험악한 것〔險(험)〕, 둘째, 괴팍하고 고집부리는 행실, 셋째, 거짓말에 변명을 일삼는 말, 넷째, 非義(비의 : 추한 것)를 기록하며 박식한 척하는 짓,[64] 다섯째, 순리를 따르지 않고 남에게 베푸는 척 하기인데, 사람이 이 다섯가지 중 하나만 해당되어도 군자의 주살을 면할 수 없는데 소정

夏(자하)가 뛰어났다. 德行, 言語, 政事, 文學을 孔門四科라고 하고, 顔淵, 閔子騫, 冉伯牛, 仲弓, 宰我, 子貢, 冉有, 季路, 子游, 子夏를 孔門十哲이라고 칭한다.

63 少正卯(소정묘, ? - 前 500년) - 春秋 시대 魯의 대부, 少正은 복성. 卯(묘)가 名. 소정묘 처형은 《荀子》에 기록된 이후, 《尹文子》, 《說苑 설원》, 《孔子家語》, 《史記 孔子世家》 등에 수록되었다. 〈공자세가〉 외 다른 책에는 소정묘의 5惡을 기록하였다. 소정묘가 魯의 大夫이나 춘추시대의 다른 기록에는 그 이름이 없다. 소정묘의 실존여부부터 大夫로서 어떻게 亂政했는가? 또 공자가 大夫를 처결할 수 있는 권한이 있었는가? 등 의문의 여지가 많다.

64 원문 記醜而博 - 醜는 추할 추. 非義. 博은 넓을 박. 많이 아는 척하는 행위.

묘는 이 5가지에 해당하였다. 그리고 그 거처에 무리를 모아〔撮徒(촬도)〕 패거리를 만들었으며〔成黨(성당)〕, 그가 하는 말은〔談說(담설)〕 거짓을 꾸며 퍼트리고, 많은 사람을 현혹케 하였으며,[65] 억지와 오만으로 제멋대로 놀았으니(獨立) 이런 사람이야말로 간악한 우두머리〔奸雄(간웅)〕이기 때문에 제거하지 않을 수 없었다.

저(夫) 殷(은)의 湯王(탕왕)이 尹諧(윤해)를 주살하고,[66] (周) 文王(문왕)이 潘正(반정)을 주살하였으며,[67] 周公(주공)[68]은 (이복동

---

65 원문 飾褒榮衆 – 飾은 꾸밀 식. 褒(기릴 포)는 《荀子 宥坐》에 邪(사악할 사)로 되어 있다. 榮은 熒(등불 형)과 通. 현혹케 하다.

66 원문 殷湯誅尹諧 – 殷(은, 商)의 건국자 湯王. 尹諧(윤해)는 미상.

67 원문 文王誅潘正 – 周 文王(前 1125 – 1051年) – 西伯 昌. 姬는 姓, 名은 昌. 商朝 말기 제후국 周의 君主, 爵位는 西伯, 아들 周 武王이 부친을 文王으로 追諡(추시). 儒家의 大道에 통달하여 존숭받는 인물. 공자가 본받으려 했던 聖人은 堯(요)와 舜(순), 그리고 禹王(우왕)과 湯王(탕왕)에 이어 周 文王과 武王, 그리고 周公을 꼽을 수 있다. 潘正(반정)을 주살한 일은 미상.

68 周公(주공) – 周 武王을 도와 殷(은)을 정벌하고 周를 건국한 뒤, 국가제도와 문물을 이룩한 周公(姬旦)은 武王의 친동생으로 魯國의 시조이다. 孔子는 周公을 무척이나 존경했다. 공자는 周公의 道統을 계승하려 공부했고 노력했다. 공자는 만년에 "내가 너무 늙어 쇠약했구나! 오랫동안 꿈에서도 주공을 뵙지 못했다.(子曰, 甚矣吾衰也! 久矣吾不復夢見周公!)"라고 탄식하였다. 周公은 성심으로 마음을 열고 인재를 맞이하며 대우하였다. 周公은 한 번 목욕

생으로 반역한) 管叔(관숙)과 蔡叔(채숙)을 주살하였고, (齊(제)의) 太公(태공)[69]이 華士(화사)를 주살하였으며, (齊의) 管仲(관중)이 付乙(부을)을 주살하였고,[70] (鄭 나라) 子産(자산)은 史何(사하)를

하는 동안 손님이 왔다는 말을 듣고 세 번이나 두발을 움켜쥐고 나와서 손님을 맞이했으며(一沐三握髮), 한 끼 식사를 하면서 세 번이나 입안에 든 밥을 뱉고(一飯三吐哺) 나와서 손님을 상대하였다. 주공은 이처럼 바빴고, 이처럼 할 일이 많은 재상으로 나라의 내정과 외교를 지휘하였다. 이는 周公의 미덕이며 진심이었다.

69 太公 – 周 文王과 武王의 軍師, 姜姓의 呂氏. 名은 尙, 字는 子牙, 史冊에는 '姜尙', '姜望', '姜子牙', '呂尙', '呂望' 등으로 기록. 보통 '姜太公', '呂太公', '齊太公', '太公', '太公望' 으로 불리며 '武成王' 에 追封되었다. 姜齊의 始祖, 그 戰功으로 후세에 武聖, 또는 '兵家之聖' 으로 추앙받고 있다. 華士(화사)는 사람이 虛僞(허위)가 많았고 당파를 지었다고 한다.

70 원문 管仲誅付乙 – (齊의) 管仲(관중)이 付乙(부을)을 주살한 내용은 미상.

管仲(관중, 前 725 – 645年)은 姬姓에 管氏. 名은 夷吾(이오), 字는 仲(중), 시호는 敬(경)으로 齊 桓公의 相이었다. 春秋 시대 法家의 대표적 인물이고, 中國 역사상 宰相의 典範이라 알려졌다. 내정개혁에 商業도 중시. 九合 諸侯하며 兵車에 의지하지 않았다. 管鮑之交(관포지교)의 주인공. 북송 蘇洵(소순)의 〈管仲論〉이 유명하다. 《史記 管晏列傳》에 입전되었다.

《論語》에는 공자의 管仲에 대한 언급이 많다. 곧《論語 八佾》子曰, "管仲之器小哉!" ~. /《論語 憲問》問管仲. 曰, "人也. 奪伯氏騈邑三百, 飯疏食, 沒齒無怨言." /《論語 憲問》子路曰, "桓公殺公子糾, 召忽死之, 管仲不死." 曰, "未仁乎?" 子曰, "桓公九合諸侯,

주살하였는데,[71] 이 7인은 모두 시대는 다르지만 처형된 까닭은 한 가지이니, 시대에 상관없이 그들 악행은 같았고 결코 용서될 수 없었다.

그래서《詩 邶風(패풍) 柏舟(백주)》에서도 노래했다.

「근심 걱정으로 마음이 불안하나니, 여러 소인의 원망을 듣는다. 소인이 무리를 지었으니, 이는 정말 걱정거리이다.」"

不以兵車, 管仲之力也. 如其仁, 如其仁." /《論語 憲問》子貢曰, "管仲非仁者與? 桓公殺公子糾, 不能死, 又相之." 子曰, "管仲相桓公, 霸諸侯, 一匡天下, 民到于今受其賜. 微管仲, 吾其被髮左衽矣. ~."

71 원문 子産誅史何 – 鄭 子産(자산)이 史何(사하)를 주살한 일은 미상. 鄭 子産(자산, ? – 前 522年)은 姬姓, 名은 僑(교), 字는 子産. 春秋 말기 鄭國의 재상. 鄭國 백성의 존경을 받았다. 中國 宰相의 典範으로 추앙받는 인물이다.

赦父子訟
孔子為魯司寇有
父子訟者同狴執
之三月不别其父
請止乃赦季孫不
悅孔子喟然嘆曰
上失其道而殺其
下非禮也不教以
孝而聽其獄是殺
不辜也

〈赦父子訟(사부자송)〉

| 原文 | 孔子爲魯大司寇, 有父子訟者, 夫子同狴執之, 三月不別, 其父請止. 夫子赦之焉.

季孫聞之, 不悅曰, "司寇欺余, 曩告余曰, 國家必先以孝, 余今戮一不孝以敎民孝, 不亦可乎? 而又赦, 何哉?"

冉有以告孔子, 子喟然嘆曰, "嗚呼! 上失其道, 而殺其下, 非理也. 不敎以孝, 而聽其獄, 是殺不辜. 三軍大敗, 不可斬也. 獄犴不治, 不可刑也. 何者? 上敎之不行, 罪不在民故也. 夫慢令謹誅, 賊也. 徵斂無時, 暴也. 不試責成, 虐也. 政無此三者, 然後刑可卽也. 《書》云, 「義刑義殺勿庸, 以卽汝心, 惟曰未有愼事, 言必敎而後刑也.」 旣陳道德以先服之, 而猶不可, 尙賢以勸之, 又不可, 卽廢之, 又不可, 而後以威憚之, 若是三年, 而百姓正矣. 其有邪民不從化者, 然後待之以刑, 則民咸知罪矣. 《詩》云, 「天子是毗, 俾民不迷.」 是以威厲而不試, 刑錯而不用. 今世則不然, 亂其敎, 繁其刑, 使民迷惑而陷焉, 又從而制之, 故刑彌繁, 而盜不勝也. 夫三尺之限, 空車不能登者, 何哉? 峻故也. 百仞之山, 重載陟焉, 何哉? 陵遲故也. 今世俗之陵遲久矣, 雖有刑法, 民能勿踰乎?"

| 국역 | 孔子가 魯의 대사구가 되었을 때, 서로 소송을 벌린 아

버지와 아들이 있어, 공자는 그 부자를 獄(옥) 안에 함께 가둬두고 3개월간 판결하지 않자,[72] 부친이 그만 풀어달라고 청원하였다.[73] 이에 공자가 그 부자를 放免(방면)하였다. 계손씨가 이를 알고 기분 나빠하며 말했다.

"司寇(사구)가 나를 속였으니, 그전에는(曩) 나에게, 나라는 꼭 효도를 바탕으로 가르쳐야 한다고 말했었다. 나는 이번에 불효한 백성을 죽여 백성에게 효도를 가르쳐야 한다고 생각하였는데, 내가 옳지 않은가? 공자가 또 사면했다니 무슨 까닭이겠나?"

冉有(염유)[74]가 이런 말을 공자에게 알리자, 공자는 크게 탄식

---

72 원문 同狴執之 三月不別 – 狴는 짐승 이름 비(폐). 들개. 狴犴(비안). 옥 비〔獄牢(옥뢰)〕. 三月不別의 別은 審理하다. 죄를 판별하지 않다.

73 이는 널리 알려진 사례이다. 《荀子 宥坐》, 《韓詩外傳》, 《說苑 政理》에도 기록되었다. 《說苑(설원)》은 전한 劉向(유향)이 편찬한 책으로 〈君道〉 등 20편으로 구성, 고대 선현의 행적이나 일화 등을 수록하여 위정자의 訓戒(훈계) 讀本으로 잘 알려졌다. 劉向의 《新序》와 체제와 내용이 비슷하다는 설명이 있다.

74 冉有(염유, 前 522년 – ?) – 본명은 冉求(염구), 字는 자유(子有), 흔히 '冉有(염유)' 로 표기. 孔門十哲 중에서 政事에 이름이 올랐다. 冉有는 多才多藝하고, 性格謙遜하며 정사에 밝았다. 공자가 열국을 주유하고 魯에 귀국할 때 염유의 공이 컸다. 魯나라 실권자 季康子의 家臣으로 徵稅(징세) 때문에 공자의 꾸중을 듣기도 했다.(季氏富於周公, 而求也爲之聚斂而附益之. 子曰, 非吾徒也, 小子鳴鼓而攻之可也!)

하며 말했다.

"오호라(嗚呼!), 윗사람이 정도를 잃고서도 아랫사람을 죽인다면 도리가 아니다. 효행을 가르치지 않고서 옥에 가둬둔다면 무고한 사람을 죽이는 것과 같다.[75] 三軍이 대패하였다면 그 장수를 참수하지 않을 수 없다. 그러나 형벌 판결이 바르지 않다 하여 그 병사들을 형벌에 처할 수 없는데, 이는 왜 그러한가? 위에서 가르치지 않았다면, 백성의 죄를 벌할 수 없기 때문이다. 법령은 느슨한데 근엄하게 처벌한다면, 이는 백성을 해치는 것이다.[76] 아무 때나 세금을 징수하는 것은 포악이라 한다〔暴也(폭야)〕. 미리 해보지도 않고 성과를 독촉하는 것을 잔학이라 한다〔虐也(학야)〕. 정사에 이 3가지〔賊(적), 暴, 虐〕가 없어진 뒤에야 형벌을 시행할 수 있다.

그래서 《書經 周書 康誥(서경 주서 강고)》에서 말했다.

「大義에 의한 형벌이나 주살이라고 네 마음에 내키는 대로 주장하지 말라, 신중하게 처리하지 못했다면 필히 교화한 뒤에 형벌을 가해야 한다고 말해야 한다.」[77] (죄에 대하여) 道德(도덕)을

---

75 원문 是殺不辜 – 不辜는 無辜(무고). 辜는 허물 고. 죄.

76 원문 夫慢令謹誅, 賊也 – 慢은 게으를 만(惰也). 慢令(만령)은 정령이 느슨하다. 해이하다. 謹은 엄격, 嚴謹(엄근). 賊은 도적 적. 해치다. 良民을 해치는 행위.

77 원문 義刑義殺勿庸 – 義刑은 대의에 의한 형벌. 여기 庸은 적용하다(용). 以卽汝心은 자기 마음에 따르다. 자신의 생각대로 형벌을

먼저 강조하여 心服(심복)케 했다 하여도 형벌이 불가하고, 현인을 받들어 그들이 권유했더라도 형벌은 불가하며, 악법을 폐지했다 하여도 형벌은 불가하니 그렇더라도 법령의 위엄을 보여 백성이 두려워하게 해야 한다. 그렇게 3년을 시행한다면 바른(正) 백성이 될 것이다. 그래도 사악한 백성이〔邪民(사민)〕 있어 교화를 따르지 않는다면, 그때서 형벌을 적용해야 백성이 모두 죄가 무엇인가를 알게 될 것이다.[78] 《詩經 小雅 節南山(시경 소아 절남산)》에서 말했다. 「천자를 보필하면서 백성을 미혹하지 않게 하라.」[79] 이러해야만 위엄이 서고, 형벌을 시험하지 않고〔不試(불시)〕, 형법을 폐기하여 적용하지 않아도 될 것이다. 그러나 今世(금세: 지금은)는 그렇지 않으니 교화가 어지러웠고, 형벌은 번잡해졌으며, 백성은 더욱 미혹하여 형벌에 빠지게 되고, 또 형벌에 의거 통제를 하기에 형벌은 더욱 많아지고 조밀하여도[80] 도적을 이기지 못하게 되었다. 대체로 3척의 문턱을(限) 빈 수레라도 넘어가지 못하는 까닭은 무엇인가? 그 턱이 높기〔峻(가파를 준)〕 때문이다. 그

주관하다. 먼저 도덕으로 심복케 해야 한다는 뜻.

78 원문 則民咸知罪矣 – 咸은 다 함. 모두.

79 원문 天子是毗, 俾民不迷 – 毗는 도울 비(輔也). 俾民의 俾는 시키다(使也). 迷는 미혹할 미.

80 원문 故刑彌繁 – 彌는 두루 미. 널리 퍼지다. 繁은 번잡할 번. 법령이 번잡하고 처벌 조항이 많아지다. 법령이 아무리 조밀하더라도 도덕을 금할 수 없다.

러나 1백 길이나 되는 산을 무거운 짐수레가 올라가는 것은 왜 그러한가? 그 비탈길이 완만하기 때문이다.[81] 비록 형벌을 집행한다고 백성이 죄를 짓지 않겠는가?"

---

81 원문 陵遲故也 – 陵遲(능지)는 비탈이라는 주석이 있다. 지금은 점차 해이지거나 나빠지는 뜻으로 쓰인다.

〈王言解(왕언해)〉 제3

【해설】

공자가 생각한 가장 이상적인 정치는 君子에 의한 王道政治(왕도정치)라 할 수 있다. 본 편은 공자가 생각한 왕도정치의 요체를 曾參(증삼)에게 설명한 글이다.

본문에 「吾以王言之」란 말이 있고, 증가가 공자에게 「何謂王之言」이란 말이 있어 '王言'으로 편명을 삼은 것 같다. 본 편에서 공자는 '七敎'와 '三至'를 설명하여 '왕도정치'의 요체를 설명하였다.

《論語》에 의하면, 공자는 '政은 正也'이라고 했는데, 이는 不正을 바로잡는다는 뜻이다. 무엇으로 바로잡는가? 德으로 바로잡아야 한다. 그래서 '爲政以德(위정이덕)'이라고 했다. 이는 공자가 생각한 治國(치국)의 기본 방침이다.

爲政以德은 마치 北辰(북신)이 居其所(거기소)하면 衆星共之(중

성공지)하는 것과 같다. 이는 하늘의 북극성과 衆星의 관계와 같은 형상이다. 곧 '爲政以德'이 바탕이 되어야 無爲(사람의 지혜나 힘을 더하지 아니함)가 통하고, 德化가 아닌 형벌로 나라의 질서를 잡을 수는 없다고 생각한 공자였다.

공자가 생각한 '無爲의 治'는 제왕의 修德(수덕)이 그 출발점이고 인재를 잘 등용하고 책임을 맡겨 백성을 덕으로 통치하는 것이다. 이 점에서는 道에 바탕을 두고 自然(자연)의 상태로 人爲를 배제한 老子의 無爲와는 크게 다르다.

공자는 舜(순)을 無爲而治로 성공한 대표적 인물로 꼽았다. 자신의 儀表(의표)를 단정히 하고 그냥 南面(남면)만 했어도 잘 다스렸다고 칭송하였다. 문제는 인재 획득에 있다. 舜은 禹(우)와 皐陶(고요)에게 정사를 맡기고 의자에서 내려오지도 않았지만, 천하는 잘 다스려졌다. 최고의 위정자는 求人(구인)에 힘쓰고 賢者(현자)에 일임한 뒤 공손하게 자리만 지켰다. 즉 공자는 지도자가 유능한 인재를 골라 일임하고 주군이 行善(선을 행하다)하며, 그 아래서 자발적으로 본받아 따라오는〔上行下效(상행하효)〕 것이 無爲의 治이다.

그러나 老子가 말한 無爲(아무 일도 하지 아니함)는 자연에 순응하는 無爲로 통치자가 아무런 作爲도 하지 않아 백성이 無知無欲(무지무욕)하고, 智者(지자) 역시도 아무런 작위를 하지 않으면 천하에 다스려지지 않는 것이 없다고 하였다.

공자가 말했다.

"王道를 펴는 자가 있더라도 한 세대가 지나야 仁이 정착될 것이다."[82]

王道로 백성을 이끄는 王者는 霸者(패자)의 상대적인 말이다. 世는 한 세대이니, 30년을 의미한다. 아무리 훌륭한 왕자가 출현하여 백성을 교화한다고 하더라도 弊風(폐풍)을 바로잡아 仁의 기풍이 나라 안에 널리 실행해지려면 한 세대가 흘러야 한다는 뜻이다. 공자가 볼 때도 시대 풍조를 바꾸기가 결코 쉬운 일이 아니었다.

---

82 《論語 子路》 子曰, 如有王者, 必世而後仁.

|原文| 孔子閑居, 曾參侍.

孔子曰, "參乎, 今之君子, 唯士與大夫之言可聞也. 至於君子之言者, 希也. 於乎, 吾以王言之, 其不出戶牖而化天下."

曾子起, 下席而對曰, "敢問何謂王之言?"

孔子不應, 曾子曰, "侍夫子之閑也, 難對, 是以敢問."

孔子又不應. 曾子肅然而懼, 摳衣而退, 負席而立.

有頃, 孔子嘆息, 顧謂曾子曰, "參, 汝可語明王之道與?"

曾子曰, "非敢以爲足也, 請因所聞而學焉."

子曰, "居, 吾語汝. 夫道者, 所以明德也. 德者, 所以尊道也. 是以非德道不尊, 非道德不明. 雖有國之良馬, 不以其道服乘之, 不可以道里. 雖有博地衆民, 不以其道治之, 不可以致霸王. 是故昔者明王內修七教, 外行三至, 七教修然後可以守, 三至行然後可以征. 明王之道, 其守也則必折沖千里之外, 其征則必還師衽席之上. 故曰內修七教, 而上不勞, 外行三至, 而財不費. 此之謂明王之道也."

|국역| 孔子가 閑居(한거 : 한가로이 있을 때)할 때, 曾參(증삼)[83]이

83 曾參(증삼, 前 505 ~ 435, 자는 子輿) – 공자보다 46세 연하였고, 아버지 曾晳(증석)과 함께 父子가 모두 공자의 제자였다. '하루에 자신을

侍坐(시좌 : 곁에서 모시고 있었다)하였다.

공자가 말했다.

"參(삼)아! 지금의 君子(군자, 主君)[84]는 다만 士(사)와 大夫(대부)

세 번 살피는(日三省吾身)' 수양을 했다. 《大學》과 《孝經》을 저술했으며 효자로 널리 알려졌다. 또 曾參殺人(증삼살인)과 曾子殺豬(증자살저, 豬는 돼지 저) 등 여러 故事의 주인공이다. 曾子는 孔門十哲에 들지는 않았으나 공자의 학통을 계승한 宗聖(종성)으로 추앙받고 있다. 공자께서 "吾道一以貫之"라고 했을 때, 曾子는 "夫子之道, 忠恕(충서)뿐"이라고 풀이했다. 병이 위독할 때 제자들에게 "啓予足!(나의 다리를 펴 보아라!) 啓予手!" 하라면서 부모로부터 받은 신체를 훼손하지 않는 것이 효도의 시작이라고 말했다.

84 君子(군자) – 周 왕조에서 周王(天子)은 제후를 각 지역에 分封(분봉)하여 제후국을 세워 백성을 통치케 하였다. 이 제후를 백성들은 國君이라 불렀고, 國君의 아들을 君子라고 불렀다. 제후국의 군자는 좋은 교육을 받으며 성장하였기에 학식을 갖추고 문화적 소양과 함께 도덕적 의지를 가진 사람이었다. 때문에 학식과 고매한 인품을 가진 사람을 높여 군자라 부르기 시작했다. 이러한 어원을 가진 군자는 일반적으로 귀족에 대한 통칭으로 쓰였고, 후대에는 士大夫나 관리를 지칭하는 용어가 되었다. 또한 군자는 생산활동에 종사하는 小人(平民)의 상대적 의미로도 쓰였다. 공자는 군자의 의미를 세습적 신분으로 타고난 사람이 아닌 '바른 심성과 교양을 가지고 도덕적인 행동으로 모범이 되는 인간'이라는 價值指向的(가치지향적)인 의미로 사용했다. 공자의 교육은 사람을 군자로 만들기 위한 교육이라고 생각될 정도로 《論語》에는 군자에 대한 언급이 많다. 공자는 군자보다 더 훌륭한 인격체로 聖人을 언급하기도 하였지만, 성인은 타고난 자질이 있어야만 하는 사람이

에 관한 말을 들을 뿐이다. 君子의 일에 대한 말은 거의 없다(希也). 아!(於乎), 내가 王에 대하여 말한다면, 王은 문밖에 나서지 않고도 天下를 교화하는 사람이다."

증자가 (상체를) 일으켜(起), 자리에서 물러나며 말했다.

"무엇을 왕의 말(王之言)이라 하십니까?"

그러나 孔子는 응답하지 않았다. 증자가 다시 말했다.

"스승께서 한가할 때 모시기가 어렵기에 지금 이렇게 여쭙는 것입니다."

그래도 孔子는 여전히 대답하지 않았다. 증자는 마음이 肅然(숙연)해지며 두려운 듯, 옷자락을 여미며 물러나 자리 뒤쪽에 서 있었다.

얼마 후〔有頃(유경)〕, 孔子는 嘆息(탄식)하며, 증자를 돌아보고 말했다.

"증삼아, 내가 너에게 明王(명왕)의 道에 대하여 말해도 되겠는가?"

증자가 말했다.

"제가 어찌 괜찮다고 말씀드리겠습니까? 저는 말씀을 듣고 배울 뿐입니다."

었다. 그러나 공자가 생각하는 군자는 누구든 노력하면 도달할 수 있는 보편적이며 일반적인 인간의 이상형이라 할 수 있다. 곧 군자는 이상적 인간형이기는 하지만 현실과 동떨어졌거나 주변에서 찾아보기 힘든 인간형은 아니었다.

공자가 말했다.

"앉아라!(居), 내가 너에게 말하겠노라. 道(도)는 德을 밝히는 것이다(明德). 德(덕)이란 바로 道를 지켜 높이는 것이다(尊道). 그래서 德이 아니라면 그 道가 높아지지 않고(不尊), 道가 아니라면 德은 밝게 빛나지 않는다(不明). 비록 나라에 良馬(양마)가 있더라도, 그 말을 正道로 타지 않는다면 길에 다닐 수가 없다(不可以道里). 비록 (나라에) 넓은 땅과〔博地(박지)〕 많은 백성이(衆民) 있어도 정도로 다스리지 않는다면, (그 주군이) 霸者(패자)나 王者가 될 수 없다.[85] 이러하기에 옛날의(昔者) 明王(명왕)은 안으로는 七敎(칠교)를 수행하고, 밖으로는 三至(삼지)를 실천하였나니, 七敎를 수행한 연후에 나라를 지킬 수 있고, 三至를 실행한 연후에 (다른 不義한 나라를) 정벌할 수 있었다. 明王의 大道로 나라를 다스리면 천리 밖의 외적을 물리칠 수 있고,[86] 不義를 정벌하고 편안하게 환국할 수 있다.[87] 그래서 七敎로 內修(내수: 안으로

85 원문 不可以致霸王 - 致는 이를 치. 이루다(成就). 霸王은 霸者와 王者. 王道로 백성을 이끄는 王者는 霸者(패자)의 상대적인 말이다. 춘추시대에는 주 왕실을 지키면서 외적을 물리치자는 尊王攘夷(존왕양이)의 구호를 내세우며 제후의 會盟(회맹)을 통해 中原(중원)을 호령하는 霸者(패자, 霸는 으뜸 패)가 등장하였는데 齊(제) 桓公(환공) 등 春秋五霸(춘추오패)가 있었다.

86 원문 必折沖千里之外 - 折沖(절충)은 折衝(절충). 적을 물리치고 이기다(克敵制勝).

87 원문 其征則必還師衽席之上 - 還師(환사)는 군사가 환국하다. 衽

칠교를 닦다)한다면 위에서는 힘들지 않고〔而上不勞(이상불노)〕, 밖으로 三至(삼지)를 실행한다면 재물을 낭비하지 않는다. 이를 明王의 大道라 말한다."

❙原文❙ 曾子曰, "不勞不費之謂明王, 可得聞乎?"

孔子曰, "昔者帝舜左禹而右皐陶, 不下席而天下治, 夫如此, 何上之勞乎? 政之不平, 君之患也, 令之不行, 臣之罪也. 若乃十一而稅, 用民之力, 歲不過三日, 入山澤以其時, 而無征, 關譏市廛, 皆不收賦, 此則生財之路, 而明王節之, 何財之費乎?"

曾子曰, "敢問何謂七敎?"

孔子曰, "上敬老則下益孝, 上尊齒則下益悌, 上樂施則下益寬, 上親賢則下擇友, 上好德則下不隱, 上惡貪則下恥爭, 上廉讓則下恥節, 此之謂七敎. 七敎者, 治民之本也. 政敎定, 則本正也. 凡上者, 民之表也, 表正則何物不正. 是故人君先立仁於己, 然後大夫忠而士信, 民敦俗璞, 男慤而女貞, 六者, 敎之致也. 布諸天下四方而不怨, 納諸尋常之室而不塞, 等之以禮, 立之以義, 行之以順, 則民之棄惡,

---

席(임석)은 깔자리(臥具). 편안하게 귀국하다.

如湯之灌雪焉."

| 국역 | 曾子가 말했다.

"明王은 수고하지도 않고, 낭비하지도 않는다는 말씀을 제가 들을 수 있겠습니까?"

孔子가 말했다.

"옛날에 帝舜(제순)은 좌측에 禹(우)를, 우측에 皐陶(고요)를 거느리고서,[88] 자리에서 내려오지 않고도 천하를 다스렸으니, 이럴 경우 윗사람에게 무슨 고생이 있겠는가? 정사의 불공평은 主君의 걱정거리이고, 政令(정령: 법령)이 지켜지지 않는다면 신하의 허물이었다. 만약 나라에서 백성 수입의 10분의 1을 징세하고, 1

---

88 원문 帝舜左禹而右皐陶 - 帝舜 有虞氏는 舜(순)으로, 上古時代 五帝의 한 사람. 名은 重華(중화)이다. 뒷날 嬀水(규수) 가에 살아 嬀姓, 有虞氏라고 한다. 도읍은 蒲阪(포판, 今 山西省 서남부 永濟市). 堯의 禪讓(선양)을 받았다. 孔子는 舜에 대하여 '德으로는 聖人, 尊位로는 天子이다.' 라고 하였다. 舜은 禹(우), 皐陶(고요), 夔(기), 契(설), 后稷(후직, 棄), 龍(용), 垂(수) 등에게 구체적 업무를 나눠 백성을 위한 정사를 담당케 하였다. 禹는 夏后氏(하후씨). 傳說에서 名은 文命, 보통 大禹라 존칭하나 사실 신화적 인물이다. 黃帝 軒轅氏(헌원씨)의 玄孫. 大禹는 治水로 널리 알려졌다. 禹는 중국 최초 세습 왕조 夏의 건국자이다. 왕위가 결국 아들에게 넘어갔다. 安邑(今 山西 夏縣)에 定都했다. 皐陶(고요)는 舜帝와 夏朝 초기의 賢臣이었다. 舜의 명령으로 刑法을 관장하는 理官을 역임하였는데 正直으로 천하에 이름이 알려졌다. 中國 司法의 鼻祖(비조)라 한다.

년에 3일만 나라 부역에 동원하며, 때맞춰 山澤(산택 : 산과 못〔川(천)〕)에 들어가 필요한 물건을 얻어도 과세하지 않고, 관문에서는 말씨를 물어보고, 시장에서 좌판을 벌려도 부세하지 않으니,[89] 이렇게 재물이 만들어지고, 明王이 절약한다면 재물을 어찌 낭비할 수 있겠는가?"

증자가 물었다.

"무엇을 七敎(칠교)라 합니까?"

孔子가 말했다.

"위에서 노인을 공경하면(敬老) 아랫사람은 더욱 효도를 하고, 윗사람이 나이든 사람을 받들면(尊齒) 아래에서는 더욱 공경할 것이다.[90] 上이 베풀기를 좋아하면(樂施) 아래에서는 더욱 관대하고, 上이 賢者(현자 : 어진이)를 가까이한다면(親賢) 아래에서는 벗을 가려 사귀고(擇友), 上이 덕을 즐겨 베푼다면(好德) 아래에서는 윗사람에게 숨기는 것이 없을 것이다(不隱). 위에서 탐욕을 미워한다면〔惡貪(악탐)〕, 아래에서는 다투기를 부끄러워하고〔恥爭(치쟁)〕, 위에서 염치를 지켜 사양한다면(廉讓) 아래에서도 염치를 알고 절제할 것이니, 이를 일곱 가지 교화라고 한다. 이런

---

89 원문 關譏市廛 – 關은 관문, 교통요지의 검문소. 譏는 나무랄 기, 꾸짖다(呵也). 몇 가지를 따져 물어 어디서 들어온 사람인가를 알아내다. 廛은 가게 전. 점포.

90 원문 上尊齒則下益悌 – 尊은 모시다. 받들다. 齒는 나이. 悌는 공경할 제.

七教는 治民(백성을 다스리다)의 근본이다. 政教가 정립되면 근본이 바르게 된다(本正也). 모든 윗사람은 백성의 표준이 되니,[91] 표본이 바르다면 무엇이 바르지 않겠는가? 그래서 人君은 먼저 자신이 仁을 확립해야 하나니, 그러면 大夫는 忠誠(충성)하고 士(선비)는 信義(신의)를 지키며 백성은 敦篤(돈독)하고 풍속은 淳樸(순박)할 것이다.[92] 또 남자는 성실하고〔愨(성실할 각)〕, 여인은 정숙할 것이니(貞), 이 6가지는 교화의 결과이다. 이를 온 천하 사방에 널리 공표하더라도 원망이 없을 것이며, 보통의 가정에 이를 받아들여도 막힐 리가 없을 것이며,[93] 이를(七教를) 예의와 똑같이 실행하고 대의를 확립하며, 이를 실천하고 순응한다면 백성들 악행을 버리기가 마치 끓는 물에 떨어지는 눈(雪)과 같이[94] 쉬울 것이다."

---

91 원문 民之表也 – 여기 表는 標準(표준)의 뜻. 본보기.

92 원문 民敦俗璞 – 敦은 도타울 돈. 敦篤(돈독). 俗은 민속. 백성의 습속. 璞은 옥돌 박. 다듬지 않은 옥 돌. 순박하고 행실을 삼가는 모양.

93 원문 納諸尋常之室而不塞 – 尋常(심상)의 보통. 尋은 찾을 심. 길이의 단위로 8尺. 常은 1丈6尺, 곧 尋의 2배. 不塞은 막지 않다. 누구나 받아들이다.

94 원문 如湯之灌雪焉 – 湯은 뜨거운 물 탕. 물을 끓이다. 灌은 물댈 관. 퍼 넣다.

| 原文 | 曾子曰, "道則至矣, 弟子不足以明之."

孔子曰, "參以爲姑止乎? 又有焉. 昔者明王之治民也, 法必裂地以封之, 分屬以理之, 然後賢民無所隱, 暴民無所伏. 使有司日省而時考之, 進用賢良, 退貶不肖, 然則賢者悅而不肖者懼. 哀鰥寡, 養孤獨, 恤貧窮, 誘孝悌, 選才能. 此七者修, 則四海之內, 無刑民矣. 上之親下也, 如手足之於腹心. 下之親上也, 如幼子之於慈母矣. 上下相親如此, 故令則從, 施則行, 民懷其德, 近者悅服, 遠者來附, 政之致也. 夫布指知寸, 布手知尺, 舒肘知尋, 斯不遠之則也. 周制, 三百步爲里, 千步爲井, 三井而埒, 埒三而矩, 五十里而都封, 百里而有國, 乃爲蓄積資聚焉, 恤行者之有亡. 是以蠻夷諸夏, 雖衣冠不同, 言語不合, 莫不來賓. 故曰無市而民不乏, 無刑而民不亂. 田獵罩弋, 非以盈宮室也. 征斂百姓, 非以盈府庫也. 慘怛以補不足, 禮節以損有餘, 多信而寡貌. 其禮可守, 其言可覆, 其跡可履. 如饑而食, 如渴而飮. 民之信之, 如寒暑之必驗. 故視遠若邇, 非道邇也, 見明德也. 是故兵革不動而威, 用利不施而親, 萬民懷其惠, 此之謂明王之守, 折沖千里之外者也."

| 국역 | 曾子가 말했다.

"王道는 정말 至大(지대)한 것이라서, 저는(弟子) 아직도 잘 알지 못합니다."

孔子가 말했다.

"증삼은 王道가 이것뿐이라고 생각했는가? 또 다른 것이 있다. 옛날에 明王은 백성을 다스리면서 으레(必) 王法으로 땅을 분할하여 分封(분봉)하였고, 업무를 나눠 관리하게 하였는데, 그런 연후에 숨어 사는 賢人이 없고, 복종하지 않는 거친 자들이 사라졌다.[95] 담당 관리(有司)로 하여금 날마다 백성을 보살피고(日省) 때맞춰 실적을 평가하여(時考之) 현량한 관리를 승진 등용하고 불초한 자를 내치거나 폄직시키니,[96] 賢者는 기뻐했고 불초자는 두려워했다. 홀아비〔鰥(환)〕와 과부(寡)를 불쌍히 여기고(哀), 고아와 자식없는 노인(孤獨)을 양육하며, 가난한 자〔貧窮(빈궁)〕를 궁휼히 보살펴주고(恤), 효도와 우애〔孝悌(효제)〕를 권장하며(誘), 재능 있는 자를 등용하는(選) 등 이 7가지를 시행하자(修) 四海(사해) 안에는 형벌을 받은 백성이 없었다. 윗사람은 아랫사람에게 친밀하니, 마치 수족처럼 腹心(복심)이 되었고, 아랫사람은 윗사람을 따르고 섬기니, 마치 어린 자식과 모친의 사이와 같았다. 이처럼 상하가 서로 친근하기에 명령하면 바로 따라왔고,

---

95 원문 暴民無所伏 – 暴은 사나울 폭. 伏은 엎드릴 복. 굴복하다.

96 원문 退貶不肖 – 退는 내치다. 물리치다. 貶은 떨어트릴 폄. 貶職(폄직)시키다. 강등시키다. 不肖(불초)는 닮지 않다. 못나다. 능력이 떨어지다.

일을 하려면 성취하였으며 백성은 은덕을 입었다.[97] 가까운 자는 기뻐 복종했고, 먼 곳에 사는 자도 찾아와 귀부하게 되니, 이는 정치의 가장 원숙한 경지이다.[98] 손가락을 펴서 한 치의 길이를 알고(知寸) 팔을 뻗어 한 자를(尺) 알 수 있으며, 팔을 벌려 8자 길이로 사용하니, 이는 바로 우리 신변의 법칙이다.[99] 周制(주제)에 3백 步(보)를 里(리), 1천 보를 井(정)이라 하였고, 3井을 1埒(열), 3埒(열)을 矩(구)라고 하였다.[100] 50리의 땅에 都(도)시를 설치하고(封), 1백 리의 땅에는 (諸侯의) 國(나라)을 설치하게 하여 (國 단위로) 재물을 모아두거나 얻게 하고[101] 출행한 자의 재산 유무를 보살피게 한다.[102] 이리하여 蠻夷(만이)의 땅이나 諸夏(제하, 中華,

---

97 원문 民懷其德 – 懷는 품을 회. 은덕을 가슴속에 간직하다.

98 원문 政之致也 – 致는 이루다. 다하다. 극진하다(極也).

99 원문 舒肘知尋, 斯不遠之則也 – 舒는 펼 서. 肘는 팔꿈치 주. 尋은 8자 길이 심. 찾을 심. 보통. 斯는 이 사. 이것. 不遠之則은 신변의 규칙. 일상적인 단위.

100 원문 埒三而矩 – 埒은 곳집(庫) 열, 작은 담 열. 마당에 둘러친 낮은 담. 일정한 면적을 지칭하는 말이다. 矩(곱자 구). 사각형을 그리는 틀. 행위의 표준. 이는 길이와 면적의 단위를 혼동한 설명이라는 주석이 있다. 井은 면적의 단위이지 길이 단위가 아니다.

101 원문 乃爲蓄積資聚焉 – 蓄積(축적)은 積蓄. 비축하다. 資聚는 밑천으로 모아두다. 資는 재물 자. 밑천. 焉은 어찌 언, 종결어미 언.

102 원문 恤行者之有亡 – 恤은 구휼할 휼. 구제하다. 동정하다. 行者

中原)가 비록 衣冠(의관)이 같지 않고 언어가 같지 않더라도 누구나 찾아와 복속하게 된다.[103] 그러하기에 나라에 시장이 없어도 백성 생활이 궁핍하지 않았고〔不乏(불핍)〕, 형벌을 집행하지 않아도 백성이 분란을 일으키지 않았다. 그물과 주살로 사냥을 하지만 궁궐을 재물로 채우려는 뜻이 아니었다.[104] 백성한테 賦稅(부세)를 징수하지만 나라의 창고를 채우려는 의도는 아니었다. 慘怛(참담)한 마음으로 不足한 물자를 보충해주고, 예절을 가르쳐 넉넉한 재물을 덜어주게 하며, 신의로 모자란 형식을 보완하였다.[105] 그 예의를 지키게 하고, 말한 바로 실천케 하며 행실로 따라오게 하였다. 굶주리면 먹을 것을 주고,[106] 목마를 때는 물을 마시게 하였다. 백성은 나라를 신뢰하였고, 계절에 따라 더위와 추위가 바뀌는 것처럼 필연으로 생각하였다. 그리하여 主君이 멀리 있어도 가까이 있는 것처럼 생각하였고, 주군의 明德을 눈으

는 부역이나 군역 등 차출되어 나간 자. 출행하여 在外하는 자. 有亡은 有無.

103 원문 莫不來賓 – 莫은 ~하지 않는 사람이 없다. 이중부정. 來賓(내빈)은 찾아와 빈객이 되다.

104 원문 田獵罩弋 – 田獵(전렵)은 사냥. 罩는 대나무로 만든 가리조. 물고기 잡는 도구. 실로 만든 그물(網)과 다른 기구. 弋은 주살 익. 새를 잡는 사냥도구.

105 원문 多信而寡貌 – 信義를 늘려 믿음이 가지 않는 언행을 보완케 한다는 뜻. 백성 교화의 한 작용일 것이다.

106 원문 如饑而食 – 饑는 굶주릴 기. 饑餓(기아).

로 볼 수 있었다. 이렇게 되면 군사를 동원하지 않아도 위엄을 행사하고, 백성에게 재물을 베풀지 않아도 백성은 주군을 친하게 여겼으며, 萬民은 주군의 혜택을 받은 것으로 생각하였다. 이상의 모두가 明王의 守國(수국 : 나라를 지킨다)이며 천리 밖의 外人을 물리칠 수 있었다."

| 原文 | 曾子曰, "敢問何謂三至?"

孔子曰, "至禮不讓而天下治, 至賞不費而天下士悅, 至樂無聲而天下民和. 明王篤行三至, 故天下之君, 可得而知, 天下之士, 可得而臣, 天下之民, 可得而用."

曾子曰, "敢問此義何謂?"

孔子曰, "古者明王, 必盡知天下良士之名, 旣知其名, 又知其實, 又知其數, 及其所在焉. 然後因天下之爵以尊之, 此之謂至禮不讓而天下治. 因天下之祿以富天下之士, 此之謂至賞不費而天下之士悅. 如此, 則天下之民, 名譽興焉, 此之謂至樂無聲而天下之民和. 故曰, '所謂天下之至仁者, 能合天下之至親也. 所謂天下之至明者, 能擧天下之至賢者也.' 此三者咸通, 然後可以征. 是故仁者莫大乎愛人, 智者莫大乎知賢, 賢政者莫大乎官能. 有土之君, 修此三者, 則四海之內, 供命而已矣. 夫明王之所征, 必道之所廢者也, 是故誅其君而改其政, 吊其民而不奪其財. 故明王之政, 猶時雨之降, 降至則民悅矣. 是故行施彌博, 得親彌衆此之謂還師衽席之上."

| 국역 | 曾子가 물었다.

"무엇을 三至(삼지)라 합니까?"

孔子가 말했다.

"至高(지고)의 의례를 남에게 미루지 않기에 (明王이 실천하여) 天下가 다스려지고, 至大한 포상을 함부로 행하지 않기에 천하의 士人이 悅服(열복 : 즐거워 기뻐 복종하다)하며, 가장 미묘한 음악은 소리가 없어도 백성은 和樂(화락)한다. 明王은 이러한 三至〔禮(예), 賞(상), 樂(악)〕를 실천하기에 천하 모두가 主君임을 인지하고, 천하의 士人을 신하로 삼고, 천하의 백성을 얻어 부릴 수 있는 것이다."

曾子가 말었다.

"삼가 三至의 내용은 무엇을 말합니까?"

孔子가 말했다.

"옛날의 明王은 필히 천하 良士(양사 : 훌륭한 선비)의 이름을 모두 알고, 또 그 능력이나(實) 인원 수와 사는 곳까지(所在) 알고 있었다. 그러하기에 그런 賢者에게 작위를 내려 존중하였으니, 이것이 至禮(지극한 예)를 不讓(불양 : 양보하지 않다)하여 天下를

大治(크게 다스린다)한다고 말한 것이다. 천하의 奉祿(봉록)으로 천하의 士人을 부유하게 하니, 이를 두고 至賞을 함부로 쓰지 않고도 천하의 사인을 기쁘게 하는 것이다. 이러하기에 (明王은) 천하의 백성들로부터 명성을 높이고 칭송을 들을 수 있으니, 이를 두고 至樂(지악 : 지극한 음악)은 소리가 없지만 백성은 和樂(화락)한다고 말할 수 있다. 그래서 '이른바(所謂) 天下의 至仁者(지극히 어진 자 : 明王)는 천하의 至親者(지극히 친한 자)를 화합케 할 수 있다. 또 이른바 天下의 至明者(지극히 밝은 자)는 천하의 현인을 등용하는 자라고 말하는 것이다.' 곧 이 三者는 모두 상통하며 그런 연후에 세상을 평정할 수 있다. 이러하기에 仁은 愛人보다 더 큰 것이 없고, 智는 賢人을 알아보는 것보다 더한 것이 없고, 현명한 政事는 유능한 관리의 등용보다 더 중한 것이 없다. 疆土(강토 : 땅)를 가진 주군이 이러한 三至를 실천한다면 四海之內에 명령만 내릴 뿐이다. 대체로 明王의 정벌이란 正道를 폐기한 자에게만 해당하며, 그런 주군을 주살하고, 그런 정치를 개혁하며, 그들 백성을 조문할 뿐 재물을 빼앗지 아니한다.[107] 그래서 明王의 정치는 마치 때맞춰 내리는 비와 같으며,[108] 명왕이 정치를 행하면 백성이 기뻐한다. 명왕의 정치가 널리 행해지면, 그 시

---

107 원문 吊其民而不奪其財 – 吊는 조상할 조, 슬퍼할 조, 불쌍히 여길 조. 조문하다. 弔의 俗字. 奪은 빼앗을 탈.

108 원문 猶時雨之降 – 時雨는 때맞춰 내리는 비.

혜(행하고 베푸는 것)가 점차 넓어지고 친밀한 은덕을 받은 백성이 더욱 많아지기에, 정벌에 나선 명왕의 군사는 개선하여 편안하게 귀국할 것이라고 말하였다."

〈大婚解(대혼해)〉 제4

【해설】

大婚(대혼)은 君王(王, 또는 公)의 혼례이다. 편명 〈大婚解〉는 혼례에 관한 魯 哀公[109]과 공자의 대화로, 애공이 묻고 공자가 대

---

109 魯哀公(애공, 名 將, 定公의 子, 재위 前 494－468년. 27년간) － 애공 재위 중, 魯國의 大權은 소위 三桓이 장악하고 있었다 애공은 주군의 권력을 회복하려 삼환과 충돌하였으나 쫓겨나 邾國(주국)을 거쳐 越國으로 피신하였고 거기서 죽은 것으로 알려졌다. 아들 魯 悼公(도공)이 계위했다. 공자는 햇수로 14년에 방랑을 끝내고 魯 哀公(애공) 11년인 기원전 484년, 68세의 고령으로 노나라에 돌아왔다. 노 애공은 공자를 등용하지도 못했고, 공자 또는 출사할 마음도 없었다. 공자는 제자 교육과 《詩》, 《書》, 《禮》의 고전을 정리하는 일에 전념했다. 魯 哀公 14년(공자 71세, 서기 前 481년)에 봄에 사냥을 했는데 叔孫氏의 馬夫가 못 보던 짐승을 잡았다 하여 공자가 가서 확인하니 麟(麒麟, 기린)이었다. 그리고 그 해에 안회가 죽었을 때에 공자는 "天喪予(하늘이 나를 버렸다)"라고 절망했다. 그러다가 기원전 479년 4월에 죽으니 귀국 후 만 4년 남짓한 여생이 있었다.

답하였다. 춘추시대 제후 國君(국군)의 결혼은 단순히 가문의 결혼이 아니라 제후국 사이의 외교에서도 중요한 사안이었다.

공자는 본 편에서 대혼이 갖는 중요한 의의를 禮(예)라는 관점에서 설명하고 있다. 《孔子家語》 44편 중에서 그 절반 정도가 禮와 관련된 主題(주제)이다. 禮는 인간 행실의 禮節(예절)이라는 개별 행위를 넘어서, 가문이나 국가의 운영과 관련된 중요한 제도를 의미했다.

공자는 인간의 삶에서 禮의 필요성과 중요성을 깊이 인식했었다. 공자 자신이 禮를 공부하고 제자들에게 가르쳤으며, 실천을 강조한 것은 禮가 인성을 순화하는 방법이며 군자의 품위 있는 언행에 필요했기 때문이다. 그리고 사회 구성원 간의 갈등 완화와 안정 추구라는 현실적 목적에도 부합했기 때문이었다. 禮는 禮儀(예의), 禮法(예법), 禮制(예제) 등의 뜻으로 쓰이며 《論語》에 자주 언급되었다.

고대 중국인의 생활상의 규범이나 습속과 행위의 준칙이 바로 禮이다. 天子의 祭天(제천), 조정에서의 의론, 의례나 행사는 모두 정해진 틀이 있었다. 제후의 會盟(회맹), 전쟁, 혼례나 장례는 물론 일상생활의 식사와 起居(기거) 역시 禮의 일부였다.

손님을 맞이하기는? 물론 당연히 예법에 따라야 했다. 사회의 계급이나 신분질서에 따라 貧賤(빈천) 역시 禮이었다. 빈민이나 천민이 어쩌다 돈을 벌었다 하여 비단옷을 입는다? 당연히 예법에 어긋나는 일이다. 그러니 禮를 모르고서는 어떻게 사회생활을 하고 단 하루인들 살 수 있겠는가?

사회생활의 기본으로 도덕과 예의를 생각할 수 있다. 또 '예의를 모르는 사람' 이라면, 아마 성공적인 사회생활은 어려울 것이다. 공자에게 禮는 仁만큼이나 중요하며, 인과 절대적으로 분리할 수도 없는 덕목이었다.

《論語 泰伯(논어 태백)》에 「子曰, "興於詩, 立於禮, 成於樂."」이라 하였다. 또 《論語 季氏(논어 계씨)》에 「不學禮, 無以立.」이라 하였고, 마지막 편 《論語 堯曰(논어 요왈)》에서 「孔子曰, "不知命, 無以爲君子也, 不知禮, 無以立也, 不知言, 無以知人也."」이라 하여 《論語》 전체의 대의를 요약하였다.

俠義(협의)의 禮는 예절과 儀式(의식)이다. 廣義(광의)로는 정치제도, 사회생활, 도덕질서 등 문화 전반에 걸친 규범이다. 때문에 《禮記》는 《五經》 중 가장 방대한 분량이다. 《禮記 曲禮(예기 곡례)》는 개인의 예절을 설명한 부분인데, '曲禮三千' 이라는 말이 있을 정도로 내용이 많다. 이처럼 禮는 생활의 제도라고 볼 수 있기에 시대에 따라 약간씩 달라졌다.

周는 宗法(종법)을 기반으로 국가 질서를 갖추었다. 大宗과 小宗의 구분부터 천자에서 卿(경), 大夫(대부)와 서민에 이르기까지 신분의 고저에 따라 생활의 모든 것에 예법이 있었다. 나라와 개인의 吉禮(길례)와 凶禮(흉례), 賓禮(빈례), 軍禮(군례), 嘉禮(가례) 등에 모든 절차와 행위에 대한 제약이 있었다. 그러니 이런 예를 모르고서는 사회생활을 할 수 없었다.

때문에 공자는 아들 鯉(孔鯉, 공리)에게 "예를 배우지 않으면 사회생활을 할 수 없다〔不學禮無以立(불학례무이립)〕."고 말했다.

공자는 仁과 禮를 하나로 통합하여 생각하였다. 그래서 "사람이 不仁(불인)하다면 禮가 무슨 소용이 있느냐?"고 하였다. 사람의 본성으로 언급한 仁은 진실한 마음으로 善으로 나아가는 自覺力量(자각 역량)이고, 禮는 성심을 기초로 형성되는 확실한 도덕세계라고 생각하였다. 때문에 誠心(성심)과 진심이 결여된 禮라면 아무 쓸모가 없다고 말한 것이다. 또 하나의 예로 3년상에 대해서도 居喪(거상) 기간에 맛있는 것을 먹어도 그 맛을 모르는 것이 바로 자식의 마음이며 부모의 돌봄에 대한 최소한의 誠心이라고 말했다.

공자는 안회가 어떻게 하면 仁을 실천할 수 있느냐고 물었을 때, 공자는 "克己復禮(극기복례)가 仁의 실천이라면서 禮가 아니면 보고 듣거나 말하거나 행동하지도 말라."고 하였으며, 사람은 모든 행동은 예에 의거 조절된다고 생각하였다. 그리고 禮가 지켜지지 않는다면 어떤 결과를 낳는가에 대해서도 구체적으로 설명하였다.

❙原文❙ 孔子侍坐於哀公. 公問曰, "敢問人道孰爲大?"

孔子愀然作色而對曰, "君及此言也, 百姓之惠也, 固臣敢無辭而對. 人道, 政爲大. 夫政者, 正也. 君爲正, 則百姓從而正矣. 君之所爲, 百姓之所從. 君不爲正, 百姓何所從乎!"

公曰, "敢問爲政如之何?"

孔子對曰, "夫婦別, 男女親, 君臣信, 三者正, 則庶物從之."

公曰, "寡人雖無能也, 願知所以行三者之道, 可得聞乎?"

孔子對曰, "古之政愛人爲大, 所以治. 愛人禮爲大, 所以治. 禮, 敬爲大. 敬之至矣, 大婚爲大. 大婚至矣, 冕而親迎, 親迎者, 敬之也. 是故君子興敬爲親, 舍敬則是遺親也. 弗親弗敬, 弗尊也. 愛與敬, 其政之本與."

公曰, "寡人願有言也. 然冕而親迎, 不已重乎?"

孔子愀然作色而對曰, "合二姓之好, 以繼先聖之後, 以爲天下宗廟社稷之主, 君何謂已重焉?" 〈魯周公之後得郊天故言以爲天下之主也〉

公曰, "寡人實固, 不固安得聞此言乎! 寡人慾問, 不能爲辭, 請少進."

孔子曰, “天地不合, 萬物不生, 大婚, 萬世之嗣也, 君何謂已重焉?”

孔子遂言曰, “內以治宗廟之禮, 足以配天地之神, 出以治直言之禮, 以立上下之敬, 物恥,則足以振之, 國恥,足以興之, 故爲政先乎禮, 禮其政之本與.”

孔子遂言曰, “昔三代明王, 必敬妻子也, 蓋有道焉. 妻也者, 親之主也, 子也者, 親之後也, 敢不敬與. 是故君子無不敬, 敬也者, 敬身爲大. 身也者, 親之支也, 敢不敬與. 不敬其身, 是傷其親. 傷其親, 是傷本也. 傷其本, 則支從之而亡. 三者, 百姓之象也. 身以及身, 子以及子, 妃以及妃, 君以修此三者, 則大化愾乎天下矣. 昔太王之道也, 如此國家順矣.”

| 국역 | 孔子가 哀公(애공)을 侍坐(시좌 : 모시고 앉아있다)할 때, 애공이 물었다.

“인간의 도리 중 무엇이 가장 중대합니까?”[110]

---

110 원문 敢問人道孰爲大 - 孰은 누구 숙, 무엇? 의문대명사. 人道는 인간의 도리. 인간이 지켜야 할 행위 규범. 정치나 교육, 경제, 군사, 사회생활 등이 모두 인간이 가야할 길, 바르게 걸어가야 할 人道이다. 그러나 天命이나 造化, 인간에게 내리는 길흉화복은 天道이다. 공자는, 천도는 멀리 있고 그러기에 잘 알 수 없기에

孔子는 안색을 바로 하고 애공에게 대답하였다.[111]

"主君께서 물으신 이것은 백성에게는 慈惠(자혜)이기에 臣은 감히 사양하지 않고 대답하겠습니다. 人道(사람의 도)에서는 政(정 : 정치)이 큰일입니다. 대체로 政이란 正(정 : 바르게 하다)입니다.[112] 주군이 正하다면 백성은 주군을 따라 바르게 됩니다(正矣). 主君이 하는 바를(所爲) 백성은 따라 할 것입니다. 주군이 바르지 않다면 백성은 누구를 따라 바른 행실을 하겠습니까?"

애공이 물었다.

"爲政(위정 : 정치)은 어떠해야 합니까?"[113]

인간의 본성이나 천도에 관해서는 거의 말하지 않았다고 하였다.

111 원문 愀然作色而對曰 -愀然은 얼굴 표정을 바로 하다. 정색하다. 정색할 초. 쓸쓸한 추. 가령 웃음 띤 얼굴로 말했다면 愀然作色(초연작색)이 아니다.

112 《論語 顔淵》 季康子問政於孔子. 孔子對曰, "政者, 正也. 子帥以正, 孰敢不正?"
季康子(계강자)는 魯의 실권을 쥐고 있었기에 공자에게 정치에 관하여 자주 물었다. 공자는 평소에 명분이 바로 서야 한다는 信念을 갖고 있었다. 공자의 이런 신념이 그대로 나타난 구절이다. "子帥以正, 孰敢不正?" 에서 子는 계강자를 지칭하고, 帥은 '거느릴 솔' 로 읽고, '앞장서다' 라는 뜻이다. 孰은 '누구 숙' 이니, 의문대명사이다. '누가 감히 ~하겠는가?' 라는 뜻이다.

113 원문 敢問爲政如之何? - 爲政(위정)은 政事를 담당하다. 공자가 각국을 주유할 때, 약소국 衛(위)에서만 그런대로 대우를 받았는데, 衛 靈公은 공자를 존중하였다. 그래서 자로가 공자에게 "만

孔子가 대답하였다.

"夫婦(부부)는 존비에 구별이 있어야 하고, 父子는 血親(혈친)의 恩情(은정)[114]이 君臣 사이에는 信義(신의)가 있어야 합니다. 이 三者의 관계가 바르다면, 만물이 모두 이를 따를 것입니다."

야 衛 靈公이 정사를 일임한다면, 무슨 일을 제일 먼저 하시겠습니까?"라고 물었다. 그러자 공자는 "필히 명분을 바로세우겠다(必也正名乎)."라고 말했다. 이처럼 공자는 正名을 爲政의 출발로 인식했다. 이에 자로는 "그렇습니까? 뜻밖의 일입니다! 왜 하필 正名입니까?"라면서 공자의 생각이 현실을 모르는 처사라는 뜻을 표시하였다.

그러자 공자는 자로에게 "무식하구나. 자로야! 군자는 모르는 일에는 입을 다물어야 한다."면서 正名이 중요한 이유를 설명하였다. 곧 "대의명분이 바로 서지 않으면 말이 순리에서 벗어나고, 순리에서 벗어난 말을 하면 다른 政事를 성취할 수 없고, 정사가 바로 이뤄지지 않으면 예악이 바로 융성할 수 없다. 예악이 홍성하지 못하면 형벌이 바로 집행되지 않고, 그러면 백성은 손발을 둘 데가 없다. 그래서 군자는 매사에 바른 명분을 찾아 내세워야 하며 바른 말로 설명을 해야 하며, 바른말을 했으면 반드시 실천하여야 한다. 그리고 군자는 그 언사에 조금이라도 소홀한 점이 있으면 안 된다."고 하였다.

지금은 '名正言順'으로 말을 조금 바꿔 통용되는데 명분과 대의가 정당하다면 설득하거나 업무처리를 틀림없이 잘할 수 있다는 뜻으로 사용된다.

114 원문 男女親 – 《禮記》와 《大戴禮記》, 《孟子 滕文公 上》에 의거 男女를 父子로 바꿔 국역했다.

애공이 말했다.

"寡人(과인)이 비록 무능하지만, 이 三者(夫婦, 父子, 君臣)의 正道를 실천하는 길을 들을 수 있겠습니까?"

이에 공자가 대답하였다.

"옛날의 政事(정사 : 정치)에 백성 사랑이 가장 중요하였고, 愛人(사람을 사랑하는 것)으로 통치하였습니다. 愛人에서는 禮가 가장 중요하고, 禮에 의거 愛人을 실천하였습니다. 禮에는 恭敬(공경)이 가장 중요합니다. 敬에서 가장 중요한 바는 大婚(대혼)입니다. 大婚이 가장 중요하기에 冕冠(면관)으로 親迎(친영)케 하였으니,[115] 親迎(친영)이란 상대에 대한 공경입니다. 이에 君子는 상대를 공경하며 동시에 가까이하였으니, 敬이 없다면〔舍敬(사경)〕곧 친밀한 대의를 버리는 것입니다. 親도 敬도 하지 않는다면, 이는 상대를 존중하지 않는 것입니다.[116] 따라서 愛와 敬은 정치의 근본입니다."

애공이 말했다.

"寡人이 한 마디 묻겠습니다. 면관에 親迎(친영)까지 한다면 지나친 존중 아닙니까?"

이에 공자는 낯빛을 엄숙히 하고 대답하였다.

---

115 원문 冕而親迎 – 冕은 면류관 면. 皇族 男性이 착용하는 禮冠으로, 가장 중대한 행사를 거행하며 冕服(면복)을 입었을 때 착용했다. 親迎은 친히 맞이하다. 親迎(친영)은 婚事 六禮의 하나.

116 원문 弗尊也 – 尊은 높을 존. 높이다. 존중하다.

"二姓 가문의 우호적 결합이고, 先聖(선성 : 선왕)의 후손을 이어 갈 혼례이며, 천하의 종묘와 사직의 주인을 위한 혼사이거늘 주군께서는 어찌 너무 존중하신다고 말씀하십니까?"[117]

애공이 말했다.

"과인이 실로 고루한 소견이라서 말씀의 뜻을 깨닫지 못했습니다. 과인이 묻고자 하여도 말로 다 하질 못하오니 좀 더 상세히 말씀해 주십시오."

이에 孔子가 말했다.

"천지가 不合(합하지 않다)하면 만물이 相生(상생)하지 못합니다. 大婚(대혼)은 萬世(만세)를 이어가는 것이니, 주군께서 어찌 너무 높인다 하실 수 있습니까?"

孔子가 잠시 쉬었다가(隧) 이어 말했다.

"안으로 宗廟(종묘)의 제례를 수행하면 그로써 족히 天地의 신령을 제사할 수 있고, 밖에 나가 바른말(直言)로 禮를 행할 수 있다면, 상하의 공경을 정립할 수 있으며,[118] 행사가 이치에 합당하지 않다면 예로써 보충할 수 있고,[119] 나라의 행사가 이치에 맞지

117 원문 以爲天下宗廟社稷之主 - 魯는 周公의 후손으로 天帝에게 郊祭를 지냈기에 天下의 主라고 하였다.

118 원문 以立上下之敬 - 夫婦가 正하면 행실을 바로 하고 예에 합당한 말을 할 수 있다. 자신의 행실이 바르다면 백성을 바르게 이끌 수 있다. 그래서 부부간에도 예를 지켜야 한다.

119 원문 物恥, 則足以振之 - 恥는 행사가 예에 합당하지 못하다. 그러하다면 禮로 고쳐해야 한다는 뜻.

않는다면 예법에 맞춰 흥기할 수 있기에 爲政(정치를 하는 데는)에서는 禮를 우선해야 하고, 그래서 禮는 위정(정치)의 기본입니다."

孔子가 이어 말했다.

"옛날에 三代(夏, 殷, 周)의 明王은 必히 妻子(처자)를 공경하며 正道를 따랐습니다. 아내는(妻) (부부) 合親(합친 : 한 집안)의 주체이고, 자식은 합친한 결과이니, 어찌 불경(공경하지 아니하다)할 수 있겠습니까! 이 때문에 君子는 공경하지 않는 사람이 없으며(無不敬), 공경이란(敬也者) 신체적 공경도 중요합니다. 육신이란 것은 血親(혈친 : 부모)의 갈래(支)이니, 어찌 공경하지 않을 수 있겠습니까? 육신을 공경하지 않는다면 양친을 다치게 하는 것입니다. 혈친의 육신을 다친다면 근본을 상하게 하는 것입니다(傷本也). 근본을 손상한다면 그 갈래는(支, 가지) 따라서 없어지게 됩니다. 이 三者 공경(妻, 子, 後孫)은 百姓의 본보기입니다. 육신에 육신이 이어가고, 자식이 자식에게, 비빈(아내)은 비빈에게 이어지니(妃以及妃), 主君이 이 삼자를 따라 지켜간다면 위대한 교화가 천하에 가득찰 것입니다.[120] 이것이 바로 옛날 太王(태왕)의 道이고,[121] 이를 지킨다면 온 나라가 和順(화순 : 순리대로 화

120 원문 則大化愾乎天下矣 – 愾는 가득 찰 개(氣滿), 성낼 개. 한숨 희.

121 원문 太王之道也 – 太王은 周族의 중간 시조인 古公亶父(고공단보). 文王(昌)의 祖父. 周 武王과 周公 旦(단)의 증조부. 태공은 오

합하다)할 것입니다."

| 原文 | 公曰, "敢問何謂敬身?"

孔子對曰, "君子過言則民作辭, 過行則民作則, 言不過辭, 動不過則. 百姓恭敬以從命, 若是, 則可謂能敬其身, 則能成其親矣."

公曰, "何謂成其親?"

孔子對曰, "君子者也, 人之成名也, 百姓與名, 謂之君子, 則是成其親, 爲君而爲其子也."

孔子遂言曰, "愛政而不能愛人, 則不能成其身. 不能成其身, 則不能安其土. 不能安其土, 則不能樂天."

公曰, "敢問何能成身?"

孔子對曰, "夫其行已不過乎物, 謂之成身, 不過乎, 合天道也."

公曰, "君子何貴乎天道也?"

孔子曰, "貴其不已也. 如日月東西相從而不已也, 是天

로지 姜女(강녀)만을 아내로 거느렸다. 때문에 태공 때에는 아내가 없는 홀아비가 없었다고 한다. 태공은 자식을 사랑하는 마음으로 백성을 사랑했다. 이를 太王之道라 한다.

道也. 不閉而能久, 是天道也. 無爲而物成, 是天道也. 已成而明之, 是天道也."

公曰, "寡人且愚冥, 幸煩子之於心."

孔子蹴然避席而對曰, "仁人不過乎物, 孝子不過乎親. 是故仁人之事親也如事天, 事天如事親, 此謂孝子成身."

公曰, "寡人旣聞如此言, 無如後罪何?"

孔子對曰, "君子及此言, 是臣之福也."

| 국역 | 애공이 물었다.

"무엇이 敬身(경신 : 자기의 몸을 공경하다)입니까?"

孔子가 대답하였다.

"君子의 말이 지나치면(過言, 不當) 백성은 그런 말을 자신의 말로 생각하고, 군자의 지나친 행동은 백성이 그대로 본받기 때문에, (군자의) 언행은 부당하거나 법도에 어긋나서는 안 됩니다. 백성은 (군자를) 공경하며 그 명을 따르기에, 지나치지 않는 것이 자신을 공경하는 것이며 백성의 부모가 될 수 있습니다."[122]

애공이 물었다.

"백성의 부모가 될 수 있다는 말은 무슨 뜻입니까?"

孔子가 대답하였다.

---

122 원문 則能成其親矣 – 여기 親은 兩親.

"君子란 사람은 그 명성을 성취한 사람입니다. 이는 백성이 명성을 만들어 준 것이니 백성과 함께해야 君(군)이라 할 수 있고, 그것이 백성의 부모가 된다는 뜻이며, 군자의 칭호를 듣는 것은 곧 백성을 위한 일이기도 합니다."[123]

孔子가 이어 말했다.

"(君子가) 愛政(애정 : 정치를 사랑하다)하더라도 愛人(애인 : 사람을 사랑하다)할 수 없다면 敬身(경신 : 자신의 몸을 보존하다)할 수 없습니다. 敬身하지 못한다면, 땅에 安身(안신 : 그 몸을 안정되게 하다)할 수 없습니다. 땅에 안신하지 못한다면, 天命을 누릴 수 없습니다."[124]

애공이 물었다.

"어떻게 해야 成身(성신 : 그 몸을 이루어 보존하다)할 수 있습니까?"

공자가 대답하였다.

"그 행위와 처신이 사물의 이치에 어긋나지 않는 것을 成身이라 하는데, 어긋나지 않는 것은 天道에 합일하는 것입니다."

애공이 물었다.

"君子는 왜 天道를 귀하게 생각합니까?"

공자가 말했다.

"이는 (천도의 운행이) 중단되지 않는 것을 귀하게 여기는 것

---

123 원문 爲君而爲其子也.

124 원문 則不能樂天 – 樂天은 天道를 누리다.

입니다.[125] 마치 日月(일월 : 해와 달)이 동서로 서로 따라 운행하며 그치지 않는 것이 바로 天道입니다. (또) 닫히지 않고(不閉) 相通(상통)하여 오래갈 수 있어야(能久) 天道라 할 수 있습니다. 또 無爲(무위 : 아무런 작위 없다)하나 만물이 생성되는 것이 天道이며, 이미 이뤄진 것을 분명히 드러내는 것 또한 천도입니다."

애공이 말했다.

"寡人(과인)이 어리석고 밝지 못하니[126] 선생께서 좀 더 말씀해 주십시오."

孔子는 곧바로(蹴然) 자리에서 조금 뒤로 물러나며(避席) 대답하였다.

"仁人(어진 사람)은 (매사에) 사리를 벗어나지 않고(不過乎物), 孝子는 부모의 뜻을 벗어나지 않습니다(不過乎親). 그래서 仁人의 부모 섬김은(事親) 하늘을 섬기는 것과 같고(事天), 事天(하늘을 섬김)은 곧 事親(부모를 섬기다)과도 같으니, 이를 두고 孝子의 成身(자신의 몸을 보존하다)이라 합니다."[127]

---

125 원문 貴其不已也 – 해와 달이 운행이 그치지 않듯, 君子의 가문이 계속 계승되어야 天道에 합일하는 것이다. 已는 그칠 이. 중단하다.

126 원문 且愚冥 – 愚는 어리석을 우〔惷愚(준우)〕. 冥은 어두울 명(暗也).

127 원문 此謂孝子成身 – 成身은 요즈음 용어 '自我 完成'으로 표현할 수 있다.

애공이 말했다.

"寡人(과인)이 이런 말씀을 듣고도 뒷날 죄를 짓는다면 어찌해야 하겠는가?"

이에 공자가 말했다.

"君子(哀公)께서 이렇듯 말씀하시니, 이는 臣의 福입니다."

〈儒行解(유행해)〉 제5

【해설】

본 편은 魯 哀公과 孔子의 대화로, 공자가 애공에게 儒者(유자)의 德行(덕행)을 설명하였다.

諸子百家(제자백가)에서 儒家(유가)는 무엇인가? 儒家의 학문을 하는 儒者는 어떤 服式(복식)에, 어떤 행동을 했는가? 무엇을 신봉하고 실천했는가는 상당이 중요하고 본질적인 문제이다.

춘추전국시대에 諸子百家(제자백가)가 출현하여 중국 사상과 학문의 기본 틀이 만들어지는데, 儒家(유가)의 가장 대표적 인물은 공자였다.

공자는 그 생애에서 짧은 기간이지만 노나라의 정치에 관여했으나 정치인으로서 성공하지는 못했다. 그보다는 많은 제자를 길러낸 교육자이며, 그때까지의 여러 학문적 성과를 종합한 學人이었고, 사상가였지 종교인이라고 분류하기는 어려울 것이다.

공자는 사후 세계를 믿지도 않았고, 어떤 종교적 저술이나 활동을 하지 않았다. 더군다나 종교적 의식이나 계시를 행하지도 않았으며, 미래에 대한 예언도 없었고 인간 행위에 대한 절대자의 심판을 말하지도 않았다.

공자가 조상숭배를 중시한 것은 어버이에 대한 효도의 연장이었고 禮(예)로써의 기능을 중시했을 뿐이지, 숭배하는 만큼 祖上神(조상신)의 가호가 있다는 종교적 신념도 갖고 있지 않았다.

이는 불교의 祈福(기복)과는 다른 차원의 이론에서 이루어진 것이기에, 이를 종교적 의미를 가진 행위라고 볼 수는 없을 것이다.

班固(반고)의 《漢書 藝文志(한서 예문지)》에서는 유가를 아래와 같이 설명하였다.

곧 儒家流(유가류)는 周의 관직 司徒(사도)에서 시작되었는데, 사도는 周(주)의 六卿(육경) 중에서 地官(지관)으로 나라의 토지와 백성에 대한 教化를 담당하였다. 人君이 음양의 순리에 따르고 教化(교화)를 唱導(창도)하는 일을 돕는 職分(직분)이다. 儒家는 《六經(육경)》을 탐구하고 仁과 義에 專心(전심)하며, 堯舜(요순)의 道를 생각하고 그 道를 서술하였다. 周 文王과 武王의 王法을 본받으며, 仲尼(중니)를 宗師(종사)로 받들고 그 말을 중히 여기며 正道(정도)를 귀하게 여겼다. 그러나 현혹한 자는 유가의 미세한 말단을 추구하거나 아주 미세한 부분에 집착하는 실수가 있고, 偏僻(편벽)한 儒者는 수시로 억제나 高揚(고양)에 따라 유가의 근본에서 멀리 벗어나며 대중을 현혹하여 존중을 받으려 한다. 後進(후진)들이 이러한 폐단을 따르게 되니, 이로써 《五經》의 근본과 더욱 어긋나며 유학은 점차 쇠미하였으니, 이는 편벽한 유생이

유발한 환난이었다.

공자는 농사법을 가르쳐 달라는 제자의 질문에 자신은 늙은 농부만큼 알지 못한다고 말했다. 그러면서 공자는 제자들에게 생산활동을 배우는 지식인이 아니라 예를 실천하는데 힘쓸 것을 강조하였다. 공자는 생산자, 곧 소인을 가르치는 지식인이 아니라 통치자, 곧 지배계층인 군자를 가르치는 지식인이 되어야 한다는 뜻으로 "너는 小人儒가 아닌 君子儒가 되어야 한다."고[128] 제자인 子夏(자하)에게 말했다.

여기서 군자와 소인을 직업인의 구별로 보지 않고 인격의 수양 정도를 구분한 것으로 본다면 '군자와 같은 학자'와 '소인과도 같은 학자'로 해석을 달리할 수도 있다.

비록 풍부한 학식을 갖춘 학자일지라도 인덕을 갖추고 실천하지 못한다면 지식을 팔아먹고 사는 소인으로 타락하게 된다. 학문의 본래 목적은 仁을 구현하기 위한 것이다.

학식이나 기술이 많아도 악인(나쁜 사람)을 돕거나 사리사욕을 위한다면 진정한 학문, 진정한 지식인이라 할 수 없는 것이다. 곧 小我(소아)만을 위하고 不善(불선)한다면 그가 가진 지식이나 학문은 아무런 쓸모가 없을 것이니, 그는 틀림없는 小人儒(소인유)일 것이다.

반면에 大我(대아)나 국가를 위하고 바른 덕행과 곧은 심지로

---

128 《論語 雍也》 子謂子夏曰, 女爲君子儒 無爲小人儒.

진정으로 호학(학문을 좋아함)하며 옳은 일에 자신의 지식을 활용한다면 君子儒(군자유)라 할 수 있을 것이다.

| 原文 | 孔子在衛, 冉求言於季孫曰, "國有聖人而不能用, 欲以求治, 是猶卻步而欲求及前人, 不可得已. 今孔子在衛, 衛將用之. 己有才而以資鄰國, 難以言智也, 請以重幣迎之."

季孫以告哀公, 公從之.

孔子既至, 舍哀公館焉. 公自阼階, 孔子賓階升堂立侍.

公曰, "夫子之服, 其儒服與?"

孔子對曰, "丘少居魯, 衣逢掖之衣. 長居宋, 冠章甫之冠. 丘聞之, 君子之學也博, 丘未知其爲儒服也."

公曰, "敢問儒行?"

孔子曰, "略言之則不能終其物, 悉數之則留仆未可以對."

| 국역 | 孔子가 (魯를 떠나) 衛(위)[129]에 머물 때, (제자인) 冉求

129 衛(위)는 周朝 武王의 동생 康叔(강숙)을 봉한 제후국으로, 國姓은 姬姓에 衛氏(子南氏)이며 爵位(작위)는 伯爵이었다가 나중에 侯爵(후작)으로 작위가 올랐다.
西周 시대에 衛國은 周室의 울타리로 그 소임을 다했다. 역사에 기록된 일이 거의 없는 그저 평온한 나라였다. 國都는 朝歌(조가, 今 河南省 북부 鶴壁市 淇縣)에서 曹〔조, 今 河南省 직할 滑縣(활현)〕 - 楚丘(초구, 今 河南省 직할 활현 東) - 帝丘(제구, 今 河南省 북부 濮陽市 濮

(염구)가 季孫氏(계손씨, 季康子, 名은 肥)에게 말했다.

"나라에 聖人(성인)이 있어도 등용하지 않고서, 나라의 안정을 바란다면, 이는 뒷걸음질치면서 앞서간 사람을 따라가려는 것과 같으니[130] 결코 따라갈 수 없을 것입니다. 지금 공자가 衛(위)에 머물고 있는데 衛에서 공자를 등용할 것입니다. 이는 자기의 인재로 이웃 나라에 도움을 주는 것이라서 지혜롭다 할 수 없으니 많은 예물로(重幣, 厚禮) 공자를 영입하길 주청합니다."

계손씨는 이를 哀公에게 말했고, 애공은 수락하였다.

孔子는 魯에 귀국하고서 哀公의 客館(객관)에 머물렀다.[131] 애공이 공자의 객관을 방문하였고, 애공이 동쪽 계단으로 올라가

陽縣) – 野王(야왕, 今 河南省 북부 焦作市 관할 沁陽市) 등으로 옮겨 다녔다. 이후 동주 春秋시대에 衛國은 내란이 자주 일어나 쇠약해졌다. 前 661년에는 狄人(적인)의 침략으로 荒淫(황음)에 奢侈(사치)했던 衛 懿公(의공)이 狄人에게 피살되어 멸망했다가 나중에 齊 桓公(환공)의 도움을 받아 前 659년에, 楚丘(초구)에 다시 건국하여 소국으로 명맥을 이어갔다.

이후 衛 文公 때 국력을 회복하였지만, 衛 成公 원년(前 629년)에 狄人의 침략으로 다시 帝丘〔今 河南省 濮陽市(복양시)〕로 옮겨 휴식과 함께 이후 번영하였다. 春秋 말기 衛 내부 집권 세력의 분열로 쇠약하였는데, 衛는 그 주변 趙, 魏, 齊, 楚 사이에 끼여 겨우 명맥을 유지하였다.

130 원문 是猶卻步而欲求及前人 – 卻步(각보)는 뒷걸음. 卻은 물리칠 각.

131 원문 舍哀公館焉 – 舍는 집 사. 집에 머물다. 동사로 쓰였다.

자[132] 孔子는 손님으로 서쪽 계단으로 올라가 마루에서 애공을 시립(서서 모시다)하였다.[133]

애공이 물었다.

"夫子(부자 : 공부자, 공자)의 의복은 儒生(유생)의 의복입니까?"[134]

孔子가 대답하였다.

"저는(丘) 어려서부터 魯에 살면서 소매가 넓은 옷을 입었습니다.[135] 장성해서는 宋에 거주하면서 章甫(장보)의 관을 착용했습니다.[136] 제가(丘) 들어 알기로 君子의 학문은 넓게 배우고, 그 의복은 사는 곳의 풍속을 따른다고[137] 하였습니다. 저는 이 옷이 儒者의 복장인가는 몰랐습니다."

애공이 물었다.

"유자의 행실은(儒行) 어떠해야 합니까?"

---

132 원문 公自阼階 – 애공은 자신의 객관이기에 주인이다. 주인이 전용하는 동쪽 계단으로 대청에 올라갔다. 阼는 동편 층계 조.

133 원문 孔子賓階升堂立侍 – 賓階(빈계)는 손님이 이용할 서쪽 계단. 升堂하여 立侍하다.

134 원문 夫子之服, 其儒服與?" – 여기 夫子는 공자에 대한 존칭. 與는 의문사. ~입니까?"

135 원문 衣逢掖之衣 – 앞의 衣는 입다. 동사로 쓰였다. 逢腋(봉액)의 逢은 寬大(관대). 옷 소매가 깊고도 넓다.

136 원문 冠章甫之冠 – 冠은 관을 쓰다. 章甫(장보)는 검은 천으로 만든 冠.

137 원문 其服以鄉 – 以鄉은 마을의 鄉俗을 따르다.

공자가 대답하였다.

"간략히 말하자면 儒行 전부를 말씀드리지 못할 것이나, 자세히 말해야 한다면 옆에 모시는 자가 바뀔 때까지 설명하여도 다 못할 것입니다."[138]

---

138 원문 悉數之則留仆未可以對 - 悉은 다 실. 모두. 數之는 세다. 설명하다. 留는 오랠 久의 뜻. 仆은 太僕(태복). 시종하는 사람. 시종하는 사람이 화장실에 가야 할(更衣) 정도로 오랜 시간 설명해도 다 마칠 수 없다는 뜻.

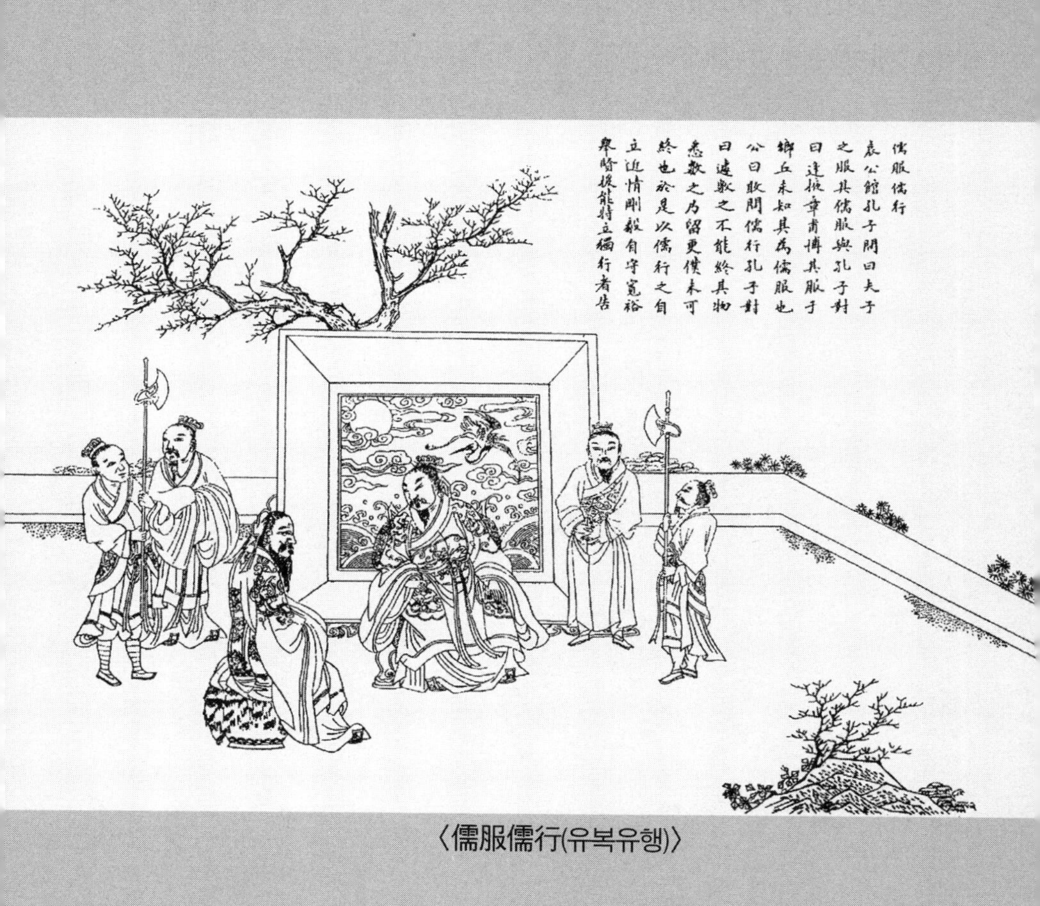

儒服儒行
哀公館孔子問曰夫子
之服其儒服與孔子對
曰逢掖章甫博其服于
鄉丘未知其爲儒服也
公曰敢問儒行孔子對
曰遽數之不能終其物
悉數之乃留更僕未可
終也於是以儒行之自
立近情剛毅自守寬裕
舉賢援能特立獨行者告

〈儒服儒行(유복유행)〉

|原文| 哀公命席, 孔子侍坐曰, 儒有席上之珍以待聘, 〈席上之珍能敷陳先王之道以爲政治〉夙夜强學以待問, 懷忠信以待擧, 力行以待取, 〈力行仁義道德以待人取〉其自立有如此者. 儒有衣冠中, 動作愼, 大讓如慢, 〈慢簡略也〉小讓如僞, 大則如威, 小則如媿, 難進而易退也, 粥粥若無能也, 其容貌有如此者. 儒有居處齊難, 〈齊莊可畏難也〉其起坐恭敬, 言必誠信, 行必忠正, 道塗不爭險易之利, 冬夏不爭陰陽之和, 愛其死以有待也, 養其身以有爲也, 其備預有如此者. 儒有不寶金玉, 而忠信以爲寶, 不祈土地, 而仁義以爲土地, 不求多積多文以爲富, 難得而易祿也, 易祿而難畜也, 非時不見, 不亦難得乎? 非義不合, 不亦難畜乎? 先勞而後祿, 不亦易祿乎? 其近人情, 有如此者. 儒有委之以財貨而不貪, 淹之以樂好而不淫, 劫之以衆而不懼, 阻之以兵而不懾, 〈阻難也以兵爲之難〉見利不虧其義, 見死不更其守, 往者不悔, 來者不豫, 過言不再, 〈不再過言〉流言不極, 〈流言相毁不窮極也〉不斷其威, 〈常嚴莊也〉不習其謀, 〈不豫習其謀慮〉其特立有如此者.

|국역| 哀公이 자리에 앉으라 분부하였고, 孔子는 侍坐(시좌)하면서 말했다.

儒者는 시좌하며 先王의 道를 부연 설명하여 초빙을 기대하고,[139] 夙夜(숙야)로 힘써 배워 질문에 대비하며,[140] 충성심과 신의를 가슴에 품고 천거를 기다리고,[141] (인의와 도덕을) 애써 실천하며 주군의 取士(취사 : 선비 자신을 취해 가다)를 기다리니 儒者의 自立(자립 : 스스로 서있다)은 이와 같습니다.

儒者는 의관을 바로 착용하고 신중히 처신하면서, 큰일을 사양할 때는 오만한 듯하나[142] 작은 일에 대한 사양은 마치 거짓말처럼 말합니다.[143] 큰 원칙에는 신중하게 위엄을 내세우나, 작은 원칙에는 마음에 꺼리는 바가 있는 것 같습니다.[144] (유자는) 어렵게 벼슬길에 나아가나 쉽게 물러나며 마치 무능한 것처럼 겸손하

---

139 원문 有席上之珍以待聘 - 席上의 珍寶(진보)란 시좌하며 선왕의 道를 보배처럼 설명하여 주군이나 제후의 초빙을 기대한다는 뜻.

140 원문 夙夜强學以待問 - 夙夜(숙야)는 이른 새벽과 늦은 밤까지. 强學은 열심히 공부하다. 待問(대문)은 질문을 기다리다. 질문에 對備하다.

141 원문 懷忠信以待擧 - 懷는 품을 회. 가슴에 새기다. 待擧(대거)는 薦擧(천거)를 기다리다.

142 원문 大讓如慢 - 慢은 게으를 만. 너무 簡略(간략)하다.

143 원문 小讓如僞 - 僞는 거짓 위. 아무렇지도 않게 거짓말인 것처럼 쉽게 사양한다는 뜻.

144 원문 小則如媿 - 媿는 부끄러울 괴. 추할 추. 경솔하지 않으나 마음에 꺼리는 것 같다는 주석이 있다.

니,[145] 유자의 용모는 대개 이런 식입니다. 유자는 그 거처에서 엄숙하고 엄격하지만[146] 그 기거동작(일어설 때와 앉을 때)은 공경스러우며, 그 언사는 성실하고 신의가 있으며, 행실은 성실하고 정직하며, 길을 갈 때는 험하거나 평탄한 길을 가리지 않고, 여름과 겨울에는 음양의 조화(따뜻하고 추운 것)를 놓고 다투지 않습니다. 그 죽음을 아까워하면서도 두려움없이 기다리며, 할 일을 위하여 일신을 봉양하니, 무슨 일에 대한 준비가 이와 같습니다.

儒者는 金玉(금옥)을 보배로 여기지 않고 성실과 신의를 보배로 생각하며, 토지를 차지하려 애쓰지 않으며, 많은 재물 비축을 원하지 않고, 많은 학식으로 富裕(부유)하다고 생각합니다. 儒者의 마음을 얻기는 어렵지만 녹봉으로 쉽게 얻을 수 있으니, 곧 녹봉으로 쉽게 데려올 수는 있으나 곁에 두고 부리기는 쉽지 않습니다. 때가 아니라면 만날 수도 없으니(非時不見), 구하기가 어렵지 않겠습니까? 의리가 아니라면 합류하지 않으니(非義不合), 인재라 하여 비축(두고 기르다)하기는 어려운 것입니다. 먼저 애써 일하고 나중에 녹봉을 받지만, 녹봉에 만족하기는 쉽지 않을 것입니다. 유자의 인정은 대개 이와 같습니다.

---

145 원문 粥粥若無能也 - 粥粥(죽죽 / 육육)은 자신을 낮추는 모양, 삼가고 두려워하는 모양. 粥은 (음식) 죽 죽. 팔 육. 된죽 미.

146 원문 儒有居處齊難 - 齊難(제난)은 장엄, 엄격하며 두려운 모양(畏難也).

儒者는 다른 사람이 재물을 맡겨오더라도 탐내지 아니하고, 좋아하는 일에 빠져들지만 지나치지 않으며,[147] 많은 사람이 겁박하더라도 두려워하지 않으며, 병기로 가로막아도 겁을 먹지 않습니다. 이득을 보더라도 그 大義를 허물지 않고 죽음을 당할지라도 지키는 道를 바꾸지 않습니다. 지나간 일은 후회하지 않고 앞으로 닥칠 일에도 기뻐하지 않으며, 지나친 말은 거듭하지 않고, 떠도는 말을 두고 끝까지 따지지 않습니다. 그 위엄을 훼손하지 않고, 모략을 미리 꾸미지 않습니다. 儒者의 독특한 처신은 대개 이와 같습니다.

| 原文 | 儒有可親而不可劫, 可近而不可迫, 可殺而不可辱. 其居處不過, 其飮食不溽, 其過失可征辯, 而不可面數也. 其剛毅有如此者.

儒有忠信以爲甲冑, 禮義以爲幹櫓, 戴仁而行, 抱德而處, 雖有暴政, 不更其所, 其自立有如此者.

儒有一畝之宮, 環堵之室, 蓽門圭窬, 蓬戶甕牖, 易衣而出, 幷日而食, 上答之, 不敢以疑, 上不答之, 不敢以諂, 其爲士有如此者.

---

147 원문 淹之以樂好而不淫 – 淹은 담글 엄. 젖어들다. 樂好는 좋아하는 것. 不淫(불음)은 지나치지 않다. 淫은 지나칠 음. 넘치다.

儒有今人以居, 古人以稽, 今世行之, 後世以爲楷, 若不逢世, 上所不受, 下所不推, 詭諂之民, 有比黨而危之, 身可危也, 其志, 不可奪也, 雖危起居, 猶竟信其志, 乃不忘百姓之病也, 其憂思有如此者.

儒有博學而不窮, 篤行而不倦, 幽居而不淫, 上通而不困, 禮必以和, 優遊以法, 慕賢而容衆, 毁方而瓦合, 其寬裕有如此者.

| 국역 | 儒者는 親(친)할 수 있으나 (死生으로) 겁을 줄 수 없고, 가까이할 수 있지만 협박할 수 없으며, 죽일 수는 있어도 그 지조를 꺾게 하여 辱(욕)되게 할 수 없습니다. 그 거처는 지나치지 않고 유자의 음식은 맛있거나 많지 않습니다.[148] 그 過失(과실)에 대한 변명을 들어줄 수 있기에 面對(면대 : 직접 대면하다)하여 책망할 수도 없습니다.[149] 儒者의 剛毅(강의, 굳센)한 언행은 이와 같습니다.

儒者는 忠信(충신)을 甲胄(갑주, 갑옷이나 투구)로 생각하고, 禮義(예의)를 幹櫓(간로, 방패나 큰 창)로 삼고서 仁에 의거 행동하며,[150]

---

148 원문 其飮食不溽 – 飮食(음식). 마시거나 먹는 것. 溽은 음식이 기름질 욕. 음식이 많다. 무덥다.

149 원문 而不可面數也 – 面數는 얼굴을 마주하고(面對) 책망하다. 여기 數는 세면서 말하다. 되풀이하다.

德을 가슴에 품고 생활하기에 비록 暴政(폭정)을 당하더라도 그 소신을 바꾸지 않으니, 이것이 유자의 自立(자립)입니다.

儒者는 1畝(무, 이랑) 넓이의 집터에 키(身長) 높이의 담을 둘러친 집에 사는데,[151] 그 집은 싸리나 대나무로 만든 사립문에 담을 뚫은 쪽문이 있고, 쑥대로 엮은 출입문에 깨진 항아리를 이용한 창문이며,[152] (옷이 없어, 식구가) 옷을 바꿔 입고 외출하고 하루에 한 끼 식사를 합니다.[153] (상소한 글에) 主上이 답을 하면 그 대답을 의심하지 않고, 주상의 답변이 없더라도 아첨하지 않으니, 儒者 士人의 태도는 이와 같습니다.

---

150 원문 幹櫓 戴仁而行 – 幹(줄기 간)은 방패(楯은 방패 순). 櫓(노)는 배젓는 도구 노. 大戟(대극, 큰 창). 戴는 실을 재.

151 원문 一畝之宮, 環堵之室 – 畝(무)는 이랑 무. 길이와 폭이 각각 10步인 좁은 땅이라는 주석이 있다. 공식적인 면적 단위로 畝는 6.667a(아르). 環堵(환도)는 담을 둘러치다. 사방이 1丈을 堵(담 도, 方丈曰堵). 一堵(일도)는 낮고 작은 담.

152 원문 篳門圭窬(필문규유) 蓬戶甕牖(봉호옹유) – 篳은 콩 필. 콩대를 이용하여 만든 門. 출입문. 荊은 싸리나무 형. 圭窬(규유)는 흙담을 좁고 길쭉한 홀(圭)처럼 만든 뚫어 夾門(협문, 비상시 출입문). 窬는 협문 유. 쪽문. 蓬戶甕牖 – 蓬은 쑥 봉. 쑥대를 엮어 만든 사립문. 戶는 한쪽만 있는 지게문. 門은 양쪽이나 戶는 한쪽이다. 甕은 독 옹. 항아리. 牖는 창 유. 밖을 내다볼 수 있으나 출입할 수 없는 창.

153 원문 幷日而食 – 幷은 어우를 병. 합치다. 하루 식량으로 한 끼를 먹다. 하루에 한 끼만 식사하다.

儒者는 今人(금인, 지금 사람들)과 생활하지만(以居), 古人과 생각이 같고,[154] 今世에 활동하지만(行之) 後世人의 모범이 될 것입니다.[155] 만약 뜻을 펼만한 세상을 만나지 못하더라도, 윗사람이 받아들이지 않거나 아래에서 밀어주지 않더라도, 또 속이려하고 아첨하는 무리가 떼를 지어(比黨) 위협하여 일신이 위험에 처하더라도 儒者의 의지를 빼앗을 수 없을 것입니다. 비록 일상생활이 위태롭더라도 평소와 같이 오히려 끝이 다할 때까지 그 뜻을 견지하면서[156] 백성의 病苦(병고)를 잊지 않을 것이니,[157] 유자의 걱정거리는 이와 같습니다.

儒有(유유 : 유자, 선비)는 博學(박학)하나 (배움이) 끝이 없고 독실한 행실에〔篤行(독행)〕 게으르지 않고, 홀로 지내더라도〔幽居(유거)〕 지나치지 않으며(不淫), (관직에 나가) 위에 통하여 곤궁하지 않더라도 禮를 지켜 온화하고, (관직이 없는) 한가한 시기에

---

154 원문 古人以稽 – 稽는 머무를 계. 생각이 같다. 相合. 一致(일치). 稽는 同이라는 주석이 있다.

155 원문 後世以爲楷 – 楷는 나무 이름 해. 공자 묘지 가는 길이 자공이 심었다는 나무. 橫連木. 孔木. 楷는 규범. 모범. 法也. 楷書(해서).

156 원문 猶竟信其志 – 猶는 오히려 유. 竟은 다할 경. 끝까지(終也). 자신의 의지를 믿다(信其志).

157 원문 乃不忘百姓之病也 – 起居(기거)는 動靜也. 終身토록 百姓의 疾苦(질고)를 잊지 못하다.

도 법을 따라 지키며, 현인(어진 사람)을 흠모하고 대중을 포용하며, 자신의 모진 부분을 깎아 여러 사람과 융합하려 노력하니,[158] 유자의 관용과 여유는 이와 같습니다.

原文 儒有內稱不避親, 外擧不避怨, 程功積事, 不求厚祿, 推賢達能, 不望其報, 君得其志, 民賴其德, 苟利國家, 不求富貴, 其擧賢援能, 有如此者.

儒有澡身浴德, 陳言而伏, 靜言而正之, 而上下不知也, 默而翹之, 又不急爲也, 不臨深而爲高, 不加少而爲多, 世治不輕, 世亂不沮, 同己不與, 異己不非, 其特立獨行, 有如此者.

儒有上不臣天子, 下不事諸侯, 愼靜尙寬, 底厲廉隅, 强毅以與人, 博學以知服, 雖以分國, 視之如錙銖, 弗肯臣仕, 其規爲有如此者. 儒有合志同方, 營道同術, 並立則樂, 相下不厭, 久別則聞, 流言不信, 義同而進, 不同而退, 其交

158 원문 毁方而瓦合 – 毁는 헐 훼. 方은 모 방. 모서리. 자신의 행실에서 모난 부분(大圭角)을 깎아내다. 瓦合(와합)은 衆人과 화합하다, 같이 어울리다.(去己之大圭角下與衆人小合.) 瓦는 질그릇. 소중하지 않은, 별볼일 없는 물건. 깨진 기와를 모아 맞추다. 瓦合之卒(와합지졸)은 烏合之卒(오합지졸)과 같은 뜻으로 쓰인다.

有如此者. 夫溫良者, 仁之本也, 愼敬者, 仁之地也, 寬裕者, 仁之作也.

遜接者, 仁之能也, 禮節者, 仁之貌也, 言談者, 仁之文也, 歌樂者, 仁之和也, 分散者, 仁之施也, 儒皆兼此而有之, 猶且不敢言仁也, 其尊讓有如此者.

| 국역 | 儒者는 인재 천거에서 內的으로 자신의 친척이라 하여 회피하지 않고 남을 천거할 때 원수라 하여 빼놓지 않습니다. 유자는 업무를 처리나 업적으로 후한 녹봉을 얻으려 하지 않고,[159] 현명하고 업무에 능력 있는 사람을 천거할 뿐 보답을 바라지 않기에, 주군은 뜻을 이루고 백성은 그 덕을 입어 나라에 이득이 되나 富貴(부귀)를 구하지 않습니다. 유자가 賢能(현능 : 어질고 능하다)한 인재를 천거하는 뜻은 이와 같습니다.

유자는 몸가짐을 깨끗이 하고〔澡身(조신)〕 덕행을 실천하며〔浴德(욕덕)〕[160] 또 主君에게 말을 하고〔陳言(진언)〕 결과를 기다리지만 (보답을 바라지 않고) 조용한 언사로 주군을 바른길로 모

---

159 원문 程功積事, 不求厚祿 – 程은 법도. 효율적 처리. 程은 效也. 일의 효율성을 따질 뿐 후한 俸祿을 구하지 않는다.

160 원문 儒有澡身浴德 – 操는 잡을 조. 늘 자신의 행실을 操心(조심)하고 깨끗이 하다〔潔淨(결정)〕. 德行으로 沐浴(목욕)하다. 덕행을 실천하다.

시려 하는데(正之), 上下가 이를 알지 못하게 합니다. 말없이 바로잡으려 하지만 급하게 재촉하지도 않습니다.[161] 깊은 계곡 옆에 있으면서 자신을 높다고 생각하지 않으며,[162] 조금을 보태주고서 많아졌다고 생각하지 않습니다.[163] 치세에 경박하지 않고, 亂世(난세)에 기가 꺾이지 않으며,[164] 자신과 뜻이 같다고 무리를 짓지 않고(同己不與), 자신과 다르다 하여 비난하지 않습니다(異己不非). 유자의 特立(특립)과 獨行(독행)은 이와 같습니다.

儒者는 위로는 天子라도 신하처럼 부림을 당하지 않고, 아래로는 제후가 마음대로 할 수 있는 그런 신하가 아닙니다. 늘 신중하고 조용하고(愼靜), 관용을 숭상하고 뜻을 세우며, 단련하여 剛毅

---

161 원문 默而翹之, 又不急爲也 – 默은 침묵. 묵언. 조용히. 翹는 꼬리의 긴털 교. 들다. 발꿈치를 들고 기다리다〔翹足(교족), 재촉하는 의미〕 翹企(교기)와 같음.

162 원문 不臨深而爲高 – 깊은 골짜기 옆은 그 자체가 골짜기 바닥보다 높은 곳이다. 상당히 비유적인 표현인데, 관직이 없는 사람에게 학식이 있다는 사실만으로도 이미 높은 처지이다. 지위가 낮은 사람 앞에서 자신을 자랑하지 않는다는 뜻이다.

163 원문 不加少而爲多 – 자신의 권세를 자랑하지 않는다는 뜻이라는 주석이 있다. 권세나 지위에 의거하여 矜莊(긍장, 뽐내다)하지 않다.

164 원문 世治不輕, 世亂不沮 – 治世에 등용되었다고 경박하게 처신하지 않다(不自輕). 그렇다고 亂世에 스스로 의기소침하여 沮喪(저상)하지 않는다는(不自沮) 뜻. 沮는 막을 저. 막히다. 꺾이다. 자신감을 잃다.

(강의, 굳셈)하면서도 다른 사람과 어울리고(與人),[165] 널리 배우면서도 자신의 할 일을(복종을) 알아 나라를 나눠 통치하더라도 아주 작은(미세한) 일로 여기며,[166] 출사(벼슬하기)하지 않으려 합니다(弗肯臣仕).

유자의 규모는 이처럼 클 수도 작을 수도 있습니다. 儒者는 지향하는 바가 合一하고 방법이 같아도(同方) 그 운영의 道(營道)가 같은 法術이기를 희망하여 함께 공을 세워 같이 즐기고(並立則樂), 서로 아래에 있기를 바라지 않더라도 오랫동안 떨어져 있다면 소식을 듣고자 하며(久別則聞), 流言(유언: 떠도는 말)을 믿지 않아도(不信), 大義가 같아 함께 나아가더라도 그 물러남은 같지 않으니, 유자의 交友는 대개 이렇습니다.

溫柔(온유)와 賢良(현량)은 仁德의 기본이고, 謹愼(근신)과 恭敬(공경)은 行仁의 바탕이며, 관용과 여유는 仁術(인술)의 作用(動作)이고, 겸손한 교제와 접근은 仁術의 효능이며, 禮節(예절)은 仁의 모습(貌)이고, 담백한 언어는 仁의 文彩(문채: 무늬)이며, 歌樂

---

165 원문 底厲廉隅 强毅以與人 - 底厲(저려)는 숫돌에 갈다. 底는 砥(숫돌 지)와 通. 자신을 연마하다. 廉은 청렴. 청렴한 기백, 지조. 隅는 모퉁이 우. 단정한 품행을 의미.

166 원문 視之如錙銖 - 輕은 경미하다. 경시하다. 錙는 저울 눈 치. 아주 적은 분량. 八兩이 1錙(치). 銖는 가장 기본적인 무게 단위 수. 漢代에 1石=4鈞 1鈞=30斤. 1斤=16兩. 1兩=24銖(수) 1石=29,760g / 1鈞=7440g, 1斤 = 248g / 1兩=15.6g / 1銖=0.65g.

(가락)은 仁의 화락한 모습이고, 分散(분산)은 仁의 베풂〔施惠(시혜)〕입니다. 유자는 이 모든 것을 다 겸유하지만, 그러면서도 儒者가 仁者라고는 말하지 않습니다. 이 모두가 바로 유자의 공경과 禮讓(예양 : 양보함)이라 할 수 있습니다.

| 原文 | 儒有不隕獲於貧賤, 不充詘於富貴, 不混君王, 不累長上, 不閔有司, 故曰儒. 今人之名儒也, 忘常以儒相詬疾.

哀公旣得聞此言也, 言加信, 行加敬. 曰, "終歿吾世, 弗敢復以儒爲戲矣."

| 국역 | 儒者는 貧賤(빈천)을 걱정하거나 불안해하지 않고,[167] 富貴(부귀)에 기뻐 날뛰지도 않으며,[168] 君王을 욕되게 하거나 상관에게 구애받거나 관청의 일로 번민하지 않기에 儒(유)라고 합니다.[169] 지금 사람들은 유자를 부를 때, 함부로 늘 허망하고 부실

167 원문 儒有不隕獲於貧賤 – 隕獲(운획)은 우울한 고민(憂悶)이나 불안한 모양. 隕은 떨어질 운. 잃다. 獲은 얻을 획.

168 원문 不充詘於富貴 – 充詘(충졸)은 踴躍(용약, 날뛰다)하며 시끄러운 모양.

169 원문 不混君王, 不累長上, 不閔有司 – 混은 섞을 혼. 여기서는 君

하며 모욕의 뜻으로 말합니다.[170]

哀公(애공)은 공자의 이런 설명을 듣고서 언행은 더욱 믿을 수 있게 행실은 더욱 공경스럽게 하였다. 그러면서 "(나는, 哀公) 죽을 때까지 儒者(선비)를 감히 다시는 희롱하지 않겠습니다."고 말했다.[171]

王을 욕되게 하다. ~을 당하다. 儒者는 모든 것을 中和할 수 있는 이름이라는 주석이 있다.

170 원문 忘常以儒相詬疾 – 忘은 잊을 망. 妄(허망할 망)과 通. 詬疾(후질)은 꾸짖다. 詬辱(후욕)과 同.

171 원문 弗敢復以儒爲戱矣 – 戱는 희롱할 희. 놀리다.

〈問禮(문례)〉 제6

【해설】

본 편은 애공과 공자의 대화. 그리고 공자의 제자 言焉(언언)과 공자의의 대화 두 편으로 구성되었다. 애공과 언언 두 사람이 모두 공자에게 禮를 물었기에 〈問禮〉라고 제목을 삼았다.

공자는 예의 중요성을 강조하였다. 공자는 禮를 생활의 모든 영역을 운영할 수 있는 원리이고 준칙이며 규범이었다. 결국 예가 아니면 인간 생활이 운영될 수 없다고 생각하였다. 이러한 禮는 인간 사회가 존속하는 한 지켜지고 운영되어야 할 근본이었다.

魯 애공과 공자의 대화는《禮記 哀公問(예기 애공문)》과《大戴禮記 哀公問於孔子(대대례기 애공문어공자)》에도 보인다. 禮의 본질에 대한 자료로《漢書 禮樂志(한서 예악지)》에 실린 班固(반고)의 글을 참고로 소개하면 아래와 같다.

「王者는 필히 前王의 禮를 따라가지만, 時流(시류)에 따라 適宜(적의)하게 시행하거나, 가감하여 민심을 따르며 점진적으로 개선하여 태평천하를 이루고 제도를 완비하게 된다. 周에서는 앞선 二代〔夏(하)와 殷(은)〕의 禮를 참조하였기에 禮制(예제)는 더욱 구비되었고, 만사에 법제를 갖춰 邪道(사도)를 예방할 수 있었다. 그래서 禮制와 儀式(의식)이 3백 종류이고, 禮에 따른 행위가 3천 가지라고 하였다. 이에 백성에 대한 교화가 온 나라에 두루 행해졌고〔浹洽(협흡)〕 백성은 예를 지켜 화목했으며, 재해도 없었고, 禍亂(화란)도 발생하지 않았으며, 40여 년이나 감옥은 비어 있었다.

그래서 공자는 이를 찬미하였다.

「아름답구나! 禮에 의한 文化여, 나는 周를 본받으리라!」[172]

그러나 周가 쇠약해지며 諸侯(제후)들이 법도를 넘었고 자신의 행실에 대한 예악의 제약을 미워하여 그런 서적을 없애버렸다. 秦代(진대)의 학문 말살을 겪으면서 결국 예악은 흩어지거나 없어졌다.」

---

172 《論語 八佾》 子曰, "周監於二代, 郁郁乎文哉! 吾從周." 郁郁乎(욱욱호)는 文彩(문채)가 나는 모양.

| 原文 | 哀公問於孔子曰, “大禮何如? 子之言禮, 何其尊也.”

孔子對曰, “丘也鄙人, 不足以知大禮也.”

公曰, “吾子言焉.”

孔子曰, “丘聞之民之所以生者, 禮爲大. 非禮則無以節事天地之神焉, 非禮則無以辯君臣上下長幼之位焉, 非禮則無以別男女父子兄弟婚姻親族疏數之交焉, 是故君子此之爲尊敬, 然後以其所能教順百姓, 不廢其會節. 旣有成事, 而後治其文章黼黻, 以別尊卑上下之等. 其順之也, 而後言其喪祭之紀, 宗廟之序, 品其犧牲, 設其豕臘, 修其歲時, 以敬其祭祀, 別其親疏, 序其昭穆, 而後宗族會燕, 卽安其居, 以綴恩義. 卑其宮室, 節其服御, 車不雕璣, 器不彤鏤, 食不二味, 心不淫志, 以與萬民同利, 古之明王行禮也如此.”

公曰, “今之君子, 胡莫之行也.”

孔子對曰, “今之君子, 好利無厭, 淫行不倦, 荒怠慢遊, 固民是盡, 以遂其心, 以怨其政, 忤其衆以伐有道. 求得當欲不以其所, 虐殺刑誅, 不以其治. 夫昔之用民者由前, 今之用民者由後, 是卽今之君子, 莫能爲禮也.”

| 국역 | 魯 哀公이 孔子에게 물었다.

"大禮(대례)는 무엇입니까? 夫子께서는 왜 그렇게 禮를 높여 말하십니까?"

孔子가 대답하였다.

"저는(丘也) 비루한 사람이라서(鄙人) 부족하여 大禮를 잘 알지 못합니다."[173]

애공이 말했다.

"과인의 선생으로서(吾子) 말씀하시기 바랍니다."

孔子가 말했다.

"제가 듣기로, 백성이 살아가는데 禮는 중대한 역할을 합니다(禮爲大). 예가 없으면(非禮) 天地의 神明(신명)께 제사를 지낼 수 없고, 예가 아니라면 君臣 上下와 長幼(장유)의 서로 다른 지위를 구별할 수도 없으며, 예가 아니라면 男女의 구별이나 父子 兄弟의 婚姻(혼인), 親族의 멀고 가까운 관계와 교류 관계도 구별할 수가 없습니다. 그래서 君子는 이런 관계를 위하여 서로 존경하게 한 연후에, 군자가 할 수 있는 일로써 백성을 교화하여 남녀가 만나고 모이는 예절과 친소 관계에 따른 禮를 없애지 않고 준수하도록 禮를 제정하였습니다.[174] 이러한 禮에 의한 교화가 이뤄진

---

173 원문 不足以知大禮也 – 鄙人(비인)은 관직이 없는 비루한 사람. 공자가 스스로 낮춰 비인이라 말했다. 大禮는 隆重(융중)한 국가의 주요한 儀式(의식). 예를 들면, 宗廟(종묘) 大祭 같은 행사.

174 원문 不廢其會節 – 禮로써 남녀 회합의 절차를 제정하였고, 親屬

다음에 여러 가지 기물과 예복을 제정하여 尊卑(존비)와 상하의 등급을 구별하여 그에 따르도록 가르쳤습니다. 그런 뒤에 상례와 제례의 紀綱(기강)과 종묘 제사의 次序(차서), 희생의 等品(등품)을 언급하였고, 제물의 陳設(진설)이나 歲時(세시)에 따른 의례를 제정하여 恭敬(공경)하는 마음으로 제사를 올리게 하였으며 친소의 구별에 따라 (종묘나 가묘의) 昭穆(소목)의 차례를 제정하였습니다. 이후에 같은 종족이 모여 잔치를 거행하고, 그 거처에 안주하면서 (종족 간의) 恩義(은의)를 이어가게 하였습니다. 사는 집은 낮게 짓고, 복식이나 수레 등을 조절하여 수레에는 구슬로 장식하지 않고 여러 器物(기물)도 무늬를 새기지 않게 하였으며, 제사 음식을 간단하게 하여 마음에 지나친 욕구가 없도록 가르쳤고, 만민과 이득을 같이 나누었기에 고대 명왕의 禮는 이렇게 운영되었습니다."

그러자 애공이 물었다.

"오늘의 君子는 이를 왜 따라 하지 않습니까?"

孔子가 대답하였다.

"금세의 君子들은 好利(이익을 좋아하다)하나 만족을 모르고〔無厭(무염)〕, 지나친 행실〔淫行(음행)〕에도 싫증을 모르면서〔不倦(불권)〕, 황당한 태만에 멋대로 유람하며 백성의 재물을 다 탕진케 하고 자신의 사욕에 의거 백성을 다스렸기에 백성의 원한을

(친속)의 멀고 가까운 관계에 따른 예절을 제정하였다.

불러왔습니다. 또 일족의 소망을 어겨가면서 정벌을 자행하여 자신의 욕망을 충족시키려 학살과 형벌을 자행하는 방식으로 다스렸습니다. 앞선 시대의 군왕은 앞서 말한 바를 따랐으나 오늘날의 주군은 나중에 말한 방식을 따랐기에, 지금의 군자들은 예를 제대로 실행할 수 없게 된 것입니다."

| 原文 | 言偃問曰, "夫子之極言禮也, 可得而聞乎?"

孔子言, "我欲觀夏, 是故之杞, 而不足徵也, 吾得〈夏時〉焉, 我欲觀殷道, 是故之宋, 而不足徵也, 吾得《乾坤》焉, 《乾坤》之義, 〈夏時〉之等, 吾以此觀之. 夫禮, 初也始於飮食, 太古之時, 燔黍擘豚, 汙罇杯飮, 蕢桴土鼓, 猶可以致敬鬼神, 及其死也, 升屋而號告曰, 高某復然後飮腥苴熟, 形體則降, 魂氣則上, 是謂天望而地藏也. 故生者南向, 死者北首, 皆從其初也. 昔之王者, 未有宮室, 冬則居營窟, 夏則居橧巢, 未有火化, 食草木之實, 鳥獸之肉, 飮其血, 茹其毛, 未有絲麻, 衣其羽皮. 後聖有作, 然後修火之利, 範金合土, 以爲宮室戶牖, 以炮以燔, 以烹以炙, 以爲醴酪, 治其絲麻, 以爲布帛, 以養生送死, 以事鬼神. 故玄酒在室, 醴醆在戶, 粢醍在堂, 澄酒在下.

陳其犧牲, 備其鼎俎, 列其琴瑟, 管磬鐘鼓, 以降上神,與其先祖, 以正君臣, 以篤父子, 以睦兄弟, 以齊上下, 夫婦有所, 是謂承天之佑. 作其祝號, 玄酒以祭, 薦其血毛, 腥其俎, 熟其殽, 越席以坐. 疏布以冪, 衣其浣帛, 醴醆以獻, 薦其燔炙, 君與夫人, 交獻以嘉魂魄, 然後退而合烹, 體其犬豕牛羊, 實其簠簋, 籩豆鉶羹, 祝以孝告, 嘏以慈告, 是爲大祥, 此禮之大成也."

| 국역 | 이번에는 言偃(언언)[175]이 물었다.

"夫子께서는 禮를 아주 성대하게 말씀하시는데, 저에게도 말씀해 주시겠습니까?"

孔子가 말했다.

"나는 夏代(하대 : 하나라) 때의 禮를 알려고 杞(기)[176]나라에 갔

---

175 言偃(언언) – 子游(자유)의 본명은 言偃(언언), 공자보다 45세나 어렸음. 孔門十哲의 한 사람으로 文學 분야에 뛰어났다. 후기 제자의 한 사람으로, 20여 세의 젊은 나이에 武城(무성)의 邑宰(읍재)로 근무하며 禮樂으로 백성을 다스려 공자의 칭찬을 받았다.

176 杞(기) – 杞國(기국)은 商朝에서 멸망한 夏의 후손을 봉한 나라인데, 전국시대 초기까지 약 1천 년을 버텨온 작은 제후국인데, 前445년에 楚에 병합되어 멸망했다. 《史記》에 〈陳杞世家〉가 있지만 杞에 관한 기록은 3백 字가 안 된다. 그러면서 「杞는 小微하여 其事는 不足稱述이라.」고 설명하였다. 기국은 멸망과 復國을 거듭했고 국도도 여러 번 옮겨 다녔는데, 최초 위치는 雍丘(옹구)

었지만 증거로 삼기에는 부족했었다. 나는 거기에서 〈夏時(夏의 曆法)〉를 배웠다. 나는 殷〔은 : 商(상)〕의 법도를 알려고 宋(송)[177]에

로, 今 河南省 중동부 開封市 관할 杞縣에 해당하고, 영역은 河南省 중동부와 山東省 서부의 일부였다. 杞國이 소국이나 夏의 문물을 보존했는데, 공자는 그 문물의 散失을 아쉬워하여 「夏禮를 吾能言之나 杞에서도 不足徵也라.」고 했다.《論語·八佾》. 우리가 흔히 쓰는 '杞人憂天〔杞憂(기우)〕' 은 본래 《列子 天瑞》에 나온다. 어리석은 사람의 쓸데없는 걱정이라고 웃어버리지만, 이 말에는 小國이 강국 사이에 끼여 생존하려면 고려할 일이 많을 수밖에 없다는 憂患(우환) 의식의 표현일 것이다. 《論語 衛靈公》에 「子曰, "人無遠慮, 必有近憂."」라 하였다. 본래 군자는 평안하더라도 위기를 생각하고, 있을 때는 없을 때를, 그리고 잘 다스려질 때도 혼란을 염려하기에 몸이 평안하고 나라를 지켜나갈 수 있다. 사실 군자의 이러한 遠慮(원려)를 小人들이 어찌 알겠는가? 곤경이나 역경이 삶의 의지를 더 강하게 만들기도 하지만, 멀리 내다보는 지혜가 있다면 곤경에 잘 대처할 수 있을 것이다. 멀리 내다보는 것은 杞憂(기우)가 아니다. 杞(기)나라 사람은 할 일이 없어서 하늘이 무너진다는 걱정을 했으니, 그것은 원려가 아니다.

177 宋 - 周 武王이 殷(은, 商)을 정벌했고, 殷은 멸망했다. 武王의 아들 成王 때(前 11世紀) 멸망한 폭군 紂王(주왕)의 庶兄(서형)인 微子啓(미자계)를 宋에 봉하여 건국하고, 망한 殷의 제사를 받들게 하였다. 이는 이른바, '興滅國하고 繼絶世하는' 勝者의 관용이었다. 宋의 國君은 子姓에 宋氏이며, 爵位는 公爵(공작)이었다. 그 영역은 지금 河南省 동부와 安徽省 淮水(회수) 북부 지역이었다. 國都는 睢陽(휴양, 今 河南省 동쪽 끝 商丘市 睢陽區)이었다. 宋의 영역은 中原의 중심부로 富商과 巨賈(거고)들이 모여드는 곳이었

갔었는데, 그러나 거기서도 商의 禮法를 증명하기에는 자료가 부족하였다. 나는 거기서 曆書(역서)인 《乾坤(건곤)》을 얻었다.[178] 乾坤(건곤)의 大義와 〈夏時〉의 等次(등차)를 그것들을 통해 알았다(以此觀之). 禮(예)의 시작은 음식에서 시작되었다. 太古 시절에 불에 기장을 굽고 돼지를 찢어 구웠으며,[179] 술독에서 손으로 움켜 떠서 마셨고, 풀줄기를 묶어 북채로 삼아 흙을 때려 귀신에게 공경을 표시하였다. 사람이 죽으면 지붕에 올라가(升屋) 죽은 사람 혼령을 불러들이고 그런 뒤에 익힌 고기를 죽은 사람의 입

고, 宋人은 상업에 소질이 있어 전국에 널리 알려졌었다. 전국시대 前 318년에 稱王했고, 前 286年에 齊의 침공을 받아 멸망하였다〔宋王 偃(언)〕.《史記 38권, 宋微子世家》로 史書에 기록되었다. 宋은 前 8세기에 衛國의 내정 간섭에 시달렸고 이어 내란으로 분열되기도 했지만, 이를 극복하면서 前 7세기에는 점차 강성해졌다. 宋 襄公(양공, 재위 前 650 – 637년)은 春秋 五霸의 한 사람으로 꼽힐 정도였지만, 군사적으로는 매우 허약하여 다른 霸者와 크게 달랐다. 특히 楚와 泓水(홍수)의 싸움에서(前 638年) 仁義를 내세우다가 패전하고 상처를 입었으며, 결국 그 때문에 죽었기에 조롱에 가까운 '宋襄之仁(송양지인)' 이라는 成語가 생겨날 정도였다. 宋은 楚와 끝없이 싸웠는데, 前 632년 城濮之戰(성복의 전쟁) 이후 前 546년까지 40회 이상 전쟁을 계속했었다.

178 원문 吾得乾坤焉 –《乾坤》은 하늘(乾天)과 땅(坤地). 天地陰陽之書라는 주석이 있다.

179 원문 燔黍擘豚 – 燔은 구울 번. 黍는 기장 서. 擘은 쪼갤 벽. 豚은 돼지 돈. 불 위에 돌을 얹어 뜨거워진 돌에 기장과 돼지고기를 익혀 먹었다는 주석이 있다.

에 넣어 죽은 혼령을 전송하였으니, 죽은 자의 형체는 아래로 내려오게 하고 혼령을 올려보내니 하늘을 바라보면서 땅에 묻었다.[180] 그리하여 生者는 머리를 南向하고 死者는 북쪽으로 머리를 두었으니(北首), 이 모두가 처음으로 돌아간다는 의미이다. 옛날에는 王者도 궁궐이 없었으니(未有宮室) 겨울에는 굴을 파고 살았고(冬則居營窟), 여름에는 나무 위에 집을 짓고 살았다.[181] 불로 익힐 줄을 몰라서(未有火化), 草木의 열매와 鳥獸(조수)의 고기를 그대로 먹었고, 그 피를 마시고 그 털이 있는 고기를 먹었다.[182] 실(絲)이나 삼〔麻(삼 마)〕이 없어 깃털이나 가죽을 옷으로 입었다. 나중에 성인이 나타난 뒤에야 의복을 만들었고, 불을 이용하게 된 이후 쇠를 녹이고〔範金(범금), 冶金(야금)〕 흙으로 그릇을 만들었으며, 집에(宮室) 창문을 만들었고〔戶牖(호유)〕, (불로) 통째로 또는 고기 썰어 구웠고,[183] 삶거나 익혀 먹었고,[184] 단술

---

180 원문 是謂天望而地藏也 – 魂氣(혼기, 혼령의 기운)은 올라가(升) 하늘에 있고, 형체는 땅에 머물게 된다(形體藏而在地). 藏은 감출 장. 묻다.

181 원문 夏則居橧巢 – 營窟(영굴)은 땅을 파고 굴에서 살다. 橧는 나무 위의 망루 노. 巢는 집 소, 둥지 소. 나무에 튼 둥지.

182 원문 飮其血, 茹其毛 – 茹는 먹을 여.

183 원문 以炮以燔 – 炮는 통째로 구울 포. 燔은 구울 번.

184 원문 以烹以炙 – 烹은 삶을 팽. 炙는 고기 구울 자(적). 煮之曰烹, 炮之曰炙.

〔醴(예)〕이나 식초〔酪(식초 락)〕도 만들었으며, 실이나 삼베로 옷감을 지었다. 산 사람을 봉양하고 죽은 자를 장례하고 귀신도 섬기게 되었다. 그러는 과정에서 물그릇은 북쪽에,[185] 단술은 출입문 안에 두었고(醴醆在戶), 기장 술〔粢醍(자제)〕은 堂上에 두었으며, 맑은 술〔澄酒(징주)〕은 堂下에 두었다.

여러 제물〔犧牲(희생)〕을 진설하고, 솥이나 도마〔鼎俎(정조)〕를, 또 琴(금)과 瑟(금 슬)과 피리 종류(管), 경쇠〔磬(경)〕, 여러 종이나 북〔鐘鼓(종고)〕을 연주하여 上神(天神)을 先祖(선조)의 혼령과 함께 내려오게 하였다. 또한 君臣의 지위를 바로 하고 父子의 관계를 돈독히 하며(以篤父子), 형제를 화목하게 하고(以睦兄弟), 상하의 질서를 바로잡았으며(以齊上下), 夫婦가 제자리를 찾아 있어야 할 곳에 있는 것이 하늘의 복을 받는 것이었다(是謂承天之佑).

(제사를 주관하는 자가) 여러 가지 제물을 낭송하고,[186] 玄酒(현주)로 祭를 올리고 (희생의) 血毛(혈모)를 헌상하고 날고기를 도마에 올리고(腥其俎), 익힌 魚肉을 올리며〔熟其殽(숙기효)〕, 제

185 원문 玄酒在室 – 玄酒는 물(水也). 오행에서도 水는 북방이다. 玄酒의 玄은 북방을 뜻하는 색이다. 玄酒(현주)를 검은 술이라고 해석할 수 없다.

186 祝號(축호)는 여러 犧牲(희생)이나 玉帛(옥백)을 열거하고 비는(祝願) 내용을 보통 말투와 다른 형식으로 읽는 것을(祝辭皆異爲之) 號(호)라 한다.

사 자리 건너편에 앉는다(越席以坐). 염색한 祭服(제복, 祭衣)을 입고서 거친 삼베 천으로 (제물을) 덮은 술잔을 받쳐 들고[187] 구운 고기를 바친다. 主君과 夫人이 교대로 제물을 올려 조상의 혼령을 즐겁게 한다.[188] 그러고 나서(然後) 여러 제물을 물려서 한데 모아 삶아 犬(견), 豕(시, 돼지), 牛(우)와 羊(양)으로 구분하여 簠簋〔보궤, 黍稷(서직)을 담는 제기〕나 籩豆(변두, 대바구니나 나무 상자)에 또는 국그릇인 鉶器(형기)에 보관한다. 祝辭(축사)는 제사를 주관하는 사람의 마음을 신령께 고하는 것이고,[189] 嘏辭(하사)는 先祖의 말을 孝子에게 전달하는 것이니,[190] 이는 大祥(대상)으로 제사의 大禮(대례)가 大成(대성)했다는 뜻이다."[191]

187 원문 疏布以冪 - 疏布(소포)는 거친 삼베의 천. 冪은 덮을 멱. 술 거르는 천(覆酒巾)으로도 사용한다.

188 원문 交獻以嘉魂魄 - 交는 교대로. 獻은 바칠 헌. 헌상하다. 嘉는 즐겁게 하다(善樂也). 魂魄(혼백)은 조상의 혼백.

189 제사의 祝文은 孝子의 語를 先祖에게 알리는 것(通也).

190 嘏는 클 하. 嘏辭는 先祖의 語를 孝子에게 傳達하는 내용이라는 주석이 있다.

191 원문 是爲大祥, 此禮之大成也 - 大祥의 祥은 善의 의미. 정성이 깃든 제사가 끝나면 선조의 신령도 감복하여 후손에게 좋은 말을 들려준다는 의미이다.

〈五儀解(오의해)〉 제7

【해설】

본 편의 내용은 魯 애공과 공자의 대화이다. 공자는 사람의 능력에 따라 庸人(용인, 보통 사람), 士人(사인), 君子(군자), 賢人(현인), 聖人(성인)의 五儀(오의, 5등급)로 나누어 그 능력을 설명했고, 이들 능력에 따라 통치를 달리해야 한다는 주장을 했다.

공자는 신분에 따른 차별이 아닌 바탕과 능력에 따른 효과적인 차별화를 말했다. 공자는 정치인으로서는 크게 성공을 거두지 못했지만, 교육자로서는 큰 성공을 거두었다. 공자는 최초의 私學(사학)을 설립했고, 교육 원칙이나 방법에서 현대 교육에서도 적용할 중요한 원칙을 제시했고 또 실천하였다.

공자가 교육하는 기술이나 내용이 좋기에 제자가 모여들었고, 교육 방법이 뛰어나기에 제자의 존경을 받았다고 말할 수는 없을 것이다. 물론 그런 면도 있었겠지만, 그보다는 제자의 존경을 받을만한 인격적 매력이 있었다고 생각한다. 그렇다면 스승인 공자의 인격적 매력은 무엇인가?

우선 공자는 仁德(인덕)이 있었다. 공자는 자신이 仁德을 갖추었고, 仁을 실천한다는 말을 하지 않았다. 공자는 온화(溫), 선량(良), 공경(恭), 검소(儉), 겸양(讓)을 실천하는 사람이었다. 그러면서도 온화하면서도 엄숙하고, 위엄이 있지만 사납지 않았고, 공손하면서도 安穩(안온)한 분이었다. 그리고 仁德의 실천이 어려운 줄을 알면서도 실천하려고 헌신적이며 열심이었다.

다음으로 공자는 지혜가 뛰어난 분이었다. 공자는 '40세에 不惑(불혹)' 했다고 하였으니, 이는 '知者(지자)이기에 불혹' 했을 것이다.

세 번째로, 공자는 넓게 배워 매우 博學(박학)하였다. 공자의 박학에 대하여 達巷黨人(달항당인)은 공자가 "대단한 박학이지만 그것을 가지고 명성을 얻으려 하지 않는다." 고 말했다. 이런 말을 들은 공자는 "내가 御車(어거)를 잘한다는 명성을 얻을까?" 라고 농담을 하였다.

네 번째로, 공자는 예악에 정통할 뿐만 아니라 다방면에 재주가 많았다. 太宰(태재)가 자공에게 "공자는 聖者이신가? 어찌 그리 잘하시는가?" 라고 물었고, 자공은 공자를 '하늘이 낸 聖人' 이라 대답했다. 이에 대하여 공자는 '젊어 낮은 관직에 일하다 보니 여러 가지 일을 잘할 수 있었다.' 고 겸손하게 말했다.

다섯 번째로, 공자는 제자를 교육하면서 학생의 능력과 바탕에 따라 적절하게 방법으로 교육했고〔因材施教(인재시교)〕, 제자의 자발적 노력과 적극적인 호응을 중시하면서도 적절한 동기유발로 교육 효과를 크게 고양하였다.

여섯 번째로, 공자는 교육에 대한 뚜렷한 사명감과 열성이 있었다. 공자는 찾아오는 제자를 누구든 가리지 않았으며(有教無類), 제자교육에 적극적이며 게으름이 없었다〔誨人不倦(회인불권)〕.

또 공자는 제자들 교육에 전념하면서 아무것도 숨기거나 감추지 않았으며 師弟同行(사제동행)하였다. 말하자면 솔직했다는 뜻이다. 이것은 교직에 종사하는 모든 사람에게 참으로 중요한 덕목이다.

스승은 제자가 뛰어나기를 바라고(師願徒出衆), 아버지는 자식이 인재로 자라나길 바란다(父願子成才). 이것은 古今(고금)이 마찬가지이다.

노비는 주인을 닮고, 그 스승에 그런 제자가 나온다(有其師必有其弟) 하였으니, 스승과 제자는 마치 父子와 같다(師徒如父子). 가르침이 엄하지 않은 것은 스승이 게으른 탓이며(教不嚴 師之惰), 엄한 스승 아래 고명한 제자가 나오며(嚴師出高徒), 사부가 똑똑치 못하면 제자는 멍청하고(師傅不明弟子濁), 스승이 작으면 제자도 난쟁이라(師不高弟子矮) 하였으니, 교사의 수준이 제자의 수준이다. 그러나 꼭 그런 것만은 아니다.

제자가 꼭 스승만 못한 것이 아니고(弟子不必不如師), 스승이 제자보다 꼭 현명해야 되는 것은 아니다(師不必賢於弟子).

이는 唐나라 韓愈(한유)의 〈師說(사설)〉에 나오는 말이다. 하여튼 스승이나 제자가 얼마나 성실하며, 어떤 품덕을 갖고 가르치고 배웠느냐가 문제일 것이다.

모든 사람들이 공자를 聖人이라고 부른다.

성인은 모든 것을 다 알고 신통한 능력을 가진 사람으로 생각하지만, 공자는 자신이 성인이라고 생각하지도 않았으며, 태어나면서 모든 것을 다 아는 사람이(生而知之) 아니라고 분명히 말했다. 그러나 자신은 옛 법도를 좋아하면서도 부단히 노력하며 배우는 사람이라고 말했다.

사실 배움을 통해서 무엇인가를 깨우치게 되는데, 배우고 깨우치는 정도에 따라 그 단계를 생각할 수 있다. '태어나면서부터 많은 것을 알고 있는 사람은(生知) 가장 위(上)이다. 배워서 아는 사람이(學知) 다음이고, 모르면 살기가 힘들기 때문에 배우는 사람들은〔困學(곤학)〕 또 그 아래에 속하지만, 몰라서 고생하면서도 배우지 않는 어리석은 사람은〔下愚(하우)〕 보통 사람 중에서도 하류에 속한다.' 라고 말하였다.

여기에서 生知(생지), 學知(학지), 困學(곤학)이라는 말이 나왔지만, 사실은 안다는 점에서는 마찬가지일 것이다.

이런 학문의 단계에 대하여 유가에 속하는 荀子(순자)는 분명한 정의와 함께 학문의 필요성을 절실하게 설명했다.

'지금은 賤(천)하지만 貴(귀)한 사람이 되고, 어리석은 자가 똑똑해지고, 가난한 사람이 부유해질 수 있는가? 그것을 가능케 하는 것은 오직 학문이다. 배운 것을 실천하면 士(선비)가 되고, 더 성실하게 애쓰면 君子가 되며, 사물의 이치를 통달하면 聖人이 된다. 위로는 성인이 될 수 있고, 아래로는 士나 君子가 되려는 나를 누가 막을 수 있겠는가?

이를 본다면 성인은 지식의 최고 경지에 도달한 사람이라고 보아야 한다. 공자가 성인이라는 것은 그만큼 열심히 배우고 실천했다는 의미이지 기적을 행하는 초능력자라는 의미는 아니다.

공자는 역경에서도 자신의 주장을 굽히거나 바꾸지 않았다. 평생동안 일관된 신념을 끝까지 견지하는 일이 결코 쉬운 일은 아니다. 때문에 공자의 제자들은 스승을 진심으로 존경했다.

공자의 직접 가르침을 받지 않은 우리가 《論語》를 읽고, 또 유가 경전을 통해 공자의 신념을 존경하고 공자의 사상에 공감하는 것은 그가 불굴의 의지를 가진 사람이었기 때문이다. 《論語》를 통해서 알 수 있는 공자의 모습은 초인적인 聖人도 아니다. 그저 우리가 쉽게 볼 수 있으며 이해할 수 있는 그런 사람이었다.

공자의 수제자 중 한 사람인 子貢(자공)은 정치적으로도 매우 활동적이고 유능했으며 많은 재물을 모은 부자였다. 자공은 자신을 비유하자면, 겨우 어깨 높이의 담이라서 밖에 있는 사람들이 담 너머 화려한 집안의 모습을 보며 감탄할 수 있다고 했다. 그러나 공자는 여러 길 높이의 높은 담이라서 대문을 통해 들어가야만 집안의 화려함을 제대로 볼 수 있다고 했다.

이처럼 공자의 학문은 낮은 담 너머로 넘겨다 볼 수 있는 그런 학문이 아니다. 공자의 학문은 대문을 제대로 열고 들어가야 비로소 볼 수 있다. 이는 학문을 제대로 하지 않는 사람이라면 공자 학문의 위대한 성취를 전혀 알 수 없다는 뜻이다.

사실 산 아래에서 쳐다보면 산속에 있는 길이 하나도 안 보인다. 산속에 들어가야만 많은 길이 보이고, 어느 길을 택하든 본인이 스스로 힘써야만 정상에 오를 수 있다. 공자 사상에 입문도 하지 않았다면, 또 부잣집 대문을 열고 들어가지 않았다면, 어찌 그 사상의 위대함이나 부잣집의 화려한 내부 살림을 알 수 있겠는가?

공자가 세상을 떠난 뒤, 服喪(복상)을 마친 문하의 제자들은 각자의 길을 찾아 나섰다. 관리가 되거나 후학들을 교육하는 일에 전념한 제자도 있었다. 그 제자들은 공자로부터 배운 인과 예를 실천하고 육예의 학문을 널리 보급했다. 이러한 제자나 제자의 가르침을 받은 제자들의 노력은 전국시대 제자백가에 의한 百花齊放(백화제방)의 직접적인 원인이었다.

몰락한 귀족의 아들로 태어난 공자에 의해 고대문화의 정수라 할 수 있는 六藝〔육예 : 六經(육경)〕의 학문은 더욱 심오해졌다. 공자는 자신의 노력으로 교육과 사상과 실천에서 위대한 업적을 남겼기에 중국 역사상 유일한 성인으로 추앙받고 있다.

成均館 大成殿(성균관 대성전)에 공자의 配位(배위)에 4인을 四配라 하는데, 復聖(복성)인 顔子(안자), 宗聖(종성)인 曾子(증자), 述聖(술성)인 공자의 손자 子思(자사), 亞聖(아성)인 孟子(맹자)를 지칭한다. 말하자면 聖人은 공자 한 사람이고, 四配는 성인에 준하는 경지라는 평가이다.

공자는 전통 가치가 붕괴하는 시대적 상황에서 인간 본연의 참모습을 잃어서는 안 된다는 자신의 믿음을 견지하면서 도덕적 자각과 실천, 곧 인과 예와 덕행의 실천으로 先王의 道를 회복해야 한다고 주장하였다. 그리고 인본주의의 사상과 정치를 강조하고 선양했으며, 그러한 주장은 뒷날 큰 시대 조류가 되었으니, 이 또한 공자의 위대한 공헌이라 할 수 있다.

공자 사상의 핵심은 仁이고, 仁을 일상 생활에서 보다 더 구체화한 실천적 덕목은 禮儀(예의)와 孝悌(효제)이다. 공자는 특히 지배계층, 곧 위정자가 인의를 실천하고 덕치를 베풀어야 한다고 주장하였다.

공자는 민중이 아니라 위정자들의 노력으로 하층민의 안정적 생활을 보장하고 사회 발전을 이룩할 수 있다고 믿었다. 공자는 언제나 백성들 편에서 위정자들의 바른 정치와 덕치를 끝까지 요구했던 유일한 사상가였다.

공자의 儒家(유가) 사상과 대비하여 道家(도가)의 사상은 인간 사회의 현실적 문제를 외면하는 경향이었고, 후일 法家(법가) 사상이나 兵家(병가)는 당시의 지배자들을 옹호하는 사상으로 전제

정권에 협력적이었다.

그 당시 하층민들의 교육과 생활문화의 수준은 지금과 견줄 수 없을 만큼 비참하고 저급했다. 그런 시대에 극소수의 위정자에게 백성들을 위한 정치를 하라고 요구한 것은 정말 용기 있는 주장이었고 혜안이었다. 이런 점에서 공자는 중국의 어느 사상가보다도 위대하였다.

평지에서는 바퀴를 이용하면 빨리 움직일 수 있다. 수레는 평지에서의 빠른 이동을 위해 만들어졌다. 그러나 경사가 급한 곳에서는 바퀴가 무용지물이다. 그래서 계단을 만들었으니, 사다리나 에스컬레이터는 계단을 활용한 것이다. 그렇다 하여도 하늘을 계단이나 사다리로 오를 수는 없다.

보통 사람의 현명함이나 성취는 언덕과 같아 오를 수 있지만, 공자의 위대함은 해와 달과 같다고 말한 제자가 子貢〔자공, 子贛(자공)〕이다. 해가 뜨겁다고 해를 욕하는 사람이 어리석은 것처럼 해와 달과 같은 공자의 인격은 다른 사람이 헐뜯는다고 허물어지지 않는다.

공자의 제자들은 스승 공자를 '따라갈 수 없는, 마치 사다리로 올라갈 수 없는 하늘과 같은 분' 이라고 말했다 이 말은 21세기에도 그대로 통한다.

|原文| 哀公問於孔子曰, "寡人慾論魯國之士, 與之爲治, 敢問如何取之?"

孔子對曰, "生今之世, 志古之道, 居今之俗, 服古之服, 舍此而爲非者, 不亦鮮乎?"

曰, "然則章甫絇履, 紳帶縉笏者, 皆賢人也."

孔子曰, "不必然也. 丘之所言, 非此之謂也. 夫端衣玄裳, 冕而乘軒者, 則志不在於食焄, 斬衰管菲, 杖而歠粥者, 則志不在於酒肉. 生今之世, 志古之道, 居今之俗, 服古之服, 謂此類也."

公曰, "善哉! 盡此而已乎?"

孔子曰, "人有五儀, 有庸人,有士人,有君子,有賢人,有聖人, 審此五者, 則治道畢矣."

公曰, "敢問何如斯可謂之庸人?"

孔子曰, "所謂庸人者, 心不存慎終之規, 口不吐訓格之言, 不擇賢以托其身, 不力行以自定, 見小闇大, 而不知所務, 從物如流, 不知其所執, 此則庸人也."

公曰, "何謂士人?"

孔子曰, "所謂士人者, 心有所定, 計有所守, 雖不能盡道術之本, 必有率也, 雖不能備百善之美, 必有處也. 是故知不務多, 必審其所知, 言不務多, 必審其所謂, 行不務多,必審其所由. 智旣知之, 言旣道之, 行旣由之, 則若性命之形骸之不可易也. 富貴不足以益, 貧賤不足以損. 此則士人也."

| 국역 | 哀公이 공자에게 물었다.

"寡人(과인)은 魯國의 士人을 평가〔論(론), 掄과 통, 가릴 륜. 선택하다.〕 등용하여 나라를 다스리려 합니다. 사인을 어떻게 골라 뽑아야 합니까?"

孔子가 대답하였다.

"지금 세상에 古道(고도 : 옛날의 도)에 뜻을 두고 있으며, 오늘의 이 世俗(세속 : 세상)에서 옛 服色(복색)을 갖추고 있다면, 이런 사람으로 인재 아닌 사람이 있겠습니까?"[192]

"그렇다면 章甫冠(장보의 관)을 착용하고 絇履(구리, 신발의 코에 장식이 있는 신발)를 신었으며, 넓은 옷 띠〔紳帶(신대)〕에 笏(홀)을 꽂은 사람이면[193] 모두 賢人(현인)입니까?"

孔子가 대답했다.

---

192 원문 舍此而爲非者, 不亦鮮乎? - 舍는 버릴 사. 버려두다. 제외하다. 不亦鮮乎는 드물지 않겠습니까? 반어법에 의한 표현.

193 원문 紳(신)은 옷위에 매는 넓은 띠(大帶). 縉은 꽂을 진(搢也). 笏(홀)은 떠오른 생각이나 명령을 받아 적을 수 있는(所以執書思對命) 사각형 물건.

"꼭 그렇지는 않습니다. 제가(丘) 말한 것은 그런 뜻이 아닙니다. 祭祀(제사) 복장 같은 端衣(단의)와 玄裳(현상, 검은 바지)에 관을 쓰고(冕) 수레를 타는 자는(乘軒者) 그 마음이 쓴(매운) 나물에 있지 않습니다.[194] 斬衰(참최, 喪服)에 짚신을 신고, 喪杖(상장)을 짚고 죽을 먹는 사람이라면 마음에 술과 육류를 먹으려 하지 않습니다. 지금 세상에 古道에 뜻을 두었다면, 지금의 풍속에 옛 복색을 한 사람도 역시 그런 분일 것입니다."

애공이 말했다.

"맞는 말입니다! 이렇게만 한다면 되겠습니까?"

공자가 말했다.

"사람은 5부류〔五儀, 儀(의)는 等次(등차)〕가 있습니다. 庸人(용인, 보통 사람, 평범한 사람)이 있고, 士人(선비), 君子, 賢人, 聖人이 있습니다만 이 五者를 구별할 수 있다면 治道(치도)는 갖춰진 것입니다〔畢矣, 畢(마칠 필)〕."

애공이 물었다.

"어떠한 사람이 庸人〔용인, 庸은 쓸 용. 庸劣(용열)〕인지 묻겠습니다."

孔子가 말했다.

---

194 원문 不在於食焄 – 端衣玄裳(단의현상)은 齋服이다. 軒은 軒車(헌거)로, 人力으로 끄는 1인용 수레. 焄은 연기에 그을린 훈. 매운 나물(辛菜也).

“庸人(용인)이라는 사람은 그 마음에 신중하거나 끝까지 지속하려는 법도가 없고, 입으로 법도에 맞는 말을(訓格之言, 格法) 하지 못하며, 현자를 찾아 자신을 의탁하지도 못하고, 力行(역행 : 힘껏 행하다)하거나 스스로 결정하지도 못합니다. 작은 것은 볼 수 있지만 큰 것은 보지 못하며〔見小闇大, 闇(어두울 암)〕, 해야 할 일을 알지 못하고, 매사에 남을 따라가지만, 자신이 갖고 지켜야 할 것이 무엇인가 모르는 사람을 庸人이라고 합니다.”

애공이 물었다.

“士人은 어떤 사람입니까?”

孔子가 대답하였다.

“소위 士人이란, 그 마음에 정해진 신념과 지켜나갈 계책이 있기에, 비록 그런 도술의 바탕은 있기에 그 행동 모두가 완전한 것은 아니지만, 반드시 지키는 바가 있습니다(必有處也). 이 때문에 그 지식이 많은 것을 추구하지는 않더라도, 그 아는 바를 깊이 살펴보고, 그 언사가 많지는 않아도, 그가 한 말은 틀림없이 깊이 생각해볼 필요가 있습니다.[195] 그가 실천하려는 것이 많지는 않지만 그러한 연유는 꼭 살펴보아야 합니다. 아는 것이 정확하고, 이미 한 말이나 행실이 모두 사리에 맞는다면, 자신의 생명이나 육신을 다른 것으로 대체하려 하지 않을 것입니다.

그리하여 富貴로도 士人의 뜻에 무엇인가를 더할 수도 없고,

---

195 원문 必審其所謂 – 그 자신이 말한 요점은 꼭 실천하려 한다는 뜻.

貧賤(빈천)으로도 사인의 뜻을 덜어낼 수도〔損(덜 손)〕 없는 사람이 士人입니다."[196]

|原文| 公曰, "何謂君子?"

孔子曰, "所謂君子者, 言必忠信而心不怨, 仁義在身而色無伐, 思慮通明而辭不專, 篤行信道, 自强不息, 油然若將可越而終不可及者. 此則君子也."

公曰, "何謂賢人?"

孔子曰, "所謂賢人者, 德不踰閑, 行中規繩, 言足以法於天下, 而不傷於身, 道足以化於百姓, 而不傷於本, 富則天下無宛財, 施則天下不病貧. 此則賢者也."

公曰, "何謂聖人?"

孔子曰, "所謂聖者, 德合於天地, 變通無方, 窮萬事之終始, 協庶品之自然, 敷其大道而遂成情性, 明並日月, 化行若神, 下民不知其德, 睹者不識其鄰. 此謂聖人也."

---

196 공자 설명의 요체는, 사인은 자신이 옳다 생각하여 뜻을 세우면 부귀나 빈천으로도 그 뜻을 꺾거나 바꿀 수 없다는 의미이다. 곧 사인은 원칙이나 신념을 고수하려는 고집이나 의지가 강하다는 말이다.

公曰, "善哉! 非子之賢, 則寡人不得聞此言也. 雖然, 寡人生於深宮之內, 長於婦人之手, 未嘗知哀, 未嘗知憂, 未嘗知勞, 未嘗知懼, 未嘗知危, 恐不足以行五儀之教若何?"

孔子對曰, "如君之言已知之矣, 則丘亦無所聞焉."

公曰, "非吾子, 寡人無以啓其心, 吾子言也."

孔子曰, "君子入廟, 如右, 登自阼階, 仰視榱桷, 俯察機筵, 其器皆存, 而不睹其人, 君以此思哀, 則哀可知矣. 昧爽夙興, 正其衣冠, 平旦視朝, 慮其危難, 一物失理, 亂亡之端, 君以此思憂, 則憂可知矣. 日出聽政, 至於中冥, 諸侯子孫, 往來爲賓, 行禮揖讓, 愼其威儀, 君以此思勞, 則勞亦可知矣. 緬然長思, 出於四門, 周章遠望, 睹亡國之墟, 必將有數焉, 君以此思懼, 則懼可知矣. 夫君者, 舟也, 庶人者, 水也, 水所以載舟, 亦所以覆舟, 君以此思危, 則危可知矣. 君旣明此五者, 又少留意於五儀之事, 則於政治, 何有失矣."

| 국역 | 애공이 물었다.

"君子란 어떤 사람입니까?"

孔子가 말했다.

"君子란 사람은 반드시 충성과 신의에 바탕을 두고 말을 하기에 마음에 원한이 없습니다.[197] 仁과 義를 실천하나(在身) 그런 자신을 자랑하는 표정이 없습니다.[198] 그 깊은 思慮(사려)가 사리에 통달하지만(通明) 그 언사는 단호하지 않고, 독실한 행실과 正道에 대한 확신, 그리고 성실히 애쓰고 쉬지 않는 자세는(自强不息) 다른 사람이 볼 때, 확실하게 이룰 수 있을 것 같으나 따라 할 수 없는[199] 그런 사람이 군자입니다."

애공이 물었다.

"賢人은 어떤 사람입니까?"

孔子가 말했다.

"賢人(현인)이란 사람은 그 德行이 어떤 제한(법도)을 넘지 않으면서도[200] 행실은 정해진 尺度(척도, 기준)에 맞으며,[201] 그 언

---

197 원문 必忠信而心不怨 – 忠은 목숨을 버리는 殉國(순국) 忠君의 의미가 아니라 일상생활에서 지키는 誠實의 다른 표현이다. 怨은 원망할 원. 咎(허물 구)와 通. 남의 원한을 사거나 다른 사람에 대한 증오나 미움의 감정.

198 원문 色無伐 – 無伐은 자랑스러워 하지 않다. 色은 표정, 안색. 내가 이런 인의를 실천했다는 자부심이나 자랑같은 것을 외부로 나타내지 않는다.

199 원문 油然若將可越而終不可及者 – 油然(유연)은 앞으로 나아가지 못하는 모양(不進之貌也). 越은 넘을 월. 초과하다(過也). 군자의 행실은 나도 할 수 있을 것 같지만 결코 따라갈 수 없는 그런 높은 수준이라는 설명이다.

200 원문 德不踰閑 – 踰는 넘을 유. 초과하다. 벗어나다. 閑은 法. 正

사는 천하 사람들이 본받을만하고 말이 몸을 다치게 하지 않습니다.[202] 그의 道는 충분히 백성을 교화할 수 있으면서도 자신에게 해가 되지 않습니다.[203] 현자가 부유하여도 천하에 그 재물을 축적하지 않고,[204] 베풀지만 천하가 그 때문에 가난을 걱정하지도 않으니, 이런 사람을 賢者라 할 수 있습니다."

애공이 물었다.

"聖人이란 어떤 사람입니까?"

공자가 말했다.

"聖人이란 사람은 그 德行이 天地와 合一하니, 그 變通(변통)에 일정한 방식이 없고(無方), 萬事의 시작과 끝(終始)에 두루 통하고, 만물〔庶品(서품)〕의 自然에 합일하여 그 대도를 널리 펴 만사를 성취합니다.[205] 성인은 日月처럼 밝고, 귀신처럼 조화를 실행

道. 定度.

201 원문 行中規繩 – 中은 딱 맞다. 맞히다. 들어맞다의 중. 符合(부합). 상중하의 가운데란 뜻이 아님. 規는 법 규. 규칙. 繩은 줄 승. (木手가 사용하는) 먹줄. 법도. 規矩(규구). 바로잡다.

202 원문 言 ～而不傷於身 – 그 말이 천하에 통하지만, 말로 인한 허물이口過) 없다. 말 때문에 자신이 또는 남에게 해를 끼치지 않는다. 傷은 害也.

203 원문 而不傷於本 – 本은 그 自身.

204 원문 富則天下無宛財 – 宛은 굽을 완. 쌓아두다. 古字에 菀과 通. (私積也).

205 원문 敷其大道而遂成情性 – 敷는 펼 부. 펼치다.

하기에 아래로는 백성이 그의 德을 알지 못하고, 성인을 만난 사람일지라도 성인 능력의 끝을 알 수가 없는 사람을 성인이라고 합니다."[206]

|原文| 公曰, "善哉! 非子之賢, 則寡人不得聞此言也. 雖然, 寡人生於深宮之內, 長於婦人之手, 未嘗知哀, 未嘗知憂, 未嘗知勞, 未嘗知懼, 未嘗知危, 恐不足以行五儀之教若何?"

孔子對曰, "如君之言已知之矣, 則丘亦無所聞焉."

公曰, "非吾子, 寡人無以啓其心, 吾子言也."

孔子曰, "君子入廟, 如右, 登自阼階, 仰視榱桷, 俯察機筵, 其器皆存, 而不睹其人, 君以此思哀, 則哀可知矣. 昧爽夙興, 正其衣冠, 平旦視朝, 慮其危難, 一物失理, 亂亡之端, 君以此思憂, 則憂可知矣. 日出聽政, 至於中冥, 諸侯子孫, 往來爲賓, 行禮揖讓, 愼其威儀, 君以此思勞, 則勞亦可知矣. 緬然長思, 出於四門, 周章遠望, 睹亡國之墟,

---

206 원문 睹者不識其鄰 – 睹는 볼 도. 눈으로 보다〔目睹(목도)〕. 鄰은 이웃 린. 여기서는 한계. 곧 성인을 만나본 사람일지라도 성인 능력의 한계가 어디까지인지 알지 못한다는 뜻.

必將有數焉, 君以此思懼, 則懼可知矣. 夫君者, 舟也, 庶人者, 水也, 水所以載舟, 亦所以覆舟, 君以此思危, 則危可知矣. 君旣明此五者, 又少留意於五儀之事, 則於政治, 何有失矣."

| 국역 | 애공이 말했다.

"옳은 말씀이십니다! 현명하신 夫子〔부자 : 孔子(공자)〕가 아니었다면, 과인은 이런 말씀을 들을 수 없었을 것입니다. 그렇지만 寡人(과인)은 깊은 궁궐에서 태어났고 婦人의 손에 성장하면서 여태껏 슬픔이나(哀) 걱정거리(憂), 힘들거나(勞) 두려움〔懼(구)〕과 위험을 알지 못했으니, 지금 五儀(오의 : 다섯 가지 교훈)의 가르침을 어떻게 실천할지 모르겠습니다."

그러자 孔子가 대답하였습니다.

"주군(임금님)의 말씀이 이와 같으니, 이는 이미 알고 계신 것입니다. 그러니 저 역시 어떻게 다 알려드릴 것이 없습니다."[207]

---

207 원문 如君之言已知之矣, 則丘亦無所聞焉 – 主君께서 그렇게(如此히) 말씀하신 것은 이미 알고 있는 것입니다. 그런고로 공자는 다시 말씀드릴 것이 없다는 겸양으로 애공을 격려한 것이다. 공자가 그의 제자 자로(子路)에게 말했다.
"자로여! 너에게 앎(知)이 무엇인가를 일러 주겠다. 아는 것을 안다고 말하고, 모르는 것은 모른다고 말하는 것이 아는 것이다."
(《論語 爲政》 子曰, 由. 誨女知之乎. 知之爲知之 不知爲不知 是

애공이 말했다.

知也.) 아는 것을 안다고 확실하게 말하는 것이 쉬운 일인가? 모르면 당연히 모른다고 해야 한다. 그러나 내가 아는지 모르는지 그 자체를 모른다면 어찌하는가?

'똑똑한 척', 또는 '똑똑한 줄 알았다' 라고 말하면 결과적으로 똑똑하다는 뜻은 아니다. 그러나 그 장본인은 똑똑하다고 생각할 것이다. 알고 있는 것은 쉽다. 알고 있기에 대처하기도 쉽다. 그래서 남들이 보면 지혜롭다고 한다. 안다는 지식과 슬기로운 능력, 곧 지혜가 같지는 않지만 비슷할 수 있다. 사물의 실상을 바로 직시하거나 觀照(관조)할 수 있기에 의혹을 배제할 수 있다. 유혹당하지 않는 것이 지혜이고, 지혜롭기 위해서는 알아야 한다. 그래서 아는 사람이 지혜로운 사람이 된다. 지혜로운 사람은 아는 것이 있는 사람이다. 그러나 그가 인(仁)인가? 불인(不仁)인가는 아직 판단할 수가 없다.

"더불어 이야기를 해야 하는 사람인데, 이야기를 하지 않는다면 사람을 잃는 것이다. 같이 이야기할 수 없는 사람인데, 이야기를 했다면 말(言)을 잃어버린 것이다. 지혜로운 사람은 사람도 말도 잃지 않는다." 라고 공자가 말했다.

인정해주고 그의 말을 들어야 하는 데, 상대하지 않았다면 사람을 잃을 수밖에 없다. 진실하지 않은 사람, 어질지 않은 사람과 종일 대화를 했다면 종일 헛수고를 한 것이니 자신의 말을 잃은 것이다. 사람을 잘못 보거나 해서는 안 될 말을 한 것이 바로 惑(혹)에 빠진 것 한마디로 지혜롭지 못한다. 공자의 지식과 지혜에 대한 설명은 이처럼 간결하고도 명확했다. 知者는 바른 인식과 지성을 가지고 있으며 仁者가 되기를 목표로 하지만, 아직은 仁의 경지에 도달하지 못한 사람이다. 仁의 경지에서 마음이 편한 사람과 仁의 경지를 잘 활용하여 사회를 보다 나은 방향으로 이

"夫子가 아니라면 寡人(과인)은 마음을 계발할 수 없으니, 夫子께서 과인에게 더 말씀해 주셔야 합니다."[208]

孔子가 말했다.

"君子가 종묘에 들어가서는 우측으로 가서(如右), 동쪽의 계단을 딛고 올라가 榱桷(최각, 천장의 서까래)을 올려다보고(仰視) 고개를 숙여 진설한 祭品(제품)을 살펴보는데,[209] 말하자면 선조 이래로 器物(기물)은 모두 남아있지만 그 선조는 볼 수 없는 것과 같습니다. 주군이 이렇게 슬픔을 생각한다면, 슬픔이 무엇인가를 알 수 있습니다. 주군께서 어두운 새벽에〔昧爽(매상)〕 일찍 일어나시어〔夙興(숙흥)〕,[210] 衣冠(의관)을 바로 착용하고 날이 밝기를 기다려(平旦) 조정에 나가 정사를 살피십니다(視朝). 나라의 危難(위난)을 생각한다면 하나의 물건일지라고 사리에서 벗어날 수 없을 것이고, 혼란이나 멸망(亂亡)의 단서가 될만한 일이라면 주

끌려는 적극적인 의지를 가진 사람이 知者이다. 곧 바르고 건전한 인식과 함께 적극적인 참여의식을 가진 사람이 지혜로운 사람일 것이다.

208 원문 無以啓其心, 吾子言也 - 啓는 계발하다. 其心은 애공의 마음. 吾子는 나의 스승이란 뜻. 여기 子는 夫子(스승)의 의미. 言은 말하다. 동사로 쓰였다.

209 원문 俯察機筵 - 俯察(부찰)은 고개를 숙여 살펴보다. 機는 틀 기. 筵은 대나무 자리 연. 연석.

210 원문 爽明(상명)은 어둠이 밝기 전. 컴컴한 아주 이른 새벽. 昧明. 始明也. 夙은 일찍 숙(早也). 興은 기상하다. 자리에서 일어나다.

군께서 이를 통하여 생각하실 수 있고(君以此思憂), 걱정하신다면 알 수 있을 것입니다(則憂可知矣).

日出에 聽政(청정)하시고 한낮이 지나게 되면,[211] 諸侯(제후)의 子孫(자손)으로 魯에 찾아온 내빈이 된 자를 揖讓(읍양)의 禮를 갖춰(行禮) 신중을 다하여 접견하시는데, 이것을 통해 주군께서는 勞苦(노고)를 경험하십니다. 이렇게 思勞(사노 : 힘들다고 생각하다) 하면 勞가 무엇인가를 아실 것입니다. 깊이 생각하면서[212] 사방의 성문을 나가시어 주위를 멀리까지 둘러보시면(周章遠望) 亡國(망국)의 폐허를 보실 수 있고, 그것이 여러 나라임을 알 수 있을 것입니다. 주군께서는 이를 통하여 두려움이 무엇인가를 알 수 있을 것입니다. 主君(주군)이란 배(舟也)이고, 백성〔庶人(서인)〕은 물과 같습니다. 물은 배를 띄울 수도 있지만(水所以載舟) 배를 엎을 수도 있으니(亦所以覆舟), 주군께서는 이를 통하여 危機(위기)가 무엇인가를 알 수 있을 것입니다. 주군께서 이 다섯 가지를 조금이라도 유의하신다면, 백성을 다스리는 일에 무슨 실수가 있겠습니까?"

---

211 至於中冥 - 中은 日中, 정오 무렵. 冥(어두울 명)은 映中(영중) 그림자가 중간 정도이다. 곧 한낮을 지나 그림자가 어느 정도 길어지다. 오후 2, 3시경.

212 원문 緬然長思 - 緬然(면연)은 골똘히 생각하는 모양. 緬은 가는 실 면.

|原文| 哀公問於孔子曰, "請問取人之法."

孔子對曰, "事任於官, 無取捷捷, 無取鉗鉗, 無取啍啍, 捷捷貪也, 鉗鉗亂也, 啍啍誕也. 故弓調而後求勁焉, 馬服而後求良焉. 士必慤而後求智能者焉, 不慤而多能, 譬之豺狼不可邇."

|국역| 哀公이 孔子에게 물었다.

"인재를 고르는 방법을 묻겠습니다."

孔子가 대답하였다.

"그런 일은 관리에게 맡기십시오. (그러나) 행동이 너무 민첩한 자나 함부로 쉽게 말하는 자는 쓰지 마십시오.[213] 말이 많은 자나 식탐이 많은 자를 고르지 마십시오.[214] 행동이 다급한 자는〔鉗鉗(겸겸)〕은 혼란을 일으키고, 말이 많으면 거짓말을 하게 됩니다. 그러하기에 활은 시위를 조인 뒤에 힘이 강해지고(求勁焉), 말은 안장을 얹은 뒤에 良馬(양마)가 되며, 士人은 성실하고 근신

---

213 원문 無取捷捷, 無取鉗鉗 – 捷은 이길 첩. 교활하거나 경솔하게 빠른 자. 鉗은 칼 겸. 形具. 鉗鉗(겸겸)은 함부로 대꾸하며 성실하지 않은 자(妄對不謹誠).

214 원문 無取啍啍 – 啍은 느릿할 순(톤?). 거듭하며 말이 많은 모양(啍은 多言). 捷捷은 식탐이 많은 모양. 捷捷은 먹기를 그치지 않으니 식탐이다.(不已食하니 貪也)

한 이후에〔慤(삼갈 각)〕 굳센 의지가 있어야만 지혜로울 것입니다. 성실하지 않으나 재능이 많다면 승냥〔豺(승냥이 시)〕이나 이리〔狼(이리 낭)〕와 같아 가깝게 둘 수 없을 것입니다."

| 原文 | 哀公問於孔子曰, "寡人慾吾國小而能守, 大則攻, 其道如何?"

孔子對曰, "使君朝廷有禮, 上下相親, 天下百姓皆君之民, 將誰攻之? 苟爲此道, 民畔如歸, 皆君之讎也, 將與誰守?"

公曰, "善哉! 於是廢山澤之禁, 弛關市之稅, 以惠百姓."

| 국역 | 哀公이 孔子에게 물어 말했다.

"寡人(과인)은 吾國(오국 : 우리나라)이 소국이라면 잘 守禦(수어, 방어)할 수 있지만, 吾國이 강대하다면 (타국을) 攻取(공취)하고 싶은데, 소국일 때 잘 지키고 대국일 때 공격한다면 그 방법이 어떻겠습니까?"

孔子가 대답하였습니다.

"주군의 朝廷(조정)에 禮道가 지켜지고, 上下가 相親(상친 : 서로 친하도록 한다)한다면 천하의 百姓이 모두 君主의 백성이니, 어느 누가 감히 침략할 수 있겠습니까? 이러한 원칙에 어긋난다면 백성은 離叛(이반)하고 돌아서 모두가 원수(讎)인데 군주가 누구와 함께 지킬 수 있겠습니까?"[215]

---

215 皆君之讎也, 將與誰守? – 나라의 크고 작은 것이 문제가 아니라 백성의 신망을 얻느냐 못얻느냐에 달렸다는 뜻. 《論語 顔淵》 子貢問政. 子曰, "足食, 足兵, 民信之矣." 子貢曰, "必不得已而去, 於斯三者何先?" 曰, "去兵." 子貢曰, "必不得已而去, 於斯二者何先?" 曰, "去食. 自古皆有死, 民無信不立."

자공이 政事의 要諦(요체)를 묻자, 공자는 '足食'을 제일 먼저 꼽았다. 족식은 식량을 풍족하게 한다는 뜻이니, 우선 백성의 배를 채워야 한다. 《尙書 周書 洪範》의 八政의 첫째가 '一曰食'이다. 《禮記 王制》에서는 나라에 9년 정도의 식량이나 군량 비축이 없다면 '不足'이라 했고, 3년 치 양식의 비축이 없다면 '나라가 나라도 아니다(國非其國).'라고 했다.

다음으로 공자가 열거한 것은 '足兵'이다. 여기서 兵은 병력과 무기나 군수물자를 총칭한다. 나라에 文事가 중요하지만 반드시 武備(무비)가 있어야 한다. 공자는 "백성을 가르치지 않고 전쟁에 내보내는 것은 백성을 버리는 것이라."고 했다. 백성을 적당히 훈련시키는 것도 足兵이다. 공자는 세 번째로 '民信之'라고 했다. 이는 백성이 위정자를 신뢰하게 하는 것, 곧 主君이나 제후, 관리, 그리고 나라의 정책이 백성으로부터 신뢰를 얻어야 한다.

자공이 물었다. "어쩔 수 없이 하나를 버려야 한다면 무엇을 먼저 버리겠습니까?"라고 묻자, 공자는 '去兵'이라고 했다. 무기가 좀 부족하고 병력이 좀 劣勢(열세)라도 나라는 버틸 수 있다는 뜻이다. 그러면 이제 남은 둘 중에서 하나를 버려야 한다면?

공자는 '去食'이라고 말했다. 옛날부터 죽지 않는 사람은 없다. 사람은 언젠가는 죽는 존재이다. 나라에 식량이 좀 부족하더라

애공이 말했다.

"옳은 말입니다!"

그리고서는 山澤(산택)에 대한 백성의 출입금지를 해제하였고, 관문의 여러 잡세(잡다한 세금)를 완화하여 백성에게 혜택을 베풀었다.

도 참고 견디며 다음 해 농사를 기대할 수 있다. 그러면서 공자가 이어 말했다. "백성의 신뢰가 없다면 나라가 존속할 수 없다." 정말 痛切(통절)한 교훈이다. 물은 배를 띄울 수도 있지만 배를 엎을 수도 있다〔載舟覆舟(재주복주)〕. 백성이 물이라서 배를 뜨게 할 수도 있지만 물에 파도가 일면 배는 전복된다. 물을 잔잔하게 하는 것이 바로 신의이고 신뢰이다. 신뢰를 잃었다면 그 다음을 기약할 수가 없다. 나라도 그러하지만 개인 역시 그럴 것이다. 다른 사람의 신뢰를 잃은 사람이 어찌 사회생활, 공동생활을 영위할 수 있겠는가?

공자가 말했다. "사람이 신의가 없다면 쓸만한 데가 없다. 큰 수레나 작은 수레에 굴대가 없는 것과 같으니, 어떻게 나아갈 수 있겠는가?"

車軸(차축)이 없는 자동차가 굴러가겠는가? 사람은 근본을 잊어서는 안 되고, 사람에게 믿음이 없다면 사귈 수 없다(人而無信 不可交也). 처세와 사람 노릇에는 신의가 근본이다(處世爲人 信義爲本). 이름도 없는 봄풀들은 해마다 푸르지만(無名春草年年綠), 신의가 없는 사내는 대대로 가난하다(無信男兒世世窮)고 하였다. 백성의 신의를 잃은 통치자도 마찬가지이다. 신의를 잃은 지도자는 백성의 눈에 필부만도 못할 것이다.

| 原文 | 哀公問於孔子曰, "吾聞君子不博, 有之乎?"

孔子曰, "有之."

公曰, "何爲?"

對曰, "爲其二乘."

公曰, "有二乘, 則何爲不博?"

子曰, "爲其兼行惡道也."

哀公懼焉, 有間, 復問曰, "若是乎君之惡惡道至甚也?"

孔子曰, "君子之惡惡道不甚, 則好善道亦不甚, 好善道不甚, 則百姓之親上亦不甚.《詩》云,「未見君子, 憂心惙惙, 亦旣見止, 亦旣覯止, 我心則悅.」《詩》之好善道甚也如此."

公曰, "美哉! 夫君子成人之善, 不成人之惡, 微吾子言焉, 吾弗之聞也."

| 국역 | 哀公이 공자에게 물었다.

"과인이 알기로 君子는 바둑을 두지 않는다 하였는데,[216] 그런 말이 있습니까?"

---

216 君子不博 – 여기 博(넓은 박)은 사각형의 판. 곧 博奕(박혁). 바둑판을 뜻하는 글자이다. 곧 내기 바둑. 博에는 내기라는 뜻이 있다. 우리말 '노름'에 해당하는 말이 賭博(도박)이다.

공자가 말했다.

"있습니다."

"왜 그렇습니까?"

"두 가지를 서로 이기려 하기 때문입니다(爲其二乘)."

"두 가지(죽이고 승리하기)를 하면서 왜 바둑은 하지 않습니까?"

"승리를 다투면서 아울러 사악한 길을 가기 때문입니다."[217]

애공은 두려워 하면서도 묻고 또 물었다.

"정말 그와 같다면, 군자가 惡道〔악도 : 邪道(사도)〕를 증오하는 정도가 정말 그렇게 심합니까?"

이에 공자가 대답하였다.

"君子가 惡道(악도 : 악한 일)의 증오가 심한 것이 아니라면 好善(호선 : 착한 일을 좋아하다) 역시 심할 수가 없을 것입니다. 善道(선도 : 착한 일) 좋아하기를 심하게 하지 않는다면, 백성이 治者(치자 : 윗사람)에게 親近(친근)하기 역시 심하지 않을 것입니다. 그래서 《詩 召南 草蟲(시 소남 초충)》에서 말했습니다.

「君子를 만나지 못하니, 내 마음 근심이 그치지 않도다(憂心惙惙). 군자를 만나 보았고(亦旣見止), 다시 군자를 또 뵐 수 있다면(亦旣覯止), 내 마음 정말 기쁘리라(我心則悅).」

---

217 원문 爲其兼行惡道也 – 바둑의 술수에 36道가 있는데, 거기에 邪道(사도)가 있기 때문일 것이다.

이 《詩》와 같이 백성이 善道를 좋아하는 정도가 이와 같아야 합니다."

애공이 말했다.

"정말 훌륭한 말씀입니다. 君子는 '남의 선행을 성취하지만 남의 악행을 돕지 않는다.' 고 하였습니다.[218] 夫子가 아니라면 과

---

218 夫君子成人之善, 不成人之惡 -《論語 顏淵》 子曰, "君子成人之美, 不成人之惡. 小人反是." 간략히 '成人之美' 라 하여, 남을 도와 어떤 좋은 결과를 얻은 경우에 관용어처럼 널리 쓰이는 말이다. 군자는 남을 도와 좋은 일을 완성케 하고 남의 나쁜 일을 돕지 않는다. 소인은 이와 반대이다. 남을 장점을 찾아내고 그를 도와주는 일, 다른 사람의 선행을 도와 완성케 하는 일 역시 선행이다. 남의 악행을 방관하거나, 남의 악행에 동참하지 않는 것은 군자의 당연한 의무이다.
眞僞(진위), 善惡(선악), 美醜(미추)는 사실 주관적이고 어떤 표준이 없다. 사실 무엇이 선이고 악인가는 철학적인 개념이기에 한마디로 설명할 수 없다. 그러나 사회생활에서 약자를 돕는다든지, 어려운 처지에서 벗어나게 해주는 등 선행을 말하고 실천하기는 결코 어려운 일이 아니다. 그런 도움의 결과로 나중에 더 나빠질 수도 있고 오히려 독이 될 수도 있지만 눈앞의 선행은 우선 실천해야 한다. 본래 좋은 일은 소문이 잘 안 나지만(善事不出門), 추한 일은 천리까지 퍼진다(醜事傳千里). 그래서 나쁜 짓을 해서는 안 된다.
교사는 학생의 소질과 장점, 좋은 인성을 찾아 더욱 권장하며 이끌어줘야 한다. 때문에 교사가 존경받을 수 있는 자랑스러운 직업이다. 공자가 바로 그 본보기이다. 그러나 학생의 교육에 소극

인은 이런 말을 듣지 못할 것입니다."

| 原文 | 哀公問於孔子曰, "夫國家之存亡禍福, 信有天命, 非唯人也."

孔子對曰, "存亡禍福, 皆己而已, 天災地妖, 不能加也."

公曰, "善! 吾子之言, 豈有其事乎?"

孔子曰, "昔者殷王帝辛之世, 有雀生大鳥於城隅焉, 占之曰, '凡以小生大, 則國家必王而名必昌.' 於是帝辛介雀之德, 不修國政, 亢暴無極, 朝臣莫救, 外寇乃至殷國以亡, 此卽以己逆天時, 詭福反爲禍者也. 又其先世殷王太戊之時, 道缺法圮, 以致夭陧,桑穀於朝, 七日大拱, 占之者曰, '桑穀野木而不合生朝, 意者國亡乎!' 太戊恐駭, 側身修行, 思先王之政, 明養民之道, 三年之後, 遠方慕義重譯至者, 十有六國, 此卽以己逆天時, 得禍爲福者也. 故天災地妖, 所以儆人主者也, 寤夢征? 所以儆人臣者也, 災妖不勝善政, 寤夢不勝善行, 能知此者, 至治之極也, 唯明王達此."

적이거나 계산적으로 처신하는 교사라면 스승으로 절대 대우받지 못할 것이다. 공자는 그러하지 않았다.

公曰, "寡人不鄙固此, 亦不得聞君子之教也."

| 국역 | 哀公이 孔子에게 물었습니다.

"國家의 存亡(존망)과 禍福(화복)이 정말로 天命(천명)에 따른 것입니까? 아니면 사람에 따른 것입니까?"

孔子가 대답하였습니다.

"나라의 존망과 화복은 모두 자신에게 달렸을 뿐이니 天災(천재 : 하늘의 재앙)나 地妖(지요 : 땅의 재앙)에 의하여 바뀌지는 않습니다."

"그럴 것입니다. 부자께서 그러한 사례를 말씀해 주시기 바랍니다."

孔子가 말했습니다.

"옛날에(昔者) 殷王(은왕)인 帝辛〔제신, 紂王(주왕)〕의 治世(치세 : 다스릴 때)에 참새(雀)가 성모퉁이에서 큰 새를 낳았습니다. 이를 점치게 하였더니 '작은 새가 큰 새를 낳았으니 틀림없이 나라가 興旺(흥왕)하며 이름이 크게 번창할 것입니다.' 라고 하였습니다. 이에 帝辛(제신, 주왕)은 참새의 덕이 나라를 도와준다고 믿으면서 國政(국정)을 돌보지 않으면서 거친 폭압이 끝이 없었고 조정 신하 어느 누구도 어쩔 수가 없었습니다. 외적이 침입했고 결국 殷國(은나라)은 이로써 멸망하였습니다. 이는 곧 은왕이 스스로 天時(천시 : 하늘의 때)를 거역하였으며 거짓의 복이 도리어 재앙을 불러온 것입니다. 그리고 그 先世인 殷의 太戊(태무)왕 때에는 正道가 없어졌고 법도가 무너졌기에 요망스런 재앙〔夭隍(요얼)〕을 불러와 조정에 뽕나무〔桑(상)〕와 닥나무〔穀(곡)〕가 자라나 7일 만에 아름드리 나무로 커졌습니다. 이를 점친 자가 말했습니다. '뽕나무와 닥나무는 야생의 나무라서 조정에 자라날 수 없는데, 그 뜻은 아마 나라가 망할 조짐입니다!' 太戊王(태무왕)은 두렵고 놀라면서 몸을 움추려 조심하며 수행하면서 先王(선왕)의 善政(선정)을 생각하면서 백성을 쉬게 하는(休養) 정치를 펴자, 3년 뒤에 먼 나라에서 왕의 대의를 흠모하며 이중 통역을 거쳐 16개 나라가 입조하였습니다. 이는 태무왕이 스스로 천의를 거슬리면서 재앙을 복으로 바꾼 것(轉禍爲福)이었습니다. 그러니 天災(천재)나 地妖(지요)는 임금된 자를 훈계하는 것이며, 이상한 꿈이나 징조는 신하된 자를 警戒(경계)하는 것입니다.[219] 災妖(재요)는 善政을 이길 수 없으며, 괴이한 꿈에 대한 이런저런 해몽도 선행을 이길 수 없는 것입니다. 이런 것을 깨달아 안다면 政事에 신중을 기하고 극도의 정성을 다할 것입니다. 오직 明王(명왕 : 명석한 왕)만이 이를 깨달아 실천할 것입니다."

애공이 말했다.

"寡人(과인)이 이처럼 비루하지 않았다면 부자(공자) 같은 군자의 가르침을 받을 수 없었을 것입니다."

---

219 원문 所以儆人臣者也 - 儆은 경계할 경〔儆戒(경계)〕.

原文 哀公問於孔子曰, "智者壽乎? 仁者壽乎?"

孔子對曰, "然, 人有三死, 而非其命也, 行己自取也. 夫寢處不時, 飮食不節, 逸勞過度者, 疾共殺之. 居下位而上幹其君, 嗜欲無厭而求不止者, 刑共殺之, 以少犯衆, 以弱侮强, 忿怒不類, 動不量力者, 兵共殺之. 此三者死非命也, 人自取之. 若夫智士仁人, 將身有節, 〈將行〉 動靜以義, 喜怒以時, 無害其性, 雖得壽焉, 不亦可乎?"

국역 哀公이 孔子에게 물었다.

"智者(지자)가 장수를 누립니까? 仁者도 長壽(장수)합니까?" [220]

---

220 樂山樂水(요산요수)라는 성어를 많은 사람들이 알고 있다. 이 말의 원출처는 《論語 雍也》이고, 원문은 子曰, "知者樂水, 仁者樂山. 知者動, 仁者靜. 知者樂, 仁者壽." 이다. 여기서 특히 '知者樂하고 仁者壽한다.' 라는 말이 논란의 대상이 된다. 漢文은 본래 띄어쓰기와 구독점이나 문장부호가 없는 글이다. 글을 배워 읽으면서 잠간 멈추며 숨을 쉬거나, 문장이 끝난 곳에서 잠시 멈출 줄 알면 文理가 난 것이다. 위의 제목은 '知者는 물을 즐기고, 仁者는 산을 즐긴다.' 라고 풀이하며, 간단히 '樂山樂水(요산요수)' 라고도 축약한다. 知者의 知는 유동적이기에 물을 좋아할 것이라고 연결 짓고, 仁慈한 사람은 변함없는 산을 좋아한다고 그럴 듯하게 설명하면 다 그런 것으로 받아들였다. 이에 대하여 莊子(장자)의 어투를 빌려 표현하자면, 메기나 미꾸라지, 자라 등은 모두 물을 좋아하니, 그것들은 총명한 지혜를 가졌는가? 노루나 멧돼

孔子가 대답하였다.

"그렇습니다!(然) 사람에게 3가지 죽음이 있으니 모두 타고난 命(명)은 아니고(非其命也), 그 자신의 행실 때문에 自招(자초)한 것입니다.(行己自取也). 잠을 제 때에 자지 않거나 음식을 절제하지 못하여 지나치게 과로한 사람은 대개 병으로 죽게 됩니다. 낮은 자리에 있어야 할 사람이 위로 주군까지 넘보면서 하고 싶다 하여〔嗜欲(기욕)〕 그칠 줄을 모르는 자는(無厭) 대개 형벌을 받아 죽게 됩니다(刑共殺之). 소수이면서 다수에 대항하거나(以少犯衆) 약자가 강자를 모욕하려 한다면(以弱侮强), 또 忿怒(분노)를 아무에게나 터트린다면(忿怒不類) 대개가 兵器(병기 : 무기)에 의해 죽게 됩니다(兵共殺之). 이러한 3가지 죽음은 모두 타고난

지, 호랑이 등은 산이 좋아서 뛰어다니니 모두 인자한 동물인가? 따라서 위 원문은 '知者樂, 水, 仁者樂, 山'이 되어야 한다는 주장이 있다. 곧 知者의 樂은 물과 같고, 仁者의 樂은 山과 같다. 곧 지자의 즐거움은 물처럼 유연하고 평안하며, 인자의 樂은 산과 같아서 崇高(숭고), 偉大(위대), 靜肅(정숙)하다는 뜻이다. 仁者의 8, 90%가 산을 좋아한다는 일반적 특성이나 통계라도 있었는가? 인자한 사람은 산만 좋아하고 물은 싫어하는가? 언어도단이라는 생각을 많이 했지만 어렸을 때 학교에서 그렇게 배웠는데, 또 학교에서는 지금도 그렇게 가르치고 있으니 새로운 해석을 시도하는 것은 쉬운 일이 아니다. 그 다음에 이어지는 문장은 知者는 動的이고, 仁者는 靜的이다. 知者는 즐기고, 仁者는 壽를 누린다. 여기에도 의문이 없겠는가?

命이 아니고(非命也), 사람이 자초한 것입니다. 만약 智士(지혜로운 선비)나 仁人(어진 선비)이라면 그 행실을 절제하고 大義(대의)에 의거 움직이고, 때맞춰 희노의 감정을 조절하기에 본성을 해치지 않아 이들의 장수(雖得壽焉 : 오래 삶을 누린다) 또한 당연하지 않겠습니까?(不亦可乎?)"

《孔子家語》 권2

〈致思(치사)〉 제8

【해설】

致思(치사)는 '주의를 집중하여 생각하다.' 본 편은 공자와 子路(자로), 자공, 안회, 子羔(자고), 曾子(증자) 등의 대화와 언행을 기록하였다.

공자가 자로 등과 함께 農山에서 대화한 것을 '農山言志(농산언지)' 라고 한다. 스승과 제자가 함께 산천을 걸으면서 대화를 나누는 아름다운 모습을 상상할 수 있다.

《論語》에도 이와 비슷한 이야기가 있다. 곧 《論語 先進(논어 선진)》에 子路, 曾皙(증석, 증자의 父), 冉有(염유), 公西華(공서화)가 공자를 侍坐(시좌)할 때 공자는 제자들에게 각자의 뜻을 말해보라고 하였다. 여기서도 자로는 자신의 용기를 자랑했다.

《論語》를 보면, 증석은 "春服(춘복)이 마련되면 어른(冠者) 대여섯과 아이(童子) 예닐곱과 함께 沂水(기수)에서 목욕하고, 舞雩(무우)에서 바람을 쐰 뒤에 노래를 읊으며 돌아오고 싶습니다."[221]

---

221 冠者는 成人. 沂水는 大川 이름. 浴은 洗手, 洗面. 舞雩(무우)는 지명인데, 祭天祈雨之處라는 주석이 있다.

이에 공자께서 크게 한숨을 쉬고서는 말했다.

"나도 너처럼 그러고 싶도다."[222]

《論語 公冶長(논어 공야장)》에는 공자 자신의 희망을 피력하는 부분이 있다.

「顔淵季路侍. 子曰, "盍各言爾志?" ~ 子路曰, "願聞子之志." 子曰, "老者安之, 朋友信之, 少者懷之."」

안연과 자로가 공자를 모시고 있을 때, 공자가 "각자 뜻을 말해 보라."고 했다. 자로와 안연이 그들의 포부를 말한 뒤에, 공자의 志向(지향 : 뜻하는 방향)을 묻자, 공자는 "노인을 편안하게, 朋友(붕우)의 신뢰를 얻고, 젊은이(少子) 모두를 마음에 품어주고 싶다."라고 말했다.

사실 공자의 뜻은 개인적인 포부가 아니라, 이는 인류가 실천해야 할 시대적 소망이라고 말할 수 있다. 인간 사회는 세상을 이끌었던 前世代(전세대)라 할 수 있는 노인과 當代人(당대인), 그리고 다음 대를 이을 젊은 세대로 구성되었다. 공자는 노인세대에게는 편안한 노후를, 그리고 현세의 주인공인 당대인, 곧 공자의 붕우에게는 신뢰를, 그리고 대를 이을 다음 세대의 젊은이들을 모두 끌어안고 사랑하며 그 젊은이들의 꿈을 이뤄주고 싶다고 말

---

222 喟爾(위이)는 한숨을 쉬는 모습. 歎은 읊을 탄. 한숨을 쉬다.

했다.

정말 인류에 대한 철저한 애정이 없다면 결코 생각도 못할 큰 꿈이다. 그리고 공자가 아닌 누구라도 실천해야 할 인류애이다. 현재는 과거와 미래의 중심이며, 현세대의 주인공들은 전 세대의 노후안정과 행복을 보장하고 또 후세대를 품에 안고 키워야 할 의무가 있다.

세대 간의 갈등이 아닌 융합과 모두의 행복을 이룩하기?

정말 고귀한 꿈이 아닌가? 이는 修己安人(수기안인 : 자신을 수양하고 다른 사람을 편안케 하다)과 그 뜻이 같은 말이다.

農山言志
孔子遊於農山命子路
子貢顔淵言志子路志
在闢地千里子曰勇哉
子貢志在陳說利害子
曰辯哉顔淵志在數五
教修禮樂子曰不傷民
不繁詞惟顔氏之子矣

〈農山言志(농산언지)〉

| 原文 | 孔子北遊於農山, 子路子貢顏淵侍側. 孔子四望, 喟然而嘆曰, “於斯致思, 無所不至矣. 二三子各言爾志, 吾將擇焉.”

子路進曰, “由願得白羽若月, 赤羽若日, 鐘鼓之音, 上震於天, 旍旗繽紛, 下蟠於地, 由當一隊而敵之, 必也攘地千里, 搴旗執聝, 唯由能之, 使二子者從我焉.”

夫子曰, “勇哉.”

子貢復進曰, “賜願使齊楚合戰於漭瀁之野, 兩壘相望, 塵埃相接, 挺刃交兵, 賜著縞衣白冠, 陳說其間, 推論利害, 釋國之患, 唯賜能之, 使夫二子者從我焉.”

夫子曰, “辯哉.”

顏回退而不對. 孔子曰, “回來, 汝奚獨無願乎?”

顏回對曰, “文武之事, 則二子者, 旣言之矣, 回何云焉.”

孔子曰, “雖然, 各言爾誌也, 小子言之.”

對曰, “回聞熏蕕不同器而藏, 堯桀不共國而治, 以其類異也, 回願得明王聖主輔相之, 敷其五敎, 導之以禮樂, 使民城郭不修, 溝池不越, 鑄劍戟以爲農器, 放牛馬於原藪, 室家無離曠之思, 千歲無戰鬥之患, 則由無所施其勇, 而賜無所用其辯矣.”

夫子凜然曰, “美哉! 德也.”

子路抗手而對曰, "夫子何選焉?"

孔子曰, "不傷財, 不害民, 不繁詞, 則顏氏之子有矣."

| 국역 | 孔子가 (魯나라) 북쪽의 農山(농산)을 유람할 때, 子路(자로)와 子貢(자공)과 顏淵(안연)이 곁에서 모시었다. 孔子는 사방을 둘러보고 크게 한숨을 쉬며 탄식하였다.

"여기서 생각해보면(於斯致思), 여러 가지를 생각할 수 있을 것이다.[223] 너희들이(二三子) 각자 뜻을 말한다면(各言爾志), 나도 그중에서 골라 (내 생각을) 말해줄 것이다."

그러자 子路가 앞으로 나와 말하였다.

"저는〔由(유), 子路之名〕 달처럼 흰 깃발을 내세우고, 해처럼 붉은 깃발을 흔들며, 징이나 북소리를 하늘까지 닿게 크게 울리고, 명령을 전하는 깃발을 여러 개 흔들면서 땅이 진동하도록 한 부대를 통솔하여 적과 싸워 1천 리 땅을 틀림없이 차지하고 싶습니다.[224] 적의 깃발을 모조리 빼앗고 적군의 왼쪽 귀를 베어[225]

---

223 원문 無所不至矣 – 思가 無所不至할 것이다.

224 원문 必也攘地千里 – 攘은 물리칠 양. 적을 1천 리나 패퇴시키겠다. 攘은 물리칠 양(卻과 同).

225 원문 搴旗執聝 – 搴은 빼낼 건. 적의 깃발〔旍旗(정기)〕을 빼앗다. 聝은 귀를 자를 괵. 포로나 전사자를 계산하기 위해 왼쪽 귀를 자르다.

戰功(전공)을 세우는 일이라면 제가 잘할 것이고 다른 두 사람도 나를 따를 것입니다."

그러자 공자는 "용감하구나(勇哉)."라고 말했다. 다음에 子貢(자공)이 나서며 말했다.

"저는〔賜(사), 자공名〕 齊(제)와 楚(초)가 넓은 벌판에서 전투를 벌이고,[226] 양쪽의 보루가 마주하여, 흙먼지가 크게 일어나고 칼날이 부딪치며 接戰(접전)할 때, 저는 흰옷에 흰 冠(관)을 쓰고[227] 양쪽을 설득하여 이해를 조절하고 나라의 환난을 설명하는 일이라면 제가 담당할 수 있는데, 아마 여기 두 사람도 나를 따라올 것입니다."

이에 夫子는 "뛰어난 辯才(변재 : 말 재주)로다."라고 말했다.

그러나 顔回(안회)는 뒤로 물러나며 대답하지 않았다.

이에 공자가 말했다.

"안회는 가까이 오라(回來), 너는(汝) 왜 원하는 바가 없겠는가?"[228]

그러자 안회가 대답하였다

"文武에 관한 일은 두 사람이 모두 말했습니다. 제가〔回(회),

---

226 合戰於漭瀁之野 - 漭瀁(망양)은 廣大한 모양. 漭은 넓을 망. 瀁은 물이 흘러넘칠 양.

227 賜著縞衣白冠 - 전쟁은(兵) 凶事이기에 白冠에 白服을 착용했다.

228 원문 奚獨無願乎? - 奚는 어찌 해. 의문사. 너라고 어찌 원하는 바가 없겠느냐?

안연의 이름〕 무엇을 더 말하겠습니까?"

孔子가 말했다.

"그렇지만 각자 자기 뜻을 말했으니 너도(小子) 말을 해 보라."

이에 안회가 대답하였다.

"제가 알기로는, 향기나는 풀과(薰 香草) 구린내 나는 풀〔蕕(누린내 풀 유)〕은 한 그릇에 저장하지 않는다고 하였습니다. 堯(요)와 桀(걸)이 나라를 함께 통치할 수 없는 것은 서로 종류가 다르기 때문입니다(以其類異也). 저는 明王이나 聖主를 보필하면서, 백성에게 五教를 널리 가르쳐 실천케 하고,[229] 禮樂으로 교도하되 백성으로 하여금 성곽을 보수하지 않게 하여도 (적이) 해자〔溝池(구지) 못〕를 못 넘어오게 하고 칼이나 창을 녹여 농기구를 만들게 하고, 우마를 벌판이나 늪지대에 방목케 하며,[230] 민가마다 부부가 헤어지는 고통이 없게 하고,[231] 천년이 지나도록 전투할 걱정을 없게 한다면, 子路(자로)는(由) 그 용기를 쓸데가 없을 것이고, 子貢(자공)의 辯才(변재)도 쓸모가 없을 것입니다."

---

229 원문 敷其五教 – 敷는 펼 부. 널리 펴다(布也) 五教는 五常, 곧 父義, 母慈, 兄友, 弟恭, 子孝.

230 원문 放牛馬於原藪 – 原은 벌판 원. 廣平한 들. 澤에 물이 없으면 藪(수)라고 한다.

231 원문 室家無離曠之思 – 室家는 부부. 離曠(이광)은 남편이 不在하고 아내만 홀로 남아있는 것. 曠은 공허할 광.

夫子께서는 엄숙한 표정〔凜然(늠연)〕으로 말했다.

"훌륭하도다! 德行이로다."

子路가 양손을 높이 들어(抗手) 절을 하고 물었다.

"夫子께서는 누구를 선택하시겠습니까?"

孔子가 말했다.

"재물을 손상하지도 백성을 해치지도 않으면서, 말도 많지 않으면서 나라를 다스리는 일은 顔氏(안씨) 집안의 아들만이 할 수 있을 것이다."

〈步遊洙泗(보유수사)〉

【참고】魯城의 동북쪽에 洙水와 泗水(사수)의 두 강이 흐른다. 夫子께서 立敎하며 제자들과 함께 강변을 거닐었다. 夫子께서 천천히 걸으면 顔回(안회)도 천천히 걸었고, 부자께서 빨리 걸으면 안회 역시 빨리 걸었다.

洙泗(수사)는, 今 山東省 濟寧市(제녕시) 관할 曲阜市(곡부시)의 泗水(사수)와 그 지류인 洙水(수수)를 지칭한다. 孔子는 立敎하며 제자들을 洙泗에서 교육했기에 洙泗는 공자의 思想과 學統을 지칭하는 말로 통용되기도 한다.

공자는 川流가 不息하는 泗水(사수)를 바라보며 '逝者如斯夫(서자여사부, 흘러가는 것이 이 같으니), 不舍晝夜(불사주야, 밤낮으로 멈추지 않는다)' 고 탄식하였다. 이를 川上嘆(천상탄)이라 한다.

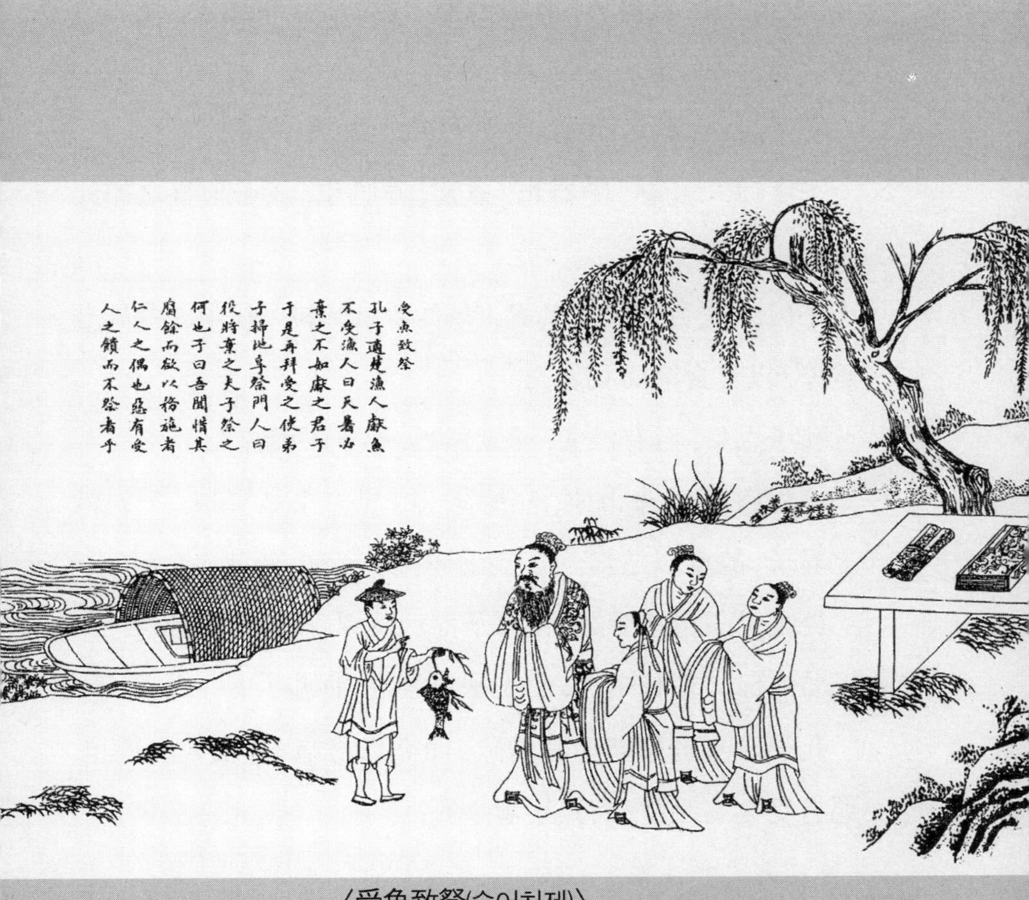
受魚致祭
孔子適楚漁人獻魚
不受漁人曰天暑必
棄之不如獻之君子
于是再拜受之使弟
子掃地享祭門人曰
彼將棄之夫子祭之
何也子曰吾聞惜其
腐餘而欲以務施者
仁人之偶也惡有受
人之饋而不祭者乎

〈受魚致祭(수어치제)〉

|原文| 魯有儉嗇者, 瓦鬲煮食, 食之, 自謂其美, 盛之土型之器, 以進孔子.

孔子受之, 歡然而悅, 如受大牢之饋.

子路曰, "瓦甂, 陋器也, 煮食, 薄膳也, 夫子何喜之如此乎?"

子曰, "夫好諫者思其君, 食美者念其親. 吾非以饌具之爲厚, 以其食厚而我思焉."

孔子之楚, 而有漁者, 而獻魚焉, 孔子不受.

漁者曰, "天暑市遠, 無所鬻也, 思慮棄之糞壤, 不如獻之君子, 故敢以進焉."

於是夫子再拜受之, 使弟子掃地將以享祭.

門人曰, "彼將棄之, 而夫子以祭之, 何也?"

孔子曰, "吾聞諸惜其腐餘, 而欲以務施者, 仁人之偶也, 惡有受仁人之饋, 而無祭者乎?"

|국역| 魯에 (재물에) 아주 인색한 자가 있었는데, 질그릇 솥에 음식을 익혀[232] 먹으면서, 맛이 좋다면서 음식을 질그릇에 담아 공자에게 올렸다.

---

232 원문 瓦鬲煮食 - 瓦는 기와 와. 질그릇. 瓦器. 鬲은 솥 력(瓦釜). 막을 격. 煮는 삶을 자. 익히다.

공자는 그 음식을 받고 마치 太牢(태뢰)의 성찬을 받은 듯이 좋아하였다.[233]

그러자 자로가 말했다.

"질그릇은 누추한 그릇입니다. 질항아리에 지은 밥은 맛없는 음식입니다. 그런데 夫子께서는 어찌 이리 기뻐하십니까?"

공자가 말했다.

"간언 올리기를 좋아하는 자는 그 주군을 사모하는 것이다. 좋은 음식을 먹으면서 양친을 생각한다. 나는 음식을 담은 그릇의 좋고 나쁜 것이 아니라 그가 나에게 음식을 보낸 마음이라면 나를 많이 생각한 것이기 때문이다."

孔子가 楚(초)에 가는데, 어부가 물고기를 주었지만 공자는 받지 않았다.

어부가 말했다.

"날은 무덥고 시장은 멀어서 팔 수도 없기에 어차피 버려야 하지만, 君子께 그냥 드리는 것만 못합니다."

이에 공자는 두 번 절하면서 생선을 받고서, 제자를 시켜 바닥을 청소한 뒤 제사를 지내려 했다. 그러자 門人이 물었다.

"저 사람이 버리려는 생선인데, 夫子께서는 왜 제사까지 지내려 하십니까?"

---

233 원문 如受大牢之饋 - 牢는 우레 뇌. 가축. 太牢는 牛, 羊, 豕(돼지)로 만든 최고의 성찬. 饋는 먹일 궤.

공자가 말했다.

"나는 썩으려는 음식이 아까워 다른 사람에 주려고 애쓰는 사람도 仁人과 비슷하다는 말을 들었다. 仁人의 물건을 받고 제사를 아니 지내는 사람이 어디 있겠느냐?"

|原文| 季羔爲衛之士師, 刖人之足, 俄而衛有蒯聵之亂, 季羔逃之, 走郭門, 刖者守門焉.

謂季羔曰, "彼有缺."

季羔曰, "君子不踰."

又曰, "彼有竇."

季羔曰, "君子不隧."

又曰, "於此有室."

季羔乃入焉. 旣而追者罷, 季羔將去, 謂刖者, "吾不能虧主之法而親刖子之足矣, 今吾在難, 此正子之報怨之時, 而逃我者三, 何故哉?"

刖者曰, "斷足固我之罪, 無可奈何, 曩者君治臣以法令, 先人後臣, 欲臣之免也, 臣知獄決罪定, 臨當論刑, 君愀然不樂, 見君顔色, 臣又知之, 君豈私臣哉? 天生君子, 其道固然, 此臣之所以悅君也."

孔子聞之曰, "善哉爲吏, 其用法一也. 思仁恕則樹德, 加嚴暴則樹怨, 公以行之, 其子羔乎."

| 국역 | 季羔〔계고, 子羔(자고)〕[234]가 衛(위)나라의 士師〔사사, 獄官(옥관)〕이었을 때 어떤 사람의 발(足)을 자르는 판결을 했다.[235] 얼마 뒤에(俄而) 衛나라에 蒯聵(괴외)의 반란이 일어났고,[236] 자고가 도주하여 성곽 성문에 이르렀는데, 마침 그 다리를 잘린 자가 성문을 지키고 있었다. 그 성문지기가 자고에게 말했다.

"저쪽에 성벽 무너진 곳이 있습니다."

자고가 말했다.

"군자는 담을 넘어가지 않는 법이다."

그러자 그가 말했다.

---

234 子羔(자고, 羔는 새끼 羊 고)는 공자의 제자인 高柴(고시, 柴는 땔나무 시). 士師는 獄官(옥관). 자고는 孔子보다 30세 연하였다. 자고의 키는 6척(漢代, 23.1cm×6 = 138.6)이 안 되었다. 공자에게 배웠지만, 공자는 좀 어리석다고 생각했다.

235 원문 刖人之足 – 刖은 벨 월. 발꿈치를 자르다.

236 蒯聵之亂(괴외지란) – 衛 靈公의 太子 蒯聵(괴외)가 죄를 짓고 晉으로 망명했다. 위 靈公이 그 아들 輒(첩)을 후사로 책립하자, 괴외가 晉에서 군사를 데리고 衛를 공격하였다. 그때 공자의 제자 子羔와 子路가 모두 衛에 出仕하고 있었다. 이는 前 480년이었고, 이때 子路가 희생된다. 공자 72세, 죽기 1년 전에 괴외가 즉위하니, 이가 衛 莊公이다.

"저쪽에 구멍이 있습니다."

"君子는 구멍으로 나다니지 않는 법이다."[237]

그러자 다시 말했다.

"여기에 숨을만한 방이 있습니다(於此有室)."

자고는 방에 들어가 숨었다. 얼마 뒤에 추적하던 자들이 돌아갔다. 자고가 떠나려다가 다리를 잘린 사람에게 말했다.

"나는 주군의 법을 어길 수 없어 직접 너의 발을 잘랐지만, 지금 이 곤경에 너는 나에게 원한을 보복할 수 있었지만 내가 도망갈 길을 3번이나 말해주었다. 왜 그랬는가?"

발을 잘린 자가 말했다.

"발을 잘린 것은 확실히 나의 죄였는데, 그때 公께서는 나를 법으로 빼주려고 했습니다. 저는 응당 형벌 판결이 날 것을 알고 있었지만, 公은 걱정 속에 슬퍼하였는데, 저는 그런 마음을 알았기에 公을 좋아하였습니다."

孔子가 이를 전해 듣고 말했다.

"훌륭하도다! 자고는 관리로서 법 적용이 한결같았다. 인덕과 용서는 덕을 심는 것(樹德)이고, 엄격 포악하다면 원한을 심는 것이다. 공평한 법을 적용한 사람은 바로 자고이다."

---

237 원문 君子不隧 - 隧는 길 수. 구멍. 터널. 군자는 개구멍으로 다니지 않는다.

|原文| 孔子曰, "季孫之賜我粟千鐘也, 而交益親, 自南宮敬叔之乘我車也, 而道加行. 故道雖貴, 必有時而後重, 有勢而後行, 微夫二子之貺財, 則丘之道, 殆將廢矣."

|국역| 孔子가 말했다.

"季孫氏(季康子, 名은 肥)[238]가 나에게 1천 鐘(종)의 곡식을 보내 준 뒤로 (나와 衆人과의) 交流는 더욱 친밀해졌다. 南宮敬叔(남궁경숙)[239]이 내게 수레를 빌려주어 이용하게 한 뒤에 나의 道

---

238 季康子(계강자, ? - 前 468년) - 季孫氏, 名은 肥(비), 東周 春秋時代 魯國의 大夫. 季桓子(季孫斯의 아들).《論語》「季康子問政於孔子曰, "如殺無道, 以就有道, 何如?" 孔子 對曰, "子爲政, 焉用殺? 子欲善, 而民善矣. 君子之德風, 小人之德草. 草上之風, 必偃."」

239 원문 南宮敬叔之乘我車也, 而道加行 - 孟僖子(맹희자, ? - 前 518년, 魯國 孟孫氏의 8代 宗主)가 (죽기 직전에 아들에게) 말했다.

"내가 알기로, 聖人의 후예는 한 시대를 다스리지 못하더라도 틀림없이 통달한 사람이 있다고 하였다. 지금 孔子는 젊지만, 禮를 좋아하니 통달한 사람이 틀림없다. 내가 죽은 뒤라도 너는 꼭 공자에게 배우도록 하라."

그래서 孟懿子(맹의자, 前 518 - 481년에 魯國 孟孫氏 宗主)와 그의 동생 南宮敬叔〔남궁경숙, 姬姓, 南宮氏, 名閱, 或說, 一名 縚(도), 諡(시)는 敬〕은 공자를 찾아와 學禮했다. 그러나 남궁경숙은《史記 仲尼弟子列傳》에 이름이 나타나지 않는다.

공자 이전에, 귀족들은 개인교사에게 학문을 배웠고 미관말직의 젊은 관리들은 그 관청의 상급자에게서 배웠다. 고위 왕족이나는 알려지게 되었다.[240] (나의) 道가 비록 고귀할지라도 때를 만나야만 소중한 바가 알려지고, 세력을 얻어야만 알려지게 된다(有勢而後行). 두 사람(二子, 계강자와 남궁경숙)이 재물로 나를 돕지 않았다면〔貺財, 貺(줄 황), 보내주다〕 나의 道(則丘之道)도, 아마 거의 사라질 뻔했을 것이다."[241]

귀족의 자제는 관직으로의 출세가 보장된 상황이었고, 현직 관리들에 대한 교육은 직무 연수나 직업훈련의 성격이었다고 볼 수 있다. 그러나 공자의 교육은 출발부터 이들과 달랐다. 공자는 중국 역사상 최초로 私教育(사교육)을 시작하였다.

240 원문 而道加行 – 공자가 언제부터 제자들을 모아 가르쳤는가에 대한 자세한 기록은 없다. 다만《사기 공자세가》에는 공자가 南宮敬叔(남궁경숙)과 함께 魯君의 도움으로 周(주)나라를 여행했고, 老子에게 禮(예)에 대해 물었다는 기록이 있다. 이어 '주나라를 여행하고 노나라로 돌아온 이후 제자들이 조금씩 모여 들었다.' 는 기록이 있으니, 이것이 공자가 제자를 모아 가르치기 시작한 것이라 볼 수 있다.

241 공자는 계강자의 재정적 지원이 있어 제자들을 가르칠 수 있었다는 뜻으로 해석해야 할 것이다. 공자는 관원이 아닌 민간인으로 제자를 교육했으니, 곧 중국 최초의 私學을 설립한 교육자였다. 당시에 유명 스승을 찾아가 배울 때 정해진 수업료나 수강료를 바친다고 말하지 않았다. 스승에게 배움을 청할 때, 스승에게 드리는 예물을 束脩(속수)라고 하였다. 束은 묶음이고, 脩(수)는 고기를 말린 肉脯(육포)인데 주로 꿩고기였다고 한다.
공자는 "나에게 속수를 하는 사람을 아니 가르친 적이 없다."고 말했다. 말하자면 최소한의 예물을 바치고, 배우고자 하는 사람

| 原文 | 孔子曰, "王者有似乎春秋, 文王以王季爲父, 以太任爲母, 以太姒爲妃, 以武王周公爲子, 以太顚閎夭爲臣, 其本美矣. 武王正其身以正其國, 正其國以正天下, 伐無道, 刑有罪, 一動而天下正, 其事成矣. 春秋致其時而萬物皆及, 王者致其道而萬民皆治, 周公載己行化, 而天下順之, 其誠至矣."

| 국역 | 孔子가 말했다.

"王者는 春秋〔춘추, 節氣(절기)〕와 같다.[242] 文王은 王季〔왕계, 季

에게 모두 가르침을 베풀었다는 뜻이다. 이는 공자의 '有教無類(유교무류)', 곧 가르침에 차별을 두지 않았다는 말과 그 뜻을 같이한다. 이 구절에서 해석상의 문제는 '自行束脩以上' 自行과 以上이다. 自行을 '스스로 속수를 바쳤다.' 그리고 以上은 '최소한의 禮 以上'으로 해석하였다.
그렇다면 가난하여 束脩(속수)를 드리지 못하고 찾아오는 제자는 없었는가? 공자의 제자 3천 명이 모두 다 육포를 예물로 바쳤겠는가? 그런 육포로 공자의 문하에 머물며 숙식을 해결할 수 있겠는가? 後漢의 鄭玄(정현)은 '束脩'를 '스승을 찾아갈 나이인 15세'라는 뜻으로 해석하였다. 그리하여 '行束脩'는 '속수를 행할 나이', 곧 나라의 교육기관 大學에 들어갈 나이로 해석한다. 이는 15세를 志學이라고 말하는 것과 같다. 이렇게 해석하는 것이 공자의 有教無類(유교무류)의 참뜻과 통할 것이다.

242 여기 春秋는 계절의 春秋. 節氣와 같아 基本을 의미. 계절의 운

歷, 古公亶父(고공단보), 太王의 막내아들)를 부친으로, 太任(태임)을 모친으로, 그리고 太姒(태사)를 왕비로 맞이하였고(爲妃), 武王(무왕)과 周公(주공)을 아들로 두었으며,[243] 太顚(태전)과 閎夭(굉요)를 신하로 거느렸으니 그 근본이 훌륭했었다.[244]

武王은 그 자신이 방정하였기에(方正) 그 나라 政事 역시 正道를 따랐고, 그 나라가 方正했기에 온 천하가 똑바로 돌아갔으며(正), 무도한 자를 징벌하고 죄 지은 자를 형벌에 처하면서 문왕이 한번 움직이자 천하가 바로 서며 그가 하려는 일이 모두 성취되었다. 이는 마치 봄과 가을이 계절에 맞춰 만물의 생장과 성숙

행에 따라 만물이 모두 바르게 생장한다는 의미이다(正其本而萬物皆正). 역사책《春秋》가 아니다.

243 文王 昌과 太姒(태사)는 昌의 왕비가 된 이후에 太姜(周 太王 正妃), 太任(周 王季 正妃, 시어머니)을 조석으로 받들었으며 武王, 周公 등 10명의 아들을 두었고, 엄격한 가정교육을 시행하였다. 太姒는 文母로 추앙받았는데, 太姜, 太任, 太姒를 三太라 합칭하였다. 문왕(昌)과 태사 사이의 10男은 長子 伯邑 考(백읍 고), 次子 武王 發(발), 三子 管叔 鮮(선), 四子 周公 旦(단), 五子 蔡叔 度(도), 六子 曹叔 振鐸(진택), 七子 郕叔 武(무), 八子 霍叔(곽숙) 處(처), 九子 康叔 封(봉), 十子 冉季 載(재)이다. 장남 伯邑 考(고)는 商의 폭군 紂王(주왕)의 왕비 妲己(달기)에게 죄를 지었다 하여 처형되었기에 次子인 發(발)이 太子가 되었다가 文王이 죽자 계위하니, 이가 周의 건국자인 武王이다.

244 원문 以太顚閎夭爲臣, 其本美矣 – 太顚(태전)과 閎夭(굉요)는 모두 文王 昌의 신하 이름이다. 其本美矣에서 本은 根本. 美는 美好.

이 이루어지는 것과 같았으니 王者는 그 正道를 실현하였고, 만민은 모두 잘 다스려졌으며, 周公(주공)이 몸소 자신이 실천하며 교화를 실행하자[245] 천하가 주공의 교화를 따랐으니, 이는 그의 정성이 지극했기 때문이었다.

| 原文 | 曾子曰, "入是國也, 言信於群臣, 而留可也, 見忠於卿大夫, 則仕可也, 澤施於百姓, 則富可也."

孔子曰, "參之言此可謂善安身矣."

| 국역 | 曾子가 말했다.

"그 나라에 입국하여 여러 신하들이 신의를 언급한다면 그 나라에 머물 수 있고, 卿(경)이나 大夫들이 (군주에게) 충성을 다 바친다면 그 나라에 出仕(출사: 벼슬을 하다)할 수 있으며, 백성들에게 은택을 베푼다면 그 나라에서 부자가 될 수 있을 것이다."

이에 孔子가 말했다.

"曾參(증삼)의 말은 그가 立身(입신: 자신의 몸을 편하게 세우다)을 잘할 수 있다는 뜻이다."

---

245 원문 周公載己行化 - 周公의 名은 旦(단), 載는 실을 재. 실행하다. 실천하다. 行矣. 자신이 말한 대로 시범을 보이며 행실을 바로 했기에 모든 백성이 그를 따랐다는 뜻.

| 原文 | 子路爲蒲宰, 爲水備, 與其民修溝瀆, 以民之勞煩苦也, 人與之一簞食一壺漿. 孔子聞之, 使子貢止之.

子路忿不悅, 往見孔子, 曰, "由也以暴雨將至, 恐有水災, 故與民修溝洫以備之, 而民多匱餓者, 是以簞食壺漿而與之. 夫子使賜止之, 是夫子止由之行仁也. 夫子以仁教而禁其行, 由不受也."

孔子曰, "汝以民爲餓也, 何不白於君, 發倉廩以賑之, 而私以爾食饋之, 是汝明君之無惠, 而見己之德美矣. 汝速已則可, 不則汝之見罪必矣."

| 국역 | 子路(자로)가 蒲邑(포읍)[246]의 邑宰(읍재)가 되어 수해를 예방하려고 백성을 동원하여 水路〔溝瀆(구독)〕를 정비하면서 백성이 고생을 하자, 백성들에게 도시락 밥〔簞食(단사)〕과 바가지에 국물을 나누어 주었다. 공자가 이를 전해 듣고서는 子貢(자공)을 보내 중지시켰다.

그러자 子路는 분노로 불쾌하여 공자를 찾아와 말했다.

"저는(자로 名은 由也) 폭우가 내리면 水害(수해)를 당할 것에

---

246 蒲邑(蒲는 부들 포) – 今 山西省 서남부 運城市 관할 永濟市. 古稱 蒲坂(포판). 舜帝의 都城. 전국시대 魏國 蒲邑. 秦에서는 蒲坂縣(포판현)이라 칭했다.

대비하려고 백성과 함께 수로를 정비하여[247] 미리 대비하려 했습니다. 백성 중에 굶주리는 자(匱餓者)가 많아 도시락밥과 바가지의 국물〔壺漿(호장)〕을 주었습니다. 그런데 스승께서 子貢(자공)을 보내 제지하셨는데, 이는 저의 行仁을 막은 것입니다. 夫子께서는 仁을 실천하라고 가르치셨지만 실천을 禁(금)하시니 제가 받아들일 수 없습니다."

孔子가 말했다.

"너는 백성이 굶주린다고 생각했으면 主君에게 말씀드려 나라의 창고를 열어 구휼해야 하는데,[248] 너의 개인 재물을 백성에게 베풀어 주면, 이는 主君의 無惠(무혜 : 혜택을 받을 수 없다)를 백성에게 알리며 너의 덕행이 훌륭하다는 것을 드러내는 것이다. 네가 빨리 중지하지 않았다면 틀림없이 죄를 받았을 것이다."[249]

|原文| 子路問於孔子曰, "管仲之爲人何如?"

---

247 원문 故與民修溝洫以備之 – 溝洫(구혁)은 수로. 물도랑. 배수로. 溝는 봇도랑 구. 洫은 물도랑 혁. 班固의 《漢書》에는 〈地理志〉와 함께 〈溝洫志(구혁지)〉가 있어 하천의 소통과 수해 예방을 위한 여러 활동 내용을 기록하였다.

248 원문 發倉廩以賑之 – 發은 창고를 열다. 倉廩(창름)은 곡물 창고. 廩은 곳집 늠(름). 賑은 구휼할 진.

249 원문 不則汝之見罪必矣 – 見은 당하다. 피동의 뜻.

子曰, “仁也.”

子路曰, “昔管仲說襄公, 公不受, 是不辯也, 欲立公子糾而不能, 是不智也, 家殘於齊, 而無憂色, 是不慈也, 桎梏而居檻車, 無慚心, 是無醜也, 事所射之君, 是不貞也, 召忽死之, 管仲不死, 是不忠也. 仁人之道, 固若是乎?”

孔子曰, “管仲說襄公, 襄公不受, 公之闇也, 欲立子糾而不能, 不遇時也, 家殘於齊而無憂色, 是知權命也, 桎梏而無慚心, 自裁審也, 事所射之君, 通於變也, 不死子糾, 量輕重也. 夫子糾未成君, 管仲未成臣, 管仲才度義, 管仲不死束縛, 而立功名, 未可非也. 召忽雖死, 過與取仁, 未足多也.”

| 국역 | 子路(자로)가 孔子에게 물었다.

“管仲(관중, 前 725 – 645年)의 사람됨은 어떻습니까?”

공자는 “仁道(어진 도)를 실천한 사람이다.”라고 말했다.[250]

子路가 말했다.

“그전에 管仲이 齊 襄公(양공)에게 유세했지만 양공은 받아주지 않았으니, 이는 辯才(변재 : 말 재주)가 부족했던 것입니다. 公子糾(규)를 옹립하려 했지만 옹립하지 못한 것은 지혜롭지 못한 것

---

250 원문 “仁也.” – 仁道를 실천한 것이다(得也).

입니다. 관중의 一家가 齊(제)에서 殘滅(잔멸 : 멸망)되었지만 憂色(우색 : 걱정하는 기색)이 없었는데, 이는 자애롭지 않은 것입니다. 形具(형구)에 묶여 桎梏(질곡 : 자유를 가질 수 없게 몸시 속박됨)인 채로 檻車(함거 : 죄인용 수레)에 실렸는데도 부끄러운 기색이 없었는데, 이는 참담한 마음이 없어 치욕도 모르는 것입니다. 그 자신이 죽이려고 활을 쏘았던 주군(곧 齊 桓公)을 섬겼으니, 이는 不貞(부정, 한결같지 않음)입니다. (자신이 섬기던 公子) 召忽(소홀)이 죽었지만 管仲은 不死하였으니, 이는 不忠입니다. (夫子께서 말씀하신) 仁人의 道가 정말(固) 이와 같은 것입니까?"

이에 孔子가 말했다.

"관중이 齊 襄公(양공)에게 유세했지만 양공이 받아들이지 않은 것은 양공이 우둔했기 때문이다. 公子 糾(규)를 옹립하지 못한 것은 때를 만나지 못한 것이고, 일족이 멸족되었으나 걱정하는 안색이 없었던 것은 天命의 변화를 알았기 때문이며, 桎梏(질곡)에 처하여 부끄러운 마음이 없었던 것은 자신을 절제했던 것이며, 자신이 활을 쏘았던 환공을 섬긴 것은 時變(시변 : 시세의 변화)에 통달했기 때문이었다. 공자 糾(규)를 따라 죽지 않은 것은 (죽음의) 輕重(경중)을 헤아린(量) 것이었다. 대체적으로 공자 糾(규)가 즉위하지 못한 것과(未成君) 관중이 공자 규의 신하가 되지 못한 것은 관중의 재능(才)이 義(의)를 넘어선 것이었고, 관중이 그런 束縛(속박)에도 죽지 않고 功名을 세운 것은 그르다고 할 수만은 없는 것이다. 召忽(소홀)이 비록 공자 규를 위하여 따라 죽었지만, 仁을 실천한 것과는 거리가 멀으니(過與取仁) 칭찬하기에는 부족하다(未足多也).”

原文 孔子適齊, 中路聞哭者之聲, 其音甚哀.

孔子謂其僕曰, “此哭哀則哀矣, 然非喪者之哀矣.”

驅而前, 少進, 見有異人焉, 擁鎌帶素, 哭者不哀.

孔子下車, 追而問曰, “子何人也?”

對曰, “吾丘吾子也.”

曰, “子今非喪之所, 奚哭之悲也?”

丘吾子曰, “吾有三失, 晚而自覺, 悔之何及.”

曰, “三失可得聞乎? 願子告吾, 無隱也.”

丘吾子曰, “吾少時好學, 周遍天下, 後還喪吾親, 是一失也, 長事齊君, 君驕奢失士, 臣節不遂, 是二失也, 吾平生厚交, 而今皆離絶, 是三失也. 夫樹欲靜而風不停, 子欲養而親不待? 而不來者年也, 不可再見者親也, 請從此辭, 遂投水而死.”

孔子曰, “小子識之, 斯足爲戒矣.” 自是弟子辭歸養親者十有三.

| 국역 | 孔子가 齊에 갈 적에, 도중에서 통곡하는 소리를 들었는데 그 울음이 매우 애절하였다.

공자가 그 수레를 모는 마부〔僕子(복자)〕에게 말했다.

"이 울음이 애처로우나 친상을 당한 통곡 소리는 아니다."

수레를 몰아 조금 더 나아가니 어떤 사람이 있었는데, 상복에 낫〔鎌(겸), 풀 베는 도구〕을 가지고서 슬피 통곡하지만 눈물을 흘리지는 않았다.

공자가 수레에서 내려 다가가서 물었다.

"당신은 누구시오?"

"저는 丘吾子(구오자)입니다."

"당신은 지금 친상을 당한 것도 아닌데, 어찌 이리 슬퍼하시는가?"

구오자가 말했다.

"저는 3가지를 잃었고, 지금 늦게야 자각하였으니 후회한들 어찌하겠습니까?"

공자가 물었다.

"상실한 3가지가 무엇인지 숨김없이(無隱也) 말씀해 보겠소?"

이에 구오자가 말했다.

"저는 젊어 好學(호학 : 배우기를 좋아하다)하여 천하를 돌아다니며 배우다가 뒷날 돌아와 보니 부모를 잃은 뒤였으니, 이것이 저의 一失이었습니다. 齊君을 오랫동안 모셨지만 君王은 교만 사치하며 士人을 챙겨주지 않았고 신하로서 지조를 지키지 못했으니,

이것이 두 번째 상실이었습니다(二失也). 저는 평생 후하게 交友(교우)하였지만, 지금은 모두 떠나가 교우가 끊겼으니, 이것이 저의 三失입니다. 나무가 조용히 있으려 해도 바람이 그치지 않는 것처럼(樹欲靜而風不停), 자식으로서 부모를 봉양하려 했지만, 부모는 저를 기다려주지 않으셨습니다(子欲養而親不待). 흘러가고서는 돌아오지 않는 것이 세월이며 다시 볼 수 없는 것은 부모님이 아니겠습니까? 저는 그만 물러가겠습니다."

그리고서는 그 사람은 물에 몸을 던져 죽었다.

이에 공자가 말했다.

"너희들은(小子) 이를 알아두어야 한다. 충분히 새겨 조심해야 한다(斯足爲戒矣)."

이에 제자들 중에 양친을 봉양하겠다고 돌아간 자가 열에 셋 정도였다(十有三).

| 原文 | 孔子謂伯魚曰, "鯉乎, 吾聞可以與人終日不倦者, 其唯學焉. 其容體不足觀也, 其勇力不足憚也, 其先祖不足稱也, 其族姓不足道也. 終而有大名, 以顯聞四方, 流聲後裔者, 豈非學之效也. 故君子不可以不學. 其容不可以不飭, 不飭無類, 無類失親, 失親不忠, 不忠失禮, 失禮不立. 夫遠而有光者, 飭也, 近而愈明者, 學也. 譬之汙池, 水

潦註焉, 萑葦生焉, 雖或以觀之, 孰知其源乎."

| 국역 | 孔子가 아들 伯魚(백어, 鯉)에게 말했다.[251]

---

251 원문 孔子謂伯魚曰 – 孔子의 아들이 태어났을 때, 魯의 昭公(소공, 재위 前 541 – 510년)이 잉어〔鯉魚(이어)〕를 하사하였다. 공자는 主君의 선물을 영광으로 생각하여 아들 이름은 鯉(리)라 하였는데, 字는 伯魚(백어)이다.

공자가 '十有五而志于學' 했지만, 17세에 모친 顔氏(안씨)마저 별세하였다. 19세에 宋人 幵官氏〔견관씨, 亓官氏(기관씨)〕와 결혼했고, 다음 해(前 532년)에 아들을 낳았다. 공자가 20세에 아들을 볼 때는 미천한 직위였는데, 魯 昭公(소공)이 잉어를 선물로 보냈다는 기록도 의심의 여지가 많다고 한다.

공자의 아들 孔鯉(공리, 字는 伯魚. 前 532 – 483년)는 나이 50세에 공자보다 먼저 죽었다. 孔鯉가 공자의 큰아들이기에 字에 伯(맏 백, 맏이)이 들어갔다. 형제 서열에 따라 伯 – 仲(중) – 叔(숙) – 季(계) 字를 사용하였다.

공자는 《詩》를 연구하고 정리하였으며〔刪詩(산시)〕, 《詩》의 실용성과 《詩》에 의한 교화를 중시하였기에 제자들에게 《詩》를 공부하게 시켰다. 아울러 아들 孔鯉(공리, 伯魚)에게도 《詩》의 중요성을 강조하였다.

"너는(女, 汝와 同) 〈周南〉과 〈召南〉을 공부하였는가? 사람이 〈周南〉과 〈召南〉을 모르면 마치 담〔牆(담 장)〕에 얼굴을 바짝 맞대고 서있는 것과 같다."

또 "예를 배우지 않으면 사회생활을 할 수 없다.(不學禮, 無以立.)" 고 말했고, 공리는 禮를 배웠다.

이는 부친의 자녀 교육이며 사랑이다. 이외에《論語》에서 부자간

"이야(鯉乎), 내가 알기로 다른 사람과 종일 함께 있어도 싫증이 나지 않는 일은 오직 배움(학문)뿐이라고 하였다. 사실 다른

가정생활이나 교육을 언급한 곳은 없다.

공자 아내의 성씨에 대하여 국내에서는 '開官(계관, 笄 비녀 계에서 대 竹 머리가 없는 글자)', 또는 丌官(기관, 丌는 其의 古字) 그리고 亓官(기관, 亓는 其의 古字)씨 등 책마다 다르다. 필자는 中文大辭典(臺灣판) 幵(音 堅)의 「幵官 ; 複姓, 〈魯先賢傳〉 孔子 妻 幵官氏. 《孔子家語 本姓解》; 孔子娶於宋之幵官氏, 一歲而生伯魚.」라는 해석에 따라 견관씨라고 표기하였다. 幵官氏〔견관씨, 亓官氏(기관씨)〕는 前 485년(공자 67세)에 공자보다 먼저 타계했다.

공자가 아들을 낳아준 '본처를 내쫓았는가?' 하는 문제에 대해서는 논쟁이 있지만, 하여튼 요즈음 사람들의 생각과 같은 다정한 부부는 아니었다.

공자의 일상에 대해서는 《論語 鄕黨》편에 비교적 상세한 기록이 있다. 하여튼 공자는 전체적으로 보아 좀 까다로운 성격이었으며 철저한 원칙주의자였다고 볼 수 있다. 음식도 색깔이 이상하거나 제철 음식이 아니며, 알맞게 썰지 않았으면 먹지 않았다. 밖에서 사 온 술이나 육포도 먹지 않았으니, 그런 사람에 대한 음식 준비가 결코 쉬운 일은 아니었을 것이다. 공자가 입는 평상복의 소매는 손을 덮도록 길게 입었지만, 오른쪽 소매는 짧게 만들었다고 하는데, 이는 일의 능률을 고려한 것이었지만, 그런 시중을 들어야 하는 사람은 정말 힘들었을 것이다.

공자의 이혼 상태는 《禮記 檀弓(단궁)》편을 통해 추정할 수 있다. 아마도 음식 장만이나 제사 준비 등 공자의 마음에 안 들었기에 내쫓았거나(出妻), 아니면 견디다 못한 아내가 가출 상태였다고 볼 수도 있다. 《禮記 檀弓(단궁)》에는 아들 백어가 생모가 죽어 服喪이 끝나도 곡을 계속하자, 공자가 중지시켰다는 기록이 있다.

사람의 용모나 신체를 종일 바라볼 수도 없고, 어떤 사람의 勇力(용력 : 용맹한 힘)을 종일 겁낼 것도 아니며, 어떤 사람의 先祖를 종일 칭송할 것도 아니고, 그 가문을 두고 종일 이야기할 것도 아니다.[252] 결국 끝내 大名(큰 이름)을 누리거나 그 이름이 四方에 알려지거나(以顯聞四方), 그 명성이 후손에까지 전해진다면 어찌 학문의 효과가 아니겠는가? 그래서 君子는 학문을 하지 않을 수가 없다.[253]

(사람의) 용모를 꾸미지 않을 수 없고,[254] 꾸미지 않으면 사람의 용모가 아닐 것이며(無類), 용모가 나쁘면 가까이할 사람이 없을 것이다.[255] 그러하기에 失親(실친 : 친절함을 잃어버리다)하면 不忠(불충 : 충성되지 못하다)하고,[256] 不忠하면 失禮(실례 : 예의를 잃어

---

252 원문 其族姓不足道也 – 道는 말하다(言也).

253 원문 不可以不學 – 不可以는 ~하지 않을 수 없다.

254 원문 其容不可以不飭 – 不飭의 飭은 신칙할 칙. 조심하며 애쓰다. 여기서는 꾸미다. 飾(꾸밀 식)과 通.

255 원문 無類失親 – 사람의 복식, 의상, 얼굴 표정 등 일상생활에서 모든 것을 상황에 맞춰 꾸며야 한다. 예를 들어, 問喪하면서 싱글벙글할 수 없다. 그렇다면 누가 그런 사람과 가까이하겠는가? 또래나 동료가 없다면 부자유친이나 형제우애도 결국은 없을 것이다. 그래서 無類면 失親이라 했다.

256 원문 失親不忠 – 친밀한 정이 없다가 누가 그에게 또는 나에서 성실하며 진심으로 대하겠는가? 情으로 不相親하다면 忠誠이 없을 것이다.

버리다)이고 失禮하면 자립할 수 없다.[257]

대체로 멀리서도 빛날 수 있는 것은(夫遠而有光者) 잘 꾸밈이고(飭也), 가까이에서 더욱 밝게 빛나는 것은 학문이다(學也). 이를 연못에 비유하자면(譬之汙池), 물이 흘러들어오기에 왕골〔雚(관)〕이나 갈대〔葦(위)〕가 자라는 것이니, 이를 본다면 비록 다른 누구라도 그 근원을 알지 못하겠는가?"[258]

|原文| 子路見於孔子曰, "負重涉遠, 不擇地而休, 家貧親老, 不擇祿而仕. 昔者由也, 事二親之時, 常食藜藿之實, 爲親負米百里之外. 親歿之後, 南遊於楚, 從車百乘, 積粟萬鐘, 累茵而坐, 列鼎而食, 願欲食藜藿, 爲親負米, 不可復得也. 枯魚銜索, 幾何不蠹, 二親之壽, 忽若過隙."

---

257 원문 失禮不立 - 非禮하면 無以立. 여기서 立은 자립. 사회생활을 독자적으로 영위하다. 예를 지키지 않는 사람이라면 사회생활을 어찌하겠는가? 여기 孔子나 儒家의 禮는 사회생활의 基本을 의미한다.

258 원문 孰知其源乎 - 돗자리를 만드는 재료인 왕골풀이나 갈대가 연못에 자라는 것은 그 연못에 흘러들어오는 源流(水)가 있기 때문이다. 곧 사람이 사회생활하며 살 수 있는 것은 학문이 있기 때문이라고 공자는 아들에게 강조한 것이다. 이 기록은 《韓詩外傳》 6권과 《說苑 建本》에도 수록되었다.

孔子曰, "由也事親, 可謂生事盡力, 死事盡思者也."

| 국역 | 子路〔자로 : 仲由(중유)〕[259]가 孔子를 뵙고 말했다.

"무거운 짐을 지고 먼 길을 가야 한다면[260] 쉴 곳을 고르지 못하더라도 쉬어야 하는 것처럼, 집안은 가난하고 양친을 봉양해야 한다면 봉록을 가리지 않고 出仕(출사 : 벼슬을 하다)해야 합니다. 옛날에 제가 양친을 모실 적에 늘 변변치 않은 음식을 먹어야 했지만,[261] 양친을 위하여 1백 리 밖에서 쌀을 짊어지고 왔습니다.[262] 양친께서 돌아가신 뒤로 남쪽의 楚나라를 유람할 때, 저를

---

259 子路(자로)의 본명은 仲由(중유), 季路(계로)로도 표기. 공자보다 9세 연하. 과감하고 용기가 있었기에 《論語》에는 여러 기록이 많다. 솔직하고 직선적인 사람으로, 공자를 가장 오랫동안 잘 섬기면서 공자와 많은 대화를 나누었다.
孔門十哲 중 政事에 뛰어났다. 孝子로 〈二十四孝〉 중 '爲親負米'의 주인공. 공자보다 1년 먼저 죽었는데, 공자가 매우 비통해 하였다. 《論語》 13번째 편명.

260 원문 負重涉遠 – 重과 遠은 名詞로 쓰였다. 涉은 (걸어서) 물을 건너가다. 步와 通.

261 원문 常食藜藿之實 – 藜藿(여곽)은 변변치 않은 음식. 藜는 명아주 여. 아주까리 잎새 반찬. 藿은 콩잎 곽.

262 원문 爲親負米百里之外 –《二十四孝》는 元나라 郭居敬(곽거경)이 편찬한 중국 고대의 효자 24명의 행적을 모은 책이다. 자로는 〈爲親負米(위친부미)〉 했다.

따르는 수레가 1백 乘(승)이나 되었고, 1만 鐘(종)의 많은 곡식을 쌓아두고 먹을 수 있었으며, 방석 여러 장을 포개에 깔고 여러 개의 솥에서 요리를 만들게 하여 먹으면서도 藜藿(여곽 : 명아주 잎과 콩잎. 보잘것없는 음식)을 먹고 양친을 위해 쌀을 짊어지고서 돌아가고 싶었지만, 다시는 그렇게 할 수 없었습니다. 바짝 건조한 생선을 새끼줄로 엮어 매달아 놓더라도 벌레가 생기지 않는 날이 얼마나 되겠습니까? 양친의 살아 계셨더라도 그 시간은 마치 하얀 망아지가 문틈을 달려가는 것처럼 짧았습니다."[263]

이에 공자가 말했다.

"자로의 事親(사친 : 부모 섬김)은 살아 계실 때 온 힘을 다하여 모셨고 돌아가신 뒤에도 양친을 애틋하게 추모한 것이다."

| 原文 | 孔子之郯, 遭程子於塗, 傾蓋而語, 終日, 甚相親. 顧謂子路曰, "取束帛以贈先生."

子路屑然對曰, "由聞之士不中間見, 女嫁無媒, 君子不以交禮也."

---

263 원문 忽若過隙(홀약과극) – 빠르기가 문틈을 지나가는 것과 같다. 白駒過隙(백구과극, 망아지가 문틈을 달려가다). 아주 짧은 시각. 白駒를 햇볕으로 해석하기도 함. 《莊子 知北遊》에 실려 있는 말이다. 駒는 망아지 구. 隙은 틈 극. 구멍.

有間, 又顧謂子路. 子路又對如初.

孔子曰, "由,《詩》不云乎, '有美一人, 淸揚宛兮, 邂逅相遇, 適我願兮.' 今程子, 天下賢士也, 於斯不贈, 則終身弗能見也, 小子行之."

| 국역 | 孔子가 郯(담)나라를 찾아가는 길에[264] 程子(정자)와 조우(만나다)하자,[265] 수레를 나란히 하고서 해가 기울도록 이야기를 나누었는데 매우 친밀하였다. 공자가 자로에게 말했다.

"비단 한 묶음을 程先生에게 드려라."

그러나 자로는 달갑지 않게 대답하였다.[266]

"제가 알기로, 士(선택)가 소개하는 사람이 없이 서로 만나거나, 여자가 중매없이 결혼할 경우 군자는 이런 사람과 교제 않는 것이 禮(예)라고 하였습니다."

---

264 郯(담)은 國名也. 少昊氏(소호씨)의 후손을 봉한 나라. 당시 魯의 附庸國(부용국)이었는데, 今 山東省 남부 臨沂市(임기시) 관할 郯城縣. 郯子(담자)가 禮에 밝았다 하여 공자가 郯子를 찾아가는 길이었다. 공자는 前 525년 周 景王 20, 魯 昭公 17년(공자 27세)에 郯國의 國君을 방문하여 問禮, 請敎하였다.

265 원문 遭程子於塗 – 遭는 만날 조. 程子는 인물 미상. 塗는 途(길 도), 道와 通.

266 원문 子路屑然對曰 – 屑은 가루 설. 부스러기. 屑然(설연)은 업신여기다. 가볍게 보다.

얼마 뒤에 (공자가) 또 자로를 돌아보며 먼저와 똑같이 부탁하며 말했다. 그러나 자로는 먼저와 같이 대답하였다.

공자가 말했다.

"仲由(중유)야! 《詩 鄭風 野有蔓草(시 정풍 야유만초)》에도 있지 않은가? '미인 한 분이 계시니 眉目(미목 : 눈썹과 눈, 얼굴 모양)이 뚜렷하도다. 우연히 서로 만났지만 내가 원하던 바였네!' 라고 하지 않았더냐?[267] 지금 程子(정자)는 天下의 賢士(현사 : 어진 선비)이시니 이번에 예물을 드리지 않는다면, 죽을 때까지 다시 못 만날 수도 있으니, 小子(소자)는 내 말대로 실행하거라(行之)."

---

267 원문 適我願兮 – 淸揚은 眉와 目 사이. 宛然(완연)은 아름다운 모양. 기약이 없이 만났지만 이런 만남은 나도 원하는 바였다. – 이를 본다면, 공자는 程子에 호감을 갖고 기꺼이 선물하고 싶은데, 자로가 스승의 분부를 따르지 않았음을 알 수 있다.

忠信濟水
孔子于河梁懸駕有
懸水三十仞圜濟九
十里魚鱉不能居有
一丈夫違波而出孔
子問曰巧乎有道術
乎能入而復出也對
曰吾以忠信所以能
入而復出也孔子謂
弟子曰二三子識之
水且猶可以忠信濟
而況人乎

〈忠信濟水(충신제수)〉

|原文| 孔子自衛反魯, 息駕於河梁而觀焉. 有懸水三十仞, 圜流九十里, 魚鱉不能導, 黿鼉不能居. 有一丈夫方將厲之.

孔子使人並涯止之曰, "此懸水三十仞, 圜流九十里, 魚鱉黿鼉不能居也, 意者難可濟也."

丈夫不以措意, 遂渡而出.

孔子問之, 曰, "子乎有道術乎, 所以能入而出者, 何也?"

丈夫對曰, "始吾之入也, 先以忠信, 及吾之出也, 又從以忠信, 忠信措吾軀於波流, 而吾不敢以用私, 所以能入而復出也."

孔子謂弟子曰, "二三子識之, 水且猶可以忠信成身親之, 而況於人乎!"

|국역| 孔子가 衛(위)나라에서 魯(노)로 돌아올 때, 강물의 다리(橋) 위에서 수레를 멈춰 쉬면서 경치를 둘러보았다.[268] 강물이 폭포가 되어 30仞(인, 길)이나 높은 데서 떨어지고 그 소용돌이

268 원문 息駕於河梁而觀焉 - 息은 쉴 식. 駕는 수레 가. 河梁은 강물에 걸친 교량, 그 당시에 河水를 가로지르는 교량이 있었다고는 볼 수 없으니 좁은 시냇물의 교량이라고 생각할 수 있다. 渭水(위수)의 교량이라는 주석이 있지만 확신이 가질 않는다.

(圜流)가 90리에 걸친 급류라서 물고기나 자라〔魚鱉(어별)〕도 헤엄치기 어렵고 黿鼉(원타, 자라나 악어)도 살 수 없는 곳인데, 어떤 丈夫(장부, 사나이)가 강물을 건너오려 했다.[269]

孔子가 사람을 시켜 보내 물가에서 제지하며 말하게 했다.

"여기는 30길이나 되는 폭포에 소용돌이가 90리에 걸치는 급류라서 물고기나 자라 같은 생물도 헤엄치지 못하는 곳이니 건너올 수 없을 것입니다."

그러나 그 장부는 개의치 아니하고(不以措意), 물을 건너 밖으로 나왔다(遂渡而出).

孔子가 그 사람에게 물었다.

"당신에게 무슨 道術(도술)이 있는가? 저런 급류에 들어갔다 다시 나오다니?"

그 사람이 대답하였다.

"처음에 내가 물에 들어갈 때도, 나는 忠信(충신 : 충성스런 믿음)에 몸을 맡기고 나올 때도 역시 忠信뿐입니다. 忠信에 대한 믿음으로 내 몸을 급류에 맡길 뿐이지 사사로운 생각이 있어 급류에 들어갔다가 나오는 것은 아닙니다."

孔子가 제자들에게 말했다.

"제자들은 잘 알아두라. 저런 급류도 성실한 마음 하나로 몸을 마음대로 할 수 있는데,[270] 하물며 사람에 대해서야 말할 것이 있

---

269 원문 方將厲之 – 厲는 갈 려. 갈다. 여기서는 물을 건너다(渡也).

겠느냐?"[271]

| 原文 | 孔子將行, 雨而無蓋. 門人曰, "商也有之."

孔子曰, "商之爲人也, 甚悋於財, 吾聞與人交, 推其長者, 違其短者故能久也."

| 국역 | 孔子가 외출하려는데, 비가 내렸고 우산도 없었다(雨而無蓋).

門人〔문인:문하의 사람. 제자〕이 말했다.

"卜商(복상, 子夏)에게 우산이 있습니다."

공자가 말했다.

"商은 사람됨이 재물에 매우 인색하다.[272] 내가 알기로, 사람

---

270 원문 水且猶可以忠信成身親之 – 여기서 忠信이란 誠意와 자신감이라 생각할 수 있다. 그야말로 성심으로 精神一到하면 난관도 이길 수 있을 것이다.

271 원문 而況於人乎! – 그 사나이는 그곳에 살면서 여러 번 건너다녔을 것이다. 정신 집중과 도전 정신을 강조하는 뜻이지만, 무모한 도전은 사고로 이어진다. 공자의 제자 격려라고 생각하기에는 좀 無理라 생각된다.

272 원문 商之爲人也, 甚悋於財 – 卜商(복상)은 공자 제자. 悋은 아낄 린. 매우 吝嗇(인색)하다(嗇甚也). 卜商(복상)은 《論語》의 子夏(자

은 그 교제에 있어 그 장점을 밀어주고 그 단점을 덮어주어야 오래 사귈 수 있다."[273]

|原文| 楚王渡江, 江中有物大如斗, 圓而赤, 直觸王舟, 舟人取之, 王大怪之, 遍問群臣, 莫之能識. 王使使聘於魯, 問於孔子.

子曰, "此所謂萍實者也, 可剖而食也, 吉祥也, 唯霸者爲能獲焉." 使者反, 王遂食之, 大美.

久之使來以告魯大夫, 大夫因子遊問曰, "夫子何以知其

하). 공자보다 44세나 어렸다. '孔門十哲'의 한 사람으로 文學 분야에 뛰어났는데 특히 經學에 밝았다. 공자가 함께 《詩》를 논할 수 있는 제자였다. 공자가 '너는 君子儒가 되어야지 小人儒가 되어서는 안 된다.'는 가르침을 주었으며, 공자의 학문과 사상을 후세에 전하는데 공이 많았다. 공자 死後 前 476年에, 子夏는 晉國의 西河(今 陝西省 渭南市)에서 학당을 개설하고 제자를 교육했다. 그곳은 三家가 分晉한 뒤에 魏國의 영역에 속했다. 자하는 '西河學派'의 開祖가 되었고, 그 문하에서 治國의 良才가 많이 배출되어 뒷날 法家 성장의 요람이 되었다. 서하 일대에서는 子夏를 孔子처럼 대우하였다. 《論語》 一書도 많은 부분이 자하의 제자들에 의해 이루어졌다고 인정되고 있다.

273 원문 違其短者故能久也 – 違는 어길 위. 어긋나다. 여기서는 避免(피면). 빠져나가다. 그 사람의 단점을 말하지 않다.

然乎?"

曰, "吾昔之鄭, 過乎陳之野, 聞童謠曰, '楚王渡江得萍實, 大如斗, 赤如日, 剖而食之甛如蜜.' 此是楚王之應也. 吾是以知之."

| 국역 | 楚의 王(昭王)이 長江을 건너갈 제, 강물에 크고 붉은 물체가 왕의 배에 부딪혔다. 사공이 건졌는데 소왕이 이상히 여겨 여러 사람에게 물었지만, 아무도 아는 사람이 없었다. (사람을 공자에 보내) 물었다. 이에 공자가 말했다.

"그것은 마름 열매(萍實)로 갈라서(剖) 먹을 수 있는데,[274] 상서로운 일이 있을 것이다. 霸者(패자)만이 얻을 수 있습니다."

사자가 돌아갔고, 소왕이 먹어보니 맛이 아주 좋았다. 얼마 뒤에 사자가 다시 찾아와 魯대부에게 물었고, 대부는 子游(자유)를 통하여 "夫子께서는 어떻게 아셨습니까?" 라고 물었다.

이에 공자가 말했다.

"내가 그전에 鄭(정)나라에 가면서 陳(진)나라를 지나가면서 아이들 노랫소리를 들었다.

'楚王이 도강하면서 마름 열매를 건졌는데,

크기는 됫박에 해처럼 붉었네.

274 원문 此萍實可食 – 萍은 부평초 평. 수생식물인 마름의 일종.

갈라서 먹어보니 꿀처럼 달았네.'

이 노랫말 그대로 楚王이 應驗(응험 : 징조가 나타나 맞음)해서 그대로 겪었기에 내가 알 수 있었다."[275]

| 原文 | 子貢問於孔子曰, "死者有知乎? 將無知乎?"

子曰, "吾欲言死之有知, 將恐孝子順孫妨生以送死, 吾欲言死之無知, 將恐不孝之子棄其親而不葬. 賜不欲知死者有知與無知, 非今之急, 後自知之."

| 국역 | 子貢(자공)이 孔子에게 물어 말했다.

"死者(사자 : 죽은 사람)는 지각이 있습니까? 아니면 지각이 없습니까?"[276]

공자가 말했다.

"내가 죽은 사람에게도 지각이 있다고 하면 효자나 착한 후손(順孫)이 자신의 생명을 손상하면서 장례를 치를까 두렵고, 내가 죽은 사람에게 지각이 없다고 하면 불효자들이 양친을 버리고 장

---

275 원문 吾是以知之 – 공자의 박식을 강조하기 위해 이런 정도는 후인이 얼마든지 지어낼 수 있을 것이다.

276 원문 有知乎? 將無知乎? – 將은 문득 장, 또 장, 곧 장, 함께할 장, 거의 장.

례를 치르지도 않을까 두렵다. 자공아(賜)! 사자에게 지각이 있나 없나를 지금 급하게 알려 하지 말라. 나중에 절로 알 것이다."[277]

|原文| 子貢問治民於孔子. 子曰, "懍懍焉若持腐索之扞馬."

子貢曰, "何其畏也?"

孔子曰, "夫通達禦皆人也, 以道導之, 則吾畜也, 不以道導之, 則吾讎也. 如之何其無畏也."

|국역| 子貢이 공자에게 治民(치민 : 백성을 다스리다)에 대하여 물었다.

공자가 말했다.

"썩은 밧줄로 날뛰는 말을 묶으려는 것처럼 조심조심해야 한다."[278]

子貢이 "어찌 그리 두려워해야 합니까?" 라고 물었다.

---

277 원문 非今之急, 後自知之 – 지금 급하지 않으니 나중에 저절로 알 것이다.

278 원문 懍懍焉若持腐索之扞馬 – 懍懍(늠름)은 두려워 조심하는 모양(戒懼之貌). 腐索(부색)은 썩은 새끼줄. 扞馬(한마)는 달려드는 말〔突馬(돌마)〕.

孔子가 말했다.

"말을 잘 다루기는 모두 사람의 일이니 제대로 된 방법으로(道) 다루면 나의 가축이 되지만, 바른 도가 아니라면 가축도 나의 원수가 될 수도 있다. 그러니 어찌 두렵지 않겠느냐?"

|原文| 魯國之法, 贖人臣妾於諸侯者, 皆取金於府, 子貢贖之, 辭而不取金.

孔子聞之曰, "賜失之矣. 夫聖人之擧事也, 可以移風易俗, 而教導可以施之於百姓, 非獨適身之行也, 今魯國富者寡而貧者衆, 贖人受金則爲不廉, 則何以相贖乎? 自今以後, 魯人不復贖人於諸侯."

|국역| 魯國의 法에 제후에게 팔렸던 臣妾〔신첩 : 奴僕(노복)〕을 自贖(자속, 돈을 내고 풀어주다)할 때는 魯나라의 府庫(부고)에서 그에 상당한 돈을 받게 되었었다. 子貢(자공)은 노복을 돈을 내고 돌려받았지만, 나라에서 받아야 할 돈은 사양하였다.

공자가 듣고서 말했다.

"자공(賜)이 실수를 했다. 聖人이 어떤 일을 한다면 移風易俗(이풍역속 : 나쁜 풍속을 바꾸다)할 수 있도록 하며 백성에게 베풀거나 교도(가르치다)해야 하거늘 자신에게 맞는 일만 할 수는 없는 것이다.[279] 지금 魯國에 富者는 숫자가 적고 貧者는 많으니, (자신의) 신첩을 풀어주면서 (나라에서 돈을 받는 것을) 염치가 아니라고 생각한다면, (가난한 사람들은) 무엇으로 신첩을 풀어줄 수 있겠는가? 오늘 이후 魯나라에서는 제후에게 저당 잡힌 신첩을 풀어줄 수 없을 것이다."

| 原文 | 子路治蒲, 請見於孔子曰, "由願受教於夫子."

子曰, "蒲其如何?"

對曰, "邑多壯士, 又難治也."

子曰, "然, 吾語爾, 恭而敬, 可以攝勇, 寬而正, 可以懷强, 愛而恕, 可以容困, 溫而斷, 可以抑奸. 如此而加之, 則正不難矣."

| 국역 | 子路(자로)가 蒲邑(포읍)을 다스리면서 공자에게 말했다.

"제가 夫子께 가르침을 받고자 합니다."

공자가 물었다.

"포읍을 다스리기가 어떠한가?"

---

279 원문 非獨適身之行也 – 자공이 부유하기에 魯나라로부터 금전을 안 받을 수 있지만, 그렇게 될 경우 다른 사람에게 미치는 영향도 생각해서 처신해야 한다는 뜻이다.

"포읍에는 壯士(장사)가 많고 治民(치민 : 백성을 다스리다)은 쉽지 않습니다."

공자가 말했다.

"그렇다면 내가 너에게 말하겠다. 공경과 겸손으로 다스리면 용맹한 자를 휘어잡을 수 있고(可以攝勇), 관용과 정도로 다스리면 강한 백성을 회유할 수 있으며(可以懷强), 애정과 용서(愛而恕)로 다스리면 곤궁한 자를 포용할 수 있고(可以容困), 溫和와 결단으로 다스리면 간사한 자들을 억제할 수 있다〔可以抑奸(가이억간)〕. 이렇게 한다면 민심을 바로잡기가 어렵지 않을 것이다(則正不難矣)."

〈三恕(삼서)〉 제9

【해설】

본 편은 修身(수신)과 치국에 관한 공자의 일화를 주로 다루고 있다.

본 편과 관련하여 《論語 里仁(논어 이인)》에 「子曰, "參乎! 吾道一以貫之." 曾子曰, "唯." 子出, 門人問曰, "何謂也?" 曾子曰, "夫子之道, 忠恕而已矣."」라는 구절이 있다.

공자가 曾參(증삼)을 불러 "參아! 나의 道는 一貫(일관)한다."라고 말하자, 증삼은 "예, 알겠습니다."라고 말했다. 공자가 나가자 門人들이 증삼에게 무슨 뜻이냐고 묻자, 증삼은 "夫子의 道는 忠恕(충서) 뿐입니다."라고 말했다.

一以貫之(일이관지)는 하나의 중심이 되는 사상으로 자신의 사고와 지식을 관철한다는 뜻이다. 공자의 말에 증삼이 서슴지 않고 예! 라고 답할 수 있었던 것은 이미 알고 있었다는 뜻이다. 다른 문인들은 그 뜻을 몰라 물었고, 증삼은 忠恕(충서)라고 보충 설명을 했다.

忠은 誠心誠意(성심성의)로 盡心盡力(진심진력)하여 남을 대하는 마음이고, 恕(용서할 서)는 寬容(관용)과 包容(포용) 또는 同情(동정)과 愛恤(애휼)의 마음이라고 말할 수 있다. 그렇다면 일이관지가 아니고 忠과 恕의 두 가지 원칙이다.

공자는 자공에게도 비슷한 말을 하였다. 공자는 "내가 많이 배워 많이 아는 것이 아니며 하나의 기본 관념으로 일관한다."고 하였다.(《論語 衛靈公(논어 위령공)》 子曰, "賜也, 女以予爲多學而識之者與?" 對曰, "然, 非與?" 曰, "非也, 予一以貫之.") 이는 공자가 仁의 일념으로 모든 것을 생각하기에 저절로 일관된 學行을 이뤄나갔다는 뜻이다.

사실 공자와 증자의 대화에서 증자가 공자의 사상을 완전히 이해했다고 보기도 어려울 수 있다. 왜냐면 공자가 죽을 때 증자는 27세의 젊은이였다. 증자는 一以貫之(일이관지)의 뜻에 관하여 알고 있더라도 한 번 더 물어서 그 뜻을 명확히 들었어야 했다. 70 노인의 학식과 그의 인생 역정을 27세의 젊은이가 꿰뚫어보았다고 자신 있게 말할 수 있을까?

曾子(증자)는 "士(선비)는 큰 뜻을 품어야 하나니, 士의 임무는 무겁고 또 실천의 길은 멀기만 하다. 仁을 임무로 알고 실천해야 하니 무겁지 않은가? 또 죽어야만 끝이나니 멀지 않은가?"라고 말했다.(《論語 泰伯(논어 태백)》 曾子曰, "士不可以不弘毅, 任重而道遠. 仁以爲己任, 不亦重乎? 死而後已, 不亦遠乎?"). 곧 증자도 仁의 실천이 자신의 임무라고 생각하며 평생을 살아왔다.

물론 門人이 알기 쉽게 仁을 '忠恕'로 풀이했다고 해석할 수 있다. 그렇다면 20대의 젊은 증자는 夫子의 一以貫之를 '仁'이라고 풀이했어야 옳았을 것이다.

안회는 불행하여 일찍 죽었지만, 안회는 '3個月을 不違仁(불위인: 인을 위반하지 않다)' 하지만 '나머지는 하루나 이틀 길어야 한 달' 이라고 했다.(《論語 雍也》 子曰, "回也, 其心三月不違仁, 其餘則日月至焉而已矣.") 그만큼 안회와 다른 제자와는 차이가 있었다.

釋迦牟尼(석가모니)가 拈花(염화, 꽃을 집어 들다)하여 제자들에게 보였을 때, 迦葉(가섭)만이 부처의 뜻을 알고 빙그레 웃었던 〔微笑(미소)〕 일처럼 20代의 曾子가 孔子의 그런 뜻을 알고 "예!" 라고 말했을까?

증자는 어쩌면 공자 一以貫之의 숨은 뜻을 정확히 모른 채 '예!' 라고 대답했을 것 같다.

| 原文 | 孔子曰, "君子有三恕, 有君不能事, 有臣而求其使, 非恕也. 有親不能孝, 有子而求其報, 非恕也, 有兄不能敬, 有弟而求其順, 非恕也. 士能明於三恕之本, 則可謂端身矣."

| 국역 | 孔子가 말했다.

"君子는 三恕(삼서, 恕는 용서할 서)가 있어야 한다. 君을 섬기지도 못하면서 아랫사람에게 자신을 받들어주기를 바란다면 恕(서)가 아니다. 부모에게 효도하지도 못하면서 자식에게 報恩(보은)을 구한다면, 이 또한 恕(서)가 아니다. 자신의 형을 공경하지도 못하면서 동생에게 順從(순종)을 바란다면, 이것도 恕(서)라 할 수 없다. 士人은 이 3가지 恕의 근본(忠,孝,敬)을 분명히 실천할 수 있다면, 그 자신의 一身이 바르다고〔端正(단정)〕 말할 수 있을 것이다."[280]

---

280 본래 된서리가 내리면 날씨가 좋고(嚴霜出好天), 엄격한 어머니가 딸을 바르게 키우며(嚴娘出好女), 애정이 깊기에 책망이 엄격한 것이다(愛之深責之切). 하여튼 자식이 귀엽다지만, 귀여운 자식이기에 집안에서부터 엄히 가르쳐야 한다. 남을 책망하는 마음으로 자신을 꾸짖고(以責人之心責己), 자신을 용서하는 마음으로 남을 용서해야 한다(以恕己之心恕人).

| 原文 | 孔子曰, "君子有三思, 不可不察也. 少而不學, 長無能也, 老而不教, 死莫之思也, 有而不施, 窮莫之救也. 故君子少思其長則務學, 老思其死則務教, 有思其窮則務施."

| 국역 | 孔子가 또 말했다.

"君子는 三思가 있어야 하는데,[281] 이를 살펴보지 않을 수 없

281 《論語 學而》 曾子曰, "吾日三省吾身, 爲人謀而不忠乎? 與朋友交而不信乎? 傳不習乎?" '三省吾身' 하면 하루에 3차례 반성이라고 생각한다. 그러나 왜 3차례인가? 반성을 더 많이 하면 나쁜가? 안 되는가? 그렇다면 3이란 최소한의 수인가?
중국에서 三은 多數를 의미한다. 그렇기에 하루에 여러 번 반성한다고 해석해야 한다. 원문에 있는 다른 사람과 함께 일하면서 최선을 다했는가? 붕우와 교제에서 신의를 잃지는 않았는가? 배운 것을 다시 익혔는가? 이상의 3가지는 반성의 주제로 대표적인 예를 든 것이다. 꼭 이 3가지 영역만 매일 반성했다는 뜻은 아니다. 여기서 위에 3번째 주제 '傳不習乎' 를 깊이 생각할 필요가 있다. 문장 뜻대로 하면 스승한테 배운 것을 반복해서 연습하거나 마음에 다시 생각한다는 뜻이다. 그런데 증자는 공자에게는 제자였지만, 증자도 문인을 교육했던 師傅(사부)이었다. 필자는 위 구절을 제자에게 '전수할 것을 깊이 생각하거나 연습하지 않았는가?' 로 풀이하고 싶다.
필자가 젊은 초임교사 시절에 어떤 나이 많은 수학선생님은 쉬는 시간마다 수학문제를 계속 반복해서 풀었다. 고등학교에서 5개

다. 젊어서 不學(불학 : 공부하지 아니하다)하면 어른이 되어 무능하고 늙어 (아랫사람을) 教和(교화 : 가르치다)할 수 없다면 죽은 다음에 아무도 思念(사념 : 마음속으로 생각함)하지 않을 것이다. 가진 것이 있을 때(有而) 베풀지 않으면(不施) 곤궁할 때 아무도 도와주지 않는다. 그래서 君子는 젊었을 때, 어른이 된 이후를 생각하여 배움에 힘써야 하고(務學), 늙어서는 죽은 뒤를 생각하여 후손을 힘써 가르쳐야 하며, 곤궁할 때를 생각하여 베풀기에 힘써야 한다."[282]

반의 수학을 담당하면 같은 문제를 5개 반에서 풀이해야 한다. 그런데 한 시간 수업을 하고 나와서 같은 문제를 연습장에 또 풀어보고, 물론 심도 있는 다른 문제도 풀겠지만, 수업에 임했다. 필자가 볼 때 그 선생님은 '精益求精(정익구정, 정밀하게 그리고 더 정밀하게)'을 추구했다.
공자는 증자를 魯鈍(노둔)하다고 평가했었다. 우직하고 생각이 깊어 반응이 상대적으로 늦어 좀 우둔해 보인다는 뜻이지 지능지수가 낮다는 뜻은 아니다. 그리고 증자는 일생을 戰戰兢兢(전전긍긍)하며 조심하고 조심하며 살았다. 그러니 그가 제자 교육에 얼마나 전심했겠는가? 공자한테 배운 것을 제자에게 잘 전수하려고 연습에 연습을 더했을 것이다. 그것이 '傳不習乎?' 였을 것이다. 그런 증자가 어찌 하루에 3번만 自省했겠는가?

282 이와 비슷한 글이 《荀子 法行》에 있다. "少思長 則學, 老思死 則教, 有思窮 則施也."

|原文| 伯常騫問於孔子曰, "騫固周國之賤吏也, 不自以不肖, 將北面以事君子, 敢問正道宜行, 不容於世, 隱道宜行, 然亦不忍, 今欲身亦不窮, 道亦不隱, 爲之有道乎?"

孔子曰, "善哉, 子之問也. 自丘之聞, 未有若吾子所問辯且說也. 丘嘗聞君子之言道矣, 聽者無察, 則道不入, 奇偉不稽, 則道不信. 又嘗聞君子之言事矣, 制無度量, 則事不成, 其政曉察, 則民不保. 又嘗聞君子之言志矣, 罡折者不終, 徑易者則數傷, 浩倨者則不親, 就利者則無不弊. 又嘗聞養世之君子矣, 從輕勿爲先, 從重勿爲後, 見像而勿强, 陳道而勿怫. 此四者, 丘之所聞也."

|국역| (周室(주실:주나라)의 하급 관리인) 伯常騫(백상건)이 孔子에게 물었다.

"저는(騫은) 周國의 賤吏(천리)입니다만, 저는 제 자신이 무능하다고(不肖) 생각하지 않고 장차 北面(북면)하여 君子를 모시려고 합니다.[283] 제가 묻고 싶은 것은(敢問), 正道와 당당한 행실은〔宜行(의행)〕 세상 사람들에게 받아들여지지 않을 것이고,[284] 隱

283 원문 將北面以事君子 – 北面은 신하의 자리에 서다. 남을 섬긴다는 의미.

284 원문 不容於世 – 지금 世俗이 正道와 宜行(의행)을 실천하는 사람

道(은도, 숨어서 도를 행하다)로 宜行(의행 : 행하고자 한다)이라면 이 또한 차마 할 수 없는 일입니다. 그래서 一身이 곤궁하지 않으면서도 숨어서 행하지 않아도 되는 그런 길이 있겠습니까?"

이에 공자가 말했다.

"아주 좋은 물음이로다. 내가 여러 질문을 받았지만(自丘之聞), 자네와 같은 좋은 질문은 들은 적이 없었다.[285] 내가 일찍부터 알고 있기로, 君子가 正道에 맞는 말을 하여도 듣는 사람이(聽者) 깊이 살피지 않는다면(無察) 그 道가 마음속에 들어오지 않을 것이고, (군자의 말을) 奇異(기이) 偉大(위대)하다 여기지만 (듣는 사람이) 깊이 생각하지 않으면〔不稽(불계)〕 그 道를 믿지 않을 것이다.[286] 또 군자가 사실을 언급하더라도 節制(절제)와 度量(도량)이 없다면 군자가 벌린 일이 성공하지 못하고, 그런 政事를 이해하지 못하는 백성을 지켜주지 못한다고 들었다.

또 내가 들어 알기로는(嘗聞), 君子가 그의 좋은 뜻을 말하더라

이 없어 세상 귀족들이 저를 수용하지 않을 것 같아 걱정이라는 의미.

285 원문 未有若吾子所問辯且說也 - 未有는 없었다. 若은 ~와 같은. 吾子는 백상건. 所問은 물은 바. 질문. 辯은 그 이치를 따지고. 且는 또 차. 說은 설명하다.

286 원문 則道不信 - 稽는 머무를 계. 여기서는 살펴서 듣다(考也). 합리적이고 옳은 말이라고 듣는 사람이 그 奇異雄偉한 사실을 따져보지 않는다면, 듣는 사람의 신임을 못 받고 결국 그가 말한 道는 虛行이 될 것이라는 뜻.

도 너무 단호하면 그 끝이 좋지 않고,[287] 그 뜻이 평이하면서도 쉽게 바꾼다면 건방진 자들이(浩倨者) 가까이하지 않고,[288] 이득을 찾으려 한다면(就利者) 함께 오래 지속할 수 없을 것이다.[289] 그리고 내가 알기로, 세상살이 처세를 잘하는 군자라면[290] 경박하게 앞서 나서지 말 것이며(從輕勿爲先), 너무 신중하게 뒤처지지 말라고 하였으며(從重勿爲後), 법도만 내세워 강요하지 말고[291] 正道를 설명하더라도 진심을 속이지 말라고 하였으니,[292] 내가 들은 것은 이상 4가지이다."

---

287 원문 罡折者不終 – 罡은 별 이름 강. 북두성. 剛과 通. 너무 단호하면 결국 꺾여서 그 性命을 끝까지 지킬 수 없다는 뜻(不終其性命矣). 군자의 말이 너무 단호하여도 좋지 않다는 의미.

288 원문 浩倨則不親 – 浩倨(호거)는 간략하고 공경하지 않는 자. 좀 건방진 사람들. 〈簡略不恭如是則不親矣〉

289 원문 則無不弊 – 이득을 목표로 하는 일이라면(好利者), 함께 오래 지속할 수 없다는 의미(不可久也).

290 원문 養世之君子矣 – 養世는 安身處世(안신처세).

291 원문 見像而勿强 – 여기 像은 法也. 見法은 소개하다. 推行하다. 法制나 원칙만을 고집하며 세상 사람들에게 강요하지 말라는 뜻. 세상일을 처리할 때 원칙이나 법도만을 고집할 수도 없다는 의미.

292 원문 陳道而勿怫 – 陳은 진술하다. 陳道는 道義를 陳述(진술)하다. 怫은 발끈할 불. 아랫사람에게 성질을 내거나 僞詭(위계)로 설득하지 말라는 의미. 怫은 詭也. 군자의 道를 진술하더라도 거짓으로 세상 사람들을 설득하지 말라는 뜻.

觀器論道
孔子觀魯桓公之廟有欹器焉曰吾聞虛則欹
中則正滿則覆明君以為至戒謂弟子注水試
之信然嘆曰夫物惡有滿而不覆者哉子路進
曰敢問持滿有道乎曰謙而損之又損可也

〈觀器論道(관기논도)〉

|原文| 孔子觀於魯桓公之廟, 有基攲器焉.

夫子問於守廟者曰, "此謂何器?"

對曰, "此蓋爲宥坐之器."

孔子曰, "吾聞宥坐之器, 虛則欹, 中則正, 滿則覆, 明君以爲至誡, 故常置之於坐側."

顧謂弟子曰, "試註水焉." 乃註之, 水中則正, 滿則覆.

夫子喟然嘆曰, "嗚呼! 夫物惡有滿而不覆哉?"

子路進曰, "敢問持滿有道乎?"

子曰, "聰明睿智, 守之以愚, 功被天下, 守之以讓, 勇力振世, 守之以怯, 富有四海, 守之以謙. 此所謂損之又損之之道也."

|국역| 孔子가 魯 桓公(환공, 재위 前 712-694년)의 廟堂(묘당)에 있는 攲器(기기 : 비스듬히 기대어 놓은 그릇)를 구경하였다.(攲는 기울어질 기, 傾也.)[293] 夫子가 묘당을 관리하는 사람에게 물었다.

---

293 有攲器焉 - 攲器(기기)는 기울어지는 容器. 攲는 기울 기. 기울어지다(傾也). 攲(기울어질 기), 欹(기울 기)는 別字이나 혼용한다. 이 내용은《荀子 宥坐》,《韓詩外傳》3권,《說苑 敬愼》에도 수록되었다. 가득 찼을 때 덜어내지 않으면 넘치고〔滿而不損則溢, 溢(넘칠 일)〕, 물이 찼을 때 붙잡지 않으면 기울어진다〔盈而不持則傾(영이부지즉경)〕.

"이 기구(그릇)는 무엇입니까?"

"이는 아마 자리 우측에 있었을 것입니다."[294]

孔子가 말했다.

"내가 듣기로, 우측에 있는 기구(그릇)가 텅 비면(虛) 기울고〔攲(기울 기), 기울어지다〕, 중간 정도 차면 반듯하게 서고(中則正), 가득차면 뒤집어지면서〔滿則覆(만즉복)〕, 君王에게 절실하게 훈계하기에 늘 자신의 자리 곁에 둔다고 들었습니다."

그러면서 제자들을 둘러보며 "물을 부어 시험해 보아라."고 하였다. 그래서 물을 부어보니 중간 쯤 찼을 때 의기가 반듯하더니 가득 차니 엎어져버렸다(滿則覆).

夫子가 크게 한숨을 쉬며 말했다.

"오호라! 만물은 가득한 것을 싫어하니(夫物惡有滿) 엎어지지 않을 수 있겠는가?(而不覆哉?)"

子路(자로)가 앞으로 나서며 말했다.

"가득 찬 상태를 유지하는(持滿) 방법이 있겠습니까?"

현자에게 많은 재물은 그의 뜻을 손상할 수 있고(賢者多財損其志), 어리석은 자에게 많은 재물은 그에게 과오를 저지르게 한다(愚者多財生其過).

294 원문 此蓋爲宥坐之器 – 此는 이 차. 蓋는 덮을 개. 아마. 宥는 용서할 유. 右와 通이라는 주석이 있다. 군주 자리의 우측에 두고, 군주에게 寬厚(관후)와 仁愛(인애)의 마음으로 백성을 다스려야 한다는 뜻을 훈계하기 위한 목적이었다. 座右銘(좌우명)을 대신하는 의미였을 것이다.

공자가 말했다.

"聰明(총명)하고 睿智(예지)가 넘치더라도 愚(우 : 어리석은 듯이 하다)로 지키고, 공적(공로가 쌓임)이 천하를 덮을 수 있더라도 겸양(겸허한 양보)으로 지키며(守之以讓), 그 勇力(용력)이 세상에 떨칠지라도〔振世(진세)〕, 怯(겁, 두려움)으로 지키고, 富(재산)가 四海에 가득 차더라도 謙遜(겸손)으로 지켜야 한다. 이러해야만 덜어내고 또 덜어내더라도(損之又損之) (가득 찬 상태를) 지킬 수 있을 것이다."

在川觀水
夫子在川觀水
子貢問曰君子
見水必觀何也
孔子曰以其不
息者似乎道之
流行而無盡矣
水之德若此是
故君子必觀焉

〈在川觀水(재천관수)〉

|原文| 孔子觀於東流之水.

子貢問曰, "君子所見大水, 必觀焉何也?"

孔子對曰, "以其不息, 且遍與諸生而不爲也. 夫水似乎德, 其流也則卑下, 倨邑必修, 其理似義, 浩浩乎無屈盡之期, 此似道, 流行赴百仞之? 而不懼, 此似勇, 至量必平之, 此似法, 盛而不求概, 此似正, 綽約微達, 此似察, 發源必東, 此似志, 以出以入, 萬物就以化絜, 此似善化也. 水之德有若此, 是故君子見, 必觀焉."

|국역| 孔子가 동쪽으로 흘러가는 물을 바라보고 있었다. 子貢(자공)이 물었다.

"君子는 큰물 곁에 가면(所見大水) 꼭 물을 바라보는데, 왜 그러합니까?"

孔子가 대답하였다.

"그것은 물이 쉬지 않고 흐르기 때문이다. 또 물은 만물에게(諸生) (생명을) 베풀지만 아무것도 하지 않는 것 같기(不爲) 때문이다. 물은 마치 德을 베푸는 것과 같으며, 물은 낮은 데로 흐르면서 굽어진 모양대로 따라 흐르니 그 이치가 義와 같다. 물의 성대한 형세는 끝이 없으니 이는 道와 같으며, 백 길 웅덩이에 흘러들더라도 두려움이 없으니 이는 군자의 勇(용 : 용맹스러움)과 같으며, 그 양을 다 채우면 평평해지니 이는 法과도 같으며, 가득

담기더라도 평평하게 만들어 주기를 바라지 않으니 이것이 正이 아니겠는가? 물의 본성은 매우 柔弱(유약)하나 이르지 못하는 곳이 없으니, 이는 군자의 明察(명찰, 察은 볼 찰)과 같다. 발원한 다음에는 틀림없이 동쪽으로 흘러가니, 이는 군자의 뜻과 같을 것이다.[295] 물은 밖으로 나아가고 안으로 들어가기도 하는데, 그에 따라 만물이 깨끗해지니, 이는 훌륭한 교화와 같다. 물의 德品이 이와 같기에 군자가 강가에 가면 강물을 관찰하게 된다."

| 原文 | 子貢觀於魯廟之北堂, 出而問於孔子曰, "向也賜觀於太廟之堂, 未旣輟, 還瞻北蓋, 皆斷焉, 彼將有說耶? 匠過之也."

孔子曰, "太廟之堂宮, 致良工之匠, 匠致良材, 盡其功巧, 蓋貴久矣, 尙有說也."

| 국역 | 子貢(자공)이 魯 宗廟(종묘)의 北堂(북당)을 구경하고 나와서 공자에게 물었다.

---

295 發源東, 此似志 – 중국의 지형은 서쪽이 높고 동쪽이 낮기에(西高東低), 모든 강들은 동쪽으로 흐를 수밖에 없다. 중국의 강이 발원한 다음에 무슨 연고나 이치에 의해 동쪽으로 흐르는 것은 아니다.

"앞서 제가(賜) 太廟(태묘)의 건물을 참관했는데, 거의 다 보았을 때 북쪽 지붕을 돌아보았는데 모두가 잘려진 나무로만 이어졌습니다. 무슨 이유가 있는가요? 아니면 匠人(장인)의 실수일까요?"

孔子가 말했다.

"太廟(태묘)의 건물이라면(堂宮) 솜씨가 좋은 匠人을 부르고 좋은 재료를 쓰고 최고의 기술을 동원하였을 것이니, 이는 (건물이) 오래가야 하기 때문이니 아마도 까닭이 있을 것이다."[296]

|原文| 孔子曰, "吾有所恥, 有所鄙, 有所殆. 夫幼而不能强學, 老而無以教, 吾恥之, 去其鄉事君而達, 卒遇故人, 曾無舊言, 吾鄙之, 與小人處而不能親賢, 吾殆之."

|국역| 孔子(공자)가 말했다.

"나는 부끄러운 일, 천박한 일, 위태로운 일도 있었다. 어렸을 때 열심히 배우질 않아서 늙어 남을 가르칠 수 없으니, 나는 이를 부끄럽게 생각한다. 고향을 떠나 군주를 섬겨 출세하려 했으나 옛 벗을 만나도 옛일을 말할 것이 없으니, 나는 나를 천박하다고

---

296 尙有說也 – 尙은 오히려 상. 틀림없이(必也). (言必有說).

생각한다.[297] 小人과 함께 지내면서 賢人을 찾아 가까이하지 못했으니, 나는 이를 위태로운 일이라 생각한다."[298]

| 原文 | 子路見於孔子. 孔子曰, "智者若何? 仁者若何?"

子路對曰, "智者使人知己, 仁者使人愛己."

子曰, "可謂士矣." 子路出, 子貢入, 問亦如之.

子貢對曰, "智者知人, 仁者愛人."

子曰, "可謂士矣."

子貢出, 顔回入, 問亦如之.

對曰, "智者自知, 仁者自愛."

子曰, "可謂士君子矣."

| 국역 | 子路(자로)가 孔子를 뵈었을 때, 공자가 물었다.

"智者(지자)는 어떠하고? 仁者(인자 : 어진 자)는 어떠한 사람인가?"

---

297 원문 曾無舊言, 吾鄙之 – 事君하여 출세하여야 하나 옛 벗을 만나더라도 옛 벗과의 오랜 사귐을 버려두었기에, 이를 천박한 일이라고 생각하다는 뜻.

298 원문 處而不能親賢, 吾殆之 – 殆는 위태로울 태. 현인과 소원하고 小人을 가까이 하는 것은 결국 危亡之道이라는 뜻.

子路가 대답하였다.

"智者는 사람으로(他人) 하여금 자신을(智者) 알아주게 하고, 仁者는 사람으로 하여금 자신을 사랑하게(愛己) 합니다."

공자가 말했다.

"士人(사인 : 선비)이라 할 만하다."

子路가 나가고 子貢(자공)이 들어가자, (공자는) 자공에게 같은 질문을 하였다.

자공이 대답하였다.

"智者는 남을 알아주고(知人), 仁者는 다른 사람을 아껴 줍니다(愛人)."

이에 공자가 말했다.

"可(가)히 士人(선비)이라 할 수 있도다."

자공이 나오고 顏回(안회)가 들어가자, 공자는 같은 질문을 했다.

안회가 대답하였다.

"智者는 자신을 알고(自知), 仁者는 自愛(자애 : 자신을 사랑하다) 합니다."

이에 공자가 말했다.

"士人 중에서 君子라 할 만하도다."[299]

---

299 이는 《荀子 子道》에도 수록되었다.

|原文| 子貢問於孔子曰, “子從父命孝, 臣從君命貞乎 奚疑焉?”

孔子曰, “鄙哉賜, 汝不識也. 昔者明王萬乘之國, 有爭臣七人, 則主無過擧, 千乘之國, 有爭臣五人, 則社稷不危也, 百乘之家, 有爭臣三人, 則祿位不替, 父有爭子, 不陷無禮, 士有爭友, 不行不義. 故子從父命, 奚詎爲孝? 臣從君命, 奚詎爲貞? 夫能審其所從, 之謂孝, 之謂貞矣.”

|국역| 子貢(자공)이 孔子에게 물었다.

“아들이 父命(부명)을 따르는 것이 孝이고, 臣이 君命을 받드는 것이 忠貞(충정)이라면 왜 의심을 해야 합니까?”

孔子가 말했다.

“자공은(賜) 천박하구나!〔鄙哉(비재)〕 네가 아직도 모르고 있도다. 옛날에(昔者) 明王이 다스리는 萬乘之國(만승지국)의 천자에게 간쟁을 올리는 신하!〔爭臣, 諍臣(쟁신 : 간언을 올리는 신하)〕 7인만 있어도[300] 主君에게 잘못된 일이 있을 수 없었다. 千乘(천승)의 나라에서는 쟁신이 5인만 있어도 社稷(사직)이 위험하지 않았다. 百乘의 大夫家에는 3인의 쟁신만 있어도 祿位(녹위 : 벼슬자리)

---

300 원문 七人～ 無過擧 – 천자에게 三公과 四輔(사보, 승상 등 4인. 輔는 弼也).

가 옮겨가지 않았다. 부친에게는 바른말을 하는 아들이 있으면 無禮(무례)에 빠지는 일이 없었다. 士人에게 바른말을 하는 벗이 있다면 不義를 저지르지 않을 것이다. 그러하기에 자식이 부친의 명령을 따른다 하여 어찌 효순이라 하겠느냐?[301] 臣이 君命을 따르기만 한다면, 어찌 忠貞을 다한다고 말하겠는가? 순종해야 하는 도리를 살펴서 실천할 수 있어야 그것이 孝이고 貞이라 할 수 있을 것이다.

|原文| 子路盛服見於孔子.

子曰, "由是倨倨者何也? 夫江始出於岷山, 其源可以濫觴, 及其至於江津, 不舫舟不避風則不可以涉, 非唯下流水多耶? 今爾衣服既盛, 顔色充盈, 天下且孰肯以非告汝乎?"

子路趨而出, 改服而入, 蓋自若也.

子曰, "由誌之, 吾告汝, 奮於言者華, 奮於行者伐, 夫色智而有能者, 小人也. 故君子知之曰智, 言之要也, 不能曰不能, 行之至也. 言要則智, 行至則仁, 既仁且智, 惡不足哉!"

---

301 원문 奚詎爲孝? - 奚는 어찌 해. 詎는 어찌 거? 反語의 뜻을 표현.

| 국역 | 子路(자로)가 성장을 하고〔盛服(성복) : 옷을 잘 차려 입다〕 孔子를 뵈었다.

이에 공자가 말했다.

"仲由(중유)야! 얼굴빛이 오만한데 무슨 일이 있느냐?[302] 長江은 岷山(민산)에서 발원하는데, 그 발원지에서는 겨우 술잔을 띄울만 하나〔濫觴(남상)〕[303] 장강의 나루에 와서는 크고 작은 배를 합치거나 바람을 피하지 않고서는 건널 수 없는 정도가 되는데, 하류로 내려오며 물이 많아진 까닭이 아니겠느냐? 지금 네가 아주 잘 차려 입은 옷에 얼굴에 오만한 빛이 가득하니, 누가 네게 너의 잘못을 말해주려 하겠는가?"[304]

子路는 급히 서둘러 나와서 옷을 갈아입고 들어갔는데 태연한 모습이었다.[305] 그러자 공자가 말했다.

"由(유)야! 이를 기억하여라. 내가 너에게 말하겠노라. 말로써 자신을 뽐내는 자는 겉만 번지르하고 실속이 없으며,[306] 과장된

---

302 원문 是倨倨者何也? - 倨는 거만할 거. 倨倨(거거)는 생각이 없이 오만한 모양.

303 원문 其源可以濫觴 - 濫은 퍼질 람. 발원하다. 觴은 술잔 상. 작은 그릇.

304 원문 天下且孰肯以非告汝乎? - 且는 또 차. 孰은 누구 숙. 누가? 肯은 옳게 여길 긍. ~하려 하다.

305 원문 蓋自若也 - 蓋는 덮을 개, 대개 개. 自若(자약)은 마음이 태평한 모양.

306 원문 奮於言者華 - 奮은 떨칠 분. 뽐내다. 自矜(자긍)하다. 奮於言

몸짓이나 언행으로 뽐내거나[307] 안색을 꾸며 잘난척 하는 자는 소인이다. 그래서 君子가 아는 것을 안다고 말하는 것이 지혜이고 말의 요령이다. 할 수 없다면 못한다고 말하는 것이 잘하는 행실이다. 말이 요령을 체득한 것이 明智이고, 가장 올바른 행실이 仁이다. 만일 仁에 智가 보태진다면 부족한 것이 무엇이겠는가!"

| 原文 | 子路問於孔子曰, "有人於此, 披褐而懷玉, 何如?"

子曰, "國無道, 隱之可也, 國有道, 則袞冕而執玉."

| 국역 | 子路가 孔子에게 물었다.

"어떤 사람이 (천민 옷) 褐衣〔갈의, 布衣(포의 : 베옷)〕를 입었지만 玉을 품고 있다면 어떻겠습니까?"

공자가 말했다.

"國이 無道(무도 : 도가 없다)하다면 은거(숨기다)해야 하나, 나라가 有道하다면 곧 조정에 나아가 관복을 입고, 옥을 잡고 仁德을 펴야 할 것이다."[308]

者는 華하나 실속이 없다(無實).

307 원문 奮於行者伐 – 自矜(자긍). 스스로 잘난 체하다(自伐).

308 원문 袞冕而執玉 – 袞은 곤룡포 곤. 관복. 冕은 면류관 면. 袞冕(곤면)은 무늬를 놓은 성장(文衣盛飾).

〈好生(호생)〉 제10

【해설】

본 편은 공자와 고대의 여러 사실과의 관계를 알려주는 여러 가지 이야기를 포함하고 있다.(총 11장).

본 편에는 공자와 六經의 중 특히 《易》의 연구, 공자와 詩, 공자와 수양 방법(三思) 등 많은 일화를 포함하고 있다. 첫 章(장)에서 舜(순)의 정치는 '好生하고 殺傷(살상)을 미워한다(惡殺).' 는 말에서 〈好生〉 제목을 삼았다.

이런 기록은 《論語》를 통해서도 알 수 있다.

堯帝(요제)는 帝位(제위)를 어리석은 아들〔丹朱(단주)〕에게 물려주지 않고, 舜(순)을 등용 시험한 뒤에 물려주었다. 마지막 篇(편)인 《論語 堯曰(논어 요왈)》에서 堯가 舜에게 말했다.

"咨! 爾舜! 天之厤數在爾躬, 允執其中. 四海困窮, 天祿永終." 舜亦以命禹.

舜(순)의 부친은 장님처럼 우매하였고 계모는 간악하였으며,

이복동생 象(상)은 오만하였지만 舜은 효도로 모두를 감화시켰는데, 그런 소문을 堯가 들었기에 미리 두 딸〔娥皇(아황), 女英(여영)〕을 舜(순)에게 출가시켜 舜을 시험한 뒤에 제위를 물려주었다. 堯가 舜에게 제위를 양위하면서 한 말이다.

咨(자)는 감탄사이다. 爾舜(이순)은 '너 舜이여!' 이름을 불렀다. 하늘의 厤數(역수, 曆數, 厤은 曆의 古字)는 하늘이 정한 帝位(제위)에 오르는 차례이다(帝王相繼之次第). 在爾躬(재이궁)은 너의 몸에 있다는 뜻이니, 곧 네가 제위에 오를 차례이다. 允執其中(윤집기중)의 允은 진실로(信也), 誠心(성심)으로, 또는 公平(공평)하게, 執은 지키다, 실행하다의 뜻이고, 中은 中正이니, 곧 中庸(중용)의 道를 말한다. 四海의 백성이 困窮(곤궁)하면 天祿永終(천록영종), 곧 하늘이 그대에게 내린 天祿(君祿, 帝位)이 영원히 단절될 것이다. 또는 命(명)에 죽지 못한다는 뜻도 포함하고 있으니, 곧 善政(선정)을 베풀라는 당부이다. 允執其中은 允執厥中(윤집궐중)으로도 표기한다.

공자의 《易 周易(역 주역)》 공부는 상당히 중요한 문제이었다. 《易(역)》은 占卜(점복)에 관한 책이다. 이 책은 본문에 해당하는 64卦(괘)를 설명한 부분과 그 본문을 해설하는 〈十翼(십익)〉 같은 여러 편의 부록이 있는데, 그 부록의 주요한 내용을 모두 공자가 저술했다는 주장이 있다. 이를 증명하기 위한 근거로 "내가 몇 년을 더 살 수 있다면, 50세에 《易》을 배워 큰 허물없이 살 수 있을

것이다."라는 공자의 말을 근거로 제시하고 있다.[309]

그렇지만 많은 학자들의 연구에 의하면, 공자가 《易經》을 이용하여 점을 치지도 않았으며, 《易經(역경)》의 여러 부록(十翼)은 후세 사람들이 공자에게 假託(가탁)한 것이라는 주장이 설득력을 얻고 있다.

이상의 여러 가지를 종합한다면, 공자는 어떤 책도 저술하거나 편찬하였다고 볼 수는 없다. 다만 후세에 유가의 학통이 면면히 이어졌고, 맹자 같은 사람이 공자의 道를 강조하고 넓히다 보니 공자에 관한 여러 가지 신화와 함께 다재다능한 학자로 미화되고 학문의 여러 부분에 대하여 공자의 업적으로 假託(가탁)되었다고 볼 수 있다.

---

309 《論語 述而》 子曰, "加我數年 五十以學易 可以無大過矣." 〈孔子世家〉에는 '假我數年'으로 기록. 加와 假는 相通. 50세에 學易한다는 말을 天命을 안다는 뜻으로 해석하는 경우가 있고, 《易》을 깊이 연구한다는 뜻의 謙辭로 볼 수도 있다. 또 五十을 卒로 보아 '晩年'의 의미로 풀이할 수도 있다.

|原文| 魯哀公問於孔子曰, "昔者舜冠何冠乎?"

孔子不對. 公曰, "寡人有問於子而子無言, 何也?"

對曰, "以君之問不先其大者, 故方思所以爲對."

公曰, "其大何乎?"

孔子曰, "舜之爲君也, 其政好生而惡殺, 其任授賢而替不肖, 德若天地而靜虛, 化若四時而變物, 是以四海承風, 暢於異類, 鳳翔麟至, 鳥獸馴德, 無他也, 好生故也. 君舍此道, 而冠冕是問, 是以緩對."

|국역| 魯 哀公이 孔子에게 물었다.

"옛날에 舜은 어떤 모양의 冠(관)을 착용했습니까?"

孔子는 대답하지 않았다.

그러자 애공이 말했다.

"寡人(과인)이 夫子에게 물었지만 왜 대답 않습니까?"

공자가 대답하였다.

"주군께서 큰일을 먼저 묻지 않으셨기에 생각 좀 하느라고 대답하지 못했습니다."

"큰 문제란 무엇입니까?"

孔子가 말했다.

"舜(순)이 君主(군주)가 되고서, 그 政事(정사)는 살리기를 좋아하고(好生) 殺生(살생)을 미워하였으며, 賢人(현인)에게 관직을 주어 불초한 자를 대신케 하였으니, 그의 德은 天地와 같아 고요하고 공허한 것 같았지만 그 교화는 四時의 운행과 같아 만물을 변화시켰으니, 이로써 천하는 舜의 교화를 받아들였으며, 사방의 이민족에게도 그대로 통했습니다.[310] 그래서 봉황이 날아오고〔鳳翔(봉상)〕 기린이 나타났으며(麟至), 야생의 새나 짐승들도 그 德化(덕화)에 깃들어 순해졌습니다.[311] 이런 이유는 다름 아니라 舜이 好生(호생 : 살려주기를 좋아하다)했기 때문입니다. 주군께서 이런 大道를 말하지 않고 冠(관)에 대하여 물으셨기에 금방 대답하지 않았습니다."

| 原文 | 孔子讀史至楚復陳, 喟然嘆曰,

"賢哉楚王! 輕千乘之國, 而重一言之信, 匪申叔之信, 不能達其義, 匪莊王之賢, 不能受其訓."

| 국역 | 孔子가 史書(사서) 《春秋(춘추)》를 읽다가 楚〔초 : 莊王(장왕)〕이 (멸망한) 陳을 다시 復國(복국 : 다시 일으켜 세워주다)한 곳에

310 원문 暢於異類 - 暢은 펼 창. 화락하다. 통달하다. 異類(이류)는 四方의 夷狄(이적)을 의미. 중국 주변의 이민족.

311 원문 鳥獸馴德 - 獸는 짐승 수. 馴은 온순해지다(順也). 馴은 길들 순.

이르자, 감탄하며 말했다.[312]

---

312 원문 喟然歎曰 - 喟는 한숨 위. 한숨을 쉬다. 楚 莊王(장왕, 名은 熊侶. 재위 前 613 - 591년)은 前 597년, 楚 莊王(장왕)은 中原의 主인 晉國을 격파하고 '春秋五霸' 에 이름을 올렸다. 그러나 춘추 말기에 楚는 吳와 세력 다툼에서 밀렸는데, 楚 昭王 재위 중 前 506년, 吳王 闔閭(합려)가 孫武(손무, 孫子)와 伍子胥(오자서) 등을 보내 楚를 격파하고 도읍 郢(영)을 함락시켜 초는 거의 멸망 직전이었는데, 越王 句踐(구천)이 吳를 공격하고, 秦國의 도움으로 楚는 겨우 保全, 復國하였다. 戰國 시대 中期에 楚國은 다시 흥기하였는데 楚 宣王(선왕, 재위 前 369 - 340년)과 楚 威王(위왕, 재위 前 339 - 329년) 時代에 국세를 떨쳐 地方 5千里, 帶甲 百萬, 戰車 1千乘, 騎 1萬匹에 10년을 지탱할 군량을 보유했는데, 이를 역사에서 楚의 '宣威盛世(선위성세)' 라 칭한다. 그러나 楚 懷王(회왕, 재위 前 328 - 299년) 후기 이후, 내부적으로는 왕후 鄭袖(정수)의 미혹에 빠졌고, 밖으로는 張儀(장의)의 6백 리 할양이라는 감언에 속아 넘어갔으며, 秦과 藍田(남전), 丹淅(단석)의 전투에서 연패하며 국세가 위축되었다가 頃襄王(경양왕, 재위 전 298 - 263년) 때, 前 278년, 秦將 白起(백기)의 공격에 도읍 鄢(언, 今 湖北省 중부 襄陽市 관할 宜城市)과 郢(영, 今 湖北省 남부 荊州市 관할 江陵市 서북)이 점령당했다. 그 뒤 결국 前 223년에 秦軍이 楚都 壽春(수춘, 今 安徽省 중부 淮南市 관할 壽縣)을 점령하고, 楚王 負芻(부추)를 생포하자 楚國은 멸망했다.
《論語 公冶長》 子在陳, 曰, "歸與! 歸與! 吾黨之小子狂簡, 斐然成章, 不知所以裁之."
陳(진)은 춘추시대 陳國인데, 국도는 宛丘(완구, 今 河南省 동부 周口市 관할 淮陽縣)였고, 今 河南省 동부와 安徽省 북부에 걸쳐 존속했던 나라이다. 《史記 孔子世家》에 의하면, 공자는 陳에 3년간

"楚王(초왕)은 현명하도다! 千乘(천승)의 나라를 가볍게 생각하고 말 한마디 신뢰를 중히 여겼도다. 申叔(신숙, 楚의 大夫)의 신뢰를 얻으려 하지 않았다면 楚 莊王은 대의를 지킬 수 없었으며, 장왕이 현명하지 않았다면 신숙의 간언을 받아들이지 못했을 것이다."313

| 原文 | 孔子常自筮其卦, 得賁焉, 愀然有不平之狀.

머물렀는데 魯 哀公 3년(前 492년, 공자 60세)에 季桓子(계환자)가 죽으면서 아들 季康子에게 繼位 후에 공자를 모셔오라고 부탁했다. 그러나 공자의 귀국은 前 484년이었다(68세). '歸與!'는 돌아가자! 與는 감탄사. 小子는 젊은이. 狂簡(광간)은 志向이 高遠하나 일처리가 거칠고 세밀하지 못한 모양이다. 斐然(비연)은 문채가 나다. 成章은 외형이 화려하다. 裁는 制裁(제재)하다. 절제하다. 공자는 모국을 떠나 있으면서도 모국의 젊은이들을 걱정했다. 魯의 젊은이들이 志向은 원대하나 일에 서툴고, 문채와 외형은 화려하나 그런 젊은 뜻을 어떻게 절제해야 유용한 인재로 만들지 모르겠다고 탄식한 말이다. 이는 뒷날 젊은이들을 위해 講學해야 한다는 공자의 사명감을 토로한 구절이다.

313 陳의 夏徵舒(하징서)가 陳 靈公의 모욕을 받았다고 靈公을 죽였다. 초 장왕은 군사를 동원하여 하징서를 징벌하였다. 楚 장왕은 陳나라를 그냥 차지할 수 있었지만, 大夫 申叔時(신숙시)의 諫言(간언)을 받아들여 陳을 다시 復國(복국)시켰다. 이는《左傳》魯 宣公 10年의 기록이다.

子張進曰, "師聞卜者得賁卦, 吉也, 而夫子之色有不平, 何也?"

孔子對曰, "以其離耶! 在周易, 山下有火謂之賁, 非正色之卦也. 夫質也黑白宜正焉, 今得賁, 非吾兆也. 吾聞丹漆不文, 白玉不雕, 何也? 質有餘不受飾故也."

| 국역 | 한번은 孔子가 점대로 점을 쳤는데〔筮(점대 서)〕 賁卦(비괘)가 나오자 낯빛이 엄숙해지면서〔愀然(초연), 愀(정색할 초)〕 마음에 불안한 모습이었다.

그러자 子張(자장)[314]이 들어가 말했다.

"제가 알기로, 점을 쳐서 賁卦(비괘)[315]가 나오면 吉兆(길조)라 하였는데, 스승께서(夫子) 낯빛은 걱정스러우시니 왜 그러십니까?"

孔子가 대답하였다.

---

314 子張(자장) – 본명은 顓孫師(전손사), 사(師)라고 이름만 기록되기도 함. 공자보다 48세나 어렸음. 성격이 활달하고 외향적이었으며 修己보다는 명성을 따르는 편이었다. 또 공자에게 당시 인물에 대한 인물평이나 정치 현실, 벼슬을 얻는 방법 등 매우 실질적인 질문을 많이 했다. 子張은《論語》의 19번째 편명.

315 賁卦(비괘) – 賁은 클 분. 卦는 이름 비. 賁卦(비괘)는 山火賁(산화비, ☶ ☲. ䷕).

"그 괘가 너무 화려하기 때문이다. 《周易》에서 山(☶) 아래에 火(☲)가 있는 괘를 賁(비, 山火賁 비)라 하였는데, 이는 正色(정색)의 卦(괘)가 아니다. 만물의 바탕은(夫質也) 검은색(黑)이나 흰색(白)이 바른 것인데(宜正焉), 지금 점을 쳐서 賁卦(비괘)를 얻은 것은 나에게 吉兆(길조)가 될 수 없다.[316] 내가 알기로, 단청은 더 이상 꾸미지 않으며 白玉은 거기에 무늬를 새기지 않는다고 하였는데, 왜 그렇겠는가? 그것은 그 바탕에 이미 여유가 있어 장식할 필요가 없기 때문이다."

| 原文 | 孔子曰, "吾於〈甘棠〉, 見宗廟之敬甚矣, 思其人必愛其樹, 尊其人必敬其位, 道也."

| 국역 | 孔子가 말했다.

"나는 (《詩經 召南(시경 소남)》) 〈甘棠(감당)〉의 詩를 읽고, 종묘에 모신 조상에 대한 崇慕(숭모)의 마음이 매우 깊다는 사실을 알았다.[317] 조상을 생각하여 그분이 앉아 쉬었다는 나무를 아끼고

---

316 今得賁 非吾兆也 – 여기 賁(비)는 꾸미다의 뜻(飾也). 그래서 공자 자신의 뜻과는 다르다고 하였다.

317 吾於〈甘棠〉, 見宗廟之敬甚矣 –《詩經 召南 甘棠(감당)》의 詩는 邵伯(소백)이 甘棠(감당) 나무 아래서 백성의 억울한 일을 듣고 해결

그 조상을 아끼어 그 지위나 자리를 존경한 것이니, 이것이 正道일 것이다."

|原文| 子路戎服見於孔子, 拔劍而舞之, 曰, "古之君子, 以劍自衛乎?"

孔子曰, "古之君子忠以爲質, 仁以爲衛, 不出環堵之室, 而知千里之外, 有不善則以忠化之, 侵暴則以仁固之, 何持劍乎?"

子路曰, "由乃今聞此言, 請攝齊以受教."

|국역| 子路(자로)가 戎服(융복, 軍服, 전투 복장)으로 孔子를 뵙고서, 칼을 뽑아들고 검무를 추면서 물었다.

"옛날의 君子도 劍(검)으로 자신을 지켰습니까?"

했기에, 백성들은 그가 앉아 聽訟(청송)한 그 나무를 아낀다는 내용의 시이다. 甘棠 나무는 우리나라에서는 팥배나무 또는 이팝나무라 하여 5월에 하얀 꽃이 소복하게 피는 아름다운 꽃나무이다. 〈甘棠〉의 詩 全文은 아래와 같다.

蔽芾甘棠, 勿翦勿伐, 召伯所茇.

蔽芾甘棠, 勿翦勿敗, 召伯所憩.

蔽芾甘棠, 勿翦勿拜, 召伯所說. 〈甘棠〉, 三章, 章三句.

공자가 말했다.

"古代의 君子는 忠을 바탕으로 생각하고(以爲質), 仁으로써 자신을 지켰으며, 사방 담으로 막힌 방〔環堵之室(환도지실)〕을 나가지 않고서도 천리 밖의 일을 알 수 있었고, 不善한 사람이 있다면 忠(誠心)으로 교화하고, 포악한 사람이 있다면 仁義로 진정시켰으니(固之), 어찌 칼로 해결했겠는가?"[318]

그러자 子路가 말했다.

"저는 지금에서야 이런 말씀을 들었사오니(由乃今聞此言, 由는 중유, 자로의 이름), 제가 공손히 모시고 가르침을 받고자 합니다."[319]

| 原文 | 楚王出遊, 亡弓, 左右請求之.

王曰, "止, 楚王失弓, 楚人得之, 又何求之!"

孔子聞之, "惜乎其不大也, 不曰人遺弓, 人得之而已, 何必楚也."

---

318 원문 何持劍乎? – 어찌 劍을 지니고 다니겠는가?

319 원문 請攝齊以受教 – 攝齊(섭제)는 下衣의 옷깃을 거머쥐다(여미다). 공손한 태도를 취하다. 齊는 衣裳(의상)의 아랫단〔下緝(하집)〕. 가르침을 받으려는 자는 옷깃을 여미고 공손한 자세로〔攝齊(섭제)〕 升堂(승당)한다. 攝은 당길 섭. 당겨 쥐다.

‖국역‖ 楚(초) 恭王(공왕)이 사냥을 나갔다가 활을 잃어버렸는데, 좌우(측근)에서 돌아가 찾겠다고 말했다.

그러자 초왕이 말했다.

"그만두어라(止), 楚王이 잃어버린 활이니 楚人이 주울 것이니, 찾아서 무얼 하겠는가!"

孔子가 전해 듣고서 말했다.

"그 생각이 크지 못해(不大也) 아쉽도다. 사람이 잃어버린 활이니 사람이 주울 것이라고 말하지 않고, 하필 楚王이고 楚人이라 했는가?"

‖原文‖ 孔子爲魯司寇, 斷獄訟皆進衆議者而問之,

曰, "子以爲奚若? 某以爲何若?"

皆曰云云如是, 然後夫子曰, "當從某子幾是."

‖국역‖ 孔子가 魯(노)의 司寇(사구)였을 때, 獄事(옥사)나 訟事(송사)를 판결하면서[320] 모든 사람들에게 물어보며 말했다.

"그대는 어떻다고 생각하는가? 某氏(모씨)는 어떠해야 한다고 생각하는가?"

---

320 원문 斷獄訟 – 斷은 判斷(판단). 斷案(단안) 판결하다. 獄은 獄事. 죄의 有無. 訟(송)은 재물과 관련한 訟事(송사).

모두가 이러저러하다고 말하면 그 뒤에 공자가 말했다.

"某氏의 말을 따르는 것이 가장 좋을 것이요."[321]

| 原文 | 孔子問漆雕憑曰, "子事臧文仲武仲及孺子容, 此三大夫孰賢?"

對曰, "臧氏家有守龜焉, 名曰蔡, 文仲三年而爲一兆, 武仲三年而爲二兆, 孺子容三年而爲三兆, 憑從此之見, 若問三人之賢與不賢, 所未敢識也."

孔子曰, "君子哉漆雕氏之子, 其言人之美也, 隱而顯, 言人之過也, 微而著. 智而不能及, 明而不能見, 孰克如此." 〈克能也而宜爲如也〉.

| 국역 | 孔子가 漆雕憑(칠조빙)에게 물었다.[322]

---

321 원문 當從某子幾是 - 某子는 某氏(그 어떤 사람). 幾是는 거의 옳다.

322 원문 孔子問漆雕憑曰 - 漆雕(칠조)는 複姓(복성). 憑은 기댈 빙. 名. 漆雕憑(칠조빙)은 공자의 제자로 추정. 공자의 제자 중에 漆雕開(칠조개)가 있다. 漆彫는 복성. 이름은 啓(계), 字는 子開. 鄭玄(정현)은 칠조개를 魯人이라고 했다. 《孔子家語》에는 "蔡人이고 字는 子若이며, 공자보다 11세 연하이며, 《尙書》를 공부했고

"그대가(子) 섬긴(事) 臧文仲(장문중), 臧武仲(장무중) 및 孺子(유자) 容(용) 등이 3대부 중 누가 현명한가?(此三大夫孰賢?)"

칠조빙이 대답하였다.

"臧氏(장씨) 가문에 점을 치는 거북(守龜)이 있어, 이름을 蔡(채, 큰 거북 채)라 부르는데, 장문중은 3년에 한 번 거북점을 치고, 장무중은 3년에 두 번, 유자인 容(용)은 3년에 3번 점을 칩니다. 제가 이를 보긴 했지만, 3인의 賢(어질 현)과 不賢은 알 수 없었습니다."

孔子가 말했다.

"君子로다. 漆雕氏(칠조씨)의 아들이여! 그간 다른 사람의 장점을 말할 때는 함축적이면서도 뜻을 분명히 말하나, 다른 사람의 過失(과실)을 언급할 경우는 미세한 것을 말하면서는 뜻을 숨겨주며 그 지혜로움은(智) 따라갈 수 없는 듯하고, 밝은 안목이 있으나(明) 드러내어도 보지 못하는 듯하니, 그 누가 이와 같을 수 있겠는가?"[323]

|原文| 魯公索氏, 將祭而亡其牲.

出仕를 좋아하지 않았다." 고 기록되었다. 본 장은 劉向의 저술인 《說苑 權謀》에도 수록되었다.

323 원문 孰克如此 - 孰은 누구 숙, 克은 이길 극. 能也. 응당 이와 같겠는가?

孔子聞之曰, “公索氏不及二年將亡.”

後一年而亡. 門人問曰, “昔公索氏亡其祭牲, 而夫子曰, 不及二年必亡, 今過期而亡, 夫子何以知其然?”

孔子曰, “夫祭者, 孝子所以自盡於其親, 將祭而亡其牲, 則其餘所亡者多矣. 若此而不亡者, 未之有也.”

| 국역 | 魯나라의 公索氏(공삭씨, 索은 先落反. 줄 삭)는 제사에 쓸 희생물을 잃어버렸다.

공자가 이를 전해 듣고서 말했다.

“공삭씨는 2년이 안 되어 죽을 것이다.”

그런데 1년 뒤에 죽자, 그 문중 사람(門人)이 공자에게 물었다.

“그전에 공삭씨가 제사에 바칠 희생물을 잃어버렸을 때 夫子께서는 2년이 안 되어 죽을 것이라 하셨는데, 지금 1년 만에 죽었으니 夫子께서는 어찌 그럴 것이라 아셨습니까?”

공자가 말했다.

“제사란 孝子가 부모에게 정성을 다 바치는 것이니, 제사에 올릴 희생을 잃어버릴 정도면[324] 그 외에도 많은 것을 잃어버렸을 것이다. 그러고서도 죽지 않는 자는 있을 수 없다.”

---

324 원문 將祭而亡其牲 – 짐승을 기를 때는 畜(축), 제물로 바칠 때는 牲(생 / 犧牲)이다.

| 原文 | 虞芮二國爭田而訟, 連年不決, 乃相謂曰, "西伯仁也, 〈西伯文王〉 盍往質之?"

入其境則耕者讓畔, 行者讓路, 入其朝士讓爲大夫, 大夫讓於卿. 虞芮之君曰, "嘻! 吾儕小人也, 不可以入君子之朝."

遂自相與而退, 咸以所爭之田爲閑田也.

孔子曰, "以此觀之, 文王之道, 其不可加焉, 不令而從, 不教而聽, 至矣哉."

| 국역 | 虞(우)와 芮(예)[325] 두 나라가 토지를 놓고 쟁송하였으나 해가 거듭되어도 결말이 나지 않자, 서로 말했다.

"西伯(서백 : 文王)은 仁人이니, 가서 물어보면 어떻겠는가?"[326]

(서백의 경내에) 들어가 보니 밭갈이하는 사람은 두둑을 사양하고, 길을 가는 사람은 길을 양보하였다. 그 조정에서는 士가 大夫에게, 大夫는 卿(경)에게 양보하였다. 虞(우)와 芮(예)의 군주가

---

325 虞(우)와 芮(예) - 商末周初의 제후국. 虞(우)는, 今 山西省 서남부 運城市 관할 平陸縣 북쪽, 芮(예)는 今 陝西省 중부 渭南市 관할 大荔縣에 있었다.

326 원문 西伯(서백)은 文王(名은 昌). 곧 周 건국자 武王(名은 發)의 부친. 盍은 어찌 ~아니할 합(何不), 의문사(何不). 質은 正也. 바로잡아주다.

말했다.

"아!(嘻 희!) 우리들은 小人들이라,[327] 군자의 조정에 들어갈 수 없도다."

그리고서는 결국 함께 돌아왔고, 다투던 땅은 모두 (경작하지 않는) 閑田(한전)이라 하였다. 이에 孔子가 말했다.

"이를 본다면, 文王의 道는 더 보탤 것이 없을 것이다. 명령하지 않아도 백성이 따라오고(從), 시키지 않아도 백성이 들으니(聽), 정말 크지(至大) 않은가?"

| 原文 | 曾子曰, "狎甚則相簡, 莊甚則不親, 是故君子之狎足以交歡, 其莊足以成禮."

孔子聞斯言也, 曰, "二三子誌之, 孰謂參也不知禮乎!"

| 국역 | 曾子(증자)가 말했다.

"심하게 가까우면 서로 무시할 수 있고,[328] 너무 위엄을 보이

---

327 원문 吾儕小人也 – 吾는 나 오. 우리. 儕는 무리 제. 儕는 等也. 吾儕는 吾等.

328 원문 狎甚則相簡 – 狎은 익숙하다. 아주 가깝게 지내다. 親狎(친압)하다. 甚은 심할 심. 簡은 경시하다. 무시하다. 輕賤, 태만하게 상대하다.

면 가까이할 수 없으니, 그래서 군자는 상대가 즐거워할 정도로 가깝게 지내고, 예를 지킬 정도로(成禮) 위엄을 차리면 충분한 것이다."

孔子가 이 말을 전해 듣고서 말했다.

"너희들은(二三子) 이를 알아두어라.[329] 증삼이 禮를 모르는 사람이라고 누가 말하겠는가?"[330]

|原文| 哀公問曰, "紳委章甫, 有益於仁乎?"

孔子作色而對曰, "君胡然焉, 衰麻苴杖者, 誌不存乎樂, 非耳弗聞, 服使然也. 黼黻袞冕者, 容不襲慢, 非性矜莊, 服使然也. 介胄執戈者, 無退懦之氣, 非體純猛, 服使然也.

---

329 二三子는 제자를 지칭하는 말. 보기《論語 述而》子曰, "二三子以我爲隱乎? 吾無隱乎爾. 吾無行而不與二三子者, 是丘也."

330 ※ 참고 : 내가 약해서 남에게 양보한다는 것은 아니다(讓人非我弱). 다른 사람에게 3할쯤 양보한다 하여지는 것은 아니다(讓人三分不爲輸). 그쪽에서 예로 대하면(彼以禮來), 이쪽에서도 예로 대한다(此以禮往). 상대 예물이 왔는데도 답례를 안하면 禮가 아니다(來而不往非禮也). 남에게 한 치의 예를 갖추어 대하면(讓禮一寸) 한 자만큼의 禮敬을 받는다(得禮一尺). 하나를 양보하면 백을 얻을 수 있지만(讓一得百), 열 개를 놓고 다투면 아홉을 잃을 수 있다(爭十失九). 군자는 의리를 알지만(君子喩於義), 소인은 이익만을 안다(小人喩於利).《論語 里仁》

且臣聞之, 好肆不守折, 而長者不爲市, 竊夫其有益與無益, 君子所以知."

| 국역 | 哀公이 "紳(신, 옷의 넓은 띠)과 委(위, 周의 冠), 그리고 章甫(장보, 商代의 관, 儒者의 冠)가 仁의 실천에 도움이 됩니까?"라고 물었다.

그러자 孔子는 갑자기 안색을 바꾸며(作色) 대답하였다.

"主君께서는 왜 그런 질문을 하십니까? 衰麻(최마, 喪服)와 苴杖(저장, 喪杖, 상주가 짚는 대나무 지팡이, 竹杖)은 그 뜻이 음악에 있지 않고, 그런 풍악을 귀로 듣지 않으려는 뜻이며, (儒者의) 복장 또한 그러합니다. 黼黻(보불, 수를 놓은 禮服)과 袞冕(곤면, 제왕과 相公의 예복과 관)은 용모와 행동거지를 장중히 가지려는 뜻이니, 천성이 긍지와 장중한 것이 아니라 복장을 통하여 그렇게 행동하라는 뜻입니다. 介胄(개주, 갑옷과 투구)에 兵器를 지닌 자는〔執戈者, 戈(창 과)〕 물러나거나 겁먹은 기운이 없어야 하는데〔退懦之氣(퇴나지기)〕, 이는 신체가 용맹해서가 아니라[331] 복장을 통하여 그러한 것입니다. 그리고 臣이 알기로, 장사를 잘하는 사람은 손해를 보지 않고,[332] 〔忠厚(충후 : 점잖은)한〕 長者(장자 : 어른)는 시장에서

331 원문 非體純猛 - 純猛(순맹)은 純正하고 勇猛(용맹)하다.

332 원문 好肆不守折 - 肆는 방자할 사, 장사 사. 점포. 가게. 好肆는 好商. 유능한 상인. 折은 꺾을 절. 折本(절본). 본전을 까먹다. 손

장사하지 않는다고 하였습니다.[333] 잘 생각한다면, 그런 복장이 有益(유익)한 지 아니면 無益(무익)한가는 군자가 알 것입니다."

| 原文 | 孔子謂子路曰, "見長者而不盡其辭, 雖有風雨, 吾不能入其門矣. 故君子以其所能敬人, 小人反是."

| 국역 | 孔子가 子路에게 말했다.

"長者(장자 : 어른)를 뵈었을 때, 그에게 칭송의 말을 다하지 않는 사람이라면, 비록 風雨(풍우)가 닥치더라도 그런 사람 집에는 들어가지 않을 것이다. 이처럼 君子는 그 모든 능력을 다하여 사람을 공경하지만, 소인은 이와 반대이다."[334]

| 原文 | 孔子謂子路曰, "君子以心導耳目, 立義以爲勇, 小

해보다. 물건을 사고파는 사람은 청렴하지 않으니, 좋은 점포에서는 손해를 보지 않는다는 풀이는 文理가 자연스럽지 못함.

333 원문 長者不爲市 – 長者의 행실로는 시장에서 장사를 할 수 없다. 시장에서 물건을 사고파는 행위를 할 수 없을 것이다.

334 원문 小人反是 – 소인은 그와 반대이다. 敬人에 誠心이나 노력을 다하지 않는다는 뜻.

人以耳目導心, 不愻以爲勇. 故曰退之而不怨, 先之斯可從已."

| 국역 | 孔子가 子路에게 말했다.

"君子는 마음의 의지로(心志) 듣거나 보는 것을(耳目) 주도하여 대의를 실천하는 것을 勇(용 : 용맹함)이라 생각하지만, 小人은 耳目(이목)으로 마음을 움직이게 하고(導心), 不愻(불손, 不遜, 공손하지 않음)한 행동을 용기라고 생각한다. 그래서 군자는 배척당하더라도 원망하지 않으며, 앞서 실천한 사람을 따라가야 할 스승으로 생각한다."[335]

| 原文 | 孔子曰, "君子三患, 未之聞, 患不得聞, 旣得聞之, 患弗得學, 旣得學之, 患弗能行. 有其德而無其言, 君子恥之, 有其言而無其行, 君子恥之, 旣得之, 而又失之, 君子恥之, 地有餘民不足, 君子恥之, 衆寡均而人功倍己焉, 君子恥之."

---

335 원문 故曰退之而不怨, 先之斯可從已 – 남이 나를 물리치더라도 원망하지 않는다. 나보다 앞서가는 사람이라면 따라갈 사람이라 여겨(先之則可從) 스승이라 생각한다(足以爲師也).

| 국역 | 孔子가 말했다.

"君子에게는 3가지 걱정이 있다. (새로운 것을) 듣지 못했다면 (未之聞) 못 들을까 걱정하고, 들은 바가 있다면 그를 배우지 못할까 걱정한다(患弗得學). 그리고 배웠다면 그것을 실천하지 못할까 걱정하게 된다(患弗能行). (良好한) 품덕을 갖추었더라도 그를 적당한 언사로 설명하지 못하는 것을 군자는 부끄럽게 여긴다. 언어로 표현하나 그것을 실천하지 못하는 것을 군자는 부끄럽게 생각한다. 얻은 바를 잃어버린다면 君子는 부끄럽게 생각한다. 땅은 여유가 있으나 백성이 풍족하지 못하고 부족하다면 군자는 부끄러워한다. (군자가 영도하는) 백성의 부세나 의무에 대하여 많고 적거나 비슷하나 남의 공적이 자신보다 뛰어나면 군자는 그것을 부끄러워한다."[336]

| 原文 | 魯人有獨處室者, 鄰之嫠婦, 亦獨處一室. 夜暴風雨至, 嫠婦室壞, 趨而托焉, 魯人閉戶而不納, 嫠婦自牖與之言, "何不仁而不納我乎?"

---

336 원문 衆寡均而人功倍己焉, 君子恥之 – (백성의) 많고(衆) 적음(寡)이 비슷하나(均) 타인의 공적이(人功) 자신의 倍가 되는 것을 군자는 부끄럽다고 생각한다. 결국 군자는 최선을 다하지 않았기에 부끄러울 것이다.

魯人曰, "吾聞男女不六十不同居, 今子幼吾亦幼, 是以不敢納爾也."

婦人曰, "子何不如柳下惠? 然嫗不建門之女, 國人不稱其亂."

魯人曰, "柳下惠則可, 吾固不可. 吾將以吾之不可, 學柳下惠之可."

孔子聞之曰, "善哉! 欲學柳下惠者, 未有似於此者, 期於至善而不襲其爲, 可謂智乎!"

| 국역 | 魯(노)나라에 어떤 사람이 혼자 살았는데, 이웃에 과부 역시 혼자 살고 있었다.[337] 어느 날 밤, 폭풍우에 과부의 집이 무너지자, 과부는 이웃 홀아비에게 의탁하려고 달려갔다. 그러나 魯人이 대문을 닫고 받아들이지 않자, 과부는 창문을 통하여 "왜 인정 없이 나를 들어오라 하지 않는가요?"라고[338] 물었다. 이에 魯人이 말했다.

"내가 알기로, 남녀가 60살이 안 되었으면 함께 머물 수 없다고 하였는데, 지금 그대나 내가 60세가 안 되었기에 당신을 들어

---

337 원문 鄰之嫠婦 – 鄰은 이웃 린. 隣은 鄰의 俗字. 嫠는 과부 리(이, 寡婦). 處는 거처하다. 동사. 一室은 방 하나가 아니라 한 집.

338 원문 何不仁而不納我乎? – 여기 不仁은 仁慈(인자)하지 않다. 인정머리 없다.

오라고 할 수 없습니다."[339]

부인이 말했다.

"당신은 어찌 柳下惠(유하혜)만도 못합니까?[340] 곽문을 나가지

---

339 원문 是以不敢納爾也 – 納은 받아들이다. 들어오라고 허락하다. 爾는 너(汝, 女, 而) 이.

340 柳下惠(유하혜) – 魯의 대부로 본명은 展禽(전금, 展獲)이다. 공자보다 1백 년 정도 먼저 사람. 柳下는 그의 식읍. 惠는 私的 시호. 공자는 유하혜의 탁월한 재능을 칭찬하였다. 유하혜는 典獄官(전옥관)으로 현명하고 유능하였지만(《論語 衛靈公》 子曰, "臧文仲其竊位者與! 知柳下惠之賢而不與立也.") 세 번이나 면직되는 치욕을 겪었다(降志辱身). 어떤 사람이 유하혜에게 "당신은 아직도 떠나지 않을 겁니까?"라고 물었다. 이에 유하혜가 말했다. "正道로 주군을 섬긴다면, 어디를 가더라도 3번쯤은 쫓겨나지 않겠습니까? 정도를 굽혀 枉道(왕도)로 섬길 것이라면 하필 부모님이 살던 나라를 떠나겠습니까?"라고 말했다.(《論語 微子》 柳下惠爲士師, 三黜. 人曰, "子未可以去乎?" 曰, "直道而事人, 焉往而不三黜? 枉道而事人, 何必去父母之邦?") 《논어》에 공자 이전의 隱逸(은일, 은자) 7명에 대한 공자의 평가가 있었다. 뜻을 굽히지도 않았고 치욕을 겪지 않은 伯夷(백이)와 叔齊(숙제)이었다. 그리고 자신의 뜻을 꺾고 몸으로는 어려운 생활을 겪으면서도(降志辱身) 바른 언행을 끝까지 견지한 사람은 柳下惠(유하혜)와 少連(소련)이었다. 그리고 은거하며 할 말을 다하면서도 처신은 깨끗했고 중도적인 타협을 거부하며, 자신의 뜻을 고집한 사람은 虞仲(우중)과 夷逸(이일), 朱張(주장) 등이었다.
공자 자신은 그들과 다르다고 하였다. 공자는 세상을 버리고 은거하지 않았다. 또 자기주장만을 끝까지 내세우거나, 그렇다고

못한 노파를 재워주었지만,[341] 이웃 사람 누구도 유하혜를 음란하다고 말하지 않았습니다."

魯人이 말했다.

"柳下惠(유하혜)는 가능한 일이었지만, 나는 유하혜가 아니라서 안 됩니다. 내가 못하는 일이라서 유하혜처럼 가능하도록 더 배울 것입니다."

孔子가 이를 전해 듣고 말했다.

"착하도다. 유하혜를 따라 배우려는 사람으로 여태껏 이런 사람도 없었지만, 至善(지선 : 지극한 선에 이르다)을 기약하면서 남의 한 일을 흉내내지 않았으니, 가히 지혜로운 사람이다."

자신의 신념을 버리고 치욕을 견디지도 않았다. 등용되면 할 일을 하며 理想을 실천하려고 노력했다. 등용되지 않았다면 그뿐! 현실을 외면하지 않고 평소와 같이 생활하였다. 곧 될 것도 아니될 것도 없고, 꼭 해야 할 것도 해서는 아니될 것도 없었으며, 융통 속에 中庸之道(중용지도)를 지켰다.

341 원문 然嫗不逮門之女 – 어느 날, 유하혜는 (통금에 걸려) 郭門(곽문)을 나가지 못한 노파〔嫗(할미 구)〕를 재워줘야만 했다. 여기 嫗는 품으로 안아주다라는 뜻의 동사로 쓰였다. 유하혜는 그 노파를 내칠 수 없어 몸으로 안아주며 추운 밤을 새웠지만 음란한 행위를 하지 않았다고 한다. 逮門은 통금에 걸려 성문을 나가지 못하다. 逮는 미칠 체. 따라잡다. 이를 죄를 짓고 도망나온 여자라는 뜻으로 옮긴 책도 있다.

| 原文 | 孔子曰, “小辯害義, 小言破道, 關雎興於鳥而君子美之, 取其雄雌之有別. 鹿鳴興於獸, 而君子大之, 取其得食而相呼. 若以鳥獸之名嫌之, 固不可行也.”

| 국역 | 孔子가 말했다.

“사소한 일에 대한 변론이(小辯) 오히려 대의를 해치거나(害義), 자질구레한 小道(소도)에 대한 언급이(小言) 大道를 깨트릴 수도 있다(破道). 《詩經 周南(시경 주남)》〈關雎(관저)〉 篇(편)은 새(鳥)에서 감흥하였지만, 군자는 그를 칭찬하며 雌雄(자웅, 男女)이 有別하다는 대의를 취하였다.[342] 《詩經 小雅(시경 소아)》〈鹿鳴(녹명)〉편은 짐승에서 감흥을 느껴 지은 시이나 君子는 먹이를 두고 같은 무리를 부르며 함께 먹는 데에 대의를 취하였다. 이들 시에 대하여 만약 새나 짐승 이름으로 붙인 것을 혐오했다면 그런 詩에 大義가 통하지는 않았을 것이다.”

| 原文 | 孔子謂子路曰, “君子而强氣, 而不得其死, 小人而强氣, 則刑戮薦蓁.”

---

342 원문 取其雄雌之有別 – 雄雌(자웅)은 암컷과 수컷. 인간의 男女. 夫婦有別.

〈豳詩〉曰,「殆天之未陰雨, 徹彼桑土, 綢繆牖戶, 今汝下民, 或敢侮余.」

孔子曰, "能治國家之如此, 雖欲侮之, 豈可得乎? 周自后稷積行累功, 以有爵土, 公劉重之以仁, 及至大王亶甫, 敦以德讓, 其樹根置本, 備豫遠矣. 初, 大王都豳, 翟人侵之, 事之以皮幣, 不得免焉, 事之以珠玉, 不得免焉, 於是屬耆老而告之, 所欲吾土地. 吾聞之君子不以所養而害人, 二三子何患乎無君? 遂獨與大姜去之, 踰梁山, 邑於岐山之. 豳人曰, '仁人之君, 不可失也.' 從之如歸市焉. 天之與周, 民之去殷久矣, 若此而不能天下, 未之有也, 武庚惡能侮."

〈鄁詩〉曰,「執轡如組, 兩驂如舞.」

孔子曰, "爲此詩者, 其知政乎! 夫爲組者, 緫紕於此, 成文於彼, 言其動於近, 行於遠也. 執此法以御民, 豈不化乎! 竿旄之忠告至矣哉!"

| 국역 | 孔子가 子路(자로)에게 말했다.

"君子이면서 그 氣(기)가 억세다면 제대로 죽을 수 없고(不得其死, 不善終), 소인의 기운이 강대하다면 연이어 형벌을 당할 것이다."[343]

《詩經 豳風(빈풍)》〈鴟鴞(치효)〉 편에 노래하였다.

「하늘에서 비가 내리기 전에,

뽕나무 뿌리를 캐다가 너의 집 창틀을 얽어매라.[344]

지금 네 아래에 있는 백성 누가 감히 너를 무시하겠는가?」[345]

孔子가 말했다.

"능히 나라를 다스리는 것도 이와 같을 것이니, 누군가가 업신여기려 해도 그렇게 할 수 있겠는가?(豈可得乎) 周는 后稷(후직, 名은 棄)이 선행과 공적을 쌓아 작위와 토지를 받았고, 公劉(공류, 后稷의 曾孫)는 仁德을 계속 누적(중히 여겼다)하였으며 (그 후손인) 大王亶甫(태왕단보, 古公亶父, 후직의 12代 孫)는 성실하게 덕을 베풀어 그 나무뿌리처럼 왕조의 근간이 되었으니 (周朝의) 예비 조치가 그만큼 오래되었다(備豫遠矣). 그전에 大王(태왕, 고공단

---

343 원문 則刑戮薦蓁 – 刑은 형벌, 戮은 죽일 륙. 薦蓁(천진)은 연달아 이어지다. 蓁(우거질 진)은 臻(이를 진). 이어지다의 뜻.

344 원문 殆天之未陰雨, 徹彼桑土, 綢繆牖戶 – 殆는 위태할 태. ~에 미치다(及也). 陰雨(음우)는 장마. 徹은 통할 철. 벗기다(剝也), 桑土(상토)는 뽕나무 뿌리(桑根也). 鴟鴞(치효, 솔개나 부엉이)는 장마가 시작되기 전에 미리 그 둥지를 튼튼하게 얽어매다. 곧 나라도 위험이 닥치기 전에 미리미리 대비해야 한다는 뜻. 牖戶(유호)는 창문. 창틀. 둥지의 출입구.

345 원문 今汝下民, 或敢侮余 – 今은 지금 周公이 이렇듯 지대하고 어려운 공을 세웠으니 백성들 누가 무시하겠느냐? 或은 누구 혹. 侮는 업신여길 모. 余는 나 여.

보)이 豳(빈)에 定都했을 때, 翟人(적인, 狄人, 유목민)이 침입하였고, (周族은) 가죽이나 옷감을 주었으나(事之以皮幣) 침략을 벗어날 수 없었으며, 珠玉(주옥)을 보내주고 달랬어도 (침략을) 면할 수가 없었다. 이에 태왕은 마을의 원로를 불러 모아 말했다.

저들이 요구하는 것은 우리의 땅입니다(所欲吾土地). 내가 듣기로, 군자는 사람을 먹여 살리는 땅 때문에 사람을 해칠 수 없다고 하였습니다. 그러니 여러분은 주군이 없다 하여 무엇을 걱정하시겠습니까?" 그리고서는 (부인) 太姜(태강)과 함께 豳(빈)을 떠나 梁山(양산)을 넘어 岐山(기산) 아래에 마을을 이루었다. 그러자 豳(빈)의 백성이 말했다. '어진 주군이시니 우리가 그분을 잃을 수 없다.' 라 하고서는 마치 시장에 가듯 사람이 모여들었다. 이처럼 하늘이 周를 도왔고 백성들의 마음이 殷(은)나라를 떠난 지 오래되었으니, 이러고서도 천하를 차지하지 못한 경우가 여태껏 없었다. 그러니 (殷 紂王(주왕)의 아들) 武庚(무경)이 周를 어찌 무시할 수 있겠는가?" [346]

《詩經 邶風(패풍) / 鄭風(정풍)》〈簡兮(간혜)〉 편에 노래했다.

「말고삐는 실끈처럼 부드럽게 잡으니(執轡如組),

양쪽 곁말〔兩驂(양참 : 두 말)〕이 춤추듯 달려가네(如舞).」

이에 공자가 말했다.

---

346 원문 武庚惡能侮 – 武庚(무경)은 폭군 紂(주)의 아들인데, 나중에 祿父 및 管叔과 함께 周에 반역했지만 周公이 토벌 평정하였다.

"이 시를 지은 사람은 정치를 아는 사람이다. 실끈(組)을 짜는 사람은, 실을 모아 짜내려가면 무늬가 이뤄지니 가까운 곳을 움직여 먼 곳까지 따라오게 한다. 이렇게 백성을 거느린다면 교화가 어찌 이뤄지지 않겠는가!《詩經 鄘風(용풍)》〈竿旄(간모)〉 詩의 忠告(충고)는 아주 지극하도다."[347]

---

347 원문 〈竿旄〉 至矣哉! - 〈竿旄 / 幹旄(간모)〉는《詩經 鄘風(용풍)》의 편명. 〈竿旄(간모)〉의 시는 善道를 여러 사람에게 알려주는 것을 좋아한다는 시이니, 흰 실을 모아 良馬의 組를 만드는 것에 비유하였다는 주석이 있다.

《孔子家語》
권3

〈觀周(관주)〉 제11

【해설】

본 편은 孔子의 周 왕실 견문을 기록하였다.

魯나라 孟僖子〔맹희자, ?－前 518년, 魯國 孟孫氏(맹손씨)의 8代 宗主(종주)〕가 죽기 직전에 아들 남궁경숙에게 말했다.

“내가 알기로, 聖人(성인)의 후예는 한 시대를 다스리지 못하더라도 틀림없이 통달한 사람이 있다고 하였다. 지금 孔子는 젊지만 예를 좋아하니 통달한 사람이 틀림없다. 내가 죽은 뒤라도 너는 꼭 공자에게 배우도록 하라.”

그래서 孟懿子(맹의자, 前 518－481년에 魯國 孟孫氏 宗主)와 그의 동생 南宮敬叔〔남궁경숙, 姬姓, 南宮氏, 名閱, 或 說, 一名 縚(도), 謚(시)는 敬〕은 공자를 찾아와 學禮(학례 : 예를 배우다)했다. 그러나 남궁경숙은 《史記 仲尼弟子列傳(사기 중니제자열전)》에 이름이 나타나지 않는다.

孔子와 南宮敬叔(남궁경숙)은 周〔東周(동주)〕 도읍에 가서 老子(노자)에게 禮에 관해 물었다. 朱子〔주자, 朱熹(주희)〕는 “老子가 周室(주실)의 柱下史(주하사)를 역임하여 禮와 예절에 관하여 알기 때문에 찾아가 물었다." 고 말했다.

南宮敬叔(남궁경숙)은 孟懿子(맹의자)의 아우로 魯 昭公(노 소공)의 지원을 받을 수 있었다. 〈孔子世家(공자세가)〉에는 방문한 연도 기록은 없고 魯 昭公이 수레와 말 2마리, 하인 1명을 내주었다고 기록했다.

당시 周 왕실은 洛陽(낙양)에 있었다. 공자가 老子를 방문한 시기를 공자가 '季氏史(계씨사)가 된 이후, 魯 昭公 20년 사이'의 일로 기록했다.[348] 사실 공자가 老子를 만났다면, 이는 중대한 일인데 《論語》에는 이에 관한 언급이 없다.

老子〔李聃(이담), 前 571－471?〕는 名은 耳(이), 字는 伯陽(백양), 外字는 聃(담, 귓바퀴 없을 담)이다. 周室 柱下史(주실 주하사)는 周의 官名(관명)으로 漢代(한대)의 御史(어사)와 같다. 어전 기둥 옆에 侍立(시립)하면서 임무를 수행하기에 柱下史라 하였다. 王에게 보고되는 각종 상주문이나 공문, 도서, 통계자료 등을 관장하였다.

禮節(예절)은 禮儀凡節(예의범절)이라는 뜻이지만, 여기서는 생활예절이 아니다. 생활예절을 물으러 周 왕실까지 여행하겠는가? 禮는 어떤 의식 절차나 개인 상호 간의 예절만을 지칭하지 않는다.

---

348 《史記索隱》에서는 「莊子云 '孔子年五十一, 南見老聃.'」이라 하여 공자 51세 이후라 했다.

《論語》에 보이는 禮는 넓게 말하여 하나의 문화 규범이다. 예는 사회나 국가의 평화와 질서를 유지하고, 인간 행위들의 조화와 안정을 이룩하려는 외형적 모습으로, 하나의 나라가 이룩한 문화적 총체라고 할 수 있다.

공자가 언제부터 제자들을 모아 가르쳤는가에 대한 자세한 기록은 없다. 다만《사기 공자세가》에는 공자가 南宮敬叔(남궁경숙)과 함께 魯君의 도움으로 周(주)나라를 여행했고, 老子에게 禮(예)에 대해 물었다는 기록이 있다. 이어 '주나라를 여행하고 노나라로 돌아온 이후 제자들이 조금씩 모여 들었다.' 는 기록이 있으니, 이것이 공자가 제자를 모아 가르치기 시작한 것이라 볼 수 있다.

공자 이전에, 귀족들은 개인 교사에게 학문을 배웠고, 미관말직의 젊은 관리들은 그 관청의 상급자에게서 배웠다. 고위 왕족이나 귀족의 자제는 관직으로의 출세가 보장된 상황이었고, 현직 관리들에 대한 교육은 직무 연수나 직업훈련의 성격이었다고 볼 수 있다. 그러나 공자의 교육은 출발부터 이들과 달랐다. 공자는 중국 역사상 최초로 私敎育(사교육)을 시작하였다.

孔子가 周室(주실)의 樂師(악사) 萇弘(장홍, ? – 前 492년)에게 음악을 물었다. 萇弘(장홍)은 춘추시대 蜀人(촉인)으로 저명한 학자이며 관리로 天文, 曆數(역수), 音律(음률)에도 정통했다. 공자가 음악에 관하여 묻고 돌아가자, 장홍이 劉文公(유문공)에게 말했다.

“공자는 聖人(성인)의 儀表(의표)가 있고, 대화에 先王(선왕)을 언급하며, 謙讓(겸양)을 몸소 실천하고, 많은 것을 물어 배우려 하며, 풍부한 식견을 갖고 있어 성인에 가까운 것 같습니다.”

그러자 유문공이 물었다. “聖人의 道를 어떻게 실천하겠습니까?”

이에 장홍이 말했다. “堯(요)와 舜(순), 周(주) 文王(문왕)과 武王(무왕)의 도덕이 해이해지고 추락했으며 예악이 무너진 지금, 공자는 성인의 道를 바로 세우려고 합니다.”

공자가 이를 전해 듣고서는 말했다.

“내가 어찌 그렇겠는가? 나는 다만 예악을 좋아할 뿐이다.”

禮는 넓게 말하면 문화규범인데, 禮로써 국가나 사회의 질서를 유지하고 문벌 간의 차이와 名分(명분)을 바로잡으려 했다. 말하자면 禮는 사회의 질서를 유지하는 외형적 제약이다.

樂(악, 音樂)은 인간의 性情(성정)을 和樂(화락)하게 하는 기능이 있어 정치나 여러 儀禮(의례)에서 樂을 통하여 백성의 性情(성정)을 조화하며 교화하는 수단으로 인식되었다.

공자는 “사람이 不仁하다면 그 사람이 禮를 어떻게 행하며, 樂을 어떻게 대하겠는가?”라고 말했다.[349]

---

349 《論語 八佾》 子曰, “人而不仁, 如禮何? 人而不仁, 如樂何?”

곧 예악은 군자의 교양과 수양의 목표이며 기준이라고 해석할 수 있다. 仁을 실천하려는 誠心(성심)이 없다면 예악은 일종의 虛飾(허식)일 뿐이다.

〈問禮老聃(문례노담)〉

|原文| 孔子謂南宮敬叔曰, "吾聞老聃博古知今, 通禮樂之原, 明道德之歸, 則吾師也, 今將往矣."

對曰, "謹受命."

遂言於魯君曰, "臣受先臣之命, 云孔子聖人之後也, 滅於宋, 其祖弗父何, 始有國而授厲公, 及正考父佐戴武宣, 三命茲益恭. 故其鼎銘曰, 「一命而僂, 再命而傴, 三命而俯, 循墻而走, 莫余敢侮, 饘於是, 粥於是, 以餬其口.」其恭儉也, 若此."

臧孫紇有言, "聖人之後, 若不當世, 則必有明君而達者焉, 孔子少而好禮, 其將在矣."

屬臣曰, "汝必師之, 今孔子將適周, 觀先王之遺制, 考禮樂之所極, 斯大業也, 君盍以乘資之, 臣請與往."

公曰, "諾." 與孔子車一乘, 馬二疋, 竪其侍御. 敬叔與俱至周, 問禮於老聃, 訪樂於萇弘, 歷郊社之所, 考明堂之則, 察廟朝之度.

於是喟然曰, "吾乃今知周公之聖, 與周之所以王也."

及去周, 老子送之曰, "吾聞富貴者送人以財, 仁者送人以言, 吾雖不能富貴, 而竊仁者之號, 請送子以言乎. 凡當今之士, 聰明深察而近於死者, 好譏議人者也, 博辯閎達而危其身, 好發人之惡者也, 無以有己爲人子者, 無以惡己爲人臣者."

孔子曰, "敬奉敎." 自周反魯, 道彌尊矣. 遠方弟子之進, 蓋三千焉.

| 국역 | 孔子가 南宮敬叔(남궁경숙)[350]에게 말했다.

"내가 알기로, 老聃(노담)은[351] 옛일과 지금의 여러 가지를 많

---

350 南宮敬叔(남궁경숙) – 魯國 대부, 孟僖子(맹희자)의 아들이며, 孟懿子(맹의자)의 동생인 南宮敬叔〔남궁경숙, 생졸년 미상, 姬姓, 南宮氏, 名閱, 一名 縚(도), 諡(시)는 敬〕은 공자를 찾아와 學禮했다. 그러나 남궁경숙은《史記 仲尼弟子列傳》에 이름이 나타나지 않는다.

351 老聃(노담) – 老子〔李聃(이담), 前 571 – 471 ?〕는 名은 耳(이), 字는 伯陽(백양), 外字는 聃(담)이다.《史記 老子韓非列傳》에 의하면, 노자는 楚나라 苦縣(고현, 今 河南省 동부 周口市 관할 鹿邑縣) 사람으로 주 왕실의 守藏室史(도서관장 格)를 역임했다. 일찍이 공자가 노자를 찾아가 禮에 대해 물었다고 했으니, 노자는 공자보다 나이가 많았던 것 같다. 공자는 노자를 매우 존경하였고, 노자를 만나본 뒤 마치 龍과 같다고 찬탄했다. 그 뒤 周 왕실이 쇠퇴하자 그는 관직을 떠나 은둔생활을 하려고 했다. 그가 河南 함곡관을 지날 때, 關所를 지키던 尹喜(윤희)는 노자를 맞이하여 글을 남겨 달라고 요청했다. 이에 노자는 후인들을 위하여 한 권의 글을 남겼는데 바로《老子道德經 / 五千言》이며, 그 뒤 행적은 알려진 바 없다고 한다. 노자는 160세 또는 200세를 살았다고 하나 믿을 수 없고, 楚나라의 老萊子(노래자)가 老子라고 하는 사람도 있으며, 太師 儋(담)이 노자라 말하는 사람도 있어 일정하지 않다.

이 알고 있으며(博古知今), 禮樂(예악)의 근원에도 통달하였고, 道德(도덕)의 큰 뜻에도(歸, 宗旨) 밝은 분이라서 나의 스승으로 모실만하니 이번에 찾아뵈려 한다."

그러자 남궁경숙이 말했다.

"삼가 말씀대로 따르겠습니다(謹受命)."

(남궁경숙이) 魯君〔魯 昭公(소공), 재위 前 541–510년〕에게 말했다.

"臣은 先臣〔선신: 孟僖子(맹희자)〕의 遺名(유명)을 받았습니다. 孔子는 聖人〔殷 湯王(은 탕왕)〕의 후손으로 宋에서 魯로 이주하였고,[352] 공자의 先祖〔弗父何(불보하)〕[353]는 왕위 계승권이 있었으나 厲公(여공)에게 양보하였으며, (불보하의 증손인) 正考父(정고보)는 (宋의) 戴公(대공), 武公(무공), 宣公(선공)을 보좌하였는데 三命(삼명 : 세 번이나 명령을 받다)을 받았지만 더욱 공손하였다고 하였습니다. 그러면서 그 (종묘의) 鼎(정)에 새긴 글(銘)에는 「一命

---

352 원문 滅於宋 – 孔子의 선조가 宋에서 魯로 이주하였다. 이를 宋에서 滅亡했다고 말하였다.

353 弗父何(불보하) – 공자의 10世祖. 緡公(민공)의 아들, 아우에게 계승권은 넘겼고, 아우 宋厲公(여공, 재위 前 ?–859년)이 계위했다. 弗父何 – 宋父周 – 世子 勝(승) – 勝 生 正考父(정고보) – 正考父 生 孔父嘉(공부가). 孔父嘉의 증손 孔防叔(공방숙)이 魯로 피난했다. 防叔이 伯夏(백하)를 生하고 伯夏는 叔梁紇(숙량흘)을 낳았으며, 숙량흘이 孔子의 부친이다.

에 僂(허리 구부릴 루)하고, 再命에 傴(공경하여 구부릴 구)하였으며, 三命에는 俯(더욱 공경하여 굽힐 부)하며 담장을 따라 빠른 걸음으로 걸으면[354] 아무도 나를 무시하지 않을 것이다.[355] 여기에 진한 죽을 쑤고(饘於是), 또 여기에도 묽은 죽을 쑤어(粥於是) 입에 풀칠할 것이다(以餬其口).」[356] 그 가문의 공경과 검소한 생활이 이와 같았습니다."

(魯의 大夫) 臧孫紇(장손흘)이 말했습니다.

"聖人의 후손이 만약 세상을 다스릴 수 없다면,[357] 반드시 明君이나 사리에 통달할 사람이 있을 것이다. (성인의 후손으로) 孔子는 젊지만(少) 好禮(호례 : 예를 좋아하다)하니, 아마 공자가 그런 사람일 것입니다. 그러면서 저에게 부탁하였습니다. '너는 필히 공자를 스승으로 모셔라.' 지금 마침 공자가 周 왕실〔洛邑(낙읍)〕에 가서 先王(선왕)의 遺制(유제)를 두루 둘러보고(觀) 禮樂(예악)의 최고 경지

---

354 원문 循墻而走 – 循은 좇을 순. 墻은 담 장. 走는 빠른 걸음으로 걷다. 循墻而走는 아주 공경하는 모양이다(言恭之甚).

355 원문 亦莫余敢侮 – 余는 나 여(我也, 곧 正考父). 내가 이처럼 공손한데 누가 나를 무시하겠느냐? 그럴 사람은 없을 것이다.

356 원문 以餬其口 – 餬은 죽 전(糜也). 이는 검소한 생활을 뜻한다는 주석이 있다.

357 원문 若不當世 – 臧孫紇(장손흘)은, 곧 臧武仲(장무중). 魯의 대부였다는 주석이 있다. 若은 만약 약. 不當世 – 繼世하여 宋의 통치자가(君) 되지 못하다.

를 고찰하려고 하니, 이는 중대한 일입니다(大業). 그러하니 주군께서는 왜 수레와 말을 내주어 공자를 돕지 않으십니까? 저도 같이 가기를 청하옵니다."[358]

소공은 "좋다(諾)."고 하였다. 그리고 공자에게 수레 1대와 말 2필, 하인과(豎者, 僮僕) 마부(御者)를 내주었다. 남궁경숙은 함께 周(洛邑)에 갔고 老聃(노담)에게 禮에 대하여 물었고, 萇弘(장홍)[359]을 찾아 樂에 대한 의견을 나누었으며 郊社(교사)를 지내는 곳을 돌아보았고(歷) 明堂(명당)[360]의 法制(법제)를 살폈으며, 종묘와 조정의 여러 법도를 고찰하였다. (그리고서는) 공자가 탄식하며 말했다.

"나는 이제야 周公(주공)의 聖明(성명)하심과 周室(주실 : 주나라)이 천하를 차지한 까닭을 깨우쳤도다."

공자가 떠나올 때, 노자는 공자에게 말했다.

"내가 들어 알기로, 富貴(부귀)한 者(자)는 사람을 전송하며 재

---

358 원문 君盍以乘資之, 臣請與往 - 君은 魯 昭公. 盍은 어찌 아니할 합. 資之는 공자를 물질적으로 돕다.

359 萇弘(장홍, ? - 前 492년) - 춘추시대 周 敬王(재위 前 519 - 477년)의 신하. 蜀人. 저명한 학자이며 관리. 天文, 曆數(역수), 音律에 정통했다. 뒷날 范,中行氏의 난 때 죽었다.

360 明堂(명당) - 천자가 政敎의 大典을 행하는 건물. 朝會, 祭祀, 慶賞, 養老, 敎學 등의 행사를 집행하는 곳. 작용, 구조, 위치 등에 관하여 正論이 없다. 漢의 경우 武帝 建元 원년(前 140)에 설치했다.

물을 주고, 仁者는 送人(송인 : 작별하다)할 때 箴言(잠언 : 좋은 말)을 말해준다고 하였소. 내가 富貴한 사람이 될 수 없으니, 잠시 仁者라 생각하며 그대에게 말로 송별하려 합니다. 대체로 오늘날 士人이나 君子가 聰明(총명)하고 깊이 통찰하는데도 거의 죽을 지경에 이르게 되는 것은 남을 비판하고 평가하기를 좋아하기 때문이고, 많은 지식에 달변이면서도 자신을 위험에 빠트리는 것은 남의 단점을 들춰내기를 좋아하기 때문이요. 그러니 자신이 남의 자식이 되거나 남의 신하가 되어서는 주군의 미움을 받지 않도록 해야 합니다."

이에 공자는 "삼가 가르침을 받들겠습니다(敬奉教)."라고 말했다. 공자가 周에서 魯로 돌아온 뒤에 공자의 道는 더욱 존중되었다. 그리고 멀리서도 제자들이 찾아오니 그 제자가 대략 3천 명이나 되었다.[361]

---

361 원문 遠方弟子之進, 蓋三千焉 – 공자의 제자는 얼마나 많았는가? 《史記 孔子世家》에는 「제자가 대략 3천 명인데, 그중에 六藝에 통달한 자가 72인이었다.(弟子盖三千焉, 身通六藝者七十有二人.)」라고 하였다. 여기서 '三千弟子 七十二賢'이라는 말이 나왔다. 공자는 찾아오는 제자를 결코 마다하지 않았으며(《論語 述而》 子曰, "自行束脩以上, 吾未嘗無誨焉."), 제자의 빈부나 신분을 가리지 않았으며(《論語 衛靈公》 子曰, "有教無類."), 문제가 있다 생각하여 제자들도 만나기를 꺼리는 젊은이도 공자는 모두 포용하였다. 《孟子》에는 공자의 제자가 70여 명이었다는데, 이는 어느 정도 사실에 가까운 숫자라고 볼 수 있다. 《史記

| 原文 | 孔子觀乎明堂, 睹四門墉有堯舜之容, 桀紂之象, 而各有善惡之狀, 興廢之誡焉. 又有周公相成王, 抱之負斧扆, 南面以朝諸侯之圖焉, 孔子徘徊而望之, 謂從者曰, "此周之所以盛也. 夫明鏡所以察形, 徃古者所以知今, 人主不務襲跡於其所以安存, 而忽怠所以危亡, 是猶未有以異於卻走而欲求及前人也, 豈不惑哉."

| 국역 | 孔子가 明堂(명당)을 둘러보았는데, 사방 출입문(四門)의 벽〔墉(담 용)〕에 堯(요)와 舜(순)의 얼굴 모습이나 桀(걸)과 紂王(주왕)의 형상을 그려놓고, 각각에 善惡의 모습이나 흥망을 훈계하는 말이 기록된 것을 보았다. 또 周公이 成王을 보필하면서 성왕을 안고 병풍 앞에서 南面(남면)하여 諸侯(제후)의 朝賀(조하)를 받는 그림도 있었다.[362] 孔子는 이곳저곳을 다니며(徘徊) 둘러보고서는 從者(종자)에게 말했다.

"이것이 周가 흥성한 까닭이다. 거울은 형체를 비춰볼 수 있고, 지나간 옛일로 지금의 일을 알 수 있다(徃古者所以知今). 人

仲尼弟子列傳》에는 76명이 이름이 나오지만, 이름만 수록된 제자들이 40여 명이나 된다. 《論語》에는 공자의 제자로 생각해도 무방한 사람 22명이 언급되어 있다.

362 원문 抱之負斧扆, 南面以朝諸侯之圖焉 – 抱之는 어린 成王을 안다. 負는 등지다. 斧扆(부의)는 큰 병풍이라는 주석이 있다.

主(主君)가 어떻게 나라를 安存(안존)하게 했는가를 배우지 않거나 위기와 멸망에 이르게 된 원인을 소홀히 한다면, 이는 뒷걸음질 치면서 앞서가는 사람을 따라가려는 것과[363] 다르지 않으니, 어찌 미혹하지 않겠는가?(豈不惑哉)"

---

363 원문 是猶未有以異於卻走而欲求及前人也 – 卻走(각주)는 뒤로 가다. 뒷걸음질 치다. 欲求及前人也는 앞서가는 사람(前人)을 따라가려(及) 하다.

金人銘背
孔子入后稷廟見右階
前有金人三緘其口而
銘其背曰古之慎言人
也戒之哉無多言多言
多敗誠能慎之福之根
也曰是何傷禍之門也
顧謂弟子曰此言實而
中情而信行身如是豈
以口過禍哉

〈金人銘背(금인명배)〉

|原文| 孔子觀周, 遂入太祖后稷之廟, 廟堂右階之前, 有金人焉, 三緘其口, 而銘其背曰, 「古之愼言人也, 戒之哉. 無多言, 多言多敗. 無多事, 多事多患. 安樂必戒, 無所行悔. 勿謂何傷, 其禍將長. 勿謂何害, 其禍將大. 勿謂不聞, 神將伺人. 焰焰不滅, 炎炎若何. 涓涓不壅, 終爲江河. 綿綿不絶, 或成網羅. 毫末不札, 將尋斧柯. 誠能愼之, 福之根也. 口是何傷, 禍之門也. 强梁者不得其死, 好勝者必遇其敵. 盜憎主人, 民怨其上, 君子知天下之不可上也, 故下之. 知衆人之不可先也, 故後之. 溫恭愼德, 使人慕之. 執雌持下, 人莫踰之. 人皆趨彼, 我獨守此. 人皆或之, 我獨不徙. 內藏我智, 不示人技, 我雖尊高, 人弗我害, 誰能於此. 江海雖左, 長於百川, 以其卑也. 天道無親, 而能下人, 戒之哉!」

孔子旣讀斯文也, 顧謂弟子曰, "小人識之, 此言實而中, 情而信. 詩曰, 「戰戰兢兢, 如臨深淵, 如履薄冰.」 行身如此, 豈以口過患哉?"

孔子見老聃而問焉, 曰, "甚矣! 道之於今難行也, 吾比執道, 而今委質以求當世之君而弗受也, 道於今難行也."

老子曰, "夫說者流於辯, 聽者亂於辭, 如此二者, 則道不可以忘也."

| 국역 | 孔子가 주 왕실을 둘러보면서, 太祖인 后稷(후직)[364]의 묘당에 들어갔는데, 廟堂(묘당)의 오른 편 계단(右階) 앞에 金人(금인, 청동으로 만든 人物)이 있는데, 그 입을 3번 꿰매었고(三緘其口, 緘은 봉하다.) 등에는 銘文(명문 : 새겨져 있는 글)이 있었다.

「옛날, 말조심을 한 사람이니〔愼言人(신언인)〕, 이를 통해 훈계하노라. 말을 많이 하지 말라(無多言). 多言(다언)이면 그만큼 多敗(다패)한다. 일을 많이 벌이지 말지니(無多事), 多事(다사 : 일이 많다)하면 환난도 많다. 安樂(안락)을 必히 경계하고 후회할 일을 하지 말라(無所行悔). '무슨 손상이 있겠는가?' 라고 말하지 말라, 그 화근이 자라날 것이다(其禍將長). 무슨 손해가 있겠나?(何害) 라고 말하지 말라, 그 화가 클 것이다. 듣지 못했다고(不聞) 말하지 말라(勿謂), 神靈(신령)이 사람을 살펴보고 있을 것이다(神將伺人). 작은 불꽃을(焰焰 염염) 끄지 않으면(不滅), 큰 불길을(炎炎) 어찌하겠나?(若何). 졸졸 흐르는 물길〔涓涓(연연)〕을 막지 않으면〔不壅(불옹)〕, 나중에는 큰 강물이(江河) 될 것이다. 가

---

364 后稷(후직) - 周왕실의 始祖. 傳說에 有邰氏(유태씨)의 딸이 들에서 巨人의 발자국을 밟아 임신하여 낳은 아들인데, 아이를 버렸다가 다시 데려다 길러 이름을 '棄(버릴 기)' 라 하였다. 각종 작물을 잘 재배하여 뒷날 堯와 舜의 農官이 되어 백성에게 농사를 가르쳤다. 邰(태, 지금의 陝西省 西安市 부근)에 봉해져 后稷(후직)이라 했다. 周 부락 姬姓(희성)의 始祖. 농사와 곡물을 주관하는 神이다.

늘게 이어져 끊어지지 않으면(綿綿不絕), 나중에 그물을 짤 수 있을 것이다.[365] 싹틀 때 자르지 않으면(毫는 가는 털 호. 箚는 찌를 차), 나중에 도끼로 잘라야 한다.[366] 정말로 말을 신중히 한다면 만복의 근원이다. '입(口)이 무엇을 다치게 하느냐?' 라고 말하겠지만, 입은 禍(화)를 불러들이는 門이다. 횡포한 자는(强梁者) 제 명대로 살지 못하고(不得其死), 남을 이기려 하는 자는 틀림없이 强敵(강적)을 만날 것이다. 도적은 (재물의) 주인을 미워하고, 백성들은 윗사람을 원망한다. 군자는 자신이 천하 사람들의 윗자리에 있을 수 없다는 것을 알기에 자신을 낮추는 것이다. (君子는) 衆人(중인 : 많은 사람)보다 앞서는 것이 불가하다는 사실을 알기에 남보다 뒤에 서는 것이다. (君子는) 온화와 공경, 근신과 덕행으로 백성들의 숭모를 받는다. (군자가) 약하게 보이면서 아래에 머문다 하여도,[367] 남들이 군자를 밟고 넘어가는 사람은 없을 것이다. 남들이 모두 (이득을 찾아) 저쪽으로 달려가도 나는 혼자 여

---

365 원문 或成網羅 – 綿綿(면면)은 미세하나 끊어지지 않음(微細若不絕). 羅網(나망, 網羅)은 그물, 새를 잡는 그물도 있고, 물고기를 잡는 그물도 있다.

366 원문 將尋斧柯 – 如毫之末은 아주 미세한 것. 箚는 찌를 차. 뽑아 버리다(拔也). 尋은 찾을 심. 여기서는 사용하다(用者). 斧柯는 도끼. 斧는 도끼 부. 柯는 자루 가.

367 원문 執雌持下 – 執雌(집자)의 雌는 암컷 자. 執雌는 示弱(시약, 약한 것처럼 보이다). 持下(지하)는 아래 자리를 차지하다. 낮은 곳에 머물다.

기서 (正道를) 지킬 것이다. 남들이 모두 右往左往(우왕좌왕)해도 나 혼자만이라도 흔들리지 않을 것이다.[368] 안으로 나의 지혜를 감춰두고 남에게 나의 기능을 보여주지 않는다면, 내가 비록 존귀하더라도 남이 나를 해치지는 않을 것이니, 누가 이와 같겠는가? 江과 東海(동해바다)가 비록 좌측에 있지만 모든 하천의 최고가 된 것은 강과 바다가 낮은 곳에 있기 때문이다.[369] 天道(천도: 하늘의 도)는 누구를 더 가까이하지 않고(天道無親) 사람보다 낮은 곳에 있나니, 이를 가르침으로 삼을지어다!」

孔子는 이 글을 다 읽은 다음에 제자들을 둘러보며 말했다.

"너희들은 이를 새겨 기억해야 하나니, 이 말들은 실질적이고 또 맞는 말이고, 實情(실정)이고 진실이다. 그래서 《詩經 小雅(소아) 小宛(소완)》에 「戰戰(전전)하고 兢兢(긍긍)하며, 마치 깊은 연못 갓길을 걷듯, 얇은 얼음을 밟는 듯 조심하라.」 하였으니,[370] 몸가짐이 이와 같다면 어찌 말실수를 걱정하겠는가?"

孔子는 노자를 만나 (道에 대하여) 물으며 말했다.

---

368 원문 人皆或之, 我獨不徙 - 或之는 東西로 옮겨 다니는 모양. 徙는 옮길 사. 옮겨가다(轉移).

369 원문 長於百川, 以其卑也 - 水는 陰이고 右를 더 높였다. 長江과 東海가 左에 있어도 百川의 長이 된 것은, 江과 海가 자신을 낮출 수 있기에 그러하다는 뜻.

370 원문 戰戰兢兢 如臨深淵, 如履薄冰 - 戰戰은 두려워하는 모양. 兢兢(긍긍)은 떨어질까 빠질까 두려워하는 모양.

"정말 어렵습니다!(甚矣!) 지금 세상에 도를 실행하기는! 저는 저의 도를 견지하며 이를 실행하려고 지금 세상의 여러 군주를 만나 설득하였지만,[371] 아무도 나를 받아주지 않으니 지금 道의 실천은 어렵습니다."

老子가 말했다.

"대체로 遊說(유세)하는 자는 자신의 말에 실수가 있고, 듣는 자는 말에 미혹되니, 이 두 가지 이유로 大道가 버려질 수는 없을 것이오(不可以忘也)."

---

371 원문 而今委質以求當世之君而弗受也 - 而今은 지금. 委質(위질)은 주군을 찾아가 몸을 낮추고 자신을 위탁하다. 質은 形體. 肉身.

〈弟子行(제자행)〉 제12

【해설】

공자의 3千 弟子에 72賢(현) 중, 顏淵(안연) 등 제자 5인의 행적을 기록했기에, 편명을 〈弟子行〉이라 하였다.

본 편의 주제는 知人(지인)에 맞춰져 있다. 공자도 사람을 아는 것이 가장 중요하고 어려운 일이라 생각하였다(智莫難於知人).

知人은 눈으로 보고 귀로 들었다 하여 한 사람을 알았다고(知人) 할 수는 없을 것이다.

《論語 學而(논어 학이)》 子曰, "不患人之不己知, 患不知人也."

〈學而〉편은 《論語》의 첫 번째 편명이고, 위 구절은 〈學而〉편의 마지막 구절이다. 이는 《論語 學而》편 첫 구절의 '남이 알아주지 않아도 화를 내지 않는다면 군자가 아니겠는가?(人不知而不慍, 不亦君子乎?)' 의 반복이면서, 결론으로 다시 한 번 더 강조하였다.

내가 남을 먼저 인정하고 칭찬하면, 남도 나를 인정하고 칭찬할 것이다. 왜냐면 모든 것이 상대적이고 대등한 거래이기 때문이다.

내가 이리 유능하고 이렇게 성심으로 일을 처리했는데, 남이 나를 몰라준다면 속상할 것이다. 그렇다면 나는 다른 사람의 유능과 성실을 인정했는가? 당연히 먼저 自省(자성)해야 한다.

朋友(붕우)는 얼굴만 알거나 비슷한 또래이거나 학교 동창, 같은 고향, 입사 동기가 모두 붕우이다. 나를 잘 알고 이해하는 사람을 知己(지기)라고 한다. 붕우 중에 지기는 몇이나 있겠는가?

사람은 자신의 허물을 알지 못하고(人不知己過), 자신의 추한 꼴을 모른다(人不知自醜). 소는 자신의 힘을 알지 못하고(牛不知己力), 말은 제 얼굴 긴 것을 모른다(馬不知臉長).

사람이 知己를 만난다면 천 마디 말도 부족하고(人逢知己千言少), 술이 知己를 만나면 천 잔도 많지 않다(酒逢知己千杯少).

내가 남을 알아주고 인정하는 것이 知人이다. 知人도 못하면서 남이 나를 알아주기를(知己) 바래서야 되겠는가?

본 편은 子貢〔子贛(자공)〕과 衛(위)의 將軍(장군) 文子(문자)[372]의 대화로, 자공이 알고 있는 공자 제자인 顔淵(안연)과 冉雍(염옹), 仲由〔중유, 子路(자로)〕, 冉求(염구), 公西赤(공서적), 曾參(증삼), 顓孫賜〔전손사, 子張(자장)〕, 卜商(복상), 澹臺滅明(담대명멸), 言偃(언언), 南宮括(남궁괄), 高柴(고시) 등 여러 제자에 관한 행적과 일화를 소개하고 있다.

---

372 衛文子(위문자) – 衛는 나라 이름. 文子의 名은 彌牟(미모).

| 原文 | 衛將軍文子, 問於子貢曰, "吾聞孔子之施教也, 先之以詩書, 而道之以孝悌, 說之以仁義, 觀之以禮樂, 然後成之以文德, 蓋入室升堂者, 七十有餘人, 其孰爲賢?"

子貢對以不知. 文子曰, "以吾子常與學賢者也, 不知何謂?"

子貢對曰, "賢人無妄, 知賢卽難, 故君子之言曰, '智莫難於知人, 是以難對也.'"

文子曰, "若夫知賢莫不難, 今吾子親遊焉, 是以敢問."

子貢曰, "夫子之門人蓋有三千就焉, 賜有逮及焉, 未逮及焉, 故不得遍知以告也."

文子曰, "吾子所及者, 請問其行."

子貢對曰, "夫能夙興夜寐, 諷誦崇禮, 行不貳過, 稱言不苟, 是顔回之行也. 孔子說之以詩曰, '媚茲一人, 應侯愼德, 永言孝思, 孝思惟則.' 若逢有德之君, 世受顯命, 不失厥名, 以御於天子, 則王者之相也."

| 국역 | 衛(위)나라 將軍(장군)인 文子〔문자, 名은 彌牟(미모), 彌牢(미뇌)〕가 子貢(자공)에게 물었다.

"내가 알기로, 孔子는 施教(시교 : 사람을 가르치다)하면서 먼저 《詩經(시경)》이나 《書經(서경)》을 언급한 다음에 孝(효)와 공경으로 제자들을 이끌어주고,[373] 仁義(인의)를 講說(강설 : 설명하다)하며, 禮樂(예악)의 교화를 보여준 연후에 文德(문덕, 文學과 德行)을 성취케 하여, 入室升堂(입실승당)[374]한 제자가 대략 70여 명이 된다고 하는데, 그중에서 누가 가장 현명합니까?[375]

子貢은 모른다고(不知) 대답하였다.

그러자 文子가 다시 물었다.

"당신은(吾子)[376] 늘 그 賢者(현자)들과 함께 배웠는데, 왜 모른

---

373 원문 而道之以孝悌 - 道는 導와 같음. 인도하다.

374 원문 入室升堂(입실승당) - 학식과 기예가 高深(고심)한 경지에 이르다. 조예가 뛰어나다. 《論語 先進》 子曰, "由之瑟, 奚爲於丘之門?" 門人不敬子路. 子曰, "由也升堂矣, 未入於室也."
자로가 현악기인 瑟(슬) 연주를 배워 연습하는데, 공자가 볼 때 상당한 수준에 도달했다. 이에 농담으로 "자로는 왜 내 집에 와서 슬을 연주하는가?" 하면서 연주가 대단치 않은 것처럼 말했다. 그 말을 전해들은 제자들이 자로를 약간 우습게 보았을 것이다. 이는 정확하게 보거나 평가하지 않고 그냥 대중심리에 휘말려 제대로 보지 못했다는 뜻이다. 그런 제자들을 보고 공자가 다시 말했다.
"자로는 마루(堂, 正廳)까지 올라왔지만 아직 방에 들어온 것은 아니다."
마당에서 섬돌을 딛고 올라와야 마루에 올라선다(升은 登의 뜻). 마루에 올라온 뒤 입실한다. 마루까지 왔다면 상당한 경지에 올랐다는 비유이다. 입실은 학문이나 기예가 최고의 심오한 경지에 도달했다는 뜻이다. '登堂入室' 도 같은 말이다.

375 원문 其孰爲賢? - 孰은 누구 숙.(誰也) 賢은 우수하다. 勝也.

다고 말합니까?"

자공이 대답하였다.

"賢人(현인)은 거동이 망령되지 않나니[377] 현명한가, 아닌가를 알기는 어렵습니다. 또 君子가 하는 말에 '智(지혜)에서 知人(지인 : 사람을 아는 것)이 가장 어렵다고 하였으니,[378] 대답하기 어렵습니다.'"

文子가 말했다.

"知賢(지현 : 어진이를 알아보는 것)이 어렵습니다만, 그래도(今) 당신은 친히 문하(그들과 같이)에서 생활했기에(親遊焉) 감히 물

---

376 원문 吾子常與學賢者也, 不知何謂? – 吾子는 내 아들이라는 뜻이 아님. 여기 子는 남자나 학문이 뛰어난 사람에 대한 존칭. 중국어의 您(너 니, 您 nín)와 같은 뜻.

377 원문 賢人無妄 – 현인은 그 擧動(거동)이 無妄(不妄)하다.

378 원문 智莫難於知人 – 공자의 제자 樊須(번수)의 字는 子遲(자지)이다. 孔子보다 36세 연하였다. 樊遲(번지)가 농사를 배우고 싶다고 말하자, 공자께서 말했다. "나는 늙은 농부만 못하다." 번지가 채소 농사를 배우겠다고 청하자, 공자는 "나는 경험 많은 노인만 못하다."라고 말했다. 樊遲(번지)가 仁을 물어보자, 공자는 '백성을 사랑하는 것(愛人)' 이라고 말했다. 問智하자, 공자는 "사람을 아는 것(知人)" 이라고 말했다. 공자의 대답에도 번지가 이해를 못하자, 공자는 "擧直錯諸枉, 能使枉者直." 이라고 보충 설명을 해준다. 《論語 子路》에 또 다른 곳에서 번지가 問仁하자, 공자는 "居處恭하고 執事敬하며 與人忠이면 雖之夷狄이라도 不可棄也라." 고 대답했다.

어보는 것입니다."

자공이 말했다.

"夫子(부자, 스승, 孔子)의 門人이 대략(蓋) 3천 명 정도인데, 제가(賜) 만난 사람도 있지만(有逮及焉) 못 만난 사람도 있으니, 그들을 안다고 말할 수는 없었습니다."

文子가 말했다.

"당신께서 아는 사람들의 행실을 묻고 싶습니다."

자공이 대답했다.

"아침에 일찍 일어나고 밤에 늦게 잠들며, 경서를 외우고 예법을 받들며, 이미 겪었던 잘못을 다시는 또 범하지 않고 [379] 구차

---

379 行不貳過 – 貳는 두 이. 다시(再也) 자신도 모르게 잘못한 일을 알고서는 다시 잘못하지 않는다는 뜻. 제자 중 누가 好學하느냐?(弟子孰爲好學) 하고 魯 哀公이 물었다. 공자는 안회가 가장 호학한다(有顔回者好學)고 안회를 거명했다. 그리고 안회는 자신의 분노를 남에게 풀지 않으며(不遷怒), 똑같은 잘못을 두 번씩 되풀이 하지 않는다(不貳過)라고 안회를 칭송했다. 그러나 불행이 단명하여(不幸短命死矣) 죽고 없지만(今也則亡), 안회처럼 호학하는 제자를 아직 보지 못했다(未聞好學者也)라고 칭송하며 슬퍼했다.(《論語 雍也》) 이를 보면, 공자가 안회를 얼마나 아꼈는가를, 그리고 안회의 죽음을 얼마나 서러워했겠는가를 알 수 있으며, 한마디 대답에 안회를 3번이나 칭찬하였다. 이를 보면, 공자가 생각한 好學은 지식 습득을 좋아한다는 뜻만은 아니었다. 바른 심성으로 인의를 실천하는 것이 진정한 호학일 것이다. 그러니 孔門十哲 중 덕행을 제일로 꼽고 안회를 제일 먼저 거명

한 말을 하지 않는 것은[380] 顏回(안회)의 품행입니다.[381] 孔子가

했다. 안회의 행실 중 不遷怒(불천노)는 우리 생활 중 제일 많이 범한다. 아내에게 짜증을 내는 분풀이가 바로 遷怒이다. 貳過(이과)는 똑같은, 두 번 세 번 거듭되는 과오이다. 담배를 끊었다가 다시 피우고 …, 하여튼 作心三日이 貳過이다. 바른 행실을 배워 실천하기 중에서 안회처럼 '不遷怒 不貳過' 만 할 수 있어도 만인의 칭송을 받을 것이다.

380 稱言不苟 – 언행이 구차하지 않다. 구차한 변명이 없다. 과오를 범했다. 그러면 솔직하게 잘못을 인정하면 된다. 그 잘못을 변명할 때 그 언사가 얼마나 구차하겠는가?

381 顏淵(안연)의 본명은 안회(顏回, 前 521 – 481년)인데, 回(회)로도 표기한다. 字는 자연(子淵), 보통 顏淵으로 많이 나오며, 顏子(안자)는 존칭이다. 공자는 '回(회)야!' 라고 이름을 자주 불렀는데, 이는 안회에 대한 각별한 애정의 표시였다. 魯國人(今 山東省 南部 濟寧市 관할 縣級 曲阜市). 孔子 72 門徒의 첫째. 孔門十哲 중에서 德行으로도 첫째. 漢代 이후로 안연은 72제자의 첫째 인물로 공자 제향 시에 늘 配享(배향)되었다. 이후 여러 추증을 받았는데, 明 世宗 嘉靖 9년(1530) 이후 「復聖」이라 존칭하였다. 공자의 어머니 쪽, 곧 공자 外家의 일족이라고 주장하는 사람도 있다.
안회는 공자보다 30세 연하였다. 공자는 안회의 好學을 극구 칭찬했으며, 남에게 화를 내지도 않고 같은 잘못을 두 번 저지르지 않는다고 칭찬하였다. 곤궁 속에서도 배움과 仁을 실천하는 즐거움을 바꾸지 않았고 安貧樂道(안빈낙도)의 경지에 이르렀으나 영양실조로 29세에 백발이 되었다가 40여 세에 죽었다. 안연이 죽자, 공자는 "하늘이 나를 버렸다" 통곡했다. 안회의 부친은 顏路(안로)인데, 역시 공자가 가까이했던 제자였다.

《詩 大雅 下武(시 대아 하무)》를 인용하여 말씀하기를 '一人(天子)의 인정을 받기에 충분하나니 오직 근신의 덕으로 순응했다.' 고 하였고,[382] '오래 효심을 간직하였으니(永言孝思) 그 효심은 후대의 법칙이 되었네(孝思惟則).' 라고 하셨습니다. 만약 (안회가) 有德之君(유덕지군 : 덕이 있는 임금)을 만난다면 대대로 높은 명예를 누릴 수 있고 그 명예를 잃지 않을 것이며, 천자를 보좌하거나 王者(왕자)의 相臣(상신)이 되었을 것입니다."

| 原文 | "在貧如客, 使其臣如借, 不遷怒, 不深怨, 不錄舊罪, 是冉雍之行也. 孔子論其材曰, '有土之君子也, 有衆使也, 有刑用也, 然後稱怒焉.' 孔子告之以《詩》曰, 「靡不有初, 鮮克有終, 疋夫不怒, 唯以亡其身.」"

| 국역 | "빈곤 속에서도 귀빈처럼 당당한 긍지를 지녔으며, 아랫사람을 부리더라도 마치 빌려 쓰듯 대우하고, 분노를 옮기거나 또 깊은 원한을 품지도 않으며 (남의) 지난날의 과오를 기억하지 않기는 冉雍(염옹)[383]의 행실입니다. 孔子는 그 재능을 평하였습

382 원문 媚茲一人, 應侯愼德 - 一人은 天子也. 應은 當也. 侯는 唯也. 안연의 덕은 천자의 인정과 애호를 받기에 충분하다는 칭송의 말.

니다.

---

383 冉雍(염옹, 前 522年 - ?) - 字는 仲弓(중궁). 공자보다 29세 적음. 孔門十哲의 한 사람(德行). 冉伯牛의 宗族으로 좀 부족한 부친에게서 출생. 사람이 敦厚하고 氣度가 관대하여 孔門에서 德行으로 유명. 孔子는 중궁이 南面하는 제후가 될 만하다고 칭찬하였는데(《論語 雍也》 子曰, "雍也可使南面.") 《論語》에 그 이름이 11번 나온다. 〈雍也〉는 《論語》의 편명. 중궁은 공자를 모시고 列國을 周遊하였다. 중궁이 (魯哀公十三年, 公元 前 482년) 季氏宰가 되어 問政하자, 공자는 "먼저 관리들의 작은 잘못을 용서하고 인재를 찾아 등용하라.(先有司, 赦小過, 擧賢才.)"고 말했다.
《論語 顔淵》 仲弓問仁. 子曰, "出門如見大賓, 使民如承大祭. 己所不欲, 勿施於人. 在邦無怨, 在家無怨." 仲弓曰, "雍雖不敏, 請事斯語矣."
《論語 衛靈公》 子貢問曰, "有一言而可以終身行之者乎?" 子曰, "其恕乎! 己所不欲, 勿施於人."
己所不欲, 勿施於人. - 이 말은 《論語》에 두 번 기록되었다. 《論語 顔淵》에서 仲弓〔중궁, 冉雍(염옹), 孔門十哲 중 德行〕이 問仁하자, 공자는 3가지를 말해준다. 첫째는 다른 사람을 큰 손님 대하듯, 남과 관계되는 일은 큰 제사를 치르듯 하라. 이는 개인의 언행에서 禮를 지키고 공경하라는 뜻이다. 두 번째로 네가 하기 싫은 일은 다른 사람에게도 요구하지 말라? 이는 관대한 마음으로 어떤 집단에 대하여 또는 爲政에서 보다 더 따뜻하게 남에게 베풀어야 한다는 뜻이다. 세 번째는 개인감정이나 원한을 갖지 말고 다른 사람들과 조화를 이루며 살아가라는 뜻이다. 이 3가지 가르침은 개인에서 국가로, 다시 인간사회로 단계별로 확대 적용하였는데, 이는 한 개인이 사회에 적응하며, 보다 더 크고 넓게 사회의 화합을 이끌어내는 것이 仁이라는 공자의 설명일 것이다.

'有土(유토 : 땅을 가지고 있다)한 君子는 백성을 동원하여 사역하고 형벌을 적용하며 또 분노를 옮기기도 한다.' 공자는《詩經 大雅 湯(시경 대아 탕)》을 인용하여 말했습니다.「모든 것에 시작은 있지만 좋은 끝맺음은 드물다. 필부는 노여움을 보일 수 없나니, 노여움은 그 일신을 망친다.」"

| 原文 | "不畏强禦, 不侮矜寡, 其言循性, 其都以富, 材任治戎, 是仲由之行也. 孔子和之以文, 說之以詩曰, '受小拱大拱而爲下國駿龐, 荷天子之龍, 不戁不悚, 敷奏其勇.' 强乎武哉, 文不勝其質."

| 국역 | "强暴(강포)를 두려워하지 않고, 홀아비와 과부를 업신여기지도 않으며,[384] 그 말은 본성에 따르고, 그가 다스리는(都는 居) 邑은 부유했으며, 군사에 뛰어난 재능을 보인 것은[385] 仲由(중유, 子路)의 덕행이었습니다. 공자께서는 文化로 그와 화답하셨으며《詩 商頌 長發(시 상송 장발)》로 자로를 설득하셨는데, '크고 작은 법을 따르며(受小拱大拱, 拱은 法) 下國(하국 : 나라를 다스리

384 不侮矜寡 – 侮는 업신여길 모. 矜은 불쌍히 여길 긍. 홀아비〔老而無妻曰 鰥(홀아비 환)〕. 寡는 적을 과, 과부 과(老而無夫曰 寡).

385 원문 材任治戎 – 戎은 兵器. 兵車. 軍旅也.

다)에는 仁厚 寬大(인후 관대)하였고, 천자의 총애를 받을만 하였다.' '두려워하거나 걱정하지 않았고, 그 용기를 펼쳤도다.'[386] '강하고 씩씩하니 그 文彩(문채)가 그 質朴(질박 : 꾸밈없이 수수함)을 넘지 못하다.' 라 하셨습니다."[387]

| 原文 | "恭老恤幼, 不忘賓旅, 好學博藝, 省物而勤也, 是冉求之行也. 孔子因而語之曰, '好學則智, 恤孤則惠, 恭則近禮, 勤則有繼, 堯舜篤恭以王天下, 其稱之也, 曰宜爲國老.'"

| 국역 | "노인을 공경하고, 어린아이를 긍휼히 여기며, 타국의 손님 접대도 잊지 않고,[388] 好學(호학 : 학문 배우기를 즐기다)하여 널리 기교에도 밝으며, 절약하고 근면하니, 이는 冉求(염구)[389]의

---

386 원문 不戁不悚, 敷奏其勇 – 戁은 두려워할 난. 悚은 두려워할 송. 敷는 펼 부. 奏는 아뢸 주. 戁恐(난송)은 悚懼(송구). 敷奏(부주)는 펼치다. 陳薦也.

387 원문 不勝其質 – 子路는 强勇하기에 그 문채가 그 질박한 천성을 이기지 못하다.

388 원문 不忘賓旅 – 賓旅(빈려)는 타국에서 온 나그네. 객인(寄客也).

389 冉求〔염구, 冉有(염유)〕 – 字는 자유(子有), 흔히 '冉有(염유)' 로 표기.

행실입니다. 그래서 공자가 염유에 대해 말했습니다.

'好學하기에 지혜롭고, 어린아이도 긍휼히 여기니 은혜로운 것이며, 공경하니 예를 지키는 것이고, 정사에 근면하니 수확이 이어질 것이다. 堯(요)와 舜(순)은 篤實(독실)하게 공경하였기에 천하의 王者(왕자)가 되었고, 칭송을 받은 것처럼 (염유는) 응당 國老(국로)로 德敎(덕교)를 널리 펼 것이다.'"

|原文| "齊莊而能肅, 誌通而好禮, 擯相兩君之事, 篤雅有節, 是公西赤之行也. 子曰, '禮經三百, 可勉能也.' 威儀三千則難也."

公西赤問曰, '何謂也?'

子曰, '貌以儐禮, 禮以儐辭, 是謂難焉.'

衆人聞之, 以爲成也.

孔子語人曰, "當賓客之事, 則達矣."

孔門十哲 政事의 한 사람. 冉有는 多才多藝하고 性格謙遜하며, 정사에 밝았다. 공자가 열국을 주유하고 魯에 귀국할 때 염유의 공이 컸다. 魯나라 실권자 季康子(계강자)의 家臣이었다. 염유는 季氏의 가신으로 徵稅 때문에 공자의 꾸중을 듣기도 했다.(季氏富於周公, 而求也爲之聚斂而附益之. 子曰, 非吾徒也, 小子鳴鼓而攻之可也!) 宰는 家臣 중 최고 책임자. 宰臣(재신).

謂門人曰, '二三子之欲學賓客之禮者, 其於赤也.'

| 국역 | "공경하면서도(齊莊) 엄숙한 태도에, 뜻에 통달하였으며(誌通) 好禮(호례 : 예를 좋아하다)하여 양국 주군의 회동에서 의례 진행을 담당하며,[390] (그 행실이) 돈독우아〔篤雅(돈아)〕하며 절도가 있는 것이(有節) 바로 公西赤(공서적)[391]의 행실입니다. 공자께서도 말씀했습니다. '禮經에 있는 3백 가지 행실은 배우면 할 수 있으나,[392] 威儀(위의, 위엄 있는 자태) 3千 가지는 어려운 일이다.'"[393]

---

390 원문 擯相兩君之事 - 擯相(빈상)은 손님을 맞이하고(儐은 접대할 빈), 맞이한 뒤에 손님이 행할 의례를 돕다.

391 公西赤(공서적) - 公西赤(공서적)의 字는 子華(자화)인데, 공자보다 42세 연하였다.
자화가 齊에 사자로 가는데, 冉有(염유, 冉求, 前 522년 ~?)가 공서적의 모친을 위해 곡식을 내주겠다고 하였다. 이에 공자께서 말했다. "釜(부, 六斗四升)를 내주어라." 염유가 조금 더 주어야 한다고 말하자, 공자는 "庾(유, 十六斗)를 주라."고 하였다. 그러나 염유는 곡식 5秉(병)을 내주었다. 이를 알고 공자께서 말했다. "공서적이 齊에 갈 때 살찐 말을 타고 가벼운 갖옷을 입었었다. 내가 알기로, 군자는 남의 위급을 도와주지만 부자에게 보태주지는 않는다고 했다."

392 원문 禮經三百 可勉能也 - 禮에 관한 서책에 있는 3백 가지 의례 관련 행위는(禮經三百) 누구나 배우면 알 수 있다(可勉學而能知).

393 원문 威儀三千則難也 - 3천 가지나 되는 많은 위엄 있는 동작이

그러자 공서적이 물었습니다.

'왜 그러합니까?'

공자께서 말씀하셨습니다.

"〔儐相(빈상 : 외교로 손님을 대접하다)을 수행하려면〕 서로 다른 사람의 행위 모습(貌)에 따라 맞이하는 禮〔儐禮(빈례 : 손님을 맞이하는 예)〕를 수행해야 하고, 그럴 때 언사는 예의에 따라 달라야 하기에 어려운 일이다."

많은 사람은 공자의 말씀을 듣고, 公西赤(공서적)은 성취하였다고 생각하였습니다.

그러자 공자께서 여러 사람에게 말씀하셨습니다. "빈객을 접대하는 일은 공서적이 성취하였다."

그리고 門人(문인)들에게 말했습니다.

"너희가 (접대를) 배우고자 한다면 공서적에게 배워라."

| 原文 | "滿而不盈, 實而如虛, 過之如不及, 先王難之. 博無不學, 其貌恭, 其德敦, 其言於人也, 無所不信, 其驕於人也, 常以浩浩, 是以眉壽, 是曾參之行也. 孔子曰, '孝, 德之始也, 悌, 德之序也, 信, 德之厚也, 忠, 德之正也.' 參

나 태도 표정은 상황에 따라 다르기에 어려운 일이지만, 公西赤(공서적)은 그런 威儀(위의)를 실천할 수 있다는 뜻.

中夫四德者也, 以此稱之."

| 국역 | "(그 德이) 가득 찬듯하나(滿) 가득 차지 않고(不盈), 꽉 여문듯하나(實) 빈 것 같으며(如虛), 따라잡은 듯하나(過之) 따라 가지 못하는(不及) 덕행은 先王일지라도 어려운 일이었다.[394] 못 배운 것이 없을 정도로 博學(박학 : 博無不學)하고 공손한 용모에 돈독한 덕행, 다른 사람에게 한 말을(其言於人也) 불신당하지 않고(無所不信), 남에게 교만한 듯하나(其驕於人也) 늘 浩然(호연)한 큰 뜻을 품고서(常以浩浩),[395] 眉壽〔미수, 長壽(장수)〕를 누렸으니,[396] 이는 曾參(증삼)의 덕행입니다. 孔子께서도 말씀하셨습니다. '孝는 德의 시작이고, 공경(悌)은 덕행의 次序(차례 지킴, 순서, 德之序也)이며, 信(믿음)은 德을 두터이 실천하는 것이고(德之厚也), 忠(충성)은 德行의 正道이다.' 증삼의 행실은 이 四

---

394 원문 先王難之 - 盈은 찰 영. 盈하여도 如虛하고 過하나 不及한 덕행은 先王도 따라갈 수 없으나 증삼은 이를 실천하였다는(體行) 칭송의 뜻이다.

395 원문 常以浩浩 - 浩然(호연)한 大志로 富貴한 大人에게 늘 거만한 것 같은 용모.

396 원문 是以眉壽 - 眉는 눈썹 미. 眉壽(미수)는 長壽하다. 장수한 노인은 그 눈썹에 긴 털이 난다. 米壽(미수, 88세)의 뜻이 아니다. 부귀를 不慕하고 虛無로 安靜하기에 富貴를 누리는 것과 같다는 주석이 있다.

德(孝悌忠信)에 정확하게 들어맞기에(中) 칭송을 받을 만합니다."[397]

| 原文 | "美功不伐, 貴位不善, 不侮不佚 不傲無告, 是顓孫師之行也.

孔子言之曰, '其不伐, 則猶可能也, 其不弊百姓, 則仁也,《詩》云, 「愷悌君子, 民之父母.」' 夫子以其仁爲大."

| 국역 | "훌륭한 功德(공덕)을 자랑하지 않고(不伐), 고귀한 지위를 즐거워하지 않으며(不善), 공을 세우려 욕심내거나(不侮) 권세를 흠모하지도 않으며(不佚), 〔하소연할 데도 없는 불쌍한, 鰥寡孤獨(환과고독)〕 궁핍한 백성에게 오만하지 않은 것은[398] 顓孫師〔전손사, 子張(자장)〕의 덕행입니다. 孔子가 子張을 두고 말씀하셨습니다.

'그가 자랑하지 않는 것은 누구라도 따라할만 하나 그가 백성에게 폐를 끼치지 않는 것은 仁(어짊)이다.[399]《詩經 大雅(시경 대

---

397 원문 參中夫四德者也 - 參은 曾參. 中은 들어맞다. 일치하다. 상중하의 中이란 뜻이 아니다. 四德은 孝, 悌, 忠, 信.

398 원문 不傲無告 - 傲는 거만할 오. 無告者는 鰥寡孤獨(환과고독)의 窮民(궁민).

아) 泂酌(형작)》에서도 「화락하신 군자여! 백성의 부모이시다.」라 하였다.' [400] 이처럼 夫子께서도 자장의 仁德을 중시하셨습니다."

| 原文 | "學之深 送迎必敬, 上交下接若截焉, 是卜商之行也.

孔子說之以《詩》曰, '式夷式已, 無小人殆', 若商也, 其可謂不險矣."

| 국역 | "學問이 심오하더라도 반드시 공경으로 송별 영접하며, 위 아랫사람과 교류나 접대에 구별이 엄격하니, 이는 卜商(복상, 子夏)[401]의 행실입니다.

---

399 원문 其不弊百姓, 則仁也 – 어리석은 백성에게 폐를 끼치지 않다. 곧 백성들에게 오만하지 않다. 그런 마음이 仁心이란 뜻.

400 원문 愷悌君子, 民之父母 – 愷는 즐거울 개(樂也). 悌는 공경할 제. 다른 사람을 마음 편안하게 하다.

401 卜商(복상) – 子夏(자하), 공자보다 44세나 어렸음. 孔門十哲의 한 사람으로 문학 분야에 뛰어났는데, 특히 經學에 밝았다. 공자가 함께 《詩》를 논할 수 있는 제자였다. 子貢(자공)이 물었다. "顓孫師(전손사, 子張)와 卜商(복상, 子夏) 중 누가 더 현명합니까?"
공자께서 말했다. "자장은 넘치고, 자하는 미치지 못한다."
"그러면 자장이 더 나은 것입니까?"

공자는《詩經 小雅 節南山(시경 소아 절남산)》의 시로 자하를 설명하였습니다. '(마음을) 공평히 하고, (소인의 행위도) 그치나

"지나친 것이나 부족한 것은 모두 마찬가지이다(過猶不及)."
공자께서 자하에게 말했다. "너는 君子와 같은 유생이 되어야지 小人儒가 되지 마라." – 이 말은 道를 밝힐 수 있는(明道) 儒者가 되어야 한다. 명성이나 얻으려 한다면 小人儒일 것이다.
공자가 죽은 뒤에 子夏는 西河(서하)에 머물면서 제자를 가르쳤고, 魏 文侯의 사부가 되었다. 공자 사후 前 476年에 자하는 晉國의 西河(今 陝西省 渭南市)에서 학당을 개설하고 제자를 교육했다. 그곳은 三家가 分晉한 뒤에 魏國의 영역에 속했다. 자하는 '西河學派' 의 개조가 되었고 그 문하에서 治國의 良才가 많이 배출되었으며, 뒷날 法家 성장의 요람이 되었다. 서하 일대에서는 子夏를 孔子처럼 대우하였다.《論語》一書도 많은 부분이 자하의 제자들에 의해 이루어졌다고 인정받고 있다.「공자가 죽자 70제자들은 흩어져 제후에게 유세하였는데 크게된 자는 공경이나 사부가 되었고 작게 성취한 자는 사대부의 벗이나 스승이 되었으며, 혹자는 은거하며 세상에 나오지 않았다. 그래서 子張은 陳에 살았고 澹臺子羽(담대자우, 澹臺滅明)는 楚에, 子夏는 西河에 기거했으며, 子貢은 齊에서 죽었다. 田子方, 段干木(단간목), 吳起(오기), 禽滑釐(금활리) 같은 사람들은 모두 子夏(자하)에게 배웠다. 이때 오직 魏 文侯(재위 前 445 – 396年)만이 好學하였다. 전국시대에 천하가 다툴 때 유학은 배척되었지만, 그래도 齊와 魯에서는 학자들이 유학을 폐하지 않았으니, 齊 威王과 宣王(선왕) 무렵에는 孟子와 孫卿(손경) 같은 사람들이 모두 夫子(孔子)의 학술을 받들고 더욱 발전시켜 당세에 학문으로 유명하였다.」 班固의《漢書 儒林傳》참고.
자하는 아들이 죽자 심하게 통곡했고, 그래서 失明했다.

니, 소인 때문에 오는 위험이 없다.[402] 卜商(복상) 같은 군자에게는 어떠한 위험도 없을 것이다.' 라고 칭찬하셨습니다."

| 原文 | "貴之不喜, 賤之不怒, 苟利於民矣, 廉於行己, 其事上也以佑其下, 是淡臺滅明之行也. 孔子曰, '獨貴獨富, 君子恥之, 夫也中之矣.'"

| 국역 | "고귀한 자리에서도 기뻐하지 않고, 미천하더라도 분노하지 않으며, 진실되게 백성을 이롭게 하고, 자신의 행실에 청렴하며, 윗사람 섬기듯 아랫사람을 도와주기는[403] 淡臺滅明(담대멸명)의 행실입니다.[404] '君子는 홀로 고귀하거나(獨貴) 부귀를(獨

---

402 원문 式夷式已, 無小人殆 – 式은 법 식. 여기서는 用也. 夷는 평평할 이. 平也. 已는 다할 이. 소인의 군자에 대한 험담이나 원망 같은 일이 저절로 없어진다는 뜻. 殆는 위험할 태(危也). 소인 때문에 위험에 빠지는 일이 없다.(無以小人, 至於危也.)

403 원문 其事上也以佑其下 – 事上하듯 아랫사람을 도와주다.

404 澹臺滅明(담대멸명) – 澹臺가 姓이고, 滅明이 이름. 字는 子羽(자우). 子游(자유)가 武城(무성)의 邑宰로 재직할 때 공자를 만났다. 공자가 자유에게 "너는 쓸만한 인재를 찾았는가?" 라고 물었다. 이에 자유가 말했다. "澹臺滅明(담대멸명)이란 사람이 있는데, 샛길로 다니지 않고(行不由徑, 徑은 지름길 경), 公事가 아니라면 저의 처소에 들린 적이 없습니다." 라고 말했다. 샛길로 가지 않

富) 부끄럽게 여기나니 담대멸명의 행실이 이와 같도다.' 라고 孔子께서도 말씀하셨습니다."[405]

| 原文 | 先成其慮, 及事而用之, 故動則不妄, 是言偃之行也.

孔子曰, '欲能則學, 欲知則問, 欲善則詳, 欲給則豫, 當是而行, 偃也得之矣.'

| 국역 | 먼저 생각을 많이 하고, 일에 따라 생각한 바를 활용하

고 正道로만 다녔으니 그 점에서는 군자였다. 그리고 사적으로 상관을 찾아보지 않았으니 그 청렴을 인정해야 할 것이다. 澹臺滅明(담대멸명)의 외모가 아주 추했다. 공자를 사부로 섬기고자 할 때 공자는 재주도 없을 것이라 생각했다. (담대멸명이) 남쪽으로 여행하여 長江에 이르렀는데 그를 따르는 제자가 3백 명이었고, 주고받거나 거취에 흠결이 없어 제후 사이에 이름이 알려졌다. 이를 공자가 듣고서 말했다. "내가 말재주로 사람을 고르다보니 宰予(재여) 같은 자를 잘못 골랐고, 외모로 사람을 고르다가 子羽(자우) 같은 사람을 놓칠 뻔했다." '以貌取人, 失之子羽'라는 말은 《論語》에는 나오지 않는다. 공자는 "君子不以言擧人, 不以人廢言."이라고 말했다. 《論語 衛靈公》

405 원문 夫也中之矣 – 夫는 담대멸명을 지칭한다. 中은 해당하다(猶當也).

기에 그 행실이 경망스럽지 않은 사람은 言偃〔언언, 子游(자유)〕이었습니다.[406]

그래서 공자도 말씀하셨습니다.

'유능하려면 배워야 하고(欲能則學), 지혜롭고 싶다면 물어야 한다(欲知則問). 일을 잘하려면(欲善) 계획이 상세해야 하고,[407] 일을 성취하려면(欲給) 미리 준비해야 하며〔豫(미리 예)〕 옳은 일이라면(當是) 곧 실행하여야 하는데, 言偃(언언)이 그러했다.(偃也得之矣.)'

|原文| "獨居思仁, 公言仁義, 其於《詩》也, 則一日三覆白圭之玷, 是宮縚之行也. 孔子信其能仁, 以爲異士."

---

406 言偃〔언언, 子游(자유)〕 - 공자보다 45세나 어렸다. 孔門十哲의 한 사람으로 문학 분야에 뛰어났다. 후기 제자의 한 사람으로, 20여 세의 젊은 나이에 무성(武城)의 읍재(邑宰)로 근무하며 예악으로 다스려 공자의 칭찬을 받았다. 《論語 陽貨》 子之武城, 聞弦歌之聲. 夫子莞爾而笑曰, "割雞焉用牛刀?" 子游對曰, "昔者偃也聞諸夫子曰, 君子學道則愛人, 小人學道則易使也." 子曰, "二三者! 偃之言是也. 前言戲之耳."

407 원문 欲善則詳 - 欲善은 어떤 일을 잘 처리하다. 詳(자세할 상)은 삼가다(愼也).

| 국역 | "獨居(독거 : 홀로 있다)하더라도 思仁(사인 : 인을 생각하다)하고, 관리로서는 仁義를 언급하며, 《詩》를 배워 매일 '白圭(백규)의 하자(흠)이라는 구절'을 세 번씩 반복한 사람은[408] 宮絳〔궁강, 남궁도. 南容(남용)〕입니다. 孔子께서는 그가(南容) 仁愛(인애)를 실천할 異士(이사 : 기이한 선비)라 생각하였습니다."[409]

---

408 白圭之玷 – 玷은 이지러질 점(缺也). 瑕疵(하자). 《詩經 大雅, 抑》에 「白圭之玷은 尙可磨也나, 斯言之玷은 不可爲也.」라 하였다. 《論語 先進》 南容三復白圭, 孔子以其兄之子妻之.

南容(남용)은 공자의 제자로, 《孔子家語》에는 南宮縚(남궁도)로 기록되었는데, 남궁은 複姓(복성)이다. 魯나라 대부 仲孫氏(孟懿子)의 손자로, 孟僖子(맹희자)의 아들인데, 《論語》에 南容으로 표기되었다. 《詩 大雅 抑(억)》에 '白珪(백규)의 하자〔玷(이지러질 점)〕는 오히려 갈아(磨) 없앨 수 있지만, 말의 잘못은 어쩔 수 없네.' (白珪之玷, 尙可磨也. 斯言之玷, 不可爲也.)라는 구절이 있는데, 南容이 《詩》를 읽다가 이 부분을 3번이나 반복해서 읽었다. 이는 그 마음이 敬愼(경신)하는 것이다. 그래서 공자는 형의 딸(조카딸, 兄之子)을 아내로 주었다(妻之).

玉(옥)은 礦石(광석)의 일종으로 단단하면서도 윤기가 나는 돌인데, 吉運을 불러오고 액운을 막아준다는 믿음이 있다. 옥은 깨지더라도 그 흰빛을 바꿀 수 없고(玉碎不改白), 대나무가 불에 타더라도 그 절개(마디)를 훼손할 수 없다(竹焚不毁節)라는 말도 전해온다.

그런 옥돌에 있는 흠집은 잘 가다듬으면 없앨 수 있지만, 사람이 잘못한 말은 다시 고칠 수 없다는 뜻이다.(圭는 珪. 홀 규. 玷은 이지러질 짐. 흠결.)

409 異士는 殊異之士也. 공자는 兄之女(조카딸)를 시집보냈다.

| 原文 | "自見孔子, 出入於戶, 未嘗越禮, 往來過之, 足不履影, 啓蟄不殺, 方長不折, 執親之喪, 未嘗見齒, 是高柴之行也."

孔子曰, '柴於親喪, 則難能也, 啓蟄不殺, 則順人道, 方長不折, 則恕仁也, 成湯恭而以恕, 是以日隮.'

| 국역 | "高柴(고시)[410]는 孔子를 뵌 이후로 문하에 출입하면서 禮에서 벗어난 적이 없었고 왕래하면서 (다른 사람의) 그림자도 밟지 않았으며,[411] 驚蟄(경칩 : 겨울 잠)이 지나 깨어난 생물을 죽이

---

410 高柴(고시) – 高柴(고시)의 字는 子羔(자고)이다(柴는 땔나무 시. 羔는 새끼 羊 고. 衛人 또는 齊人으로 기록). 孔子보다 30세 연하였다. 자고의 키는 5척이 안 되었는데(孔子家語에서는 키가 6척이 안 되었으며 외모가 아주 못생겼다고 했다. 5척이면 약 115cm 정도. 6尺 미만이라면 이해가 된다.) 공자에게 배웠지만 공자는 좀 어리석다고 생각했다. 子路가 자고를 費郈(비후)의 읍재로 삼자, 공자는 "남의 아들을 망쳐놓는다!" 고 말했다. 이는 子羔가 학문이 완성되지 않은 상태인데, 정사에 종사하는 것은 害人이라고 생각한 것이었다. 그러자 子路가 말했다. "백성이 있고 社稷(사직)이 있는데, 하필 독서만 해야 학문을 한 것입니까!" 이에 공자께서 말했다. "이 때문에 말을 잘 둘러대는 자를 미워하게 된다." 곧 공자는 잘못인줄을 알면서도 둘러대는 자로의 태도를 크게 싫어한 것이다. 《論語 先進》의 구절이다.

411 足不履影 – 다른 사람의 발자국을 따라갔을 뿐 타인의 그림자도

지 않았으며,[412] (봄과 여름에) 한창 자라는 초목을 꺾지 않았고, 親喪(친상 : 어버이 상)을 당하여 웃지 않았습니다."[413]

그래서 孔子께서 말씀하셨습니다.

'고시는 친상을 치루면서 남들이 따라하기 어려운 誠心(성심)을 보여주었다. 깨어난 생물을 죽이지 않는 것은 人道(인도 : 사람의 도리)에 순응하는 것이며, 한창 자라는 생물을 꺾지 않는 것은 仁愛(인애)를 널리 편 것이다. 成湯〔성탕 : 湯王(탕왕)〕도 공경과 용서로 그 名聲(명성)과 德望(덕망)이 날마다 높아졌었다.'[414]

| 原文 | "凡此諸子, 賜之所親睹者也, 吾子有命而訊賜, 賜也固不足以知賢."

文子曰, "吾聞之也, 國有道則賢人興焉, 中人用焉 乃百姓歸之, 若吾子之論, 旣富茂矣, 壹諸侯之相也, 抑世未有

밟지 않았다. 履는 신발 리(이). 밟다.

412 원문 啓蟄不殺 - 驚蟄(경칩)이 지나고 春分에 겨울잠을 자던 곤충이나 동물이 깨어 나올 때, 그런 생물을 살생하지 않다.

413 원문 執親之喪, 未嘗見齒 - 未嘗(미상)은 ~한 적이 없다. 見齒는 치아를 드러내 웃다.

414 원문 是以日隮 - 隮는 오를 제(升也). 成湯(성탕)은 새 사냥하는 사이 사방에 그물을 친 것을 보고 3면의 그물을 거두게 하였다. 이후 성탕의 명성과 덕망은 더욱 높아졌다.

明君, 所以不遇也."

| 국역 | "대체로 여러 사람은 제가(賜) 직접 목격한 사람입니다. 당신께서 물으시기에 대답하지 않을 수 없었지만, 저는 누가 현명한 지 정말 모르겠습니다."

그러자 文子(문자)가 말했다.

"내가 아는 바로는, 나라에 道가 지켜지면 賢人(현인 : 어진 사람)이 많이 배출되고, 中庸(중용)의 인재를 등용한다고 하였습니다. 그러면 백성이 귀부(의탁)할 것입니다. 지금 당신의 말씀은 내용도 충실하고 전반적입니다(旣富茂矣), 모두가 한결같이〔壹(하나 일), 皆와 同〕諸侯(제후)의 相이 될 만한 분이지만, 다만(抑) 明君(명군 : 명석한 군주)이 없어 인재를 등용하지 못하는 것입니다."

| 原文 | 子貢旣與衛將軍文子言, 適魯見孔子曰, "衛將軍文子問二三子之於賜, 不壹而三焉, 賜也辭不獲命, 以所見者對矣, 未知中否, 請以告."

孔子曰, "言之乎."

子貢以其辭狀告孔子. 子聞而笑曰, "賜, 汝次焉人矣."

子貢對曰, "賜也何敢知人, 此以賜之所睹也."

孔子曰, "然, 吾亦語汝耳之所未聞, 目之所未見者, 豈思之所不至, 智之所未及哉."

子貢曰, "賜願得聞之."

| 국역 | 子貢(자공)은 衛(위) 장군 文子(문자)와 이야기를 마친 뒤, 魯에 돌아가 孔子를 만나 말했다.

"衛 장군 文子가 저에게 여러 제자에(二三子) 관하여 여러 번 묻기에, 저는 사양하지 못하고 제가 본대로 대답하였습니다만, 맞는지 틀린 지는 잘 모르기에 夫子께 말씀드리고자 합니다."

孔子는 "말해 보아라." 하였다.

자공은 나눴던 이야기를 공자에게 말씀드렸다.

공자는 듣고서는 웃으면서 말했다.

"자공아!〔賜(사), 端木賜〕 너는 이미 사람의 高下(고하 : 높고 낮음)의 次序(차서 : 순서)를 알고 있다."[415]

그러자 子貢이 대답하였다.

"제가(賜也) 어찌 사람을 알겠습니까? 저는 제가 본 것만 말했습니다."

공자가 말했다.

"그렇도다. 내가 이제 네가 듣지 못하고 목격하지 못한 것을 말해주겠다. 이는 아마도 네 생각이 이르지 못한 것이고, 네 지혜로 알지 못한 것이리라."

---

415 원문 汝次焉人矣 – 人의 次序(차서, 順次)를 알고서 말한 것이다.

子貢(자공)이 말했다. "저는 꼭 듣고 싶습니다."

|原文| 孔子曰, "不克不忌, 不念舊怨, 蓋伯夷叔齊之行也, 思天而敬人, 服義而行信, 孝於父母, 恭於兄弟, 從善而不教, 蓋趙文子之行也.

其事君也, 不敢愛其死, 然亦不敢忘其身, 謀其身不遺其友, 君陳則進而用之, 不陳則行而退, 蓋隨武子之行也.

其爲人之淵源也, 多聞而難誕, 內植足以沒其世, 國家有道, 其言足以治, 無道, 其默足以生, 蓋銅鞮伯華之行也.

外寬而內正, 自極於隱括之中, 直己而不直人, 汲汲於仁, 以善自終, 蓋蘧伯玉之行也.

孝恭慈仁, 允德義圖, 約貨去怨, 輕財不匱, 蓋柳下惠之行也.

其言曰, 君雖不量於其身, 臣不可以不忠於其君, 是故君擇臣而任之, 臣亦擇君而事之, 有道順命, 無道衡命, 蓋晏平仲之行也.

蹈忠而行信, 終日言不在尤之內, 國無道, 處賤不悶, 貧而能樂, 蓋老子之行也. 易行以俟天命, 居下不援其上, 其親觀於四方也, 不忘其親, 不盡其樂, 以不能則學, 不爲己終身之憂, 蓋介子山之行也."

| 국역 | 孔子가 말했다.

"남을 이기려 하지 않고〔不克(불극)〕 남을 꺼리지도 않고〔不忌(불기)〕, 舊怨(구원 : 옛날 지녔던 원한)을 염두에 두지 않은 것은 아마 伯夷叔齊(백이숙제)의 품행이었다.[416] 하늘의 뜻을 생각하고(思天) 다른 사람을 존경하며, 대의를 따르고(服義) 신의를 지키며(行信), 父母에 효도하고, 형제를 공경하며(恭於兄弟), 善을 따르나 (남을) 가르치려 하지 않는 것은(不教), 아마 趙文子(조문자)일 것이다.[417]

---

416 伯夷叔齊 - 伯夷(백이, 생졸년 미상)의 子는 姓, 墨胎氏(묵태씨), 名은 允. 商 紂王(주왕) 시기, 孤竹國 군주의 長子, 弟 仲馮(중풍)과 叔齊(숙제). 백이는 부친의 뜻에 따라 仲馮(중풍)에 양위했고, 숙제도 백이의 뜻에 따랐다. 伯夷와 叔齊는 西伯 姬昌(文王)이 賢者를 잘 대우한다는 말을 듣고 찾아가 의지했다. 문왕이 죽고 아들 發(발)이 紂王(주왕)을 정벌하려 하자, 藩國이 주군을 정벌할 수 없다며 叩馬(고마)하며 적극 諫言(간언)을 올렸다. 周 武王이 克殷(극은)하자, 두 사람은 周粟(주속)을 不食한다면서 殷商의 옛 근거지인 首陽山(수양산, 洛陽市)에 은거하며 〈采薇歌(채미가)〉를 불렀고 결국 餓死(아사)했다. 《史記》 70열전은 〈伯夷列傳〉으로 시작한다.

417 趙文子 - 趙武(조무, 前 598 - 541년) - 嬴姓(영성), 趙氏, 名武. 시호는 文, 趙孟. 趙盾(조순)의 손자. 趙朔(조삭)의 아들. 모친은 晉 成公의 딸. 晉 景公의 누이인 趙 莊姬(장희).

事君(사군 : 임금을 섬기다)에 목숨을 아끼지 않았지만 그렇다고 그 육신을 함부로 하지 않았으며, 자신을 생각하나 友人(친구)을 버리지도 않았고, 주군이 자신을 등용하면 출사하여 힘써 일했고, 주군이 등용하지 않으면 물러났는데, 이는 隨(수) 武子(무자, 士會)[418]의 품행이었다.

그 爲人(위인 : 사람됨)이 생각이 깊고(淵源) 多聞(다문 : 들은 것이 많다)하여 쉽게 속지 않았으며〔難誕(난탄), 誕은 嘆息〕, 內心(내심 : 안의 마음)으로 강직을 종신토록 간직했고, 國家가 有道(유도 : 도가 있다)하면 그 말은 나라를 다스리기에 충분했고 나라가 무도(도가 없으면)하면 침묵으로 생활하였는데, 이는 銅鞮伯華(동제백화)[419]의 행실이었다.

밖으로 관대(너그럽다)하고 안으로는 정직하며(外寬而內正), 스스로 일정한 규범을 지켜 자신을 바르게 하나 남을 바르게 잡

---

418 隨武子 – 士會(사회, 생졸년 미상), 祁姓, 士氏, 名은 會, 隨에 피봉, 范(범) 食邑을 氏로 했다. 范氏, 시호는 武, 士季, 隨會(수회), 隨季(수계), 范子(범자), 范會(범회), 武季(무계), 隨武子(수무자), 范武子(범무자)로도 표기. 春秋 시대 晉國의 中軍將과 太傅(태부)를 역임했다.

419 銅鞮伯華(동제백화) – 叔向(숙향, ? – 前 528年?). 姬는 姓, 羊舌(양설)氏. 名은 肹(힐), 字는 叔向, 楊(今 山西省 洪洞縣)에 被封, 以邑爲氏하여 楊氏. 楊肹(양힐). 춘추시대 晉의 公族, 晋 悼公, 平公, 昭公을 섬기며 師傅(사부)와 上大夫 역임. 叔向과 齊 晏嬰(안영), 鄭 子産이 同時代 人物이다.

으려 하지 않으면서, 仁德(인덕)을 추구 실천하기에 汲汲(급급)하여 종신토록 善(선)을 행한 것은 蘧伯玉(거백옥)[420]의 품행이었다.

孝順(효순) 恭敬(공경), 仁慈(인자)하고 덕행을 닦고 성심으로 대의를 도모하면서도 재화를 아끼고 원한을 잊어버리며 재물을 경시하나 궁핍하지 않았던 것은 柳下惠(유하혜)의 품덕이었다.[421]

옛말에 의하면, 主君이 그 자신을(신하의 능력을) 헤아려주지 않더라도 臣下는 주군에게 충성하지 않을 수 없으며, 주군은 신하를 골라 임용하지 않을 수 없고, 신하 역시 주군을 골라 섬겨야 한다 하였으니, 나라에 정도가 행해지면 그 命을 따르고, 無道(무도)하다면 명을 따르지 않고 은거하는 것은[422] 아마 晏平仲〔안평중, 晏嬰(안영)〕[423]의 품행이다.

---

420 蘧伯玉(거백옥) – 衛의 대부, 이름은 瑗(원), 伯玉은 字. 공자는 거백옥을 君子라고 높이 칭송했다. 《論語 衛靈公》 子曰, "~ 君子哉, 蘧伯玉! 邦有道, 則仕, 邦無道, 則可卷而懷之."

421 柳下惠(유하혜) – 본명은 展禽(전금). 춘추시대 魯國人. 공자보다 1백 년 정도 먼저 사람. 柳下는 그의 식읍. 惠는 私的 시호. 柳下惠(유하혜)는 魯의 대부로, 본명은 展獲(전획)이고 柳下를 식읍으로 받았고, 惠는 시호이다. 공자는 유하혜의 탁월한 재능을 칭찬하였다.

422 원문 無道衡命 – 衡命(형명)은 橫命(횡명). 受命하지 않고 隱居(은거)하다.

423 晏平仲(안평중), 晏嬰(안영, 晏子) – 공자가 말했다. 안평중은 교제를 잘했으니, 오래 교제하면서도 늘 남을 공경하였다. 子曰, "晏

忠을 지켜 신의를 얻고 종일 말을 해도 어떤 허물도 없으며[424] 나라가 무도(도가 없다)하면 천한 지위에 있어도 번민하지 않으며 가난하더라도 즐거울 수 있기는 老子[425]의 품행이었다.

平仲善與人交, 久而敬之."《論語 公冶長》/ 晏平仲은 齊나라의 大夫인데, 平은 그의 시호이고, 仲은 그의 字이다. 공자는 鄭나라의 子産(자산)과 안영을 유능한 정치가로 공경하였다. 공자가 35세 전후에 齊에 머물면서 出仕하려 했지만 안영의 반대로 등용되지 못했다. 久而敬之는 장기간 교제하더라도 상대에 대한 공경하는 마음은 여전했다는 뜻이다. 사실 이 점이 어려운 일이다. 交友以信의 경우 信의 바탕에는 공경심이 있어야 한다.《史記》62권 〈管晏列傳〉은 짧은 문장이지만 안영의 고결한 인품이 잘 그려져 있다.

424 원문 終日言不在尤之內 - 尤는 허물 우. 잘못. 과오. 過也.

425 老子〔李聃(이담), 前 571 - 471?〕 - 名은 耳(이), 字는 伯陽(백양), 外字는 聃(담)이다.《史記 老子韓非列傳》에 의하면, 노자는 楚나라 苦縣(고현, 今 河南省 동부 周口市 관할 鹿邑縣) 사람으로, 주 왕실의 守藏室史(도서관장 格)를 역임했다. 일찍이 공자가 노자를 찾아가 禮에 대해 물었다고 했으니, 노자는 공자보다 나이가 많았던 것 같다. 공자는 노자를 매우 존경하였고, 노자를 만나본 뒤 마치 龍과 같다고 찬탄했다. 그 뒤 周 왕실이 쇠퇴하자, 그는 관직을 떠나 은둔생활을 하려고 했다. 그가 河南 함곡관을 지날 때, 關所를 지키던 尹喜(윤희)는 노자를 맞이하여 글을 남겨 달라고 요청했다. 이에 노자는 후인들을 위하여 한 권의 글을 남겼는데 바로《老子道德經 / 五千言》이며, 그 뒤 행적은 알려진 바 없다고 한다. 노자는 160세 또는 200세를 살았다고 하나 믿을 수 없고, 楚나라의 老萊子(노래자)가 老子라고 하는 사람도 있으며, 太師 儋(담)이 노자라 말하는 사람도 있어 일정하지 않다.

행실을 닦아 천명을 기다리고[426] 아래에 있으면서 윗사람의 도움을 바라지 않고,[427] 사방을 유람하면서 부모를 잊지 않고 쾌락을 추구하지 않으며,[428] 할 수 없는 일이라면 배워 終身(종신)토록 걱정하지 않았던 것은, 아마 介子山〔介子推(개자추)〕[429]의 행

---

426 원문 易行以俟天命 – 여기 易(이)는 治也. 魯나라 사람 林放(임방, 字는 子丘, 공자의 제자 여부는 논란이 있다.)이 공자에게 禮의 본질에 대하여 물었다. 아마 당시에 禮가 형식에 치우쳤기 때문일 것이다. 이에 공자는 질문을 칭찬하면서 간단하게 본질을 짚어주었다. "禮가 사치하기보다는 차라리 검소해야 하고, 喪禮를 능숙하게 치루기보다는(與其易也, 易는 治也) 차라리 슬퍼해야 한다." 《論語 八佾》 林放問禮之本. 子曰, "大哉問! 禮, 與其奢也寧儉, 喪, 與其易也寧戚."

427 원문 居下不援其上 – 下位에 있더라도 윗사람의 도움을 받아 승진하려고 하지 않다. 援은 당길 원. 잡아 끌어주다.

428 원문 不忘其親, 不盡其樂 – 사방을 유람하더라도 부모는 그렇게 하지 못한 것을 생각하여 즐거움에 다하지 않는다는 주석이 있다.

429 介之推(개지추) – 介子推(개자추, ? – 前 636). 一作 介之推, 介子, 介推. 春秋 시대 晋國人, 介休綿山(개휴면산, 今 山西省 介休市 소재)에서 죽었다. 晋 文公 重耳(중이)의 輔臣, 驪姬의 亂이 일어난 뒤, 重耳를 따라 망명한 이후 19년간, 온갖 고생을 다하며 섬겼다〔割股奉君(할고봉군)〕. 重耳가 귀국하여 즉위했고 패업을 이뤘다(晉 文公). 그러나 개자추는 功名을 버리고, 山林(綿山)에 歸隱하며 '言祿' 했다. 문공은 綿山에 가서 개자추를 찾았으나 나오지 않자, 산에 불을 질렀고 끝까지 모습을 나타내지 않았다(至死不復見). 개자추는 그냥 버드나무를 껴안고 불타 죽었다. 晉 文公은 개자

실일 것이다."

| 原文 | 子貢曰, "敢問夫子之所知者, 蓋盡於此而已乎?"

孔子曰, "何謂其然? 亦略擧耳目之所及而矣. 昔晉平公問祁奚曰, '羊舌大夫, 晉之良大夫也. 其行如何?' 祁奚辭以不知. 公曰, '吾聞子少長乎其所, 今子掩之, 何也?' 祁奚對曰, '其少也恭而順, 心有恥而不使其過宿, 其爲大夫, 悉善而謙其端, 其爲輿尉也. 信而好直其功, 言其功直, 至於其爲容也. 溫良而好禮, 博聞而時出其志.' 公曰, '曩者問子, 子奚曰不知也?' 祁奚曰, '每位改變, 未知所止, 是以不敢得知也, 此又羊舌大夫之行也.'"

子貢跪曰, "請退而記之."

| 국역 | 자공이 물었다.

"감히 여쭙니다만, 이것이 夫子께서 알고 계신 전부입니까?"

孔子가 말했다.

"어찌 그렇다고 할 수 있겠는가?(何謂其然) 내가 듣고 본 것만

추 죽음을 슬퍼하며, 그날은 불을 피우지 못하게 했다(寒食). 《史記 晉世家》 참고.

을 언급하였도다. 옛날에 晉 平公(평공, 재위 前 557 – 532년)이 祁奚(기해)[430]에게 물었다.

'羊舌(양설) 大夫는 晉나라의 훌륭한 大夫인데, 그 행실은 어떠한가?'

그러나 祁奚(기해)는 알지 못한다고 사양하였다. 평공이 물었다. '내가 알기로, 당신은 어렸을 적에 그 집에서 성장하지 않았는가? 지금 당신은 왜 모른다고 말하는가?'

이에 기해가 대답하였다.

'그분이 젊어서는 공손 유순하며 마음에 부끄러운 일이 있다면 그날을 넘기지 않고 고쳤으며,[431] 그가 大夫가 되어서는 선행을 하며 겸양에 단정하였습니다.[432] 그분이 輿尉〔여위, 車駕(거가)를 관리하는 軍尉(군위)〕가 되어서는 성실하게 자신의 공적을 말했으니 그 용모와 표정은 溫良(온량)하고 好禮(호례 : 예를 좋아하다)하

---

430 祁奚(기해, 생졸년 미상) – 春秋時期 晉國의 大夫, 姬姓, 祁氏, 字는 黃羊. 晉國의 公族으로 采邑이 祁(기, 今 山西省 祁縣 동남)에 있었다. 祁奚(기해)는 中軍尉를 역임했다. 前 570년, 그는 은퇴를 주청하면서 晉 悼公(도공)에게 자기와 私怨이 많았던 解狐(해호)를 천거하였다. 해호가 죽자, 자기의 아들 祁午(기오)를 천거했다. 백성들은 그가 공평한 적임자를 천거하였다고 칭송하였다.

431 원문 心有恥而不使其過宿 – 평소 생각에 부끄러운 일이라 생각하면 그날을 넘기지 않고 즉시 고쳤다는 뜻.

432 원문 悉善而謙其端 – 悉은 다 실. 전부. 善은 선행. 善道를 다하다. 謙은 겸양. 端은 끝 단. 바르게 하다. 단정히 하다.

였고, 博聞(박문 : 널리 듣다)하여 가끔은 그 志向(지향)을 표출하였습니다.'

'조금 전에 내가 물을 때는 왜 모른다고 하였는가?'

'그분의 지위가 바뀌었으니, 지금 어느 지위에 있는지 몰라 그를 안다고 말할 수가 없었습니다. 이 또한 羊舌大夫(양설대부 : 상서로운 혀를 가진 대부)의 행실일 것입니다.' 라고 기해가 대답하였다."

子貢(자공)이 무릎을 꿇고 공자에게 말했다.

"저는 물러나 이를 기록해 두겠습니다."

〈賢君(현군)〉 제13

【해설】

魯 哀公(노 애공)이 공자에게 “지금 君主 중 누가 가장 현명합니까?(當今之君, 孰爲最賢?)”라고 물었다. 여기에서 賢君(현군)을 편명으로 삼았다. 이 〈賢君〉편을 통하여 공자의 정치사상을 알 수 있다.

공자는 우선 賢君과 賢臣이 어떤 사람인가를 말했고, 각국 군주의 정치 사례를 들어 설명하였다. 공자의 정치사상은 ‘崇德(숭덕)과 循禮(순례)’, 그리고 ‘賢才(현재)에 대한 존중과 등용’ 다음으로 ‘백성 존중과 교화〔重民敎民(중민교민)〕’ 등으로 요약할 수 있다.

공자는 당시의 지식인이었고 자신도 정치에 뜻을 두었지만, 정치적으로는 성취한 바가 거의 없었다. 대신 그의 정치사상은 정치 일선에 나간 제자들에게 영향을 주었고, 그보다는 후세에 더 많은 영향을 끼쳤다.

공자의 수제자로 잘 알려진 子貢(자공)은 “만약 夫子(부자)께서 나라를 다스렸다면(夫子得邦家者) 백성을 안정시켜 자립케 하고(所謂立之斯立), 백성을 바른길로 교화 인도하실 것이며(道之斯行), 찾아오는 백성까지 화목하고 편안케 하실 것이다(動之斯和)."라고 말했다.[433]

이는 요즈음 말로, 경제적 번영과 사회적 안정, 그리고 소통과 화합에 의한 정치라고 할 수 있다. 공자의 정치적 견해는 학덕과 바른 심성을 가진 군자가 정치를 담당해야 한다는 주장에서 출발한다. 곧 군자에 의한 통치는 백성의 안녕과 복리를 증진하는 정치, 곧 民本政治(민본정치)라고 요약할 수 있다.

오늘의 평등사상은 인간은 누구나 하늘로부터 부여받은 인권을 갖고 있다는 인식에서 출발한다. 天賦人權(천부인권)의 자연권을 구현하고 보장하는 사회란 쉽게 만들어지는 것은 아니다. 그 때문에 오랜 세월에 걸친 논쟁과 투쟁이나 혁명이 있었다.

2500여 년 전의 공자는 사회질서 유지의 방법으로 예악을 강조했는데, 공자도 인권이나 사회적 평등에 관심을 갖고 있었는가?

인간은 언어를 사용하면서 살며 사회생활을 한다. 언어는 인

433 《論語 子張》 陳子禽謂子貢曰, ~. 子貢曰, "君子一言以爲知, ~ 夫子之得邦家者, 所謂立之斯立, 道之斯行, 綏之斯來, 動之斯和. 其生也榮, 其死也哀, ~."

간의 思考(사고)를 외부로 표출하며 사물의 모습이나 활동을 묘사하는 서술 기능이 있다.

이름(名)은 한 인간의 여러 모습을 가장 단적으로 표현해 주는데, 명분을 통해 인간의 생각이나 행동이 정당한가를 평가받을 수 있다. 공자의 여러 사상 중에는 이름과 관련하여 正名(정명) 사상이 있다. 개인의 지위 또는 관계에서 생기는 여러 가지 이름이 있으며, 그 이름으로 내세우는 名分(명분)이 있다.

공자의 正名은 '바른 이름' 이고, '올바른 이유나 까닭' 이라고 할 수 있으며, 또 名分을 '바르게 한다(正).' 는 뜻도 있다. 공자는 正名을 爲政(위정)의 출발로 인식했다.

신하는 주군을 어떻게 섬겨야 하며, 또 어떻게 근무해야 하는가? 이는 出仕(출사)하고 싶은 공자의 제자들이 갖는 공통 관심사였고 공자는 제자들의 요구에 진심을 담아 설명해 주었다.

魯의 실권을 쥐고 있던 季康子(계강자)는 공자에게 정치에 관하여 자주 물었다.[434] 공자는 평소에 명분이 바로 서야 한다는 信念(신념)을 갖고 있었다. 공자의 이런 신념이 그대로 나타난 구절이다.

"子帥以正(자솔이정), 孰敢不正(숙감부정)?" 에서 子는 계강자를

---

434 《論語 顔淵》 季康子問政於孔子. 孔子對曰, "政者, 正也. 子帥以正, 孰敢不正?"

지칭하고, 帥은 '거느릴 솔' 로 읽고, '앞장서다' 라는 뜻이다. 孰은 '누구 숙' 이니, 의문대명사이다. '누가 감히 ~하겠는가?' 라는 뜻이다.

季康子가 백성이 충성을 바치게 할 방법을 물었을 때, 공자는 위엄을 갖출 것과 효행과 자애의 실천, 그리고 잘 모르는 백성을 가르치며 권장한다면 백성이 충성을 다할 것이라고 말해주었다.[435] 제자 중에 누가 好學(호학: 학문을 좋아하다)하느냐고 물었던 사람이며,[436] 계강자가 도적을 걱정하자, 공자는 "당신 먼저 욕심을 부리지 않는다면 상을 준다 하여도 도적질은 안할 것이다."라고 말했다.[437]

그리고 공자는 백성을 다스리면서 어찌 사람을 죽일 수 있는가? 군자의 덕은 바람과 같다는 말을 해주었다.[438]

---

435 《論語 爲政》 季康子問, "使民敬忠以勸, 如之何?" 子曰, "臨之以莊則敬, 孝慈則忠, 擧善而敎不能則勸."

436 《論語 先進》 季康子問, "弟子孰爲好學?" 孔子對曰, "有顏回者好學, 不幸短命死矣, 今也則亡."

437 《論語 顔淵》 季康子患盜, 問於孔子. 孔子對曰, "苟子之不欲, 雖賞之不竊."

438 《論語 顔淵》 季康子問政於孔子曰, "如殺無道, 以就有道, 何如?" 孔子對曰, "子爲政, 焉用殺? 子欲善而民善矣. 君子之德風, 小人之德草. 草上之風, 必偃."

| 原文 | 哀公問於孔子曰, "當今之君, 孰爲最賢?"

孔子對曰, "丘未之見也, 抑有衛靈公乎?"

公曰, "吾聞其閨門之內無別, 而子次之賢, 何也?"

孔子曰, "臣語其朝廷行事, 不論其私家之際也."

公曰, "其事何如?"

孔子對曰, "靈公之弟曰, 靈公弟子渠牟, 其智足以治千乘, 其信足以守之, 靈公愛而任之. 又有士林國者, 見賢必進之, 而退與分其祿, 是以靈公無遊放之士, 靈公賢而尊之. 又有士曰慶足者, 衛國有大事則必起而治之, 國無事則退而容賢, 靈公悅而敬之. 又有大夫史鰌, 以道去衛, 而靈公郊舍三日, 琴瑟不御, 必待史鰌之入, 而後敢入. 臣以此取之, 雖次之賢, 不亦可乎."

| 국역 | (魯) 哀公(애공, 名은 將, 定公의 子, 재위 前 494 - 468년. 27년간) 공자에게 물었다.

"지금 군주 중에 누가 가장 현명합니까?"

孔子가 대답하였다.

"저는(丘) 〔賢君(현군)을〕 만나지는 못했지만, 衛(위) 靈公(영공, 재위 前 534 - 493년)이 현군 아니겠습니까?"[439]

---

439 공자는 衛 영공이 무도하다고 말했다. 여기서는 현군이라 평가

애공이 말했다.

"내가 듣기로, 그 가정 안에서도〔閨門(규문)〕無別(무별 : 분별이 없다)하다는데, 당신은 왜 현군이라 하십니까?"

孔子가 말했다.

"臣은 그의 朝廷(조정)의 行事(행사)를 말하였고, 그 私家(사가)의 일은 말한 것은 아닙니다."

애공이 말했다.

"조정의 행사는 어떠했습니까?"

孔子가 대답했다.

"(衛) 靈公(영공)의 아우인 渠牟(거모)는 그 지혜가 千乘(천승)의 제후국을 충분히 다스릴 수 있고, 그 誠信(성신)은 나라를 잘 지킬 수 있기에 靈公도 親愛(친애)하며 중임을 맡겼습니다. 또 그 士人(사인 : 선비) 林國(임국)이란 사람은 賢者(현자)를 만나면 꼭 천거하고, 퇴임하면 임국은 자신의 봉록을 나눠주었습니다. 그래서 靈公(영공) 재위 중에 나라에는 놀며 放縱(방종)하는 사인이 없었으며, 영공은 林國을 현신으로 여기고 존중하였습니다. 또 慶足(경족)이라는 士人은 衛에 큰 國事가 있으면 꼭 천거되어 나라를 다스리고, 나라가 무사하면 물러나며 다른 賢才를 추천하니[440] 靈

하니 서로 어긋난다. 《論語 憲問》 子言衛靈公之無道也, 康子曰, "夫如是, 奚而不喪?" 孔子曰, "仲叔圉治賓客, 祝鮀治宗廟, 王孫賈治軍旅. 夫如是, 奚其喪?" 영공은 무도하지만 賢臣의 보필을 받으니 망하지 않는다고 하였다.

公도 기뻐하며 경족을 존경하였습니다. 또 大夫인 史鰌(사추)[441]가 자신의 道를 성취하려 衛나라를 떠나가자, 靈公은 郊外에서 3일을 머물면서 풍악을 즐기지 않으면서 史鰌(사추)의 입국을 기다렸다가 나중에 함께 귀국하였습니다. 저는 이때문에 영공을 선택한 것이니, 그를 현군이라 할 수 있을 것입니다.[442] 그 다음에 또한 어진 자가 있다고 해도 가하지 않겠습니까?

---

440 원문 國無事則退而容賢 – 다른 賢才가 등용될 수 있도록 퇴임한다는 뜻.

441 史鰌(사추, 생졸년 미상. 史魚. 字는 子魚) – 春秋時期 衛國 大夫. 《論語・衛靈公》 子曰, "直哉史魚! 邦有道, 如矢, 邦无道, 如矢. 君子哉蘧伯玉! 邦有道, 則仕. 邦无道, 則可卷而怀之."

442 《論語 衛靈公》 子曰, "已矣乎! 吾未見好德如好色者也." 《史記 孔子世家》에 의하면, 공자는 각국을 周遊할 때 衛(위)에서는 蘧伯玉(거백옥)의 집에 머물렀다. 衛 靈公의 夫人 南子(남자)가 공자를 불러 공자와 만났다. 이를 자로가 좋아하지 않자, 공자가 맹서하며 말했다. "내가 예의에 어긋나는 일을 했다면 하늘이 나를 버릴 것이다. 하늘이 나를 버릴 것이다."라고 확실하게 말했다.
한 달 뒤쯤, 靈公이 夫人과 同車로 외출하는데 宦者(환자, 환관) 雍渠(옹거)가 參乘하고, 공자를 次乘(차승)하게 한 뒤에, 손을 흔들며 큰 길을 지나갔다. 이에 공자가 말했다.
"나는 好色하는 만큼 好德하는 사람을 보지 못했다."
공자는 이를 부끄러워하며 衛를 떠나 曹(조)나라로 갔다. 이 해에 魯 定公이 죽었고, 애공이 즉위했다.(前 495년 공자 57세)

| 原文 | 子貢問於孔子曰, "今之人臣, 孰爲賢?"

子曰, "吾未識也, 往者齊有鮑叔, 鄭有子皮, 則賢者矣."

子貢曰, "齊無管仲, 鄭無子產."

子曰, "賜, 汝徒知其一, 未知其二也. 汝聞用力爲賢乎? 進賢爲賢乎?"

子貢曰, "進賢賢哉."

子曰, "然, 吾聞鮑叔達管仲, 子皮達子產, 未聞二子之達賢己之才者也."

| 국역 | 子貢(자공)이 공자에게 물었다.

"지금의 신하 중에 누가 가장 현명합니까?"

공자가 말했다.

"나는 잘 모르겠다. 옛날에 齊에는 鮑叔(포숙)[443]이, 鄭(정)나라

---

443 鮑叔牙(포숙아, ? - 前 644) - 姒姓에 鮑氏. 간칭 鮑叔, 鮑子. 春秋時代 齊國의 大夫. 潁上(영상, 今 安徽省 중부 阜陽市 潁上縣) 출신. 의리로 管仲을 도왔고 관중을 齊相으로 천거했다.
成語 毋忘在莒(무망재거)의 주인공 - 《管子 小稱》「桓公, 管仲, 鮑叔牙, 甯戚(영척)」 4인이 술을 마셨다. 桓公이 鮑叔牙에게 말했다. "왜 일어서서 나에게 祝壽하지 않는가?" 그러자 포숙아가 잔을 들고 일어나 말했다. "公께서는 莒(거) 땅에 쫓겨갈 때를 잊지 마십시오(勿忘在莒). 管子께서는 魯에 갇혀 있을 때를 잊어서는 안 됩니다. 甯戚(영척)은 牛車 아래서 밥을 먹던 때를 잊지 마십

에는 子皮(자피)[444]가 있었으니, 모두 賢者(현자)였었다."

子貢(자공)이 말했다.

"齊(제)에는 管仲(관중)이, 鄭(정)에는 子産(자산)이 있지 않았습니까?"

공자가 말했다.

"자공아!(賜(사)야!) 너는 그 하나만을 알고 둘은 모르는 것이다. 너는 권력을 행사하면 현명하다고 생각하는가? 현인을 추천하는 사람이 현명한 사람인가?"

자공이 말했다.

"賢才(현재) 천거는 현명한 일입니다."

공자가 말했다.

"그렇다. 내가 알기로 포숙은 管仲(관중)을 천거하였고, 子皮(자피)는 子産(자산)을 천거하였지만, 관중과 자산이 현인을 천거

시오." 그러자 桓公이 辟席(피석)하고 再拜하며 말했다. "寡人과 二大夫(관중과 영척)가 夫子(포숙아)의 말씀을 잊지 않는다면 사직은 위태롭지 않을 것입니다." 포숙아는 환공과 관중에게 지난날의 고난을 잊지 말라고 깨우쳐 주었다. 管仲은 "生我者는 父母이나, 知我者는 鮑叔이다!"라고 말했다.(《史記 管晏列傳》) 孔子도 말했다. "齊의 鮑叔은 知賢하니, 이는 智이다. 推賢하니 이는 仁이며, 引賢하니 이는 義이다. 이 3가지를 갖추었는데 무엇이 더 있어야 하겠는가?" (《韓詩外傳》)

444 子皮(자피) – 춘추시대 鄭國의 大夫. 姓은 罕(한). 名은 虎. 원문 子皮達子産에서 達은 추천하다.

했다는 말은 듣지 못했다."[445]

|原文| 哀公問於孔子曰, "寡人聞忘之甚者, 徙而忘其妻, 有諸?"

孔子對曰, "此猶未甚者也. 甚者乃忘其身."

公曰, "可得而聞乎?"

孔子曰, "昔者夏桀, 貴爲天子, 富有四海, 忘其聖祖之道, 壞其典法, 廢其世祀, 荒於淫樂, 耽湎於酒, 佞臣諂諛, 窺導其心, 忠士折口, 逃罪不言, 天下誅桀. 而有其國, 此謂忘其身之甚矣."

|국역| 哀公이 孔子에게 물었다.

"寡人(과인)이 들었는데, 망각이 심한 사람은 이사하면서 아내를 두고 갔다는데 그럴 수 있습니까?"

孔子가 대답하였다.

"그 정도는 심한 것이 아닙니다. 심한 자는 자기 자신이 누군가를 잊고 있습니다."

애공이 물었다.

---

445 이 章은《韓詩外傳》7권,《說苑 臣術》에도 수록되었다.

"그 이야기를 들을 수 있습니까?"

孔子가 말했다.

"옛날에(昔者) 夏나라의 桀王(걸왕)은 고귀하기로는 天子(천자)이고, 부유하기로는 四海(사해)를 차지하고 있었지만, 聖祖(성조)의 道를 잊어버리고 典法(전법)을 毁滅(훼멸)하였으며, 선조의 제사를 폐하고 淫樂(음락)에 빠졌으며, 주색에 탐닉하자, 아부하는 신하는 아첨하며 그 마음을 엿보았고, 충신은 입을 다문 채 죄를 받지 않으려고 말을 하지 않았기에[446] 온 천하가 걸왕을 주살하고서 殷(은)의 湯王(탕왕)이 나라를 차지하였습니다. 이는 그 자신을 잃어버린 것보다도 더 심한 경우입니다."

| 原文 | 顔淵將西遊於宋, 問於孔子曰, "何以爲身?"

子曰, "恭敬忠信而已矣. 恭則遠於患, 敬則人愛之, 忠則和於衆, 信則人任之, 勤斯四者, 可以政國, 豈特一身者哉. 故夫不比於數, 而比於踈, 不亦遠乎, 不修其中, 而修外者, 不亦反乎, 慮不先定, 臨事而謀, 不亦晚乎."

| 국역 | 顔淵(안연)이 서쪽으로 宋(송)나라에 가면서 孔子에게

---

446 忠士折口 – 折口(절구, 折은 꺾을 절)는 입을 막다〔杜口(두구)〕.

"어떻게 處身(처신)해야 합니까?" 라고 물었다.

이에 공자가 말했다.

"공손(恭) 경애(敬), 성심(忠), 신의(信)뿐이다. 공손하면 환난을 멀리하고, 경애하면 다른 사람이 너를 아껴주며, 성심으로 대하면(忠) 많은 사람과 화합할 수 있고, 신의를 지키면(信) 다른 사람이 너를 신임하나니, 이 4가지를 부지런히 실천하면 가히 나라를 다스릴 수도 있는데, 어찌 一身(일신)뿐이겠는가? 立身處世(입신처세)에 많은 사람과 가까이 지내지 않고, 멀리할 사람과 가까이한다면 (너의 목표와는) 더욱 멀어지지 않겠느냐? 네 마음을 수양하지 않고(不修其中) 겉모양만 꾸민다면(而修外者), 그 반대가 되지 않겠느냐? (출발에 앞서) 생각을 미리 가다듬지 않고(慮不先定), 일이 닥친 다음에 도모(모책을 세우다)한다면 늦지 않겠느냐?"

|原文| 孔子讀《詩 正月》六章, 惕焉如懼, 曰, "彼不達之君子, 豈不殆哉. 從上依世則道廢, 違上離俗則身危, 時不興善, 己獨由之, 則曰非妖卽妄也. 故賢也旣不遇天, 恐不終其命焉, 桀殺龍逢, 紂殺比干, 皆類是也.《詩》曰,「謂天蓋高, 不敢不局, 謂地蓋厚, 不敢不蹐.」此言上下畏罪, 無所自容也."

| 국역 | 孔子가 《詩 小雅 正月(시 소아 정월)》의 6째 장을 읽다가 크게 두려운 표정으로 말했다.[447]

"저 통달하지 못한 君子가 어찌 위태하지 않은가? 위로 주군을 따르면서 세상에 부합하려 한다면 大道가 폐할 것이고, 주군의 뜻을 위배하면서 세속과 괴리된다면 일신이 위태로울 것이다. 시대가 善行과 함께하지 않는데 (君子가) 홀로 그 길을 따른다면, 사람들은 그 군자가 요상한 일을 하니 망령이라고 생각할 것이다. 그래서 현명할지라도 天時(천시)를 만나지 못하면, 아마 性命(성명 : 목숨)을 지키기 어려울 것이다.[448] (夏(하)의 폭군) 桀王(걸왕)이 龍逢(용봉)[449]을 죽이고, (殷(은) 폭군) 紂王(주왕)이 比干(비간)을 살해한 것이 모두 이와 같은 사례이다.

《詩 小雅 正月(시 소아 정월)》에 「하늘이 높다 하지만 허리를 굽히지 않을 수 없고, 땅이 두껍다고 하더라도 살금살금 걷지 않을 수 없다.」고 하였다.[450] 이 시는 상하로 죄를 두려워하며 자신이

---

447 惕焉如懼 – 惕은 두려워할 척, 슬플 척. 焉은 어찌 언. 종결어미. 懼는 두려울 구. 6章의 원문은 「謂天蓋高, 不敢不局. 謂地蓋厚, 不敢不蹐. 維號斯言, 有倫有脊. 哀今之人, 胡爲虺蜴.」이다.

448 원문 恐不終其命焉 – 恐은 두려울 공. 아마도. 不終其命焉은 타고난 명을 다 마치지 못할 것이다.

449 關龍逢(관용봉) – 夏朝 폭군 桀(걸)의 大臣. 直言과 極諫(극간)으로 피살. 商朝(殷) 말년, 폭군 紂王(주왕)에 피살된 比干(비간)과 함께 忠臣의 대명사.

450 원문 不敢不局, ~ 不敢不蹐 – 局은 曲也. 구부리다. 하늘이 높

용납될 수 없음을(無所自容也) 걱정한 詩이다."

| 原文 | 子路問於孔子曰, "賢君治國, 所先者何?"

孔子曰, "在於尊賢而賤不肖."

子路曰, "由聞晉中行氏尊賢而賤不肖矣, 其亡何也?"

孔子曰, "中行氏尊賢而不能用, 賤不肖而不能去, 賢者知其不用而怨之, 不肖者知其必己賤而讎之, 怨讎並存於國, 鄰敵構兵於郊, 中行氏雖欲無亡, 豈可得乎."

| 국역 | 子路(자로)가 孔子에게 물었다.

"賢君(현군)이 治國(치국 : 나라를 다스리다)할 경우 무엇을 가장 우선해야 합니까?"

孔子가 말했다.

"賢人(현인)을 존중하고 不肖(불초)한 자를 천하게 대우해야 한다."

子路(자로)가 말했다.

"제가〔由(유)〕 듣기로, 晉(진)의 中行氏(중행씨)[451]는 현인을 존

더라도 조심하는 뜻으로 허리를 굽혀야 한다. 蹐은 살금살금 걸을 척.

451 六卿分晉 - 三家分晉 - 晉의 정치는 晉의 智氏, 范氏(범씨), 中行

중하고 불초한 자를 천시하였으나, 그 가문이 멸망한 까닭은 무

氏(중행씨), 魏氏, 韓氏, 趙氏의 6姓이 周의 쇠약을 틈타 제후를 참칭하였기에 이들을 六晉이라 했다. 사실 이들이 晉의 정권을 오로지 했고 晉公은 허수아비였었다. 晉 6卿 중 中行氏(중행씨)는 子姓으로 晋國의 世族이며 晉 六卿의 하나. 中行桓子 荀林父(순림보)의 후손이었다. 관직을 姓氏로 삼았다. 중행씨는 前 632年 성립, 前 490년 敗亡했다. 春秋時代 晉國의 政治軍事 제도로 晉文公은 三軍制를 채택하였다. 곧 中軍, 上, 下 三軍인데 각 軍에 1명의 將軍과 一名의 佐를 두었다. 곧 中軍將, 中軍佐, 上軍將, 上軍佐, 下軍將, 下軍佐이다. 이들에 의해 晉의 정치와 군사가 움직였다. 中軍將은 元帥(원수) 또는 執政이라 불렀다. 그 이후 여러 차례 변동이 있었고, 晉 景公 四軍八卿으로 다시 晉 悼公 때 三軍제도로 환원했다. 晉 平公 때 六卿에 趙氏, 韓氏, 魏氏, 智氏, 范氏(범씨), 中行氏(중행씨)의 六家가 정치를 壟斷(농단)했다. 곧 晉 平公(前 558 – 532) 이후, 晉 六卿의 實力이 國君을 능가하여 六卿의 執政이 성립되었다. 晉 定公(재위 512 – 475) 때, 六卿 중에서 范氏(범씨)와 中行氏(중행씨)가 멸족되어 卿族의 平衡이 깨졌다. 晉 出公(재위 전 475 – 458) 때 魏氏(위씨)와 韓氏(한씨)가 趙氏와 연합하여 그때까지 강성했던 知氏(지씨, 智氏)를 없애면서, 晉國은 名存하나 實亡하였다. 결국 前 403년에 周 威烈王(위열왕, 재위 426 – 402)은 정식으로 晉國의 大夫 韓虔(한건), 趙籍(조적), 魏斯(위사)를 韓侯, 趙侯, 魏侯에 봉하였다. 이에 晉國은 韓, 趙, 魏 3제후국으로 분할되었다. 韓, 魏, 趙가 晉을 三分하였고, 이들을 三晉이라 통칭하였다. 晉國은 겨우 2개의 城에서 명맥을 잇다가 前 376年에 멸망하며 晉 靜公(정공, 재위 378 – 376) 은庶人이 되었다. 宋代 司馬光의 《資治通鑒》은 前 403년 韓, 趙, 魏 3제후국의 공식 인정받는 해부터 서술했다.

엇입니까?"

孔子가 말했다.

"中行氏는 尊賢(존현 : 어진 사람을 존경하다)했으나 현인을 등용하지 못했고, 불초한 자를 천대했다지만 제거하지를 못했다. 그래서 賢者(현자)는 등용되지 않을 것을 알기에 원망하였고, 不肖者(불초자)는 자신들이 천대받는 줄을 알고 원수로 여겼다. 원수가 한 나라(중행씨의 가문)에 竝存(병존 : 함께 있다)했고 이웃 나라에서 군사적 침입이 있었으니, 중행씨가 멸망을 생각하지 않았지만 버틸 수 있었겠는가?"

原文 孔子閑處, 喟然而嘆曰, "向使銅鞮伯華無死, 則天下其有定矣."

子路曰, "由願聞其人也."

子曰, "其幼也敏而好學, 其壯也有勇而不屈, 其老也有道而能下人, 有此三者, 以定天下也, 何難乎哉!"

子路曰, "幼而好學, 壯而有勇, 則可也. 若夫有道下人, 又誰下哉?"

子曰, "由不知, 吾聞以衆攻寡, 無不克也, 以貴下賤, 無不得也. 昔者周公居冢宰之尊, 制天下之政, 而猶下白屋之士, 日見百七十人, 斯豈以無道也, 欲得士之用也. 惡有道而無下天下君子哉?"

❙국역❙ 孔子가 한가히 있으며 한숨 쉬며 탄식하듯 말했다.

"만약(向使, 假如) 銅鞮伯華(동제백화)가 죽지 않았다면,[452] 아마 천하가 안정되었을 것이다."

子路(자로)가 말했다.

"저는(由) 그분에 대하여 알고 싶습니다."

공자가 말했다.

"그가 어렸을 때는 부지런하고(敏) 好學(호학 : 배우기를 좋아하다)하였으며, 장년이 되어서는(其壯也) 용기가 있어 不屈(불굴 : 남에게 굴복하지 않다)하였는데, 노년에는 道를 지켜 남보다 아래에 있었으니, 이 3가지의 덕이라면 천하를 안정시키는데 무슨 어려움이 있겠는가!"

子路(자로)가 물었다.

"幼年(유년)에 好學하고, 壯年(장년)에 有勇(유용 : 용맹이 있다)한 것은 그럴 수 있지만, 道를 지켜 남보다 아래에 있었다면 누가 하

---

452 원문 向使銅鞮伯華無死 - 向使는 만약(假如). 銅鞮伯華(동제백화)는 叔向(숙향, ? - 前 528年?). 姬는 姓, 羊舌(양설)氏. 名은 肸(힐), 字는 叔向, 楊(今 山西省 洪洞縣)에 被封, 以邑爲氏하여 楊氏. 楊肸(양힐). 춘추시대 晉의 公族, 晋 悼公, 平公, 昭公을 섬기며 師傅(사부)와 上大夫 역임. 叔向과 齊 晏嬰(안영), 鄭 子產이 同時代 人物이었다.

대하겠습니까?(又誰下哉?)"

공자가 말했다.

"너는(仲由) 알지 못하나니, 내가 알기로, 많은 사람이(衆) 적은 사람을 공격한다면(攻寡) 이기지 못할 바가 없지만(無不克也), 貴한 사람이 천한 사람 아래에 있는 일은(下賤) 있을 수 없다(無不得也). 옛날에(昔者) 周公(주공)이 존귀한 冢宰(총재)로 천하의 정사를 이끌면서도 오히려 無冠(무관)의 士人(사인 : 선비)의 아래에 있듯이[453] 하루에 170명이나 되는 사람을 만났으니, 이것이 어찌 (周公이) 無道(무도 : 도를 모르다)하여 그러했겠는가? 이는 士人(사인 : 선비)을 등용하려는 뜻이었으니, 有道(유도 : 도가 있다)하며 천하의 사람보다 아래에 있는 군자가 있었겠느냐?"

|原文| 齊景公來適魯, 舍於公館, 使晏嬰迎孔子, 孔子至, 景公問政焉.

孔子答曰, "政在節財." 公悅, 又問曰, "秦穆公國小處僻而霸, 何也?"

孔子曰, "其國雖小其志大, 處雖僻而政其中, 其擧也果, 其謀也和, 法無私而令不愉, 首拔五羖, 爵之大夫, 與語三

---

453 원문 猶下白屋之士 - 白屋은 草屋(초옥). 백옥에 사는 사람은 出仕하지 못한 평민.

日而授之以政, 此取之雖王可, 其霸少矣."

景公曰, "善哉."

| 국역 | 齊(제) 景公(경공)이 魯國에 와서 公館(공관)에 머물면서 晏嬰(안영)을 시켜 孔子를 부르게 했고, 孔子가 도착하자, 景公이 問政(문정 : 정치에 대하여 물었다)하였다.[454]

孔子는 "정사에는 財用(재용 : 재정)을 절약해야 합니다."라고

---

454 공자 36세(前 516년)에 齊國을 방문했다. 공자는 聽聞〈韶〉하고 "三月不知肉味." 이때도 공자는 齊 景公(재위 前 548 - 490년)을 만났고, 경공이 問政했었다. 《論語 顏淵》 齊景公問政於孔子. 孔子對曰, "君君, 臣臣, 父父, 子子." 公曰, "善哉! 信如君不君, 臣不臣, 父不父, 子不子, 雖有粟, 吾得而食諸?" 齊 景公이 공자에게 政事를 묻자, 공자는 "君은 주군의 도리를, 臣은 신하의 직분을, 父는 아비의 도리를, 子는 아들의 할 일을 다해야 한다."고 대답했다. 그러자 경공이 공감하며 말했다. "좋은 말씀입니다. 정말로 人君이 주군답지 않고, 신하가 신하의 일을 하지 않으며, 아버지가 아비 노릇을 못하고, 자식이 그 도리를 다하지 않는다면, 비록 곡식이 있다 한들 어찌 먹을 수 있겠습니까?" 주군이나 가장인 부친은 권위가 있는 존재이다.
그러나 위세에 의한 권위가 참된 권위인가? 권위는 그 자리에 걸맞은 책임을 다할 때, 그리고 관용을 베풀 수 있는 곳에 베풀줄 알아야 권위가 설 것이다. 신하가 신하의 직무를 다하지 않고, 아들이 아들의 도리를 다하지 않는다면 어찌 되겠는가? 그런 나라의 國富나 개인의 재물이 많다 한들 진정 즐길 수 있겠는가? 참

말했다.

그러자 경공은 기뻐하면서 또 물었다.

"秦(진) 穆公(목공)은 그 나라가 작고 궁벽한 곳에 자리했지만 霸者(패자)가 될 수 있었던 이유는 무엇입니까?"[455]

孔子가 말했다.

"그 나라는 소국이었지만 그 志向(지향 : 뜻하는 바)은 컸으며, 변

고, 《論語 季氏》 "齊景公有馬千駟, 死之日, 無德而稱焉. 伯夷叔齊餓于首陽之下, 到于今稱之. ~"

455 前 770년, 秦 襄公(양공, 재위 前 778 - 766년)은 犬戎(견융)의 침략에 쫓긴 周 平王을 동쪽으로 호송하고 지켜준 功으로 伯爵의 작위를 받았고, 今 甘肅省(감숙성) 동남부와 陝西省(섬서성) 서남부 일부를 봉토로 받아 정식 제후국이 되었다. 前 677년부터 秦國은 雍(옹, 陝西省 서남부 寶雞市 관할 鳳翔縣)에 定都하고, 근 300년간 甘肅省 天水市에서 隴南市, 陝西省 서남부 일대를 통치하였다. 秦 穆公(목공, 재위 前 659 - 621년) 때 서융의 12개 소국을 모두 병합하여 春秋 4强의 기초를 다졌다. 戰國시대 초기에는 강성한 魏國의 공격으로 河西 일대의 영역을 빼앗기는 등 한때 위축되었지만, 秦 孝公(재위 前 361 - 338년)이 前 356년에 商鞅(상앙)의 變法(변법)을 채택하면서 富國强兵의 大路를 닦았고, 前 350년에는 咸陽(함양)으로 천도하였다. 秦 惠文王은 前 325년에 稱王(칭왕)했고, 昭襄王(소양왕, 재위 前 306 - 251년) 때 본격적인 전쟁을 벌였는데, 伊闕(이궐), 鄢郢(언영), 華陽(화양), 長平(장평)의 四大 戰役(전역, 전투)을 통하여 山東 6國의 1백만 군대를 죽이면서 통일의 기초를 다졌다. 결국 秦王 嬴政(영정)은 前 221년 六國을 멸하고, 최초로 중국을 통일한 왕조를 개창한다.

방에 자리잡았지만 그 정치는 正中(정중 : 중도를 지키다)하였고(處雖僻而政其中),[456] 그 인재 등용은 과감했고(其擧也果) 그들 국정은 화합을 꾀했으며, 그들의 국법은 私情에 따르지 않았고 명령은 구차(게으르다)하지 않았습니다.[457] (秦은) 먼저 百里奚(백리해)를 대부로 등용하였는데,[458] 그와 더불어 사흘 동안의 일을 이야기해 본 뒤에 국정을 맡겼습니다. 이 모두를 종합해보면 〔穆公(목공)〕 王天下(왕천하)할 수 있었고 그 패자가 된 것은 오히려 작은 것입니다."

---

456 원문 處雖僻而政其中 – 우선 秦이 자리잡은 지역은 중국 고대 역사의 본 무대인 中原이 아닌, 그리고 崤山(효산)과 函谷關(함곡관)으로 구분되는 關中(관중) 서쪽의 변방이었다. 그만큼 역사적 전통과 전통에 따른 제약이 없는, 곧 혁신을 저해하는 요소가 六國에 비하여 적거나 거의 없었던 新天地였다. 이는 마치 신대륙에서 美國의 독립과 발전 과정에서 나타나는 각 방면에 걸친 다양한 活力을 연상할 수 있다. 이런 환경에서 商鞅(상앙)의 變法(변법)은 성공할 수 있었다.

457 원문 法無私而令不愉 – 愉는 즐거울 유. 누그러지다. 적당히 적용하다. 愉는 苟且(구차).

458 원문 首拔五羖, 爵之大夫 – 五羖大夫는 百里奚(백리해, 생졸년 미상). 姜은 姓, 百里氏, 名은 奚(해, 百里傒, 百里子). 世人은 五羖大夫(오고대부)라 불렀다. 春秋時代 秦國의 政治家. 秦 穆公 5년(前655), 百里奚는 晉 獻公이 딸을 시집보낼 때(晉秦之好) 딸려온 노비였는데, 도망갔다가 잡히자 秦 穆公이 검은 山羊의 가죽 5장으로 바꿔왔다(羊皮換相). 백리해는 秦 穆公을 도와 西戎의 여러 종족을 제패하고 영토를 넓혔으며 나라를 강성케 했다.

景公(경공)은 "참 좋은 말씀이요."라고 말했다.

| 原文 | 哀公問政於孔子.

孔子對曰, "政之急者, 莫大乎使民富且壽也."

公曰, "爲之奈何?"

孔子曰, "省力役, 薄賦斂, 則民富矣, 敦禮教, 遠罪疾, 則民壽矣."

公曰, "寡人慾行夫子之言, 恐吾國貧矣."

孔子曰, "詩云, 「愷悌君子, 民之父母.」 未有子富而父母貧者也."

| 국역 | 哀公(애공)이 공자에게 問政(문정 : 정치애 대하여 물었다)하였다.[459]

---

459 공자는 모국 魯나라를 떠나 정치적 망명자처럼 14년에 걸쳐 주변 여러 나라를 周遊(주유)했다. 공자가 천하를 주유했다는 말은 공자의 체면을 보아 좋게 표현한 말이고, 耳順(이순, 60세)을 넘긴 노인의 타국 여행이란 실제로는 매우 고달픈 여정이었을 것이다. 공자는 魯 哀公(애공) 11년인 기원전 484년, 68세의 고령으로 노나라에 돌아왔다. 공자는 귀국 후 가끔 魯 哀公과 대화를 나누기도 했지만 애공은 공자를 등용할 생각도 없었고, 공자 또한 벼슬을 구하지도 않았다. 당시로는 장수 노인에 해당하는 70대였다.

그러자 공자는 "정치의 가장 요긴한 목표는 백성이 부유하고, 또 장수를 누리게 하는 것보다 더 큰일은 없습니다."[460]라고 말했다.

애공이 "어떻게 해야 합니까?(爲之奈何?)"라고 물었다

孔子가 말했다.

"백성의 노력을 줄여주고(省力役, 부역경감), 세금 징수를 경감하면(薄賦斂), 백성은 저절로 부유하고(民富矣), 禮敎(예교 : 예절과 교육)를 돈독히 하고, 형벌과 질병을 멀리한다면(遠罪疾), 백성은 저절로 장수(천수를 누리다)할 것입니다."

애공이 말했다.

"과인이 夫子〔부자 : 공부자(선생님)〕의 말씀을 실천하려 하지만 나라의 빈곤이 걱정입니다."

孔子가 말했다.

"《詩經 大雅 泂酌(시경 대아 형작)》에 「점잖으신 君子시여! 백성의 父母(부모)이십니다.」 하였으니, 아들이 부자이면서 부모가 가

이 시기에 공자 자신은 '마음이 내키는 대로 하더라도 법도를 넘지 않았다(從心所欲 不踰矩).' 고 하였다. 말하자면, 이제는 모든 것을 달관하거나 해탈한 지경에 이르렀다는 뜻이다. 사실 늙어 판단력이 흐려지거나 노욕이나 노탐으로 亡身하는 속인들의 경지와는 차원이 달랐다고 볼 수 있다.

460 원문 莫大乎使民富且壽也 - 莫은 없을 막. 아무도 ~하지 않다. ~아니한 것이 없다.

난한 경우는 없습니다."[461]

| 原文 | 衛靈公問於孔子曰, "有語寡人有國家者, 計之於廟堂之上, 則政治矣, 何如?"

孔子曰, "其可也, 愛人者則人愛之, 惡人者則人惡之, 知得之己者則知得之, 人所謂不出環堵之室而知天下者, 知反己之謂也."

| 국역 | 衛(위) 靈公(영공)이 孔子에게 물었다.

"어떤 사람이 나에게 조정에서 나랏일을 잘 계획하면 정치가 성공한다고 말했는데, 왜 그렇습니까?"

孔子가 말했다.

"아마 그럴 것입니다. 남을 아껴주는 자는(愛人者) 다른 사람도 그를 아껴주지만, 남을 미워하는 자는 다른 사람도 그를 미워하며, 자신이 무엇인가를 해낼 줄 아는 사람은(得之己者) 다른 사람에게서 얻어낼 줄도 압니다(則知得之). (그래서) 사람이 집 밖을 나가지 않고도 천하의 일을 아는 사람은 자신을 되돌아 미루어 안다는 뜻입니다."[462]

---

461 원문 未有子富而父母貧者也 - 未有는 없다. 子는 富하나 父母가 貧한 경우.

| 原文 | 孔子見宋君, 君問孔子曰, "吾欲使長有國, 而列都得之, 吾欲使民無惑, 吾欲使士竭力, 吾欲使日月當時, 吾欲使聖人自來, 吾欲使官府治理, 爲之奈何?"

孔子對曰, "千乘之君, 問丘者多矣, 而未有若主君之問, 問之悉也. 然主君所欲者, 盡可得也. 丘聞之, 鄰國相親, 則長有國, 君惠臣忠, 則列都得之, 不殺無辜, 無釋罪人, 則民不惑, 士益之祿, 則皆竭力, 尊天敬鬼, 則日月當時, 崇道貴德, 則聖人自來, 任能黜否, 則官府治理."

宋君曰, "善哉! 豈不然乎! 寡人不佞, 不足以致之也."

孔子曰, "此事非難, 唯欲行之云耳."

| 국역 | 孔子가 宋君(송군 : 송나라 임금)을 만나자, 宋君이 孔子에게 물었다.

"과인은 오래도록 나라를 보유해야 하고,[463] 지방의 성읍도 잘

---

462 원문 知反己之謂也 – 反己는 求諸己. 곧 자신을 反省(반성)하다.

463 원문 吾欲使長有國 – 宋國은 멸망한 商(殷) 후손을 봉한 周朝의 諸侯國이나 약소국이며, 국제적 지위나 명성도 없었으며 처음부터 무시당했던 나라였다. 國君은 子姓, 영역은, 今 河南省 동부 商丘市와 安徽省 淮北市 一帶였다. 각종 우화에서 宋나라 사람은 우둔한 사람으로 묘사되는 경우가 많았다. 그러나 실제로는 中原의 요충지이고 교통의 요지라서 富商과 巨富들이 모여들었

다스려지며,[464] 백성은 현혹되어 흔들리지 않고 士人(사인 : 선비)은 그 능력을 다 바치며, 일월(해와 달)은 정상운행하고,[465] 聖人(성인)이 제 발로 찾아오고, 모든 관청도 잘 다스려지기를 원하는데, 어떻게 하면 되겠습니까?"

孔子가 대답하였다.

"戰車(전차) 1千乘(일천승)을 동원할 수 있는 나라의 主君〔주군 : 諸侯(제후)〕이 저에게 많은 것을 물었지만, 귀하처럼 저에게 구체적으로 많은 것을 질문한 분은 없었습니다. 그렇더라도 主君께서 원하시는 것은 모두 성취하실 수 있습니다. 제가(丘) 알고 있는 바, 이웃 나라와 相親(상친 : 서로 친하다)하면 나라를 오래 보유할 수 있고, 주군이 慈惠(자혜)롭고 臣下(신하)가 충성을 다한다면 나라의 여러 성읍을 지킬 수 있습니다. 無辜(무고)한 백성을 죽이지 않는다며 죄있는 자를 놓아주지 않으면 백성은 현혹되지 않고, 사인(선비)의 봉록을 늘려주면 모두 盡力(진력, 竭力)할 것입니다. 하늘과 귀신을 잘 받들면 日月(일월 : 해와 달)도 정상 운행할 것이

고, 宋人은 經商에 뛰어났었다. 前 286년에, 宋國은 齊에 합병 소멸했다. 공자는 그 송나라 왕족의 먼 후예였으니, 그 가문이 周나라에서 대우받을 만한 여건도 되지 않았다.

464 원문 而列都得之 - 列都는 나라의 여러 성읍. 得之는 皆得其道. 잘 다스려지다.

465 원문 吾欲使日月當時 - 當時는 적시. 정상적 운행. 자연재해가 없기를 바란다는 의미.

고, 道德(도덕)을 숭상하면 聖人(성인)이 自來(자래 : 스스로 찾아오도록 하다)하고, 능력자를 임용하고 무능력자를 退出(퇴출)시킨다면,[466] 모든 관청이 잘 다스려질 것입니다."

宋君(송군 : 송나라 임금)이 말했다.

"옳은 말씀입니다. 어찌 그렇지 않겠습니까! 그러나 과인은 똑똑하지 못하여[467] 제가 해내지 못할 것 같습니다."

공자가 말했다.

"이런 일은 어렵지 않고, 다만 하려는 마음만 있으면 됩니다."

---

466 원문 任能黜否 – 任은 임용하다. 能은 유능한 자. 黜은 물리칠 출. 否는 아닐 비. 惡人 또는 低劣(저열)한 무능력자.

467 원문 寡人不佞 – 여기 佞(영)은 재능. 민첩하지 못하다. 不才. 아첨하다는 뜻이 아니다.

〈辯政(변정)〉 제14

【해설】

〈辯政(변정)〉 본 편의 주제는 정치에 관한 공자의 의견을 서술하였다.

공자가 齊君(제군), 魯君(노군), 葉公(섭공)과 나눈 정치에 관한 문답을 수록했는데, 상대에 따라 각기 다른 의견을 제시하고 있다. 또 신하가 주군에 대하여 諫言(간언)할 때 그 간언의 방법에 대해서 공자가 5가지로 나눠 설명한 것을 보면, 정치에 관한 공자의 폭넓은 교양과 지혜를 알 수 있다.

공자는 제자를 교육할 때 제자의 특성에 따라 대답과 설명을 달리하였다. 이를 因才施敎(인재시교), 곧 능력과 자질에 따른 적성교육이라고 표현할 수도 있다. 이런 예는 《論語》에서 쉽게 찾아볼 수 있다. 《論語 子路(논어 자로)》에서 子路와 仲弓(중궁)이 공

자에게 問政(문정 : 정치에 대하여 묻다)하자, 공자는 각각 다른 내용으로 설명해 주었다.[468]

《論語 爲政(논어 위정)》에서 孟懿子(맹의자), 孟武伯(맹무백), 子游(자유), 子夏(자하)가 공자에게 孝(효)에 관하여 물었고, 공자의 대답은 같지 않았다.[469]

《論語 先進(논어 선진)》에서는 똑같은 질문에 그 대답 내용이 서로 반대되는 경우도 있었다. 이는 제자의 행동 특성이 다르기에, 공자는 서로 다른 내용으로 제자를 깨우쳐준 것이었다.[470]

---

468 《論語 子路》 子路問政. 子曰, "先之勞之." 請益. 曰, "無倦."
《論語 子路》 仲弓爲季氏宰, 問政. 子曰, "先有司, 赦小過, 擧賢才." 曰, "焉知賢才而擧之?" 曰, "擧爾所知. 爾所不知, 人其舍諸?"

469 《論語 爲政》 孟懿子問孝. 子曰, "無違." 樊遲御, 子告之曰, "孟孫問孝於我, 我對曰, 無違." 樊遲曰, "何謂也?" 子曰, "生事之以禮, 死葬之以禮, 祭之以禮."
《論語 爲政》 孟武伯問孝. 子曰, "父母唯其疾之憂."
《論語 爲政》 子游問孝. 子曰, "今之孝者, 是謂能養. 至於犬馬, 皆能有養, 不敬, 何以別乎?"
《論語 爲政》 子夏問孝. 子曰, "色難. 有事, 弟子服其勞, 有酒食, 先生饌, 曾是以爲孝乎?"

470 《論語 先進》 子路問, "聞斯行諸?" 子曰, "有父兄在, 如之何其聞斯行之?" 冉有問, "聞斯行諸?" 子曰, "聞斯行之."
公西華曰, "由也問聞斯行諸, 子曰, '有父兄在', 求也問聞斯行諸, 子曰, '聞斯行之.' 赤也惑, 敢問." 子曰, "求也退, 故進之, 由也兼人, 故退之."

본 편은 공자의 정치사상에 관하여 중요한 내용이 많다. 明君(명군), 賢臣(현신)에 대한 讚嘆(찬탄)이나 德治(덕치), 제자들의 治國安民(치국안민)에 대한 평가 등을 통하여 공자의 정치사상을 헤아릴 수 있다.

| 原文 | 子貢問於孔子曰, "昔者齊君問政於夫子, 夫子曰, '政在節財.' 魯君問政於夫子, 子曰, '政在諭臣.' 葉公問政於夫子, 夫子曰, '政在悅近而遠來.' 三者之問一也, 而夫子應之不同, 然政在異端乎?"

孔子曰, "各因其事也. 齊君爲國, 奢乎臺榭, 淫於苑囿, 五官伎樂, 不解於時, 一旦而賜人以千乘之家者三, 故曰政在節財. 魯君有臣三人, 內比周以愚其君, 外距諸侯之賓, 以蔽其明, 故曰政在諭臣. 夫荊之地廣而都狹, 民有離心, 莫安其居, 故曰政在悅近而來遠. 此三者所以爲政殊矣. 《詩》云, 「喪亂蔑資, 曾不惠我師.」 此傷奢侈不節, 以爲亂者也, 又曰, 「匪其止共, 惟王之邛.」 此傷奸臣蔽主以爲亂也, 又曰, 「亂離瘼矣, 奚其適歸.」 此傷離散以爲亂者也. 察此三者, 政之所欲, 豈同乎哉!"

| 국역 | 子貢(자공)이 공자에게 물었다.

"그전에(昔者) 齊君(제군 : 제나라 임금)이 夫子(부자 : 공자)께 問政하자, 夫子께서는, '정치는 재물 절약이라.' 고 하셨습니다. 魯君(노군 : 노나라 임금)이 夫子께 問政(문정 : 정치에 대하여 묻다)하자, 夫子께서는 '정치는 신하를 잘 깨우쳐야 한다.' 고[471] 하셨습니

471 원문 政在諭臣 - 諭는 깨우칠 유. 曉諭(효유). 깨닫도록 일러주다.

다. 葉公(섭공)[472]이 夫子께 問政했을 때, 夫子께서는 '정치는 가까운 사람을 기쁘게 하여 먼데 사람들도 찾아오게 하는 것이라.' 하셨습니다. 이 세 사람의 질문은 하나인데, 夫子께서 일러주신 것은 같지 않으니 결국 정치는 서로 다른 것입니까?"

孔子께서 말씀하셨다.

"각각의 사정에 따라 다른 것이다. 齊君은 나라를 다스리며 화려한 누대와 정자를 짓고, 지나치게 큰 苑囿(원유, 동산)를 만들었으며, 늘 五官〔오관 : 女官(여관)〕과 伎樂〔기악 : 가무하는 藝人(예인)〕을 쉴 사이 없이 즐길 뿐만 아니라 하루에(一旦) 3인에게 千乘之家

---

472 葉公(섭공) – 葉(섭)은 땅이름 섭(舒涉反). 今 河南省 중부 平頂山市 관할 葉縣(섭현)에 해당. 葉公(섭공)은 沈尹諸梁(심윤제량, 생몰미상, 沈尹氏, 名은 諸梁, 字는 子高.) 春秋시대 말기 楚國 軍事家, 政治人. 前 479年에, 楚國에서 白公之亂이 발생하여 白公이 令尹 子西(자서)와 司馬인 子期(자기) 등을 죽이고 楚 惠王을 겁박했다. 諸梁(제량)은 蔡(채)에서 소식을 듣고 군사를 거느리고 난을 진압하였다. 초 혜왕은 제량을 令尹 겸 司馬에 임명했다. 섭공은 나중에 사임하고 葉에 퇴거하여 만년을 보냈다.

漢朝에서 劉向이 編著한《新序 雜事》中에 '葉公好龍' 의 재미난 故事가 실려 있다. 전하는 바에 의하면, 沈諸梁은 龍을 좋아하여 집안 곳곳에 용을 많이 그려 붙였다. 이는 天上의 神龍을 감동케 하였다. 그래서 神龍이 하강하여 섭공 제량의 집에 나타났다. 진짜 용을 처음 본 제량은 놀라 거의 죽을 지경이 되었다. 그래서 葉公好龍이란 말은, 입으로만 그렇다 말하지만 마음은 그렇지 않은 것(口是心非)을 뜻하는 成語가 되었다.

의 재물을 각각 내주었기에 정치를 하더라도 재물을 절약해야 한다고 말하였다. 魯君은 3人의 臣下(신하)가 있으니,[473] 조정에서는(內) 무리를 지어(比周) 주군을 어리석게 만들고, 밖으로는 다른 제후국의 來賓(내빈)조차 거부하며 주군의 총명을 가리기에(以蔽其明) 정사는 신하를 잘 깨우쳐 거느려야 한다고 말하였다. 그리고 荊〔형, 楚國(초국)〕의 땅은 넓으나 도성은 협착하기에 민심이 분리하여 그 거처조차 불안하기에 〔葉公(섭공)의〕 정치는 가까운 백성의 마음을 기쁘게 하여 안정시키면서 먼 지역에서도 백성이 찾아오게 해야 한다고 하였다. 때문에 三者의 정치가 다를 수밖에 없는 것이다. 《詩經 大雅 板(시경 대아 판)》에서는 「喪亂(상란)에 물자가 없는데도, 백성을 아껴주지 않네.」라 하였는데,[474] 이는 사치하며 절약하지 않다가 혼란이 일어나자 마음이 아픈 것이었다. 또 다른 詩(《詩經 小雅 巧言(시경 소아 교언)》)에 「함께 살만한 무리가 아니며, 왕에게 병폐만 되네.」 하였는데,[475] 이는 奸臣(간신)이 주군의 총명을 가려 혼란이 일어난 것을 슬퍼한 것이다.

---

473 원문 魯君有臣三人 - 孟孫, 叔孫, 季孫氏 三人이 魯의 국정을 좌우했고, 애공은 거의 허수아비에 가까웠었다.

474 원문 喪亂蔑資, 曾不惠我師 - 蔑(업신여길 멸)은 無也. 資는 財也. 師는 衆也. 백성. 혼란한 정치로 백성이 먹고 살 것도 없는데, 백성을 돌봐주지 않는다는 불만을 노래하였다.

475 원문 「匪其止共, 惟王之邛.」 - 止는 그칠지. 쉬다(止는 息也) 邛은 언덕 공. 병폐(病也). 참소하는 사람은 같이 쉴 수도 없으며 왕에게는 병폐가 된다.

또 다른 詩(《詩經 小雅 四月(시경 소아 사월)》)에서는 「亂離(난리)에 병들었으니 어디로 돌아가야 하는가?」 하였는데,[476] 이는 사람이 서로 흩어지는 아픔을 슬퍼하였다. 이런 세 가지 詩를 본다면, 정치가 어찌 같을 수 있겠나!(豈同乎哉!)"

| 原文 | 孔子曰, "忠臣之諫君, 有五義焉. 一曰譎諫, 二曰戇諫, 三曰降諫, 四曰直諫, 五曰風諫. 唯度主而行之, 吾從其風諫乎."

| 국역 | 孔子가 말했다.

"忠臣(충신)이 주군에게 諫言(간언)하는데, 5가지 방법(五義)이 있다. 첫째는 譎諫(휼간)[477]이고, 두 번째는 戇諫(당간),[478] 셋째는 降諫(강간, 항간),[479] 넷째는 直諫(직간), 다섯째는 風諫(풍간, 諷

---

476 원문 亂離瘼矣, 奚其適歸 – 離는 근심(憂也) 당하다. 亂離는 난을 당하다. 瘼은 병들 막(病也), 奚는 어찌 해. 어디, 어느. 의문사.

477 譎諫(휼간) – 譎은 속일 휼. 어떤 일을 바로잡기 위해 직접 거론하지 않고 넌지시 주군에게 충고하다.

478 戇諫(당간) – 戇은 어리석을 당. 말을 적당히 꾸며대지 않고(無文飾) 곧이곧대로 직간하다.

479 降諫(강간) – 降은 내릴 강. 낮추다. 몸을, 자신을 낮춰가며(卑降其體) 간언하다. 항복할 항. 主君 또는 上司가 들어도 기분이 나

諫)[480]이다. 다만 주군의 성질을 헤아려〔度主(탁주)〕 간언해야 하나니, 나는 風諫을 택하겠다."

❙原文❙ 子曰, "夫道不可不貴也. 中行文子倍道失義, 以亡其國, 而能禮賢, 以活其身, 聖人轉禍爲福, 此謂是與."

❙국역❙ 공자가 말했다.

"道는 貴(귀)하다 아니할 수 없다.〔道(도)는 高貴(고귀)하다〕〈晉(진)의 大夫(대부)〉 中行文子(중행문자)[481]는 道에 어긋나고 대의를 잃었기에 그 나라가 망했지만, 그가 賢人(현인)에게 禮(예)를 지켜 대우했기에 그 몸이 살아날 수 있었으니, 聖人(성인)이 말씀하신 轉禍爲福(전화위복 : 재앙을 돌려 복으로 만든다)은 바로 이를 말한 것이다."

뼈지 않을 정도로 웃으면서, 농담처럼 평온한 어투의 간언.

480 風諫(풍간) – 여기 風은 諷. 넌지시 말하여 깨우치다〔婉言隱語(완언은어)〕. 외우다. 사물에 비유하여 간언하다. 형벌을 피하거나 허물을 덮어쓰지 않기 위한 방법(依違遠罪避害者也).

481 中行文子 – 荀寅(순인, 생몰년 미상)은 春秋時期 晉國 정치적 인물, 荀氏, 中行氏, 中行寅으로도 통칭. 晉國 中行氏의 第五代 家主, 中行吳의 아들. 이 사람이 晉에서 실패하여 땅을 잃고 齊로 피난했다. 그 피난 과정에서 위기를 벗어났으나 禮賢下士나 轉禍爲福의 구체적 내용에 대한 주석이 없어 알 수가 없다.

| 原文 | 楚王將遊荊臺, 司馬子祺諫, 王怒之, 令尹子西賀於殿下, 諫曰, "今荊臺之觀, 不可失也."

王喜拊子西之背曰, "與子共樂之矣." 子西步馬十里, 引轡而止, 曰, "臣願言有道, 王肯聽之乎?"

王曰, "子其言之."

子西曰, "臣聞爲人臣而忠其君者, 爵祿不足以賞也, 諛其君者, 刑罰不足以誅也. 夫子祺者, 忠臣也, 而臣者, 諛臣也, 願王賞忠而誅諛焉."

王曰, "我今聽司馬之諫, 是獨能禁我耳, 若後世遊之, 何也?"

子西曰, "禁後世易耳, 大王萬歲之後, 起山陵於荊臺之上, 則子孫必不忍遊於父祖之墓, 以爲歡樂也."

王曰, "善." 乃還.

孔子聞之曰, "至哉子西之諫也, 入之於千里之上, 抑之於百世之後者也."

| 국역 | 楚王〔楚 昭王(초 소왕), 재위 前 515－489년〕 荊臺(형대)에 놀러가려 하자, 司馬(사마)인 子祺(자기)가 諫言(간언)하자 초왕은 화를 내었다. 그러자 令尹(영윤)인 子西(자서)가 전각 아래에서 敬賀(경하 : 임금께 축하하다)하며 말했다.

"지금 형대의 경치 감상을 놓칠 수 없습니다."

왕은 기뻐하며 子西(자서)의 등을 두드리며 말했다.

"나는 경과 함께 즐길 것이다."

子西는 10리를 걸어간 다음 말고삐를 잡고 멈춰서며 말했다.

"臣이 드릴 말씀이 있는데, 들어주시겠습니까?"[482]

"경은 말해 보시오."

"臣이 알기로, 人臣(인신: 남의 신하가 되다)으로 주군에게 충성하는 자에게는 爵祿(작록: 벼슬과 녹)으로 상을 주어도 충분치 아니하고, 주군에게 아첨하는 자는 형벌로 처형한다고 하였습니다. (司馬인) 子祺(자기)는 忠臣이고 저는 아첨하는 신하이니, 왕께서는 충신에게 상을 내리고 아첨하는 자를 죽여야 합니다."

"지금 司馬(사마)의 간언대로라면, 나는 지금 遊樂(유락)할 수 없다. 만약 후세에 군주가 놀러 간다면 어떻게 하겠는가?"

子西(자서)가 말했다.

"後世(후세) 군주에게 유락을 금하는 일은 쉽습니다. 大王께서 돌아가신 뒤에(萬歲之後), 왕릉을 荊臺(형대)의 위에 모신다면 자손들은 틀림없이 父祖(부조)의 묘에서 놀면서 즐기지는 못할 것입니다."

"옳은 말이다." 그리고서는 환궁하였다.

---

482 원문 願言有道, 王肯聽之乎? - 有道의 道는 말할 도. 이끌다. 가르치다. 정통하다.

孔子가 이를 듣고서 말했다.

"子西(자서)의 간언은 정말 지당한 말이다. 십 리 밖에서 백 년 뒷일을 억제하였도다!"

| 原文 | 子貢聞於孔子曰, "夫子之於子産晏子, 可爲至矣. 敢問二大夫之所爲, 目夫子之所以與之者."

孔子曰, "夫子産於民爲惠主, 於學爲博物, 晏子於君爲忠臣, 而行爲恭敏. 故吾皆以兄事之, 而加愛敬."

| 국역 | 子貢(자공)이 孔子에게 물었다.

"夫子께서는 〔鄭(정)나라의〕 子産(자산)과 〔齊(제)의〕 晏子(안자)에 대해서 자세히 아신다고 하셨습니다. 자산과 안자 두 大夫(대부)의 치적과 부자께서 칭송할 말한 要目(요목)은 무엇입니까?"[483]

孔子가 말했다.

"자산은 백성에게 은혜를 베풀었고 학문으로는 사물에 두루 박식하였으며, 안자는 主君(주군: 임금)에게 忠臣(충신)이었고 그 행위는 공경스럽고 민첩하였다. 그래서 그 두 분을 나의 형처럼 섬기면서 경애하고 공경하였다."

---

483 원문 目夫子之所以與之者 – 目은 要目. 要點.

商羊知雨
齊有一足鳥飛集於公朝
舒翅而跳齊侯怪之使使
問孔子子曰此鳥名商羊
水祥也昔童兒屈脚振肩
而跳且謠曰天將大雨商
羊鼓舞今齊有之其應至
矣急告民治渠修隄頃之
大雨水溢諸國傷害惟齊
有備免

〈商羊知雨(상양지우)〉

原文 齊有一足之鳥, 飛集於宮朝, 下止於殿前, 舒翅而跳, 齊侯大怪之, 使使聘魯, 問孔子.

孔子曰, "此鳥名曰商羊, 水祥也. 昔童兒有屈其一脚, 振訊兩眉而跳且謠曰, '天將大雨, 商羊鼓舞. 今齊有之, 其應至矣.' 急告民趨治溝渠, 修堤防, 將有大水爲災, 頃之大霖雨, 水溢泛諸國, 傷害民人, 唯齊有備, 不敗."

景公曰, "聖人之言, 信而徵矣."

국역 齊(제)나라에 발이 하나인 새(一足之鳥)가 나타나 궁정에 날아 모였다가 전각 앞에 내려앉았는데 날개를 펴고 한발로 뛰어다니자(舒翅而跳),[484] 齊侯(제후)가 크게 두려워하며(大怪之) 사자를 魯(노)나라에 보내 공자에게 묻게 하였다.

孔子가 말했다.

"이 새는 이름을 商羊(상양)이라 하는데, 水害(수해)가 닥칠 조짐입니다. 옛날에 어떤 아이 하나가 한 다리는 접혔고, 두 눈썹은 하늘로 치솟은 채 뛰면서 노래를 불렀습니다. '하늘이 큰 비를 내

484 원문 舒翅而跳 - 舒는 펼 서. 날개를 펴다. 翅는 날개 시. 跳는 뛸 도. 이는 큰 동작으로 뛰는 것. 躍은 뛸 약. 작은 동작으로 가뿐하게 뛰는 것. 멀리 뛰기는 跳(도), 물고기가 가볍게 뛰는 것은 躍(약)이다. 橋下魚躍(교하어약)과 脚下肉跳(각하육도)가 그 묘사에서 얼마나 큰 차이인가를 알 수 있다. 그래서 肉跳文字(우리 보통 말로는 육두문자)라는 말이 생겼다.

릴 것이라 商羊(상양)이 춤을 춘다.' 하였습니다. 지금 齊(제)에 그런 새가 있다니 그 징험이 있을 것입니다. 서둘러 백성에게 알려 물도랑을 치고 제방을 보수하게 시키십시오. 큰 홍수의 재앙이 있을 것입니다."

얼마 뒤에 큰 장마가 닥쳐 여러 나라에서 물이 넘치고 백성에게 피해를 입혔는데, 오직 齊(제)에서는 미리 대비하였기에 낭패를 보지 않았다.[485]

그러자 齊 景公(경공)이 말했다.

"성인의 말은 믿어야 하나니, (이번 일이) 바로 그 징험이다."[486]

| 原文 | 孔子謂宓子賤曰, "子治單父衆悅, 子何施而得之也? 子語丘所以爲之者."

對曰, "不齊之治也, 父恤其子, 其子恤諸孤, 而哀喪紀."

孔子曰, "善, 小節也, 小民附矣, 猶未足也."

曰, "不齊所父事者三人, 所兄事者五人, 所友事者十一人."

孔子曰, "父事三人, 可以教孝矣, 兄事五人, 可以教悌

---

485 不敗 – 敗는 傷害. 喪亡. 피해가 없다.

486 이는 공자의 博識(박식)을 강조하기 위한 글이라 생각된다. 이는 劉向의 《說苑 辨物》에도 수록되었다.

矣, 友事十一人, 可以擧善矣. 中節也, 中人附矣, 猶未足也."

曰, "此地民有賢於不齊者五人, 不齊事之而稟度焉, 皆教不齊之道."

孔子嘆曰, "其大者, 乃於此乎, 有矣. 昔堯舜聽天下, 務求賢以自輔. 夫賢者, 百福之宗也, 神明之主也, 惜乎不齊之以所治者, 小也."

| 국역 | 孔子가 (제자) 宓子賤(복자천)[487]에게 말했다.

"자네가(子) 單父(선보)[488] 땅을 다스릴 때 많은 사람이 기뻐하였는데, 너는 어떻게 민심을 얻었는가? 나에게(丘) 어찌 했는가를 말해보아라."

복자천이 대답하였다.

"제가(不齊는 名) 선보를 다스리면서, 아버지는 자식을 가엽게 여기고〔恤(구휼할 휼)〕, 그 아들은 고아들을 가엽게 여기게 했으

---

487 宓子賤(복자천) - 공자의 제자인 宓不齊(복부제, 宓은 성 복). 子賤(자천)은 그의 字. 孔子보다 30세 아래였는데 單父(선보)의 邑宰(읍재)이었었다. 孔子는 "子賤은 君子로다! 魯에 君子가 없었다면 子賤이 어디서 배웠겠는가?"라고 말했다.(《論語 公冶長》 子謂子賤, "君子哉若人! 魯無君子者, 斯焉取斯?")

488 漢代 單父縣(선보현) - 今 山東省 서남부 菏澤市 관할 單縣(선현).

며, 여러 喪事(상사)에 진심으로 애도해 주었습니다."

이에 孔子가 말했다.

"착한 일이다만 그것은 작은 뜻이라(小節也), 小民(소민 : 부족한 백성)이야 따라오겠지만, 그것만으로는 부족했을 것이다(猶未足也)."

(다시) 복자천이 말했다.

"제가(不齊) 부친처럼 섬기는 사람이 3인(所父事者三人), 형처럼 섬겼던 사람이 5명, 벗처럼 지내는 사람이 11명 있었습니다."

공자가 말했다.

"(네가) 부친처럼 섬겼던 3인은 백성들에게 효행을 교화했을 것이다(可以教孝矣). 兄처럼 섬겼던 5인은 공경을(悌) 교화했을 것이고, 11명의 벗은 선행(착한 일)을 가르쳤을 것이다. 그러나 그것은 중간 정도의 지조였으니, 그것만으로는 부족했을 것이다."

복자천이 말했다.

"그곳에는 저보다 현명한 백성이 5분이나 있어 저는 그분들을 섬기면서(不齊事之) 그분들의 도량을 헤아렸는데(稟度焉), 모두가 저에게 大道(대도)를 깨우쳐 주었습니다."

그러자 공자가 크게 한숨을 쉬며 말했다.

"그 큰 이유가 바로 그것이다. 옛날 堯(요)와 舜(순)도 천하에 덕을 베풀면서 힘써 현인을 찾아 스스로의 단점을 보완했었다. 대체로 賢者(현자 : 어진 사람)는 百福(백복 : 백 가지 복)의 으뜸이며(百福之宗也), 神明(신명)의 宗主(종주 : 주인)이다. 네가 다스린 지역이 작은 곳이라서 안타까울 뿐이다."[489]

| 原文 | 子貢爲信陽宰, 將行, 辭於孔子.

孔子曰, "勤之愼之, 奉天子之時, 無奪無伐, 無暴無盜."

子貢曰, "賜也少而事君子, 豈以盜爲累哉?"

孔子曰, "汝未之詳也, 夫以賢代賢, 是謂之奪, 以不肖代賢, 是謂之伐, 緩令急誅, 是謂之暴, 取善自與, 謂之盜. 盜非竊財之謂也. 吾聞之知爲吏者, 奉法以利民, 不知爲吏者, 枉法以侵民, 此怨之所由也. 治官莫若平, 臨財莫如廉, 廉平之守, 不可改也. 匿人之善, 斯謂蔽賢. 揚人之惡, 斯爲小人. 內不相訓, 而外相謗, 非親睦也. 言人之善, 若己有之, 言人之惡, 若己受之, 故君子無所不愼焉."

| 국역 | 子貢(자공)이 信陽(신양)[490]의 邑宰(읍재)가 되어 출발에

---

489 원문 惜乎不齊之以所治者, 小也 – 惜은 아낄 석. 마음으로 안타깝다. 不齊는 복자천의 이름. 單父(선보)라는 곳이 작은 고을이란 사실이 안타깝다. 더 넓은 지역이나 제후국이었어도 잘 다스렸을 것이라는 아쉬움의 표현이다.

490 信陽(신양) – 楚의 邑. 今 河南省 남부 信陽市. 이는 《說苑 政理》에도 수록되었다.

앞서(將行) 공자에게 출발 인사를(辭) 하였다.

孔子가 말했다.

"부지런하고 신중해야 하나니, 天子(천자)의 명을 받았으면 (백성의 재산을) 侵奪(침탈)하지 말고 (너의 치적을) 자랑하지도 말 것이며, (백성에게) 포악하거나 도적이 되어서도 안 된다."

子貢(자공)이 말했다.

"저는(賜也) 젊어서부터 君子(夫子: 선생님)를 섬겼거늘, 제가 어찌 도적이 되어 선생님께(夫子) 累(누)를 끼치겠습니까?"[491]

孔子가 말했다.

"너는(汝) 아직 잘 모르고 있다. 어질다(賢) 생각하여 현인을 대신하는 것이 곧 빼앗는 것이고(奪), 不肖(불초)한 사람으로 賢人을 대신하게 하는 것을 자랑한다 하고(伐, 뽐내다), 느긋하게 명령〔緩令(완령)〕하고서는 다급하게 재촉하는 것이〔急誅(급주)〕 暴虐(포학)이고, 남의 선행을 자기 것이라 하는 것을(取善自與) 도적질이라 하나니(謂之盜), 여기 도적은 재물을 훔치는 것이 아니다.[492] 내가 알기로 관리의 체질을 잘 아는 자는 법을 받들어 백성을 이롭게 하지만, 관리의 속성을 잘 모르면 법을 잘못 적용하여〔枉法(왕법)〕 백성을 침탈하나니(侵民), 그래서 원망을 사게 된

491 원문 豈以盜爲累哉? – 豈는 어찌 ~할 기. 累(묶을 루, 동여매다)는 過失. 잘못.

492 원문 盜非竊財之謂也 – 盜는 훔칠 도. 竊는 훔칠 절. 몰래 ~하다.

다. 관리를 통제하는 일에는(治官) 공평이 가장 중요하고, 재물 앞에서는 淸廉(청렴)이 제일 중요하니, 청렴과 공평을 지켜 실천한다면 고쳐야 할 잘못이 없을 것이다. 남의 선행을 덮어 감춘다면, 이는 蔽賢(폐현: 어진이를 가로막다)이다. 남의 악행을 드러낸다면(揚, 선전), 이는 小人(소인)이 하는 짓이다. 안으로 가르치지 않고(不相訓) 밖에서 서로 비방하게 한다면, 이는 親睦(친목)이 아니다. 다른 사람의 선행을 칭찬하면서, 거기에 자신을 끼어 넣는다면 다른 사람의 악행에 자신도 그 허물을 받아야 할 것이니, 그래서 군자는 (언행을) 삼가지 않을 수 없다."

|原文| 子路治蒲三年, 孔子過之, 入其境曰, "善哉由也, 恭敬以信矣."

入其邑曰, "善哉由也, 忠信而寬矣." 至廷曰, "善哉由也, 明察以斷矣."

子貢執轡而問曰, "夫子未見由之政, 而三稱其善, 其善可得聞乎?"

孔子曰, "吾見其政矣. 入其境, 田疇盡易, 草萊甚辟, 溝洫深治, 此其恭敬以信, 故其民盡力也, 入其邑, 墻屋完固, 樹木甚茂, 此其忠信以寬, 故其民不偷也, 至其庭, 庭甚淸閑, 諸下用命, 此其言明察以斷, 故其政不擾也. 以此觀之,雖三稱其善, 庸盡其美乎!"

| 국역 | 子路(자로)가 蒲邑(포읍)을 다스리기 3년에, 孔子가 포읍에 들렀는데, 포읍 땅에 들어서면서 공자가 말했다.

"善(선)하구나! 仲由〔중유, 由也(유야)〕여, 백성의 신뢰를 받았도다."

그 호읍에 들어와서 말했다.

"善하구나! 仲由(由也)여, 성실과 신의를 지키며 관용을 베풀었구나."

관청에 들어와서 말했다.

"善하구나! 仲由(由也)여, 明察(명찰)하고 판단력이 좋구나."

그러자 子貢(자공)이 말고삐를 잡은 채 물었다.

"夫子께서는 중유의 정사를 확인도 안 하시고 3번이나 칭찬하셨는데, 그 善政(선정)이 어떤 것인지 제가 들을 수 있겠습니까?"

孔子가 말했다.

"나는 그 정치를 이미 확인하였다. 포읍 경내에 들어오니 경작지가 모두 잘 다듬었고 황무지도 개간되었으며,[493] 水路(수로)도 잘 정비되었으니,[494] 중유가 공경과 신의로 백성의 신임을 받기

---

493 원문 草萊甚辟 – 草萊(초래)는 荒地(황지, 荒蕪地). 甚은 심할 심. 辟은 임금 벽, 법 벽. 開拓(개척).

494 원문 溝洫深治 – 溝는 물도랑 구. 洫은 봇도랑 혁. 구혁은 人工

에 백성이 온 힘을 다해 일했다는 뜻이다. 포읍에 들어와 보니 (民家의) 집과 담장이 튼튼하고 수목이 무성하니, 이는 중유가 성심으로 다스려 백성이 게으르지 않다는 뜻이다. 관청에 들어와 보니 관아가 깨끗하고 한가하며 여러 관속이 모두 명을 따르니, 이는 그가 明察(명찰)하고 결단력이 있어 그 政令(정령: 행정)이 흔들리지 않은 것이다.[495] 이를 본다면, 비록 3번 칭찬하였다지만 어찌 그 장점을 모두 말할 수 있겠는가?"[496]

水路. 深治는 깊게 잘 정비되었다.

495 원문 故其政不擾也 - 擾는 어지러울 요. 흔들리다. 번거롭다.

496 원문 庸盡其美乎! - 庸은 쓸 용. 어찌(豈, 哪里). 盡은 다할 진.

《孔子家語》
권4

〈六本(육본)〉 제15

【해설】

편명인 六本은 〈六大根本(육대근본)〉의 뜻이다. 공자의 인생관 내지 처세의 지혜를 요약한 편이라고 말할 수 있다. 본 편은 西漢〔서한 : 前漢(전한)〕 劉向(유향)의 《說苑 建本(설원 건본)》에도 수록되었다.

《論語 學而(논어 학이)》에 공자의 제자 有子(유자)는 「君子務本(군자무본)하니 本立而道生(본립이도생)한다. 孝弟也者(효제야자)는 其爲仁之本與(기위인지본여)이다!」라고 하였다. 공자는 제자들이 모두 君子(군자)가 되기를 원했다.

우리나라의 '선비'와 비슷한 이미지를 가진 말이 君子(군자)이다. 공자는 신분이나 귀천을 따지지 않고 군자가 되라고 가르치면서 군자에 대해 자주 언급했다. 공자가 강조한 군자는 어떤 사람인가?

백성들은 제후를 '國君(국군)이라 불렀고, 국군의 아들을 君子(군자)라고 불렀다.' 제후국의 군자는 좋은 교육을 받으며 성장하였기에 학식을 갖추고 문화적 소양과 함께 도덕적 의지를 가진 사람이었다. 때문에 학식과 고매한 인품을 가진 사람을 높여 군자라 부르기 시작했다.

이러한 어원을 가진 군자는 일반적으로 귀족에 대한 통칭으로 쓰였고, 후대에는 士大夫(사대부)나 관리를 지칭하는 용어가 되었다. 또한 군자는 생산활동에 종사하는 小人〔소인 : 平民(평민)〕의 상대적 의미로도 쓰였다.

공자는 군자의 의미를 세습적 신분으로 타고난 사람이 아닌 '바른 심성과 교양을 가지고 도덕적인 행동으로 모범이 되는 인간' 이라는 가치지향적 의미로 사용했다.

'공자의 교육은 사람을 군자로 만들기 위한 교육' 이라고 생각될 정도로 《論語》에는 군자에 대한 언급이 많다. 공자는 군자보다 더 훌륭한 인격체로 聖人(성인)을 언급하기도 하였지만, 성인은 타고난 자질이 있어야 한다. 그러나 공자가 생각하는 군자는 누구든 노력하면 도달할 수 있는 보편적이며 일반적인 인간의 이상형이라 할 수 있다.

곧 군자는 이상적 인간형이기는 하지만 현실과 동떨어졌거나 주변에서 찾아보기 힘든 인간은 아니었다.

"~ 다른 사람이 알아주지 않아도 성내지 않는다면, 그가 군자가 아니겠는가?〔《論語 學而(논어 학이)》 子曰(자왈), 學而時習之(학이시습지) ~. 人不知而不(인불지이불)? 不亦君子乎(불역군자호)?〕"

"군자는 평온하지만 교만하지 않고, 소인은 교만하지만 평온하지 못한 사람이다.〔《論語 子路(논어 자로)》 子曰(자왈), 君子泰而不驕(군자태이불교) 小人驕而不泰(소인교이불태).〕"

사실 위와 같은 사람을 우리 주변에서 자주는 아니지만 가끔은 만날 수 있는 사람이다.

공자는 제자들의 교육을 통해 군자의 여러 가지 특성을 언급하였기 때문에, 군자에 대한 언급은 곧 군자를 평판하는 근거가 되기에 충분하였다.

漢代(한대) 이후에 儒家(유가) 사상이 政教(정교)의 기본 이념으로 확립되면서 군자는 유가에서 강조하는 바른 사람의 표준으로 자리를 잡게 된다. 공자는 하나의 이상적인 인격체로 君子를 생각하였다

"군자가 평생 걸어야 할 길은 지(智)・인(仁)・용(勇)으로, 인자는 근심하지 않고 지자는 현혹되지 않으며 용자는 두려워하지 않는다.〔《論語 憲問(논어 헌문)》 子曰(자왈), 君子道者三(군자도자삼) 我無能焉(아무능언), 仁者不憂(인자불우) 知者不惑(지자불혹) 勇者不懼(용자불구). 子貢曰(자공왈), 夫子自道也(부자자도야).〕"고 하였다.

이는 공자 자신이 삶에서 추구해야 할 목표이었다고도 말할 수 있는데, 지・인・용의 미덕을 함께 실천하려 노력하는 사람이, 곧 군자이다.

공자의 제자 중에는 출신이 미천한 사람도 있었지만, 공자는 그런 신분에 관계없이 바른 심성과 능력을 갖춘 이상적 인간형,

곧 군자를 지향하는 교육을 폈다. 공자의 교육목적은 善政(선정)을 구현할 수 있는 인재를 양성하는데 있다고 말할 수 있는데, 그 교육의 결과로 모두가 유능한 관리가 되지는 않았다.

또 공자의 교육은 실질적 내용이었지만, 그렇다 하여 특정한 기술을 가진 단순한 전문가를 양성하는 것은 아니었다. 공자는 성실하며 훌륭한 품성을 가진 사람, 곧 君子가 백성들을 이끌어야 한다고 생각했다. 때문에 공자가 제자들을 가르치며 바랐던 것은 입신출세가 아닌 백성을 위하는 德政(덕정)의 담당자였을 것이다.

| 原文 | 孔子曰, "行己有六本焉, 然後爲君子也. 立身有義矣, 而孝爲本, 喪紀有禮矣, 而哀爲本, 戰陣有列矣, 而勇爲本, 治政有理矣, 而農爲本, 居國有道矣, 而嗣爲本, 生財有時矣, 而力爲本. 置本不固, 無務農桑, 親戚不悅, 無務外交, 事不終始, 無務多業, 記聞而言, 無務多說, 比近不安, 無務求遠. 是故反本修邇, 君子之道也."

| 국역 | 孔子가 말했다.

"行己〔행기, 行身(행신), 立身處世(입신처세)〕에 6개의 大本(대본)을 확립한 연후에 군자가 될 수 있다. 立身(입신)에 大義(대의)가 있어야 하니 孝道(효도)를 근본으로 삼아야한다. 喪紀(상기, 상례)에 예를 지켜야 하나니 哀(애)가 근본이며, 戰陣(전진 : 전투)에 隊列(대열)이 있어야 하니, 그 근본은 용기이다. 治政(치정 : 정치)에 道理(도리)가 있어야 하나니 농사가 근본이며, 居國〔거국, 存國(존국 : 국가가 존재하다)〕에 大道(대도)가 있어야 하나니 後嗣(후사)가 확립되어야 하고,[497] 生財(생재 : 재물을 생산하다)에 때가 맞아야 하나니 盡力(진력 : 온 힘)이 근본이 된다.

근본이 굳건하지 않다면 농업이나 양잠에 힘쓸 수 없고, 親戚

---

497 원문 居國有道矣, 而嗣爲本 – 嗣는 이을 사. 繼嗣(계사)가 不立은 亂國의 싹이다.

(친척)이 不悅(불열 : 즐겁게 해주지 못하다)하다면 外交〔외교 : 交友(교우)〕에 전념할 수가 없으며, 매사에 시작과 끝이 없다면 다른 일을 더 벌일 수가 없으며, 들은 대로만(記聞) 말을 한다면 여러 말을 할 필요가 없을 것이다.[498] 가까운 이웃조차 불안하다면 멀리서 안정을 구할 수도 없다. 이런 까닭에 근본으로 돌아가 가까운 자신부터 수양하는 것이[499] 군자의 도리일 것이다."

| 原文 | 孔子曰, "良藥苦於口而利於病, 忠言逆於耳而利於行. 湯武以諤諤而昌, 桀紂以唯唯而亡. 君無爭臣, 父無爭子, 兄無爭弟, 士無爭友, 無其過者, 未之有也. 故曰, '君失之, 臣得之. 父失之, 子得之. 兄失之, 弟得之. 己失之, 友得之.' 是以國無危亡之兆, 家無悖亂之惡, 父子兄弟無失, 而交友無絶也."

| 국역 | 孔子가 말했다.

---

498 원문 無務多說 – 들은 대로만 말한다면, 그런 말이 이치에 맞을 수 없고 그러니 여러 말을 할 수도 할 필요도 없을 것이다.

499 원문 是故反本修邇 – 是故는 이런 연고로. 이런 까닭에. 反本은 근본으로 돌아가다. 修邇는 가까운 것을 수양하다. 자신부터 수양하다(修己).

"良藥(양약)은 입에 쓰나 治病(치병: 병을 고침)에 이롭고,[500] 忠言(충언: 충성된 말)은 귀에 거슬리나(逆於耳) 행실에 이롭다. 商(상) 湯王(탕왕)과 周(주) 武王(무왕)은 곧은 말을 들어 번창하였지만, 〔夏(하)의〕 桀王(걸왕)과 〔殷(은)의〕 紂王(주왕)은 예예 하는 소리에 결국 망국했다.[501] 主君에게 바른말을 하는 신하가〔爭臣(쟁신: 간하는 사람)〕 없고, 父(부)에게 곧은 말하는 아들이, 兄(형)에게 바른말로 다투는 아우가 없으며, 士人(사인: 선비)에게 爭友〔쟁우, 諍友(쟁우:간하는 친구)〕가 없는데도 과오가 없는 사람은(無其過者) 있지 않았다(未之有也).[502] 그래서 말하나니, '主君의 실수는 신하가 잡아주어야 한다. 父의 실수는 아들이, 형의 실수는 아우가, 그리고 나 자신의 실수는 벗이 바로잡아주어야 한다.' 이렇게 되

---

500 원문 良藥苦口利於病 - (苦藥利病 苦言利行) - 이는《說苑 正諫》에도 수록되었다. 쓴소리는 약이고 듣기 좋은 말은 병이 된다(苦言藥 甘言疾). 입에 쓰다면 양약이고, 귀에 거슬린다면 충언이다(良藥苦口 忠言逆耳). 힘든 수련으로 참된 인재가 되고, 근면 학습으로 진리를 깨친다(苦練出眞才 勤學悟眞理).

501 원문 諤諤而昌, 唯唯而亡 - 諤은 곧은 말 할 악. 諤諤(악악)은 직언하는 모양. 唯唯(유유)는 예! 예! 하며 굽실거리는 모양.

502 자식은 부친의 허물을 말할 수 없고(子不言父過), 신하는 주군의 악행을 드러낼 수 없다(臣不彰君惡). 자식은 어미가 못생겼다고 말하지 않는다(子不談母醜). 자식이 죄를 지었다면 아버지는 응당 숨겨야 하고(子有過父當隱) 아버지가 잘못을 저지른다면 자식은 응당 諫諍해야 한다(父有過子當諍).

어야 나라에는 멸망의 조짐이 없고, 가문에는 悖亂(패란)의 악습이 없어지며,[503] 父子(부자)와 兄弟(형제)에게 실수가 없으며, 交友(교우 : 친구 사이의 우애)가 단절되지 않는다."

| 原文 | 孔子見齊景公, 公悅焉, 請置廩丘之邑以爲養. 孔子辭而不受.

入謂弟子曰, "吾聞君子賞功受賞, 今吾言於齊君, 君未之有行, 而賜吾邑, 其不知丘亦甚矣." 於是遂行.

| 국역 | 孔子가 齊(제) 景公(경공, 재위 前 548-490년)을 만났는데, 경공은 기뻐하면서 (공자에게) 廩丘〔늠구, 齊의 都城(도성)〕 부근의 邑(읍)을 (공자의) 식읍으로 주겠다고 하였다. 그러나 孔子는 사양하며 받지 않았다. 공자가 돌아와 제자에게 말했다.

"내가 알기로, 군자는 공을 세워야 상을 받을 수 있다. 나는 오늘 齊君(제군 : 제나라 임금)에게 그렇게 말했고, 齊君도 실행하지 않았지만 나에게 식읍을 주겠다는 생각은 나를 아주 잘못 생각한 것이다."

그리고서 곧 떠나왔다.(귀국했다.)

---

503 원문 家無悖亂之惡 - 悖는 어그러질 패. 悖倫(패륜), 亂은 어지러울 란. 紛亂(분란).

| 原文 | 孔子在齊, 舍於外館, 景公造焉.

賓主之辭旣接, 而左右白曰, "周使適至, 言先王廟災." 景公覆問災何王之廟也.

孔子曰, "此必釐王之廟." 公曰, "何以知之?"

孔子曰, "《詩》云, 皇皇上天, 其命不忒, 天之以善, 必報其德. '〈此逸詩也皇皇美貌也忒差也〉' 禍亦如之. 夫釐王變文武之制, 而作玄黃華麗之飾, 宮室崇峻, 輿馬奢侈, 而弗可振也, 〈振救〉 故天殃所宜加其廟焉, 以是占之爲然."

公曰, "天何不殃其身, 而加罰其廟也?"

孔子曰, "蓋以文武故也. 若殃其身, 則文武之嗣, 無乃殄乎, 故當殃其廟, 以彰其過."

俄頃, 左右報曰, "所災者, 釐王廟也."

景公驚起, 再拜曰, "善哉! 聖人之智, 過人遠矣."

| 국역 | 孔子가 齊(제)에서, 客舍〔객사, 外館(외관)〕에 머물렀는데, 景公(경공)이 찾아왔다.[504]

손님과 주인의 접견례를 마쳤을 때, (경공의) 측근이 아뢰었다.

"周(주) 왕실의 사자가 도착하였는데, 先王(선왕)의 廟堂(묘당)이 불에 탔다고 하였습니다."

504 景公造焉 – 造는 나아가다. 방문하다. 焉은 어조사 언. 종결어미.

景公은 어느 왕의 묘당인가를 되물었다.

이에 孔子가 말했다.

"이는 틀림없이 釐王〔희왕, 僖王(희왕), 재위 前 681-677년〕의 묘당일 것입니다."

경공은 "어떻게 알았습니까?"라고 물었다.

孔子가 대답하였다.

"《詩(시) / 逸詩(일시)》에 말하기를, 「아름다운(皇皇) 上天(상천: 높은 하늘)이시여! 그 命(명)은 어긋나지 않도다. 하늘은 착한 일에 덕으로 보답하도다.」라고 하였는데, 재앙 역시 그럴 것입니다. 釐王(희왕)은 文王(문왕)과 武王(무왕)의 제도를 바꿔가며 색채가 화려한 복식을 제정하였고, 궁궐을 크고 높게 지었으며, 수레와 말도 사치스러웠으니, 이보다 더 화려할 수가 없었습니다.[505] 그래서 하늘은 그 묘당(사당)에 재앙을 내렸을 것입니다. 그래서 제가 희왕의 묘당이라고 추측했습니다."

경공이 물었다.

"하늘은 왜 그 一身(일신: 몸)을 징벌하지 않고 그 묘당을 징벌했습니까?"

孔子가 말했다.

"아마 文王과 武王 때문이었을 것입니다. 만약 그 희왕의 일신에 징벌을 내렸다면 문왕과 무왕의 후사가 모두 끊어졌을 것이라

---

505 원문 輿馬奢侈, 而弗可振也 - 振은 떨칠 진. 救하다.

서 그 묘당을 징벌하여 (희왕의) 허물을(과오를) 드러내려 했을 것입니다."

얼마 후〔俄頃(아경)〕 측근들이 보고하였다. "불탄 곳은 희왕의 묘당입니다."

이에 경공은 놀라 일어나 (공자에게) 再拜(재배)하며 말했다.

"훌륭하십니다. 聖人(성인)의 지혜시여, 보통 사람보다 아주 뛰어나십니다."

|原文| 子夏三年之喪畢, 見於孔子.

子曰, "與之琴, 使之弦."

侃侃而樂, 作而曰, "先王制禮, 弗敢過也."

子曰, "君子也."

閔子三年之喪畢, 見於孔子.

子曰, "與之琴, 使之弦."

切切而悲, 作而曰, "先王制禮, 弗敢過也."

子曰, "君子也."

子貢曰, "'閔子哀未盡.' 夫子曰, '君子也.' 子夏哀已盡, 又曰, '君子也.' 二者殊情而俱曰君子, 賜也或敢問之."

孔子曰, "閔子哀未忘, 能斷之以禮, 子夏哀已盡, 能引之及禮. 雖均之君子, 不亦可乎."

‖ 국역 ‖ 子夏(자하)가 3년 상을 마치고,[506] 공자를 찾아뵈었다. 공자가 말했다.

"자하에게 琴(금 : 거문고)을 주어 연주케 하라."[507]

(자하의 연주는) 강직한 듯 즐거움이 있었다. 자하가 일어나 말했다.[508]

---

506 원문 三年之喪畢 – 畢은 마칠 필. 끝내다. 삼년상이라지만 옛 법도대로(朱子家禮) 정확히 행한다면, 만 25개월을 복상하게 된다. 태어나서 삼 년이 지나야만 부모 품에서 나와 제 발로 걸을 수 있고 제 손으로 밥을 먹을 수 있으니, 삼년상이란 낳고 길러준 부모의 은혜에 대한 최소한의 기간이기에 결코 길다고 볼 수 없다. 부모와 자식의 관계가 아니라도 인간으로서 서로의 은혜를 느끼며 보답하는 것이 인정이고, 이런 기본 감정을 부모에게 적용한다면 그것이 효도이다. 부모의 자식 사랑이 본능이라 하더라도 자식은 부모에게, 더군다나 늙고 쇠약해진 부모라면 더욱 효도해야 한다. 그리고 돌아가신 이후에 슬픔과 존경의 표시로 삼년상을 치른다는 것은, 자식으로서 최소한의 도리라고 생각해야 한다. 이처럼 공자는 가정에서 부모에 대한 효도를 인의 출발점으로 인식했었다. 공자가 죽은 뒤, 장례에 관한 일은 子貢(자공)이 주관한다. 제자들은 상복을 입지는 않았으나 부모의 상과 같이 3년간 복상하였다. 이를 心喪이라 하는데, 삼년상 기간이 끝나자 자공과 함께 다시 한 번 통곡한 뒤 떠나갔다. 다만 자공만은 공자 묘 옆에서 다시 삼 년을 더 복상하고 떠나갔다. 그 뒤 제자 일부가 공자의 덕을 흠모하여 공자의 무덤 곁으로 이사하여 마을을 이루었는데, 이를 孔里(공리)라 했다.

507 원문 使之弦 – 弦은 시위 현. 絃(악기의 줄 현)과 通. 여기서는 연주하다. 동사로 쓰였다.

"先王(선왕)의 制禮(제례 : 제정한 예법)이나 거기까지 미치지 못했습니다."

공자가 말했다.

"君子(군자)로다."

閔子騫(민자건)[509]이 삼년상을 마친 뒤 공자를 찾아뵈었다.

공자가 말했다.

"자건에게 琴(금 : 거문고)을 주어 연주케 하라."

(민자건의 연주는) 아주 절절한 듯 슬펐다.

민자건이 일어나 말했다.

"先王(선왕)의 制禮(제례)이나 거기까지 도달하지 못했습니다."

---

508 원문 侃侃而樂, 作而曰 – 侃은 강직할 간. 侃侃(간간)은 剛直(강직)한 모양. 화락한 모양(衎). 作은 起身하다. 일어서다.

509 閔子騫(민자건) – 閔損(민손, 前 536년 – 487년)의 字는 子騫(자건), 魯國人. 孔門十哲 중 德行으로 유명. 閔子騫은 큰 효자였다. 어려서 모친을 여의고 계모 밑에서 생활하였다. 어느 해 겨울에 계모는 두 아들에게만 솜옷을 입히고, 민자건에게는 갈대 솜을(蘆花, 蘆絮) 넣은 홑옷(單衣)을 입게 했다. 민자건은 아버지를 태우고 수레를 몰았는데, 너무 추워 실수를 하여 수레가 구덩이에 처박혔다. 아버지가 크게 나무라며 매질을 하자, 홑옷이 터지면서 갈대 솜이 날렸다. 부친이 사실을 알고 계모를 내쫓으려 하자, 민자건이 울면서 말했다. "어머니가 계시면 저만 추위에 떨지만, 어머니가 안 계시면 자식 셋이 고생하게 됩니다." 부친은 계모를 용서했고, 계모는 잘못을 뉘우쳤다. 이를 〈二十四孝〉 중 '單衣順母' 라고 한다.

공자가 말했다.

"君子(군자)로다."

子貢(자공)이 공자에게 말했다.

"민자건은 그 슬픔이 다 가시지도 않았습니다. 부자께서는 '君子이다.' 라고 하셨습니다. 자하는 슬픔 마음이 다한 것 같은 데도 역시 군자라고 칭찬하셨습니다. 두 사람의 감정이 다른데도 모두 군자라 말씀하셨는데, 저는(賜) 이해를 못하여 감히 여쭙겠습니다."

孔子가 말했다.

"민자건은 슬픔을 아직 잊지 못하나 예법으로 그 슬픔을 단절하려 했고, 자하는 슬픔을 다하였지만 예법으로 즐거운 감정을 이끌어내려 했으니, 두 사람이 다 군자라 하여도 괜찮지 않겠는가?"

| 原文 | 孔子曰, "無體之禮, 敬也, 無服之喪, 哀也, 無聲之樂, 歡也. 不言而信, 不動而威, 不施而仁. 誌夫鐘之音, 怒而擊之則武, 憂而擊之則悲, 其志變者, 聲亦隨之. 故誌誠感之, 通於金石, 而況人乎!"

| 국역 | 孔子가 말했다.

"형체가 없는 禮(예)가 공경이고, 服喪(복상)이 없는 喪禮(상례)

가 곧 哀(애)이고, 소리가 없는 樂(악)이, 곧 기쁨(歡)이다. 말을 하지 않아도 信義(신의)가, 움직이지 않아도 권위가, 베푸는 것이 없어도 仁慈(인자)이다. 종소리는 종 치는 사람 마음의 기록이니, 분노로 치는 종은 (소리가) 웅장하고(武), 근심으로 치는 종소리는 슬프다. 그 뜻이 바뀌면(變) 소리도 따라서 바뀐다. 그래서 성의가 있다면 남에게도 느낌이 가는데, 이처럼 金石(금석)에게도 통하거늘 하물며 사람에게야!"

| 原文 | 孔子見羅雀者所得, 皆黃口小雀.

夫子問之曰, "大雀獨不得, 何也?"

羅者曰, "大雀善驚而難得, 黃口貪食而易得. 黃口從大雀則不得, 大雀從黃口亦不得."

孔子顧謂弟子曰, "善驚以遠害, 利食而忘患, 自其心矣, 而以所從爲禍福. 故君子愼其所從, 以長者之慮, 則有全身之階, 隨小者之戇, 而有危亡之敗也."

| 국역 | 孔子가 그물로 새를 잡는 사람이 잡은 것을 보았더니,[510] 모두가 노란 부리를 가진 어린 참새들이었다.

---

510 원문 見羅雀者所得 – 羅는 그물. 그물을 치다. 벌려놓다. 雀는 참새 작. 크기가 작은 새 종류. 所得은 얻은 바. 잡은 것.

夫子가 그에게 물었다.

"큰 새는 잡은 것이 없는데 왜 그렇소?"

그물을 친 사람이 말했다.

"큰 새들은 잘 놀라서 잡기 어렵습니다. 어린 새끼들은 먹이를 탐해서 잡기 쉽습니다. 어린 새가 큰 새를 따라오면 잡을 수 없고, 큰 새가 어린 것을 따라온 경우도 잡기 어렵습니다."

이에 공자가 제자들을 돌아보고 말했다.

"잘 놀라기에 危害(위해)를 멀리하지만, 먹이를 탐하며 잡힌다는 사실을 생각 못하는 것은 모두 그 마음이고, 마음에 의해 禍(화)와 福(복)이 결정된다. 그래서 군자는 따라갈 바에 신중해야 하니,[511] 나이든 사람처럼(長者) 생각한다면 자신을 보전할 수

---

511 원문 故君子愼其所從 - 풀은 바람을 따라 눕고(草隨風偃), 사람은 큰 흐름을 따라간다(人隨大流).
그러나 누굴 따라다니느냐에 따라 그 사람을 따라 배운다(跟誰跟學) 하였으니, 이는 가까운 사람의 영향을 받는다는 뜻이다. 착한 사람을 따라다니면 착한 사람이 하는 일을 배운다(跟着好人學好人). 무당을 따라다니면 굿하는 것을 배운다(跟着巫婆學跳神). 용왕을 따라다니면 기우제 차린 것을 먹는다(跟着龍王吃賀雨). 족제비를 따라다니면 닭 훔치는 법을 배운다(跟着黃鼠狼學偸鷄). 늑대를 따라다니면 고기를 먹고(跟着狼吃肉), 개를 따라다니면 똥을 먹는다(跟着狗吃屎). 좋은 사람을 따라다니면 바른길을 걷고(跟上好人走正路), 똑똑한 사람을 따라다니면 모든 일이 잘 풀린다(跟上智者百事通).
담소하는 벗들은 대 학자들이고(談笑有鴻儒), 왕래하는 사람에

있지만, 어린아이처럼 어리석다면[512] 위험에 빠지고 망할 것이다.”

백정은 없다(往來無白丁). 이 말은《古文眞寶》에 실린 唐 시인 劉禹錫(유우석)의 〈陋室銘(누실명)〉이라는 글에 나오는 말이다. 집안에 오동이 있으면 봉황을 부른다(家有梧桐招鳳凰)는 말은, 근본 바탕이 좋아야 현량한 사람과 교제할 수 있다는 뜻이다. 난새나 봉황을 따라서 날면 멀리 날고(鳥隨鸞鳳飛騰遠), 사람이 어진 사람과 사귀면 품격이 좋아진다(人伴賢良品格高).

512 원문 隨小者之戇 - 隨는 따를 수. 따라가다. 小者는 여기서 젊은이. 어린아이. 새끼. 小人이라고 옮길 수도 있다. 戇은 어리석을 당. 외고집을 부리는 성질.

讀易有感
孔子讀易至損益而
歎子夏問曰何歎焉
曰損者益益者缺吾
是以歎子夏曰學者
不可以益乎曰否非
道益謂也道彌益而
身彌損若損其自多
虛以受人故其益之
能久也

〈讀易有感(독역유감)〉

| 原文 | 孔子讀《易》至於〈損〉〈益〉, 喟然而嘆.

子夏避席問曰, "夫子何嘆焉?"

孔子曰, "夫自損者必有益之, 自益者必有決之, 吾是以嘆也."

子夏曰, "然則學者不可以益乎?"

子曰, "非道益之謂也. 道彌益而身彌損. 夫學者損其自多, 以虛受人, 故能成其滿博哉. 天道成而必變, 凡持滿而能久者, 未嘗有也. 故曰, '自賢者, 天下之善言不得聞於耳矣.' 昔堯治天下之位, 猶允恭以持之, 克讓以接下, 〈允信也克能也〉 是以千歲而益盛, 迄今而逾彰, 夏桀昆吾, 〈昆吾國與夏桀作亂〉 自滿而極, 亢意而不節, 斬刈黎民如草芥焉, 天下討之, 如誅匹夫, 是以千載而惡著, 迄今而不滅. 觀此, 如行則讓長, 不疾先, 如在輿遇三人則下之, 遇二人則式之, 調其盈虛, 不令自滿, 所以能久也."

子夏曰, "商請誌之, 而終身奉行焉."

| 국역 | 공자가 《易經》을 읽다가 〈損卦(손괘)〉와 〈益卦(익괘)〉에 이르러 한숨을 쉬며 탄식하였다.

그러자 子夏(자하)가 자리를 뒤로 물리며 말했다.

"夫子(부자 : 선생님)께서는 왜 탄식하십니까?"

孔子가 말했다. "스스로 덜어내려 하는 자는(損 덜어낼 손) 틀림없이 보태지는 것이 있고(益), 스스로 더 늘리려는 자는 틀림없이 줄어드는 것이 있기에[513] 내가 탄식하였다."

자하가 물었다.

"그렇다면 學者(학자 : 배우는 자)는 더 보태거나 늘리면 안 된다는 뜻입니까?"

공자가 말했다.

"正道(정도)로 보태려는 것을(道益) 말하는 것이 아니다. 道는 더할수록 자신의 일은 더욱 덜어지게 된다〔彌損(미손)〕. 학문을 하는 자는 자신에게 많다는 것을 덜어내어야 자신을 비워 남을 받아들일 수 있어야(以虛受人) 가득 채울 수 있고, 또 자신을 넓힐 수 있다. 天道(천도 : 하늘의 도)는 완성이 되면 틀림없이 변하게 되나니 가득 채워진 상태로 오래 갈 수 있는 것은 여태껏 없었다. 그래서 말하길, '스스로 현명하다고 생각하는 자는(自賢者), 天下(천하)의 善言(선언 : 좋은 말)이 귀에 들어오지 않는다.' 고 하였다. 옛날에(昔) 堯(요)는 천하를 다스리는 자리에 있었지만, 그래

---

513 원문 自益者必有決之 -《易》의 41번째 괘인 〈損卦(손괘)〉는 山澤損 ䷨. 減損(감손)의 의미. 42번째 괘인 益은 風雷益 ䷩. 利益의 뜻. 다음 43번째 괘는 夬卦(쾌괘) 澤天夬 ䷪, 이 夬者는 決者. 決裂(결렬)의 뜻. 損 다음에 益이 오고, 益 다음에 夬(쾌), 곧 틈이 벌어지며 새나간다는 뜻이니, 만사가 다 그렇게 진행된다는 뜻에 공자가 탄식했다.

도 늘 공경하는 마음을 갖고서[514] 자신을 양보하는 마음으로 아랫사람을 대했기에, (죽은 뒤) 천년이 지나도록 지금까지 더욱 빛이 나지만,[515] 夏(하)나라의 桀王(걸왕)과 昆吾(곤오)는[516] 自滿(자만)이 그 극에 달하였고, 방자한 마음에〔亢意(항의)〕 절제도 없이 백성들을 풀 베듯 함부로 죽이자,[517] 온 천하가 함께 토벌하여 마치 匹夫(필부)처럼 죽였기에, 천년이 지나도록 그 악행이 드러났고 지금까지 없어지지 않는 것이다. 이를 본다면, 길을 갈 경우(如行), 곧 長者(어른)에게 길을 양보하고 먼저 지나가지 말아야 하며,[518] 수레에 탔을 때 3인을 만나면 (젊은 사람이) 내려야 하

---

514 원문 猶允恭以持之, 克讓以接下 – 允은 진실로 윤. 信也. 克은 이길 극. 여기서는 가능하다. 능히(能也).

515 원문 迄今而逾彰 – 迄은 이를 흘. ~에 이르다. 今은 이제 금. 지금. 逾는 넘을 유. 더욱. 彰은 밝을 창. 빛나다.

516 원문 昆吾(곤오) – 인명 겸 국명. 夏의 桀王을 도와 함께 商 湯王에 반역했다.

517 원문 斬刈黎民如草芥焉 – 斬은 벨 참. 풀을 자르다. 刈는 벨 예. 斬刈(참예)는 풀을 베다. 黎民(여민)은 백성. 草芥(조개)는 지푸라기.

518 원문 如行則讓長 – 길을 양보하는 것이 어떤 것인지 요즈음 사람들은 이해하기가 쉽지 않다. 예를 들어 좁은 논두렁길을 내가 가려는데, 저쪽에서 노인이 논두렁길을 들어서려 하는 것을 보았다. 좁은 길에서 두 사람이 지나가려면 한 사람이 논에 빠질 수도 있다. 그렇다면 젊은 나는 이쪽에서 노인이 논두렁길을 다 지나올 때까지 기다리는 것이 길을 양보하는 것이다. 지금이야 보기 힘든 경우지만 옛날에는 흔한 경우였다. 저쪽에서 무거운 짐

고, 두 사람일 경우, 한 사람은 軾(식)을 잡고 예를 표해야 한다.[519] 차는 것〔盈(찰 영)〕과 비는 것〔虛(빌 허)〕을 조절하며 스스로 가득 채우지 않는 것이 오래 유지할 수 있는 것이다."

子夏(자하)가 말했다.

"저는(商) 이를 기록하여 죽을 때까지 받들어 실천하겠습니다."

| 原文 | 子路問於孔子曰, "請釋古之道, 而行由之意可乎?"

子曰, "不可. 昔東夷之子, 慕諸夏之禮, 有女而寡, 爲內私婿. 終身不嫁, 嫁則不嫁矣, 亦有貞節之義也. 蒼梧嬈娶妻而美, 讓與其兄, 讓則讓矣, 然非禮之讓矣. 不愼其初, 而悔其後, 何嗟及矣. 今汝欲舍古之道, 行子之意, 庸知子意不以是爲非, 以非爲是乎? 後雖欲悔, 難哉."

을 진 사람이 있다면 좁은 길일 경우 짐을 지지 않은 사람이 기다려주어야 한다. 지금 시대에, 자동문이 열리면 저쪽 젊은 사람이 이쪽 노인이 통과하기를 기다려주는 것이 길을 양보하는 예의일 것이다.

519 軾之 – 軾은 수레 가로나무 막대 식. 이것을 잡고 허리를 굽히는 것이 상대방에 대한 예의이다. 수레는 서서 타는 것이 기본이었다.

| 국역 | 子路(자로)가 공자에게 물었다.

"옛 道를 버리고(釋古之道) 저의(由, 仲由) 뜻대로 행동해도 괜찮겠습니까?"

공자가 말했다.

"안 된다(不可). 옛날 東夷族(동이족)으로 諸夏〔제하 : 中原(중원)〕의 禮를 흠모하는 어떤 사람이 있었다. 그 딸이 과부가 되자, 정식으로 결혼하지 않은 사위를 맞이하고 終身(종신)토록 출가시키지는 않았다.[520] 딸을 시집보냈지만 보내지 않았으니 정절을 지킨다는 대의가 있었다. (공자와 동시대 사람인) 蒼梧(창오)족의 嬈(요, 창오 요)라는 사람은 아내를 맞이했는데, 미인이라서 그의 형에게 주었는데 양보이지만 禮가 아닌 양보였다. 그 시작을 신중히 하지 않으면 끝에 가서 후회하게 되는데, 탄식한들 어찌하겠는가?[521] 지금 네가 古道(고도 : 옛 도)를 버리고(舍) 네 마음대로 한다면, 옳은 것을(是) 그르다(非) 하고, 그른 것을 옳다 할지 어찌 알겠느냐? 나중에 후회하여도 해결이 어려울 것이다."

---

520 원문 爲內私婿 – 內은 받아들일 납. 納과 通. 私婿(사서)는 정식 결혼한 사위가 아닌 결혼식을 올리지 않은 사위. 婿는 사위 서.

521 원문 何嗟及矣 – 탄식한들 무얼 하겠는가? 일이 닥쳤을 때 후회한다는 뜻. 嗟는 탄식할 차. 吁(탄식할 우)와 通.

| 原文 | 曾子耘瓜, 誤斬其根. 曾晳怒建大杖以擊其背, 曾子仆地而不知人, 久之有頃, 乃蘇. 欣然而起, 進於曾晳曰, "向也參得罪於大人, 大人用力敎, 參得無疾乎."

退而就房, 援琴而歌, 欲令曾晳而聞之, 知其體康也.

孔子聞之而怒, 告門弟子曰, "參來勿內."

曾參自以爲無罪, 使人請於孔子.

子曰, "汝不聞乎, 昔瞽瞍有子曰舜, 舜之事瞽瞍, 欲使之未嘗不在於側, 索而殺之, 未嘗可得, 小棰則待過, 大杖則逃走, 故瞽瞍不犯不父之罪, 而舜不失烝烝之孝, 今參事父委身以待暴怒, 殪而不避, 〈殪死〉 旣身死而陷父於不義, 其不孝孰大焉? 汝非天子之民也, 殺天子之民, 其罪奚若?"

曾參聞之曰, "參罪大矣."

遂造孔子而謝過.

| 국역 | 曾子(증자, 曾參)가 오이 밭을 매다가〔耘瓜(운과)〕, 실수로 그 뿌리를 잘라버렸다. (부친인) 曾晳(증석)[522]이 화를 내며 큰 몽

---

522 曾晳(증석, 晳은 살결 흴 석)은 曾蒧(증점). 蒧은 풀이름 점(點과 通)이다. 曾參의 부친이다. 《孔子家語 七十二弟子解》에는 曾點, 그리고 字를 子晳(자석)이라고 했다. 공자 초기의 제자로 공자보다

둥이로 증삼의 등짝을 후려쳤는데, 증삼은 땅에 엎어져 사람도 몰라보고, 한참 있다가 겨우 깨어났다. 증삼은 기쁜 듯〔欣然(흔연)히〕이 일어나 아버지에게 가서 말했다.

"조금 전에 제가 아버님께(大人) 죄를 지었고, 아버님께서는 온 힘을 다하여 저를 깨우쳐주셨는데, 어디 아프신 데는 없습니까?"

그리고서는 제 방에 들어가 琴(금 : 거문고)을 잡고 노래하여 아버지가 듣고 자기 몸이 괜찮다는 것을 알게 하였다. 이런 사실을 공자가 듣고서는 화를 내며 문하의 제자들에게 말했다.

"증삼이 오더라도 들여보내지 말라."

증삼은 아무것도 모른 채 사람을 보내 스승을 뵙겠다고 청했다.

그에 공자가 말했다.

"너는 알지 못했느냐? 옛날(昔) 瞽瞍(고수)의 아들이 舜(순)이었는데,[523] 순은 아버지를 섬기면서, 아버지가 일을 시키려 하면

20세 정도 어렸다. 孔子를 모실 때, 孔子가 말했다. "너의 素志를 말해 보아라." 그러자 증점이 말했다. "春服이 마련되면 어른(冠者) 대여섯과 아이(童子) 예닐곱과 함께 沂水(기수)에서 목욕하고 舞雩(무우)에서 바람을 쐰 뒤에 노래를 읊으며 돌아오고 싶습니다." 이에 공자께서 크게 한숨을 쉬고서는 말했다. "나도 너처럼 그러고 싶도다."

523 舜의 부친 이름 瞽瞍(고수)의 瞽는 '소경 고' 이고, 瞍는 '늙은이

언제나 그 곁에 있었으나, 아버지가 舜(순)을 죽이려고 찾을 때면 찾을 수가 없었다. 작은 회초리로 때리면 끝날 때까지 참고 기다렸지만 큰 몽둥이를 잡아들면 도망갔기에, 고수는 아버지 노릇을 못한다는 죄를 짓지 않았고, 순도 아버지에게 할 수 있는 효도를 다하였다. 이번에 너는 부친을 섬기면서 부친의 분노에 너의 몸을 맡겨두고 죽음도 피하지 않았으니,[524] 만약 네가 죽었다면 부친은 不義의 죄를 지었을 것이니, 이보다 더 큰 불효가 어디 있겠는가? 너는 천자의 백성이 아닌가? 천자의 백성을 죽였다면 그 죄가 무엇과 같겠는가?"[525]

증삼은 이를 전해 듣고 말했다. "제가 큰 죄를 지었습니다."

그리고서는 공자 처소에 나아가 사죄하였다.

수' 이나 叟는 瞍(소경 수)이어야 한다는 주석도 있다. 하여튼 고수는 소경이지만, 정말 눈이 먼 사람이라기보다는 사람을 알아보지 못하는 눈뜬장님과 같다는 의미로 해석해야 한다.
착한 아들을 몰라보았고 완고한 아내와 버르장머리 없는 서자를 두둔하였다. 무엇보다도 자신의 악행을 몰랐으니 눈이 없는 사람보다 더 나쁜 사람이었다. 아들을 죽이려고 셋이서 한 짓을 보면 정말 기가 막힌다. 그러나 순은 자식의 할 일을 다하고 도리를 지켰다. 《中庸》 10장에서 孔子는 「舜은 大孝이다! 덕행은 성인이고(德爲聖人), 尊貴하기는 天子이다(尊爲天子).」라고 말했다.

524 원문 殪而不避 – 殪는 쓰러질 에. 죽다. 죽음(死).

525 원문 其罪奚若? – 奚는 어찌 해. 무엇.

|原文| 荊公子行年十五而攝荊相事, 孔子聞之, 使人往觀其爲政焉.

使者反曰, "視其朝淸淨而少事, 其堂上有五老焉, 其廊下有二十壯士焉."

孔子曰, "合二十五人之智, 以治天下, 其固免矣, 況荊乎?"

|국역| 荊〔형, 楚國(초국)〕의 公子(공자)는 나이〔行年, 年齡(연령)〕 15세에 楚 재상의 일을 대행하였는데, 공자가 이를 듣고서는 사람을 보내 그 정사를 살펴보게 하였다. 사자가 돌아와 말했다.

"그 조정을 살펴보니 淸淨(청정)하고 일이 없는 것 같았습니다. 그 당상에는 노인 5명이 앉아있고, 그 廊下(낭하)에는 20명의 壯士(장사)가 있었습니다."

孔子가 말했다.

"25명의 지혜를 모은다면 천하도 다스릴 것인데, 하물며 楚(초)나라 뿐이겠는가?"

|原文| 子夏問於孔子曰, "顏回之爲人奚若?"

子曰, "回之信賢於丘."

曰, "子貢之爲人奚若?"

子曰, "賜之敏賢於丘."

曰, "子路之爲人奚若?"

子曰, "由之勇賢於丘."

曰, "子張之爲人奚若?"

子曰, "師之莊賢於丘."

子夏避席而問曰, "然則四子何爲事先生?"

子曰, "居, 吾語汝, 夫回能信而不能反, 賜能敏而不能詘, 由能勇而不能怯, 師能莊而不能同, 兼四子者之有以易吾弗與也, 此其所以事吾而弗貳也."

| 국역 | 子夏(자하)가 孔子에게 물었다.

"顔回(안회)의 사람됨은(爲人) 어떻습니까?"

공자가 말했다.

"안회의 신의는 나보다(丘) 낫다(賢)."

"子貢(자공)의 사람됨은 어떠합니까?"

"자공(賜)의 영민은(敏) 나보다 낫다."

"子路(자로)의 사람됨은 어떠합니까?"

"자로(由)의 용기는 나보다 더 낫다."

"子張(자장)은 그 사람이 어떻습니까?"

"子張〔자장 : 師(사)〕의 莊重(장중)은 나보다 더 낫다."

그러자 子夏(자하)가 避席(피석 : 자리를 피하다)하며 물었다.

"그렇다면 그 4인은 왜 스승님에게 배웁니까?"

공자가 말했다.

"앉아라, 내가 너에게 말해주겠다. 안회는 성실하고 신의가 뛰어나나 상황에 따른 융통성이 부족하고(反信),[526] 자공(賜)은 영특하고 민첩하나 자신의 능력을 굽힐 줄 모른다.[527] 子路(仲由)는 용감하여 겁이 없고, 子張〔자장 : 顓孫師(전손사)〕은 장중하나 다른 사람과 어울릴 줄을(和同) 모른다.[528] 이 네 사람의 장점을 다 갖춘 사람이 나와 바꾸자 하여도 내가 동의하지 않을 것이니, 이 때문에 4사람이 한마음으로(弗貳) 나를 섬기는 것이다."

|原文| 孔子遊於泰山, 見榮聲期, 行乎郕之野, 鹿裘帶索, 瑟瑟而歌.

孔子問曰, "先生所以爲樂者, 何也?"

---

526 원문 回能信而不能反 – 反은 反信也. 옳지 않은 일에도 신의를 지켜야 하는가? 상황에 따른 융통성이 부족하다는 주석이 있다.

527 원문 能敏而不能詘 – 자공이 똑똑하고 언변이 뛰어나며 다방면에 재주가 뛰어난 것은 사실이다. 그런데 그런 능력은 상황에 따라 드러내지 않고 감춰두어야 하는데, 그런 점이 아쉽다는 뜻이다. 詘은 굽힐 굴. 때에 따라 屈折(굴절)하질 못한다는 뜻.

528 원문 師能莊而不能同 – 자장은 사람이 긍지가 있고 莊重하나 다른 사람과 和同해야 하는데, 그런 부분이 부족하다는 의미.

期對曰, "吾樂甚多, 而至者三. 天生萬物, 唯人爲貴, 吾既得爲人, 是一樂也, 男女之別, 男尊女卑, 故人以男爲貴, 吾既得爲男, 是二樂也, 人生有不見日月, 不免繈褓者, 吾既以行年九十五矣, 是三樂也. 貧者士之常, 死者人之終, 處常得終, 當何憂哉."

孔子曰, "善哉! 能自寬者也."

| 국역 | 孔子가 泰山(태산)[529]을 유람할 때, 榮聲期〔영성기, 營啓期(영계기) / 榮益期(영익기)〕를 만났는데 영계기는 郕(성)의 교외를 지나가면서 鹿裘(녹구 : 사슴 가죽옷)에 새끼줄로 허리를 매고 瑟(슬 : 큰 거문고)을 연주하고 노래를 불렀었다.

---

529 泰山 – 五岳의 으뜸(五嶽之長, 五嶽獨尊)으로 옛 이름은 岱山(대산) 또는 岱宗(대종)으로 불리었고, 山東省의 중앙부 泰安市에 자리하고 있으며, 태산의 주봉은 玉皇頂(1,533m)이다. 泰山은 秦의 始皇帝 이후 漢 武帝, 또 역대 왕조의 황제들이 이곳에 친림하여 하늘에 제사하는 封禪(봉선) 의식을 행했다. 漢 武帝는 태산의 절경에 놀라면서 "高矣! 極矣! 大矣! 特矣! 壯矣! 赫矣(혁의)! 駭矣(해의)! 惑矣(혹의)!"라고 말했다는 전설이 전해진다. 참고로, 중국인들은 五行 사상과 깊은 연관지어 五嶽을 꼽고 있는데, 오악이란 東岳으로 山東의 泰山(최고봉 1,533m), 西岳인 陝西省의 華山(2,194m), 中岳인 河南省의 嵩山(숭산, 1,491m), 北岳으로 山西省의 恒山(항산, 2,016m), 그리고 南岳으로 湖南省의 衡山(형산, 1,300m)을 말한다.

孔子가 물었다.

"先生(선생)께서는 왜 이렇게 즐거우십니까?"

영성기가 대답하였다.

"나의 즐거움은 꽤 많으나 그중 가장 긴요한 3가지가 있습니다. 하늘이 만물을 내었고, 그중에서 인간이 가장 고귀하나니, 내가 인간으로 태어난 것이 첫째 쾌락입니다. 사람 중에서도 남녀의 구별이 있고 男尊女卑(남존여비)인지라 사람들은 남자를 귀하게 여기는데, 나는 남자로 태어났으니 두 번째 즐거움입니다. 사람으로 태어나더라도 日月(일월 : 해와 달)을 제대로 보지도 못하고 襁褓(강보)를 벗어나지도 못하지만 나는 이미 95세를 살았으니, 이것이 세 번째 쾌락입니다. 가난은(貧者) 士人(선비)의 日常(일상)이고,[530] 죽음은(死者) 인간의 종말인데, 나는 일상 속에 살다

530 원문 貧者士之常 - 가난은 그러할 바탕이 없고(貧無本), 부자도 그러할 뿌리가 없다(富無根). 빈부는 일정하지 않고 언제나 바뀐다. 집안이 가난하면 자주 쓸어야 하고(家貧常掃地), 사람이 가난하면 머리를 자주 빗어야 한다(人貧多梳頭). 집이 가난하다면 조상이 잘 살았다고 자랑하지 말라(家貧別誇祖宗闊). 사내대장부는 출신이 낮다고 걱정하지 않는다(好漢不怕出身低).
인재는 한미한 집에서 나오고(人才出在貧寒家), 연꽃은 더러운 진흙에서 피어난다(蓮花開在汚泥上). 그러나 찢어지게 가난한 집에 군자 없다(貧極無君子). 가난하지만 아들이 있다면 가난하지 않고(貧而有子非貧), 부자이지만 아들이 없다면 부자가 아니다(富而無子非富). 가난한 사람은 혼인으로 부자가 되기 어렵고(貧難婚富), 부자는 혼인으로 고귀해지지 않는다(富難婚貴).

가(빈곤) 종말을 맞이하려고 하는데, 나에게 무슨 걱정이 있겠습니까!"

孔子가 말했다.

"옳은 말이다. 자신에게 관대한 분이다."

| 原文 | 孔子曰, "回有君子之道四焉, 强於行義, 弱於受諫, 怵於待祿, 愼於治身. 史鰌有男子之道三焉, 不仕而敬上, 不祀而敬鬼, 直己而曲人."

曾子侍曰, "參昔常聞夫子三言而未之能行也, 夫子見人之一善而忘其百非, 是夫子之易事也, 見人之有善若己有之, 是夫子之不爭也, 聞善必躬行之, 然後導之, 是夫子之能勞也. 學夫子之三言而未能行, 以自知終不及二子者也."

| 국역 | 孔子가 말했다.

"顏回(안회)는 '君子의 道' 4개를 갖고 있으니, 대의를 실천하는데 강하고(强於行義), 간언을 받아들이는데 겸허하며(弱於受諫), 봉록 받는 것을 두려워하고,[531] 자신의 행실을 닦는데 신중

531 원문 怵於待祿 - 怵은 두려워할 출. 惕(두려워할 척)과 同. 待祿(대록)은 마땅히 받아야 할 봉록. 待는 宜爲得也.

하다. 그 다음에 史鰌(사추)[532]는 男子(남자)의 道理(도리) 3가지를 실천하였으니, 출사(벼슬길에 나가다)하지 않으면서도 윗분을 공경하고, 제사 지내지 않는 귀신도 공경하며, 자신에게는 엄격하나(直己) 다른 사람에게는 관대하다(曲人)."

曾子(증자)가 공자를 모시다가 말했다.

"옛날에 저는 夫子의 말씀 3가지를 늘 들었지만 실천하지 못했습니다. 夫子께서는 남의 한 가지 장점을 보면 그 사람의 백 가지 잘못을(非) 잊으라 하셨는데, 夫子께 이는 쉬운 일이었습니다. 또 남의 장점을 알았다면 그 장점이 나에게도 있다고 생각하라 하셨는데, 이는 부자께서 남과 (名利를) 다투시지 않은 것입니다. 남의 선행을 들었다면 필히 자신이 실천한 다음에 다른 사람을 이끌어 주라고 하셨는데, 이는 부자께서 힘써 실천하신 것입니다. 저는 夫子의 말씀 3가지를 배우고서도 실천하지 못하고 있으니, 이로써 저는 두 사람〔顔回(안회)와 史鰌(사추)〕을 따라갈 수 없음을 알겠습니다."

| 原文 | 孔子曰, "吾死之後, 則商也日益, 賜也日損."

---

532 史鰌(사추, 생졸년 미상. 史魚. 字는 子魚) – 春秋時期 衛國 大夫. 《論語 · 衛靈公》 子曰, "直哉史魚! 邦有道, 如矢, 邦无道, 如矢. 君子哉蘧伯玉! 邦有道, 則仕. 邦无道, 則可卷而怀之."

曾子曰, "何謂也?"

子曰, "商也好與賢己者處, 賜也好說不若己者. 不知其子視其父, 不知其人視其友, 不知其君視其所使, 不知其地視其草木. 故曰與善人居, 如入芝蘭之室, 久而不聞其香, 卽與之化矣. 與不善人居, 如入鮑魚之肆, 久而不聞其臭, 亦與之化矣. 丹之所藏者赤, 漆之所藏者黑, 是以君子必愼其所與處者焉."

| 국역 | 孔子가 말했다.

"내가 죽은 뒤에라도 卜商〔복상: 子夏(자하)〕는 날로 진보할 것이나(日益), 端木賜〔단목사, 子貢(자공)〕는 날로 퇴보할 것이다(日損)."

曾子가 물었다.

"무슨 뜻이십니까?"

공자가 말했다.

"복상〔子夏(자하)〕은 자신보다 나은 사람과 같이 있기를 좋아하나, 단목사는(자공) 자신만 못한 사람과 이야기하기를 좋아한다. 그 아들을 모르거든 그 부친을 보라 하였고(不知其子視其父), 그 사람이 어떤지 모르겠다면 그 벗을 보라고 하였으며, 그 주군을 모르겠으면 그가 부리는 아랫사람을 보라고 하였고, 그곳의 땅이 어떤지 알려거든 그곳의 초목을 살펴보라고 하였다. 그런고로, 善人(선인 : 훌륭한 사람)과 함께 생활하면 마치 芝蘭〔지란, 香草(향초)〕의 방에 들어간 것과 같이 오래 지나면(久) 그 향을 냄새 맡지는 못하지만 그 향내에 동화되는 것이다. 不善(불선 : 착하지 못하다)한 사람과 함께 생활하면(居) 마치 어물전에[533] 들어간 것과 같아 오래 있으면 그 악취를 맡을 수가 없는데, 이 역시 동화된 것이다. (붉은) 丹砂(단사)를 보관한 곳은 붉고, 옻(漆 칠)을 보관한 곳은 검은색이니, 이 때문에 君子는 그 거처 선택에 신중해야 한다."[534]

---

533 원문 鮑魚之肆 – 鮑는 절인 생선 포. 肆는 방자할 사. 점포, 가게.

534 원문 是以君子必愼其所與處者焉 –《論語 里仁》子曰, "里仁爲美. 擇不處仁, 焉得知?"
공자가 말했다. "마을 기풍이 인자하니 아름답도다. 인자한 곳을 골라 거처하지 못한다면 어찌 지혜롭다 하겠는가?" 군자는 어디서 살아야 하나? 군자가 사는 마을을 고르는 것을 擇里(택리)라고 한다. 조선 英祖 때 李重煥(이중환)의《擇里志》는 아마 여기에서 제목을 따왔을 것이다. 이중환은 주거를 선정하는 기준으로는 地理(風水), 生利, 人心, 山水를 들었고, 이 중 하나라도 부적당하면 거주지로서 부족하다고 생각하였다. 사람들의 심성이 순박하고 온후하다면 인심이 좋은 것이니, 그런 곳이 바로 里仁이다. 山水에 따라 경제나 민심이 달라질 것이다. 군자가 거처를 선택하면서 그런 것을 고려하지 않는다면 明智라 할 수 없을 것이다.(원문의 知는 智의 뜻.) 인자한 기풍이 있는 곳이 어디인가? 서울뿐만 아니라 특히 대도시에서는 당연 부자동네라고 생각할 것이다. 그런데 공자가 생각한 곳은 인자한 사람이 많이 사는 곳이다. 공자는 '益者三友' 란 말을 했다. 또 '三人行에 必有我師하

| 原文 | 曾子從孔子之齊, 齊景公以下卿之禮聘曾子, 曾子固辭. 將行.

晏子送之曰, "吾聞之君子遺人以財不若善言, 今夫蘭本三年湛之以鹿酳, 旣成噉之, 則易之匹馬, 非蘭之本性也,

니' 그중에 善者를 골라 따른다고 하였다. 善人과 함께 거처하는 것은 마치 芝蘭之室(지란지실)에 있는 것과 같아 그 향이 몸에 밴다고 하였다. 악인과 한 마을에 사는 것은 마치 생선가게에 머무는 것 같아 비린내가 몸에 밸 것이다. 이 구절은《孟子》에도 인용되었다.(《孟子 公孫丑章句 上》孟子曰, 矢人豈不仁於函人哉? 矢人惟恐不傷人 函人惟恐傷人 巫匠亦然 故術不可不愼也. 孔子曰, 里仁爲美 擇不處仁 焉得智? 夫仁天之尊爵也, 人之安宅也. 莫之禦而不仁 是不智也.) 화살을 만드는 사람은 그 화살로 사람이 다치거나 죽어야 한다. 그러나 甲胄(갑주, 갑옷)를 만드는 사람은, 그 갑옷을 입고 사람이 다치지 않기를 바란다. 그렇다면 갑옷을 만드는 사람이 화살을 만드는 장인보다 더 인자한 사람인가? 하여튼 군자는 직업 선택에도 마음을 써야 할 것이다. 맹자는 仁을 사람이 안주하는 곳이라고 하였다. 그렇다면 仁厚한 곳을 고르지 못한다면 上智는 아닐 것이다.

《荀子 勸學》에는 "쑥〔蓬(쑥 봉)〕이 삼(麻, 大麻) 속에서 자라면 붙들어 매지 않아도 곧게 자라고, 흰모래가 진흙 속에 있으면 모두가 검어진다."고 하였다.(《荀子 勸學》"蓬生麻中 不扶自直, 白砂在涅 與之具黑~") 쑥은 옆으로 퍼지면서 자라는 풀이고, 삼은 가지를 치지 않고 위로만 자라며, 삼은 촘촘하게 심는다. 쑥이 삼밭에 들었다면 햇볕은 받기 위해서라도 위로 자랄 수밖에 없다. 곧 환경의 영향이니, 사람 또한 그럴 것이다.

所以湛者美矣, 願子詳其所湛者, 夫君子居必擇處, 遊必擇方, 仕必擇君, 擇君所以求仕, 擇方所以修道, 遷風移俗者嗜欲移性, 可不愼乎."

孔子聞之曰, "晏子之言, 君子哉! 依賢者固不困, 依富者固不窮, 馬蚿斬足而復行, 何也? 以其輔之者衆."

| 국역 | 曾子(증자)가 孔子를 따라 齊(제)에 갔을 때, 齊 景公(경공)이 下卿(하경)의 禮로 증자를 초빙하였는데, 증자는 굳이 사양하였다. 증자가 떠나려 할 때 晏子(안자)가 증자를 전송하며 말했다.

"내가 들은 바로는, 君子가 남에게 재물을 보내는 것은 좋은 말을 해 주는 것만 못하다고 하였습니다. 지금 蘭草(난초) 뿌리〔蘭本(난본)〕를 3년간 사슴고기 녹인(鹿酳)에 담가두었다가,[535] 기일이 찬 다음에 먹어보면 그것을 말 한 마리와 바꿀 수 있다고 하였는데, 이는 난초의 본성 때문이 아니라 난초 뿌리를 담근 사슴고기 장(鹿醬)이 좋기 때문입니다. 그래서 군자는 거처할 곳을 고를 때 반드시 장소를 골라야 하고(居必擇處), 놀러 나가더라도 갈 곳을 골라야 합니다. 그런 것처럼 출사(벼슬)할 때도 반드시 擇君(택군 : 임금을 가려내다)해야 하니, 택군은 출사하기 위해서이

535 원문 鹿酳 - 鹿은 사슴 록. 사슴고기. 酳은 입을 가실 인. 醬(장)과 같은 뜻. 醯(식초 혜)와 같은 의미. 사슴고기로 장을 담근 것. 음식의 한 종류.

고, 擇方(택방 : 방향을 가려내다)은 修道(수도 : 도를 닦다)를 위해서, 그리고 풍속을 바꾸려는 사람은 좋아하는 것으로 본성을 바꾸려는 뜻이니 신중하지 않을 수 있겠습니까?"

이 말을 공자가 전해 듣고서 말했다.

"晏子(안자)의 말은 君子의 말이로다! 어진 사람(賢者)에게 의지하면 결코 곤궁하지 않고, 부자에게 의존한다면 결코 빈궁하지 않을 것이며, 지네 다리가 하나쯤 잘려도 기어갈 수 있는 것은 왜 그러하겠는가?[536] 도와주는 다른 다리가 있기 때문이다."

| 原文 | 孔子曰, "與富貴而下人, 何人不尊, 以富貴而愛人, 何人不親. 發言不逆, 可謂知言矣, 言而衆向之, 可謂知時矣. 是故以富而能富人者, 欲貧不可得也. 以貴而能貴人者, 欲賤不可得也, 以達而能達人者, 欲窮不可得也."

| 국역 | 孔子가 말했다.

---

536 원문 馬蚿斬足而復行 - 蚿은 노래기 현. 노래기는 작고 적갈색에 다리가 많으며 고약한 냄새를 풍기는 벌레이다. 노래기보다 훨씬 크고 약용으로도 쓸수 있는 지네라고 번역하였다. 斬은 벨 참. 지네나 노래기는 다리 한두 개가 잘려도 기어갈 수 있다. 足而復行, 언문.

"富貴(부귀)한데도 다른 사람의 아래에 있다면 어느 누가 존경하지 않으며, 부귀한데도 남을 아껴준다면(愛人) 어느 누가 친근히 하지 않겠는가? 그 발언(말을 함)이 남의 뜻을 거스르지 않는다면 옳은 말임을 알 수 있고, 그가 한 말에 많은 사람이(衆) 호응한다면 때에(時) 맞는 말이라고 할 수 있다. 이 때문에 부유하면서 다른 사람까지 부유하게 한다면 가난해질 수가 없을 것이다. 높은 자리(貴)에서 남을 귀하게 하는 자는 다른 사람이 천대할 수가 없을 것이다. 통달한 사람으로서 남을 통달하게 해준다면 곤경에 처하게 할 수 없을 것이다."

| 原文 | 孔子曰, "中人之情也, 有餘則侈, 不足則儉, 無禁則淫, 無度則逸, 從欲則敗. 是故鞭樸之子, 不從父之敎, 刑戮之民, 不從君之令, 此言疾之難忍, 急之難行也. 故君子不急斷, 不急制, 使飮食有量, 衣服有節, 宮室有度, 畜積有數, 車器有限, 所以防亂之原也. 夫度量不可明, 是中人所由之令."

| 국역 | 공자가 말했다.

"보통 사람(中人)의 人情으로는 여유가 있으면 사치하고(有餘則侈), 不足하면 검소하며(不足則儉), 禁하지 않으면 음탕하여 지고(無禁則淫), 제한이 없으면(無度) 제멋대로 하고(則逸, 放逸), 욕심을 따라가다 패망하게 된다(從欲則敗). 그래서 부친의 가르침을 따르지 않으면 아들을 회초리를 때리고〔鞭樸(편박)〕 주군의 명령을 따르지 않는 자는 형벌로 다스리는 것이니, 이는 재촉하는 말은 참기 어렵고, 서두르는 일은 실행하기 어렵다는 것을 의미한다. 그래서 군자는 촉급하게 단언하지 않고, 황급하게 制裁(제재)하지 않으며, 음식에 정량을 지키고, 의복도 절제하며, 사는 집에도 절도가 있고, 축적에도 분수를 지키며, 수레나 기물에도 한도를 지키는 것은 모두가 혼란의 근원을 막으려는 뜻이다. 그래서 도량을 분명히 하지 않을 수 없으니, 이는 보통 사람(中人)이 지켜야 할 가르침이다(敎令)."

|原文| 孔子曰, "巧而好度, 必攻, 勇而好問, 必勝, 智而好謀, 必成. 以愚者反之, 是以非其人告之弗聽. 非其地, 樹之弗生. 得其人, 如聚砂而雨之, 非其人, 如會聾而鼓之. 夫處重擅寵, 專事妒賢, 愚者之情也, 位高則危, 任重則崩, 可立而待."

|국역| 孔子가 말했다.

"재주가 많은 사람이(巧) 헤아리기를 좋아한다면(好度) 틀림없이 굳게 지키고,[537] 용감한 사람이 묻기를 잘하면(好問) 틀림없이 승리하고, 지혜로운 사람이 謀事(모사 : 모책)를 잘하면 틀림없이 성공한다. 그러나 어리석은 사람은 이와 반대이다. 그래서 꼭 그 사람이 아니라면(非其人) 말을 해도 알아듣지 못한다. 맞는 땅이 아니라면(非其地) 초목을 심어도 자라지 않는다. 적임자를 얻었다면 마치 모래를 쌓아두고 물을 붓는 것과 같이 곧 스며들지만,[538] 적임자가 아니라면(非其人) 마치 귀 먹은 자를 모아놓고 북을 치는 것과 같다. 대체로 중요한 자리에서 총애를 독점하고 일을 전담하면서 賢者(현자)를 질투하는 것은 어리석은 자(愚者)의 마음씨이니, 지위가 더 높아지면 위태롭게 되고, 임무가 더 무거우면 붕괴되나니, 이는 오래 걸리지 않는다."(곧바로 서서 기다릴 수 있다.)

| 原文 | 孔子曰, "舟非水不行, 水入舟則沒, 君非民不治, 民犯上則傾. 是故君子不可不嚴也, 小人不可不整一也."

---

537 원문 必攻 – 攻은 堅(堅守)라는 주석이 있다. 재주가 많은 사람은 남과 비교하여 자신의 것이 좋으면 고집스레 지키려 한다.

538 원문 如聚砂而雨之 – 聚는 모을 취. 雨之의 雨는 물을 붓다. '비가 내리다.' 라고 해석한다면 文理가 자연스럽지 못하다. '즉시 스며든다.' 는 주석이 있다.

| 국역 | 孔子가 말했다.

“배(舟)는 물이 없으면 운행할 수 없으나, 물이 배 안에 들어온다면 배는 가라앉는다. 君主는 그 백성이 아니라면 다스릴 수 없지만 백성이 위에 대든다면 나라는 기울어진다. 그래서 군자는 백성에게 위엄을 보이지 않을 수 없고, 소인은 모두 한 가지로(똑같이) 다스리지 않을 수 없다.”

| 原文 | 齊高庭問於孔子曰, “庭不曠山, 不直地, 衣穰而提贄, 精氣以問事君子之道, 願夫子告之.”

孔子曰, “貞以幹之, 敬以輔之, 施仁無倦, 見君子則擧之, 見小人則退之. 去汝惡心而忠與之, 效其行, 修其禮, 千里之外, 親如兄弟. 行不效, 禮不修, 則對門不汝通矣, 夫終日言, 不遺己之憂, 終日行不遺己之患, 唯智者能之. 故自修者必恐懼以除患, 恭儉以避難者也. 終身爲善, 一言則敗之, 可不愼乎.”

| 국역 | 齊(제)나라의 高庭(고정)이 孔子에게 물었다.

“저는(庭) 山에 막히지도 않고 땅에 매이지도 않았으며,[539] 지

---

539 庭不曠山, 不直地 – 庭은 高庭(고정)의 이름. 曠은 밝을 광. 벌판, 공허하다. 여기서는 隔(사이가 뜰 격)이라는 주석이 있다. 글자 그

푸라기로 만든 거적을 입고서 예물을 들고[540] 성심성의로(精氣) 군자를 섬기는 방도를 묻고자 찾아왔으니, 夫子께서 깨우쳐주시기 바랍니다."

孔子가 말했다.

"眞正〔진정: 貞(곧을 정)〕을 행실의 근간으로 삼고(以幹之), 恭敬(공경)으로 도와주며, 인덕 베풀기를(施仁) 게으르지 않으면서(無倦), 君子를 만났다면 따라가고, 小人이라면 물리쳐야 합니다. 당신의(汝) 나쁜 마음을(惡心) 제거하고, 성실한 마음으로(忠) 함께 생활하며, 군자의 그 행실을 본받고(效其行) 군자에게 예를 지킨다면(修其禮), 천리 밖에 살더라도 형제처럼 친밀할 것입니다. (군자의) 행실을(行) 본받지 않고(不效) 예를 지키지 않는다면(禮不修), 대문을 마주보고(對門) 살아도 당신과 왕래하지 않을 것이며(不汝通矣), (군자와) 종일 이야기를 나누더라도 우려하는 바를 말하지 않고, 종일 함께 행동하더라도 걱정거리를 남겨주지 않는 것은 오직 智者(지자)만이 할 수 있는 일입니다(唯智者能

대로 주석하면 저는 산에 의해 가로막혔다고 생각하지 않는다. 곧 산을 장애물로 생각하지 않는다. 산을 넘어왔다는 뜻(踰山而來). 不直地의 直은 응당 植이어야 한다는 주석이 있다. 곧 땅에 심겨진 사람이 아니다. 땅에 얽매지지 않았다(不根於地). 먼 길을 걸어왔다는 뜻(而遠來也).

540 원문 衣穰而提贄 – 穰은 볏짚 양. 지푸라기, 볏짚으로 만든 옷을 입다(穰蒿草衣). 提는 가지다. 들고 오다(持也). 贄는 예물 지(所以執爲禮也). 가난하지만 그래도 예물을 들고 찾아왔다는 뜻.

之). 그러므로 자신을 수양하는 사람은 두려운 마음으로 다른 사람에게 걱정을 끼치지 말아야 하고, 공경과 검소로 환난을 피하도록 애써야 합니다. 늙어 죽을 때까지 선행을 했더라도, 말 한마디에 모두 없어질 수도 있으니, (언행을) 삼가지 않을 수 없습니다."[541]

---

541 한때의 분노를 참으면(忍得一時忿) 평생 걱정거리가 없다(終身無腦悶). 참을 인(忍) 글자는 마음속 한 자루의 칼이다(忍字心上一把刀). 참지 못하면 분명 화를 불러온다(不忍分明把禍招). 분노를 참으며 소리를 삼키면 바로 군자요(忍氣吞聲是君子), 사람 죽는 것을 보고도 구하지 않는다면 소인이다(見死不救是小人). 한 번의 인내는 온갖 용맹을 제압할 수 있고(一忍可以制百勇), 한 번의 안정은 온갖 움직임을 제압할 수 있다(一靜可以制百動).

〈辯物(변물)〉 제16

【해설】

본 편 〈辯物(변물)〉은 '事物(사물)에 대한 辯別(변별, 辨別)' 이란 뜻이다. 여러 가지 사물이나 일에 대한 분석, 토론, 인식을 설명하였다. 본 편을 읽어보면, 공자는 그야말로 博學(박학)하고 多聞(다문)했다. 그 博識(박식)을 통하여 공자가 얼마나 好古(호고)하고 勉學(면학)했는가를 알 수 있다. 본 편의 여러 素材(소재)는 《國語국어)》, 《左傳(좌전)》, 《公羊傳(공양전)》, 《說苑(설원)》, 《孔叢子(공총자)》 등에 수록되었는데, 본 편은 〈獲麟〔획린, 춘추좌전의 내용이 西狩獲麟(서수획린 : 서쪽에서 기린을 사냥해서 잡다)〕으로 끝을 맺음으로 春秋左傳(춘추좌전)을 일컬음〉으로 끝났다. 공자의 슬픈 마지막이 아닐 수 없다.

孔子가 왜 위대하며, 얼마나 好學(호학)했고 勉學(면학)했는가를 여러 사람이 알아야 한다. 공자의 好學 – 공자는 위로는 天文(천문)에서 아래로는 地理(지리)까지 정말 많이 습득했기에 그 지식은 정말 廣博(광박)했다.

공자가 好學하였다는 점에 대해서 이의를 제기하는 학자는 없지만, 공자가 어떤 책을 저술했거나 편찬했다는 문제에 대해서는 여러 주장이 많다.

공자가 자신은 "傳述(전술)했지만 새로 짓지는 않았으며(述而不作), 옛 문물을 신뢰하며 좋아했다(信而好古)."라고 말했다.[542] 이는 공자가 성인의 뜻을 이해하기 쉽게 설명했을 뿐, 새로운 내용을 저작하지 않는다는 뜻으로 해석할 수 있다.

이는 공자가 어떤 상황에서 구체적으로 무엇을 언급했는가를 알 수 없기 때문에 공자가 책을 저술하지 않았다는 증거로 삼기에는 좀 부족하다. 후세 사람들은 '述而不作(술이부작)' 이라는 뜻을 공자가 자신의 학문적 업적을 겸허하게 표현한 것으로 받아들이고 있다. 그렇지만 공자가 이전의 학문을 집대성한 것은 새로운 사상의 저술만큼이나 가치가 있는 활동이며, 이러한 활동으로 仁(인)과 德治(덕치)에 대한 학문적 근거를 마련했다고 평가할 수 있다.

《사기 공자세가》에 의하면, 공자는 49세(年表 51세)까지는 관직에 나아가지 않고 찾아오는 많은 제자들을 교육하며 詩書禮樂(시서예악)의 여러 경전을 정리하였다.

---

542 《論語 述而》 子曰, 述而不作 信而好古 竊比於我老彭. 老彭(노팽)은 商(殷)의 賢大夫이다.

그리고 관직에 나아가 司寇(사구)를 역임한 뒤에, 55세(前 497년)부터 14년간 각국을 주유하고, 68세(前 484년)에 魯(노)나라에 돌아와 다시 제자들 교육에 힘썼다. 이미 周(주) 왕실이 쇠약해져서 예악의 문물이 없어지고 詩書(시서)의 경전이 흩어졌기에 공자는 고대의 문헌 전적들을 모아 육경〔六經 ; 詩(시), 書(서), 禮(예), 樂(악), 易(역), 春秋(춘추)〕을 정리 편찬하였다고 했다.[543]

공자는 자신이 "衛(위)에서 귀국한 이후 음악이 바로 서고 《시경》이 제자리를 잡았다."고 말했는데,[544] 이는 공자의 14년간 각국을 여행하고 돌아온 뒤에 《樂》과 《詩》를 일부 재정리했다는 의미로 받아들일 수 있다.

공자는 전해오는 시 3,000여 편 중에서 중복되는 것을 제외시키고, 예(禮)에 합당한 것을 골라 300여 수로 정리 편찬하였고, 이 시에 곡을 붙여 노래하였다고 하지만 이 점에 대해서도 논란이 많으나, 공자가 제자에게 《詩》의 大義(대의)를 언급하고 《詩》의 활용과 중요성을 강조한 것은 사실이다.

특히 공자가 魯나라의 編年體(편년체) 史書(사서)인 《春秋》를 편찬 정리하였다는 기록에 대해서는 여러 가지 논란이 많다. 《춘추》는 기원 前 722년에서 479년 사이의 정치적 사건이나 전쟁, 제

543 《史記 孔子世家》~故孔子不仕 退而脩詩書禮樂 弟子彌衆 至自遠方 莫不受業焉.

544 《論語 子罕》子曰, 吾自衛反魯, 然後樂正 雅頌各得其所.

후의 결혼, 자연재해나 이변 등을 간단히 기록한 魯나라의 年代記(연대기)이다. 《孟子(맹자)》에는 공자가 《春秋》를 편찬한 뒤 '亂臣賊子(난신적자)들이 두려워하였다.' 고 기록되어 있다.[545]

맹자 이후 많은 학자들이 공자의 《춘추》에 큰 의의를 부여하며 '사소한 말이지만 큰 뜻을 가진 기록으로〔微言大義(미언대의)〕' 역사적 사건에 대하여 옳고 그름을 평가하는 褒貶(포폄)의 뜻이 있다는 것을 강조하였다.

또 《맹자》의 기록에 의하면, 공자가 《춘추》를 자신의 명성을 평판할 수 있는 중요한 업적이라 생각하였다고 하지만, 《論語》에는 공자가 이를 저술했다는 일언반구의 기록이 없다는 것이 결정적인 약점이라 할 수 있다.

그리고 많은 사람들이 공자를 禮(예)의 창시자로 생각하며 공자가 예를 중시하여 '《禮記(예기)》를 편찬하였다' 고 하지만,[546] 《論語》에는 이를 입증할만한 기록이 없는 것도 사실이다.

《易(역)》은 占卜(점복)에 관한 책이다. 이 책은 본문에 해당하는 64卦(괘)를 설명한 부분과 그 본문을 해설하는 〈十翼(십익)〉 같은 여러 편의 부록이 있는데, 그 부록의 주요한 내용을 모두 공자가

---

545 《孟子 滕文公章句 下》 孔子懼作《春秋》, 《春秋》 天子之事也. 是故孔子曰, 知我者 其惟《春秋》 乎, 罪我者 其惟《春秋》 乎.~ 孔子成《春秋》 而亂臣賊子懼.

546 《史記 孔子世家》 孔子之時 ~ 故書傳禮記自孔氏.

저술했다는 주장이 있다. 이를 증명하기 위한 근거로 "내가 몇 년을 더 살 수 있다면 50세에 《易》을 배워 큰 허물없이 살 수 있을 것이다."라는 공자의 말을 근거로 제시하고 있다.[547]

그렇지만 많은 학자들의 연구에 의하면, 《易經》의 여러 부록은(十翼) 후세 사람들이 공자에게 假託(가탁 : 이름을 빌려 부탁하다)한 것이라는 주장이 설득력을 얻고 있다.

이상의 여러 가지를 종합한다면, 공자는 어떤 책도 저술하거나 편찬하였다고 볼 수는 없다. 다만 후세에 유가의 학통이 면면히 이어졌고, 맹자 같은 사람이 공자의 도를 강조하고 넓히다 보니 공자에 관한 여러 가지 신화와 함께 다재다능한 학자로 미화되었고, 학문의 여러 부분에 대하여 공자의 업적으로 假托〔가탁 : 이름을 빌리다(맡기다)〕되었다고 볼 수 있다.

---

547 《論語 述而》 子曰, "加我數年 五十以學易 可以無大過矣." 〈孔子世家〉에는 '假我數年' 으로 기록. 加와 假는 相通. 50세에 學易한다는 말을 天命을 안다는 뜻으로 해석하는 경우가 있고, 《易》을 깊이 연구한다는 뜻의 謙辭로 볼 수도 있다. 또 五十을 卒로 보아 '晩年' 의 의미로 풀이할 수도 있다.

〈羵羊辨怪(분양변괴)〉

|原文| 季桓子穿井, 獲如玉缶, 其中有羊焉, 使使問孔子曰, "吾穿井於費, 而於井中得一狗, 何也?"

孔子曰, "丘之所聞者, 羊也, 丘聞之木石之怪夔蝄蜽, 水之怪龍罔象, 土之怪羵羊也."

|국역| 季桓子(계환자)[548]가 우물을 파다가〔穿井(천정), 穿은 뚫을 천, 파내다.〕 玉으로 만든 장군(玉缶 : 옥 항아리)[549]을 캐냈는데, 거기에 羊(양)이 있어 사람을 보내 孔子에게 물었다.

"내가 費邑(비읍, 季氏 근거지)에서 우물을 파다가 개(狗) 하나를 얻었는데, 무슨 까닭이겠습니까?"

孔子가 말했다.

"제가 들은 바는 개가 아니라 羊일 것입니다. 내가 알기로, 木石의 요괴는 夔(조심할 기, 외발짐승 가)와 蝄蜽(망량, 도깨비)이고, 水의 괴물은(怪) 龍(용)과 罔象(망상, 괴물 코끼리)이고, 흙의 괴물

---

548 季桓子(계환자, 季孫氏의 宗主. 前 505 - 492년) - 姬는 姓, 季孫氏. 名은 斯(사). 諡號(시호)는 桓(환). 魯國 大夫, 季平子인 季孫意如의 子. 계환자의 아들이 계강자이고, 계강자의 여동생은 齊 悼公(도공)의 妻가 되었다.

549 玉缶(옥부) - 缶는 장군 부. 장군은 농가에서 똥이나 오줌 등 액체 상태의 거름을 운반하는 흙으로 만든 운반 기구이다. 원통형에 입이 하나이며 지게에 얹어 운반하였다.

은 羵羊(분양, 羵은 땅속 괴물 분)이라고 합니다."[550]

|原文| 吳伐越, 隳會稽, 獲巨骨一節, 專車焉. 吳子使來聘於魯, 且問之孔子, 命使者曰, "無以吾命也." 賓旣將事, 乃發幣於大夫及孔子, 孔子爵之, 旣徹俎而燕客, 執骨而問曰, "敢問骨何如爲大?"

孔子曰, "丘聞之昔禹致群臣於會稽之山, 防風後至, 禹殺而戮之, 其骨專車焉, 此爲大矣."

客曰, "敢問誰守爲神?"

孔子曰, "山川之靈, 足以紀綱天下者, 其守爲神. 諸侯社稷之守爲公侯, 山川之祀者爲諸侯, 皆屬於王."

客曰, "防風何守?"

孔子曰, "汪芒氏之君守封嵎山者, 爲添姓, 在虞夏商爲汪芒氏, 於周爲長翟氏, 今曰大人."

有客曰, "人長之極, 幾何?"

孔子曰, "焦僥氏長三尺, 短之至也, 長者不過十, 數之極也."

---

550 《孔子世家》에는 定公 5년(前 505년, 공자 47세)의 사건이며, 羵羊(분양)이라 기록되었다. 이는 공자의 博識(박식)을 강조하기 위한 기록일 것이다.

| 국역 | 吳(오)나라가 越(월)나라를 정벌하고 (越의) 會稽城(회계성)을 함락시키며,[551] 거대한 뼈 하나를 찾아내었는데 수레에 꽉 찼다.[552] 吳子〔오자 : 王 夫差(왕 부차)〕가 사자를 보내 魯에 交聘(교빙)하면서 한편으론 이를 孔子에 묻게 하였는데, (부차가) 사자에게 "나의 명령이라고는 말하지 말라."고 하였다. 사자는 손님으로서 할 일을 모두 수행하며 대부 및 공자에게 예물을 보냈다.[553] (사자가 공자를 방문했을 때) 孔子는 음주하고 있었다.[554] 제기를 치우고 손님을 접대할 때,[555] (사자가) 뼈를 가지고 와서 물었다.

"이 뼈가 왜 이렇게 큽니까?"

孔子가 말했다.

"내가(丘) 알기로, 옛날 禹(우)가 群臣(군신 : 여러 신하들)을 會稽山(회계산)에 소집했는데, 防風氏(방풍씨)가 늦게 왔기에, 禹는 방풍

---

551 원문 隳會稽 – 吳王 夫差(부차, 재위 前 495 – 473년)가 越王 勾踐(구천)의 근거지인 會稽(회계, 今 浙江省 북부 紹興市)를 점령하였다.(前 494년). 隳는 무너트릴 휴(隳는 毁者也).

552 원문 專車焉 – 수레에 꽉 차다(滿載一車).

553 원문 乃發幣於大夫及孔子 – 發은 보내다. 賜也. 幣는 비단 폐. 예물.

554 원문 孔子爵之 – 爵은 술잔 작. 飮酒(음주).

555 원문 旣徹俎而燕客 – 旣는 이미 기. 마치다. 徹은 거둘 철. 俎는 도마 조(祭器). 燕은 잔치할 연. 접대하다. 客은 客人.

씨를 죽여 그 시신을 여러 사람에게 보여주었는데,[556] 그때 그 뼈가 수레에 가득 찼다고 하였으니, 아마 이 정도 컸을 것입니다."

客(객 : 사신)이 물었다.

"무엇을 모셔야 神이라 할 수 있습니까?"

孔子가 말했다.

"山川의 神靈(신령)은 천하의 紀綱(기강)을 세울 수 있으니, 산천의 제사를 지내는 자가 곧 신령입니다. 諸侯(제후) 중에서도 社稷(사직)을 지키는 자는 公侯(공후)이고 (사직을 지키면서) 山川에 대한 제사를 지낸다면 諸侯(제후)라 할 수 있는데,[557] 모두가(公侯나 諸侯) 王에게 소속합니다."

客이 물었다.

"防風氏(방풍씨)는 무엇을 모셨습니까?(何守?)"

孔子가 말했다.

"(防風氏는) 汪芒氏(왕망씨)의 主君으로 封地(봉지)인 嵎山(우산)을 수호하였는데,[558] 姓은 添(첨)이었습니다. 虞〔우, 舜(순)〕, 夏

---

556 원문 殺而戮之 – 戮은 죽일 육(륙). 죽인 뒤 시신을 볼 수 있게 방치하다(陳屍).

557 원문 社稷之守爲公侯 – 자기 家門의 사직만을 모신다면 公侯이다. 제후는 자신의 가문과 동시에 (封地 內) 山川의 신령에 대한 제사도 지낸다.

558 원문 汪芒氏之君守封嵎山者 – 汪芒(왕망)은 國名. 封地 嵎(우)는 山名이라는 주석이 있다.

(하), 商(상) 시대에는 汪芒氏(왕망씨)라 하였다가, 周代에는 長瞿氏(장구씨)라 하였고, 지금은 그냥 大人(대인)으로 부릅니다."

객인이 말했다.

"사람 신장의 극단(가장 큰 자)은 얼마나 됩니까?(幾何?)"

孔子가 말했다.

"焦僥氏(초요씨)들은 그 신장이 3尺(척)이니 가장 작은 사람들이고, 신장이 크다 하더라도 10척을 넘지 않으니, 이것은 신장의 극단(가장 큰 자)일 것입니다."

楛矢貫隼
孔子在陳主司城
貞子家歲餘有隼
集於陳庭而死楛
矢貫之石砮矢長
尺有咫陳湣公問
孔子對曰隼來遠
矣此肅愼之矢也
昔武王克商分陳
以肅愼之矢試求
之故府果得之

〈楛矢貫準(호시관준)〉

| 原文 | 孔子在陳, 陳惠公賓之於上館, 時有隼集陳侯之庭而死, 楛矢貫之石砮, 其長尺有咫.

惠公使人持隼如孔子館而問焉.

孔子曰, "隼之來遠矣, 此肅愼氏之矢, 昔武王克商, 信道於九夷百蠻, 使各以其方賄來貢, 而無忘職業, 於是肅愼氏貢楛矢石砮, 其長尺有咫. 先王欲昭其令德之致遠物也, 以示後人, 使永鑒焉, 故銘其栝曰, '肅愼氏貢楛矢, 以分大姬, 配胡公而封諸陳.' 古者分同姓以珍玉, 所以展親親也, 分異姓以遠方之職貢, 所以無忘服也, 故分陳以肅愼氏貢焉. 君若使有司求諸故府, 其可得也, 公使人求得之, 金櫝如之."

| 국역 | 孔子가 陳(진)에 머물 때,[559] 陳의 惠公(혜공)은 공자를 귀빈으로 대우하여 上等(상등)의 관사에 머물게 했다. 그때 새매

---

559 원문 孔子在陳 – 陳(진)은 춘추시대 陳國인데, 국도는 宛丘(완구, 今 河南省 동부 周口市 관할 淮陽縣)였고, 今 河南省 동부와 安徽省 북부에 걸쳐 존속했던 나라이다. 《史記 孔子世家》에 의하면, 공자는 陳에 3년간 머물렀다. 《論語 公冶長》 子在陳, 曰, "歸與! 歸與! 吾黨之小子狂簡, 斐然成章, 不知所以裁之." – 魯 哀公 3년(前 492년, 공자 60세)에 季桓子(계환자)가 죽으면서 아들 季康子에게 繼位 후에 공자를 모셔오라고 부탁했다. 그러나 공자의 귀국은 前 484년이었다(68세). '歸與!' 는 돌아가자! 與는 감탄사. 小子는

〔隼(새매 준)〕 한 마리가 陳侯(진후 : 진나라 임금)의 궁정에 날아왔다가 곧 죽었는데, 돌촉에 길이가 1자 8치인 싸리나무 화살이 매에 꽂혀 있었다.[560]

惠公(혜공)[561]이 사람을 시켜 (죽은) 매를 가지고 館舍(관사)의 공자에게 묻게 하였다.

孔子가 말했다.

"이 새매(隼)는 먼 곳에서 날아왔고, 이 화살은 肅愼氏(숙신씨)[562]의 화살입니다. 옛날에 (周) 武王(무왕)이 商(상, 殷)을 정벌한 뒤에 九夷(구이)의 여러 종족과 통할 수 있는 길을 열었는

젊은이. 狂簡(광간)은 志向이 高遠하나 일 처리가 거칠고 세밀하지 못한 모양이다. 斐然(비연)은 문채가 나다. 成章은 외형이 화려하다. 裁는 制裁(제재)하다. 절제하다. 공자는 모국을 떠나 있으면서도 모국의 젊은이들을 걱정했다. 魯의 젊은이들이 志向은 원대하나 일에 서툴고, 문채와 외형은 화려하나 그런 젊은 뜻을 어떻게 절제해야 유용한 인재로 만들지 모르겠다고 탄식한 말이다. 이는 뒷날 젊은이들을 위해 講學해야 한다는 공자의 사명감을 토로한 구절이다.

560 원문 楛矢貫之石砮, 其長尺有咫 - 楛는 나무 이름 호. 화살대로 주로 쓰인다는 주석이 있다. 砮는 돌살촉 노(箭鏃). 咫는 길이 지. 八寸也.

561 혜공이 아닌 陳의 湣公(민공)이어야 한다. 민공은 陳國 최후의 군주. 재위 前 501 - 478년. 楚에 병합되어 멸망했다.

562 肅愼(숙신) - 숙신은 夫餘國 동북에 있던 나라. 지금의 연해주 일대. 東夷族(동이족)과 다른 靺鞨族(말갈족)이었다.

데,[563] 각각 그 지역의 특산으로 공물(조공)을 바치게 하면서 그들의 직분을 잊지 않게 하였습니다. 그러자 숙신씨는 싸리나무 화살에 돌살촉(楛矢石砮)을 바쳤는데, 그 길이가 1尺(일척 : 한자)에 1咫(지, 8寸)이었습니다. 先王(武王)께서는 멀리서도 공물을 보내온 덕행을 후세에 보여주어 오래도록 귀감이 되도록 그 화살에 '肅愼氏가 바친(貢) 楛矢(호시)'라고 새기게 하였고, (그 화살을 武王의 딸) 大姬(대희)에게도 나눠주었고, (大姬가) 〔舜(순)의 후손, 陳(진)에 봉한〕 胡公(호공)과 결혼하였습니다. 古者(옛날)에 同姓(동성)에게는 珍玉(진옥)을 나눠주어 가까운 친족의 정을 강화하였고, 異姓(이성) 제후에게는 遠方(원방 : 먼 지방)에서 보내온 貢物(공물)을 나눠주어 그 직분을 망각하지 않게 하였기에, 陳에는 숙신씨의 공물인 화살을 나눠주었습니다. 君께서 만약 관리를 시켜 창고에서 찾아보면 아마 찾을 수 있을 것입니다."

陳公(진공 : 혜공)이 사람을 시켜 찾게 하였더니, 金櫝〔금독, 櫝(독)은 匱(함 궤)〕에 그런 물건이 있었다.

| 原文 | 郯子朝魯, 魯人問曰, "少昊氏以鳥名官, 何也?"

對曰, "吾祖也, 我知之, 昔黃帝以雲紀官, 故爲雲師而雲名. 炎帝以火, 共工以水, 大昊以龍, 其義一也. 我高祖, 少

---

563 원문 九夷百蠻 – 九夷는 東方의 아홉 동이족. 百蠻은 여러 蠻夷(만이)의 총칭.

昊摯之立也, 鳳鳥適至, 是以紀之於鳥, 故爲鳥師而鳥名. 自顓頊氏以來, 不能紀遠, 乃紀於近, 爲民師而命以民事, 則不能故也."

孔子聞之, 遂見郯子而學焉.

旣而告人曰, "吾聞之天子失官, 學在四夷猶信."

| 국역 | 郯子(담자)[564]가 魯(노)에 입조했을 때, 魯人〔叔孫昭子(숙손소자)〕이 물었다.

"少昊氏(소호씨)[565]가 새 이름으로(鳥名) 官名(관명 : 벼슬 이름)을 지었는데, 왜 그러했습니까?"

담자가 대답하였다.

"(少昊氏가) 나의 선조이기에 내가 알고 있습니다. 옛날에 黃帝(황제, 軒轅氏)는 구름(雲)으로 관직을 기억하여 雲師(운사)라 하

---

564 郯子(담자) - 郯은 나라 이름 담. 이는 《左傳 昭公》 17년의 기사에 보인다.

565 少昊氏 - 《史記》는 〈五帝本紀〉로 시작한다. 三皇 다음에 五帝의 시대가 시작된다. 〈五帝本紀〉의 五帝는 黃帝(황제), 顓頊(전욱), 帝嚳(제곡), 唐堯(당요), 虞舜(우순)을 지칭한다. 그러나 《禮記 月令》에는 五帝를 太昊(태호), 炎帝(염제), 黃帝, 少昊(소호)와 顓頊(전욱)이라 했으며, 《帝王世紀》에는 소호, 전욱, 高辛(고신), 唐堯(당요)와 虞舜(우순)을 들었다. 少昊帝는 金德으로 王이 되었기에 金天氏라 부른다. 전설 속의 인물이다.

고 雲으로 관직명을 지었습니다. 炎帝(염제, 神農氏)는 불(火)로, 共工氏(공공씨)는 물(水)로 大昊〔대호, 太昊(태호) 包犧氏(복희씨)〕는 龍(용)으로 관직명을 지었으니, 그 의의는 마찬가지라 할 수 있습니다. 나의 먼 시조인(高祖), 少昊氏〔소호씨 : 摯(잡을 지)〕가 즉위하면서(立也), 마침 봉황이 날아와서 새 이름(鳥名)으로 관직 이름을 지었기에 鳥師(조사)라 불렀고 鳥名(조명)을 붙였습니다. 顓頊氏(전욱씨)[566] 이후로는 먼 곳의(하늘) 祥瑞(상서)를 따라 짓지 못하고 가까운 사례로 이름을 붙였고, 가까운 백성의 우두머리를 임명하였으며, 먼 하늘의 일을 기록하지 못했습니다."

孔子는 이런 설명을 전해 듣고 郯子(담자)를 알현하고, 그에게서 배웠다.

얼마 뒤에 공자가 다른 사람에게 말했다.

"내가 들은 바로는, 天子(천자)가 失官(실관 : 관직에 대한 제도를 잃어버리다)한 이후 四夷(사이)에게 학문이 이어졌다는 말은 믿을

---

566 黃帝는 죽은 뒤에 橋山(교산)에 묻혔다. 昌意의 아들 高陽(고양)이 황제를 뒤를 이어 즉위하니, 이가 오제의 한 사람인 顓頊(전욱)이다. 帝 顓頊(전욱) 高陽氏(고양씨)는 연못처럼 고요하나 지모가 뛰어났고 사리에 두루 통했으며, 인재를 골라 일을 맡겼고, 天文을 보아 절기를 알았으며, 귀신을 잘 섬기고 정성껏 제사를 지냈다. 그 영역이 北으로는 幽陵(유릉), 남으로는 交阯(교지), 서쪽은 流沙(유사)에, 동쪽으로는 蟠木(반목)에 달했으며, 해와 달이 비추는 곳은 모두 전욱에 속했다. 전욱이 죽은 뒤에 玄囂(현효)의 손자인 高辛(고신)이 즉위하니, 이가 帝嚳(제곡)이다.

만 하다."

| 原文 | 邾隱公朝於魯, 子貢觀焉. 邾子執玉, 高其容仰, 定公受玉, 卑其容俯.

子貢曰, "以禮觀之, 二君者將有死亡焉. 夫禮生死存亡之體, 將左右周旋, 進退俯仰, 於是乎取之, 朝祀喪戎, 於是乎觀之, 今正月相朝, 而皆不度, 心以亡矣. 嘉事不體, 何以能久? 高仰驕, 卑俯替, 驕近亂, 替近疾, 若爲主, 其先亡乎?"

夏五月, 公薨, 又邾子出奔.

孔子曰, "賜不幸而言中, 是賜多言."

| 국역 | 邾(주) 隱公(은공)[567]이 魯(노)나라에 입조했을 때, 子貢(자공)이 그 모습을 살펴보았다.[568] 邾 은공이 옥을 받들고 얼굴을 높이 들어 위를 바라보았으며(高其容仰), 定公(정공)은 옥을 받

---

567 邾(주) 隱公 – 邾(주)는 魯의 附庸國(부용국, 屬國과 大差 없음). 今 山東省 鄒城市(추성시)에 위치. 이 기록은 《左傳 定公》 15년의 기사이다.

568 원문 子貢觀焉 – 자공이 그때 魯의 大夫였기에 그 교빙하는 의례를 관람하였다는 설명이 있는데, 이는 잘못이라는 주석이 있다.

으면서 그 얼굴을 낮게 숙였다(卑其容俯).

이를 보고 자공이 말했다.

"禮制(예제)를 따져 보면(觀之), 二君은 장차 죽거나 망명할 것이다. 禮란 生死(생사)나 存亡(존망)의 실체이니, 좌우를 돌아보거나 돌아서는 일, 진퇴나 올려보고 굽어보는 일 모두가 禮에 맞어야 하고, 조회나 제사(祀), 喪禮(상례)나 軍禮〔군례 : 戎(예)〕도 마찬가지이다. 지금 정월에 입조하는 의례에 모두가 법도에 맞지 않으니,[569] 그들 마음에는 禮라는 생각이 없는 것이다.[570] 嘉事〔가사, 좋은 일, 交聘(교빙)〕에 체통이 서지 않으니 어찌 오래갈 수(久) 있겠는가? 고개를 들고 위를 바라보니 교만이고, 몸을 낮추고 구부리니 쇠퇴와 같다. 교만은 혼란에 가깝고, 쇠퇴는 병이 든 것이다. 우리가 주인이니(魯 定公) 아마 먼저 망하지 않겠는가?"

여름 5월에 정공이 죽었고, 이어 邾子(주자 : 주은공)는 외국으로 망명하였다.〔出奔(출분)〕

孔子가 말했다.

"자공의(賜) 말이 어쩌다가 맞았지만(不幸而言中), 자공은 (대체로) 말이 많다."

---

569 원문 而皆不度 – 法度에 맞지 않다.

570 원문 心以亡矣 – 以는 已(이미 이). 亡는 없을 무.

|原文| 孔子在陳, 陳侯就之燕遊焉. 行路之人云, "魯司鐸災及宗廟." 以告孔子.

子曰, "所及者, 其桓僖之廟."

陳侯曰, "何以知之?" 子曰, "禮祖有功而宗有德, 故不毁其廟焉. 今桓僖之親盡矣, 又功德不足以存其廟, 而魯不毁, 是以天災加之."

三日, 魯使至, 問焉則桓僖也. 陳侯謂子貢曰, "吾乃今知聖人之可貴."

對曰, "君之知之可矣, 未若專其道而行其化之善也."

|국역| 孔子가 陳(진)에 머무를 때, 陳侯(진후, 侯는 작위)가 찾아와 함께 거닐었다.[571] 그때 길을 가던 사람이(行路之人) (陳侯에게) 말했다.

"魯(노)나라 司鐸〔사택, 郎官(낭관). 廳名(청명)〕에 불이 나서 종묘까지 옮겨 붙었습니다."라고 하였다. (陳侯가) 이를 공자에게 말해주었다. 이에 공자가 말했다.

"불이 옮겨간 곳은 아마도(其) 桓公(환공, 재위 前 711－694년)과 僖公(희공, 釐公. 재위 前 659－627년)의 묘당(사당)일 것입니다."

---

571 원문 就之燕遊焉－就之는 陳侯가 공자 있는 곳을 찾아왔다는 뜻. 燕은 편히 즐기다. 燕遊(연유)는 편안하게 노닐다. 閒遊(한유). 이 기록은《좌전 哀公》3년(前 492년) 條에 기록되었다.

그러자 진후가 물었다.

"어떻게 알았습니까?"

공자가 말했다.

"禮法에 공적이 있으면 (廟號가) 祖(조)이고, 德(덕)이 있으면 宗(종)이라 하면서 그 묘당을 헐지 않았습니다. 지금 桓公(환공)과 僖公(희공)의 경우 그 血親(혈친)도 이미 다 끝났고,[572] 그 공적도 묘당을 존속하기에 부족하지만, 魯에서 묘당을 헐지 않고 있었기에 아마 그 때문에 하늘이 재앙을 내렸을 것입니다."

그 3일 후에 魯의 사자가 陳(진)에 오자 물어보니, 환공과 희공의 묘당이었다. 이에 陳侯(진후)가 자공에게 말했다.

"나는 이제야 聖人(성인)이 고귀하신 분임을 알았소."

그러자 자공이 대답하였다.

"君께서 성인이 고귀한 줄을 알았다니 좋습니다만, 그보다는 그분의 道(도)를 전적으로 신뢰하면서(未若專其道) 그 교화를 따라 실천하는 것이 더 좋을 것입니다."

| 原文 | 陽虎既奔齊, 自齊奔晉, 適趙氏, 孔子聞之, 謂子路

572 원문 今桓僖之親盡矣 - 제후는 5世祖까지 제사를 모실 수 있다. 환공은 애공의 8世祖이고, 희공은 애공의 6世祖이니, 이미 제사를 지내지 않아도 되는 先祖였다.

曰, "趙氏其世有亂乎."

子路曰, "權不在焉, 豈不爲亂."

孔子曰, "非汝所知. 夫陽虎親富而不親仁, 有寵於季孫, 又將殺之, 不克而奔, 求容於齊, 齊人囚之, 乃亡歸晉, 是齊魯二國, 已去其疾, 趙簡子好利而多信, 必溺其說而從其謀, 禍敗所終, 非一世可知也."

| 국역 | 陽虎(양호)[573]는 齊(제)로 망명했다가 다시 齊에서 晉(진)

573 陽虎(양호) – 貨(화)는 그의 字. 陽貨는 《論語》의 편명. 魯國 季氏의 家臣이었다. 계씨가 魯의 권력을 장악했을 때, 陽貨는 계씨 家內의 권력을 쥐고 있었다. 양화는 나중에 三桓(삼환)을 제거하려다가 실패하고 晉(진)으로 망명했다. 양화가 공자를 불러 만나려 했지만, 공자는 奸臣(간신) 양화의 평소 야망을 알기에 찾아가지 않았다. 그러자 양화는 공자가 없을 때를 틈타서 삶은 돼지를 예물로 보냈다. 공자는 예물을 받았기에 답례하지 않을 수 없었다. 공자도 양화가 집에 없는 틈을 타서 찾아가 禮를 표시하고 돌아오다가 하필 귀가 중인 양화와 만났다. 그러자 양호가 말했다. "가까이 오시오. 할 말이 있소!" 그리고 이어 말했다. "몸에 寶玉(才能)을 지니고서도 나라를 위해 일하지 않는다면, 仁이라 할 수 있습니까?" 공자는 대꾸하지 않았다. "옳지 않습니다! 충분히 出仕할 수 있는데도 때를 자주 놓친다면 知(智)라고 할 수 있습니까?" 그래도 공자는 대답하지 않았다. "不可하겠지요. 세월은 흘러가나니, 세월은 나와 함께 하지 않습니다!" 공자는 묵묵부답으로 버티다가 더 이상 듣고만 있을 수 없어 간단히 "곧

으로 망명하여 (晉의) 趙氏〔조씨, 趙簡子(조간자), 宗主 재위 前 517－476년〕의 가신이 되었는데, 공자가 이 소식을 듣고 子路(자로)에게 말했다.

"趙氏는 아마 當世(당세)에 亂(난)을 겪게 될 것이다."

子路가 말했다.

"권력이 양호에게 있지 않은데, 어찌 반란을 일으키겠습니까?"

孔子가 말했다.

"네가 알지 못하는 것이다(非汝所知). 陽虎(양호)는 부유한 자와 친하고 인자한 자를 가까이하지 않았으며, (魯에서) 季孫氏(계손씨)의 총애를 받았지만 계손씨를 살해하려다가 성공하지 못하고 달아났었다〔不克而奔. 奔(달아날 분)〕. 齊에서 받아들여주길 원했지만, 齊(제)에서 양호를 가두려 하자 바로 晉(진)으로 도망하였다. 이처럼 齊와 魯나라의 입장에서는 그 화근을 제거하였지만 趙簡子(조간자, 名은 趙鞅) 는 好利(호리 : 이익을 좋아하다)하고 사람을 쉽게 믿으니(多信, 輕信), 틀림없이 그 설득에 빠져 양호의 책모를 따를 것이고 결국 禍敗(화패 : 화란과 패배)로 끝날 것이니, 一世(그 당세)가 지나지 않아도 알 수 있으리라."

출사하겠다."라며 양화의 체면을 세운 뒤 난처한 자리에서 벗어났다. 뒷날 공자가 각국을 주유할 때 匡(광)이란 곳에서 외모가 陽貨(陽虎)와 비슷하다 하여 匡人들에게 포위되어 곤욕을 치른 적도 있었다.

| 原文 | 季康子問於孔子曰, "今周十二月, 夏之十月, 而猶有螽, 何也?"

孔子對曰, "丘聞之火伏而後蟄者畢, 今火猶西流, 司歷過也."

季康子曰, "所失者, 幾月也?"

孔子曰, "於夏十月, 火既沒矣, 今火見再, 失閏也."

| 국역 | 季康子(계강자)가 孔子에게 물었다.

"지금은 周曆(주역)으로 12월이고 夏曆(하역)으로는 10월인데, 여전히 메뚜기〔베짱이, 螽(누리 종)〕가 보이는데 왜 그렇습니까?" 574

孔子가 대답하였다.

"제가(丘) 알기로 大火〔心宿(심수), 宿(별자리 수), 熒惑星(형혹

---

574 원문 夏之十月, 而猶有螽, 何也? - 왕조의 성립은 天命에 의한 것이다. 天命이 바뀐다는 것은, 日月의 운행과 天地 상황이 바뀐 것이다. 그러면 日月 등 천문현상의 기록이 바뀌어야 한다. 그러기 위하여 1월의 시작을(곧 歲首) 바꿔 册曆을 정했다. 夏曆에서는 정월이 1년의 시작이었다. 中國 古代 曆法은 보통 三統曆(삼통력)이라 부르는데, 前漢 劉歆(유흠)이 〈太初曆〉을 수정하여 성립된 역법이다. 〈三統曆〉의 근거는 三統說에서 왔는데, 天統은 夏朝, 地統은 商朝, 人統은 周朝의 曆法이고, 이는 순환한다고 생각하였다. 夏朝에서는 建寅之月을 正月로 하여 정월이 歲首가 된다. 而猶有螽의 螽은 누리 종. 메뚜기의 일종.

성). 天蠍座, 전갈 자리〕가 사라진 뒤에야〔伏(엎드릴 복)〕 곤충〔蟄者. 蟄(숨을 칩)〕이 없어진다고〔畢(마칠 필)〕 하였습니다. 지금 火宿〔화수 : 心宿(심수)〕가 아직(猶) 서쪽에 보이니(西流) 책력 담당 관리〔司歷(사력), 歷은 曆과 通〕가 아마 실수를 했을 것입니다."[575]

季康子(계강자)가 물었다.

"잘못 계산한 것이(所失者) 몇 달이나 됩니까?"

孔子가 말했다.

"夏曆(하역) 十月이면 火宿〔화수 : 心宿(심수)〕가 보이지 않아야 하는데(旣沒矣), 지금껏 보이니 이는 윤달을 산입(계산해서 넣다)하지 않은 것입니다(失閏也)."

| 原文 | 吳王夫差將與哀公見晉侯, 子服景伯對使者曰, "王合諸侯, 則伯率侯牧以見於王, 伯合諸侯, 則侯率子男以見於伯, 今諸侯會而君與寡君見晉君, 則晉成爲伯也. 且執事以伯召諸侯, 而以侯終之, 何利之有焉?"

吳人乃止, 旣而悔之, 遂囚景伯.

---

575 원문 司歷過也 - 태음력은 큰 달이 30일, 작은 달이 29일이다. 태음력과 태양력의 차이가 있고 그 차이는 태음력에 閏月(윤달)로 보완해야 하는데, 책력을 책임지는 관리가 음력을 산입하지 않으면 한 달 만큼 계절의 차이가 있을 수 있다.

伯謂大宰嚭曰, "魯將以十月上辛, 有事於上帝, 先王季辛而畢, 何也世有職焉, 自襄已來之改之, 若其不會, 則祝宗將曰吳實然, 嚭言於夫差, 歸之."

子貢聞之, 見於孔子曰, "子服氏之子拙於說矣, 以實獲囚, 以詐得免."

孔子曰, "吳子爲夷德可欺而不可以實, 是聽者之蔽, 非說者之拙也."

| 국역 | 吳王(오왕) 夫差(부차, 재위 前 495 – 473년)가 魯(노) 哀公(애공, 재위 前 494 – 468년)과 함께 晉侯〔진후, 晉 定公(진 정공), 재위 前 511 – 475년〕를 만나려 했다.[576] (魯의) 子服景伯(자복경백, 子服何)이 (吳의) 使者(사자)에게 말했다.

"君王이 諸侯(제후)와 會合(회합)할 경우에, 伯(백, 音은 패, 覇와 同. 제후 중 우두머리)가 다른 侯와 牧〔목, 方伯(방백), 지방관〕을 인솔하여 왕을 알현해야 합니다. 伯者(패자, 覇者)가 다른 제후들과 회합할 경우, 侯(후작)가 子爵(자작)이나 男爵(남작)을 인솔하여 패자를 알현해야 합니다. 지금 諸侯(제후)의 회합이니, 우리 主君(寡君)이 晉君(진군)과 회합한다면 晉이 伯(패, 覇)가 되는 것이고, 吳

576 원문 吳王夫差將與哀公見晉侯 – 부차와 애공이 애공 13년(前 482년)에 晉 정공과 黃池(황지)에서 會盟하며 覇主 자리를 놓고 다투었다.

王은 이번 회합을 주관하면서 곧 제후의 伯〔霸者(패자)〕로 제후를 소집하여 결국 侯(후)로 끝이 나는데, (吳에게) 무슨 이득이 있겠습니까?"

그러자 吳에서는 회합을 중지했다가 곧 후회했고, 결국 (魯의) 子服景伯(자복경백)을 잡아 가두었다.

그러자 자복경백이 〔吳 夫差(오 부차)의 신하인〕 大宰〔태재, 宰相格(제상격)〕 嚭(비)에게 말했다.

"魯는 十月 첫째 辛日〔신일, 上辛(상신)〕 上帝(상제)에게 제사를 지내는데 先王(선왕)들은 마지막 辛日〔季辛(계신)〕에 마쳤습니다.[577] 나는(何, 子服何) 대대로 제사에서 맡은 직책이 있어, (魯) 襄公(양공) 이래로 바뀐 적이 없었습니다. 만약 내가 제사에 불참한다면, 祝宗(축종)이 축문을 읽으며 吳(오)나라가 감금했다고 사실을 알릴 것입니다."

대재 嚭(비)가 이를 夫差(부차)에게 말했고, 吳에서는 子服何(자복하)를 풀어주어 귀국케 하였다.

子貢(자공)이 이런 일을 알고 공자를 만나 말했다.

"子服氏(자복씨)의 아들은(子服何) 辨說(변설)에 둔한 사람입니다. 사실을 말하여 갇혔다가 거짓말로 모면하였습니다."

---

577 원문 有事於上帝 – 有事는 祭祀(제사). 이는 子服景伯(자복경백, 子服何)이 제사가 있다고 吳나라에게 거짓말을 한 것이라는 주석이 있다.

孔子가 말했다.

"吳子〔오자 : 吳王(오왕)〕가 한 짓은 東夷(동이)의 덕행이다. 그 사람을 속일 수는 있어도 사실을 말할 수 없었으니, 이는 듣는 자가 알아듣지 못한 것이지, 말한 자의 잘못은 아니다."

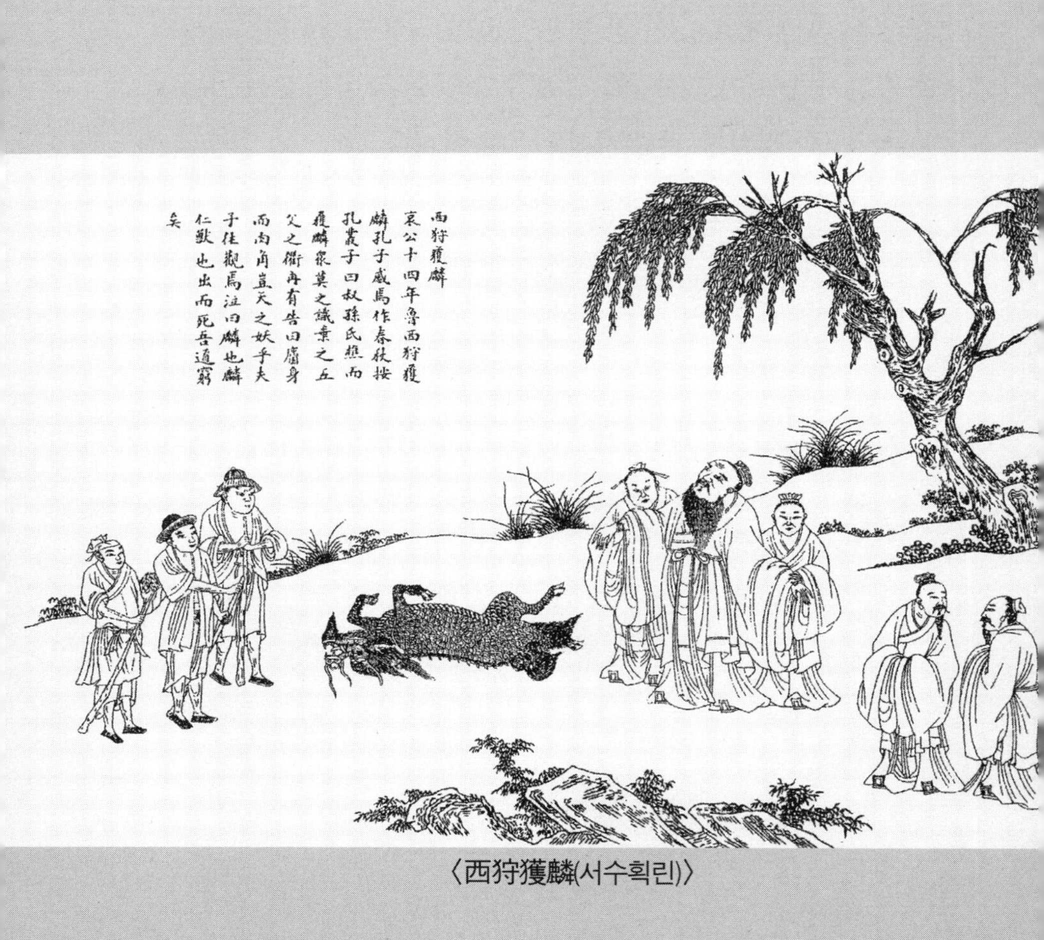
西狩獲麟
哀公十四年魯西狩獲
麟孔子感焉作春秋按
孔叢子曰叔孫氏樵而
獲麟衆莫之識棄之五
父之衢冉有告曰麕身
而肉角豈天之妖乎夫
子往觀焉泣曰麟也麟
仁獸也出而死吾道窮
矣

〈西狩獲麟(서수획린)〉

❙原文❙ 叔孫氏之車士曰子鉏商, 採薪於大野, 獲麟焉, 折其前左足, 載以歸, 叔孫以爲不祥, 棄之於郭外. 使人告孔子曰, "有麕而角者, 何也?"

孔子往觀之, 曰, "麟也. 胡爲來哉? 胡爲來哉?"

反袂拭面, 涕泣沾衿. 叔孫聞之, 然後取之.

子貢問曰, "夫子何泣爾?"

孔子曰, "麟之至, 爲明王也, 出非其時而害, 吾是以傷焉."

❙국역❙ 叔孫氏(숙손씨)의 車士〔거사, 御者(어자 : 수레를 모는 자)〕인 子鉏商(자서상, 子는 姓也)이 大野澤(대야택 : 큰 들판)에서 나무를 하다가 기린을 잡았고,[578] 왼쪽 앞 다리가 부러졌기에 수레에 싣고 돌아왔다. 叔孫氏(숙손씨)는 상서롭지 못한 일이라 생각하여 성 밖에 버리게 했고,[579] 사람을 공자에게 보내 이를 알리며 물었다.

"노루〔麕(노루 균)〕와 같으나 뿔이 있는 짐승은 무엇입니까?"

孔子가 (성 밖에) 나가 보고서 말했다.

---

578 원문 獲麟焉 – 魯 哀公14년(前 481) 「西狩獲麟(서수획린)」이라 《春秋》에 기록되었다. 傳에서는 「西狩大野」라 했다. 본서는 「大野澤에서 나무를 하다〔採薪(채신)〕.」로 기록했다.

579 원문 棄之於郭外 –《傳》에서는 虞人(우인, 사냥꾼)에 주어 성 밖에 버리게 하였다.

"기린이다(麟也). 왜 나왔을까? 왜 나타났을까?"

소매를 들어 얼굴을 가리고 울어 (눈물이) 옷깃을 적시었다.[580] 叔孫氏(숙손씨)는 이 말을 듣고 다시 기린을 가져갔다(然後取之).

子貢(자공)이 공자에게 물었다.

"夫子께서는 왜 우셨습니까?(何泣爾?)"

孔子가 말했다.

"기린의 출현은 聖王(성왕)의 출현을 예고하지만, 지금 때가 아닌데 나타났다가 害(해)를 당한 것이다. 나는 이 때문에 마음이 아팠다."

580 원문 反袂拭面, 涕泣沾衿 – 袂는 소매 몌. 拭面은 얼굴을 닦다. 拭은 닦아낼 식. 문지르다. 涕는 눈물 체. 泣은 울 읍. 沾은 더할 첨. 적시다. 衿은 옷깃 금.

〈哀公問政(애공문정)〉 제17

【해설】

《論語(논어)》에 〈爲政(위정)〉편이 있다. 그때나 지금이나 인간 사회생활에서 정치는 중요한 의미가 있고 큰 비중을 차지한다. 당시 공자와 만났던 각국의 제후나 대부, 또 제자들이 정치에 관하여 많은 질문을 했고, 공자는 그런 질문에 대하여 질문자의 수준이나 성향에 맞춰 제각각 다르게 대답했다. 본 편은 爲政의 원칙과 함께 구체적인 각론을 열거하였다.

공자의 정치사상 중에 正名(정명) 사상이 중요하다. 정명이란 무엇인가?

공자가 각국을 주유했다지만 약소국 衛(위)에서만 그런대로 대우를 받았는데, 衛(위) 靈公(영공)은 공자를 존중하였다. 그래서 자로가 공자에게 "만약 衛 靈公이 정사를 맡긴다면 무슨 일을 제일 먼저 하시겠습니까?" 라고 물었다.

그러자 공자는 "필히 명분을 바로 세우겠다(必也正名乎)." 라고 말했다.

이에 자로는 "그렇습니까? 뜻밖의 일입니다! 왜 하필 正名(정명)입니까?"라면서 공자의 생각이 현실을 모르는 처사라는 뜻을 표시하였다.

그러자 공자는 자로에게 "무식하구나. 자로야! 군자는 모르는 일에는 입을 다물어야 한다."라고 하면서 正名이 중요한 이유를 설명하였다.

《論語 子路》子路曰, "衛君待子而爲政, 子將奚先?"

子曰, "必也正名乎!"

子路曰, "有是哉, 子之迂也! 奚其正?"

子曰, "野哉, 由也! ~. 名不正, 則言不順, 言不順, 則事不成, ~. 故君子名之必可言也, 言之必可行也. 君子於其言, 無所苟而已矣."

곧 "대의명분이 바로 서지 않으면 말이 순리에서 벗어나고, 순리에서 벗어난 말을 하면 다른 政事(정사)를 성취할 수 없고, 정사가 바로 이뤄지지 않으면 예악이 바로 융성할 수 없다. 예악이 흥성하지 못하면 형벌이 바로 집행되지 않고, 그러면 백성은 손발을 둘 데가 없다.

그래서 군자는 매사에 바른 명분을 찾아 내세워야 하며, 바른 말로 설명을 해야 하며, 바른말을 했으면 반드시 실천하여야 한다. 그리고 군자는 그 언사에 조금이라도 소홀한 점이 있으면 안 된다."라고 하였다.

지금은 '名正言順(명정언순)'으로 말을 조금 바꿔 통용되는데, 명분과 대의가 정당하다면 설득하거나 업무처리를 틀림없이 잘 할 수 있다는 뜻으로 사용된다.

魯의 季康子(계강자)가 정사를 묻자, 공자는 "정치란 바르게 하는 것(政者正也)."이라고 말했다. 그러면서 正道(정도)로 이끄는데 누가 부정하겠느냐고 반문했다.(《論語 顏淵》 季康子問政於孔子. 孔子對曰, "政者, 正也. 子帥以正, 孰敢不正?")

또 齊 景公(제 경공)에게는 "主君은 주군의 도리를, 臣은 신하의 도리를, 父는 아비의 도리를, 子는 아들의 도리를 다 해야 한다."고 대답했다.(《論語 顏淵》 齊景公問政於孔子. 孔子對曰, "君君, 臣臣, 父父, 子子." 公曰, "善哉! 信如君不君, 臣不臣, 父不父, 子不子, 雖有粟, 吾得而食諸?")

이는 名分이 바로 서야 한다는 뜻이다. 요즈음 정치용어를 빌린다면 合法性(합법성)과 正統性(정통성)을 갖추어야 한다는 뜻일 것이다. 正名(정명)은 명칭과 그 용어의 문제이다. 명칭과 용어가 바르다면, 그 명칭과 용어로 추진되는 政務(정무)나 施策(시책)이 이론적으로 바른 근거를 갖춘 것을 의미한다.

명분이 바르지 않다면, 그런 명분에 따라 하는 말이 순리에서 벗어나게 된다. 순리가 아니라면, 순리로 설명할 수 없다면 억지나 궤변으로 합리성을 입증해야 한다. 그것은 불가능하다. 그러니 國事(국사)가 제대로 성취될 수 없고, 國政(국정)이 제대로 추진되지 않는다면 예악이 무너진다. 예악이 붕괴한다면 곧 질서의 문란이고, 문화와 학문, 理性(이성)과 合理(합리)가 제자리를 잡지 못하며, 反知性的(반지성적), 非文化的(비문화적), 沒價値的(몰가치적)인 僞善(위선)이나 非理(비리), 악덕과 폭력이 난무하게 된다. 이는 法治(법치)가 무너진 것이고, 질서유지를 위한 최하위 개념인 형벌마저 바로 서지 못한 것이니 이런 상황에서 백성이 안정된 생활을 하며 자유를 누리겠는가? 백성은 손발을 놀릴 수가 없을 것이다〔手足無措(수족무조)〕.

지금 '手足無措' 는 불안한 시대, 공황상태에서 어찌해야 좋을지 모르는 상황을 뜻한다.

原文 哀公問政於孔子.

孔子對曰, "文武之政, 布在方策, 其人存則其政擧, 其人亡則其政息. 天道敏生, 人道敏政, 地道敏樹, 夫政者, 猶蒲蘆也, 待化以成, 故爲政在於得人, 取人以身, 修道以仁. 仁者, 人也, 親親爲大, 義者, 宜也, 尊賢爲大. 親親之殺, 尊賢之等, 禮所以生也. 禮者, 政之本也, 是以君子不可以不修身. 思修身, 不可以不事親, 思事親, 不可以不知人, 思知人, 不可以不知天. 天下之達道有五, 其所以行之者三, 曰, 君臣也, 父子也, 夫婦也, 昆弟也, 朋友也. 五者, 天下之達道, 智仁勇三者, 天下之達德也. 所以行之者, 一也. 或生而知之, 或學而知之, 或困而知之, 及其知之, 一也. 或安而行之, 或利而行之, 或勉强而行之, 及其成功, 一也."

公曰, "子之言美矣至矣, 寡人實固, 不足以成之也."

孔子曰, "好學近乎智, 力行近乎仁, 知恥近乎勇, 知斯三者, 則知所以修身, 知所以修身, 則知所以治人, 知所以治人, 則能成天下國家者矣."

국역 哀公이 공자에게 政事(정사 : 정치)에 관하여 물었다.

이에 공자가 대답하였다.

"周(주) 文王(문왕)과 武王(무왕)의 정사에 관해서는 여러 方策〔방책, 方은 木板(목판). 策은 册(책)과 通(통). 竹簡(죽간)〕에 기록되었습니다. 문왕과 무왕 같은 분이(其人) 존재한다면 그런 정치가 이루어질 것이다. 그런 분이 없다면 그런 정치는 볼 수 없을 것입니다.[581] 天道는 生息〔생식, 낳고 죽음, 息은 滅也(멸야)〕에 민감하고, 人道는 정치에 민감하며, 地道는 生長(생장)에 민감하게 작용합니다.[582] 부들이나 갈대(蒲蘆)가 빨리 자라듯,[583] 일반적으로 政事(정사)는 교화를 기다려 성취되기 때문에 정사의 요점은 인재를 얻는데 달렸으며, 인재를 얻는 것은 그 자신에 달렸고, 자신을 仁으로 수도해야 합니다. 仁이란 사람의 道이고, 그 仁에는 가까운 혈친(親 : 어버이)을 가까이 하는 것이 중요합니다. 義는 마땅함(宜也)인데, 현인(어진이)을 존중하는(尊賢) 것이 가장 중요합니다. 親親(친친 : 친한 자를 친하게 하다)에서 仁의 相殺(상쇄)와[584] 差等(차등)있는 尊賢(존현)에서 禮(예)가 이뤄집니다. 禮란 政事의 근

581 원문 其人亡則其政息 – 息은 숨 쉴 식. 사라지다. 볼 수 없다.

582 원문 地道敏樹 – 樹는 나무 수. 심어 자라다. 생장하다. 동사로 쓰였다.

583 원문 猶蒲蘆也, 待化以成 – 猶는 같을 유. 蒲는 부들 포. 자리(席)를 만들 수 있는 수변의 식물. 蘆는 갈대 로. 蒲蘆는 다라니 벌. 땅속에 집을 짓는 벌. 다라니 벌이 알에서 부화하는 것이라는 주석도 있다. 待化(대화)는 알에서 깨어나는 孵化(부화)를 기다리다.

584 원문 親親之殺 – 親親은 마땅히 가까이 할 사람을(血親, 兩親) 가까이 하다. 殺는 덜 쇄. 삭감의 뜻. 相殺(상쇄).

본이기에 君子는 修身(수신 : 자신부터 닦다)하지 않을 수 없습니다. 修身하려면 事親(사친 : 부모를 잘 섬기다)하지 않을 수 없고, 부모 섬김에 사람을 알지 않을 수 없으며, 知人(지인 : 사람을 알다)하려면 知天(지천 : 하늘을 알다)하지 않을 수 없습니다. 온 天下(천하)에 두루 다 통하는 達道(달도)가 5가지이고, 그런 달도를 실천하는 방법이 3가지입니다. 5가지 達道(달도)는 君臣(군신)의 道와 父子(부자), 夫婦(부부), 昆弟〔곤제, 兄弟(형제)〕, 朋友(붕우)의 道입니다. 智(지), 仁(인), 勇(용) 三者(삼자 : 세 가지)는, 곧 천하의 達德(달덕)입니다. 이를 실천하면 그 결과는 다 같습니다(所以行之者, 一也). 혹 태어나면서 사리를 아는 자가 있고(或生而知之),[585] 또는 배

585 원문 生而知之 – 聖人은 모든 것을 다 알고 신통한 능력을 가진 사람으로 생각하지만, 공자는 자신이 성인이라고 생각하지도 않았으며, 태어나면서부터 모든 것을 다 아는 사람이 아니라고 분명히 말하면서, 자신은 옛 법도를 좋아하면서도 부단히 노력하며 배우는 사람이라고 말했다.(《論語 述而》 子曰, "我非生而知之者 好古敏以求之者也.") 사실 배움을 통해서 무엇인가를 깨우치게 되는데, 배우고 깨우치는 정도에 따라 그 단계를 생각할 수 있다. '태어나면서부터 많은 것을 알고 있는 사람(生知)은 가장 위(上)이다. 배워서 아는 사람(學知)이 다음이고, 모르면 살기가 힘들기 때문에 배우는 사람들(困學)은 또 그 아래에 속하지만, 몰라서 고생하면서도 배우지 않는 어리석은 사람(下愚)은 보통 사람 중에서도 하류에 속한다.' 고 하였다.(《論語 季氏》 孔子曰, "生而知之者上也 學而知之者次也 困而學之 又其次也 困而不學, 民斯爲下矣.") 여기에서 生知(생지), 學知(학지), 困學(곤학)이라는 말

워서 알거나(學而知之), 곤궁하기에 애써 노력하여 아는(困而知之) 차이가 있지만, 알았다는(知) 점에서는 마찬가지입니다.[586] 또(或) 아무 힘도 들이지 않고 편안하게 실행하는 사람이 있고(安而行之),[587] 이롭기 때문에 실행하거나(利而行之), 또는 억지로

이 나왔지만 사실은 안다는 점에서는 마찬가지일 것이다. 이런 학문의 단계에 대하여 유가에 속하는 荀子(순자)는 분명한 정의와 함께 학문의 필요성을 절실하게 설명했다. '지금은 賤(천)하지만 貴(귀)한 사람이 되고, 어리석은 이가 똑똑해지고, 가난한 사람이 부유해질 수 있는가? 그것을 가능케 하는 것은 오직 학문이다. 배운 것을 실천하면 士가 되고 더 성실하게 애쓰면 君子가 되며, 사물의 이치를 통달하면 聖人이 된다. 위로는 성인이 될 수 있고, 아래로는 士나 君子가 되려는 나를 누가 막을 수 있겠는가?(《荀子 儒效》 我欲賤而貴 愚而智 貧而富 可乎? 曰 其唯學乎. 彼學者行之 曰士也. 敦慕焉 君子也. 知之 聖人也. 上爲聖人 下爲士 君子 孰禁我哉.)' 이를 본다면, 성인은 지식의 최고 경지에 이른 사람이라고 보아야 한다. 공자가 성인이라는 것은 그만큼 열심히 배우고 실천했다는 의미이지 기적을 행하는 초능력자라는 의미는 아니다.

586 원문 及其知之, 一也 – 知之의 之는 智, 仁, 勇, 一也는 專一(전일). 모두 하나이다.

587 원문 或安而行之 –《中庸》에서는 仁이 편안하기에 실천하든, 이롭기에 실천하든, 또는 강요에 의해 실천하든, 仁德을 실천의 성과는 마찬가지라고 했다.(《中庸》 或生而知之, 或學而知之, 或困而知之, 及其知之一也. 或安而行之, 或利而行之, 或勉强而行之, 及其成功一也.) 또 공자는 仁者만이 사람을 좋아하거나 미워할 수 있다고 하였다.(《論語 里仁》 子曰, "唯仁者能好人, 能惡人.")

실천하는(勉强而行之) 사람이 있지만, 성취한다는 점에서는(及其成功) 마찬가지입니다."

哀公(애공)이 말했다.

"夫子(부자 : 공자)의 말씀은 아름답고도 지당하십니다. 사실 寡人(과인)이 고루하여 말씀을 실천하기에 부족합니다."

孔子가 말했다.

"好學(호학 : 배우기를 좋아함)하면 智慧(지혜)에 가깝고, 力行(역행 : 힘써 행하다)하면 仁(어짊)에 가까워지고, 치욕(부끄러움)을 안다는 것은〔知恥(지치)〕 勇(용 : 용맹)에 근접한 것입니다.[588] 이 3가

【참고】《論語 里仁》 子曰, "不仁者不可以久處約, 不可以長處樂. 仁者安仁, 知者利仁." 不仁한 자는 오랫동안 困窮(곤궁)을 견뎌내지 못한다. 조금이야 견디지만 곧 제멋대로 방종하게 된다. 본문의 '久處約' 의 約은 制約(제약), 곧 곤궁이다. 소인은 또 오랫동안 안락하게 지내지도 못한다. 소인의 안락한 생활은 곧 교만으로 이어진다. 그러니까 그것이 바로 병이고, 그러기에 不仁한 것이다. 인덕을 갖춘 자는 仁을 실천하는 동안 마음이 편안하기에, 仁德을 편안한 마음으로 지켜나간다. 총명한 자가 仁을 잘 활용한다는 것은, 仁의 실천이 다른 무엇보다도 이득이기에 仁德을 실천하면서 利를 취할 수 있다.

588 《論語 憲問》 子曰, "君子恥其言而過其行."
공자가 말했다. "군자는 그 말이 행동보다 지나친 것을 부끄럽게 여긴다."
이 말은 군자의 역행을 강조한 말이다. 이는 "말하기 전에 실천하고, 나중에 말을 하다."(《論語 爲政》 子貢問君子. 子曰, "先行其言而後從之.")와 "말은 느리게, 실천은 빠르게" 와 같이 (《論語

지〔好學(호학), 力行(역행), 知恥(지치) / 智(지), 仁(인), 勇(용)〕를 안

里仁》 子曰, "君子欲訥於言而敏於行.") 力行을 강조한 말이다. 원문의 而는 보통 접속사로 다양하게 쓰이지만, 위 원문에서 而는 之의 뜻이다. '言이 其行보다 過하다.' 로 풀이한다.
사람의 행실에서 중요한 것은 孝悌忠信禮義廉恥(효제충신예의염치)이다. 이 중 무례하거나 염치를 모른다면 특히 욕을 많이 먹는다. 특히 염치가 없는 사람이라면 무슨 짓이든 할 수 있다(人無廉恥 百事可爲). 그래서 厚顔無恥(후안무치)라는 말이 있을 것이다. '치욕을 안다면 勇(용)에 가깝다(知恥近乎勇).' 는 말도 있다. 우리는 많이 알지 못하는 것이 부끄러운 것이 아니라(不以不知爲恥), 배우려 하지 않는 것을 부끄러워해야 한다(要以不學爲愧).
군자는 그 행실에 예를 지키며 공손할 때 치욕을 멀리할 수 있다고 하였다.(《論語 學而》 有子曰, "信近於義, 言可復也. 恭近於禮, 遠恥辱也.") 그렇지만 군자도 사람이기에 부끄러운 일이 있을 것이다. 그중 하나가 말이 행동보다 빠르다는 점이다.
말은 하기 쉽다. 그러니 말이 앞서고 실천이 뒤따르지 못할 것이다. 군자는 이를 부끄러워한다. 공자는 "옛사람이 승낙한다는 말을 쉽게 하지 않은 것은 실천이 따르지 못할 것을 부끄럽게 여겼기 때문이다."라고 말했다.(《論語 里仁》 子曰, "古者言之不出, 恥躬之不逮也.") 또 군자는 말을 신중히 하나 실천은 빨라야 한다.(《論語 里仁》 子曰, "君子欲訥於言而敏於行.")
군자는 신의를 잃어서는 안 되나니(君子無失信), 신의를 잃는다면 소인이다(失信是小人). 말이 앞서고 실천이 뒤따르지 않으면 믿음을 잃게 된다. 그래서 더더욱 조심하는 것이다. 본래 소인은 군자의 과오에 대하여 듣기를 좋아하지만(小人樂聞君子之過), 군자는 소인의 악행에 대하여 듣는 것을 부끄럽게 여긴다(君子恥聞小人之惡).

다는 것은 修身(수신)해야 할 이치를 아는 것이고, 修身(수신)의 이유를 안다면 治人(치인 : 남을 다스림)을 알게 되고, 治人을 알면 천하를 국가로 만들 수 있는 사람입니다."

侍席魯君
魯哀公館孔子
升乎賓階公命
以席問政孔子
對曰政之急莫
大乎使民富且
壽也省力役薄
賦斂則民富崇
禮教遠罪戾則
民壽

〈侍席魯君(시석노군)〉

| 原文 | 公曰, "政其盡此而已乎?"

孔子曰, "凡爲天下國家有九經, 曰修身也, 尊賢也, 親親也, 敬大臣也, 體群臣也, 子庶民也, 來百工也, 柔遠人也, 懷諸侯也. 夫修身則道立, 尊賢則不惑, 親親則諸父兄弟不怨, 敬大臣則不眩, 體群臣則士之報禮重, 子庶民則百姓勸, 來百工則財用足, 柔遠人則四方歸之, 懷諸侯則天下畏之."

| 국역 | 哀公이 말했다.

"爲政(위정 : 정치)의 道는 이것이 전부입니까?"

孔子가 말했다.

"천하의 國家(국가)를 다스리는 데는 9가지 常規〔상규, 九經(구경). 經은 常規, 원칙〕가 있으니, 그것은 修身(수신), 尊賢(존현), 親親(친친), 敬大臣(大臣 공경), 體群臣(君臣과 一體化)[589] 子庶民(자서민 : 서민을 자식처럼 아껴주기),[590] 來百工也(래백공야 : 百工이 모여들게 하기), 柔遠人也(유원인야 : 먼 곳의 백성이 찾아오게 하다), 懷諸侯也(회제후야 : 제후를 포용하기) 등입니다. 일반적으로 修身(수신)하

---

589 원문 體群臣也 - 體는 나의 처지를 다른 사라의 입장에서 생각하다. 群臣과 一體化 하기.

590 원문 子庶民也 - 子는 사랑하다. 子는 慈(자). 아들처럼 생각하다. 동사로 쓰였다.

면 正道(정도)가 확립되고, 尊賢(존현)하면 현혹되지 않으며, 親親(친친 : 어버이를 친히 하다)하면 諸父(제부, 伯叔父)나 兄弟(형제)의 원망이 없고(不怨), 大臣(대신)을 공경하면 迷惑(미혹 : 현혹됨)이 없으며〔不眩, 眩(아찔할 현)〕 群臣과 일체화하면 士人(사인 : 선비)의 報禮(보례 : 보답과 예우)가 隆重(융중)하고, 庶民(서민)을 자식처럼 보살펴주면 백성이 勸勉(권면)하고, 百工(백공)이 모여들면 財用(재용 : 재물)이 豐足(풍족)하고, 遠人(원인, 이민족)도 회유한다면 사방의 백성이 歸附(귀부)하고 諸侯(제후)를 懷柔(회유)하면 天下(천하)가 두려워할 것입니다."

|原文| 公曰, "爲之奈何?"

孔子曰, "齊潔盛服, 非禮不動, 所以修身也, 去讒遠色, 賤財而貴德, 所以尊賢也, 爵其能, 重其祿, 同其好惡, 所以篤親親也, 官盛任使, 所以敬大臣也, 忠信重祿, 所以勸士也, 時使薄斂, 所以子百姓也, 日省月考, 旣廩稱事, 所以來百工也, 送往迎來, 嘉善而矜不能, 所以綏遠人也, 繼絶世, 擧廢邦, 治亂持危, 朝聘以時, 厚往而薄來, 所以懷諸侯也. 治天下國家有九經, 其所以行之者, 一也. 凡事豫則立, 不豫則廢, 言前定則不跲, 事前定則不困, 行前定則不疚, 道前定則不窮. 在下位不獲於上, 民弗可得而治矣,獲於上有道, 不信於友, 不獲於上矣, 信於友有道, 不順於親, 不信於友矣, 順於親有道, 反諸身不誠, 不順於親矣, 誠身有道, 不明於善, 不誠於身矣. 誠者, 天之至道也, 誠之者, 人之道也. 夫誠弗勉而中, 不思而得, 從容中道, 聖人之所以體定也, 誠之者, 擇善而固執之者也."

| 국역 | 哀公(애공)이 물었다.

"어떻게 하면 되겠습니까?"

孔子가 말했다.

"행동을 근신하고(齊, 齋戒 同) 몸을 청결히 하고〔潔身(결신)〕 정복(의복을 깨끗이 차려 입다)을 착용하고〔盛服(성복)〕, 禮가 아니면 행하지 않는 것은 修身(수신)입니다.[591] 讒言(참언)과 美色(미색: 여색)을 멀리하고, 재물을 경시하며 德을 귀하게 여기는 것은 賢人(현인: 어진 사람)을 존중하는 것입니다(尊賢也). 유능한 사람에게 작위와 후한 봉록을 주고 (賢能者와) 好惡(호오)를 같이 하는 것은 親親의 情誼(정의)를 돈독히 하는 것입니다. 관작을 높여주고(官盛) 임무를 부여하는 것은 大臣(대신)을 대우하는 것입니다(敬也). 성실한 士人(선비)에게 후한 봉록을 주는 것은 士人을

591 원문 非禮不動, 所以修身也 -《論語 顔淵》顔淵問仁. 子曰, 克己復禮爲仁. 一日克己復禮, ~ 子曰, 非禮勿視 非禮勿聽 非禮勿言 非禮勿動.

勸勉(권면)하는 것입니다.[592] 때맞춰(時) 백성을 부역에 동원하고(使) 賦稅(부세, 斂는 거둘 렴)를 가볍게〔薄(엷을 박)〕 징수하는 것은 백성을 사랑하는 것입니다. 매일 그 일을 살펴보고 매달(月) 성과를 살펴 거기에 맞춰 급여를 지급하면 온갖 기술자를(百工) 불러들일 수 있습니다.[593] 갈 사람을 보내고 오는 자를 맞이하며, 선행을 칭찬하고(嘉善) 무능한 사람도 불쌍히 여기는 것은〔矜不能, 矜(불쌍히 여길 긍)〕 먼 이방인을 편안하게 대접하는 것입니다.[594] 단절된 世系(세계 : 세대)를 이어주고〔繼絶世, 繼(이을 계)〕, 망한 나라를 일으켜 세워주며(擧廢邦), 혼란하거나 위기에 처한 나라를 안정케 하고, 때맞춰 朝聘(조빙)하며, 厚(후)하게 보내고, 받는 것을 적게 받는다면(厚往而薄來), 이로써 제후를 회유(품안에 넣다)할 수 있습니다(所以懷諸侯也). 天下의 나라를 다스리는데 9가지 바른길이 있으니(有九經), 그것의 실천 결과는 같을 것입니다(其所以行之者, 一也). 모든 일을(凡事) 미리 준비하면 성공하고(豫則立), 예기(예비)하지 못하면 실패합니다(不豫則廢). 말하기(言) 앞서 준비하면(前定) 차질이 없고,[595] 일을 시작하기 전에

---

592 원문 忠信重祿 – 성실한 사람(忠信者)에게 重祿(중록, 후한 녹봉)을 수여하다.

593 원문 旣廩稱事 – 旣는 이미 기. 마치다. 廩은 곳집(창고) 늠(름). 임금. 성과급. 식량의 多寡(다과)를 업무(생산량)에 맞춰 지급하다.

594 원문 所以綏遠人也 – 綏는 편안할 수. 편안하게 대하다. 遠人은 먼 곳의 이방인.

미리 계획하면 곤궁하지 않으며, 실행 이전에 미리 준비하면 힘들지 않고,[596] 갈 길을 미리 정하면 막히지 않을 것입니다. 下位(하위 : 아랫자리)에서 윗사람의 신임을 얻지 못하면 백성의 마음을 얻거나 다스릴 수가 없습니다. 윗사람의 신임을 얻는 일에도 正道(정도)가 있으니 벗(友人)의 신뢰가 없다면 윗사람의 신임도 얻을 수 없습니다. 우인의 신뢰에 정도가 있으니(信於友有道), 부모에게 순종하지 않으면 友人(우인 : 친구)이 신뢰하지 않을 것입니다. 부모에 순종하는 것에도 道가 있으니, 자신에게 성실하지 않는다면 부모에게도 순종하지 못할 것입니다. 스스로의 성실에도 有道(유도)하니, 善에 대한 확실한 뜻이 없으면 자신에 성실하지 못합니다. 그러기에 誠(성)은 上天(상천 : 하늘)의 至道(지도)이고, 성실한 행실은(誠之者) 인간의 正道(정도)입니다. 대체로 성실은 힘쓰지 않아도(억지로 하지 않아도) 저절로 道에 맞는 것이며, 굳이 생각하지 않아도 얻을 수 있으며(不思而得), 조용히(從容) 따라가도 道에 적합하나니(中道), (誠은) 聖人의 稟性(품성, 원문 體定)이고, 성실을 따르는 것은(誠之者) (보통 사람이) 善에 뜻을 두

595 원문 言前定則不跲 - 跲은 넘어질 겁(겹). 엎드리다. 躓(넘어질 지)와 同.

596 원문 行前定則不疚 - 疚는 오래된 병 구. 《論語 顏淵》에 司馬牛問君子. 子曰, "君子不憂不懼." 曰, "不憂不懼, 斯謂之君子已乎?" 子曰, "內省不疚, 夫何憂何懼?" 內省不疚(내성불구)는 마음으로 반성하여 잘못이 없다는 뜻이다. 疚는 병 구.

고(擇善) 굳게 지켜나가는 것입니다."[597]

| 原文 | 公曰, "子之教寡人備矣, 敢問行之所始."

孔子曰, "立愛自親始, 教民睦也, 立敬自長始, 教民順也, 教之慈睦, 而民貴有親, 教以敬, 而民貴用命. 民既孝於親, 又順以聽命, 措諸天下無所不可."

公曰, "寡人既得聞此言也, 懼不能果行而獲罪咎."

| 국역 | 애공이 말했다.

"과인에 대한 夫子의 가르침은 훌륭하십니다만(備矣), 그 시작을 어떻게 하면 좋습니까?"

孔子가 말했다.

"사랑의 실천은(立愛) 부모로부터 시작하여 백성을 화목하게 하는 것입니다. 공경을 가르치려면(立敬) 어른부터 실천하여 백성을 온순하게 만들어야 합니다. 백성을 慈愛(자애)하고 和睦(화목)하게 한다면, 백성은 부모 모시는 일을 귀하게 생각하며, 공경

597 원문 擇善而固執之者也 - 擇善은 인간 본연의 착한 본성에 저절로 따라가는 마음이라고 생각한다. 擇善해야 나에게 利로울 것이라는 打算(타산)에 의한 선택은 아닐 것이다. 그리고 固執(고집)이란, 一時的 선택이 아닌 평생을 살아가는 신념이라고 생각한다.

을 가르치면 백성은 順命〔순명, 用命(용명 : 명령)〕을 소중히 여길 것입니다. 백성이 부모에게 효도하고, 上命(상명 : 위의 명령)에 온순히 따른다면 천하에 성취하지 못할 일이 없을 것입니다."

애공이 말했다.

"과인이 夫子(부자 : 공자)의 말씀을 들었지만, 들은 바를 과감하게 실천하지 못해 허물이 될까 걱정입니다."

| 原文 | 宰我問於孔子曰, "吾聞鬼神之名, 而不知所謂, 敢問焉."

孔子曰, "人生有氣有魂, 氣者, 人之盛也, 夫生必死, 死必歸土, 此謂鬼. 魂氣歸天此謂神, 合鬼與神而享之, 教之至也. 骨肉弊於下, 化爲野土, 其氣發揚於上者, 此神之著也. 聖人因物之精, 制爲之極, 明命鬼神, 以爲民之則, 而猶以是爲未足也, 故築爲宮室, 設爲宗祧, 春秋祭祀, 以別親疏, 教民反古復始, 不敢忘其所由生也. 衆人服自此聽且速焉, 教以二端, 二端旣立, 報以二禮, 建設朝事, 燔燎膻薌, 所以報魄也. 此教民修本, 反始崇愛, 上下用情, 禮之至也. 君子反古復始, 不忘其所由生, 是以致其敬, 發其情, 竭力從事, 不敢不自盡也. 此之謂大教. 昔者文王之祭也, 事死如事生, 思死而不欲生, 忌日則必哀, 稱諱則如見,親祀之忠也, 思之深如見親之所愛, 祭欲見親顏色者, 其唯文王與. 《詩》云, 「明發不寐, 有懷二人.」 則文王之謂與. 祭之明日, 明發不寐, 有懷二人, 敬而致之, 又從而思之, 祭之日樂與哀半, 饗之必樂, 已至必哀, 孝子之情也, 文王爲能得之矣."

| 국역 | 宰我(재아)[598]가 孔子에게 물었다.

---

598 宰我(재아) - 宰予(재여, 前 522 - 458년)의 宰가 姓, 名은 予, 字는 子我. 予我, 보통 宰我(재아)로도 표기. 魯國人, 달변에 辨說(변설)에 능했고, 재여는 子貢과 함께 孔門 중 言語에 이름이 올랐다. 낮잠을 자는 것을 보고 공자가 말했다. "썩은 나무에 새길 수가 없고, 썩은 흙으로 쌓은 담은 장식할 수가 없다."(《論語 公冶長》 宰予晝寢. 子曰, "朽木不可雕也, 糞土之牆不可杇也, 於予與何誅?" 子曰, "始吾於人也, 聽其言而信其行, 今吾於人也, 聽其言而觀其行. 於予與改是." 朽는 썩을 후(腐也). 雕는 새길 조(雕琢刻畫). 糞土는 穢土(예토), 더러운 흙. 圬는 흙손 오. 벽장식을 하다(墁也). 썩은 나무나 썩은 흙담은 공을 들여도 성취할 수가 없다. 재여에 대한 심한 질책의 뜻이 들어있다. 宰予는 孔子와 三年喪의 禮制나 仁의 問題를 함께 토론하였다. 공자의 가르침을 받고서 재여가 물었다.
"3년의 친상이 너무 길지 않습니까? 군자가 3년 동안 禮를 행하지 않는다면 예는 틀림없이 붕괴되고, 3년 동안 음악을 아니 한다면 음악도 틀림없이 없어질 것입니다. 묵은 곡식이 다 없어지면 햇곡식이 여물고, 나무를 비벼 새 불씨를 만드는 것처럼, 3년

"저는 鬼神(귀신) 이름을 들었지만 구체적으로 무엇인지 몰라 스승님께 묻습니다."

孔子가 말했다.

"사람이 태어나면 氣(기)와 魂(혼, 魄으로 된 판본도 있다.)이 있는데, 氣는 사람을 움직이는 것이다.[599] (사람이) 출생했으면 틀림없이 죽게 되고, 죽으면 흙으로 돌아가는데, 이를 鬼(귀신 귀)라 한다. (인간의) 魂氣(혼귀)가 歸天(귀천 : 하늘로 돌아가다)하면, 이를 神(신)이라 한다. 鬼와 神을 合하여 제사하는 것은〔享之, 享(제사 지낼 향)〕 가장 큰 敎化이다(孝道).[600] (사람의) 骨肉(골육)이 땅에

복상을 1년이면(期年) 될 것입니다."

이에 공자께서 말했다. "그렇게 하는 것이 너에게 편하겠는가?"

"편할 것입니다."

"네가 편하다면 그렇게 하라.('汝安則爲之'에는 부모에게 무정함을 심하게 책망하는 뜻이 들어있다.) 君子가 居喪하면서 좋은 음식을 먹어도 맛을 모르고(食旨不甘의 旨는 美食也), 음악을 들어도 즐겁지 않기 때문에 예악을 행하지 않는 것이다."

재여가 나가자, 공자께서 말했다. "재여는 마음이 어질지 않도다. 자식이 태어나 3년이 지나야 부모의 품에서 떨어질 수 있다. 그래서 삼년상은 온 천하에 두루 통하는 대의이다. 재여도 부모의 품에서 3년간 愛育을 받았을 것이다."

뒷날 齊나라에서 대부로 근무하다가 田常(전상)의 난에 휘말려 일족이 주살 당했고, 공자는 이를 부끄럽게 여겼다는 기록이 있다.

599 원문 人之盛也 – 사람의 氣. 氣, 곧 精氣는 사람의 몸에 가득 차 있는 정신이라고 풀이할 수 있다.

버려지면(弊於下), 들판의 흙이 되고(化爲野土), 그 氣(기)가 위로 올라가는 것은 그 神이 드러난 것이다(此神之著也). 聖人은 만물의 精에 의거하여(因) 그 극단을 제지하여[601] 鬼神(귀신)이라고 明名〔明命은 尊名(존명 : 이름을 짓다)〕하고 백성이 조상을 모시는 준칙을 제정하였다.[602] 그런데 그것으로는 그래도 부족하다고 생각하여 (조상을 모시는) 집을 지어(故築爲宮室) 종묘와 먼 조상을 섬기는 사당을 마련하여[603] 春秋로 祭祀(제사)를 올리고, 親疏(친소)를 구별하여 백성들에게 먼 옛 조상이나 시조를 생각하게 하여 자신이 태어날 수 있던 조상을 잊지 않게 가르쳤다. 백성들은 성인의 이러한 가르침을 빨리 받아들이고 따랐다.[604] 二端〔이단, 氣(기)와 魄(혼백)〕의 도리로 백성을 교화하고, 이단을 받들 경우에 黍(기장 서)와 稷(지장 직)을 바치는 二禮로 보답케 하였

600 원문 教之至也 – 神과 鬼에게 모두 섬기는 것이 지극한 효도이고, 이런 효도는 교화에 의하여 이루어지는 것이라는 주석이 있다.

601 원문 制爲之極 – 극단을 견제하여 중간을 법으로 삼는다는 주석이 있다.

602 원문 以爲民之則 – 明命은 尊名. 백성이 조상을 모시는 준칙을 정하다.(祖禰也)

603 원문 設爲宗祧 – 여기 宗은 宗廟(종묘). 祧는 조묘 조. 먼 조상을 合祀(합사)하는 건물(遠廟也). 天子에게는 2채의 祧(조)가 있고, 제후는 그 시조를 모시는 사당을 祧(조)라 칭한다.

604 원문 衆人服自此聽且速焉 – 衆人은 백성. 服은 복종하다. 따르다. 聽은 教令을 받아들이다. 順從하다. 速은 빠를 속.

다.[605] 종묘의 새벽 제사(朝事, 희생을 올리는 일)를 建設(제정)하고, 희생물의 기름을 태워[606] 魄(혼백)에 보답케 하였다. 이는 백성에게 근본과 조상을 숭상하게 하는 것이고, 상하 모두가 친애하도록 교화하는 가장 중요한 의례였다. 君子는 먼 조상의 始原(시원)을 생각하고 그 본원을 잊지 않게 된다. 이렇게 하여 조상에 대한 공경을 가르치고, 그러한 정을 발현하여 하는 일에 온 힘을 기울이게 하니 감히 최선을 다하지 않을 수 없을 것이니, 이를 가장 큰 교화라 하였다. 옛날에(昔者) 文王은 그 제사를 지내면서 돌아가신 조상 섬기기를 살아있는 부모를 섬기 듯하였고(事死如事生), 돌아가신 조상을 생각하여 마치 살려고 하지 않는 듯 애통하였다. 忌日(기일)에는 필히 애통하였고 부모의 諱(휘, 先親의 名)를 불러야 할 때는 마치 부모를 뵌 듯이 대하였으며, 친히 제사를 받드는 정성을 다하였다(親祀之忠也). (제사에) 돌아가신 부모를 간절히 그리는 것이 마치 부모가 아끼던 물건을 본 듯하였고, 제사에 부모의 안색을 뵌 듯 공경한 자는 아마 文王(문왕)뿐이었을 것이다. 그래서 《詩經(시경), 小雅 小宛(소아 소완)》에 이르기를, 「새벽까지 잠을 못 이루고(明發不寐) 부모님을 그리워한다(有懷

605 원문 二端旣立, 報以二禮 - 二端은 氣와 魄을 말한다. 二禮는 黍(서)와 稷(직)을 바치다.

606 원문 燔燎膻薌 - 燔은 구울 번. 고기를 굽다. 燎는 화톳불 료, 모닥불 료. 膻은 양의 비린내 전. 어깨 벗을 단. 薌은 곡식 향, 곡식 냄새 향. 膻薌(전향)은 소와 양 창자의 기름이라는 주석이 있다.

二人).」 하였으니, 이는 문왕의 정성을 말한 것이다. 제사를 지낸 다음 날에도 밤이 새도록 부모를 생각하고, 제사에 공경을 다하였고(敬而致之), 이어 또 부모님 생각을 그치지 않았다. 제사 지내는 날에는 즐거움과 슬픔이 반반이었으니 돌아가신 부모님께 흠향할 수 있어 기뻤지만 부모님 신령이 오셨더라도 흠향하셨는지 알 수 없어 슬플 수밖에 없었다.[607] 효자의 情이 이러하였으니, 文王께서 능히 그러하셨다."

---

607 원문 已至必哀 – 已至는 제사를 마치다. 親饗(친히 흠향)하였는가를 알 수 없어 슬플 것이라는 주석이 있다.

《孔子家語》
제5

〈顏回(안회)〉 제18

【해설】

본 편은 11장으로 구성되었는데, 모두 안회와 관련한 서술이다.

顏回〔顏淵(안연)〕는 공자의 수제자이다. 顏回(안회, 前 521-481년)의 字는 子淵(자연), 보통 顏淵(안연)으로도 통한다. 唐(당) 건국자인 李淵(이연)의 이름을 諱(휘)하여 그의 字를 子泉(자천)으로 바꿔 기록했다. 이는 고구려의 淵蓋蘇文(연개소문)을 泉蓋蘇文(천개소문)으로 바꿔 기록한 것과 똑같다.

顏回는 孔子 72명 제자의 첫째, 孔門十哲(공문십철) 중 德行(덕행) 第一(제일)이었다. 안회는 공자보다 30세(혹 40세) 연하였다. 가정이 매우 곤궁하였지만 그의 安貧樂道(안빈낙도)의 심지는 일생동안 변함이 없었다. 사람이 우선 聰敏(총민)했고, 好學(호학 : 배우기를 좋아하다)하였다. 聞一知十(문일지십)에 완전한 인격을 갖추었으며, 품행이 뛰어났기에 공자도 안회에 대한 칭찬이 많았다. 그러나 안회는 영양실조로 30세 이전에 머리가 하얗게 세었고, 41세에, 아버지보다도, 또 공자보다도 먼저 죽었다. 뒷날 안회는

復聖(복성)으로 추앙받았다.

《論語》에 수록된 顔回 관련 다음과 같은 구절이 있다.

子謂顔淵曰, "用之則行, 舍之則藏, 唯我與爾有是婦!"《論語 述而》

顔淵喟然歎曰, "仰之彌高, 鑽之彌堅, 瞻之在前, 忽焉在後! 夫子循循然善誘人, 博我以文, 約我以禮. 欲罷不能. 旣竭吾才, 如有所立卓爾. 雖欲從之, 末由也已!"《論語 · 子罕》

孔子受困於匡, 顔淵在後跟上. 孔子說, "吾以女爲死矣." 顔淵說, "子在, 回何敢死?"《論語 · 先進》

"噫! 天喪予! 天喪予!" 隨從說, "子慟矣." 孔子說, "有慟乎? 非夫人之爲慟而誰爲!"《論語 · 先進》

子曰, "回也, 視予猶父也, 予不得視猶子也. 非我也, 夫二三子也."《論語 · 先進》

魯哀公問, "弟子孰爲好學?" 孔子回答, "有顔回者好學, 不遷怒, 不貳過. 不幸短命死矣, 今也則亡, 未聞好學者也."《論語 · 雍也》

子曰, "吾與回言終日, 不違如愚. 退而省其私, 亦足以發. 回也不愚."《論語 · 爲政》

子曰, "回也, 其心三月不違仁. 其餘, 則日月至焉而已矣."《論語 · 雍也》

子曰, "賢哉回也! 一簞食, 一瓢飮, 在陋巷. 人不堪其憂, 回也不改其樂."《論語 · 雍也》

子曰, "語之而不惰者, 其回也與!"《論語 · 子罕》

子曰, "回也, 非助我者也! 於吾言, 無所不說."《論語 · 先進》

子曰, "惜乎, 吾見其進也, 未見其止也!"《論語 · 子罕》

子曰, "回也其庶乎! 屢空. 賜不受命, 而貨殖焉, 億則屢中."《論語 · 先進》

子貢 子謂子貢曰, "女與回也孰愈?" 對曰, "賜也何敢望回? 回也聞一以知十, 賜也聞一以知二." 子曰, "弗如也! 吾與女弗如也."《論語 · 公冶長》

|原文| 魯定公問於顔回曰, “子亦聞東野畢之善御乎?”

對曰, “善則善矣, 雖然, 其馬將必佚.”

定公色不悅, 謂左右曰, “君子固有誣人也.”

顔回退後三日, 牧來訴之曰, “東野畢之馬佚, 兩驂曳兩服入於廐.”

公聞之, 越席而起, 促駕召顔回. 回至, 公曰, “前日寡人問吾子以東野畢之御, 而子曰善則善矣, 其馬將佚, 不識吾子奚以知之?”

顔回對曰, “以政知之. 昔者帝舜巧於使民, 造父巧於使馬, 舜不窮其民力, 造父不窮其馬力, 是以舜無佚民, 造父無佚馬. 今東野畢之御也, 升馬執轡, 御體正矣, 步驟馳騁, 朝禮畢矣, 歷險致遠, 馬力盡矣, 然而猶乃求馬不已, 臣以此知之.”

公曰, “善! 誠若吾子之言也, 吾子之言, 其義大矣, 願少進乎.”

顔回曰, “臣聞之鳥窮則啄, 獸窮則攫, 人窮則詐, 馬窮則佚, 自古及今, 未有窮其下而能無危者也.”

公悅, 遂以告孔子.

孔子對曰, “夫其所以爲顔回者, 此之類也, 豈足多哉.”

| 국역 | 魯 定公(노나라 정공 : 재위 前 509 – 495년)이 顏回(안회)에게 물었다.[608]

"선생(子)도 東野畢(동야필)이 馭車(어거 : 말을 잘 몰다)를 잘한다는 말을 들었습니까?"

안회가 대답하였다.

"잘 다루지만, 그러나 그 말은 곧 달아날〔佚(질). 逸(일)과 通. 奔跳(분조)〕 것입니다."

定公(정공)은 기분이 나빴고, 좌우 측근에게 "君子도 남을 헐뜯는가?" 라고 물었다.

顏回(안회)가 물러난 3일 뒤에 말을 키우는 마부가 정공을 찾아와 말했다.

"동야필의 말이 달아났는데, 양쪽의 곁말〔兩驂(양참)〕은 달아났고, 가운데 두 마리는 마구간으로 들어왔습니다."[609]

정공이 그 말을 듣자, 곧 자리를 차고 일어나 빨리 수레를 몰고 가서 안회를 불러오라고 명령했다.

안회가 들어오자, 정공이 물었다.

"前日(전일)에 寡人(과인, 寡德之人)이 선생에게(吾子) 동야필의

---

608 이는 《荀子 哀公》, 《韓詩外傳 2권》, 《新序 雜事 五》에도 수록되었다.

609 원문 兩驂曳兩服入於廐 – 驂은 곁마 참. 말 4마리 중 가운데 2마리를 服馬. 양쪽 가의 2마리를 驂(곁마 참)이라 한다. 曳는 끌 예. 넘어가다(逾越). 달아나다(跳跑). 廐는 마구간 구.

馭車(어거 수레몰기)에 대하여 물었을 때, 선생은 말을 잘 몰지만 그 말들이 달아날 것이라 하였는데, 선생께서는 어떻게 알았는지 궁금합니다."

顔回(안회)가 대답하였다.

"저는 爲政(위정 : 정치)의 도리에 의거 짐작하였습니다. 옛날에(昔者) 帝舜(제순)은 使民(사민 : 백성을 부리다)을 잘하였고, 造父〔조보, 周 穆王(주 목왕)의 마부〕는 말을 잘 몰았습니다. 舜(순)은 백성의 힘이 바닥날 때까지 내몰지 않았고, 造父(조보)는 馬力(마력 : 말의 힘)을 다하게 하지 않았습니다. 그래서 舜(순)임금에게는 도망간 백성이 없었고, 造父(조보)에게는 도망간 말이 없었습니다. 지금 동야필은 말을 부릴 때, 말의 고삐를 바짝 죄었고〔升馬執轡, 轡(고삐 비)〕, 재갈을 제대로 물렸으며(御體正矣), 말이 걷거나(步) 빨리 달리게 하였고, 조례를 마친 뒤에도 험한 길을 멀리까지 달리게 하면서 馬力(마력)이 다 했어도 쉬지 않게 하였으니 (말이 달아날 줄) 알았습니다."

정공이 말했다.

"옳은 말이요, 진실로 선생의(吾子) 말과 같습니다. 선생의 말씀은 그 뜻이 매우 지당하니 조금 더 말해주기 바랍니다(願少進乎)."

이에 안회가 말했다.

"臣(신)이 알기로, 새가 궁지에 몰리면 사람을 쪼고〔鳥窮則啄(조궁즉탁), 啄(쫄 탁)〕, (쫓기던) 짐승도 궁지에 몰리면 사람을 들이받으며〔獸窮則攫(수궁즉확), 攫(붙잡을 확)〕, 사람도 막바지에 몰리면 거짓말을 하고〔人窮則詐(인궁즉사)〕, 말도 힘이 부치면 달아난다고〔馬窮則逸(마궁즉일)〕 하였습니다. 옛날이나 지금도 아랫사람을 궁지로 몰아 위기에 처하지 않은 경우가 없었습니다."

정공은 기뻐했고, 이를 공자에게 말해주었다.

그러자 공자가 대답하였다.

"안회가 인정받을 만하지만 그렇다고 뭐 그리 대단하겠습니까?"[610]

|原文| 孔子在衛, 味旦晨興, 顔回侍側, 聞哭者之聲甚哀.

子曰, "回, 汝知此何所哭乎?"

對曰, "回以此哭聲非但爲死者而已, 又有生離別者也."

子曰, "何以知之?"

對曰, "回聞桓山之鳥, 生四子焉, 羽翼旣成, 將分於四海, 其母悲鳴而送之, 哀聲有似於此, 謂其? 而不返也, 回竊以音類知之."

孔子使人問哭者, 果曰, "父死家貧, 賣子以葬, 與之長決."

---

610 원문 豈足多哉 – 多는 推重. 讚美. 칭찬하다. 공자의 謙辭(겸사)라고 생각된다.

子曰, "回也, 善於識音矣."

| 국역 | 孔子가 衛(위)에 머무는 동안, 날이 밝기 전 새벽에 일어나곤 했는데(昧旦晨興), 안회가 모실 때, 아주 슬픈 통곡소리가 들려왔다.

공자가 물었다.

"안회야! 너는 왜 통곡하는 지 알 수 있겠는가?"

안회가 대답하였다.

"저는 저 울음이 다만 사람이 죽어서만이 아니라, 아마 생이별을 하는 사람의 울음이라고 생각됩니다."

"어떻게 알았는가?"

안회가 대답하였다.

"제가 알기로, 桓山(환산)의 새는 4마리 새끼가 날개가 다 자라[611] 사방으로 날아가려 하자 그 어미가 슬피 울어 전송하였다는데, 그 울음이 아마 이와 같지 않았겠습니까? 아마 돌아오지 못할 생이별이라서 저리 슬플 것입니다. 저는 그 소리로 짐작하였습니다."

孔子가 사람을 보내 우는 사람에게 묻게 하였는데, 과연 그대로였다.

"부친이 죽었고 집이 가난하여 아들을 팔아 장례를 치러야 할

---

611 원문 羽翼旣成 – 羽翼(우익)은 날개. 旣成(기성)은 다 자라다.

처지라서 아들을 영영 보내기 때문이라." 고 하였다.

공자가 말했다.

"안회는 소리를 잘 알아듣는다."

| 原文 | 顏回問於孔子曰, "成人之行, 若何?"

子曰, "達於情性之理, 通於物類之變, 知幽明之故, 睹遊氣之原, 若此可謂成人矣. 旣能成人, 而又加之以仁義禮樂, 成人之行也, 若乃窮神知禮, 德之盛也."

| 국역 | 顏回(안회)가 孔子(공자)에게 물었다.

"成人(성인)의 행실은 어떠해야 합니까?"[612]

공자가 말했다.

"인간 性情(성정)의 이치와 物類(물류 : 사물)의 변화에 통달해야 하고, 幽明〔유명, 生死(생사)〕과 存亡(존망)의 연고를 알아야 하며, 풍운의 변화의 근원을 찾아 알 수 있다면 가히 成人(성인)이라 할 수 있다. 그리고 이미 성인이라면, 仁義(인의)와 禮樂(예악)을 알고 실천하는 것이 성인의 행실이라 할 수 있다. 만약 神明(신명)과 禮에 통할 수 있다면 盛德(성덕 : 덕이 풍성하다)을 갖춘 것이다."

---

612 원문 成人之行, 若何 – 成人은 無缺(무결) 完美한 사람. 若何(약하)는 무엇과 같아야 하나?

| 原文 | 顔回問於孔子曰, "臧文仲武仲孰賢?"

孔子曰, "武仲賢哉."

顔回曰, "武仲世稱聖人而身不免於罪, 是智不足稱也, 好言兵討, 而挫銳於邾, 是智不足名也. 夫文仲其身雖歿, 而言不朽, 惡有未賢?"

孔子曰, "身歿言立, 所以爲文仲也. 然猶有不仁者三, 不智者三, 是則不及武仲也."

回曰, "可得聞乎?"

孔子曰, "下展禽, 置六關, 妾織蒲, 三不仁, 設虛器, 縱逆祀, 祠海鳥, 三不智. 武仲在齊, 齊將有禍, 不受其田, 以避其難, 是智之難也. 夫臧文仲之智而不容於魯, 抑有由焉, 作而不順, 施而不恕也夫.《夏書》曰, 「念茲在茲, 順事恕施.」"

| 국역 | 顔回(안회)가 孔子에게 물었다.

"臧文仲(장문중)과 臧武仲(장무중) 중에 누가 더 현명합니까?"[613]

---

613 臧文仲(장문중, ?－前 617년) － 춘추시대 魯國 大夫. 姬姓, 臧孫氏, 名은 辰, 諡(시)는 文, 曾祖父 臧僖伯, 其父伯氏瓶. 魯 莊公, 僖公, 文公 시대 魯國의 저명한 賢大夫.
《論語 衛靈公》－「臧文仲, 其竊位者與! 知柳下惠之賢而不與立

孔子가 말했다.

"장무중이 더 현명하다."

顏回(안회)가 말했다.

"장무중은 세상 사람들이 聖人이라 칭하지만 그 자신은 罪(죄)를 면하지 못했으니, 이는 그 지혜가 부족했다고 말할 수 있습니다.[614] 장무중이 병법에 대한 토론을 좋아하였지만 (小國인) 邾(주)에 패전하였으니 그 지략이 명성에 맞지 않은 것입니다. 그리고 (장무중의 손자인) 장문중은 이미 죽었지만 그가 한 말이 남아있다 하니 그럴 경우 어찌 현명하다 아니할 수 있겠습니까?"[615]

공자가 말했다.

"몸은 죽었지만, 그의 말은 남았으니, 이것이 바로 장문중이가

也.」 朱熹는 《四書章句集注》에서 "臧文仲爲政於魯, 若不知賢, 是不明也. 知而不擧, 是蔽賢也. 不明之罪小, 蔽賢之罪大. 故孔子以爲不仁, 又以爲竊位."라고 평가하였다.

臧武仲〔장무중, 臧紇(장흘). 생졸년 미상〕 – 춘추시대 魯國 大夫. 姬姓, 臧孫氏, 名紇, 一名 臧紇(장흘). 魯 成公, 魯襄公을 보좌. 德才겸비. 《論語 憲問》 孔子曰, "若臧武仲之知, 公綽之不欲, 卞莊子之勇, 冉求之藝, 文之以禮樂, 亦可以爲成人矣."

614 而身不免於罪, 是智不足稱也 – 장무중은 季孫氏를 위하여 적자를 폐위하고 서자를 세우려다가 孟孫氏의 참소를 받아 齊나라로 출분하였다.

615 원문 而言不朽, 惡有未賢? – 不朽의 朽는 썩을 후. 不朽之言이 남았으니 현명하다고 할 수 있을 것입니다.

장문중으로 이름을 남게 한 것이다. 그렇지만 장문중은 不仁(불인 : 어질지 못하다)한 것이 3가지, 不智者(부지자 : 지혜롭지 못한 것)가 3가지였으니 장무중을 따라올 수 없을 것이다."

안회가 물었다.

"(不仁, 不智한 바를) 말씀해 주시겠습니까?"

공자가 말했다.

"展禽(전금)을 아랫자리에 방치했고,[616] 六關(육관, 六은 地名)을 설치하고 통행세를 거두었으며,[617] (장문중의) 妾(첩)이 부들자리를 짜서 팔게 했으니, 이를 3不仁이라 할 수 있다.[618] 거북점을 치기 위하여 빈 집을 지었고,[619] 逆祀(역사, 순리가 아닌 제사 행위)[620]를 방치하였으며, 海鳥(해조)를 제사 지내게 하였으니,[621]

---

616 원문 下展禽 – 展禽(전금)은 柳下惠(유하혜)이다. 유하혜가 현인인 줄 알면서도 하위직에 방치하였다. 함께 조정에 서지 못했다.

617 원문 置六關 – 六關은 關門名. 본래 없던 시설인데 징세하기 위한 설치였으니, 이는 불인했다는 뜻.

618 妾織蒲 – 이는 장문중이 이득을 탐했다는 의미이다. 자신이 가난하다 생각하여 서민의 이득을 가로챈다면 그 자체가 不仁일 것이다.

619 원문 設虛器 – 장문중이 蔡에서 蔡의 天子를 위하여 거북점을 점치는 집을 설치했다. 이는 장문중의 것이 아니기 때문에 虛器라고 했다는 주석이 있다.

620 원문 縱逆祀(종역사) – 夏父弗忌(하보불기)란 사람이 宗人으로 僖公(희공)의 신위를 閔公(민공) 위에 두려 했는데, 이를 장문종이

이를 三不智라 할 수 있다. 장무중이 齊(제)에 있을 때, 齊에 장차 禍亂(화란)이 있을 것을 예상하여 齊에서 주는 토지를 받지 않고 그 危難(위난)을 피하였는데, 이는 지혜라고 생각하기에는 좀 무리일 것이다. 그러나 臧武仲(본문의 장문중은 오류임)의 지혜가 魯(노)에서는 채택되지 않았는데, 거기에는 이유가 있을 것이다.[622] 일을 처리하는데 순리대로 하지 않았고(作而不順), 그 施惠(시혜 : 덕을 베풀다)가 恕〔서 : 용서, 仁愛(인애)의 道(도)〕가 아니었을 것이다. 그래서 《夏書(하서)》에서도 「이를 생각한다면 이를 마음에 두고(念茲在茲) 순리에 따르되, 너그러이 용서를 베풀어야 한다(順事恕施).」고 하였다."

제지하지 않았다는 주석이 있다.

621 원문 祠海鳥 - 海鳥(바닷가의 새)가 魯 東門에 날아왔는데, 장문중이 무엇인지도 모르고 백성들에게 제사를 지내게 하였으니, 이는 그가 무지했다는 증거이다.

622 원문 抑有由焉 - 抑은 누를 억. 여기서는 發語辭.

克復傳顔
顔淵問仁子曰克己
復禮爲仁一日克己
復禮天下歸仁焉爲
仁由己而由人乎哉
顔淵曰請問其目子
曰非禮勿視非禮勿
聽非禮勿言非禮勿
動顔淵曰回雖不敏
請事斯語矣

〈克復傳顔(극복전안)〉

| 原文 | 顔回問於君子.

孔子曰, "愛近仁, 度近智, 爲己不重, 爲人不輕, 君子也夫."

回曰, "敢問其次."

子曰, "弗學而行, 弗思而得, 小子勉之."

| 국역 | 顔回가 君子에 대하여 물었다.

孔子가 말했다.

"남을 사랑하는 마음은 仁(어질다)과 비슷하고, 일을 헤아려 처리하니 이는 智(지혜)에 가까운 것이다. 자신을 위하여 자신을 중하게 여기지 않고(爲己不重), 남을 위하는 일에는 남을 경시하지 않아야만(爲人不輕) 군자일 것이다."

안회가 말했다.

"君子가 되었다면 그 다음에는 무엇을 해야 합니까?"

"배우지 않아도 실천하거나 생각하지 않고서도 얻을 수 있어야 한다. 제자들은(小子) 이를 힘써 실천해야 할 것이다."

| 原文 | 仲孫何忌問於顔回曰, "仁者一言而必有益於仁智, 可得聞乎?"

回曰, "一言而有益於智, 莫如預, 一言而有益於仁, 莫如恕. 夫知其所不可由, 斯知所由矣."

| 국역 | 仲孫何忌〔중손하기, 孟懿子(맹의자)〕가 顏回(안회)에게 물었다.

"仁者(어진 사람)의 一言(한 마디의 말)이 仁智(어짊과 지혜)에 틀림없이 유익하다는데, 왜 그러합니까?"[623]

안회가 말했다.

"一言이 지혜에 유익하다는 뜻은 미리 대처하는 것보다 더 나은 말이 없는 것입니다. 한 마디 말로서 仁(어짊)에 유익하려면 용서보다〔恕(서)〕 더 나은 말이 없을 것입니다. 해서는 안 될 이유를 안다면 해야 할 이유도 알게 됩니다."[624]

| 原文 | 顏回問小人.

孔子曰, "毁人之善以爲辯, 狡訐懷詐以爲智, 幸人之有過, 恥學而羞不能, 小人也."

| 국역 | 顏回(안회)가 小人(소인)에 관하여 물었다.

623 원문 可得聞乎? – 그런 이유나 내용을 들을 수 있습니까? 말씀해 주시겠습니까?

624 원문 夫知其所不可由, 斯知所由矣 – 由는 行也. 실행, 실천.

공자가 대답하였다.

"남의 善(착한 일)을 훼손하는 것을 자신이 말을 잘했다고 생각하고, 교활한 속임수를 자신이 지혜롭다고 생각하며,[625] 다른 사람의 실수(有過)를 다행으로 생각하고, (남에게서) 배우기를 수치라 생각하며, 자신의 不能(불능 : 능력 없음)을 부끄러워하는 사람이 소인[626]이다."

---

625 원문 狡訐懷詐以爲智 – 狡는 교활할 교. 訐은 들춰낼 알. 懷는 품을 회. 詐는 속일 사. 以爲는 생각하다. 여기다.

626 小人 – 소인과 여자. 《論語 陽貨》편에는 "오직 여자와 소인은 함께 생활하기가 어렵다. 가까이하면 불손하고, 좀 멀리하면 원한을 갖는다."(子曰, 唯女子與小人爲難養也, 近之則不孫 遠之則怨.)는 공자의 말이 실려 있다. 이 글만으로 보면, 여자는 小人과 동격이며, 군자가 가까이하면 시건방지게 기어오르고, 좀 멀리하면 토라지고 원한을 품는다는 의미이다. 이를 요즈음 말로 표현하면, 남녀평등에 위배되는 反페미니즘(feminism)적이며, 반민중적인 발언으로 공자는 비난을 받아 마땅하다.
그러나 이러한 식의 해석은 문맥이나 당시 상황을 고려하지 않은 해석이라고 한다. 여기서 소인을 군자의 상대적인 말, 여자를 남자의 상대적인 말로 볼 수 있다. 그러나 그 다음에 '기른다'는 뜻의 養이라는 말이 있다. 문제는 養을 가족을 扶養(부양)한다는 뜻으로 보아 여자와 소인을 가족으로 본다면 비난을 받을 수 있다. 그런데 자기 자식을 소인으로 표현했다는 데에 의문이 갈 수밖에 없다. 여자와 소인을 '집에서 일을 시키면서 먹여 살리는 부양의 대상'으로 본다면, 소인은 곧 '남자 종〔노복(奴僕)〕'을 의미하고, 여(女)는 '여자 종〔비첩(婢妾)〕'을 의미한다.

| 原文 | 顔回問子路曰, "力猛於德而得其死者, 鮮矣, 盍愼諸焉."

사실 당시 일반 농민들은 기본 식생활 자체가 어려웠고 교육을 받을 기회도 주어지지 않았다. 그래도 일반 농민들은 향촌에서의 여러 행사에 참여하며 나름대로 교제하며 예를 실천할 수 있었다. 그러나 남녀의 노비는 공자 이후 20세기 말까지도 매매의 대상이 되는 '살아 움직이는 재산'으로 취급되었다. 그런 노비들의 생활과 문화의식 수준을 이해한다면, 공자의 이 말은 매우 현실적이었지 비난을 받을 정도는 아니라고 생각한다.

공자는 세 살 때 아버지를 여의고 홀어머니 밑에서 성장했고, 젊었을 적에 어머니까지 돌아가셨으니 그 모친에 대한 감정이 얼마나 애틋했겠는가는 미루어 짐작할 수 있다. 또 공자는《論語》에서 제자들에게 효도와 우애, 곧 孝悌를 강조했고 또 여러 제자들이 물음에 효도를 설명해 주었지만 아버지에 대한 효도만을 강조한 어떤 말도 없었다.

공자가 '부모의 나이는 꼭 알아야 하지만 한편으로는 기쁘고 한편으로는 (죽을 나이가 되었는지) 두렵다.' 라고 말한 것은, 공자 자신이 어머니에게 효도를 다하려 했지만 일찍 죽은 모친에 대한 그리움이 배어 있는 말이라 할 수 있다. 이렇듯 홀어머니를 모시지 못한 그리움이 있는 공자가, 특히 차별 없는 인을 강조한 공자를 위의 말 한마디를 근거로 여성차별주의자라고 단언하기는 좀 무리가 있을 것이다.

그리고 당시의 사회 경제적 여건에서 여자에게 교육의 기회가 전혀 주어지지 않았기에 여자의 능력이 발휘될 수 없는 상황이었고 사회활동을 할 여건도 전혀 형성되지 않았었다. 말하자면, 공자의 여성 차별적 발언 때문에 여성 차별이 합리화된 것은 아

| 국역 | 顔回(안회)가 子路(자로)에게 물었다.

"德보다 힘이나 쓰고(力) 거칠은 사람이라면〔猛(사나울 맹)〕 제대로 죽을 수 없다고 하였으니, 어찌 (力, 猛을) 삼가지 않을 수 있겠습니까?"[627]

| 原文 | 孔子謂顔回曰, "人莫不知此道之美, 而莫之御也, 莫之爲也, 何居? 爲聞者, 盍日思也夫."

| 국역 | 孔子가 顔回(안회)에게 말했다.

"道의 아름다움을 모르는 사람들이 없지만, 道를 기다리거나 실천하는(應用) 사람도 없는데, 왜 그러하겠는가? (일상에서) (道를) 듣더라도 어찌 날마다 자신은 깊이 생각하지 않는가?"

니었다.

중국에서 남존여비사상은 宋代에 性理學 체계가 자리를 잡으면서 남자는 陽, 여자는 陰로 나누고, 거기에서 양은 形而上, 음은 形以下이며, 양은 음에 뒤진다는 생각에서 자리를 잡았다고 한다.

627 원문 盍愼諸焉 - 盍은 덮을 합, 어찌 아니할 합(何不~, 疑問과 反語를 표현). 愼은 삼갈 신. 諸는 之於의 축약. 焉은 어조사 언. 종결어미.

|原文| 顔回問於孔子曰, "小人之言有同乎? 君子者不可不察也."

孔子曰, "君子以行言, 小人以舌言, 故君子爲義之上相疾也, 退而相愛, 小人於爲亂之上相愛也, 退而相惡."

|국역| 顔回(안회)가 孔子에게 물었다.

"小人의 말이라도 군자와 같은 것도 있으니 살피지 않을 수 없지 않습니까?"

孔子가 말했다.

"君子(군자)는 실천으로 말하고, 소인은 혀〔舌言(설언)〕로 말한다. 그리고 군자는 大義(대의)로 서로를 권장하기에 서로 헤어지더라도 인의를 서로 함께 실천하나,[628] 소인은 서로 분란하며 義를 말하기에 끝나고 나면 서로 증오하게 된다."[629]

|原文| 顔回問朋友之際, 如何.

628 원문 故君子爲義之上相疾也, 退而相愛 - 군자는 서로 인의의 실천을 권유하기에 논쟁 이후라도 인의를 실천하려고 노력한다는 뜻.

629 원문 爲亂之上相愛也, 退而相惡 - 爲亂하여 相愛하게 되는 것이 小人의 情이기에 오래 지속하지 않는다는 주석이 있다.

孔子曰, "君子之於朋友也, 心必有非焉而弗能謂 '吾不知', 其仁人也, 不忘久德, 不思久怨, 仁矣夫."

| 국역 | 顔回가 朋友(붕우 : 친구)의 교제는 어떠해야 하는가를(如何) 물었다.

孔子가 말했다.

"君子는 朋友에 대하여 (자신의) 마음에 잘못한 바가 있을 경우에 '나는 몰랐다' 라고 말하지 않으며, 仁人에게는 오래 전의 은덕이라도 잊지 않고, 오래된 원한이라도 생각하지 않는 것이 仁德(어짊)이다."

| 原文 | 叔孫武叔見于顔回, 回曰, "賓之." 武叔多稱人之過, 而己評論之.

顔回曰, "固子之來辱也, 宜有得於回焉, 吾聞知諸孔子曰, '言人之惡, 非所以美己, 言人之枉, 非所以正己.' 故君子攻其惡, 無攻人惡."

| 국역 | 叔孫武叔(숙손무숙)이 顔回를 찾아오자, 안회가 "손님의 예로 접대하겠다." 고 말했다. 숙손무숙이 다른 사람의 과오를 많이 말하고 스스로 남을 논평하였다.

그러자 안회가 말했다.

“당신이 나를 일부러 찾아온 것은 나에게서 무언가를 얻으려 왔을 것입니다. 내가 공자로부터 들었는데, ‘다른 사람의 惡行을 말했다 하여 자신이 훌륭해지지 않고, 다른 사람의 부당한 처사를 말했다 하여 자신의 처신이 바르게 되는 것은 아니다.’ 라고 하였습니다. 그래서 군자는 (자신의) 惡을 공격하지만 남의 악행을 공격하지는 않습니다.”

| 原文 | 顔回謂子貢曰, “吾聞諸夫子身不用禮, 而望禮於人, 身不用德, 而望德於人, 亂也. 夫子之言, 不可不思也.”

| 국역 | 顔回(안회)가 子貢(자공)에게 말했다.

“내가 夫子(孔夫子 : 선생님)로부터 들은 바로는, 내가 禮를 지키지 않고 남이 禮를 지키기를 바라거나, 내가 德을 베풀지 않고 남의 은덕을 기대하는 것은 도리에 맞지 않는 것이라(亂)고 하셨는데, 스승의 이런 말씀을 생각하지 않을 수 없습니다.”

〈子路初見(자로초견)〉 제19

【해설】

본 편의 첫 장은 공자와 자로의 만남으로 시작하는데, 그것이 바로 본 편의 제목이 되었다. 본 편에서는 공자와 제자 간의 여러 대화와 행적을 두루 설명하였다. 본 편에서 읽을 수 있는 주요 내용은 공자가 제자에게 가르친 내용이나 학문을 왜 해야 하는가? 그리고 대인관계나 처세에 관한 교훈, 군자의 바탕으로 文質彬彬(문질빈빈 : 겉모습과 바탕이 잘 어울린 후에야 군자답다는 뜻)과, 그리고 지녀야 할 品德(품덕)과 수양 등을 알 수 있고, 공자의 제자에 대한 인물평도 우리에게 시사하는 바가 크다.

신석기 시대 한강 가에 살던 사람이 진흙으로 토기를 만들었다. 토기의 바탕(質)은 흙이다. 토기의 표면에 빗으로 긁은 것 같은 무늬(文, 紋)를 그려 넣었는데 그것이 바로 빗살무늬토기〔櫛文土器(즐문토기)〕이다.

質(질)은 바탕이다. 인간으로서 갖춰야 할 바탕이 있다. 부모를 섬기고 열심히 노력하며 성실하게 살아간다. 그런 착하고 순박한 사람을 質朴(질박)하다, 또는 朴實(박실)하다고 말한다.

文은 무늬이다. 비단옷도 좋지만, 거기에 꽃무늬를 수놓으면 더 아름답다. 이는 外表(외표)의 표현이다. 인간의 행위로 말하면, 살아가는데 필요한 여러 가지 禮이며 학식이나 문예, 그리고 인격적 수양과 같은 것이다.

《論語 雍也(논어 옹야)》에 이런 구절이 있다.

子曰, "質勝文則野, 文勝質則史. 文質彬彬, 然後君子."

공자는 인간 본연의 바탕이 어떤 예절이나 의식, 문화, 학식 등 곧 文보다 강한 특성이 나타난다면, 이를 '粗野(조야 : 말이나 행동 따위가 거칠고 천함)하다' 아니면 '野人(야인 : 예절을 모르는 거친 사람)과 같다' 고 생각하였다. 그러나 文이 본성을 뛰어넘게 두드러지다면 그런 상황을 '浮華(부화)하다' 아니면 '꾸밈이 화려하다' 고 생각하였다.

우선 사람으로서, 인간으로서의 본성과 본질을 갖춘 군자의 인격 바탕은 仁이다. 그리고 거기에 곧 禮가 보태어진다면, 적절한 문화적 소양이 조화를 이룬다면, 그것을 '文質彬彬(문질빈빈)' 이라 하였다. 彬은 '빛날 빈' 이니, 文과 質이 함께 조화를 이룬 상태이다. 그러한 사람이 바로 군자이다.

文質彬彬은 물론 사람에 따라 주관이 다를 것이다. 그래도 바탕이 더 나아야 한다. 문채가 지나친 것은 차라리 모자란 것만 못하다 할 수 있다. 그러나 인간적 본바탕에서 벗어나지 않는다면 좀 더 문채가 나서 나쁠 것이 없다고 생각할 수도 있다.

曾子(증자)는 "士(선비)는 그 뜻이 넓고 강해야 하나니(弘毅), 임무는 重(중)하고 실천할 길은 멀다(任重而道遠). 仁을 자신의 책무로 생각하니, 무겁지 않은가? 죽은 다음에야 그 임무에서 벗어날 수 있으니, 멀지 않은가?" 라고 말했다.

증자의 '任重道遠(임중도원 : 임무는 중하고 도는 멀리 있다)' 은 君子之道(군자지도)를 설명하는 말인데, 여기서 말하는 '文質彬彬' 은 덕을 갖춘 군자의 모습이다. 이 두 가지는 결코 분리해서 생각할 수 있다. 그런 다음에 《論語》 최후의 결론인 "不知命(부지명 : 운명을 알지 못하다)이면 군자라고 할 수 없다(無以爲君子)." 에 다다를 수 있는 것이다.[630]

---

630 《論語 堯曰》 孔子曰, "不知命, 無以爲君子也, 不知禮, 無以立也, 不知言, 無以知人也."

原文 子路見孔子, 子曰, "汝何好樂?"

對曰, "好長劍."

孔子曰, "吾非此之問也, 徒謂以子之所能, 而加之以學問, 豈可及乎."

子路曰, "學豈益哉也?"

孔子曰, "夫人君而無諫臣則失正, 士而無教友則失聽. 禦狂馬不釋策, 操弓不反檠. 木受繩則直, 人受諫則聖, 受學重問, 孰不順哉. 毁仁惡仕, 必近於刑. 君子不可不學."

子路曰, "南山有竹, 不柔自直, 斬而用之, 達於犀革. 以此言之, 何學之有?"

孔子曰, "括而羽之, 鏃而礪之, 其入之不亦深乎." 子路再拜曰, "敬而受教."

국역 子路(자로)가 공자를 뵙자, 공자가 말했다.

"너는 무엇을 즐겨 좋아하는가?"

이에 자로는 "長劍(장검 : 긴 칼)을 좋아합니다."라고 대답하였다.

공자가 말했다.

"내가 물은 것은 그게 아니다. 네가 잘할 수 있는 일에 학문이 보태진다면 누가 너를 따라올 수 있겠느냐?"

子路(자로)가 말했다.

"학문이 무슨 도움이 되겠습니까?"

孔子가 말했다.

"人君(인군 : 임금)에게 간언을 올리는 신하가 없다면(無諫臣) 正道(정도)를 잃게 되고, 士人(선비)에게 가르침을 줄만한 벗이 없다면 판단을 잘못하게 된다. 사나운 말을(狂馬) 길들이는데 채찍을 쓰지 않을 수 없으며, 활을 제대로 쏘자면 활을 바로잡는 틀이 있어야 한다.[631] 나무에 먹줄이 쳐지면 곧게 되고,[632] 사람이 간언(간하는 말)을 받아들이면 聖明(성명 : 성스러웁다)해지며, 학문을 배우고(受學) 거듭 묻게 되면, 누가 순리대로 따르지 않겠는가?(孰不順哉?) 어진 사람을 헐뜯거나 出仕(출사)한 사람을 증오한다면 형벌을 받을 것이니, 군자는 학문을 하지 않을 수 없다."

子路(자로)가 말했다. "南山(남산)에 자라는 대나무는 굽지 않고 곧게 자라기에 잘라서 화살로 쓸 수 있고 물소가죽도 뚫을 수 있습니다. 이런 것을 본다면 학문이 꼭 있어야 합니까?"

이에 공자가 말했다.

"화살을 반듯하게 바로잡아 끝에 깃을 달고,[633] 살촉〔鏃(살촉 족)〕을 갈아서(연마하여) 끼운다면 더 깊이 들어가지 않겠느냐?"

이에 자로가 再拜(재배)하며 말했다.

---

631 원문 操弓不反檠 – 操는 잡을 조. 뒤틀린 활을 바로잡다. 檠은 활을 바로 잡는 틀, 곧 도지개 경.

632 원문 木受繩則直 – 繩은 줄 승. 목수용 먹줄.

633 원문 括而羽之 – 括은 묶을 괄. 栝(도지개 괄)과 通. 栝은 굽은 것을 반듯하게 바로잡다.

"삼가 모시고 가르침을 받들겠습니다."

| 原文 | 子路將行, 辭於孔子.

子曰, "贈汝以車乎? 贈汝以言乎?"

子路曰, "請以言."

孔子曰, "不强不達, 不勞無功, 不忠無親, 不信無復, 不恭失禮, 愼此五者而矣."

子路曰, "由請終身奉之. 敢問親交取親若何? 言寡可行若何? 長爲善士而無犯若何?"

孔子曰, "汝所問苞在五者中矣. 親交取親, 其忠也, 言寡可行, 其信乎, 長爲善士, 而無犯於禮也."

| 국역 | 子路(자로)가 출행하려고 공자에게 인사를 하였다.

공자가 말했다.

"너에게 수레를 내줄까? 몇 마디 말을 해줄까?"

자로는 "말씀을 해주십시오."라고 말했다.

그러자 공자가 말했다.

"힘써 노력하지 않으면 목표를 이룰 수 없고,[634] 애쓰지 않으

---

634 원문 不强不達 – 무슨 일을 강력히 추진하지 않으면 스스로 목표에 도달할 수 없다(則不能自達).

면(不勞) 성취가 없으며(無功), 성실하지 않으면(不忠) 다른 사람이 너를 가까이하지 않고, 신의가 없다면(不信) 남의 신임을 얻을 수 없으며(無復),[635] 공손하지 않으면 예의를 잃나니, 이 다섯 가지에 신중해야 한다."

子路(자로)가 말했다.

"저는〔由, 仲由(중유), 자로의 名〕 終身(종신)토록 이를 받들어 지키겠습니다. 새롭게 교제를 시작(親交)하면서 親信(친신 : 새로이 신의를 얻다)을 얻으려면 어떻게 해야 합니까?[636] 말수를 줄이면서 힘써 실천하려면 어찌 해야 합니까? 오래오래 善(선 : 훌륭하다)한 士人(선비)으로 잘못을 범하지 않으려면 어떻게 해야 합니까?"

공자가 말했다.

"너의 질문은 아까 말해 준 5가지에 포함되어 있다. 親交에 親信을 얻는 것이 곧 성실(忠誠)이고, 말수를 줄이며 실천한다면 그것이 信義(신의 : 믿음)이며, 오랫동안 善士(선사 : 훌륭한 선비)로 살아가려 한다면 예에 어긋나는 일이 없어야 한다."[637]

---

635 원문 不信無復 – 信이 義에 가까워야 말을 할 수 있다. 不信하다면 신임을 받을 수 없다.

636 원문 親交取親 – 親交는 新交. 親은 新과 通.

637 공자의 말씀 중 親交하며 信義를 지키는 것은, 곧 五倫의 朋友有信이다.

【참고】 먼저 朋友(붕우)의 뜻을 정확하게 알아야 한다. 우리말로는 '벗 붕(朋)', '벗 우(友)' 라고 하지만, 붕과 우는 분명히 다르다.

붕(朋)은 같은 글자 두 개가 겹친 글자이니, 뜻 그대로 비슷한 '또래' 란 뜻이다. 초등학교 때 짝이나 중학교 동기, 고등학교에서의 같은 학년이나 같은 반 학생으로 얼굴을 알고 있으면 모두가 벗 붕(朋)이다. 그러나 우리는 또래의 교제보다 더 진실하고 깊은 마음으로 사귀는 벗이 있는데, 마음과 마음이 통하는 몇 안 되는 벗을 한자로 友라고 쓴다. 우(友)는 서로 마음을 알고 마음을 줄 수 있는 벗이다. 때문에, 벗 우(友)는 여러 사람이 아니다. 우리가 잊을 수 없고, 또 변할 수 없는 벗이기에 우리는 그 뜻을 友情이라고 부른다.

우리에게 붕과 붕 사이의 정, 곧 붕정(朋情)도 있겠지만 '붕정을 잊지 말자' 라고 말하지는 않는다. 이처럼 붕(朋)과 우(友)는 크게 다르지만, 붕에게도 우에게도 모두 신의를 지켜야 한다. 그래서 붕우유신(朋友有信)의 덕목이 중요한 것이다.

일찍이 曾子(증자)는 "군자는 글로써 벗과 사귀고(以文會友), 벗으로써 어진 덕행을 쌓는다(以友輔仁)." 고 말했다. 또 증자가 날마다 3가지로 자신을 반성하는데(日三省吾身), 그중에 '친우와 사귀면서 믿음이 가지 않는 행실을 했는가?(《論語 學而》 曾子曰, "吾日三省吾身, 爲人謀而不忠乎 與朋友交而不信乎 傳不習乎?")' 라는 항목이 들어있다.

공자께서도 "벗은 간절히 살펴 좋은 일을 권하고, 형제는 기뻐하며 즐거워해야 한다."고 말했으며, 子貢이 벗과 사귀는 도리에 대하여 묻자, 공자께서는 "착한 일을 하라고 진심으로 청하고 잘 말하되, 안 된다면 그만 사귀어야지 나 자신을 욕되게 해서는 안 된다."고 하였다.(《論語 顔淵》 子貢問友. 孔子曰, 忠告而善道之, 不可則止, 毋自辱焉.)

또 맹자도 "착한 일을 하라고 재촉하는 것이(責善) 벗의 도리라."고 하였다.(《孟子 離婁 下》 孟子曰, 責善, 朋友道也.)

이상의 몇 가지 예를 보더라도 '좋은 일을 권하는 사이'가 바로 진실한 벗이라 할 수 있다. 공자는 "군자(君子)는 다른 사람의 장점을 키워주지 나쁜 짓을 거들어주지 않는다. 소인은 이와 반대이다."(《論語 顔淵》 子曰, "君子成人之美, 不成人之惡. 小人反是.")고 하였다. 친구의 좋은 점을 찾아 또 친구가 실력이나 재능을 발휘할 수 있도록 격려하고 도와주어야 친구이지 나쁜 일을 권유하는 사람은 결코 벗이라 할 수 없는 것이다.

내가 어떤 지위에 있다면, 내 주변에는 여러 사람이 모여든다. 내가 어느 정도 재력이 있어 아는 사람들에게 술과 음식을 자주 대접한다면, 그 소문을 듣고 더 많은 사람이 나를 찾아올 것이다. 그때 그들이 나의 또래는 될지언정 진정한 벗은 아닐 것이다. 술 사주고 밥을 사주어 사귄 벗은 술과 밥의 공급이 끝나면 만남의 관계도 끊어질 것이다.

그런 사람들은 단지 나와 사귐으로써 얻을 수 있는 利를 따라 행동할 뿐이다. 어떤 이익을 따라 모이고 헤어지면 그들은 小人일 뿐, 나에게 좋은 뜻을 권하는 진실한 벗은 아닐 것이다. 단 한 명이라도 좋으니 진실한 벗을 얻을 수 있다면, 그 인생은 성공한 것이고 뜻있는 삶일 것이다.

| 原文 | 孔子爲魯司寇, 見季康子, 康子不悅. 孔子又見之.

宰予進曰, "昔予也常聞諸夫子曰, 王公不我聘則弗動, 今夫子之於司寇也日少, 而屈節數矣, 不可以已乎?"

孔子曰, "然, 魯國以衆相陵, 以兵相暴之日久矣, 而有司不治, 則將亂也, 其聘我者, 孰大於是哉."

魯人聞之曰, "聖人將治, 何不先自遠刑罰." 自此之後, 國無爭者.

孔子謂宰予曰, "違山十里, 蟪蛄之聲, 猶在於耳, 故政事莫如應之."

| 국역 | 孔子가 魯의 司寇(사구)가 되었을 때, 季康子(계강자)를 만났는데, 계강자는 기뻐하지 않았다.[638] 그래도 공자는 다시 만나려 했다.

그러자 (제자인) 宰予(재여)가 공자에게 말했다.

---

638 원문 康子不悅 – 응당 季桓子(계환자)이어야 한다는 주석이 있다.

"예전에(昔) 저는(予, 名也) 夫子(부자 : 선생님)께서 王公(왕공)이 나를 초빙하지 않는다면 찾아가지 않는다(弗動)는 말을 여러 번 들었습니다. 지금 夫子께서 司寇(사구)가 되신 지 며칠 되지도 않았는데, 그간 여러 번 지조를 굽히셨으니[639] 이제 그만두실 수 없습니까?"

孔子가 말했다.

"내가 그렇게 말했었다(然). 魯國(노나라)에서는 무리를 지어(以衆) 서로를 능멸하고, 무력으로 상대를 억압하는 일이 오래 되었기에 당 관리가(有司) 이를 懲治(징치 : 다스리다)하지 못하니 앞으로 변란이 일어날 것이다. 나를 불러 이 사구의 직책을 맡겼으니, 나에게 이보다 더 큰일이 무엇이겠느냐?"[640]

魯人(노인 : 노나라 사람들)이 이런 말을 듣고서는 말했다.

"聖人(성인)이 장차 다스릴 것이니, 우리가 먼저 형벌에서 멀리 떨어져 있어야 할 것이다."

그리고 그 이후로는 나라 안에 힘으로 겨루는 자가 없어졌다.

孔子가 재여에게 말했다. "산에서 10리를 벗어나도(違山十里) 매미소리가[641] 여전히 귓가에 맴도는 것 같으니, 政事(정사:정치)는 적극적으로 찾아 대응하여야 할 것이다."

---

639 원문 而屈節數矣 – 지조를 굽히고 여러 번 季孫氏를 만났다는 뜻.

640 원문 孰大於是哉 – 무엇이(孰) 이보다(是) 더 크겠는가(大)?

641 원문 蟪蛄之聲 – 蟪는 쓰르라미 혜. 매미. 蛄는 땅강아지 고. 매미.

|原文| 孔子兄子有孔篾者, 與宓子賤偕仕.

孔子往過孔篾, 而問之曰, “自汝之仕, 何得何亡?”

對曰, “未有所得, 而所亡者三, 王事若龍, 學焉得習, 是學不得明也, 俸祿少饘粥, 不及親戚, 是以骨肉益疏也, 公事多急, 不得吊死問疾, 是朋友之道闕也. 其所亡者三, 卽謂此也.”

孔子不悅, 往過子賤, 問如孔篾.

對曰, “自來仕者無所亡, 其有所得者三, 始誦之, 今得而行之, 是學益明也, 俸祿所供, 被及親戚, 是骨肉益親也, 雖有公事, 而兼以吊死問疾, 是朋友篤也.”

孔子喟然, 謂子賤曰, “君子哉若人. 魯無君子者, 則子賤焉取此.”

|국역| 孔子 兄子(형자 : 형의 아들)인 孔篾(공멸)은 (공자 제자) 宓子賤(복자천)과 함께 출사하였다.[642]

공자가 공멸에게 들려 공멸에게 물었다.

“네가 출사(벼슬)한 이래로 무엇을 얻었고, 무엇을 잃었는가?”

공멸이 대답하였다. “얻은 것은 없고, 잃은 것은 3가지입니다.

---

642 원문 孔篾(공멸) – 孔忠. 형인 맹피의 아들이니, 공자의 조카이다. 字는 子蔑(자멸). 宓子賤(복자천)은 宓不齊(복부제).

王事(官事)가 끝없이 많아서[643] (이전에) 배운 것을 익힐 겨를이 없어 배운 것이 더 不明(불명)해졌습니다. 俸祿(봉록)이 적어 죽을 먹어야 하기에 親戚(친척)을 돌볼 수가 없어 골육이 더욱 소원해졌습니다. 다급한 公事(공사)가 많아 조문이나 아픈 사람 위문도 할 수가 없어 朋友(붕우 : 친구)의 情도 많이 없어졌으니, 이 3가지를 잃었습니다."

孔子는 기분이 좋지 않았고, 복자천에게 들려 공멸에게 한 질문을 다시 말하였다.

이에 복자천이 대답하였다.

"제가 出仕(출사 : 벼슬)한 이후로 잃은 바는 없고, 얻은 것이 3가지입니다. 전에 외웠던 일들은(始誦之) 지금 찾아 실행하니 배운 것이 더욱 명확해졌습니다. 봉록을 친척에게도 나눠주니 골육이 더욱 친밀해졌습니다. 비록 公事(공사)가 많더라도 조문과 위문을 하여 붕우의 情(정)도 돈독해졌습니다."

孔子는 크게 감탄하며 복자천에게 말했다.

"군자는 진정 이 같은 사람이다.[644] 魯(노)나라에 君子(군자)가 없었다면, 복자천이 어디서 이를 배웠겠는가?"

---

643 원문 王事若龍 – 王事는 관청의 업무. 若龍의 龍은 讋(두려워할 섭. 이어지다, 前後相因)이 되어야 한다는 주석에 따른다.

644 원문 君子哉若人 – 若人(약인)은 이런 사람. 是人者也.

貴黍賤桃
孔子侍坐於哀公賜桃與
黍孔子先飯黍而後啖桃
左右掩口而笑公曰黍者
所以雪桃孔子對曰丘知
之夫黍五穀之長郊社宗
廟以爲上盛菓屬有六而
桃爲下不登郊廟丘聞君
子以賤雪貴未聞以貴雪
賤故不敢從賤而雪貴也

〈貴黍賤桃(귀서천도)〉

| 原文 | 孔子侍坐於哀公, 賜之桃與黍焉.

哀公曰, "請食."

孔子先食黍而後食桃, 左右皆掩口而笑.

公曰, "黍者所以雪 〈雪拭〉 桃, 非爲食之也."

孔子對曰, "丘知之矣, 然夫黍者, 五穀之長, 郊禮宗廟以爲上盛, 菓屬有六而桃爲下, 祭祀不用, 不登郊廟, 丘聞之君子以賤雪貴, 不聞以貴雪賤, 今以五穀之長, 雪菓之下者, 是從上雪下, 臣以爲妨於敎, 害於義, 故不敢."

公曰, "善哉."

| 국역 | 孔子가 애공을 侍坐(시좌)할 때, 哀公이 공자에게 복숭아〔桃(복숭아 도)〕와 기장〔黍(기장 서)〕을 내주었다.

애공이 "드십시오." 하고 말했다.

그러자 공자는 먼저 기장을 먹고 나중에 복숭아를 먹었는데, 옆에 있던 사람들이 모두 입을 가리며 웃었다.[645]

애공이 말했다.

"기장은 복숭아를 씻는 것이고[646] 먹는 것이 아닙니다."

645 원문 左右皆掩口而笑 – 左右는 측근. 掩口(엄구)는 입을 가리다. 掩은 가릴 엄.

646 원문 黍者所以雪桃 – 雪은 눈 설. 여기 雪은 씻다. 拭(닦을 식)과 通.

孔子가 대답하였다.

"저도(丘) 알고 있습니다만, 기장은 五穀(오곡)의 으뜸으로 郊祀(교사)나 宗廟(종묘) 제례에 가장 중요한 제물입니다. 과일 종류에 6가지가 있으나 복숭아는 가장 下品(하품)이라서 제사에서도 쓰지 않고 교사나 종묘제사에도 올리지 않습니다. 제가 알기로, 君子는 천한 것으로 귀한 물건을 씻을 수 있지만, 귀한 것으로 천한 것을 씻을 수 없다고 하였습니다. 지금 오곡의 으뜸인 기장으로 하품 과일을 씻어야 한다면, 이는 上品(상품)으로 하등의 물건을 닦아내는 것이니, 교화에도 방해가 될 것이고 仁義(인의)를 해칠 것이라 생각하여 감히 그렇게 하지 못했습니다."

이에 애공이 말했다. "좋은 말씀입니다."

原文 子貢曰, "陳靈公宣淫於朝, 泄治正諫而殺之, 是與比干諫而死同, 可謂仁乎?"

子曰, "比干於紂, 親則諸父, 官則少師, 忠報之心在於宗廟而已, 固必以死爭之, 冀身死之後, 紂將悔寤其本志, 情在於仁者也, 泄治之於靈公, 位在大夫, 無骨肉之親, 懷寵不去, 仕於亂朝, 以區區之一身, 欲正一國之淫昏, 死而無益, 可謂捐矣. 《詩》云, '民之多辟, 無自立辟.' 其泄治之謂乎."

| 국역 | 子貢(자공)이 말했다.

"陳(진) 靈公(영공)이 조정에서 드러내놓고 淫亂(음란)한 짓을 하자,[647] 泄治(설치)가 正諫(정간 : 바로잡으려 간언을 하다)을 했고, (영공은) 설치를 죽였습니다. (설치는) 〔商 紂王(상 주왕)의〕 比干(비간)[648]이 간언하고 죽음을 당한 것과 같으니 仁(인)이라 할 수 있습니까?"[649]

---

647 원문 宣淫於朝 - 宣은 펼 선. 널리 퍼트리다. 宣淫(선음)은 음행을 숨기지 않다. 陳 靈公은 嬀(규)는 姓, 名은 平國, 春秋 시기 諸侯國 陳國의 19대 國君, 在位 前 613 - 599년. 진 靈公은 卿인 孔寧, 儀行父(의행보) 등과 함께 大夫인 夏徵舒(하징서)의 모친인 夏姬(하희)와 私通했다. 이들 君臣 3인이 조회하면서 夏姬의 內를 가지고 서로 희롱을 했었다. 영공이 하희의 집에 가서 술에 취하자, 하징서가 영공을 죽였다. 夏姬(夏姬)는 본래 鄭 穆公(목공)의 딸이며 鄭 靈公(영공)의 여동생이었는데, 여러 나라의 대부와 여러 번 결혼하였다. 그녀와 결혼한 남성은 불행한 결말을 본 것으로 유명하다. 하희는 陳國 夏徵舒(하징서)의 亂과 楚師伐陳 등 사건의 원인이 되었고, 三夫와 一君 一子를 죽게 했고, 一國과 兩卿을 멸망케 했다.

648 比干〔비간, 생졸년 미상, 子姓, 殷商의 宗室, 比邑(今 山西 汾陽市)〕에 被封. 商紂의 宰相인 文丁의 子, 紂王의 叔父. 《論語》에서는 微子(미자), 箕子(기자), 比干(비간)을 '殷 三仁'이라 했다. 周朝에서는 國神으로 숭배. 道教에서는 文曲守財藏眞福祿眞君(간칭 守財眞君, 文財眞君, 財祿眞君 등). 중국인의 財神. 중국 林姓의 始祖.

649 【참고】《論語 微子》 微子去之, 箕子爲之奴, 比干諫而死. 孔子曰, "殷有三仁焉."

공자가 말했다.

"比干(비간)은 〔殷(은)의〕 紂王의 親族(친족)으로 紂王(주왕)의 叔父〔숙부 : 諸父(제부)〕이고 관직으로는 少師이니, 그의 忠報之心은 다만 宗廟의 보전에 있었으며 죽더라도 간쟁하지 않을 수 없었고, 자신이 죽더라도 나중에 紂王(주왕)이 회개하고 본심으로 돌아가기를 바랐으니, 그 마음 자체가 仁(인)이었다. 그러나 泄治(설치)는 陳(진) 靈公(영공)에게 지위로는 大夫(대부)이고 골육의 친족도 없었으며, 다만 총애를 받고 있어 진 영공을 떠날 수 없어 혼란한 조정에 출사(벼슬)하면서 겨우 그 一身(일신)의 보전하며 一國(일국)의 淫昏(혼음)을 막아보려 하였다. 그래서 그의 죽음은 無益(무익)했으니 그냥 목숨을 버렸다고 할 수 있다.[650] 《詩(시) 大雅 板(대아 판)》에서는 '백성이 많이 간사하니 홀로 법을 세운다고 자신을 해롭게 하지 말라.' 하였으니, 아마도 泄治(설치)에게 한 말이 아니겠는가?"

650 원문 可謂捐矣 - 捐은 버릴 연. 내주다.

因膰去魯
齊人聞孔子為政
懼將霸用犁彌計
選女樂八十人衣
紋衣舞康樂馬三
十駟以遺魯君魯
君為周道遊觀怠
於政事孔子猶不
忍行以彰其過後
因不致膰俎遂行

〈因燔去魯(인번거로)〉

｜原文｜ 孔子相魯, 齊人患其將霸, 欲敗其政, 乃選好女子八十人, 衣以文飾而舞容璣, 及文馬四十駟, 以遺魯君, 陳女樂, 列文馬於魯城南高門外, 季桓子微服觀之再三, 將受焉, 告魯君爲周道遊觀, 觀之終日, 怠於政事.

子路言於孔子曰, "夫子可以行矣."

孔子曰, "魯今且郊, 若致膰於大夫, 是則未廢其常, 吾猶可以止也."

桓子旣受女樂, 君臣淫荒, 三日不聽國政, 郊又不致膰俎, 孔子遂行.

宿於郭屯, 師以送曰, "夫子非罪也."

孔子曰, "吾歌可乎?"

歌曰, '彼婦人之口, 可以出走, 彼婦人之請, 可以死敗. 優哉遊哉, 聊以卒歲.'

｜국역｜ 孔子가 魯君(노군 : 노나라 임금)의 政事(정사)를 도울 때,[651] 齊(제)나라에서는 (魯가) 패권을 장악할까 걱정하여, 공자

---

651 원문 孔子相魯 – 文理로 相魯는 '魯의 재상일 때' 로 번역해야 하나 공자는 魯의 相(재상)이 된 적이 없었다. 攝相事(섭상사)는 '재상 역할을 대신할 때' 이니, 이때도 재상은 아니었다. 공자가 司寇(사구, 大司寇)로 재직하기는 魯 정공 10 – 13년(前 500 – 497년 / 공자 52세 – 55세)였다.

를 (혁신을) 패망케 하려 하였다. 그래서 미인 80명을 골라 무늬로 장식한 옷을 입히고 舞曲(무곡) 〈容璣(용기)〉를 추게 하였고 알록달록한 털의 말 四十駟〔40사, 40×4=160마리, 駟(사)는 四馬也〕를 魯君(定公)에게 보내주었고, 女樂을 魯의 도성 남문 밖에 진열하였고, 알록달록한 털의 말을 노나라 성 남쪽 높은 문 밖에 줄을 세웠다. 이에 季桓子(계환자)는 微服(미복)으로 2, 3번 가서 보고 곧 받아들이려고 하였으며, 魯君에게는 여러 곳(周道)을 둘러보자고 말하여 그들을 종일 구경하느라고 정사에 태만하였다.

이에 子路(자로)가 공자에게 말했다.

"夫子께서는 (魯를) 떠나야 할 때가 된 것 같습니다."

그러자 공자가 말했다.

"魯에서는 오늘 郊祀(교사)를 지낼 것이니, 만약 대부에게 祭肉〔제육, 膰(제사 지낸 고기 번). 祭肉也〕을 보내준다면 魯君이 日常(일상)을 폐하지 않은 것이니, 나는 출발 하지 않고 머물 것이다."

季桓子는 (齊에서 보낸) 女樂(여악)을 받았고, 君과 臣이 모두 음란에 빠져〔淫荒(음황)〕 3일간이나 國政(국정)을 돌보지 않았으며, 교사를 지내고 제육을 대부들에게 보내주지도 않자, (결국) 공자는 魯를 떠났다.[652]

---

652 원문 孔子遂行 – 공자가 魯를 떠나 각국을 유랑하는데, 이때가 前 497년, 定公 13년, 공자 55세였다. 공자가 노나라를 떠난 이유를 명확하게 설명한 사료도 없으며 오랜 기간의 외유에 관하여 《論語》에도 극히 간단한 서술이 있을 뿐이다. 하여튼 공자는 당시 魯

(출발한 공자는 당일에 도성을 벗어나지 않고) 성의 외곽에서 1박하였는데(宿於郭屯), 〔樂師(악사)인〕 師以(사이, 師已)가 공자를 정송하며 말했다.

"夫子의 罪(죄)는 아닙니다."

孔子가 말했다.

"내가 노래를 불러도 괜찮겠습니까?"

그리고는 노래를 불렀다.

의 실권자 季桓子(계환자)와 갈등이 있었다고 추정할 수 있다.

공자는 68세 되는 해까지 14년간 자신의 道를 실현할 수 있는 나라를 찾아다녔다. 공자는 당시 魯나라 주변의 약소국인 衛(위), 宋(송), 陳(진), 蔡(채) 등에 주로 머물렀고 晉(진), 楚(초), 齊(제) 같은 큰 나라에는 가지도 않았다.

이러한 외유를 공자가 천하를 周遊(주유)했다고 표현하지만, 사실은 많은 역경과 난관만을 겪었을 뿐 끝내 뜻을 이루지 못했다. 공자가 각국을 돌아다니는 동안 鄭(정)나라 성문에서는 일행과 떨어져 '상갓집의 개(喪家之狗)' 처럼 처량한 상황에 처하기도 했으며, 匡(광)이란 곳에서는 마을 사람들의 공격을 받아 목숨이 위태로웠던 때도 있었다. 뿐만 아니라 陳나라와 蔡(채) 사이에서는 식량이 떨어져 7일 동안 굶기도 했었다.

공자가 魯國을 떠나 천하를 주유한 것은, 자신의 과거나 특정 대상으로부터 달아나기 위한 것이 아니었고, 자신의 정치 철학에 대한 변화를 시도한 것도 아니었다. 이는 공자가 자신의 이상을 실현해야 한다는, 또 천하 만민들을 위한 仁政을 베풀어야 한다는 신념을 관철하기 위한 공자의 熱情(열정, passion)이라고 볼 수 있다.

'저 여인들의 입은(彼婦人之口) 사람을 달아나게도 하고(可以出走), 저 여인들의 부탁은(彼婦人之請) 사람을 죽거나 망하게 할 수 있다네(可以死敗).[653] 그저 나는 한가하여 노닐 수 있나니, 그럭저럭 여생을 마치리라.'[654]

| 原文 | 淡臺子羽有君子之容, 而行不勝其貌, 宰我有文雅之辭, 而智不充其辯.

孔子曰, "里語云, '相馬以輿, 相士以居.' 弗可廢矣. 以容取人, 則失之子羽, 以辭取人, 則失之宰予."

孔子曰, "君子以其所不能畏人, 小人以其所不能不信人. 故君子長人之才, 小人抑人而取勝焉."

| 국역 | 淡臺子羽(담대자우)[655]는 君子로서의 용모나 그 행위가

---

653 원문 可以死敗 – 婦人의 말(口) 때문에 사람을 방출할 수도, 또 죽일 수도 있을 것이다.

654 원문 優哉遊哉, 聊以卒歲 – 優는 넉넉할 우. 遊는 놀 유. 哉는 어조사 재. 士人이 시대를 못 만나면 한가로이 노닐며 일생을 보낼 수밖에 없다는 탄식이라는 주석이 있다.

655 淡臺子羽(담대자우) –《論語 雍也》子游爲武城宰. 子曰, "女得人焉爾乎?" 曰, "有澹臺滅明者, 行不由徑, 非公事, 未嘗至於偃之室也."

그 외모보다 못한 것 같았고,[656] 宰我(재아)는 그 언사가 문아하였지만 그 지혜는 그 언변을 따라가지 못했다.

孔子가 말했다.

"里語〔리어, 俚語(리어), 俗諺(속언), 속담〕에 '말을 고르려면 수레를 끌게 해보고, 士人(선비)이 어떤가를 알아보려면 그 거처를 보아야 한다.'는 말을 믿지 않을 수 없다. 용모로 사람을 고르다 보면 子羽(자우) 같은 사람을 놓칠 수 있고, 언변으로 사람을 고르면 宰予〔재여 : 宰我(재아)〕 같은 사람을 고르는 실수를 할 수 있다."

子游(자유)가 武城의 邑宰로 재직할 때 공자를 만났다. 공자가 자유에게 "너는 쓸만한 인재를 찾았는가?"라고 물었다. 이에 자유가 말했다. "澹臺滅明(담대멸명, 澹臺가 姓이고 滅明이 이름)이란 사람이 있는데, 샛길로 다니지 않고〔行不由徑, 徑(지름길 경)〕, 公事가 아니라면 저의 처소에 들린 적이 없습니다."라고 말했다. 澹臺滅明(담대멸명)의 字는 子羽(자우)인데, 외모가 아주 추했다. 공자를 사부로 섬기고자 할 때 공자는 재주도 없을 것이라 생각했다. (담대멸명이) 남쪽으로 여행하여 長江에 이르렀는데, 그를 따르는 제자가 3백 명이었고, 주고받거나 거취에 흠결이 없어 제후 사이에 이름이 알려졌다. 이를 공자가 듣고서 말했다. "내가 말재주로 사람을 고르다 보니 宰予(재여) 같은 자를 잘못 골랐고, 외모로 사람을 고르다가 子羽(자우) 같은 사람을 놓칠 뻔했다." '以貌取人, 失之子羽'라는 말은 《論語》에는 나오지 않는다. 공자는 "君子不以言擧人, 不以人廢言."이라고 말했다.《論語 衛靈公》.

656 원문 而行不勝其貌 - 君子之貌(준자지모)는 '군자처럼 의젓한 외모'로 해석할 수 있다. 그렇다면 이는 《論語》의 기록과 일치하지 않는다.

孔子가 말했다.

"君子는 자신이 못하는 일이 있어 다른 사람을 두려워하지만, 소인은 자신이 못하는 일이 있으면 다른 사람을 믿지 않는다.[657] 그러기에 군자는 다른 사람의 재능을 키워주지만,[658] 소인은 다

---

657 원문 小人以其所不能不信人 -《論語 衛靈公》子曰, "君子病無能焉, 不病人之不己知也.", "군자는 자신의 무능을 걱정할 뿐 다른 사람이 알아주지 않는 것을 탓하지 않는다." 원문의 病은 우려하다, 책망하다의 뜻이다. 군자는 다른 사람이 알아주지 않는 것을 걱정하지 않으며, 자신이 다른 사람을 알지 못하는 것을 걱정해야 한다고 하였다. 바다가 마르면 결국 바닥이 보이지만, 사람은 죽어도 그 마음은 모른다.(海枯終見底, 人死不知心.)라고 하였으니, 다른 사람을 아는 것이 쉬운 일이겠는가? 내가 남을 모르는데, 남이 나를 알아주지 않는다고 걱정해서야 되겠는가?

658 원문 故君子長人之才 -《論語 顏淵》子曰, "君子成人之美, 不成人之惡. 小人反是."
간략히 '成人之美'라 하여, 남을 도와 어떤 좋은 결과를 얻은 경우에, 관용어처럼 널리 쓰이는 말이다. 군자는 남을 도와 좋은 일을 완성케 하고, 남의 나쁜 일을 돕지 않는다. 소인은 이와 반대이다. 남을 장점을 찾아내고 그를 도와주는 일, 다른 사람의 선행을 도와 완성케 하는 일 역시 선행이다. 남의 악행을 방관하거나 남의 악행에 동참하지 않는 것은 군자의 당연한 의무이다. 眞僞(진위), 善惡(선악), 美醜(미추)는 사실 주관적이고 어떤 표준이 없다. 사실 무엇이 선이고 악인가는 철학적인 개념이기에 한 마디로 설명할 수 없다. 그러나 사회생활에서 약자를 돕는다든지, 어려운 처지에서 벗어나게 해주는 등, 선행을 말하기는 등 어려운 일이 아니다. 그런 도움의 결과로 나중에 더 나빠질 수도 있고 오

른 사람을 눌러 이기려 한다."

| 原文 | 孔篾問行己之道.

子曰, "知而弗爲, 莫如勿知, 親而弗信, 莫如勿親. 樂之方至, 樂而勿驕, 患之將至, 思而勿憂."

孔篾曰, "行己乎?"

子曰, "攻其所不能, 補其所不備. 毋以其所不能疑人, 毋以其所能驕人. 終日言, 無遺己之憂, 終日行, 不遺己患, 唯智者有之."

| 국역 | 孔篾(공멸, 공자의 조카)이 行己之道〔행기지도, 處世(처세)의 道(도), 修身(수신) 방법〕를 물었다.

공자가 말했다.

"알고도(知) 하지 않는다면(弗爲, 不爲), 모르는 것만 못하고(莫如勿知), 親(친)하다면서 믿지 못한다면, 친하지 않은 것만도 못하다(莫如勿親). 즐거움이 있다면(樂之方至), 즐길지라도 교만하지 말고(樂而勿驕), 환난이 닥칠지라도 생각은 하지만 걱정할

히려 독이 될 수도 있지만, 눈앞의 선행은 우선 실천해야 한다. 본래 좋은 일은 소문이 잘 안 나지만(善事不出門), 추한 일은 1천 리 밖까지 퍼진다(醜事傳千里). 그래서 나쁜 짓을 해서는 안 된다.

수는 없다(思而勿憂).”

공멸이 말했다.

“이것만을 실천하면 됩니까?”

공자가 말했다.

“할 수 없는 바를(所不能) 힘써 실천하고(攻其~), 할 수 없는 것을 보완해야 한다(補其所不備). 자신이 할 수 없는 일로 남을 의심하지 말고, 자신이 잘하는 일로 교만하지 말라.[659] 종일 일을 할지라도 나의 걱정을 남에게 남기지 말지니, 오로지 지혜로운 사람이 이를 실천할 수 있을 것이다.”

---

659 원문 *毋*以其所能驕人－*毋*는 말 무. 하지 말라. 금지사. 驕는 교만할 교. 능력이 모자란 사람일수록 자랑이 많고(本領小的驕傲大), 학문이 깊은 사람은 그 마음이 평온하다(學問深的意氣平). 재능은 어려운 여건 속에서 배워야 하고(本領要在困難中學), 친구는 환난 속에서 사귀어야 한다(朋友要在患難中交). 재능은 지식 속에 있고(本領在知識中), 지식은 학습 속에 있고(知識在學習中), 학습은 생활 속에 있다(學習再生活中). 이는 생활하면서 배우고, 배워야 아는 것이 있으며, 알아야만 능력도 길러진다는 뜻일 것이다. 사람이 빈천하면 목소리가 낮아지고(人當貧賤語聲低), 가난하면 쉽게 아첨하게 되고(貧卽易諂), 부유하면 교만해지기 쉽다(富卽易驕).

〈在厄(재액)〉 제20

【해설】

〈在厄(재액)〉 본 편은 공자가 각국을 주유(돌아다니다)할 때 겪었던 不運(불운)과 困境(곤경)을 설명하고 있다. 厄(액)은 困苦(곤고) 또는 危險(위험)을 의미한다. 본 편의 여러 내용은《荀子 宥坐(순자 유좌)》,《呂氏春秋(여씨춘추)》,《韓詩外傳(한시외전)》,《說苑 雜言(설원잡언)》,《史記 孔子世家(사기 공자세가)》 등에도 수록되었다.

공자가 50세 되던 노 定公(정공) 8년(B.C. 502년)에 陽虎〔양호, 陽貨(양화)〕의 반란이 있었고, 魯의 政治(정치) 상황은 매우 혼란했다. 또 다른 반란자가 공자를 초빙했지만, 공자는 가지 않았다.[660]

660《論語 陽貨》佛肸召, 子欲往. 子路曰, "昔者由也聞諸夫子曰, '親於其身爲不善者, 君子不入也.' 佛肸以中牟畔, 子之往也, 如之何?" 子曰, "然, 有是言也. 不曰堅乎, 磨而不磷, 不曰白乎, 涅而不緇. 吾豈匏瓜也哉? 焉能繫而不食?"

공자는 51세(B.C. 501년)에 中都(중도)의 邑宰(읍재)라는 地方

佛肹(필힐, 佛은 도울 필, 弼과 同字. 肹은 소리 울릴 힐)은 晉國大夫 范氏(범씨)의 가신으로 中牟(중모)란 곳의 邑宰(읍재)이었는데, 반기를 들고 범씨를 공격했다. 그런 필힐이 공자를 불러 등용하겠다는 뜻을 전하자, 공자가 응하려고 했다. 이에 자로가 말했다. "昔者에 '不善을 직접 행하는 자에게는 君子가 가지 않는다.' 라고 저는 夫子한테 들었습니다. 지금 필힐이 中牟(중모)에서 반기를 들었는데 夫子께서 응하시려는데, 이는 무슨 뜻이십니까?" 그러자 공자가 말했다. "맞다. 그러나 이런 말도 있다. 갈아도(磨) 닳지 않으니(不磷) 견고하다 아니하겠나? 물들여도 물들지 않으니 희다고 아니하겠는가? 내가 어찌 쓰디쓴 박(匏瓜)이겠는가? 어찌 매달려만 있고 먹지도 못하는 그런 박이어야 하는가?" 不磷(불린)은 돌이 닳아 없어지지 않다는 뜻. 涅而不緇(열이불치)는 검은 물을 들여도〔涅(개흙 열). 검은 물을 들이다.〕 검어지지 않다〔緇(검은 비단 치)〕는 뜻이다. 옛날 박〔匏瓜, 葫蘆, 조롱박. 匏(바가지 포). 瓜(오이 과)〕을 심어 초가지붕에 올렸다. 박꽃은 하얗다. 한여름이 지나 초가을쯤이면 박의 껍질이 어느 정도 센다(단단해진다). 그러면 박을 따다가 중앙을 잘라 이등분한다. 박속은 하얗고 정말 놀라울 정도로 가지런하게 박씨가 박혀있다. 그 하얀 박속을 따로 꺼내서 솥에 삶아 간식으로 먹을 수 있다. 그리고 박을 뜨거운 물에 삶으면 더욱 단단해진다. 이것이 바가지이다. 그 박씨를 제비가 홍부에게 물어다 주었다. 그런데 우리나라에는 없지만, 중국에는 바가지 만드는 박보다 더 크지만, 박 속이 써서(苦) 못 먹는 박이 있다. 그 박 속을 파내고 밀봉하면 물에 뜬다. 강을 건너갈 때 그것을 몸에 매달고 건너간다고 한다. 공자가 말한 박(匏瓜)은 식용할 수 없는 박이다. 이것은 그냥 공중에 매달려 있을 뿐 별로 쓸모가 없다. 공자는 자신이 그런 못 먹는

官(지방관)으로 처음 官界(관계)에 들어섰다. 이후 공자는 魯의 토목공사를 담당하는 司空(사공)이 되었고, 다시 司法(사법)을 담당하는 대사구(大司寇)로 승진한다. 이 기간에 협곡이란 곳에서 노와 제나라 군주가 夾谷(협곡)에서 會盟(회맹)할 때, 큰 역할을 했지만 공자의 관직 생활 겨우 4년으로 끝난다.

공자는 B.C. 497년(공자 55세) 魯나라를 떠났다. 공자는 仁政(인정)과 德治(덕치)를 실현할 수 있는 나라를 찾아 역경을 견디며 14년간 각국을 돌아다녔지만, 뜻을 얻지 못하고 B.C. 484년(공자 68세) 노나라로 돌아왔다. 이 모든 것이 공자에게 주어진 命(명)과 같았다.

공자의 '오십에 천명을 알았다(五十而知天命).'는 말은 다양한 해석이 가능하다. 천명은 上天(상천)의 명령으로 새로운 정권을 세울 때나 왕조 교체를 하면서 내세우는 합법성에 관련된 이론이다.

공자가 천명을 알았다는 것은 하, 은, 주의 왕조 교체에 관련된 하늘의 뜻을 이해했다는 뜻보다는 자신에 관하여 어쩔 수 없는

박과 같아서야 되겠느냐?고 말했다. 匏瓜之人(포과지인)은 쓸모가 없는 사람이란 뜻이다. 이 구절을 통해 현실정치에 참여하고 싶은 공자의 간절한 욕구를 알 수 있다. 그러나 공자는 끝내 필힐의 부름에는 응하지 않았다. 匏瓜를 별 이름(匏瓜星)으로 해설한 주석도 있다. 그런데 못 먹는다는 말이 있으니, 하늘의 별을 보고 먹을 것이라는 연상은 쉽지 않다. 그래서 그냥 생활 주변에 볼 수 있는 바가지를 만드는 박으로 옮겼다.

또는 자신의 의지와 상관없이 진행되는 運命(운명)이란 것을 이해했다는 뜻으로 해석할 수도 있다. 공자가 51세에서 54세에 이르는 관직생활 동안 자신의 道를 펴 보이려 했지만 뜻을 이룰 수 없다는 것을 절감했을 것이다.

아무리 하늘이 만물을 낳고 기른다고 하지만, 인간의 생존 조건이나 방법이 자신의 의지로도 어찌할 수 없는 부분이 있다는 것을 알았을 때 인간은 서글퍼진다. 공자 자신도 그러한 것을 느꼈을 나이가 50이라는 뜻일 것이다. 때문에 공자는 "命(명)을 알지 못한다면 군자라고 할 수 없다.(《論語 堯曰》 孔子曰, 不知命無以爲君子也.)"라고 말했다.

공자가 생각하는 命이란 貧富貴賤(빈부귀천 : 부귀빈천)을 뜻할 수도 있다. 지혜와 재주도 없는 사람이 높은 자리를 차지하고 부귀를 누리려 하고, 바른길을 가지도 않고 거짓으로 재물을 얻으려 한다면, 그것은 명을 모르고, 사리를 깨우치지 못한 것이며, 천벌을 받을 것이라고 공자는 생각했다.

공자는 자신의 道가 장차 실현되는 것도 하늘의 뜻이고 실현되지 못하는 것도 명이라고 말했다.(《論語 憲問》 公伯寮愬子路於季孫.~ 子曰, 道之將行也與 命也, 道之將廢也與 命也.~) 그리하여 소인이 이리저리 날뛴다 하여 命이 바뀌는 것은 아니라는 신념을 공자는 갖고 있었다.

공자는 자신의 道를 남이 알아주지 않지만, 자신은 "하늘이나 남을 원망하지 않는다. 인간사의 현실을 배워 천명을 알았으니 나를 알아주는 것은 하늘이다.(《論語 憲問》 子曰, 莫我知也夫. ~ 子曰, 不怨天 不尤人 下學而上達. 知我者其天乎.)" 라고 말했다.

그러나 공자는 이런 것에 대한 언급을 극도로 자제하였다.(《論語 子罕(논어 자한)》 子罕言利與命與仁.) 불확실 것, 보이지 않고 또 증거를 댈 수 없는 것이라면 언급을 하지 않는 것이 인생 50을 살아온 哲人(철인)의 지혜일 것이다.

往陳蔡大夫謀曰孔
子用於楚則陳蔡危
矣相與發徒圍之絶
糧從者病莫能興孔
子絃誦不衰子是子
貢使楚昭王興師迎
孔子然後免

〈在陳絕糧(재진절량)〉

|原文| 楚昭王聘孔子, 孔子往拜禮焉, 路出於陳蔡.

陳蔡大夫相與謀曰, "孔子聖賢, 其所刺譏皆中諸侯之病, 若用於楚, 則陳蔡危矣."

遂使徒兵距孔子. 孔子不得行, 絶糧七日, 外無所通, 藜羹不充, 從者皆病. 孔子愈慷慨, 講弦歌不衰.

乃召子路而問焉, 曰, "《詩》云, '匪兕匪虎, 率彼曠野.' 吾道非乎, 奚爲至於此?"

子路慍, 作色而對曰, "君子無所困, 意者夫子未仁與, 人之弗吾信也, 意者夫子未智與, 人之弗吾行也. 且由也, 昔者聞諸夫子, '爲善者天報之以福, 爲不善者天報之以禍.' 今夫子積德懷義, 行之久矣. 奚居之窮也."

子曰, "由未之識也, 吾語汝, 汝以仁者爲必信也, 則伯夷叔齊, 不餓死首陽, 汝以智者爲必用也, 則王子比幹, 不見剖心, 汝以忠者爲必報也, 則關龍逢不見刑, 汝以諫者爲必聽也, 則伍子胥不見殺. 夫遇不遇者, 時也, 賢不肖者, 才也. 君子博學深謀而不遇時者, 衆矣, 何獨丘哉. 且芝蘭生於深林, 不以無人而不芳, 君子修道立德, 不謂窮困而改節. 爲之者人也, 生死者, 命也. 是以晉重耳之有霸心, 生於曹衛, 越王勾踐之有霸心, 生於會稽. 故居下而無憂者, 則思不遠, 處身而常逸者, 則誌不廣, 庸知其終始乎?"

| 국역 | 楚(초) 昭王(소왕, 재위 前 515 – 489년)이 孔子를 초빙했고, 공자는 楚로 왕을 방문하려고 길을 나서 陳(진)과 蔡(채)를 지나가야 했다.

그때 陳과 蔡의 大夫(대부)들이 함께 모의하며 말했다.

"孔子는 聖賢(성현)이니 그분이 비평하거나 언급한 것은 모두 제후들의 병폐이었다. 만약 楚에서 공자를 등용한다면 (약소국인) 陳과 蔡는 위기에 처할 것입니다."

결국(遂) 군사를 보내 공자의 길을 막았다. 孔子는 갈 수가 없었고 7일 간 식량이 떨어진 곤경에서 밖으로 연락할 수도 없었다. 그래서 (일행은) 나물국〔藜羹(여갱)〕도 먹을 수 없었고 수행자가 모두 병이 났었다. 그렇지만 공자는 더욱 강개한 낯빛으로 강론하거나 琴(금 : 거문고)을 타며 노래하기를 그치지 않았다.

그러다가(乃) 子路(자로)를 불러 물었다.

"《詩 小雅 何草不黃(시 소아 하초불황)》에 이르기를, '외뿔 들소〔兕(시)〕도 호랑이도 아닌 것이 저 트인 벌판을(曠野)을 돌아다닌다.' 고 하였다.[661] 나의 道가 잘못되었는가? 왜 이런 지경에 이르렀겠는가?"[662]

子路(자로)는 분해하면서〔慍(성낼 온)〕, 낯빛을 붉히며 대답하였다.

---

661 원문 率彼曠野 – 率은 修也. 돌아다니다(循의 뜻). 曠은 밝을 광. 텅 비다.

662 원문 奚爲至於此? – 奚는 어찌 해. 왜, 어느? 의문사.

"君子는 곤경에 처하지 않는다(無所困) 하였으니, 夫子께서 아직 仁德이 부족하여 사람들이 우리를 믿지 않기 때문 아니겠습니까? 아니면 夫子께서 아직 지혜롭지 못하시기에 사람들이 우리의 길을 막는 것 아니겠습니까? 그리고 또, 저는 그전에 夫子께 들었습니다만, '善(선 : 착한 자)한 者는 하늘이 福(복)으로 보답하고, 不善(불선 : 악한 일)을 행하는 자는 하늘이 禍(화)를 내려 보답한다.' 고 하였습니다. 지금 夫子께서 積德(적덕)하시고 대의를 실천하신지 오래 되었는데도, 왜 이런 곤궁을 겪어야 하겠습니까?"

공자가 말했다.

"너는(由) 아직 모르는구나, 내가 너에게 말해주겠다. 너는 仁者(인자 : 어진 자)가 필히 남들의 신뢰를 얻는다고 생각하는데, (그럴 것 같았으면) 伯夷(백이)와 叔齊(숙제)가 首陽山(수양산)[663]에서 굶어 죽지 않았을 것이다. 너는 智者(지자)가 당연히 등용된다고 생각하는데, 그렇다면 王子 比干(비간)은 그 심장을 가르는 화를 당하지 않았을 것이며, 너는 충성을 다하는 자가 틀림없이 보답을 받을 것이라 생각하지만, 그렇다면 關龍逢(관용봉)[664]은 형벌

---

663 首陽山(수양산) – 首陽(수양)은, 今 河南省 洛陽市 동쪽 30km 지점에 있는 높이 360m의 山. 孤竹國 國君의 두 아들인 伯夷와 叔齊(숙제) 두 사람은 周 武王의 殷(은) 정벌을 말렸으나 듣지 않고 殷을 멸망시키자, 周의 곡식을 먹을 수 없다면서 이 산에 들어와 고사리를 캐면서 살았다.

664 關龍逢(관용봉) – 夏朝 폭군 桀(걸)의 大臣. 直言 極諫(극간)으로 피

로 죽지 않았을 것이다. 너는 충간을 올리면 모두 받아들여질 것이라 생각하지만, 그렇다면 伍子胥(오자서)는 살해되지 않았어야 했다. 대체로 행운을 만나는가?〔遇(만날 우)〕, 만나지 못하는가는(不遇) 時運(시운)이고, 賢(현)과 不肖(불초)는 才能(재능)이다. 君子는 博學(박학)하고 深謀(심모)하더라도 시운을 타지 못하는 자가 많으니(衆矣), 어찌 나(丘) 혼자뿐이겠는가? 그리고 芝草(지초)와 蘭(난)이 깊은 숲에 자라나 사람이 없다 하여 향기롭지 않은 것이 아닌 것처럼, 군자가 修道(수도)하고 立德(입덕)하지만 곤궁하다고 지조를 바꾸지 않는다. 무슨 일이든 실행하는 자는 사람이고, 죽고 사는 것은 命(명 : 운명)이다. 때문에 晉(진)의 重耳〔중이, 文公(문공), 재위 前 636 - 628년〕가 霸者(패자)가 되려는 마음은 그가 曹(조)와 衛(위)에 망명했을 때 품었으며, 越王(월왕) 勾踐(구천)의 霸心(패심)은 그가 會稽(회계)에서 곤궁할 때 품게 되었다. 그래서 남의 아래에 있어야 했지만 근심하지 않았다면 그 사상이 원대하지 않았을 것이고, 그 생활이 늘 안일한 사람은 그 心地(심지 : 뜻)가 넓지 못할 것이니, 네가 어찌 그런 사람들의 마음의 시작과 끝을 알 수 있겠는가?"[665]

살. 商朝(殷) 말년, 폭군 紂王(주왕)에 피살된 比干(비간)과 함께 忠臣의 대명사.

665 원문 庸知其終始乎? - 庸은 쓸 용, 어찌 용. 用也. 晉文公이나 越王의 곤궁할 시절을 알 수 있겠느냐?

| 原文 | 子路出, 召子貢, 告如子路.

子貢曰, “夫子之道至大, 故天下莫能容夫子, 夫子盍少貶焉?”

子曰, “賜, 良農能稼, 不必能穡, 良工能巧, 不能爲順, 君子能修其道, 綱而紀之, 不必其能容. 今不修其道, 而求其容, 賜, 爾志不廣矣, 思不遠矣.”

子貢出, 顔回入, 問亦如之.

顔回曰, “夫子之道至大, 天下莫能容, 雖然, 夫子推而行之, 世不我用, 有國者之醜也, 夫子何病焉? 不容, 然後見君子.”

孔子欣然嘆曰, “有是哉, 顔氏之子, 吾亦使爾多財, 吾爲爾宰.”

| 국역 | 子路(자로)가 나가자, 子貢(자공)을 불러 자로에게 물었던 것과 같이 말했다.

그러자 자공이 말했다.

“夫子의 道는 至大(지대 : 지극히 크다)하기 때문에 天下(천하)에 누구도 夫子(부자 : 선생님)를 포용할 수 없으니, 夫子께서는 약간 좀 낮추시면 어떻겠습니까?”[666]

---

666 원문 盍少貶焉? – 盍은 덮을 합, 어찌 아니할 합. 少는 조금. 약간.

공자가 말했다.

"사(賜, 자공의 名)야! 농사를 잘 짓는 유능한 농사꾼이 씨를 뿌린다 하여 반드시 풍성한 수확하지는 못하고,[667] 良工(양공 : 훌륭한 공인)이 솜씨가 좋더라도 모든 것을 손님의 마음에 들게 하지는 못하나니,[668] 君子가 그 道를 수련하여 체계를 세우고(綱) 기강을 잡았다(紀) 하여 모두에게 용납되어야 할 이유도 없다. 그렇다고 지금 그 道를 不修(불수 : 부지런히 도를 닦지 않다)하고 받아들여지기를 바란다면, 賜(사)야! 너의 의지는 넓어지지 않을 것이고 理想〔이상 : 思(사고)〕 또한 원대해지지 않을 것이다."

子貢(자공)이 나가고 顏回(안회)가 들어오자, 같은 질문을 하였다.

그러자 안회가 말했다.

"夫子之道(부자지도 : 선생님의 도)는 至大(지대 : 지극히 크다)하여 天下에 수용할 만한 사람이 없습니다만, 그렇더라도 夫子께서 더욱 밀고 나가며 실천하셔야 합니다. 세상이 나를 등용하지 못한다면(世不我用), 이는 나라를 다스리는 사람이(有國者) 부끄러워할 일이지, 夫子께서 왜 걱정하셔야 합니까? 설령 不容(불용 : 용납

貶은 떨어트릴 폄. 貶下. 뜻을 좀 작게 갖다. 기대를 좀 낮추다.

667 원문 良農能稼, 不必能穡 – 稼는 심을 가. 씨앗을 뿌리다. 穡은 거둘 색. 수확하다(斂之 / 獲之). 아무리 농사를 잘 짓는 농부라도 자기 뜻대로 수확하지는 못한다.

668 원문 不能爲順 – 不能은 늘 매번 人意에 순응하지는 못한다.

되지 못하다)하더라도 그런 뒤에(然後)라야 君子의 모습이 드러날 것입니다(見君子)."

孔子는 아주 기뻐하며 감탄하였다.

"옳은 말이다. 顔氏(안씨)의 아들이여! 나 역시 네가 많은 재산을 가졌다면, 나는 기꺼이 너를 위해 재산을 관리해 주겠다."[669]

| 原文 | 子路問於孔子曰, "君子亦有憂乎?"

子曰, "無也. 君子之修行也, 其未得之, 則樂其意, 既得之, 又樂其治, 是以有終身之樂, 無一日之憂. 小人則不然, 其未得也, 患弗得之, 既得之, 又恐失之, 是以有終身之憂, 無一日之樂也."

| 국역 | 子路(자로)가 孔子(공자)에게 물었다.

"君子(군자)도 마찬가지로 근심합니까?"

공자가 말했다.

"걱정하지 않는다. 君子가 修行(수행)하여 뜻을 이루지 못하더라도(其未得之) 자신의 뜻을 즐거워한다. 뜻을 이뤘다면 또 자신이 이룬 것(治)을 즐길 뿐이다. 그러하기에 終身(종신)토록 즐거

---

669 원문 吾爲爾宰 - 宰는 재상 재. 맡아 관리하다. 主財者. 너와 같은 뜻으로 함께하겠다(意志 同也).

울 뿐 하루라도 근심하지는 않는다. 그러나 소인은 그러하지 못하니, 얻지 못했을 때는 이루지 못한 것을 걱정하고, 성취한 다음에는 잃게 될까 걱정하며, 죽을 때까지 걱정할 뿐 하루라도 즐거운 날이 없을 것이다."

| 原文 | 曾子弊衣而耕於魯, 魯君聞之而致邑焉, 曾子固辭不受.

或曰, "非子之求, 君自致之, 奚固辭也?"

曾子曰, "吾聞受人施者常畏人, 與人者常驕人, 縱君有賜, 不我驕也, 吾豈能勿畏乎?"

孔子聞之曰, "參之言足以全其節也."

| 국역 | 曾子(증자)가 魯에서 해진 옷〔弊衣, 弊(해질 폐)〕을 입고 농사를 지었는데, 魯君(노군 : 노나라 임금)이 알고서는 증자에게 식읍(한 고을)을 하사하려 했으나, 曾子는 굳이 사양하면서 받지 않았다. 그러자 어떤 사람이 말했다(或曰).

"당신이 얻고자 한 것도 아니고 주군이 직접 하사하는데, 왜 굳이 사양하는가?"

曾子(증자)가 말했다.

"내가 듣기로, 남의 혜택을 받은 자는(受人施者) 늘(常) 베푼 사람을 두려워하고〔畏人(외인)〕, 남에게 베푼 자는(與人者) 늘 그 사람에게 교만하다고 하였습니다. 설령(縱) 주군이 하사하며 (주군께서) 나한테 교만하지는 않겠지만, 내가 어찌 두렵지 않겠습니까?"[670]

孔子가 이를 전해 듣고 말했다.

"증삼의 말을 보면, 그 지조(절개)를 충분히 지켜나갈 것이다(全其節也)."

原文 孔子厄於陳蔡, 從者七日不食. 子貢以所賫貨, 竊犯圍而出, 告糴於野人, 得米一石焉, 顏回仲由炊之於壤屋之下, 有埃墨墮飯中, 顏回取而食之, 子貢自井望見之, 不悅, 以爲竊食也.

入問孔子曰, "仁人廉士, 窮改節乎?"

孔子曰, "改節卽何稱於仁義哉?"

子貢曰, "若回也, 其不改節乎?"

子曰, "然." 子貢以所飯告孔子.

子曰, "吾信回之爲仁久矣, 雖汝有云, 弗以疑也, 其或者必有故乎. 汝止, 吾將問之."

---

670 원문 吾豈能勿畏乎? - 豈는 어찌 기. 勿은 말 물. 아니하다. 畏는 두려울 외.

召顏回曰, "疇昔予夢見先人, 豈或啓佑我哉? 子炊而進飯, 吾將進焉."

對曰, "向有埃墨墮飯中, 欲置之則不潔, 欲棄之則可惜, 回卽食之, 不可祭也."

孔子曰, "然乎, 吾亦食之."

顏回出, 孔子顧謂二三子曰, "吾之信回也, 非待今日也."

二三子由此乃服之.

| 국역 | 孔子가 陳(진)과 蔡(채) 두 나라 사이에서 곤액을 치를 때, 수행하는 제자 모두 7일간이나 먹질 못했다. 子貢(자공)이 갖고 있던 財貨(재화)로 몰래 포위를 뚫고 나가 농부에게 부탁하여 쌀 1石(한 섬)을 얻어오자, 안회와 仲由(중유, 자로)가 무너진 집 아래에서 불을 지펴 밥을 지었는데, 검은 잿가루가 밥에 떨어지자 안회는 그 밥을 떠먹었다. 자공은 우물곁에서 그 모습을 보고 기분이 안 좋아하며, 안회가 밥을 훔쳐 먹었다고 생각하였다.

자공은 들어가 공자에게 말했다.

"仁人(인인 : 어진 사람)이나 염치를 아는 士人〔선비: 廉士(염사)〕도 곤궁해지면〔窮(다할 궁, 가난할 궁)〕 지조(절개)를 바꿉니까?(改節乎?)"

孔子가 말했다.

"지조를 바꾼다면 어찌 仁義라 하겠는가?"

子貢(자공)이 말했다.

"만약 안회라면(若回也) 아마(其) 지조를 바꾸지는 않겠지요?"

孔子가 말했다.

"그럴 것이다(然)."

자공은 밥을 훔쳐 먹은 이야기를 공자에게 했다.

공자가 말했다.

"나는 오래전부터 안회의 仁德(인덕)을 믿었다. 지금 네가 비록 그런 말을 했지만, 나는 믿지 않을 것이고, 혹시 무슨 까닭이 있을 것이다. 너는 기다려 봐라(汝止). 내가 안회에게 물어보겠다(吾將問之)."

안회를 불러 공자가 말했다.

"며칠 전에[671] 나는(予) 꿈에(夢) 조상을(先人) 뵈었는데, 아마 나에게 무언가를 계시하려는 뜻이 아니겠는가? 네가 밥을 새로 지었으면(子炊) 밥을 올려라(而進飯). 내가 먼저 제사를 지낼 것이다."

그러자 안회가 대답하였다.

"아까(向有) 그을음 덩어리가[672] 밥솥에 빠져서 그냥 두자니

671 疇昔 - 疇는 밭두둑 주. 이때 疇는 無義. 그냥 助詞이다. 昔은 옛 석. 疇昔는 往日. 從前.

672 원문 埃墨 - 埃는 티끌 애. 墨은 먹 묵. 불을 땔 때 나오는 그을음 덩어리.

불결하고, 버리자니 아까워서 제가 바로 먹었습니다. 그러니 이 밥으로 제사를 지낼 수 없습니다."

공자가 말했다.

"그러하냐? 나라도 그냥 먹었을 것이다."

顔回(안회)가 나가자, 공자는 여러 제자를 돌아보며 말했다.

"내가 안회를 믿은 것이 비단 오늘 뿐만이 아니다."

제자들은 이로부터 안회에게 감복하였다.

〈入官(입관)〉 제21

【해설】

본 편은 군자의 관직 수행 방법론을 설명하고 있다. 入官(입관)은 관리가 되는 것이 아니라 爲官(위관), 곧 관직 수행을 말한다. 군자가 관리로서 安身(안신)하고 榮譽(영예)를 얻는 것은 당연한 일이지만 그것이 결코 쉬운 일은 아니다. 공자의 爲官(위관)에서 중요한 요점을 요약한다면, ○修身(수신), ○民情(민정) 이해, ○愛民〔애민 : 寬待(관대)〕, ○以身作則(이신작즉 : 곧 솔선수범), ○인재 천거 등이다.

하여튼 백성을 다스리는 기본은 우선 덕을 베풀고 형벌은 나중이며, 백성 동원에 때를 맞춰야 하며(使民以時), 백성으로부터 함부로 재물을 취해서는 안될 것이다(取民有度). 본 편은 《大戴禮記(대대례기) 子張問入官(자장문입관)》과 내용이 거의 동일하다는 설명이 있다.

공자의 정치적 견해는 학덕과 바른 심성을 가진 군자가 政治

(정치)를 담당해야 한다는 주장에서 출발한다. 곧 군자에 의한 통치는 백성의 안녕과 복리를 증진하는 政治라고 요약할 수 있다. 민주주의 시대에도 民本主義(민본주의)는 여전히 중요한 의미를 갖는다.

▶ 君子政(군자정)은 爲民 政治(위민 정치)

군자에 의한 政治(정치)는 君主政(군주정)이 아니다. 보통 군주라고 하면 민의와 상관없이 세습적인 지위를 갖는 사람이 군주이며, 군주정이란 그러한 군주에 의한 자의적인 政治를 의미한다.

그러나 공자의 군자정은 통치자가 수양과 도덕을 가진 군자로서, 스스로 자신의 임무를 깨닫고 신하들을 禮(예)로 통솔하며 君道(군도)를 지켜나가고 신하는 충성으로 군주를 섬기면서 화합하는 德(덕)에 의한 政治이다.[673]

공자는 덕에 의한 政治를 북극성이 제자리를 지키고 다른 모든 별들이 북극성을 중심으로 회전하는 것과 같다고 비유하였다.[674] 또 정치적 기술이 아닌 덕으로 이끌어야만 백성이 따라온다고 강조한 것도 마찬가지 뜻이라 할 수 있다.[675]

---

673 《論語 八佾》 定公問, 君使臣 臣事君 如之何? 孔子對曰, 君使臣以禮 臣事君以忠.

674 《論語 爲政》 子曰, 爲政以德 譬如北辰 居其所而衆星共之.

675 《論語 爲政》 子曰, 道之以政 齊之以刑 民免而無恥, 道之以德 齊之以禮 有恥且格.

실무를 담당하는 신하는 신하의 도리, 곧 신도(臣道)를 지켜 나가는 것이 바른 政治였다. 공자는 신하가 군주를 섬길 때 거짓이 없이 정직하게 섬겨야 하며, 면전에서도 바른말을 하는 것이 도리라고 가르쳤다.[676]

그리하여 군주는 군주로서, 신하는 신하의 역할과 책임을 다하는, 곧 군도와 신도가 진정으로 하나가 될 때 나라는 잘 다스려지고 백성들은 편안하리라 생각한 것이 공자가 생각한 君子政治(군자정치)였다.[677]

곧 공자의 이러한 이상론은 엘리트를 위한 사회 변화와 개량이 아니라 백성을 위한 것이었고, 다만 그런 역할을 군자가 해야 한다는 뜻이었다.

676《論語 憲問》子路問事君. 子曰, 勿欺也 而犯之.

677《論語 顏淵》齊景公問政於孔子. 孔子對曰, "臣臣 父父 子子. 公曰, 善哉! 信如君不君 臣不臣 父不父 子不子 ～."

|原文| 子張問入官於孔子.

孔子曰, "安身取譽爲難."

子張曰, "爲之如何?"

孔子曰, "已有善勿專, 教不能勿怠, 已過勿發, 失言勿掎, 不善勿遂, 行事勿留, 君子入官, 有此六者, 則身安譽至而政從矣. 且夫忿數者, 官獄所由生也, 距諫者, 慮之所以塞也, 慢易者, 禮之所以失也, 怠惰者, 時之所以後也, 奢侈者, 財之所以不足也, 專獨者, 事之所以不成也. 君子入官, 除此六者, 則身安譽至而政從矣."

|국역| 子張(자장)이 관직을 어떻게 수행해야 하는가를 공자에게 물었다.[678]

孔子가 말했다.

"자신을 안정시키며, 칭송을 얻는 것은 어려운 일이다."

子張(자장)이 물었다.

"그렇게 하려면 어떻게 해야 합니까?"

孔子가 말했다.

"자신의 장점이라 하여 독차지 하지 말고(勿專),[679] 재능이 부

678 원문 問入官於孔子 – 入官은 관리가 되어(當官) 백성을 다스리는 일(治民之職也).

족한 사람을 깨우치기를(啓發) 게을리해서는 안 된다.[680] (남의) 과오를 거듭 드러내지 말고,[681] 失言(실언)하였으면 뜻을 왜곡하거나 변명하지 말 것이며,[682] 不善(불선 : 착하지 못함)한 짓을 하지 말고, 해야 할 일을 뒤로 미루지 않는 것이[683] 君子의 관직 수행이라 할 수 있다. 이상 6가지를 지키면 일신이 편안하고 칭송이 뒤따를 것이다.[684]

그리고 화를 내거나(忿) 질책(數, 책망)은 관리에 대한 訟事(송사)의 원인이고, 간언을 거부하는 것은〔距諫(거간)〕 다른 사람의 마음을 닫게 하며, 깔보고 경시하는 것은 禮를 잃는 일이며, 게으

---

679 원문 己有善勿專 – 자신이 잘하는 영역 또는 자신의 선행이라 하여도 다른 사람과 共有해야 하고, 자신만이 그런 일을 할 수 있거나, 아니면 자신이 꼭 해야 하는 것처럼 독점하지 말라.

680 원문 教不能勿怠 – 怠는 게으를 태. 懈(게으를 해)와 通.

681 원문 已過勿發 – 남이 이미 저지른 잘못을 널리 알리지 말라, 그런 과오로 다른 사람을 다치게 하거나 드러내지 말라.

682 원문 失言勿掎 – 掎는 끌어당길 기. 掎는 躋(올릴 제)의 착오라는 주석이 있다. 어떤 핑계나 억지로 변명하지 말라는 뜻. 돌려 말하지 말라. 두둔하지 말라는 뜻.

683 不善勿遂 – 이미 不善했다면 또 다시 그런 과오를 범하지 말라. 遂는 이룰 수(成也).
行事勿留 – 응당 해야 할 일을(宜行之事) 뒤로 미루지〔留滯(유체)〕 말라.

684 원문 則身安譽至而政從矣 – 백성이 정령을 따르고 위반하지 않기에 일신이 편할 것이다.

름〔怠惰(태타)〕은 適時(적시)를 놓치며, 奢侈(사치)는 財用(재용)의 궁핍을 초래하고, 專橫(전횡)이나 獨善(독선)은 일을 실패하게 한다. 군자가 관직을 수행하며 이 여섯 가지 폐단을 제거한다면, 일신이 편안하고 칭송을 얻을 것이며, 백성은 政令(정령)을 잘 따를 것이다."

| 原文 | "故君子南面臨官, 大域之中而公治之, 精智而略行之, 合是忠信, 考是大倫, 存是美惡, 進是利而除是害, 無求其報焉, 而民之情可得也. 夫臨之無抗民之惡, 勝之無犯民之言, 量之無佼民之辭, 養之無擾於其時, 愛之無寬於刑法, 若此, 則身安譽至而民得也."

| 국역 | "그래서 君子는 南面(남면)하여 관직을 수행하면서 대체로 넓은 곳이라도 바르고(正中) 공정하게 다스려야 하고,[685] (업무의) 요체를 알아 시행하며 성심성의로 大倫(대륜 : 큰 윤리)에 맞춰 업무를 수행하며, 좋고 나쁜 것을 살펴[686] 백성에게 유리한 바를 추진하고 해악을 제거할 것이며, 그런 업적에 대한 보상을 바

685 원문 大域之中而公治之 – 大域(대역)은 대체로. 辜較也.

686 원문 存是美惡 – 存은 고찰하다(察也).

라지 않는다면 백성의 眞情을 저절로 얻을 수 있을 것이다.

대체로 군자가 관직에 있으면서 백성을 학대해서는 안될 것이며, 백성의 말을 거역하거나 굴복시키려 하거나 백성을 교활한 말로 속여서도 안될 것이다. 백성의 保養(보양 : 보호하고 양육하다)에 그 農時(농시 : 농사철)를 거슬려도 안 되고, 형벌을 관대하게 하는 것으로 愛民(애민)한다면서 형벌에 관용을 베풀지 않는다면, 그것도 옳은 것은 아닐 것이다. 이같이 다스린다면 일신이 편안하며 백성의 칭송을 얻을 것이다."

| 原文 | 君子以臨官所見則邇, 故明不可蔽也, 所求於邇, 故不勞而得也, 所以治者約, 故不用衆而譽立, 凡法象在內, 故法不遠而源泉不竭. 是以天下積而本不寡, 短長得其量, 人誌治而不亂, 政德貫乎心, 藏乎志, 形乎色, 發乎聲, 若此而身安譽至民咸自治矣. 是故臨官不治則亂, 亂生則爭之者至, 爭之至又於亂, 明君必寬裕以容其民, 慈愛優柔之, 而民自得矣.

| 국역 | 君子가 관리로 복무할 경우 보는 것은 신변에 가까운 것이기에 (萬事가) 명백하여 덮어버릴 수 없으며,[687] 그래서 (실상

687 원문 故明不可蔽也 – 덮어버릴 수 없을 만큼 명확하다. 가깝게

을) 힘들이지 않고도 파악할 수 있다(故不勞而得也). 그래서 통치하는 바가 簡約(간약)하여 많은 백성을 움직이지 않고도 칭송을 얻게 된다. 대체로 (日常의) 예의 규범은(法象) 마음에 있기에(在內) 法에서 멀어지지 않고, 그 源泉(원천)은 고갈되지도 않을 것이다. 天下의 모든 사물은 작은 것이 축적된 것이기에 근본이 되는 원천이 부족하거나 일의 長短(善惡)을 비교하여 헤아릴 수 있다(短長得其量). 군자가 治民(치민)에 뜻을 두어 (주관이) 흔들리지 않으면 德政(덕정)이 군자 마음을 관통하고, 마음에 간직되어 안색과 음성으로 나타나니, 이렇게 되면 일신이 안전하고 칭송을 받으며 모든 백성이 잘 다스려질 것이다. 이런고로 臨官(임관 : 관직에 임하다)하여 不治(불치 : 다스리지 않는다)한다면 혼란이 일어나고, 혼란해지면 다툼이(爭) 일어나게 된다. 그런 다툼이 극에 달하면 다시 더 큰 혼란에 빠지게 된다. 그래서 현명한 주군이라면 꼭 관용과 여유로 그 백성을 포용하고 무한한 慈愛(자애)로 어루만지므로 백성은 스스로 즐겁게 생활할 수 있을 것이다.

|原文| "行者, 政之始也, 說者, 情之導也, 善政行易而民不怨, 言調說和則民不變, 法在身則民象, 明在己則民顯

보인다는 것은 미세한 부분을 살필 수 있다는 뜻(所見邇謂察於微也).

之. 若乃供已而不節, 則財利之生者微矣, 貪以不得, 則善政必簡矣, 苟以亂之, 則善言必不聽也. 詳以納之, 則規諫日至, 言之善者, 在所日聞, 行之善者, 在所能爲. 故君上者, 民之儀也, 有司執政者, 民之表也, 邇臣便辟者, 群仆之倫也. 故儀不正則民失, 表不端則百姓亂, 邇臣便辟, 則群臣汙矣. 是以人主不可不敬乎三倫."

❙국역❙ "실천은(行者) 爲政(위정: 정치)의 출발이고,[688] 설득(言說者)은 감정을 이끌어낸다. 올바른 政令(정령: 정치)은 실천도 쉽고 백성의 원망도 없다. 언사가 적절하고 온화하다면 백성은 변란을 생각하지 않고,[689] (관리가) 法度(법도)를 몸으로 실천한다면 백성은 저절로 법도를 따를 것이고(象, 法之), 英明(영명)하게 처리한다면 백성들도 그 뜻을 드러낼 것이다. 만약 (관리가) 자신에게 제공되는 재물을 절제하지 않는다면 재물과 이득을 창출하는 도리가 衰微(쇠미)해질 것이고, 탐욕으로도 얻을 수 없게 되니 선정(잘하던 정치)은 저절로 忽待(홀대)될 것이다. 진실로 이런

---

688 원문 行者, 政之始也 – 行은 爲政의 시작. 백성은 위정자의 행동을 따르게 된다.

689 원문 言調說和則民不變 – 言은 관리의 언사. 調는 적합하다(適也). 언사의 내용이 적합하고 백성에게 온화하다면 백성은 변심하지 않을 것이다.

혼란이 이어진다면 아무리 좋은 말이라도 (백성은) 따르지 않게 될 것이다. (그 반대로) 백성의 말을 상세히 검토하고 받아들인다면(詳以納之), 規諫(규간 : 훌륭한 간언)은 날마다 이르게 되고, 좋은 말을 한 자는 날마다 많아지고, 착한 일을 하는 백성 또한 날마다 늘어날 것이다. 그러므로 백성 위에 있는 군주는 백성의 본보기〔儀表(의표)〕가 될 것이다. 행정업무를 담당하는 관리나(有司) 집정자는 백성의 본보기이며〔表象(표상)〕 主君의 가까운 측근은 모든 관리들의 紀綱(기강)이 될 것이다.[690] 그러므로 儀表(의표)가 不正(부정 : 바르지 못하다)하다면 백성은 모든 것을 잃게 되고, 外表(외표)가 단정치 못하다면 百姓은 혼란에 빠지게 된다. 측근들이 아첨이나 한다면(便僻), 다른 모든 신하들이 간사할 것이다〔汚(더러울 오)〕. 이 때문에 人主는 불가불 三倫(삼륜 : 세 가지 기강, 倫은 類)에 신중하지 않을 수 없다."

| 原文 | "君子修身反道, 察俚言而服之, 則身安譽至, 終始在焉. 故夫女子必自擇絲麻, 良工必自擇貌材, 賢君必自擇左右, 勞於取人, 佚於治事. 君子欲譽, 則必謹其左右.

---

690 원문 邇臣便辟者, 群仆之倫也 – 邇는 가까울 이. 便辟執事는 군주의 측근. 群仆는 群僕(군복). 많은 속관, 倫은 紀也. 많은 관리들의 기강이 되어야 한다.

爲上者譬如緣木焉, 務高而畏下滋甚. 六馬之乖離, 必於四達之交衢, 萬民之叛道, 必於君上之失政. 上者尊嚴而危, 民者卑賤而神, 愛之則存, 惡之則亡, 長民者必明此之要. 故南面臨官, 貴而不驕, 富而能供, 有本而能圖末, 修事而能建業, 久居而不滯, 情近而暢乎遠, 察一物而貫乎多, 治一物而萬物不能亂者, 以身本者也."

| 국역 | "君子가 修身(수신)하고 道를 지켜가며(反, 道에 의거하여) 속언도(俚言) 살펴보고 몸소 실천한다면, 一身(일신)도 편안하고 명성도 얻을 것이며, 시작과 끝이(始終) 모두 아름다울 것이다. 그러므로 여자는 실과 옷감(絲麻)을 잘 골라야 하고, 良工(양공)은 (물건의) 모양과 재료를 잘 선택해야 하며(必自擇貌材), 賢君(현군 : 어진 임금)은 그 측근을 여러 사람 중에서 애써 잘 골라야만 하는 일을 편안하게 잘 처리할 수 있다. 君子(군자)가 칭송을 얻고자 한다면〔欲譽(욕예 : 명예를 얻다)〕, 필히 그 좌우의 측근 선정에 신중해야 한다. 남의 윗사람이 된 자는 비유하자면, 나무에 올라간 것과 같아 높이 올라갈수록 아래에 대한 두려움이 더욱 많아질(深) 것이다. 六馬(육마 : 여섯 마리의 말)는 서로 어긋나게 달리게 되는 것은 사방으로 통하는 큰 길(네거리)를 만났기 때문이다. 萬民(만민)이 반란을 생각하게 되는 것은, 군왕이 위에서 반드시 失政했기 때문이다. (백성의) 윗사람(上者)은 尊嚴(존엄)하면

서도 위태로우나, 백성은 卑賤(비천)하지만 신령스런 감정을 가진 사람이다. 그래서 (주군이) 백성을 愛民(애민 : 백성을 사랑하다)한다면 그 윗자리가 보전되지만, 백성을 미워한다면(惡之) 곧 멸망하게 될 것이다. 백성의 어른이 된 자(長民者)는 필히 이런 요점을 잘 알아야 한다(必明此之要). 그래서 군자가 南面(남면) 하여 臨官(임관 : 관직에 임하다)할 때, (지위가) 고귀하더라도 백성에게 교만해서는 안 되고(貴而不驕), 부유하더라고 백성에게 공손해야 한다.[691] 근본이 확고해야(有本) 그 끝을 도모할 수 있고(能圖末), 지난 일을 잘 처리해야만 새로운 일을 시작할 수 있을 것이다(建業). (君子는) 한 곳에 오래 머물지만 인습에 정체하지 않고, 人情은 백성에게 가까워야(情近) 먼 곳의 사람들과도 소통할 수(暢乎遠) 있을 것이다. 사물의 이치를 잘 살펴(察一物) 만사에 적용하며(貫乎多), 一物(일물 : 하나의 물건)을 잘 다스려 만물을 관리하더라도 혼란에 빠지지 않는 것은 자신의 몸으로 직접 체험했기에 가능할 것이다."

| 原文 | "君子莅民, 不可以不知民之性, 而達諸民之情, 既知其性, 又習其情. 然後民乃從命矣. 故世擧則民親之, 政均則民無怨, 故君子莅民, 不臨以高, 不導以遠, 不責民之

691 원문 富而能供 – 供은 이바지할 공. 供과 恭은 古字에 통용되었다.

所不爲, 不强民之所不能. 以明王之功, 不因其情, 則民嚴而不迎, 篤之以累年之業, 不因其力, 則民引而不從, 若責民所不爲, 强民所不能, 則民疾, 疾則僻矣."

| 국역 | "君子가 백성을 다스릴 경우에,[692] 백성들의 습성을 몰라서는 안 되고, 모든 백성의 심정에 익숙해야만 한다. 그런 연후에야 백성이 군자의 명령에 따를 것이다. 그리하여 세상이 잘 다스려지면[693] 백성이 서로 친애하게 되고, 政事(정사)가 均一(균일)하여 백성 사이에 원망이 없어지고, 군자가 백성을 다스리며 높은 자리에 오르지 않아도, 또 먼 곳으로 백성을 이끌지 않고, 백성이 움직이지 않는다고 책망하지 않으며, 백성이 할 수 없는 일을 강요하지 않아도 된다. 明王(명왕)의 공적을 성취할 때, 백성의 심정을 따르지 않는다면 백성은 엄한 명령에 따를 뿐, 군자를 진심으로 환영하지 않으며,[694] (군자가) 여러 해를 거치면서 이뤄낸 치적이 독실하다 하더라도, 백성의 實情(실정)에 맞추지 않는

---

692 원문 君子蒞民 – 蒞는 다다를 이. 이르다. 莅의 속자. 군림하다. 담당하다.

693 원문 故世擧則民親之 – 擧는 들 거. 움직이다. 世擧는 나라가 안정되고 禮樂을 不廢하다.

694 원문 則民嚴而不迎 – 迎(맞이할 영)은 통치자의 뜻에만 영합하다(迎은 奉也).

다면, 백성은 이끌려 가더라도 따르지는 않고[695] 백성이 움직이지 않는다고(不爲) 책망하거나, 백성이 할 수 없는 일을(不能) 강요한다면 백성은 사악한 마음을 갖게 되고(民疾),[696] 백성이 미워하게 되면 나쁜 일이 벌어지게 된다."

| 原文 | "古者聖主冕而前旒, 所以蔽明也, 紘紞充耳, 所以掩聰也, 水至淸則無魚, 人至察則無徒, 枉而直之, 使自得之, 優而柔之, 使自求之, 揆而度之, 使自索之, 民有小罪, 必求其善, 以赦其過, 民有大罪, 必原其故, 以仁輔化, 如有死罪, 其使之生, 則善也. 是以上下親而不離, 道化流而不蘊, 故德者政之始也, 政不和則民不從其教矣, 不從教, 則民不習, 不習則不可得而使也."

| 국역 | "옛날(古者)에 聖主(성주)는 면류관을 착용하며 앞에 옥을 꿰어 늘어트렸는데, 이는 明察(명찰)을 가리려는 뜻이었고,[697]

---

695 원문 則民引而不從 – 引은 당길 인. 넓히다(弘也). 백성이 감당할 능력 이상을 요구할 경우 백성은 그 교화에 따르지 않을 것이다.

696 원문 民疾 – 백성이 윗사람을 질시하다. 邪辟(사벽)한 마음이 생기다.

697 원문 冕而前旒, 所以蔽明也 – 冕은 면류관 면. 前은 앞면, 旒는

면류관 양쪽의 끈을 귀에 묶어 귀를 가리게 한 것은, 이는 자신의 총명을 엄폐하겠다는 표시였다.[698] 물이 아주 맑으면(水至淸) 물고기가 없고(則無魚), 사람이 너무 똘똘하게 살피면(至察) 따르는 사람이 없다(無徒).[699] 구부린(枉) 다음에 반듯하게 펴서(而直之), 자신의 몸으로 얻을 것을 얻으며(使自得之), 옷이 치렁치렁하면(길면, 優) 거머잡아(柔之, 和也) 스스로 해결해야 하고, 자신이 헤아려보아 직접 찾아내야 한다.[700]

긋발 류. 위에서 밑으로 내려트리다. 所以蔽明也 – 明察 능력을 가리다(은폐). 크고 작은 것을 모두 다 살필 능력이 있다 하여 윗사람이 그런 능력으로 아랫사람을 감시해서는 안 된다. 보고서도 못 본척할 경우도 있어야 한다. 구슬을 꿰어 몇 줄을 늘어트린 까닭이 분명 있을 것이다. 또 통치가의 안색을 아랫사람에게 그대로 노출시키는 것도 모양새가 안 좋을 것이다. 윗사람, 곧 지도자나 책임자 – 한 기관의 長 노릇이 쉬운 것도, 또 늘 좋은 것도 절대로 아니니다.

698 원문 紘紞充耳, 所以掩聰也 – 紘은 갓끈 굉. 紞은 귀막이 끈 담. 充耳는 귀를 막다. 掩은 가릴 엄. 聰은 귀가 밝을 총. 두 사람이 소곤소곤 비밀이야기를 했다. 내가 지나가다가 聽力(청력)이 좋아서 대화 내용을 똑똑히 들었다. 그러면 내가 들었다고 말하겠는가? 듣고도 모른척해야 한다.

699 그러나 근원이 혼탁하다면(水源混濁) 물이 깨끗할 수 없다(河水難淸). 물이 얕으면 물고기가 살 수 없다(水淺魚不住). 물이 깊고 강이 넓으니 큰 배가 다닐 수 있고(水深河寬行大船), 학식이 많고 지혜가 뛰어나면 대업을 이룬다(學多智廣成大業).

700 원문 揆而度之, 使自索之 – 揆는 헤아릴 규. 度(헤아릴 탁)과 通.

작은 죄를 지은 백성이라면 꼭 그 사람의 다른 선행을 찾아 그 과오를 용서하고, 큰 죄를 지은 백성이라면 꼭 그럴만한 원인을 찾아 仁德(인덕)으로 보충하고 교화하고, 죽을죄에 해당하더라도 그를 살려준다면 그 사람은 착해질 것이다. 이렇게 되어야 상하가 親해져서 마음이 離反(이반 : 서로 떠나다)하지 않고, 도덕에 의한 敎化〔교화 : 道化(도화)〕가 퍼지고 (분노가) 축적되지 않을 것이다.[701] 그러하기에 德이 정치의 시작이고, 정치가 不和(불화 : 화목하지 못하다)하다면 백성들은 그 교화를 따르지 않으며, 교화에 따르지 않는다면 백성들은 政令에 익숙지 않을 것이며, 政令(정령 : 정치상의 명령이나 법령)을 알지 못하면 백성을 부릴 수 없을 것이다."

| 原文 | "君子欲言之見信也, 莫善乎先虛其內, 欲政之速行也, 莫善乎以身先之, 欲民之速服也, 莫善乎以道御之. 故雖服必强, 自非忠信, 則無可以取親於百姓者矣, 內外不相應, 則無已取信於庶民者矣. 此治民之至道矣, 入官之大統矣."

子張旣聞孔子斯言, 遂退而記之.

---

701 원문 道化流而不蘊 - 蘊은 쌓을 온. 저축하다. 滯는 막힐 체. 積은 쌓을 적.

| 국역 | "君子가 무엇인가를 말하려면 (백성의) 신임을 받아야 하는데, 백성이 믿어주게 하려면, 자신의 속마음을 먼저 비우는 것보다 더 좋은 것이 없고,[702] 政令(정령)을 서둘러 시행하려 한다면 자신이 몸으로 먼저 실천하는 것이 가장 좋으며, 백성을 빨리 복속하게 하고 싶다면 正道(정도)로 백성을 이끌어야 한다. 백성이 잘 복속한다 하여도 강요한다면 백성의 진심이 아닐 것이고, 그리고서 백성에게 親(친)할 사람은 없을 것이다. 그렇게 되면 內外(내외)가 相應(상응)하지 못하고, 그러면 (군자일지라도) 서민으로부터 신임을 얻지 못할 것이다. 이것이 治民(치민 : 백성을 다스리다)의 至道(지도 : 지극한 도)이고 入官(입관 : 벼슬길에 들어서다)의 大統(대통)일 것이다."

子張(자장)은 공자의 이런 말을 다 들은 다음에 물러나 이를 기록하였다.

---

702 원문 莫善乎先虛其內 – 虛其內는 직접 말하고 그 실행에 다른 뜻이 없어야 한다.

〈困誓(곤서)〉 제22

【해설】

본 편의 제목 〈困誓(곤서)〉의 困은 困窮(곤궁), 艱難(간난), 窘迫(군박, 窘은 막힐 군)의 뜻이다. 誓(맹서할 서)는 哲의 誤字일 것이라는 주석이 있다. 여기의 哲은 知의 뜻이고, 知는 智와 통용한다. 哲은 현명한 사람, 지혜로운 사람을 뜻한다. 본 편은 공자의 艱難(간난, 어려움)과 곤궁한 상황에서 공자의 言辭(언사)와 議論(의론)을 통하여 볼 수 있는 공자의 지혜를 서술하였다. 본 편은 모두 10章으로 구성되었다.

첫 章은 공부(학문)에 질린, 지루해진 자공이 공자에게 가르침을 요청하고, 공자는 학문은 '중간에 그만둘 수 없다(學不可以已).' 라고 강조하였다.

다음 장에서는 공자가 각국을 주유할 때, 衛(위)에서 晉國(진국)에 들어가려고 황하의 연안에 도착해서, 竇犨鳴犢(두주명독)과 舜華(순화)가 살해되었다는 소식을 들었고, 공자는 河水(하수) 가에서 탄식했고 수레를 돌렸다(西河反駕).

그리고서는 晉(진)에 가지 않았다. 그밖에 공자가 각지에서 역경에 처한 여러 가지 사례를 들어 공자의 굳은 의지를 설명하고 있다. 공자가 喪家之狗(상가지구 : 상갓집의 개의 신세로 뜻을 얻지 못하고 이리저리 돌아다니는 실의에 찬 모습)와 같았다는 말도 이편에 실려 있다.

이편의 여러 내용은 《荀子(순자)》, 《史記 孔子世家(사기 공자세가)》, 《列子(열자)》, 《韓詩外傳(한시외전)》, 《說苑(설원)》, 《新序(신서)》에도 실려 있고, 또 다른 의미로 해석될 수도 있게 서술되었는데, 이는 본 《공자가어》의 영향력이 그만큼 컸다는 뜻이라 생각할 수 있다.

|原文| 子貢問於孔子曰, "賜倦於學, 困於道矣, 願息於事君, 可乎?"

孔子曰, "《詩》云, '溫恭朝夕, 執事有恪.' 事君之難也, 焉可息哉!"

曰, "然則賜願息而事親."

孔子曰, "《詩》云, '孝子不匱, 永錫爾類.' 事親之難也, 焉可以息哉!"

曰, "然賜請願息於妻子."

孔子曰, "《詩》云, '刑於寡妻, 至於兄弟, 以御於家邦.' 妻子之難也, 焉可以息哉!"

曰, "然賜願息於朋友."

孔子曰, "《詩》云, '朋友攸攝, 攝以威儀.' 朋友之難也, 焉可以息哉!"

曰, "然則賜願息於耕矣."

孔子曰, "《詩》云, '晝爾於茅, 宵爾索綯, 亟其乘屋, 其始播百穀.' 耕之難也, 焉可以息哉!"

曰, "然則賜將無所息者也."

孔子曰, "有焉, 自望其廣, 則睪如也, 視其高, 則塡如也, 察其從, 則隔如也, 此其所以息也矣."

子貢曰, "大哉乎死也! 君子息焉, 小人休焉, 大哉乎死也!"

❙ 국역 ❙ 子貢(자공)이 孔子에게 물었다.

"저는(賜) 배움에 질렸고 道(도)의 실천도 어려우니, (出仕하여) 事君(사군 : 임금을 모시는 일)도 쉬고 싶은데 괜찮겠습니까?"

孔子가 말했다.

"《詩(시) 商頌(상송) 那(나)》에 이르길, '朝夕(조석)으로 온화 공경하고, 정성으로 일을 처리해야 한다.' 고 하였다.[703] 事君도 어려운 일인데, 어찌 배움을 멈출 수 있겠는가!"

자공이 다시 물었다.

"그러하다면(然則) 저는(賜) 학문을 그만두고 事親하고자 합니다."

孔子가 말했다.

"《詩(시) 大雅(대아) 旣醉(기취)》에 이르길, '孝子(효자) 효심은 끝이 없나니 (조상이) 너에게 영원한 大吉(대길)을 내려 주셨다.' 하였으니,[704] 事親(사친)도 어려운 일이거늘 어찌 배움을 포기할 수 있겠는가?"

자공이 말했다.

"그러하다면 저는 배움을 쉬면서 아내를 돕겠습니다."

---

703 원문 執事有恪 - 恪은 삼갈 각. 謹愼(근신). 敬과 通.

704 원문 孝子不匱, 永錫爾類 - 匱는 함 궤. 다하다(竭也). 錫은 주석 석. 賜와 通. 爾는 너 이. 類는 善也. 孝子之道는 궁핍하지 않나니 너에게 선한 길을 내려줄 것이다. 효도하면 하늘이 복을 내려줄 것이다.

孔子가 말했다.

"《詩(시) 大雅(대아) 思齊(사제)》에 이르길, '아내(寡妻)에게 모범이 되어(刑) (그 도덕이) 형제에 이르게 하여 온 나라를 다스릴 것이다.' 라고 하였으니,[705] 아내 돕는 것도 어려운 일이거늘 어찌 배우길 그만둘 수 있겠는가!"

자공이 말했다.

"그렇다면 저는 배움을 그만두고 朋友(붕우 : 친구)와 교제하겠습니다."

孔子가 말했다.

"《詩(시) 大雅(대아) 旣醉(기취)》에 이르길, '朋友를 이끌어주기, 그 이끄는 것은 威儀(위의)이라.' 고 하였으니, 붕우 사이에 이끌어주기도 어려운 일이거늘 배우지 않고 어찌하겠는가!"

자공이 말했다.

"그러하면 저는 배움을 멈추고 농사를 짓겠습니다."

孔子가 말했다.

"《詩(시) 豳風(빈풍) 七月(칠월)》에 이르길, '낮에 띠풀을 베고, 밤에는 새끼를 꼬아 빨리 지붕을 이어야지. 그리고 온갖 씨앗을 뿌려야지.' 하였으니,[706] 농사일도 쉽지 않거늘 어찌 배움을 그

---

705 원문 刑於寡妻, 至於兄弟, 以御於家邦 – 刑은 法也. 寡妻의 寡는 適也(嫡統). 御는 거느릴 어. 正也. 文王은 正法에 의거 그 아내를 거느렸고, 그를 확대하여 형제는 물론 나라까지 다스리게 했다는 주석이 있다.

만둘 수 있겠는가!"

자공이 물었다.

"그렇다면 저는 배움을 그만둘 겨를도 없는 것입니다."

孔子가 말했다.

"그만둘 수는 있다(有焉). 여기서 저 무덤을 바라보면〔廣(광)은 壙(광). 시신이 들어갈 구덩이〕, 마치 산처럼 높아 보이나,[707] 이는 메꿔진 것이다.[708] 그 무덤을 옆에서 본다면 이어지지 않고 떨어져 있다.[709] 이것이 (배움을) 그만두는 것이다."

子貢이 말했다.

"위대하도다! 죽음이여!(死也!) 君子나 소인이나 모두 그만두거나 쉴 수 있다니, 대단하도다. 죽음이여!"

---

706 원문 晝爾於茅, 宵爾索綯, 亟其乘屋, 其始播百穀 – 宵는 밤 소(夜). 綯는 새끼꼴 도. 絞는 목맬 교. 새끼줄을 꼬다(만들다). 亟은 빠를 극(疾也). 乘屋(승옥)은 지붕을 띠풀로 덮고, 새끼줄로 꼭꼭 묶어 매다. 播는 뿌릴 파. 씨앗을 뿌리다. 게으름을 피울만한 겨를이 없다.

707 원문 自望其廣 則睪如也 – 廣은 壙(구덩이 광). 睪은 엿볼 역. 높은 모양(高貌). 큰 무덤〔高冢(고총)〕.

708 원문 則塡如也 – 높은 무덤〔冢(무덤 총)〕이란 흙으로 메워진 것이지, 본래부터 높은 것은 아니었다. 塡은 메워 채워진 모양(塞實貌也). 배우기 싫다면 할 수 있는 일은 죽음뿐이다. 죽은 다음에 남는 무덤이란 것도, 사실은 누군가가 흙으로 채워준 것이다.

709 원문 察其從, 則隔如也 – 隔은 사이 뜰 격. 서로 이어지지 않다. 而不得復相從也.

西河返駕
孔子自衛入晉至
於河滸聞竇鳴犢
舜華之死也臨河
而嘆曰美哉水洋
洋乎丘之不濟此
命也竇鳴犢舜華
晉大夫也趙簡子
未得志須此兩人
而後從政及其已
得志殺之夫鳥獸
之於不義也尚知
避之而况人乎乃還

〈西河返駕(서하반가)〉

|原文| 孔子自衛將入晉, 至河, 聞趙簡子殺竇犨鳴犢, 及舜華, 乃臨河而嘆曰, "美哉水, 洋洋乎, 丘之不濟, 此命也夫."

子貢趍而進曰, "敢問何謂也?"

孔子曰, "竇犨鳴犢,舜華, 晉之賢大夫也, 趙簡子未得志之時, 須此二人而後從政, 及其已得志也, 而殺之. 丘聞之刳胎殺夭, 則麒麟不至其郊, 竭澤而漁, 則蛟龍不處其淵, 覆巢破卵, 則凰凰不翔其邑, 何則? 君子違傷其類者也. 鳥獸之於不義, 尙知避之, 況於人乎."

遂還息於鄒, 作〈盤操〉以哀之.

|국역| 孔子가 衛(위)에서 晉國에 들어가려고,[710] 황하의 연안

---

710 원문 孔子自衛入晉 – 춘추시대의 晉(진)은 대국이었다. 晉國은 周代의 姬姓(희성) 諸侯國으로, 原名은 唐(당)이고 그 領地는 지금의 山西省 일대에 해당하며, 周 武王의 아들이며 周 成王의 同母弟인 唐叔虞(당숙우)를 봉한 나라이다. 晉은 春秋五霸(춘추오패)의 하나로 오랫동안 패권을 장악했다. 晋의 도읍은 唐(당, 今 山西省 太原市 서남)이었으나 도읍을 옮겨 최후에는 新絳(신강)이었는데, 지금의 山西省 남부 臨汾市(임분시) 관할 侯馬市(후마시)가 그 유적지이다. 춘추 말기에 晋은 이미 6卿이라 하여 范氏(범씨), 中行氏(중행씨), 知氏(지씨), 魏氏, 韓氏, 趙氏로 분열되어 晋이라는 이름만 남았다. 결국 晋은 韓, 魏, 趙 삼국으로 분할되는데, 이로써

에 도착해서,[711] 趙簡子(조간자) 竇犨鳴犢(두주명독)과 舜華(순화)[712]를 죽였다는 소식을 들었다. 공자는 河水(하수) 가에서 탄식하며 말했다.

"아름답게 넘실대는 물이로다. 내가(丘) 이 물을 건너지 못하나니, 운명이로다."

子貢(자공)이 빠른 걸음으로 다가와 물었다.

"무슨 일로 그렇게 말씀하십니까?"

孔子가 말했다.

"竇犨鳴犢(두주명독)과 舜華(순화)는 晉(진)의 賢大夫(현대부 : 어진 대부)이었으니, 趙簡子(조간자)[713]가 得志(득의 : 뜻을 얻다)하기 전에는 이 두 사람을 따라 정사를 하였지만, 그가 득지(뜻을 얻다)하고서는 두 사람을 죽였다. 내가 듣기로, 태를 갈라 죽이거나 어린 아이를 살해하면 그런 나라 교외에 麒麟(기린)이 오지 않고, 연못을 말려 물고기를 잡으면[714] 그 연못에 교룡이 깃들지 않으

춘추시대는 끝나고 戰國시대가 시작된다.

711 원문 至於河滸 – 河는 黃河. 滸는 물가 호. 《水滸傳(수호전)》의 滸이다.

712 원문 竇犨鳴犢(두주명독)과 舜華(순화) – 인명. 竇(두, 구멍 두)가 姓. 犨는 이름. 소가 헐떡거리는 소리 주. 鳴은 울 명. 犢은 송아지 독.

713 원문 趙簡子未得志 – 趙簡子〔名은 鞅(앙)〕가 아직 得志하기 전. 공자가 찾아가려고 했던 사람은 晋의 趙簡子(조간자, ? – 前 476년)이니 공식적으로 趙國은 아니지만 실질적 권력자였다.

며, 둥지를 엎어버리고 알을 부숴버리면 그 성읍에 봉황이 날아오지 않는다고 하였는데,[715] 왜 그렇겠는가? 君子는 그런 종류의 傷害(상해)를 피하려 한다는 뜻이다.[716] 鳥獸(조수)도 不義(불의)에 대하여 오히려 피할 줄을 알거늘,[717] 하물며 사람이 이를 몰랐단 말인가?"

그리고는 돌아와 鄒邑(추읍)에서 휴식하면서 〈盤操(반조)〉라는 琴曲(금곡)을 지어 두 사람을 애도하였다.

|原文| 子路問於孔子曰, "有人於此, 夙興夜寐, 耕耘樹藝, 手足胼胝, 以養其親, 然而名不稱孝, 何也?"

孔子曰, "意者身不敬與, 辭不順與, 色不悅與. 古之人有言曰, 人與己與不汝欺, 今盡力養親而無三者之闕, 何謂無孝之名乎."

孔子曰, "由, 汝誌之, 吾語汝, 雖有國士之力, 而不能自

---

714 원문 竭澤而漁 – 竭은 다할 갈. 竭澤은 연못의 물을 양수기로 퍼내어 어린 물고기까지 모조리 잡아버리다. 漁는 고기 잡을 어.

715 원문 覆巢破卵, 則凰凰不翔其邑 – 覆은 뒤집힐 복. 巢는 둥지 소. 破卵(파란) 새의 알을 깨트리다. 翔은 빙빙 날아돌 상.

716 원문 君子違傷其類者也 – 違는 어길 위. 떠나가다(去也). 피하다. 類는 같은 종류. 비슷한 피해.

717 원문 尙知避之 – 尙은 오히려 상.

擧其身, 非力之少, 勢不可矣. 夫內行不修, 身之罪也, 行修而名不彰, 友之罪也, 行修而名自立. 故君子入則篤行, 出則交賢, 何謂無孝名乎."

‖ 국역 ‖ 子路(자로)가 孔子에게 물었다.

"여기 어떤 사람은 새벽에 일찍 일어나고 저녁에 늦게 자며, 밭 갈고 김매며(풀을 베거나), 모종을 심고(樹) 씨 뿌리며 손발에 굳은살이 박이도록[718] 일하며 양친(부모)을 봉양하지만, 그래도(然而) 효자라는 칭송을 못 듣는데 왜 그렇겠습니까?"

孔子가 말했다.

"생각하건대, 혹 행실이 불경스럽거나(身不敬與) 아니면 언사가 불순하거나(辭不順與), 표정이 온화하지 않기 때문이(色不悅與) 아니겠는가? 옛사람의 말에 나에게나 남에게나 다 같은 것이니 너는 부디 속이지 말라 하였으니,[719] 지금 온 힘을 다하여 양친을 봉양하는데, 이 세 가지가 없다면 어찌 효자라는 칭송이 없겠는가?"

---

718 원문 耕耘樹藝, 手足胼胝 – 耕은 밭갈이할 경. 芸은 김을 맬 운. 풀을 뽑다. 樹는 심을 수. 藝는 심을 예. 씨를 뿌리다. 胼은 굳은살 변. 胝는 굳은살 지. 胼胝(변지)는 손발의 굳은살.

719 원문 人與己與不汝欺 – 다른 사람이 나에게(人與己) 서로 상통하는 것이니(事實相通), 서로 속이지 않는다(不相欺也). – 곧 내가 하는 그대로 남도 나에게 그대로 한다는 뜻.

孔子가 다시 말했다.

“仲由(중유, 자로名)야! 너는 기억하라. 내가 너에게 말하리라. 비록 온 나라에서 제일가는 힘센 장사라 할지라도 자신을 들어 올릴 수는 없으니, 힘이 모자라서가 아니라(非力之少) 이치가 그러하지 못한 것이다.[720] 대체로 안으로 자신을 수행하지 않는 것은 스스로의 허물이고, 행실을 잘하는데도 이름이 나지 않는다면, 그것은 벗의 허물일 것이니, 행실이 좋다면(行修) 명성은 저절로 생길 것이다(而名自立). 그래서 君子는 집에서는(入則) 행실을 돈독히 하고(篤行 독행), 밖에 나가서는(出則) 현인(어진 사람)과 교제한다면(交賢), 왜(何謂) 효자라는 이름이 없겠느냐?(無孝名乎?)”

|原文| 孔子遭厄於陳蔡之間, 絶糧七日, 弟子餒病, 孔子弦歌.

子路入見曰, “夫子之歌, 禮乎?”

孔子弗應, 曲終而曰, “由來, 吾語汝, 君子好樂, 爲無驕也, 小人好樂, 爲無懾也, 〈懾懼〉 其誰之子, 不我知而從我者

720 원문 勢不可矣! - 형세가 할 수 없기 때문이다! 자기보다 더 무거운 사람을 들어 올릴 수야 있지만, 내가 나를 어떻게 들어 올리겠는가?

乎?" 〈其誰之子猶言以誰氏子謂子路曰雖從我而不知我也〉

子路悅, 援戚而舞, 三終而出, 明日免於厄.

子貢執轡曰, "二三子從夫子而遭此難也, 其弗忘矣."

孔子曰, "善, 惡何也? 〈善子貢言也惡何猶言是何也〉 夫陳蔡之間, 丘之幸也, 二三子從丘者, 皆幸也. 吾聞之, 君不困不成王, 烈士不困行不彰, 庸知其非激憤厲志之始, 於是乎在?"

| 국역 | 孔子가 陳(진)과 蔡(채)나라 중간에서 길이 막혀[721] 7일간이나 양식도 끊겨 제자들이 굶주리고 병이 났지만,[722] 孔子는 琴(금 : 거문고)을 타며〔弦(시위 현)〕 노래를 불렀다.

그러자 자로가 들어가 말했다.

"夫子(부자 : 선생님)의 노래는 禮(예)에 합당합니까?"

孔子는 대답하지 않다가, 곡이 끝나자 말했다.

"중유야 오너라. 내가 너에게 말해주겠다. 君子의 好樂(호학 : 음악을 좋아하다)은 (스스로) 교만하지 않으려는 뜻이고, 小人의 好樂(호악)은 두렵지 않기 위해서이다.[723] 너는 누구의 집 아들인

---

721 원문 孔子遭厄於陳蔡之間 – 遭는 만날 조. 당하다. 厄은 재앙 액. 불행. 於陳蔡之間.

722 원문 弟子餒病 – 餒는 주릴 뇌. 굶주리다.

723 원문 爲無懾也 – 懾은 두려워할 섭. 懼는 두려울 구.

데, 내가 누구인지도 모르고 나를 따르는가?"[724]

子路(자로)가 기뻐하며 도끼를 들고서 춤을 주었는데[725] 3곡을 마치고 나갔고, 그 다음 날 일행은 포위가 풀렸다.

子貢(자공)은 말고삐를 잡고〔執轡(집비)〕 말했다.

"여러분들이 夫子(선생님)를 따랐고 이런 조난을 당한 것은 아마 잊지 못할 것이요."

그러자 공자가 말했다.

"자공의 말이 맞다(善). 무엇 때문인가?[726] 陳(진)과 蔡(채)나라 중간에서 액운은 나에게도(丘) 다행이었고, 나를 따르는 제자 모두에게도 다행이라 생각한다. 내가 알기로, 君王(군왕)이라도 곤경을 겪지 않고서는 王(왕)이 되기 어렵고, 烈士(열사)라도 곤경을 이기지 못하면 이름이 나지 않나니, 어려움을 겪지 않고서는 발분하여 의지를 굳게 할 줄을 어찌 알겠는가?"[727]

---

724 원문 不我知而從我者乎? - 子路야, 너는 나를 따르는 제자이지만, 내가 어떤 사람인지도 모르느냐는 책망의 뜻이 들어있다.

725 원문 援戚而舞 - 援은 당길 원. 손에 잡다. 戚은 도끼 척. 兵器. 칼이나 도끼를 들고 劍舞(검무)를 추다.

726 善, 惡何也? - 자공의 말이 맞다. 왜 자공의 말이 맞겠는가?

727 원문 庸知其非激憤厲志之始 - 庸은 쓸 용. 보통의. 어찌? 激憤(격분)은 發憤〔發奮(발분)〕하다. 厲志(여지)는 뜻을 굳게 하다. 굳게 다짐하다. 시련을 당하고 그것을 이겨내면서 자신의 의지를 다질 수 있으니, 좋은 경험을 했다는 뜻일 것이다.

|原文| 孔子之宋, 匡人簡子以甲士圍之. 子路怒, 奮戟將與戰.

孔子止之曰, "惡有修仁義而不免世俗之惡者乎? 夫詩書之不講, 禮樂之不習, 是丘之過也, 若以述先王, 好古法而爲咎者, 則非丘之罪也. 命之夫. 歌, 予和汝."

子路彈琴而歌, 孔子和之, 曲三終, 匡人解甲而罷.

|국역| 孔子가 宋(송)에 갔을 때, 匡(광)나라 사람 簡子(간자)가 甲士〔갑사 : 軍士(군사)〕를 동원하여 공자를 포위했다. 子路(자로)가 분노하며 창을 들고 그들과 싸우려 했다.

孔子가 자로를 제지하며 말했다.

"仁義(인의)를 실천해야 한다면서 어찌 世俗(세속)의 증오에서 벗어나지 못하는가? 《詩(시)》, 《書(서)》를 강론하지 않고 또 예악을 익히지 않았던 것은 나(丘)의 잘못이지만, 만약 先王(선왕)의 道를 講述(강술)하거나 옛 법을 따르다가 허물을 덮어썼다면, 이는 나의 죄는 아닐 것이다. (이런 액운은) 命(운명)이로다. 내가 노래를 할 터이니, 자로 너는 화답해보아라."

子路(자로)가 彈琴(탄금 : 거문고를 타다)하며 노래하고, 공자가 화답하였다. 3곡을 마치자 匡人(광인 : 광나라 사람)들은 갑옷을 벗어버리고 물러갔다.

| 原文 | 孔子曰, "不觀高崖, 何以知顚墜之患, 不臨深泉, 何以知沒溺之患, 不觀巨海, 何以知風波之患, 失之者其在此乎? 士愼此三者, 則無累於身矣."

| 국역 | 孔子가 말했다.

"높은 절벽에 올라 보지 않고서 어찌 산꼭대기에서 추락하는 환난을 알 수 있고,[728] 깊은 연못가에 서지 않고서 어찌 물에 빠지는 환난을 알 수 있겠으며, 큰 바다(巨海)를 보지 않고서는 어찌 풍랑의 환난을 알겠는가? 실패의 잘못이 나에게 있는가?[729] 士人(선비)이 이런 3가지에 신중하게 대처한다면 자신에게 누를 끼치는 일은 없을 것이다."

| 原文 | 子貢問於孔子曰, "賜旣爲人下矣, 而未知爲人下之道, 敢問之."

子曰, "爲人下者, 其猶土乎. 汩之之深則出泉, 樹其壤則百穀滋焉, 草木植焉, 禽獸育焉, 生則出焉, 死則入焉,

---

728 원문 不觀高崖, 何以知顚墜之患 – 崖는 벼랑 애. 절벽. 顚은 엎어질 전, 구를 전. 巓(산꼭대기 전)과 通. 墜는 떨어질 추.

729 원문 失之者其在此乎? – 실패 원인이 내게 있는가? 나에게 있지 않다는 반어법에 의한 강조.

多其功而不意, 弘其志而無不容, 爲人下者以此也."

| 국역 | 子貢(자공)이 공자에게 물었다.

"저는(賜) 이미(旣) 남에게 저를 낮추었지만(겸손하게 대하다) 아직 겸손의 도리를 모르는 것 같습니다. 그래서 여쭙니다."

공자가 말했다.

"다른 사람의 아래에 있다는 것이 아마(其) 땅(土)과 같지 않겠는가? 땅을 깊게 파면 샘이 솟고,[730] 흙(壤)에 모종을 심으면(樹) 백곡이 무성하고 초목이 자라며, 새나 짐승이 자라다가 죽으면 땅으로 돌아가지만, 그 공이 많아도 전혀 마음 쓰지 않으며,[731] 그 뜻이 넓어 포용하지 않는 것이 없도다.[732] 남에게 자신을 낮춰 아래에 있는 것이 아마 이와 같을 것이다."

| 原文 | 孔子適鄭, 與弟子相失, 獨立東郭門外.

---

730 원문 汩之之深則出泉 – 汩은 빠질 골. 땅이 깊이 파이다. 渥(두터울 악)과 通.

731 원문 多其功而不意 – 功이 많더라도 자랑하거나 내세우지 않는다.

732 원문 弘其志而無不容 – 남의 아래에 처하는 사람은 그 뜻이 넓고 커서 땅처럼 포용하지 않는 것이 없다는 뜻.

或人謂子貢曰, "東門外有一人焉, 其長九尺有六寸, 河目隆顙, 其頭似堯, 其頸似皐繇, 其肩似子産, 然自腰已下, 不及禹者三寸, 纍然如喪家之狗."

子貢以告, 孔子欣然而嘆曰, "形狀未也, 如喪家之狗, 然乎哉! 然乎哉!"

| 국역 | 孔子가 鄭(정)나라[733]에 갔을 때, 弟子(제자)들과 길이 엇갈려서, 孔子는 성곽의 동문에 홀로 서있었다. 鄭(정)나라 어떤 사람이 子貢(자공)에게 말했다.

"東門(동문)에 어떤 사람이 서있는데, 그 신장이 9尺(척)에 6寸(촌) 정도이고, 눈 아래위가 넓고(河目) 이마가 툭 튀어나왔는데,[734] 그 머리는 堯(요)와 비슷하고, 그 목〔頸(목 경)〕은 皐陶(고요)와 닮았으며,[735] 그분 어깨는 (鄭(정)의) 子産(자산)과 같으나, 허리(要, 腰) 이하는 禹(우)임금보다 三寸 정도 짧은 것 같습니다.

---

733 鄭國은 春秋戰國 시대의 諸侯國. 國君은 姬姓, 伯爵. 前 806년, 周 厲王(여왕)의 아들, 周 宣王의 동생인 友(우)를 봉한 나라로 춘추시대에 東周의 동부, 今 河南省 鄭州市 일대가 대략 그 영역이었다. 鄭國은 前 376년에 韓(한)에 병합되어 멸망했다.

734 원문 河目隆顙 – 河目은 눈 아래위가 넓고 평평하며 길다. 隆은 클 융. 솟아오르다. 顙은 이마 상.

735 皐陶(고요, gāo yáo. 陶는 화락한 모양 요. 질그릇 도) – 舜의 賢臣. 理官. 중국 司法의 시조.

그분의 고달프고 지친 모습은 꼭 喪家(상가)의 개(狗)와 같았습니다."[736]

자공이 그 말을 전하자, 공자가 웃으며 탄식하듯 말했다.[737]

"形狀(형상)은 꼭 그렇지 않지만, '상갓집 개' 와 같다니, 정말 그렇구나. 정말 그래!"[738]

---

736 원문 喪家之狗 – 喪家의 개는 주인이 애통하고 경황이 없어 밥을 못 챙겨주니 고달프고 주눅 들었을 것이다. 孔子는 亂世에 태어나 그의 道를 실천할 수도 없었으니 공자의 失志(실지)한 모습이 아마 그러했을 것이다.

737 원문 欣然而嘆 – 欣은 기쁠 흔.

738 이때가 前 493년, 공자 59세였다. '喪家之狗' 는 지금 그저 처량한 신세를 비유하는 말로 통용된다. 중국에 '홀아비는 상갓집의 개와 같아 몸둘 곳이 없다(光棍兒像個喪家之狗 沒有着落兒).' 는 속담이 있다.

五乘從遊
孔子自陳過蒲會公
叔氏以蒲畔止之弟
子有公良孺者私車
五乘從曰吾昔從夫
子遇難於匡今又遇
難于此命也已吾與
夫子再罹難寧鬭而
死鬭甚疾蒲人懼孔
子得過衛

〈五乘從遊(오승종유)〉

| 原文 | 孔子適衛, 路出於蒲, 會公叔氏以蒲叛衛而止之. 孔子弟子有公良儒者, 爲人賢長有勇力, 以私車五乘從夫子行, 喟然曰, "昔吾從夫子遇難於匡, 又伐樹於宋, 今遇困於此, 命也夫, 與其見夫子仍遇於難, 寧我鬥死." 挺劍而合衆, 將與之戰.

蒲人懼, 曰, "苟無適衛, 吾則出子以盟."

孔子而出之東門, 孔子遂適衛.

子貢曰, "盟可負乎?"

孔子曰, "要我以盟, 非義也."

衛侯聞孔子之來, 喜而於郊迎之.

問伐蒲, 對曰, "可哉?"

公曰, "吾大夫以爲蒲者, 衛之所以恃晉楚也, 伐之, 無乃不可乎?"

孔子曰, "其男子有死之志, 吾之所伐者, 不過四五人矣."

公曰, "善!" 卒不果伐. 他日, 靈公又與夫子語, 見飛鴈過而仰視之, 色不悅. 孔子乃逝.

| 국역 | 孔子가 衛(위)나라를 찾아가면서, 도중에 蒲(포) 땅을 지나가는데,[739] 마침(會) 公叔氏(공숙씨)가 蒲(포)를 근거로 衛(위)에

반기를 들었고[740] 공자 일행을 제지하였다. 孔子의 弟子(제자) 중에 公良儒(공량유)[741]란 사람은 현명하고 長者(장자)의 풍모에 勇力(용력)이 있었는데, 그때 자신의 수레 5乘(승)으로 夫子 일행을 따르고 있었다.

공량유가 탄식하며 말했다.

"앞서(昔) 내가 夫子를 수행하며 배울 때, 匡(광)에서 조난을 당했었고, 또 宋(송)에서는 (사마환퇴가) 나무를 베어 해치려 했었는데,[742] 이번에 또 이런 곤액을 당하니, 이는 아마 命(운명)일 것이나 부자와 함께 이런 환난을 또 당하나니 차라리 나는 싸우다가 죽겠다."[743]

그리고 칼을 빼들고 무리를 지어 싸우려 했다.

---

739 蒲(포) – 衛邑. 今 河南省 동북부 新鄕市 관할 長垣市(장원시). 山東省과 접경.

740 公叔氏以蒲畔 – 公叔氏(공숙씨)는 衛 大夫. 畔은 배반하다. 叛(배반할 반)과 通. 밭두둑 반. 떠나다.

741 公良孺(공량유 / 公良儒) – 《孔子家語》에는 이름과 字만 기록된 공자의 제자 37명이 있다. 이들 중 公良孺(공량유), 秦商(진상), 顔亥(안해), 叔仲會(숙중회) 등 4인은 《孔子家語》에 행적 기록이 있지만 《史記 仲尼弟子列傳》에는 기록이 없다.

742 원문 又伐樹於宋 – 孔子가 제자와 함께 큰 나무 아래에서 禮를 익힐 때, 司馬인 桓魋(환퇴)란 자가 나무를 베어 공자 일행을 죽이려 했었다.

743 원문 寧我鬥死 – 寧은 편안할 령. 차라리 ~하다는 뜻.

그러자 蒲人(포인 : 포 땅 사람들)이 두려워하며 말하였다.

"정말 衛(위)에 가지 않겠다면 우리가 당신네들을 보내주겠다."

孔子는 〔蒲(포)의〕 동문을 나왔고, 결국 衛(위)로 갔다. 그러자 子貢(자공)이 물었다.

"약속을 저버릴 것입니까?"[744]

공자가 말했다.

"나에게 강요하여 체결한 약속은 옳지 않다."

衛侯(위후)가 공자가 온다는 소식을 듣고 기뻐 교외에 나와 영접하였다. 蒲(포)를 정벌해도 되겠느냐고 묻자, (공자는) 정벌해도 좋다고 말했다.

衛公(위공)이 말했다.

"우리의 大夫들은 蒲邑(포읍)이 晉(진)과 楚(초)를 방어하는데 필요하다고 생각하며 정벌할 수 없다고 생각하고 있습니다."

그러자 공자가 말했다.

"그곳 남자들은 죽더라도 반란을 따르지 않을 것입니다. 내가 토벌해도 좋다는 것은 그들 (반란에 동조하는) 4, 5인에 불과할 것입니다."

위공은 "좋습니다!"라고 했지만 끝내 정벌하지 않았다. 다른 날 그 靈公(영공)은 夫子와 대화를 나누다가 날아가는 기러기를

---

744 원문 盟可負乎? – 약속을 어겨도 괜찮겠습니까? 負는 지다. 어기다.

바라보며 싫은 표정을 지었다. 공자는 그래서 衛(위)나라를 떠났다.[745]

|原文| 衛蘧伯玉賢而靈公不用, 彌子瑕不肖反任之.

史魚驟諫而不從, 史魚病將卒, 命其子曰, "吾在衛朝不能進蘧伯玉, 退彌子瑕, 是吾爲臣不能正君也, 生而不能正君, 則死無以成禮, 我死, 汝置屍牖下, 於我畢矣." 其子從之.

靈公吊焉, 怪而問焉, 其子以其父言告公, 公愕然失容曰, "是寡人之過也." 於是命之殯於客位. 進蘧伯玉而用之, 退彌子瑕而遠之.

---

745 원문 見飛鴈過而仰視之, 色不悅. 孔子乃逝 - (魯) 애공 2년(前 493년, 공자 59세), 孔子는 陳國(진국)에서 衛國으로 돌아왔는데, (衛) 靈公(영공)이 공자에게 군사의 陣法(진법)에 대해 물었다(靈公問陳). 공자는 "군사에 관해서는 배우지 않았습니다."라고 말했다. 다음 날, 영공과 이야기할 때, 영공은 날아가는 기러기를 바라다보았다. 공자는 자신과 대화에 관심이 없는 영공의 안색을 보고, 결국 陳나라로 다시 돌아갔다. 仰視(앙시)는 注視하다. 雁은 기러기 안. 이는 《史記 孔子世家》에도 보인다. 위령공에게 軍陣의 배치는 관심사였다. 위령공은 공자가 박식하니 군사에 관해서도 알 것이라 생각했을 것이다. 하여튼 상대를 몰라도 한참 몰랐다. 逝는 갈 서(行也).

孔子聞之曰, "古之列諫之者, 死則已矣, 未有若史魚死而屍諫, 忠感其君者也, 不可謂直乎."

| 국역 | 衛(위)의 蘧伯玉(거백옥)은 賢人(현인: 어진 사람)이나 靈公(영공)은 등용하지 않았고, 彌子瑕(미자하)는 不肖(불초)한데도 오히려 등용되었다. 史魚(사어)가 서둘러 간언을 올렸지만 영공은 받아들이지 않았는데, 史魚(사어)가 병으로 죽게 될 무렵에 그 아들에게 말했다.

"내가 衛朝(위조)에 출사하면서 蘧伯玉(거백옥)을 등용치 못했고 彌子瑕(미자하)를 내치지 못했으니, 이는 신하로서 주군을 바로 보필하지 못한 것이다. 살아서 주군을 바로 보필하지 못했으니, 내가 죽더라도 예법에 맞춰 장례할 수 없을 것이다. 내가 죽으면, 너희들은 내 시신을 창문 아래에 그대로 두고 그렇게 장례를 치르도록 하라."[746]

그 아들은 유언을 따랐다. 靈公(영공)이 조문하면서 괴이하다 생각하여 물었고, 아들은 부친의 유언을 위령공에게 말했다.

공은 크게 놀라 실색하면서 말했다.

---

746 원문 汝置屍牖下, 於我畢矣 – 장례 예법에 창문 아래에서 사자의 입에 쌀알을 넣어주고, 小斂(소렴)은 戶內에서 大斂은 동편 층계에서 영구를 관에 넣는 殯(빈)은 客位에서 한다는 주석이 있다. 결국 예를 다 갖추지 말고 문상객을 받으라는 유언이었다.

"이는 寡人(과인)의 허물이로다."

이에 빈소를 客位(객위)에서 염을 하게 시켰다. 그리고서는 거백옥을 천거케 하여 등용했고 미자하를 내치어 멀리 보내버렸다.

孔子가 이를 전해 듣고 말했다.

"옛날에 (살아서) 극력으로 간언을 하여도 죽으면 끝이었다. 그러나 史魚(사어)처럼 죽어 시신으로 간언을 올려 주군을 진정 감동케 한 경우는 있지 않았으니, 어찌 정직하다 아니하겠는가?"

〈五帝德(오제덕)〉 제23

【해설】

사실 중국 上古史(상고사)는 先史時代(선사시대)의 전설을 사실처럼 생각한 역사이다. 거기에 한 인물이 몇 개의 다른 이름으로도 기록되었기에 웬만큼 공부해서는 파악하기가 정말 쉽지 않다.

우선 三皇(삼황)이라는 가공인물을 짚고 넘어가야 한다. 司馬遷(사마천)의 《史記(사기)》는 〈五帝本紀(오제본기)〉로 시작한다. 사마천은 삼황이란 존재를 믿지 않았다는 뜻이다. 三皇(삼황)과 五帝(오제)의 인물은 여러 기록마다 차이가 난다.

三皇(삼황)이라는 명칭은 《周禮 春官(주례 춘관)》에 처음 기록되었다고 하였다. 唐(당) 司馬貞(사마정)이 보충한 《史記索隱(사기색은) 三皇本紀(삼황본기)》의 삼황은 天皇(천황), 地皇(지황), 泰皇(태황)이고, 《春秋緯(춘추위)》란 책에는 天皇(천황), 地皇(지황), 人皇(인황)이라 하였다. 이들은 그 머리(頭)가 10여 개나 되며 1만8천년을 살았다니, 인간의 모습과는 다른 괴물이었을 것이다.

그 이후에 보다 인간적 모습을 가진 삼황이 등장하는데, 伏羲

(복희), 神農(신농), 皇帝(황제)를, 아니면 복희, 女媧(여와), 神農(신농)을, 또 다른 경우로는 복희, 신농, 燧人(수인)을 꼽고 있다.

비교적 잘 알려진 복희씨는 백성에게 고기잡이를〔漁撈(어로)〕 가르쳐주었고, 八卦(팔괘)를 만들고 가르쳐 인간의 길흉화복을 점치게 하였다. 이는 천지만물에 대한 인간의 관찰과 그 형상화를 의미한다. 이런 과정이 있어 倉頡(창힐)의 문자 창제로 이어질 수 있었으니, 그 의의가 결코 적지 않다.

女媧(여와)는 복희씨와 남매 또는 아내라고도 하는데, 뱀의 몸에 사람의 머리를 가진(蛇身人首) 모습이었다. 神(신)의 싸움으로 뚫린 하늘을 기워서(補天) 인간을 홍수로부터 구원하였고 자식을 낳고 키우게 하였다니, 이는 당시 母系(모계) 중심 社會(사회)의 모습이라 할 수 있다.

神農氏(신농씨)는 지상의 모든 草木(초목)을 다 맛보아 인간이 먹을 수 있는 초목을 가르쳐 주었다. 이는 어로와 수렵의 단계에서 농사, 곧 농경사회로의 진화 발전을 의미하며, 농업의 神으로 추앙받을만 했다. 또 온갖 초목을 맛보는 과정에서 어떤 병에 유용한가를 알려주었다. 곧 醫學(의학)의 神(신)이 되었다.

다음으로 燧人氏(수인씨)의 나무를 비벼 불씨를 얻는(鉆木取火) 기술을 가르친 사람이니, 인간은 그 식생활에 큰 진보를 이룩하였다. 五帝(오제) 이전 三皇(삼황)의 시대는 原始(원시) 部落(부락, 마을)들이 서로 난립하여 서로 싸우면서 離合集散(이합집산)이 그치지 않았으니, 비록 삼황이 존재하더라도 그런 혼란을 막을 수가 없었을 것이다.

《史記》는 〈五帝本紀〉로 시작한다. 三皇 다음에 五帝의 시대가 시작되고, 〈五帝本紀〉의 五帝(오제)는 黃帝(황제), 顓頊(전욱), 帝嚳(제곡), 唐堯(당요), 虞舜(우순)을 지칭한다.

《禮記 月令(예기 월령)》에는 太昊(태호), 炎帝(염제), 黃帝(황제), 少昊(소호)와 顓頊(전욱)을, 《帝王世紀(제왕세기)》에는 소호, 전욱, 高辛(고신), 唐堯와 虞舜을 들었다.

그러다가 黃帝(황제)가 출현하여 仁德(인덕)과 武力(무력)으로 혼란을 마무리 지었고, 여러 제도를 시행하여 천하를 하나로 다스리는 天子(천자)로 존중받았다. 이런 모습의 통치자 출현은 획기적인 의의를 지닌다.

사마천은 강력한 전제왕권을 행사하는 武帝(무제) 치하에 살면서, 또 사상적으로도 유학에 의한 大一統(대일통) 사상의 영향은 받았다. 黃帝(황제)에 의한 여러 제도의 시행, 그리고 백성의 존경을 받는 통치자는, 곧 君臣(군신) 관계의 성립이며 教化(교화)의 출발이다. 따라서 삼황시대와 달리 합리적 설명이 가능한 기록의 시대라고 보았다.

곧 사마천은 黃帝로부터 자연 상태와 신화가 아닌 중국의 人文(인문) 제도가 시작되었다고 인식했을 것이다. 그리고 사마천이 五帝를 역사의 시작으로 본 것은 다른 저술의 영향도 있었다. 《尙書(상서)》는 堯帝(요제)의 事跡(사적)부터 시작하고, 《大戴禮記(대대례기)》에는 〈五帝德(오제덕)〉편이 있다. 이렇듯 유가 경전에서는 삼황이 아닌 五帝에서 시작하고 있다.

그러나 후세 사람들이 三皇(삼황)의 존재를 모두 알고 인정하는데, 삼황에 관한 기록이 없기에 마음속의 아쉬움, 곧 遺憾(유감)을 떨쳐버릴 수가 없었다.

그런 점에서 뒷날 삼국시대 吳(오)의 徐整(서정)은《三五歷記(삼오역기)》를, 晉代(진대) 皇甫謐(황보밀)은《帝王世紀(제왕세기)》를 저술했을 것이다. 결국 唐代(당대) 司馬貞(사마정)은《史記索隱(사기색은)》을 저술하며,《史記》에 들어있지 않은 〈三皇本紀(삼황본기)〉를 지어 보완했다.

黃帝(황제)는 炎帝(염제)와 蚩尤(치우)를 격파하고 天子의 존칭을 받았다.

황제는 인류를 위한 여러 제도를 창안하거나 발명하였다. 문자, 曆法(역법), 음악, 의약, 배와 수레(舟車), 양잠, 집짓기(궁궐), 의복 등을 창안하거나 가르쳤다.

그래서 중국인은 황제를 '문명의 시조', 곧 '人文初祖(인문초조)'로 받들면서 점차 神性(신성)이 추가되었다. 황제는 3백 년을 살았다고 한다.

《論語 述而(논어 술이)》에 孔子는 "怪(괴), 力(력), 亂(난), 神(신)을 말하지 않았다."고 하였다.《大戴禮記(대대례기) 五帝德(오제덕)》편에 공자의 제자 宰我(재아)가 黃帝의 나이 3백 세에 대하여 물었다.

이에 대하여 공자는 '태어나 100년을 살았고, 죽은 뒤에도 백성들은 그의 神聖(신성)을 1백 년 동안 두려워했으며, 그리한 뒤에도 백성들은 그 가르침을 1백 년 동안 따랐기에 3백 세' 라고 말했다는 풀이가 있다.

'황제는 얼굴이 4개(黃帝四面)' 라는 말도 있는데, 사실이라면 인간이 아닌 괴물이다. 이에 대하여 공자는 '황제는 자신과 뜻을 같이하는 신하 4명을 뽑아 4方(방)을 다스리게 했다.' 는 식으로 풀이했다.

하여튼 황제에게 이런 神性(신성)이 부여된 것은 그의 능력과 교화에 대한 무한한 존경의 표시이다. 그리고 여기에서 한 걸음 더 나아가 黃帝는 中華(중화) 민족의 공동 뿌리이며 조상이라고 말하면서, 황제를 민족정신의 상징으로 내세우고 있다.

이 五帝에 관하여 多辯(다변)하고 매사에 의문이 많았던 공자의 제자 宰予〔재여, 宰我. 字는 子我(자아). 孔門十哲(공문십철) 중 言語(언어)에 뛰어났다.〕가 스승에게 물었고, 공자는 그 질문에 대답하였는데, 그 문답을 정리한 것이 본 편이다.

| 原文 | 宰我問於孔子曰, "昔者吾聞諸榮伊曰, '黃帝三百年.' 請問黃帝者, 人也, 抑非人也, 何以能至三百年乎?"

子曰, "禹湯文武周公, 不可勝以觀也, 而上世黃帝之問, 將謂先生難言之故乎."

宰我曰, "上世之傳, 隱微之說, 卒采之辯, 闇忽之意, 非君子之道者, 則予之問也固矣."

孔子曰, "可也, 吾略聞其說. 黃帝者, 少昊之子, 曰軒轅, 生而神靈, 弱而能言, 幼齊叡莊, 敦敏誠信, 長聰明, 治五氣, 設五量, 撫萬民, 度四方, 服牛乘馬, 擾馴猛獸, 以與炎帝戰於阪泉之野, 三戰而後克之. 始垂衣裳, 作爲黼黻, 治民以順天地之紀, 知幽明之故, 達生死存亡之說, 播時百穀, 嘗味草木, 仁厚及於鳥獸昆蟲, 考日月星辰, 勞耳目, 勤心力, 用水火財物以生民. 民賴其利, 百年而死, 民畏其神, 百年而亡, 民用其教, 百年而移, 故曰黃帝三百年."

| 국역 | 宰我〔재아,宰予(재여)〕가 孔子에게 물었다.

"옛날에 저는 榮伊(영윤, 人名)에게 '黃帝(황제)는 3백 년을 살았다.' 고 들었습니다만, 黃帝란 분이 사람입니까? 사람이 아닙니까? 어떻게 3백 년을 살 수 있겠습니까?"[747]

---

747 黃帝(황제) – 少典(소전, 부족名)의 아들로 姓은 公孫(공손)이고, 이

공자가 말했다.

"禹王(우왕), 湯王(탕왕), 文王(문왕), 武王(무왕), 周公(주공)의 일

름은 軒轅(헌원)이다. 태어날 때부터 신령스러워 곧 말을 할 줄 알았고, 어려서도 영리했으며 성인이 되어 총명했다. 헌원이 살았을 때는 神農氏(신농씨) 시대의 말기였다. 諸侯(제후, 부족장)는 서로를 공격하면서 백성에게 포악했는데, 神農氏는 이를 정벌하지 못했다.

이에 헌원은 무기〔干戈(간과)〕를 만들고 익혀 불량한 족장들을 정벌하자 모두가 찾아와 복종하였다. 軒轅은 덕을 베풀고(修德) 무기를 갖추었으며(振兵), 五氣를 알아 이용하였고, 오곡 농사를 지었으며, 만민을 어루만지고 四方을 헤아렸으며, 맹수들을 조련한 뒤에 炎帝(염제, 신농씨)와 阪泉(판천)의 들판에서 전쟁을 벌였다. 세 번을 싸워 염제를 정벌하였다. 불복 세력 중에서 蚩尤(치우)는 가장 강하였는데, 치우도 作亂(작란)하며 명령을 따르지 않았다. 이에 黃帝는 여러 부족의 군사를 차출하여 치우와 涿鹿(탁록)의 原野에서 싸워 치우를 잡아 죽였다. 이에 모든 부족장들은 헌원을 받들어 天子로 삼아 신농씨를 대신하게 하였으니 黃帝라 하였다. 黃帝에게 不順하는 자가 있으면 黃帝는 그들을 정벌했고, 평정되면 떠나왔으며, 산을 깎아 길을 내어 부족을 상통하게 하느라 편히 쉴 날이 없었다.

黃帝는 土德의 祥瑞(상서)를 받았고 모든 부락에서 떠받드는 고귀한 지위였기에 黃帝라 하였다. 황색은 땅(土), 그리고 五方에서 중앙의 빛인데, 뒷날 전제군주의 존귀를 상징하는 至高無上의 색이 되었다. 黃帝의 黃은 고대에 皇과 통용되었다. 皇帝는 '皇天의 上帝' 란 뜻이다. 皇帝라 칭할 때 皇은 帝를 수식하는 의미로도 통하는데, 이때 皇은 휘황찬란하다는 뜻이다.

에 대해서도 제대로 다 알지 못하면서(不可勝以觀也), 上世(상세)의 黃帝(황제)에 관하여 묻는 것은 先生(선생)도 대답하기 어렵기 때문이라 생각해서 (네가) 묻는 것이 아닌가?"[748]

재아가 물었다.

"上世〔상세 : 上古(상고)〕의 전설은 隱微(은미)한 이야기이고, 지나간 일에 대한 설명이거나[749] 오래되어 분명치 않은 말을 포함하고 있어[750] 그런 말 모두를 君子(군자)가 말하지는 않았을 것입니다. 그래서 저의 질문이 고루한 것 같습니다."[751]

孔子가 말했다.

"괜찮다.(可也, 네가 질문할 만하다.) 나도 그런 말을 대략 들어 알고 있다. 黃帝(황제)란 분은 少昊(소호. 少典)의 아들 軒轅(훤원)인데, 날 때부터 神靈(신령)하였는데, 아주 어린아이일 때 말을 할 줄 알았고, 유아 시기에도 기민하고 聖明(성명), 단정하였으며, 성인이 되어서도 총명하여(長聰明) 五行(오행)의 기운을 다스렸

---

748 이 대답에는 공자의 재여에 대한 선입견을 느낄 수 있다는 생각이 든다. 교사를 난처하게 만들려고 이상한 질문을 준비하는 학생이 가끔 있다. 아마 재여가 그런 학생과 비슷했던 것 같다.

749 원문 卒采之辯 – 여기 采(캐낼 채)는 事也. 辯은 說也. 卒은 終也. 지난 일에 대한 이야기.

750 원문 闇忽之意 – 闇은 닫힌 문 암, 어둘 암, 忽은 소홀할 홀. 闇忽(암홀)은 먼 옛날이라서 확실하지 않다.

751 원문 則予之問也固矣 – 固는 固陋(고루). 질문이 요령이 없는 것 같다는 완곡한 표현.

고, 여러 가지 도량형을 제정하였으며,[752] 萬民(만민)을 慰撫(위무)하고, 四方(사방)의 정황을 헤아렸다. 소와 말을 이용할 줄 알았고 사나운 짐승을 길들였으며, 炎帝(염제)[753]와 阪泉(판천)[754]의 原野(원야 : 들)에서 싸웠는데, 세 번을 싸워 무찔렀다. 처음으로 인간의 옷〔衣裳(의상)〕을 만들었고, 〔禮服(예복)에〕 黼黻(보불)[755]의 무늬를 수놓게 하였다. (황제는) 백성을 다스려 天地(천지)의 紀綱(기강)에 순응케 하였으며 밤낮이 바뀌는 까닭을 알았고, 生死(생사)와 存亡(존망)의 도리에도 통달하였다. 계절에 맞춰 백곡의 씨앗을 뿌렸고, 草木(초목)의 맛을 알아내었고, 鳥獸(조수)나 昆蟲(곤충)에게도 인자 후덕하였다. 日月(일월)과 星辰(성신)의 운행을 살폈고 귀와 눈으로 만물을 관찰하고 파악하였으며, 정성을 다 바쳐 물, 불, 재물을 동원하여 백성을 먹여 살렸다. 그리하여 백성은 황제의 도움으로 넉넉하게 생활하였는데, (황제는) 1백 년을 살고 죽었다. 그 이후에도 백성은 황제를 1백 년간이나 두

752 원문 治五氣, 設五量 - 五氣는 五行之氣. 五量은 무게(權衡), 부피(升斛), 길이(尺丈) 里步(먼 거리를 측정하는 단위), 十百(많은 수를 표현하는 방법).

753 炎帝 - 神農氏의 후손.

754 阪泉(판천)은 지명. 今 河北省 중부 張家口市 관할 涿鹿縣(탁록현).

755 黼黻(보불) - 白色과 黑色을 黼(보)라 하는데, 도끼의 문양이고 青과 흑색을 黻(불)이라 하는데, 두 개의 己가 서로 어긋난 것 같은 형상이라는 주석이 있다.

려워 따랐고, 백성은 1백 년이 더 지나서야 풍속이 바뀌었다. 그래서 황제는 3백 년을 살았다고 말하는 것이다."

|原文| 宰我曰, "請問帝顓頊."

孔子曰, "五帝用說, 三王有度, 汝欲一日遍聞遠古之說, 躁哉! 予也."

宰我曰, "昔予也聞諸夫子曰, '小子毋或宿.' 故敢問."

孔子曰, "顓頊, 黃帝之孫, 昌意之子, 曰高陽, 淵而有謀, 疏通以知遠, 養財以任地, 履時以象天, 依鬼神而制義, 治氣性以教衆, 潔誠以祭祀, 巡四海以寧民, 北至幽陵, 南暨交趾, 西抵流沙, 東極蟠木, 動靜之神, 小大之物, 日月所照, 莫不底屬."

宰我曰, "請問帝嚳."

孔子曰, "玄枵之孫, 喬極之子, 曰高辛, 生而神異, 自言其名, 博施厚利, 不於其身, 聰以知遠, 明以察微, 仁以威, 惠而信, 以順天地之義, 知民所急, 修身而天下服, 取地之財而節用焉, 撫教萬民而誨利之, 歷日月之生朔而迎送之, 明鬼神而敬事之, 其色也和, 其德也重, 其動也時, 其服也哀, 春夏秋冬育護天下, 日月所照, 風雨所至, 莫不從化."

| 국역 | 宰我(재아)가 말했다.

"顓頊(전욱)[756] 帝(제)는 어떤 분인지 묻겠습니다."

孔子가 말했다.

"五帝(오제)의 일은 전설(이야기)로 전해 내려왔고 三王의 치적에 관해서는 그들의 法度(법도)가 전해졌다.[757] 너는 하루에 먼 고대의 일을 다 들으려 하니 조급하구나! 재여여."[758]

그러자 宰我(재아)가 말했다.

"저는(予也) 옛날에 夫子께 들었습니다. '너희들은(小子) (물을 것이 있으면) 나중으로 미루지 말라.' 라고 하셨기에, 감히 여쭈었습니다."[759]

---

756 帝 顓頊(전욱) - 黃帝에게는 25명의 아들이 있었고, 그중 14명이 姓을 받았다. 황제는 軒轅의 구릉지(丘)에 살면서 西陵(서릉)의 딸을 아내로 맞이하니, 이가 嫘祖(누조, 성 루)이다. 누조는 두 아들을 낳았다. 玄囂(현효)는 곧 青陽(청양)이니, 長江(江水) 지역에서 나라를 이루고 살았다. 둘째는 昌意(창의)이니, 若水(약수) 지역에서 살았다. 昌意는 蜀山氏(촉산씨)의 딸과 결혼하여 高陽(고양)을 낳았다. 고양은 聖德을 타고 났다. 黃帝는 죽은 뒤에 橋山(교산)에 묻혔다. 昌意의 아들 高陽(고양)이 황제를 뒤를 이어 즉위하니, 이가 五帝의 한 사람인 顓頊(전욱)이다.

757 원문 三王有度 - 五帝는 아주 오래 전이라서 전설로 전해왔지만, 三王은 시대가 그래도 가까웠기에 그들이 이룩한 法度로 그 치적이 전해졌다는 뜻.

758 원문 躁哉! 予也 - 躁는 성급할 조. 哉는 어조사 재. 종결어미. 予는 宰予.

孔子가 말했다.

"顓頊(전욱)은 黃帝(황제)의 손자이고 昌意(창의)의 아들이니, 高陽(고양)이라고 불렀다. 전욱은 속이 깊고(淵) 지모가 있었으며, 널리 소통하여 遠方(원방 : 먼 곳)과도 소통하였고, 땅에 따라 財富를 생산케 하였으며 時令(시령 : 시간)에 순응하여 하늘을 본떴으며 鬼神(귀신)에 의존하여 할 일을 결정하였다. (백성의) 성정을 陶冶(도야)하게 하여 백성을 교화하였고 순결과 정성으로 제사를 받들었으며, 四海(사해)를 순수하며 백성을 편안케 하였다. 그리하여 그 영역이 북으로는 幽陵(유릉)에 이르렀고, 남으로는 交趾(교지)까지, 서쪽으로는 流沙(유사) 지역, 동쪽으로는 蟠木(반목)까지 닿았다. 神의 動靜(동정)이나 만물의 대소는 물론 해와 달이 비추는 곳까지 평정되어 속하지 않는 곳이 없었다."[760]

재아가 말했다.

"帝嚳(제곡, 嚳은 고할 곡)에 관하여 묻겠습니다."

孔子가 말했다.

"帝嚳(제곡)은 玄枵(현효, 枵는 텅 빌 효. 黃帝의 아들)의 손자이고, 蟜極(교극)의 아들인데, 高辛(고신)이라고 불렀다. 태어나면서 神

---

759 원문 '毋或宿.' 故敢問 – 毋는 말 무. 하지 말라. 금지사. 或은 혹시라도, 宿은 묵히다. 하루 저녁을 재우다. 물을 것이 있으면 바로 묻고, 다음 날로 미루지 말라. 宿은 지킬 숙, 드샐 숙.

760 원문 莫不底屬 – 底는 밑 저. 평정되다. 사방 먼 곳까지 모두 복속되었다.

異(신이)하였으니 자신의 이름을 말했고, 백성에게 널리 이익을 베풀었으며 자신을 위하지는 않았다. 총명하여 먼 곳이나 미세한 일도 잘 알았다. 인자하면서도 위엄이 있고, 은혜를 베풀고 신의를 지켰으며 天地(천지)의 법칙에 순종하였다. 백성의 위급한 사정을 알았고, 자신에 대한 수양이 깊어 천하가 복종하였으며, 땅으로부터 재물을 얻으면서 물자를 아꼈다. 만민을 위무하고 교화(가르치다)하면서 백성에게 이득이 되는 일을 가르쳤고, 日月(일월)의 운행을 관찰하여 해(年)를 맞이하고 보냈으며, 귀신을 잘 알고 공경으로 받들었다.[761] 그 낯빛은 온화하고 그 덕행은 중후하였으며 그의 행동은 시의 적절하였고, 服喪(복상)에는 슬퍼하였고 春夏秋冬(춘하추동)으로 천하 만물을 양육하였으니, 일월(해와 달)이 비추이는 곳, 바람과 비가 오는 곳에서는 그의 교화를 따르지 않는 백성이 없었다."

|原文| 宰我曰, "請問帝堯."

---

761 이는 제정일치 시대의 모습을 서술한 구절이라고 생각된다. 귀신의 뜻을 잘 헤아렸고 또 잘 섬겼다. 제곡은 陳鋒氏(진봉씨)의 딸을 아내로 맞이하여 放勳(방훈)을 낳았고, 娵訾氏(추자씨)의 딸과도 결혼하여 摯(지)를 낳았다. 제곡이 죽은 뒤에 摯(지)가 대를 이었으나 不善했고, 摯(지)가 죽자 아우 放勳(방훈)이 즉위하니, 이가 帝堯(제요)이다.

孔子曰, "高辛氏之子, 曰陶唐, 其仁如天, 其智如神, 就之如日, 望之如雲, 富而不驕, 貴而能降, 伯夷典禮, 夔龍典樂, 舜時而仕, 趨視四時, 務元民始之, 流四凶而天下服, 其言不忒, 其德不回, 四海之內, 舟輿所及, 莫不夷說."

| 국역 | 宰我(재아)가 물었다.

"堯帝(요제)에 대하여 묻겠습니다."

孔子가 말했다.

"帝堯(제요)는 高辛氏〔고신씨, 帝嚳(제곡)〕의 아들이고, 이름은 陶唐(도당)[762]인데, 하늘처럼 인자하였고 그 지혜는 神(신)과 같았으니, 가까이 보면 해와 같으나 멀리서 보면 雲(운 : 구름)과 같았다.[763] (천하를 차지하여) 부유하였지만 교만하지 않았고, 고귀하나 자신을 낮추었다. 伯夷(백이)에게 禮를 집전하게 하였고, 夔(기)와 龍(용)에게 음악을 담당케 하였다.[764] 舜(순)을 때맞춰 출사케 하였고(등용하였고), 四時(사시 : 계절)에 맞춰 백성을 도와 힘써 일하게 하였다. 四凶(사흉)[765]을 멀리 방축하자 천하가 堯(요)

---

762 帝堯(제요)의 이름은 放勳(방훈)이다. 唐侯(당후)로 피봉되었기에 唐堯(당요) 또는 陶唐氏(도당씨)라고 불렀다.

763 백성은 堯를 日月처럼 우러러 보았다.

764 堯는 또 禹(우), 皐陶(고요), 夔(기), 契(설), 后稷(후직, 棄), 龍(용), 垂(수) 등에게 구체적 업무를 나눠 백성을 위한 정사를 담담케 하였다.

765 四凶 – 舜은 堯를 대신하는 섭정 시기에 四凶(사흉, 4명의 죄인)을

에 복속하였다. 堯는 사리에 어긋나는 말을 하지 않았으며〔其言不忒, 忒(어긋날 특)〕 그의 덕행은 도덕에 위배되지 않았으며(其德不回), 四海(사해)의 안에 배나 수레가 갈 수 있는 곳에서는 모두 기꺼이 승복하지 않는 사람이 없었다.[766]

| 原文 | 宰我曰, "請問帝舜."

孔子曰, "喬牛之孫, 瞽瞍之子也, 曰有虞, 舜孝友聞於四方, 陶漁事親, 寬裕而溫良, 敦敏而知時, 畏天而愛民, 恤遠而親近, 承受大命, 依於二女, 叡明智通, 爲天下帝, 命二十二臣率堯舊職, 躬己而已, 天平地成, 巡狩四海, 五載一始, 三十年在位, 嗣帝五十載, 陟方嶽, 死於蒼梧之野而葬焉."

| 국역 | 재아가 물었다.

몰아내어 나라를 안정시켰다. 《尙書 舜典》에 의하면, 사흉은 共工(공공), 歡兜(환두), 鯀(곤, 大禹의 父親), 그리고 三苗(삼묘)이다. 또는 黃帝의 不才子인 混沌(혼돈), 少皞(소호)의 不才子인 窮奇(궁기), 顓頊(전욱)의 不才子인 檮杌(도올), 그리고 縉雲(진운, 神農氏)의 不才子인 饕餮(도철) 등 4인을 지칭하는 경우도 있다.

766 莫不夷說 – 夷는 평평할 이. 平心. 說은 기쁠 열(悅과 同).

"帝舜(제순)에 대하고 묻겠습니다."

孔子가 말했다.

"帝舜(제순)은 喬牛(교우)의 손자이고 瞽瞍(고수)[767]의 아들이니, 有虞(유우)라고도 한다. 舜(순)[768]은 효자이고 우애로워 사방에 널리 알려졌는데, 진흙으로 그릇을 만들어 물고기를 잡아다가 부모를 섬겼으며,[769] 사람이 너그럽고 온순 선량하였다. 또 착실

---

767 舜의 부친 이름인 瞽瞍(고수)의 瞽는 '소경 고' 이고, 瞍는 '늙은이 수' 이나 叟는 瞍(소경 수)이어야 한다는 주석도 있다. 하여튼 고수는 소경이지만, 정말 눈이 먼 사람이라기보다는 사람을 알아보지 못하는 눈뜬장님과 같다는 의미로 해석해야 한다. 착한 아들을 몰라보았고 완고한 아내와 버르장머리 없는 서자를 두둔하였다. 무엇보다도 자신의 악행을 몰랐으니 눈이 없는 사람보다 더 나쁜 사람이었다. 아들을 죽이려고 셋이서 한 짓을 보면 정말 기가 막힌다. 그런데도 순은 자식으로서 할 일을 다하고 도리를 지켰다. 《中庸》 10장에서 孔子는 「舜은 大孝로다! 덕행으로는 성인이고(德爲聖人), 尊貴하기로는 天子(尊爲天子)라.」고 말했다.

768 孝子 舜 - 舜(순)은 有虞氏(유우씨) 마을의 족장이었다. 姓은 姚(요) 또는 嬀(규)이고 본명은 重華(중화)인데, 史書에서는 보통 虞舜(우순)으로 통한다. 虞(우)라는 지명은, 지금 河南省 동쪽 끝 商丘市 관할 虞城縣(우성현)에 해당한다. 舜(순)은 20세에 이미 효자로 소문났었다. 순이 서른 살 때, 堯가 신하들에게 등용할만한 사람을 물었는데, 四嶽(사악, 羲和의 四子)이 모두 순을 천거하였다. 이에 요는 순에게 두 딸을 시집보내면서 舜을 관찰하였다.

769 원문 陶漁事親 - 陶器(도기, 진흙 그릇, 질그릇)을 이용하여 직접 고기를 잡아다가(漁, 捕魚) 父母를 봉양하였다.

하고(敦) 明敏(명민)하였고, 때를 잘 맞췄으며, 하늘을 두려워하고 愛民(애민 : 백성을 사랑하다)하였으며, 먼 곳의 사람도 긍휼히 여겼고 가까운 이웃에 친절하였다. 〔堯(요)의〕 大命(대명)을 받았고,[770] (堯의) 두 딸을 아내로 맞아 의지하였다.[771] 舜(순)은 지혜롭고 예지가 뛰어나 천하를 다스리는 제위에 올랐다. 舜은 22명의 신하를 거느리고 堯(요)의 업적을 계승하였는데, 그 자신이 모범을 보였다. 천하는 태평하였고 풍년이 들었으며, 5년에 한 번씩 四海

---

770 요의 禪讓(선양) – 堯는 재위 70년에 舜을 만나 발탁했고, 이후 20년의 노년을 舜에게 정사를 위임했으며, 다시 8년의 세월을 거치며 天命을 살피면서 총 28년을 보낸 뒤에 죽었다. 堯가 죽자 백성은 부모를 잃은 듯 슬펐다. 3년간 온 나라가 음악을 폐지하면서 堯帝를 추모하였다. 堯는 아들 丹朱(단주)가 不肖(불초)하여 천하를 맡기기에 부족하다는 것을 알았기에 堯는 舜에게 넘겨주었다. 舜에게 넘겨주면 天下가 이롭고 단주만 손해이나, 단주에 넘겨주면 온 천하가 손해이고 단주만 이롭다고 생각하였다. 그래서 堯는 "절대로(終) 천하에 손실을 끼치면서 一人만을 이롭게 해서는(利) 절대 안 된다."고 하였다. 3년 상을 마친 뒤, 舜은 丹朱에게 제위를 넘겨주고 河水 남쪽으로 피신했다. 大臣이나 억울함을 호소할 백성이 단주에게 가지 않고 모두 舜을 찾아왔다. 이에 舜은 "하늘 뜻이다(天也夫)!" 하고서는 제위에 올랐다. 史書는 이를 禪讓(선양)이라 했다. 불초한 자식에게 大位(대위)를 물려주지 않고, 유능한 賢者에데 물려주는 선양은 고대인이 생각한 가장 이상적이고 민주적인 정권교체였다.

771 依於二女 – 堯는 두 딸을 舜에게 시집보냈는데, 舜은 日常 動靜에 二女에게 의지하였다.

(사해)를 순수하였다. 舜(순)은 30년을 재위하였는데, 堯(요)를 代身(대신)한 것을 포함하면 50년이었다. 나라 안 여러 산에 올랐는데〔陟方嶽, 巡狩(순수)〕 蒼梧(창오)[772]의 原野(원야 : 들)에서 죽어, 거기에 묻혔다."

| 原文 | 宰我曰, "請問禹."

孔子曰, "高陽之孫, 鯀之子也, 曰夏后, 敏給克齊, 其德不爽, 其仁可親, 其吾可信, 聲爲律, 身爲度, 亹亹穆穆, 爲紀爲綱, 其功爲百神之主, 其惠爲民父母, 左準繩, 右規矩, 履四時, 據四海, 任皐繇伯益, 以贊其治, 興六師以征不序, 四極之民, 莫敢不服."

| 국역 | 宰我(재아)가 말했다. "禹(우)에 대하여 묻고자 합니다."

孔子가 말했다.

(禹는) "高陽(고양)의 손자이고 鯀(곤)의 아들인데, 夏后(하후)라고도 부른다. 그는 일에 민첩했고 그 덕행은 어긋나지 않았으

---

772 蒼梧(창오) – 今 湖南省 남부 永州市 관할 寧遠縣. 들판에서(原野) 죽었다. 그래서 長江 남쪽의 九疑山(구의산)에 묻혔는데, 곧 零陵(영릉)이다.

며,[773] 仁德(인덕)을 베풀었고 그의 언사는 믿을 만했다. 그의 목소리는 음률처럼 조화롭고 그의 행실은 법도가 되었다.[774] 부지런히 힘써 일하며 게으르지 않았으며,[775] 紀綱(기강)을 세웠으며 (치수의 공적으로) 온갖 신을 섬기는 主君(주군)이 되었으며,[776] (그의 치수 덕택에) 백성의 부모가 되었다. 〔禹(우)는〕 양손에 水準器(수준기, 準)와 먹줄(繩)을 오른손에는 製圖器〔제도기, 規矩(규구)〕를 늘 들고 다녔는데,[777] 일 년 내내 사계절에 맞춰 일을 하였고,[778] 四海(사해)에 걸쳐 치수 공사를 마쳤다.[779]

---

773 원문 其德不爽 - 爽은 시원할 상. 어긋나다. 忒(어긋날 특)과 通.

774 원문 身爲度 - 그 일신의 행실이 모두 법도에 맞았다(以身爲法度也).

775 원문 亹亹穆穆 - 亹는 힘쓸 미. 亹亹(미미)는 부지런한 모양. 穆은 화목할 목. 穆穆(목목)은 엄숙 온화한 모양.

776 원문 其功爲百神之主 - 禹의 治水로 천하가 평온하였기에 모든 神이 제자리를 찾아 쉴 수 있었다는(百神得其所) 뜻.

777 원문 左準繩, 右規矩 - 左右는 늘 사용했다는 뜻. 準은 높이를 맞추는 목수용 도구. 繩(줄 승)은 목수용 먹줄. 規(법 규, 그림쇠)는 원을 그리는 제도기. 矩(곱자 구)는 직각을 그리는 각도기. 規矩는 행위의 표준. 사물의 준칙. 規矩準繩(규구준승).

778 원문 履四時 - 履는 밟을 리. 겪다. 履四時는 사계절 자연 순환의 이치에 맞춰 일을 하다. 일하는 바가 四時의 適宜(적의)했다.

779 禹(우)는 鯤(곤)의 아들이며 舜의 신하인데, 아버지가 羽山(우산)으로 放逐(방축)된 뒤 治水의 책임을 맡았다. 禹는 아버지 실패를

〔禹(우)는 治水(치수)에서〕 皐繇(고요)와 伯益(백익)[780]의 보필(도움)을 받았는데, 六師〔육사 : 大軍(대군)〕를 동원하며 명을 거역하는 자들을 제거하여(以征不序), 사해에 감히 불복하는 자가 없었다."

만회해야 했다. 아버지의 실패는 제방축조에 의한 홍수 예방이었다. 그러나 禹는 하천의 소통에 의한 홍수 예방이었다.

禹는 涂山氏(도산씨)의 딸과 결혼한 지 4일 만에 치수를 위해 집을 떠났다. 禹가 바람으로 머리를 빗고〔櫛風(즐풍)〕 빗물로 목욕하기〔沐雨(목우)〕 10년 - 禹는 집을 버리고 나라만을 생각했다(舍家爲國). 자신을 버리고 일만 했다. 10년 동안에 3번 집 앞을 지났지만 집에 들르지 않았다. 집을 떠날 때 임신했던 아내는 아들 啓(계)를 출산했지만, 啓는 부친의 얼굴을 못 보았다.

禹는 온 나라의 地勢를 파악했고 水性을 통찰했다. 지세와 水量을 헤아려 강줄기를 바꾸어 9개의 河道(하도)를 내었고, 9개의 大湖(대호)를 축조했으며, 9개의 산맥을 뚫었다. 禹에 의해 물길이 소통하며 땅이 안정되자, 禹는 9州를 나누었다. 각 州의 토질의 좋고 나쁜 정도와 특산물에 맞춰 나라에 무엇을 바쳐야 할 품목을 정했다. 그러면서 중원에서 멀리 떨어진 거리에 맞춰 五服(오복)을 정해 통치의 방법을 달리하였다. 우는 치수의 성공으로 민심을 얻었고, 정치적 기반을 마련하여 舜의 후계자가 될 수 있었다.

780 원문 皐繇(고요)와 伯益(백익) - 皐繇(고요)는 禹의 신하. 나라의 刑獄(형옥) 관련 업무를 담당하였다. 伯益(백익)은 舜(순)과 禹의 신하로 山林과 川澤(천택)에 관한 업무를 주관하였다. 한때 禹의 후계자로 지명되었는데, 禹의 아들 啓가 공적도 많고 치적이 뛰어나 啓에게 양보하였다.

| 原文 | 孔子曰, "予! 大者如天, 小者如言, 民悅至矣, 予也, 非其人也."

宰我曰, "予也不足以戒, 敬承矣."

他日, 宰我以語子貢, 子貢以復孔子, 子曰, "吾欲以顏狀取人也, 則於滅明改矣, 吾欲以言辭取人也, 則於宰我改之矣, 吾欲以容貌取人也, 則於子張改之矣."

宰我聞之, 懼, 弗敢見焉.

| 국역 | 孔子가 말했다.

"宰予(재여)야! (옛 제왕의 공적이) 위대하기로는 하늘과 같고, 작은 것은 내가 말한 그대로였는데 〔五帝(오제)의 통치에〕 백성들은 크게 기뻐하였다. (그러나 내 생각에) 너는(予也) 이러한 이치를 이해할 만한 사람이 아니다."[781]

宰我가 말했다.

"저는 깨우치기에 부족합니다만(不足以戒) (그래도) 공경으로 받들겠습니다(敬承矣)."

다른 날에 宰我(재아)는 (공자의 설명을) 子貢(자공)에게 말했고, 자공은 이를 다시 공자에게 말씀드렸다.

그러자 공자가 말했다.

---

781 원문 非其人也 - 五帝之德을 분명히 이해하지 못할 것이다.

"내가 사람을 겉모습으로 판단하였는데 澹臺滅明(담대멸명)이 이를 고치게 하였다. 나는 사람은 그 言辭(언사)로 평가하여 고르려 했는데, 宰我(재아)를 보고 생각을 바꿨다. 나는 사람의 용모를 보고 고르려 했는데, 子張(자장)이 이를 고치게 하였다."

재아는 공자의 말을 듣고 두려워(懼) 감히 공자를 다시 뵈려 하지 않았다(弗敢見焉).

孔子家語(공자가어) (上)

초판 인쇄 2022년 7월 11일
초판 발행 2022년 7월 20일

설 명 | 왕 숙
역 주 | 진기환
발 행 자 | 김동구
디 자 인 | 이명숙 · 양철민
발 행 처 | 명문당(1923. 10. 1 창립)
주 소 | 서울시 종로구 윤보선길 61(안국동)
우체국 010579-01-000682
전 화 | 02)733-3039, 734-4798, 733-4748(영)
팩 스 | 02)734-9209
Homepage | www.myungmundang.net
E-mail | mmdbook1@hanmail.net
등 록 | 1977. 11. 19. 제1~148호

ISBN 979-11-91757-51-4 (04820)
ISBN 979-11-91757-50-7 (세트)
27,000원